新编21世纪中国语言文学系列教材

外国文学通用教程

第三版

General Course of Foreign Literature

主 编 杜宗义
副主编 王 燕 傅地红

中国人民大学出版社
·北京·

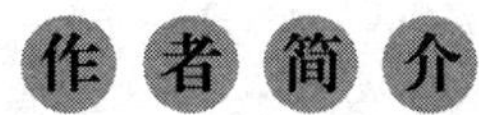

杜宗义，1933年生于重庆市涪陵区。1955年毕业于四川大学中文系，1958年结业于北京师范大学俄苏文学进研班。除1995年在美国纽约州立大学做客座教授开设总名为“一个中国学者眼中的欧美文学”系列专题讲座外，一直长期在国内高校从事外国文学的教学和研究工作。曾在国内期刊、论集上发表外国文学研究和中外文化比较论文50余篇，在多家出版社出版有关专著及教材十余部。

本书原名《新编外国文学教程》，2009年改名为《外国文学通用教程》。自1993年问世迄今，已历经5次修订、十几次印刷。

本书除始终坚守简明扼要、丰富系统、与时俱进的编写原则外，还注重探索各类文学的源头，加强对作品的艺术分析和挖掘人物的独特个性；除囊括欧美、俄苏、亚非各时期重要思潮、流派、作家、作品外，还新增拥有广大读者的通俗文学和此前少有涉及的大洋洲文学，并适当增添了对各时期音乐、美术等相关艺术的介绍。此外，本书秉承共时与历时、横向与纵向的比较视野，论述范畴延至2014年。

本书是一部具有丰富内容和较高实用价值的外国文学教材。

第三版修订说明

此次修订，除仍坚持简明扼要、丰富系统、与时俱进原则外，还着重显示各类文学的不同源头、加强作品的艺术分析、挖掘人物的独特个性。同时，对一些思潮、流派作深入评介，对一些作家的生平和创作进行较大压缩，且对一些作家作品作必要的文字、格式方面的调整。

此次修订具体分工如下：

杜宗义（北方工业大学文法学院），修订第一至三章，第六至八章，第九章第一、三、四节，第十三、十四、十九、二十章；

王燕（苏州科技大学人文学院），修订第四、五、十章，第十一章第一至十节，第十二章第一至三节，并撰写第十一章第十一节；

傅地红（中央美术学院人文学院），修订第十五至十七章，第十八章第二至五节；

谭旭东（北方工业大学文法学院），修订第九章第二节、第十二章第四节；

张颖（天津中医药大学人文管理学院），撰写第十二章第五节、第十八章第六节；

陆惠云（昆明学院人文学院），撰写修订第十八章第一节。

此次修订得到北方工业大学文法学院领导和中国人民大学出版社黄海飞同志的大力支持。

编　者

2015年7月20日

第二版修订说明

本书自1993年问世迄今已近二十年，历经两次修订、一次改名、十几次印刷，累计印数逾10万册。为适应教学及学科发展的需要，在中国人民大学出版社的敦促下，我们对它又作了大幅度的修改和补充。其原则是：

第一，简明扼要。思潮、流派、作家、作品均择要阐析，一般不作尚无定论的学术探讨。

第二，丰富系统。除适当涉及音乐、美术等相关范畴及加强大洋洲文学的论述外，新增拥有广大读者的欧美通俗文学、历史小说及部分亚非和欧美其他文学。

第三，与时俱进。论述范围延至2011年，删除时代意义较小的作家、作品。

参加此次修订和编写的作者是：

第一编　邢颖立（北京航空航天大学人文社会科学学院）；

第二编　王　燕（苏州科技大学人文学院）；

第三编　杜宗义（北方工业大学文法学院）；

第四编　王　燕（第九章第一、二、三、五、六节，第十章第一、二、四、七、八、十节）、黄玲（百色学院中文系，第九章第四节，第十章第三节）、孙霄（宝鸡文理学院中文系，第十章第五、六、九节）、谭旭东（北方工业大学文法学院，第十一章第一、二、七节）、杜宗义（第十一章第三节）、赵晓辉（北方工业大学文法学院，第十一章第四、五节）、张颖（天津中医药大学人文管理学院，第十一章第六节）；

第五编　傅希春（北京师范大学文学院，第十二章，第十三章第二节）、王燕（第十三章第一、四节）、邢颖立（第十三章第三节）；

第六编　傅地红（中央美术学院人文学院，第十四章第一、二、三节，第十五章，第十六章第二、三、四、五节，第十七章第三、四、五节）、王燕（第十四章第四节、第十七章第一节）、卢茂君（中央财经大学外国语学院，第十六章第一节、第十七章第二节）；

第七编　谭旭东（第十八章第一节、第十九章）、赵晓辉（第十八章第二、三节）。

此次修订仍由杜宗义同志负责组织、统编，王燕和全体修订、编写同志鼎力协作，认真校正，数易书稿，经近一年时间才得完成。中国人民大学出版社黄海飞同志在修订中始终起着重大支持和协调作用。

编　者

2012年4月25日

出版说明

本书原名《新编外国文学教程》。它自1993年一版、2003年二版以来，已累计印刷10次，印数近8万册。为与时俱进，更切合教学实际需要，中国人民大学出版社建议编者对该书做较大更改，列入“21世纪中国语言文学通用教材”系列。编者结合教学实践和有关研究成果，经反复研讨，多次修改增删，才得以完成，现以《外国文学通用教程》之名出版。

本书在内容和体例上的特点是：

第一，简明扼要，系统丰富，并适当涉及音乐、美术等相关艺术范畴。论述范围延至2008年年底。

第二，各章前增小引和相关链接词，章后增开放性思考题，以便读者掌握各章基本内容，开拓思路。

第三，部分重要作家、作品附插图，以增强读者的形象认知感。

第四，为使读者便于检索研究，书后还开列了主要参考书目。

本书各编的执笔者是：

第一编　邢颖立（北京航空航天大学）；

第二编　王　燕（苏州科技大学）；

第三编　杜宗义（北方工业大学）；

第四编　王　燕（苏州科技大学）；

第五编　傅希春（北京师范大学）、王燕、邢颖立；

第六编　傅地红（中央美术学院）；

第七编　谭旭东（北方工业大学）、赵晓辉（北方工业大学）。

本书由杜宗义同志负责组织、审阅和统稿。王燕同志在策划设计和收集资料方面做了大量工作。中国人民大学出版社翟江虹、刘汀同志对本书的出版起着巨大的支持和推动作用。

编　者

2009年1月

目　录

第一编　古代欧洲文学

第二编　近代欧洲文学

第三编　19世纪欧美文学

第四编　20世纪欧美文学

第五编 俄苏文学

第六编 亚非文学

第七编　大洋洲文学

第一编

古代欧洲文学

外国文学的发展大致存在东方和西方两条线索，西方以欧洲文学为代表。

古代欧洲文学涵括了两个繁荣阶段。

始于公元前12世纪的古希腊、罗马文学处于西方文学的源头，以荷马史诗和古希腊悲剧为主形成了欧洲文学史上的第一个繁荣阶段。

古希腊、罗马文化对后世欧洲有着极为深远的影响。

14—17世纪的文艺复兴时期以其累累硕果构成了欧洲文学史上的第二个繁荣阶段。

文艺复兴运动是一次伟大的思想文化解放运动，对人类社会历史的发展产生了极其重大的影响。

第一章

远古欧洲文学

小引

远古欧洲文学包括古希腊文学和古罗马文学。

古希腊、罗马是欧洲文学也是欧洲文明的发祥地。

古希腊、罗马所处的爱琴海地区极具海洋特点，在爱琴海上，大约有1 000个岛屿星罗棋布。沿海土壤的贫瘠使得希腊人以商贸业而不是以农耕作为他们主要的经济生活方式，城市成为希腊社会的中心。商业与农业的不同之处在于其个体性和风险性，因此个人的作用、能力和价值得到尊崇，古代希腊人也养成了富于创新能力的自由开放的性格。同时，由于崇山峻岭的切割，希腊没有一块单一的大片土地处于王权的控制之下，这就造成了多元性的思想和信仰，民主理念和民主制度也得以滋生和发展。

作为西方文化源头之一的古希腊、罗马文化，从根本上说是一种以人为本的文化。当时的人们像一群张扬天性的“正常的儿童”①。他们积极地探索自然，同时也理性地反观自身；他们不避讳对财富与荣誉的向往，也不忽略对个性与自由的维护。在此过程中逐渐摆脱了对神灵的依附，树立起对个人价值的自信，彰显出人类的无限潜能。古希腊、罗马文化，无论在神话、史诗、戏剧，还是在造型艺术中都展示出强烈的世俗精神和人文色彩。

本章着重讲述古希腊、罗马文学产生的背景与特点。古希腊文学部分重点介绍了包括神的故事和英雄传说的古希腊神话，荷马史诗和古希腊三大戏剧家埃斯库罗斯、索福克勒斯、欧里庇得斯；古罗马文学部分则介绍了维吉尔等三大诗人。

① 《马克思恩格斯选集》，2版，第2卷，29页，北京，人民出版社，1995。

第一节 概述

一、古希腊文学

大约在公元前20世纪初，古希腊人率先进入巴尔干半岛南端并在那里定居，后来逐渐向爱琴海诸岛、小亚细亚西岸、意大利南部海岸派遣移民。移民所到之处社会繁荣发展，随之移植的文化也日益昌盛，人们以“大希腊”来称呼这个新世界，它就是欧洲文学史中古希腊的地理范畴。

至公元前12世纪，大希腊中富庶的克里特岛和迈锡尼地区先后完成了原始社会向奴隶社会的过渡，创造了繁荣的早期奴隶制文化——爱琴文化。近代考古发现，当时所用的类似象形的文字与后来的希腊文字有着密切的关系，但这一时期并没有文学资料留存下来。

公元前12世纪末，仍处于原始社会的多利斯人进入希腊，摧毁了当地原有的奴隶制经济，希腊重又回到了氏族社会。从这时起一直到公元前8世纪，是大希腊的多利斯人由氏族公社制社会向奴隶社会过渡的时期，史称“英雄时代”，又称“荷马时代”。

这一时期文学的主要成就，是与希腊泛神论宗教密不可分的神话和欧洲文学史上最伟大的史诗——荷马史诗。

古希腊神话是古希腊人所创造的民间口头文学，散见于荷马史诗、赫西俄德的《神谱》以及古希腊的诗歌、戏剧和哲学著作中，为后世不同艺术领域的许多作品提供了素材。

荷马史诗产生于古希腊早期文化基础之上，创作手法和文字技巧已经相当成熟。古希腊早期神话中的神祇往往比较呆板，如《神谱》中混沌神卡俄斯、地母盖亚，只是自然界的象征符号；稍后出现的奥林匹斯诸神，也往往是单一性格。而荷马史诗中的主要人物具备了性格的鲜明性和丰富性，是欧洲文学史上最早的优秀文学巨著。

荷马史诗以一定的历史事实为依据，广泛地反映出当时希腊社会从原始公社制向奴隶制过渡时期的经济、政治、军事等方面的状况，蕴含着大量的史学信息，是研究古希腊社会的重要文献。

公元前8世纪到公元前6世纪，希腊氏族社会解体，奴隶制城邦逐渐形成。个人意识的觉醒使抒情诗取代史诗并进入兴盛时代。

抒情诗源于民间歌谣，根据最初伴奏乐器的不同而分为笛歌与琴歌两类。在众多诗歌作者当中，最为著名的是被柏拉图称为“第十位缪斯女神”的女诗人萨福（前612？—？）和阿那克里翁（前570？—前480?）。

萨福出身于富有的贵族世家，曾在罗德斯岛建女校教授诗歌、音乐、仪态、美容和服饰。她培育慕名而来的美丽少女，为她们创作了九卷动人的情诗和婚歌。萨福的诗歌广为流传，罗德斯岛居民为了表示其爱戴与骄傲，在萨福生前就把她的头像铸上了银币。

萨福的诗歌后来被中世纪教会视为异端而遭焚毁，目前仅存一首完整的诗章，其余均为残篇断简。

周作人翻译的《伊索寓言》封面

萨福是最早用第一人称写作并把咏唱对象由神转向人的作者之一。其诗作以爱和欲望为主题，风格典雅性感，意象凄婉优美，内涵饱满丰富。萨福诗艺很高，从残篇中可以看到她对暗喻技巧的娴熟运用。其作品篇幅短小，音节单纯，格律独特，在西方诗歌史上被称为“萨福体”，与供人吟唱的中国古词相近，而谱曲正为她所擅长。

萨福死后声名传遍希腊，受到西欧历代具有贵族倾向的诗人的推崇。

阿那克里翁是一位在优裕平和的环境中活到高寿的希腊宫廷诗人。其诗作形成了仿者众多的“阿那克里翁体”，他写了五卷诗，但留存甚少。内容多歌颂生活乐趣，歌颂美酒和爱情。其风格较萨福更平实舒缓，语句朴素，描写细腻，深得古希腊人和近代诗人喜爱。

总的来说，这一时期抒情诗内容多样，但题材狭窄，主要表现奴隶主贵族的生活情趣。

与此同时，民间流传着的许多以动物生活为主要内容的寓言故事则反映了下层平民和奴隶的思想感情。这些故事相传为公元前6世纪时一位名叫伊索的被释奴隶所作，经后人收集汇编而成《伊索寓言》。与抒情诗不同，这三四百个寓言故事运用拟人手法，通过描写动物之间的关系来表现当时的社会关系，表达了备受欺凌的下层人民的生活见解、道德原则和斗争经验，其中《狼和小羊》、《狐狸与葡萄》、《农夫和蛇》、《龟兔赛跑》等在后世广为流传。

公元前6世纪末到公元前4世纪初，是希腊奴隶制国家发展的全盛时期，希腊文化艺术水平也在这个时期达到了高峰，被人们称为“古典艺术的盛期”，简称“古典时期”。

古希腊当时分为许多奴隶制城邦。城邦中的奴隶多来自战俘和贫困的无产者，此外还有相当数量的“自由民”——自耕农、手艺人和脑力劳动者。小国寡民的古希腊城邦国家可以说是以公民权为核心概念而形成的政治实体，公民大会是各城邦最为重要的权力机构。亚里士多德曾借伯里克利的话道出了古代希腊民主的实质：“我们的制度之所以被称为民主政治，因为政权是在全体公民手中……每个人在法律上都是平等的。”① 这种先进的政治制度保证了古希腊公民的个性自由，促进了个人能力的发挥。到公元前5世纪初，除斯巴达外，多数城邦都实现了奴隶主民主制政治。政治上的开明促进了希腊文化艺术的进一步发展。

古希腊城邦地势多山、临海，人民要随时准备为城邦的存在和发展进行战争。因此，古希腊人十分重视体格的健壮和种族的优良，矫健和优美的裸体备受称羡。在奥林匹克，每四年要举行一次全希腊的运动会，并以获奖者为原型，用青铜或云石雕塑成像以资纪念。雕塑艺术在朝气蓬勃、乐观自信的古希腊人手中充分体现出古希腊人融外表与本质、理想与现实、自然与社会为一体的美学观。幸存至今的许多古代雕塑杰作，如阿基桑得罗斯的《拉奥孔群像》、亚历山德罗斯的《米洛斯的阿佛洛狄忒》、米隆的《掷铁饼者》等，无不显示出均衡、匀称、朴素、和谐的生命之美。

希腊音乐的起源笼罩着一层神话色彩。传说音乐由阿波罗辖下九位缪斯（Muse）女神创

① 转引自［古希腊］修昔底德：《伯罗奔尼撒战争史》，130页，北京，商务印书馆，1960。

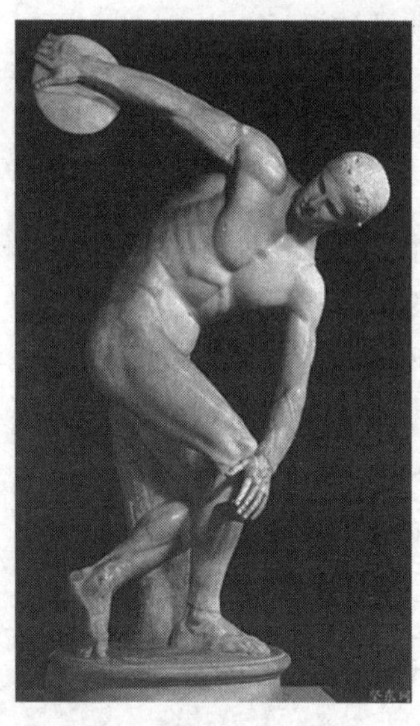
米隆的雕塑《掷铁饼者》

制，因此音乐被称为 Music。

希腊的艺术和建筑在神庙上得到最高体现。著名的雅典卫城的圣地帕特农神庙就是为雅典娜女神建造的。

雅典是这一时期希腊文化艺术的中心。在希腊与波斯的战争中，雅典是希腊各城邦的盟主。公元前 5 世纪中叶，雅典进入伯里克利执政的“黄金时代”。对外，他继续增进自己的利益，对内则采取民主政治，给人民更多的财富和自由。国力的强盛和民主的发展带来了古希腊文化艺术的进一步繁荣。

这一时期希腊文学以戏剧成就为最高，先后产生了三大悲剧家埃斯库罗斯、索福克勒斯、欧里庇得斯和喜剧家阿里斯托芬等。

在希腊的“古典时期”，希腊史学也取得了巨大成就。公元前 5 世纪，被后人称为“历史之父”的历史学家希罗多德（约前 484—前 425?）游历埃及、波斯、叙利亚等地，生动记录了地中海世界的产生、人民的生活、战争与和平等富于动感的场景。他的作品语言流畅，引人入胜，从中可以窥见古欧洲的散文风貌。

在哲学王国里，苏格拉底、柏拉图与亚里士多德“古希腊三贤”名师高徒，交相辉映。

苏格拉底（前 469—前 399），著名思想家、教育家，西方哲学的奠基者。曾与雅典许多智者辩论哲学问题，被认为是当时最有智慧的人，却以知道自己的无知而自豪。苏格拉底一生没留下任何著作，但影响巨大，在西方与孔子在中国历史上的地位相同。

柏拉图（约前 427—前 347）是雅典奴隶主贵族思想家，早年师从苏格拉底，后创立了系统的客观唯心主义理念论。他的《理想国》等 40 多篇对话录，通过对话者之间的辩论，广泛涉及各种文艺和美学问题，对后来欧洲文艺理论的发展产生了深远影响。

亚里士多德（前 384—前 322）是柏拉图的弟子，具有朴素的唯物论和辩证法倾向。在文艺论著《诗学》中，他总结了希腊文艺的创作经验，回答了文艺创作中的一些根本问题。

公元前 4 世纪末，位于希腊北方的马其顿帝国占领了希腊各个城邦，并远征波斯、埃及直至印度，把希腊文化带到东方，又把东方文化带回希腊，形成了欧洲历史上的“希腊化”时期。

这一时期的希腊文学艺术重形式而轻内容，逐渐失去了前两个世纪所具有的旺盛的生命力，仅在新喜剧方面略有成就。

新喜剧的代表作家是雅典城邦诗人米南德（前 342—前 292?），他出身贵族，学习过亚里士多德的戏剧理论，思想受到哲学家伊壁鸠鲁的影响，认为人们的幸运与不幸取决于性格。米南德创作了 105 部喜剧作品，曾经八次获奖，新喜剧中唯他有两部完整剧本《恨世者》、《萨摩斯女子》和一些残剧片段传世。

米南德的喜剧通过爱情故事和家庭关系，反映日常生活，表现了青年男女要求自由自主的愿望和平等、宽大、仁慈等调和观念。其风格明白如散文，没有插科打诨，词句也并不粗鲁，多以性格描写取胜。

米南德生前死后都很有名。其作品曾多次被罗马喜剧家改编，因而对欧洲文艺复兴时期和现代喜剧均有影响。

二、古罗马文学

古罗马文学形成于公元前 3 世纪中叶。在它诞生和发展的初期，古希腊文学已经达到高度繁荣。

原马其顿王亚历山大大帝死后，以现在的意大利为本土的罗马城邦兴起。

罗马城邦于公元前 8 世纪到公元前 6 世纪完成了氏族社会向奴隶制社会的过渡，公元前 5 世纪建立了奴隶制的贵族共和政体，公元前 4 世纪开始向外扩张，从公元前 3 世纪到公元前 2 世纪末迅速崛起，进入全盛时期。公元前 197 年，罗马战胜马其顿，其后把希腊划为属地。此后罗马帝国版图日益扩大，成为横跨欧、非、亚的经济和军事大帝国。

罗马帝国在军事、法制、工程等方面取得了巨大而独特的成就。

约公元前 451 年《十二表法》作为第一部成文法标志了罗马法的产生。其后有公民法、万民法等。罗马法自成体系，是现代西方法律的起源。罗马法中含有天赋人权、私权神圣等观念，为文艺复兴和启蒙思想家所极力推崇。

在建筑庞大而豪华的都市过程中，罗马人广泛地使用拱券（穹窿）结构，修建了重叠数层的引水天桥（罗马大水道），这种壮观的“罗马式”建筑样式成为西方建筑艺术的主要传统之一。

古罗马剧场

古罗马文明是辉煌的，但古罗马所取得的文化成就却根本无法与古希腊媲美。这固然与罗马人注重开疆拓土，相对忽视文化建树不无关系，也与古希腊文明光焰万丈不可逾越有关。

希腊被罗马征服，反过来又以自己发达的文化征服了罗马。那些从希腊俘虏来的生活在铁蹄皮鞭下的奴隶，带给罗马文化以极大的影响。古罗马文学就是在模仿、吸收和继承古希腊文学的基础上，根据本民族的特点和现实需要发展而来的。

在罗马帝国时代，财力充沛、文化活跃，观赏戏剧是人们社会生活的重要组成部分，在罗马戏剧极盛时期甚至一年中竟有 175 天都在上演戏剧。从现存剧作看，古罗马喜剧代表作家是普劳图斯和泰伦提乌斯，悲剧代表作家是塞内加。

公元前 55 年左右，罗马仿照希腊剧场建成了据说能容纳四万观众的永久性剧场——庞培剧场。它是一座浑厚雄伟的椭圆形露天建筑，以巨大的砖石建筑取代了古希腊傍山而筑的单一观众席。剧场外立面是疏密得当、大小相同的连续拱券结构；内部层层台阶环绕而成的半圆形观众席占据了剧场的一半；中间为平坦宽阔的舞台，舞台后面是很高的装饰墙。庞培剧场以其端正古朴成为欧洲建筑的经典之作。

公元前1世纪上半叶是罗马文学迅速发展的时期，希腊的影响逐渐减弱，罗马文学开始具备自己的民族风格。具体表现在散文和诗歌方面，代表作家是西塞罗和卢克莱修。

西塞罗（前106—前43）是罗马共和国末期最杰出的演说家和散文家，同时也是伟大的哲学家和教育家，是古典共和思想最优秀的代表、罗马文学黄金时代的天才。西塞罗留下来的58篇演说词不仅程式讲究、说理透辟，而且文辞优美、音韵和谐，其典雅的拉丁文体促进了拉丁文学的发展，从而影响了罗马以及后来欧洲的教育。

卢克莱修（前98—前55）是罗马共和国末期伟大的诗人。他唯一存世的作品是唯物主义哲理诗《物性论》，也是古希腊、罗马流传至今的唯一完整而系统的哲学长诗。该诗长达六卷，每卷1 000多行，系统地阐述了古希腊哲学家伊壁鸠鲁的原子论哲学，是一部文笔优美的长篇巨著。全诗规模宏大，风格崇高，不少比喻形象生动，把抽象的哲学概念表现得浅显易懂，富于说服力。

公元前27年至公元14年是屋大维统治的“奥古斯都”时期。屋大维十分重视文学创作，他把当时最富才华的作家团结在自己周围，为巩固新政权服务，罗马文学因此进入“黄金时代”。这一时期的诗歌成就达到了高峰，哲理诗、讽刺诗、抒情诗、史诗全面发展，诗人辈出，其中最为著名的是“麦凯纳斯文学集团”三大诗人维吉尔、贺拉斯和奥维德。

维吉尔（前70—前19）是古罗马杰出的诗人，生于意大利北部曼图亚附近的农村。这一带农业兴旺，文化发达，出现过许多重要文人。维吉尔先世务农，但家境较好，使他得以从小受到良好教育，学过修辞学、医学、算学和法律，还学过伊壁鸠鲁哲学。

因为身体多病，维吉尔未服兵役，在内战期间专心写作，著有《农事诗》四卷和《牧歌》十首。屋大维称帝后，维吉尔甚得礼遇，受命为罗马创作史诗。经过多年呕心沥血，终于写成长达万余行的长篇史诗《埃涅阿斯纪》（前29—前19），未及修改定稿，他便溘然去世。

《埃涅阿斯纪》的内容源于古罗马神话传说。传说中罗马人最早的祖先是来自特洛伊的英雄埃涅阿斯。当特洛伊城被攻陷之后，埃涅阿斯在天神护卫下逃了出来，漂流到意大利，成为罗马的开国之君。

《埃涅阿斯纪》封面

《埃涅阿斯纪》的主题意在歌颂奥古斯都王朝的神圣，宣扬屋大维的天赋神权，同时也歌颂罗马人的光荣历史和民族精神，以此激发罗马人民的爱国热情。

史诗主人公埃涅阿斯虔诚、勇敢、克制、大度、公正、仁爱，具备理想政治领袖所应具备的各种美德。与其他英雄相比，埃涅阿斯和俄底修斯同是流浪者，但埃涅阿斯负有重大使命，是神的意志的执行者；埃涅阿斯和阿喀琉斯同为武将，却不像后者那样为了争夺女俘而放弃责任，为建国兴邦，埃涅阿斯用理智克制了私人感情。在《埃涅阿斯纪》里，欧洲文学中第一次出现了责任与爱情相互冲突的主题。

《埃涅阿斯纪》的写作，以荷马史诗为范本。前六卷模仿《奥德赛》写主人公的海上漂流，后六卷模仿《伊利亚特》写战争，在具体情节和写法上也有很多模仿荷马史诗的地方，但效果多有不及。首先，荷马史诗经过多年民间流传而形成，维吉尔的史诗则由诗人个人创作，人工雕琢的痕迹较重；其次，荷马笔下的人物形象生动活泼，个性鲜明，维吉尔的人物则缺乏个性，流于图解；再次，荷马史诗语言朴素有力，维吉尔的语言则显得华丽、堆砌。在艺术手法上，《埃涅阿斯纪》也运用了大量的比喻、重复、对比等手法，但它最突出的艺术特点是细腻的心理描写。

尽管如此，维吉尔的《埃涅阿斯纪》仍不失为一部具有成熟思想和沉重历史感的伟大的民族史诗，因为它为罗马民族保存了一部光荣的神话史，使原先流传于民间的神话得以系统化，并灌注以爱国家、爱民族的崇高精神。比之于荷马史诗乐观勇敢的风格，《埃涅阿斯纪》更充满了悲天悯人的忧郁情调，可以说是第一部“人文史诗”。此外史诗还对古代地中海诸岛的山川草木、风土人情进行了颇为详尽的描绘，具有一定的历史价值。在修辞上也表现出高超的造诣，语言简洁精练而富于暗示，音律谨严而富于节奏，风格严肃哀婉，是具有高度艺术修养的个人创作，成为后世文人史诗和拉丁文学的典范。

贺拉斯（前65—前8）是一位杰出的讽刺诗人和抒情诗人，也是一位有着重要影响的文艺理论家，其作品集名为《歌集》，题材内容十分广泛。贺拉斯的文艺理论著作均以诗简形式写成。最重要的一篇名为《诗艺》，该篇分三部分，分别讲述了诗歌创作的一般原则、诗歌的形式和技巧、诗人的修养和任务。贺拉斯的诗学主张对后来的古典主义文艺理论产生了很大的影响。

奥维德（前43—18）是奥古斯都时期第三位大诗人。其代表作《变形记》根据古希腊哲学家毕达哥拉斯的“灵魂轮回”理论而作，用变形（即人由于某种原因变成动物、植物、星星、石头等）这一线索贯穿全书约250个大小故事，堪称古希腊神话和罗马传说的分类汇编。

公元前3世纪至公元1世纪罗马帝国初期，还出现了以普劳图斯（前254？—前184?）、泰伦提乌斯（约前195—前159）为代表的古罗马喜剧。普劳图斯的剧本《一坛黄金》对老人爱财如命的心理作了细腻而深刻的刻画。泰伦提乌斯的剧本《婆母》倡导家庭中应具有互谅互让的仁爱精神。此外这一时期还出现了以塞内加（前4？—65）为代表的古罗马悲剧家，其剧作以古希腊古典悲剧为蓝本，影射罗马的现实生活，抒发个人对人生的看法和发泄对专制政体的不满。著名剧作有《特洛伊妇女》、《美狄亚》等。

屋大维死后，罗马帝国成为君主专制国家。人民失去言论自由，文学作品的颓废倾向日益明显。从2世纪下半叶起，罗马出现严重的政治、经济危机。公元395年，罗马正式分裂为二，西罗马帝国建都罗马，东罗马帝国建都拜占庭。此后奴隶起义此起彼伏，北方民族相继入侵，罗马帝国分崩离析，西罗马帝国于476年灭亡。

第二节 古希腊神话

古希腊神话源于古老的爱琴文明。与其他民族神话一样，古希腊神话也是人类“用想象和借助想象以征服自然力，支配自然力，把自然力加以形象化”① 的产物。原始希腊人处于科学和生产力发展的低级阶段，对人的生死，对自然现象，都感到神秘和难解，于是在不断的幻想与沉思当中，人格化了天地日月、山川林木乃至曙光彩虹，自然界各种变化的动力也被归于神的意志。

在希腊人向外寻拓生活空间的时候，他们开始崇拜英雄豪杰，因而产生了许多人神交织的民族英雄故事。

古希腊神话在原始希腊人口耳相传的基础上，形成基本规模，记录在荷马史诗和赫西俄德的《神谱》及古希腊的诗歌、戏剧、历史、哲学等著作中。

古希腊神话发展经历了漫长的时期，内容浩繁，支脉庞杂，传说众多，带有明显的家族色彩和希腊社会各个不同发展阶段的印迹。

古希腊神话大致由神的故事和英雄传说两部分组成。

一、神的故事

神的故事包括开天辟地、神的诞生、神的宗谱、神的活动、人类的起源等，反映了希腊蒙昧时期血缘家庭、两性杂交、母权制等社会现象。

早期的诸神来自四面八方，部族的混杂和文明的更迭，造成了神话主人公们出身的不同。主神宙斯和司掌农业之女神得墨忒尔的出身显然具有印度色彩，瑞亚出自克里特文化，雅典娜出自迈锡尼文化，赫尔墨斯和赫拉出自爱琴文明或希腊青铜器时代的文化，阿波罗来自爱奥尼亚，爱神阿佛洛狄忒则来自塞浦路斯或西塞拉，狄俄尼索斯和阿瑞斯来自色雷斯。这种状况反映了公元前20世纪北方各部落对希腊半岛轮番入侵的史实。直到后来赫西俄德创作了《神谱》，才把诸神统一到一个体系当中。

据赫西俄德记载，古希腊人认为宇宙中最先出现的是卡俄斯（混沌神），他生出了盖亚（地母）、厄洛斯（小爱神）和塔尔塔罗斯（地狱神），之后又生了尼克斯（黑夜神）和埃波瑞斯（黑暗神）。黑夜和黑暗结合生出光明神和白昼神。

地母盖亚独自生出了乌拉诺斯（天空）、高山和大海。乌拉诺斯成为第一代天神（世界的主宰）。

乌拉诺斯以其母盖亚为妻生下六男六女，总名“提坦”，其中有克洛诺斯和瑞亚。12个提坦神彼此结合生出了太阳神、月亮神、曙光神和小神普罗米修斯等，构成提坦族。乌拉诺斯仇视子女，将他们全部囚于地下。在盖亚的鼓动和协助下，克洛诺斯起而反抗并阉割了乌拉诺斯，成为第二代天神。克洛诺斯与其妹瑞亚结合又生有六男六女。出于对子女夺权的恐惧，克洛诺斯吞掉了所有子女，只有最小的宙斯在瑞亚的保护下得以幸免。后来经过十年“提坦战争”，宙斯推翻父亲的统治成为第三代天神。

这一段古希腊早期神话反映了人类蒙昧时代的情况，如母子、兄妹结婚等反映出在两性关系和家庭形式上有着明显的杂交和血缘家庭的痕迹。同时还可以看到母系社会中女性在政治斗争中所起到的决定性作用，吃人之风仍留有残余。而乌拉诺斯、克洛诺斯、宙斯神系确立的过

① 《马克思恩格斯选集》，2版，第2卷，29页。

程，也就是希腊由母权制社会向父权制社会过渡的过程。

在赫西俄德的《神谱》中，宙斯与他的哥哥姐姐住在奥林匹斯山上，被称为“奥林匹斯十二主神”。神灵们各司其职、分工细致，形成了一种和谐稳定的神性律法，即使天神宙斯也不能随便干涉其他神行使职能，这体现了古希腊人当时的政治和生产生活等情况。

宙斯：世间最高统治者和雷电之神，雷霆是他的信号，虹和鹰是他的使者，在神或人的战事中所向无敌。

赫拉：宙斯的姐姐和正妻，代表自然界的女性因素，是婚姻和生育的女神。

雅典娜：智慧女神，在战争中赐予人们勇敢精神和胜利，在和平日子里则使人们精于技艺。作为雅典城的守护女神，她被视为古希腊文学、艺术、科学中天才的代表。

阿波罗：太阳神和预言、拯救之神。以月桂树为装饰，在诗歌与艺术中被看做光明、青春和音乐之神。

阿尔忒弥斯：月亮女神、狩猎女神和助产女神，她使野生动物繁衍，同时保护妇女，象征着贞洁。

赫尔墨斯：神使，也是财富之神，主管交通、商业和体育，有一双带翼的草鞋。

波塞冬：海洋和水域之神，常乘着海马拉的两轮战车出现于海上或以公牛的形状出现于河中。海神也被想象为大地的肩负者，地震就是由他的摇撼所致。

阿佛洛狄忒（罗马名维纳斯）：爱与美之神，诞生于海的泡沫之中，代表着最高级形态的爱情和最低级形态的情欲，是文雅与优美的赐予者和保护者。

得墨忒尔：司掌农业之女神。

赫菲斯托斯：跛足的火神和工匠之神，万能的制造家。

阿瑞斯：战神和瘟疫之神。

狄俄尼索斯：植物生长之神、酒神和狂饮欢乐之神。

建立于奥林匹斯山上的以宙斯为首的庞大家族主要反映了当时父权社会的现实。以十二主神为代表的希腊诸神实际上就是各种自然力的化身。

与其他比较发达的宗教中的神不同，希腊人对神敬而不畏，人与神的区别仅仅在于神的长生不老、美丽非凡和法力无边。

在古希腊神话中，奥林匹斯诸神大多拥有黄金比例的体型和富于个性的俊美外表。雅典娜是“高大美丽的善作巧艺的女神”，有着“修长柔美的颈项、光滑丰满的秀乳和灼灼如火的目光”，其美丽就连倾国倾城的绝代佳人海伦都为之惊羡不已；宙斯和波塞冬也都是风度翩翩、具有王者威严的有须男子。

诸神外表的美给人以赏心悦目的享受，其内在的理性光芒更是受到古希腊人的崇拜。作为智慧与力量化身的雅典娜，兼有多种职能，她把纺纱、织布、造车等多种技艺传授给人类，还发明了犁耙，驯服了牛羊；在她的指挥之下，狄俄墨得斯打败了战神阿瑞斯，阿尔戈的英雄们成功地取得了金羊毛，忒修斯顺利地割下了女怪美杜莎的头；雅典娜还为许多城邦制定法律，连柏拉图也赞叹她的智慧适于治理国家的事务。

普罗米修斯在最古老的神话中就具有保护神的特点，传说是他最早向人类传授了建筑房屋、制造船舶、从事手工业、医病、占卜、观天象以及穿衣、计算、书写、阅读和辨别一年四季等生存技能和知识。尤其重要的是，普罗米修斯违抗宙斯的禁令盗取天火送给人类，帮助人类迈出了从“自然”（natural）人转变为“文化”（cultural）人的关键一步。这些福泽人间的神

《希腊神话和传说》封面

代表了古希腊人所向往的完美的理想人格。

希腊人是根据人类自身的生活习性和性格来塑造诸神的，所以希腊诸神不仅与人同形，而且与人同性，具有人的思想性格和心理特征。他们“宽待驯顺者，仇视忤逆者，而且也和人一样好妒忌，好报复，好虚荣”①，和人一样受命运支配。他们的生活与世俗生活十分接近。

由于具备了人类的一切美德和缺陷，希腊诸神是颇为可爱的。

比如众神之王宙斯，既是最高权力的象征，又是一个到处追逐凡间女子的毫无自制能力的好色之徒，他撒下的爱情种子不计其数，对老婆却又心存畏惧。天后赫拉则是个打翻了醋坛子的女人形象。爱神阿佛洛狄忒象征着美好的爱情，却又不失美艳和肉欲，其不加检点的绯闻甚至不亚于宙斯。雅典娜代表着智慧和艺术，但是她也有着人类所有的偏爱和报复心理。

在奥林匹斯山上，经常可以看到狂饮酗酒的神、因琐碎小事而争吵不休的神、被妒忌之火燃烧得不能自制的神、要小聪明搞阴谋诡计聪明反被聪明误的神、性格粗暴丧失理智的神、争强好胜却四处碰壁的神，还有身体残疾瘸腿独眼的神。这些神需要吃喝、需要睡眠、需要打情骂俏谈情说爱，甚至经常与凡人私通并生儿育女。

在希腊人看来，诸神的这些美德和弱点并无好坏之分。爱神阿佛洛狄忒对被迫嫁给跛足的火神赫菲斯托斯不满，勇敢地追求属于自己的爱情，与战神阿瑞斯陷入热恋。赫菲斯托斯为报复二人将他们用网困在床上，并邀请众神前来观看。而众神非但没有鄙视这对情人，财富之神赫尔墨斯甚至还相当羡慕，表示即使用三张网将他缠住，只要能同阿佛洛狄忒在一起，他也心甘情愿。由此可见，希腊人并不蔑视自己的欲望，他们认为自然的事物是没有邪恶的，肉体的需求是肉体的一部分，是人类生存的必要条件，也正是生活的诱人之处。

二、英雄传说

英雄传说产生的时代略晚，它源于古希腊人对于祖先的崇拜，其中既有神化了的历史事件，也包括氏族社会里人与自然的斗争故事。

在原始社会，个人必须依靠集体的力量才能获得生活资料，抵御野兽与敌人。因此，这一时期集体的力量和为集体做出巨大贡献的、刚强而勇敢的人物就成了歌颂的对象。作为一个氏族部落集体的光荣业绩的象征，这些人物和事迹代代相传，逐渐从零星的传说发展成独立的神话系统，如赫拉克勒斯建立12件大功的故事、伊阿宋率领阿尔戈英雄夺取金羊毛的故事、忒修斯为民除害的故事、关于忒拜的传说以及特洛伊战争等。

传说中的英雄多是神和人所生的半人半神的后代，他们力量过人、聪明机智、意志顽强，最著名的是大力士赫拉克勒斯。赫拉克勒斯由宙斯和忒拜王后幽会所生，自幼遭到天后赫拉的嫉恨和迫害。长大之后，在“美德”女神的指引下，他不畏艰难造福于人民，先后完成了杀巨

① ［苏］高尔基：《论文学》，99页，北京，人民文学出版社，1978。

狮、斩毒龙、擒疯牛、引水清扫奥革阿斯积粪如山的牛圈等12件苦差，最后得以升天为神。赫拉克勒斯身上反映着人民群众集体的智慧和力量，也体现着希腊人对个体生命价值的执着追求和强烈的人本意识。希腊英雄们富于进取的精神、不屈不挠的意志和无所畏惧的勇气，正是古希腊神话留给后人的最为宝贵的精神遗产。

除了神的故事和英雄传说之外，希腊神话中还包括不少关于自然现象的成因、某些习俗和名称由来的故事，比如司掌农业的女神得墨忒尔和她的女儿珀尔赛芳涅的故事就反映了古希腊人对四季时序形成的朴素解释。

希腊神话具有极强的想象力，不仅把自然界事物拟人化，也把人类精神领域和社会生活领域的现象进行了拟人化构想，创造出许多动人的意境和形象，如阿波罗的爱情、法厄同驾太阳车、潘多拉的盒子等故事。同时希腊神话还具有极强的故事性，前因后果相互勾连，情节起伏跌宕，如宙斯与伊俄的故事、哈得斯的故事等。

作为最古老的口头文学的古希腊神话，是古希腊人最初意识活动的成果，它以艺术和哲理的方式反映了古希腊人对自然最原始的认识和希腊氏族社会本质的面貌，保留了原始、自然的人性标本，表现了原始社会时期人类的自尊、公正、刚强和勇敢，具有天真美丽和清新质朴的风格。

在全世界所有神话中，希腊神话有谱系、有阶段，最完整、最系统，数量最多、内容最为丰富、形式最为优美，有着很高的美学价值。因此，它不仅成为古希腊、罗马文学艺术的土壤和宝库，而且也对后世欧洲文化产生了巨大的影响。

第三节
荷马史诗

荷马史诗大约在公元前9世纪到公元前8世纪由古希腊盲诗人荷马搜集、整理而成，包括两部具有完整情节的史诗——《伊利亚特》（一译《伊利昂纪》）和《奥德赛》（一译《奥德修纪》），其内容来源于古代歌谣、神话故事和英雄史诗。

荷马像

荷马史诗不是一时一人之作，而是保留在全体希腊人记忆中的历史。

公元前12世纪末，希腊半岛南部地区的阿凯亚人和小亚细亚北部的特洛伊人之间发生了一场为期十年的战争。战争结束后，小亚细亚一带产生了许多歌颂战争中氏族部落英雄的传说和短歌。这些诗体故事由行吟诗人代代相传，彼此转述，在节日或盛宴等公众集会的场合中弦歌咏唱。历经几个世纪不断的增益和修改，到了荷马手里被删定为两大部分，成为定型作品。公元前 6 世纪，再由雅典宫廷文人用文字固定下来。人们今天所看到的《荷马史诗》，是公元前 3 至前 2 世纪由学者们最后编订的。

《伊利亚特》描写特洛伊战争的故事，《奥德赛》则描写希腊英雄俄底修斯在特洛伊战争后还乡途中的惊险故事，两部史诗在内容上各自独立而又互有关联。

一、《伊利亚特》

“伊利亚特”的意思是关于伊利昂（特洛伊人之都城）战争的长诗，即“伊利昂之歌”。伊利昂城位于小亚细亚西北海岸，是古希腊时期一座繁荣富庶的城市，也是当时重要的海运交通枢纽，据考证曾经九次被焚毁。

传说中与史诗相近的是第六次：特洛伊王子帕里斯出使希腊受到款待，却拐走了斯巴达王墨涅拉俄斯的妻子——宙斯和勒达所生的全希腊最美的女人海伦，希腊各族激愤之下推举迈锡尼王阿伽门农为联军统帅，邀集希腊各路英雄率十万大军渡海攻打特洛伊。战争持续十年不分胜负，众神各助一方。公元前 1184 年左右，希腊人最终用俄底修斯内藏伏兵的木马计攻陷了伊利昂。

《伊利亚特》全诗 15 693 行，以希腊联军统帅阿伽门农和勇将阿喀琉斯的争吵为中心，集中地描写了战争结束前几十天发生的事件。

史诗以“阿喀琉斯的愤怒”开始。

希腊联军围攻特洛伊十年未克。主帅阿伽门农凭借个人权势，专横无理地夺走了阿喀琉斯的女俘，阿喀琉斯愤而退出战斗，希腊联军失去最勇猛的将领，抵挡不住特洛伊主帅赫克托尔（帕里斯的哥哥）的凌厉攻势，屡战屡败，一直退到了海岸边，情势十分危急。

阿伽门农登门谢罪，请求和解，请阿喀琉斯继续参加战斗，遭到拒绝。

阿喀琉斯的好友帕特罗克洛斯看到阿凯亚人将要全军覆灭，便借用了阿喀琉斯的黄金盔甲披挂出战。特洛伊人闻风丧胆，阵脚大乱，自相踩踏致死无数。后被赫克托尔识破杀死并夺走了战具。

阿喀琉斯悲愤交加，重新打造装备，上阵大展神威，用长枪刺死了赫克托尔，并用战车拖着赫克托尔的尸体绕城三匝。

特洛伊老王（赫克托尔的父亲）暗夜来到阿喀琉斯的营帐，赎回了赫克托尔。在特洛伊人为赫克托尔举行的隆重葬礼中，史诗结束。

《伊利亚特》中的主要英雄是希腊最英勇最英俊的少年、“战场上的王者”——阿喀琉斯。

传说中阿喀琉斯是人间国王佩琉斯与海洋女神忒提斯结婚生下的儿子，具有健美的肌体、无敌的武艺和忘我战斗的冒险性格。阿喀琉斯出生后，其母曾经倒提一只脚把他浸入冥河（一说把他放在天火里煅烧），使他周身刀剑不入，唯脚踵成为唯一致命之处。神谕阿喀琉斯有两种命运：或默默无闻而长寿，或在战场上光荣地死亡。母亲为保护爱子，将他乔装打扮藏于女孩子群中。在被智者俄底修斯设计识破之后，阿喀琉斯毫不犹豫地走上了与特洛伊人作战的战场，所向披靡，建立了无数功勋。最后死于庇护特洛伊的太阳神阿波罗的神箭。

阿喀琉斯骁勇善战、血气方刚，面对阿伽门农的侮辱，当场公开斥责阿伽门农的损人利己并拔刀相向，继而退出战斗，即使阿伽门农登门谢罪，他也无动于衷。

愤懑使阿喀琉斯心肠刚硬，但他对自己的部落仍然抱有强烈的责任心和荣誉感。当看到挚友战死、希腊联军濒临绝境时，阿喀琉斯悲痛欲狂，披挂出马，终将赫克托尔杀死。而当赫克托尔的父亲特洛伊老王跪在他面前，泪流满面地吻着那双杀死自己儿子的手，哀求阿喀琉斯允许他赎回儿子的尸身时，阿喀琉斯忽然想到自己年迈的父亲，推己及人，竟然激动得大哭起来，不仅将赫克托尔的尸体交还给特洛伊老王，而且答应休战十一天，让老王得以从容安葬赫克托尔。

阿喀琉斯是一位性格复杂、感情丰富的英雄。在他身上，有着对强者的抗争、对敌人的残忍；有着对母亲的热爱、对朋友的挚爱、对老人的敬爱。所有这些感情和行动的变化，对阿喀琉斯来说都是极为自然的。从发怒到息怒，他并没有经过不可克制的内心冲突，而这正是阶级对抗前氏族英雄的特色。史诗以阿喀琉斯的愤怒为主线，以多半篇幅描写阿喀琉斯休战期间两军的战况。通过他的退出与复出，全诗不仅写出了战争的起因和作战双方的兵力部署，而且也得以更为充分地展示了其他将领的英雄风采。

比阿喀琉斯更具悲剧英雄气质的是有着“特洛伊的城墙”之称的特洛伊大王子赫克托尔。与天生的战士阿喀琉斯不同，赫克托尔是形象高大完美的氏族领袖，他的力量来自责任感和使命感。赫克托尔为人果敢刚毅，勇冠三军，心思缜密，头脑冷静，他深爱着自己的部落和人民，尊重父亲，关怀弟弟，对妻儿一往情深。他极力反对为了弟弟帕里斯不光彩的私事而挑起与希腊人的争端。但当战事发生，他又舍下娇妻幼子，义无反顾地率领特洛伊人以生命投入了这场必输的残酷的战争。这是一位令人为之动容的悲剧英雄。

二、《奥德赛》

《奥德赛》全诗 12 110 行，叙述了希腊英雄俄底修斯在献计攻破特洛伊城后历险回归故里的故事，表现了处于敌意的神、敌意的人和敌意的大自然三重包围中的人生的艰厄。

俄底修斯还乡途中漂流十年，而史诗实际上所写的只是十年中最后四十天内的事情，之前的全部经历都是通过俄底修斯的回忆追述出来的。这十年惊心动魄的经历中包含了许多远古的神话，反映了当时的自然现象和古希腊人同自然的不屈斗争。

史诗第一部分写俄底修斯的家庭情况。

希腊各路英雄带着他们掠获的战利品纷纷返回故国，只有俄底修斯经年不归。家乡人认为他已经亡故，许多贵族聚集出入于他的官邸，逼迫俄底修斯的王后佩涅洛佩跟他们之中的一人结婚。佩涅洛佩忠贞不渝，巧为周旋。她假装答应，说要等她织好一块布，而这块布她每天在白天织好多少，到夜间就拆掉多少。俄底修斯的儿子忒勒玛科斯在求婚者们的嘲笑声中离开去寻找他的父亲，在墨涅拉俄斯和海伦那里打听到了父亲的行踪。

史诗第二部分写俄底修斯十年间经历的艰难险阻。

《荷马史诗·奥德赛》封面

海上流浪十年之后，俄底修斯来到了菲埃克斯人的国土，在国王和王后款待他的晚宴上，宫廷歌手吟唱的特洛伊故事使他流下了眼泪。在国王的敦促下，俄底修斯说出了他这些年所经历的常人无法想象的故事。独目巨人吃掉了他许多同伴，神女喀尔刻又把他的同伴用巫术变成猪，他曾到达环绕大地的瀛海边缘，躲过女妖塞壬迷惑人的歌声，逃过怪物卡律布狄斯和斯库拉，还曾被女神卡吕普索留住岛上。国王大为感动，送俄底修斯返回故乡。

史诗第三部分写俄底修斯设法复仇并与妻子团聚的故事。俄底修斯乔装乞丐回到王宫，忠实的老狗认出了他，老奶妈也因为他腿上的疤痕认出了他。在佩涅洛佩安排的老乞丐和求婚者之间的角力决赛中，求婚者们无力拉开属于俄底修斯的那把著名的欧律托斯之弓，而老乞丐却轻而易举地拉弓射箭，箭矢轻易穿过了一排十二柄战斧的小孔。这时老乞丐除下了伪装，俄底修斯父子和仅有的两个忠心的随从一举杀死了那些作恶的求婚者，俄底修斯夺回了他的忠实的妻子。

《奥德赛》的中心形象是俄底修斯。

在《伊利亚特》中，俄底修斯是足智多谋、能言善辩的政治家，而在《奥德赛》中，他成了一个顽强而机智地同大自然作斗争的英雄人物。由于他刺瞎了巨人波吕非靡斯的眼睛，激怒了巨人之父海神波塞冬，因而一路之上遭遇无数艰险。然而俄底修斯依靠自己的智慧和勇敢，巧妙地度过了重重灾难。惊涛骇浪、妖魔鬼怪吓不倒他，爱情的诱惑和安逸的享乐生活也不能动摇他，鼓舞他排除万难的力量就是他对故土的热爱和思念。史诗歌颂的俄底修斯的这种感情正是氏族社会中人们对于部落的血肉深情。

《伊利亚特》和《奥德赛》的艺术风格不同。《伊利亚特》以英雄业绩为中心，绝大部分篇幅用来描写英雄们的战斗，这些充满英雄主义气息的描写格调悲壮，节奏急促，如烈火雷霆，如暴风骤雨，有一种强烈的“阳刚之美”；而《奥德赛》主要描写航海生活和家庭生活，虽然也有惊心动魄的战斗场面，但场景瑰丽，幻想奇妙，平静的格调有如夏夜幽梦，颇具“阴柔之美”。

但是因为二者贯穿着相同的思想基调和生活观点，所以仍然被看成是既独立又相关联的姊妹篇。

作为“希腊人由野蛮时代带入文明时代的主要遗产”①，荷马史诗展现了古希腊氏族社会向奴隶制社会过渡时期的历史生活图景，对古希腊的政治、经济、军事、社会习俗、风土人情等各个方面都进行了广泛真实的描绘，称得上是古代希腊从氏族社会过渡到奴隶制时期的社会史和风俗史，在历史、地理、考古学和民俗学方面都具有很高价值。

荷马史诗表现了人文主义的思想，肯定了人的尊严、价值和力量，是古希腊最伟大的民间文学作品，是对个人英雄主义最经典、最精彩的颂歌。

《伊利亚特》把战争看成正当的、合理的和伟大的事业，但同时又描写了战争的残酷、战争所导致的生灵涂炭，表达了人民的厌战和反战情绪，并通过英雄们的悲剧结局，隐约地表达了对战争的谴责。《奥德赛》歌颂了远古英雄们在与大自然和社会作斗争时表现出的勇敢机智和坚强乐观的精神。

荷马史诗用鲜明的笔触勾勒出一系列英雄形象。在英雄们身上，既集中了氏族集体所要求的各种品质，又初步显示出复杂的个性特征，每个形象都栩栩如生，呼之欲出。如阿喀琉斯的英勇无敌、赫克托尔的刚毅理智、俄底修斯的精明强干，又如阿伽门农的刚愎、墨涅拉俄斯的寡断等，“每个人都是一个整体，本身就是一个世界，每个人都是一个完满的有生气的人，而

---

① 《马克思恩格斯选集》，2版，第4卷，23页，北京，人民出版社，1995。

不是某种孤立的性格特征的寓言式的抽象品”①，完整明晰地描绘了对古希腊人曾产生持久影响的各种性格类型。

荷马史诗虽然是人类早期的作品，但却具有较高的艺术价值。

最值得称道的是史诗精巧的结构布局。两部史诗都涉及十年间所发生的事情，可是它们的内容都集中在第十年的几十天内，剪裁巧妙，重点突出。

《伊利亚特》以阿喀琉斯退出战斗后又投入战斗为线索组织素材，采用了顺叙手法；《奥德赛》则以俄底修斯回国为主线，以其子寻父为辅线，对俄底修斯的传奇经历采用了双线索加倒叙的手法，独具匠心。

此外，荷马史诗的语言也很有特点，自然质朴，简洁而形象，具有明显的口头文学特色。史诗中比喻极为丰富，在描述人物和事件时，使用了许多从日常生活和自然现象中选取而来的比喻，起到了渲染气氛和烘托人物性格的作用。

荷马史诗是希腊人民智慧的宝库，无论在艺术技巧还是在历史、地理、考古学、民俗学等方面都有很多值得探讨的内容，2 000 多年来一直被西方公认为古代最伟大的史诗。马克思也给予了它高度的评价，认为它因同时体现了人类童年的好奇和成年的热情而有永久的魅力，永远是高不可及的范本。

第四节 古希腊戏剧

古希腊戏剧是古希腊文学最辉煌的成就之一，起源于古希腊人对酒神的祭祀。

在古希腊平民的心目中，酒神狄俄尼索斯是掌管农业的丰收之神，是人们幸福或苦难的施予者。公元前 7 世纪，祭祀酒神的仪式已在希腊流行开来。相传酒神在山间漫游时有一些半羊半人的神女追随着他。因此一些祭奠者身披羊皮，头戴羊角，扮作酒神的随从，一边唱着赞美酒神的歌，一边狂热地跳舞。后来，“酒神颂歌”演变成为悲剧（“悲剧”一词的希腊文原意是“山羊之歌”），而祭祀酒神的狂欢歌舞则演变成喜剧（“喜剧”原意即“狂欢之歌”）。

一、古希腊悲剧

公元前 6 世纪前后，雅典开始有了悲剧创作。传说公元前 534 年，雅典悲剧诗人忒斯庇斯在上演他的《山羊之歌》时加进了一个不唱歌的演员，形成了希腊悲剧的最初形态。以后，悲

① ［德］黑格尔：《美学》，第 1 卷，303 页，北京，商务印书馆，1979。

埃斯库罗斯像

剧作品开始广泛取材于希腊神话和史诗，到公元前5世纪时，悲剧诗人开始描写主人公的苦难，叙述他们由于偶然或疏忽而产生的“罪孽”和“报应”。悲剧形式开始初具规模。

到伯里克利执政时期（前443—前429），即雅典民主制度的兴盛时代，悲剧艺术繁荣发展。这一时期产生了许多悲剧诗人和大量悲剧作品，但其中只有三位伟大的悲剧诗人的部分作品流传下来。这些创作反映了雅典奴隶主民主制发展不同阶段的社会生活，也显示出希腊悲剧不同时期的思想和艺术特点。

埃斯库罗斯（前525？—前456）出身贵族，曾参加过马拉松等著名战役，是雅典奴隶主民主政治成长时期的诗人，思想上存在着明显矛盾。埃斯库罗斯的悲剧一方面充满战斗的民主精神，另一方面也时时流露出消极的、保守的情绪。相传埃斯库罗斯一共写了90部（一说70部）悲剧和喜剧，保留下来的只有七部。其中最著名的是《被缚的普罗米修斯》，它与已经失传的《被释放的普罗米修斯》和《带火的普罗米修斯》一起组成三部曲。

普罗米修斯由于盗取天火赐予人类而触怒了新得势的众神之王宙斯，宙斯下令用铁楔把他钉在高加索悬崖上，企图使他屈服并供出威胁宙斯命运的秘密。面对强敌的恫吓，普罗米修斯毫不畏惧，决不妥协，最后在雷电之中被打进万丈深渊。

《被缚的普罗米修斯》是希腊悲剧中主题最为崇高、风格最为庄严的作品之一。普罗米修斯和宙斯的斗争实质上是反专制斗争，反映了当时雅典工商民主派和土地贵族寡头派之间的尖锐矛盾和激烈冲突，同时也反映了古希腊人民在征服自然、反抗恶势力的过程中英勇不屈的斗争精神。

在剧中，埃斯库罗斯以鲜明强烈的对比塑造了高尚坚毅的英雄普罗米修斯和凶残多疑的暴君宙斯的艺术形象。

普罗米修斯在赫西俄德《神谱》中仅仅是一个普通的小神，埃斯库罗斯的再创造使他成为一个“有着雄狮般的灵魂”① 的伟大的英雄。普罗米修斯热爱人类，同情和关怀人类的痛苦，对人类进行了无私的帮助。面对苦难，他义无反顾、坚韧不拔，为人类的进步进行了英勇斗争，他的形象成了民主派的化身。

宙斯的形象则集中了当时一切贵族僭主的共有特征：背信弃义、荒淫邪恶、残忍暴虐、色厉内荏。虽然宙斯没有正式出场，但他的淫威却无处不在。

埃斯库罗斯的其他作品，如描写阿伽门农两代自相残杀、反映社会伦理观念变化的《奥瑞斯忒亚》三部曲等，则深化了古希腊文学一再强调的命运主题，认为人的生存始终与痛苦相伴，家族仇恨世代相传。

埃斯库罗斯的悲剧风格崇高，较好地体现了时代精神和英雄人物的雄伟气魄。

埃斯库罗斯是古希腊悲剧的真正创始人，他的创作使得悲剧具有深刻的思想内容和完备的艺术形式。他是第一个采用三部曲戏剧形式的戏剧家，他还增加了悲剧中的演员人数，使戏剧对话和戏剧冲突有了发展的可能。由于这些贡献，埃斯库罗斯被称为“悲剧之父”。

---

① ［古希腊］阿里斯托芬：《蛙》，见罗念生译：《古希腊戏剧选》，137页，北京，人民文学出版社，1998。

索福克勒斯（前 496？—前 406）是雅典民主政治盛极而衰时期的诗人，出生于工商业主家庭。他十六七岁开始创作，在 60 多年的创作生涯中共写剧本 123 个（现存作品七部），是古希腊悲剧诗人中获奖次数最多的戏剧家。代表作是《俄狄浦斯王》。

在忒拜国国王俄狄浦斯诞生之前，神就预言了他未来将要面临的可怕命运：杀死生父并娶生母为妻。襁褓中的俄狄浦斯因此被弃诸荒野，在异乡科林斯国长大成人。为了规避神谕昭示的罪恶与灾难，成年后的俄狄浦斯毅然决然放弃王位继承权，忍痛离开养父母，踏上流浪之旅。当俄狄浦斯听说斯芬克司为害忒拜时，他冒死前往，以非凡的勇气和智慧战胜了女妖，获得民众爱戴，却又于无意间成为杀父凶手和生母的丈夫。就任国王后，俄狄浦斯英明执政，一心为民，当突如其来的瘟疫横行肆虐时，他置个人安危于度外，力排众议，义无反顾地寻求禳灾驱祸之道。最终，当俄狄浦斯了解全部真相之后，为平息忒拜瘟疫，他直面惨痛的现实，绝望地刺瞎了自己的双眼，实施了自我流放。

索福克勒斯像

这是一出典型的命运悲剧，描写了个人的坚强意志、英雄行为与残酷命运之间的冲突。

俄狄浦斯的形象是古希腊奴隶主民主派君主的象征：坚强、勇敢，具有非凡的智慧；正直、诚实，有着忧国忧民的高尚品德。由于命运的捉弄，俄狄浦斯不自觉地犯了罪，然而为了使城邦得以消灾弭祸，他却自觉地坚决地惩罚了自己。

俄狄浦斯的命运悲剧在于剧中一系列事与愿违的“悲剧嘲弄”：他清白无辜，却要承受先人的罪恶；他越是竭力反抗，越是走进命运的罗网；他越是想要解救城邦，越是临近自己的毁灭。俄狄浦斯的悲剧表现出“人的呼唤和世界不合理的沉默之间的对抗”①。

俄狄浦斯坚毅不屈的抗争，体现出作者对理性的崇信与坚守，彰显了理性本身的庄严和壮美。俄狄浦斯的不幸一方面说明了命运的不可抗拒，另一方面也表明命运具有伤天害理的邪恶性质，反映了雅典自由民面对社会危机与人生困顿时惶惑不解和无能为力的悲观情绪。

《俄狄浦斯王》被亚里士多德称为希腊悲剧的典范。剧中的悲剧冲突、悲剧性格和悲剧效果都集中代表了希腊悲剧的特点。

在忒拜传说中，故事发生的先后顺序为“弃婴”、“杀父”、“娶母”、“追凶”、“自惩”五个阶段，索福克勒斯却从“追凶”写起，使整出戏剧紧紧围绕“谁是杀死前王的凶手”这一谜团展开。“弃婴”、“杀父”、“娶母”三阶段的内容则是由剧中人物以倒叙的方式展示的。这就使《俄狄浦斯王》不仅在内容上以谜语为核心展开叙述，在整体结构上也呈现为谜语的形式。

剧本一开始就描绘忒拜瘟疫的严重事件，烘托出强烈的悲剧气氛，并在增强这种气氛的同时把剧情逐渐推向高潮。它的情节发展自然合理，每一事件都是前一事件的必然结果，虽然曲折复杂，但却条理清楚。作者还充分利用了语言引起联想的特点，造成一种为观众所理解但剧中人物却不理解的戏剧情境，剧中的俄狄浦斯始终处于不自知状态，惊心动魄的斗争过程与悲惨结局都极大地激发了局外知情观众的“恐惧与怜悯”。

与埃斯库罗斯相比，索福克勒斯更注重写人而不是写神，更注重刻画人物性格而不是单纯

① ［法］加缪：《西西弗的神话》，杜小真译，31 页，北京，三联书店，1987。

欧里庇得斯像

的大段抒情。他很善于用三言两语勾勒出个性鲜明的人物形象，并使人物性格成为剧情发展的基本动力。

索福克勒斯还突破了抒情诗式的悲剧形式，减少合唱队的作用，增加第三个演员，加强了戏剧对话和戏剧动作，形成了质朴、简洁、自然、有力的创作风格，希腊悲剧在他手中达到了完美的境界。

欧里庇得斯（前 485? —前 406?）出身贵族，是第一个拥有大量藏书的雅典人。他的悲剧反映了雅典奴隶主民主制走向衰落时的社会现实和思想危机。欧里庇得斯一生创作了 90 多部悲剧，流传下来 18 部，其中 12 部以妇女遭遇为题材，代表作是《美狄亚》。

《美狄亚》是欧里庇得斯最为感人的悲剧之一，取材于古希腊神话中伊阿宋夺取金羊毛的传说。悲剧女主人公美狄亚是科尔喀斯城邦一位擅长法术的公主，因为爱上伊俄尔科斯城邦俊美的王子伊阿宋而背叛家国，帮助他获取了金羊毛。为了能和伊阿宋双双逃走，美狄亚甚至亲手杀死了自己的亲兄弟，并将尸体切成碎块散布在路口以使追来的父亲忙于收尸而放弃追赶。伊阿宋发誓与美狄亚偕老，二人一起来到希腊的伊俄尔科斯，美狄亚设计帮助伊阿宋报了杀父之仇。后来他们又到了科林斯，这时伊阿宋贪求权势要另娶科林斯公主而抛弃美狄亚。美狄亚悲愤欲狂，决意报复。她先是用浸过磷火性毒药的礼物害死了公主和国王，继而又痛下决心亲手杀死了自己的两个儿子以惩罚伊阿宋，然后乘着龙车朝雅典飞去。

美狄亚是一个鲜活的现实的女子，同时她又超脱于现实而存在。与当时的希腊妇女不同，也许是因为自“蛮荒”而来，美狄亚敢于不惜一切代价追求自己的爱情。而在复仇计划的实施过程中，为了最大限度惩罚“负心汉”伊阿宋，美狄亚决绝地杀死了他的亦即自己的儿子。美狄亚这种骇人听闻的复仇行为不是因为受到命运的捉弄和驱使，而是她在感情遭到巨大打击之后进行的有意识的反抗，是原始而自然的“正义感”和人类本能“激情”的不可抑制的喷发。由于父权制时代思想观念的影响，子女更多的是作为父亲的生命、权力、荣耀、地位和财产的体现而存在，是作为父亲生命的一种延续而存在的。美狄亚在感情上经历了犹豫和反复，最后，复仇欲望压制了母子亲情，最终使伊阿宋断子绝孙，永远处于孤独、愧悔之中。怀抱着幼小的儿子逐渐冰冷的身体，美狄亚眼前茫茫一片，她怀念父亲，怀念故国，却永远无法回头，从此只能寄居在他人的国度，一个人寂寞地生活直至死去。可以说，美狄亚比伊阿宋更绝望，比任何人都悲伤。剧中的美狄亚每一步都走在悲惨的泥潭里并且越陷越深，在狠狠地报复了伊阿宋以后，她的悲剧也达到了顶点。

《美狄亚》是古希腊第一部描写爱情和婚姻中“破碎的妇女心灵”的悲剧。剧中批判了当时不合理的婚姻制度，对男女地位不平等这一社会现象表示了极大愤慨，谴责了伊阿宋的自私自利、忘恩负义，对美狄亚的不幸和反抗寄予了深厚的同情。从《美狄亚》开始，痴心女子负心汉式复仇的叙事演化为世界文学中一个不可忽视的叙事模式。

欧里庇得斯对希腊悲剧的贡献主要在内容方面。他是古希腊民主倾向最强的现实主义悲剧诗人。在欧里庇得斯的悲剧中，神和英雄都失去了神性和英雄主义色彩。不仅如此，诗人对命运和传统信仰也抱怀疑态度，他的剧作标志着“英雄悲剧”的终结。

欧里庇得斯以沉痛的笔触描绘黑暗现实，描绘人们为了反抗而付出的惨痛代价，提出了内战、民主、妇女、家庭等日益尖锐的社会问题，形成了渗透着怀疑和批判精神的“问题悲剧”。欧里庇得斯首先采用了日常生活题材，剧中人物也和他那个时代的普通人相去不远。他甚至让农民和奴隶成为剧中的重要角色，使悲剧更接近现实。

欧里庇得斯对悲剧的另一个重要革新是在剧中运用了心理描写手法，他不大注重戏剧结构，而着力于描写人物的各种内心冲突。因此他的作品在当时虽然少为世人所理解，却深受后人欢迎，对罗马和后世欧洲戏剧的影响远甚于他的同辈或前辈。

欧里庇得斯的戏剧风格比较华美，语言接近口语，十分流畅自然，只是剧中经常充满冗长的说理和辩论。

二、古希腊喜剧

古希腊喜剧的繁荣产生在公元前 486 年前后，当时雅典的民主政治生活为作家提供了丰富的创作素材。希腊喜剧多为政治讽刺剧和社会问题剧，其形式从情节、台词到动作都非常夸张、滑稽甚至粗俗，但往往表达的是严肃的主题，较之悲剧更富于战斗性。

公元前 5 世纪的雅典曾先后产生过三大喜剧诗人，但其中只有阿里斯托芬有完整作品流传于世。

阿里斯托芬像

阿里斯托芬（前 446？—前 385）出身于雅典自耕农家庭，在约 40 年的创作生涯中写过 44 部喜剧，现存 11 部。在这些喜剧中，诗人用怪诞的情节和夸张的手法针砭时弊，多方面多角度地触及了伯罗奔尼撒战争和雅典民主政治危机时期一切重大的政治和社会问题，并通过喜剧的方式勾勒出社会不同阶层中许多漫画式的形象。

阿里斯托芬最著名的剧作是反战喜剧《阿卡奈人》。它以要求和平、反对内战为主题。剧中雅典农民狄凯奥波利斯单独与斯巴达人媾和，过着幸福生活，而主战派将领拉马科斯则为战争所苦。剧本采用对照手法，处处突出和平的美好和战争的苦难，表现了人民反对同室操戈的强烈的和平愿望。全剧由一系列闹剧场面组成，但其每一个场面都包含了严肃的思想。

阿里斯托芬的喜剧人物往往类型化，缺少个性和内心特征，但其歌队形式却多种多样，带有明显的寓言色彩，剧作风格也常常是严肃与诙谐、朴素与优雅相交织。

阿里斯托芬是古希腊最后一位想象力十分丰富的伟大诗人，同时也是一位苛刻的政治评论家。他以主持正义、挽救城邦、教育人民为己任，因其非凡的智慧、尖锐的讽刺和优美的风格而备受推崇。阿里斯托芬的存在，应该说正是对希腊的言论自由和幽默观的礼赞。

阿里斯托芬及其作品在文艺复兴时期再度引起人们的重视并于 17 世纪后对欧洲文学产生了广泛而深刻的影响。

思考题

1. 你是怎样看待古希腊、罗马文学中的人文色彩的？试分析希腊神话中女性形象的特点。
2. 试述古希腊神话的社会认识意义，结合你对中国古神话的印象谈谈二者的区别。
3. 阅读荷马史诗，体会两部作品的共同特点与不同之处。你认为它们是出自一人之手吗？
4. 为什么说《俄狄浦斯王》是一曲理性的悲歌？

第二章

中古欧洲文学

小引

欧洲历史上的中世纪，是封建制度形成、发展和衰落、崩溃的时期，也是西欧近代国家诞生、各民族的民族语言和民族文化逐渐完善的时期。

在欧洲中世纪的社会政治生活中，基督教起着特别重要的作用。鉴于教会在意识形态方面的地位，它不可避免地影响了整个文化领域。

欧洲中世纪文学是欧洲多种文明与文化相融合的产物。其中，教会文学占有突出地位，此外还包括骑士文学、城市文学、英雄史诗和谣曲等。

本章重点介绍了欧洲由中古到文艺复兴过渡时期最伟大的诗人、意大利和欧洲文学史上继往开来的人物——但丁，其代表作《神曲》以广阔的画面和对上百个不同类型人物的描写，反映了意大利由中世纪向近代过渡时期的现实生活，同时透露出人文主义的曙光，堪称文学史上里程碑式的作品。

第一节 概述

从476年西罗马帝国灭亡到14世纪初约1 000年间，被称为欧洲历史上的中世纪。

中世纪早期的欧洲经历了巨大的社会动荡。处于氏族社会解体阶段的日耳曼人在征服罗马各地以后，原有的部落酋长和功臣分得大量土地，成为领主；原来的奴隶以及贫困破产的自由民从领主手中领得份地耕种，向领主缴纳赋税，沦为农奴。通过土地的大量集中和奴隶的农奴化，日耳曼人在西罗马帝国废墟上建立起来的那些王国逐渐过渡到了封建社会。

在这些王国中，以5世纪建立起来的法兰克王国最为强大。8世纪末，法兰克王查理大帝经过多次征战建立起一个强大的帝国。查理大帝死后，帝国于843年一分为三：西法兰克王国（法兰西）、东法兰克王国（日耳曼）和中法兰克王国。

“中世纪是从粗野的原始状态发展而来的。它把古代文明、古代哲学、政治和法律一扫而光，以便一切都从头做起。它从没落了的古代世界承受下来的唯一事物就是基督教和一些残破不全而且失掉文明的城市。”① 在统一过程中，欧洲形成了空前整齐划一的文明特性：以罗马天主教会为核心，以拉丁语为书面语言。在欧洲中世纪的社会政治生活中，基督教起着特别重要的作用。

基督教发源于罗马行省中的巴勒斯坦，最初代表了当时受压迫受奴役的希伯来民族的愿望，带有反抗罗马专制的意味，因此在传播之初的300年中不断遭到罗马政权的残酷镇压。从3世纪起，罗马政权开始改变政策，利用基督教广泛的群众基础来联系被统治的复杂的多民族，并于4世纪正式将其定为国教。东西罗马帝国分立后，基督教也形成东西两教。东教称“东正教”，以希腊语地区为中心；西教称“天主教”，以拉丁语地区为中心。对中世纪欧洲政局和文化产生巨大影响的是天主教。天主教会集教权和政权于一身，成为欧洲最大的封建领主。

在近千年的社会变迁中，很多时候基督教文明钳制和扼杀了世俗文化的发展，但也正是基督教文明在欧洲社会四分五裂的时候以空前强大的道德力量维持并传承了欧洲统一的信仰和价值。

在中世纪早期，经济停滞、政治黑暗、蒙昧主义盛行。教会垄断了教育，僧侣是几乎唯一受教育的阶层。在修道院或由其所设立的仅有的学校里，僧侣们引经据典对上帝和《圣经》进行形式主义的烦琐论证，形成了这一时期特有的“经院哲学”。与此同时，几乎所有的学科都成为神学的附庸：科学是“宗教的仆人”，音乐仅用于唱圣歌，美术仅用于描绘基督圣母，建筑学亦被用来为宗教服务。

---

① 《马克思恩格斯全集》，中文1版，第7卷，400页，北京，人民出版社，1959。

与庄重平稳的希腊罗马式建筑截然不同，这一时期的建筑代表是为数众多的“哥特式”教堂。“哥特式”教堂内部高大明亮、辉煌神秘，令人有恍如圣境之感；外部则巍峨华丽、尖细高耸，以期引起人们虚幻缥缈、向往天堂的情绪。

中世纪文学是欧洲多种文明与文化相融合的产物，其中，教会文学占有突出地位，此外还包括骑士文学、城市文学和英雄史诗等。

一、教会文学

在中世纪，天主教会对《圣经》进行随心所欲的解释，使之成为封建阶级统治人民的工具。教会制定了许多清规戒律，以蒙昧主义、禁欲主义和来世主义作为基本教义，要求人们安贫守贱，抛弃追求世俗欢乐的欲念而把希望寄托于来世。天主教认为人的物质追求和精神享乐都是一种罪过；人必须服从神的意志，放弃欲望，忍受现实的苦难，把希望寄托于来世；人活在世上，只有通过斋戒、忏悔，才能在死后进入天堂。这种思想统治了中世纪的意识形态，对当时的社会产生了深远影响。

教会文学的作者多为僧侣或教会神职人员，因此又被称为“僧侣文学”，是欧洲5世纪至10世纪主要的书面文学。教会文学一般采用福音故事、圣徒传、赞美诗、宗教剧等形式，其内容多取材于《圣经》，主要描写上帝万能、圣母奇迹、圣徒布道和信徒苦修等，形式上大量采用了程式化和概念化的象征、梦幻等神秘主义手法。教会文学没有太大价值，这个时期的一些神学家的宗教著述反而丰富了宗教文学的内涵。

奥古斯丁（354—430）生活在罗马帝国走向衰落的年代，以才华卓越成为“黑暗时代”到来之前最后一位伟大的基督教神学家。他的名作《忏悔录》与《论上帝之城》虽然充斥着对上帝的虔敬溢美之词，但两部作品都开西方文学风气之先，前者更是迄今为止欧洲最著名的自传之一。奥古斯丁在著作中把原罪和性欲的概念联系在一起，事实表明放弃性生活对奥古斯丁来说相当困难，《忏悔录》中论及他相关的思想斗争。奥古斯丁生前声名鼎鼎，著述广为流传，他的宗教神秘主义美学思想也对后世产生了很大的影响。他对世俗艺术的攻击涉及虚构、想象、构思、象征和形象等文艺理论问题，为后来的许多文艺流派所传承。

中世纪宗教文学中最为盛行的体裁是宗教剧，这是教会普及宗教知识、煽动宗教情绪最有效的方式，内容往往乏善可陈。出于宣传的需要，这些宗教剧大多放弃拉丁文而采用法、英、德各国的地方性语言，演出的地点也逐渐移至教堂之外的世俗社会。

宗教剧是欧洲近代戏剧的雏形。

二、骑士文学

作为中世纪欧洲特有的一种文学样式，骑士文学充分表现了封建贵族阶层的精神特征。

欧洲的封建制度等级森严，小的封建主受封于大封建主而成为“封臣”，下层的中小地主和富裕农民追随大封建主征战立功得到封赏而成为“骑士”。在中世纪早期，骑士地位非常低微。但在11世纪开始的历时200年之久的八次宗教战争中，骑士地位大大提高，一跃成为欧洲一股强大的社会力量。

中世纪骑士有着固定的骑士制度和所谓骑士精神——忠君、护教、行侠、崇拜贵妇等一系列道德标准。12世纪到13世纪，反映骑士精神的骑士文学开始在法国繁荣，其内容多为骑士的冒险经历和缠绵、典雅的爱情，依体裁可分为骑士抒情诗和骑士传奇。

骑士抒情诗以法国普罗旺斯为中心，在艺术方面受到民间诗歌很大影响，以《破晓歌》最为著名。骑士抒情诗主要描写骑士与贵妇夜晚幽会之后黎明惜别的情景和感情，作者多为骑士。骑士抒情诗虽然千篇一律，但其所写反映了一定的现实生活，且注重心理描写，语言生动华美，诗律新颖和谐，对近代人文主义爱情作品有着直接影响。13世纪初，很多普罗旺斯诗人流亡国外，把抒情诗传统带到意大利，推动了文艺复兴时期诗歌的发展。

骑士传奇（“传奇”音译为“罗曼司”）是一种长篇叙事诗或称诗体小说，大多出于法国北方诗人的虚构，内容以骑士为获得荣誉和贵妇的青睐而降龙伏虎、驱魔除妖的种种冒险事迹为主。

有关亚瑟王和圆桌骑士的故事是流传最广的骑士传奇。

亚瑟王的传奇故事，源自何处无从查考。传说中他是一位英格兰国王，罗马帝国瓦解之后，率领圆桌骑士统一了不列颠群岛。

在亚瑟王迎娶利奥德格兰斯王的女儿时，其父赠予亚瑟王一张可容150人的“和世界一样圆”的圆桌。在亚瑟王婚礼当天，有100位最勇敢、最值得尊敬的骑士慕名前来围着圆桌向亚瑟致敬。

所有的骑士发誓：“永不施暴，永不谋杀，永不叛国，永不冷酷。宽容需要宽恕的人，同情不能崇拜和臣服于亚瑟王脚下的人……永远帮助女士、少女，即使以死为代价也在所不辞。”所有的骑士在日后的行为中都遵守了这份誓言，维护了圆桌骑士的荣誉。

骑士传奇以一两个主要人物的经历为线索编构故事，对人物的外形、心理、对话等都有细致描写，可以说已经初步具备近代长篇小说的雏形。尽管骑士文学中包含种种宗教和封建礼法因素，但其曲折离奇的故事情节、神话般的浪漫情愫仍然深深吸引了欧洲19世纪的浪漫主义诗人作家，对后世西方文学产生了深远的影响。

三、城市文学

中世纪欧洲最富生气和独创性的文学是以民间创作为基础的城市文学（又称市民文学）。

11世纪初，欧洲各国出现了以手工业和商业为中心的城市。12世纪的市民阶层力量逐渐强大，打破了教会对教育的垄断，开始开办非教会学校。教会将市民阶层开办的非教会学校视为异端，并设立宗教裁判所，对世俗文化进行戕害和镇压。

中世纪城市文学的发展同城市斗争及“异端”思想有很密切的关系，同时也适应了市民对文化娱乐的要求。城市文学多数是民间创作，有强烈的现实性和乐观精神，歌颂市民或农民个人的机智和聪敏，反映了萌芽中的资产阶级的精神特征。

法国是西欧城市发展最早的国家之一，城市文学最发达。“韵文故事”是法国最流行的一种城市文学类型，其特点是故事性和讽刺性都很强。作品中无情嘲讽骑士和僧侣的丑态，但同时也暴露了市民阶层的贪婪自私。其中成就最高、影响最大的当推两部作品：《列那狐传奇》和《玫瑰传奇》。

《列那狐传奇》长约25 000行，由27组故事诗构成，每组包含若干小故事。作品以狐狸列那与狼伊桑格兰的斗争为主线，采取把动物人格化的方法，用动物世界影射人类社会，生动地展示了中世纪的人情世态和各种社会力量之间的冲突斗争。《列那狐传奇》以其出色的喜剧手法对封建统治阶级进行了无情嘲弄，充分体现出城市文学明快朴实、辛辣诙谐的独特风格，流传甚广，历来被视为法国古代文学遗产中的珍品，以至于在现代法语中“列那”一词已经成为一个代替了“狐狸”这个单词的名词。德国作家歌德对之十分推崇，并将其改写成德语叙事诗《列那狐》。

《玫瑰传奇》采用了寓意手法，描写梦境、典雅的爱情等主题，并不以曲折的情节取胜，是西方文学中最早描写梦境的作品之一，其影响甚至远及20世纪的现代文学。

中世纪的市民戏剧也非常繁荣，主要类型包括独白剧、道德剧、傻子剧和笑剧四种体裁。这些不同的体裁在表现手法和内容题材上具有很大的相似性，一般都以讽刺的笔法来表现市民阶层的精神面貌。

四、英雄史诗和谣曲

在民间创作的基础上，这一时期还出现了许多英雄史诗和谣曲。

英雄史诗按内容和产生时间，可划分为早期英雄史诗和中期英雄史诗两大类。早期英雄史诗反映氏族社会末期和民族大迁移前后人民的生活和思想状态，著名作品有盎格鲁-撒克逊人的《贝奥武夫》、日耳曼人的《希尔德布兰特之歌》、冰岛人的《埃达》和芬兰人的《卡列瓦拉》(又名《英雄国》)。其中最完整、最有代表性的作品，是约8世纪成型、长3 100余行、尚具神话因素的《贝奥武夫》。《贝奥武夫》叙述瑞典武士（亦称王子）贝奥武夫为民除害，杀死巨怪、火龙，惩治邪恶势力的种种故事，高度颂扬他是英勇无敌、大公无私、勇于献身的理想的氏族部落英雄。中期英雄史诗反映封建社会形成期人民的生活和思想状态，著名作品有法国的《罗兰之歌》、西班牙的《熙德之歌》、德国的《尼伯龙根之歌》和古俄罗斯的《伊戈尔远征记》等，最有代表性的作品是传诵于10世纪前后、长4 002行的《罗兰之歌》。《罗兰之歌》叙述勇士罗兰随查理大帝出兵西班牙，征讨侵占国土的摩尔人，胜利回国途中中叛徒圈套，被10万摩尔伏兵袭击，吹起号角，英勇战死的故事。罗兰被颂赞为刚毅勇敢、热爱祖国、誓死战斗的爱国主义英雄。受当时统治欧洲的基督教思想影响，这两部史诗被记录下来时，难免也掺杂进一些跟主体不协调的基督教观念。如前者把人的命运跟上帝联系在一起，后者把罗兰的征伐说成是保卫基督教的战争。

谣曲是14世纪后出现的咏唱历史事件、神话传说和现实生活的众多故事诗。最有名的是歌颂侠盗罗宾汉及其伙伴们智勇双全、聚众起义、劫富济贫的组诗《罗宾汉谣曲》。

第二节 但丁及其《神曲》

一、生平与创作

但丁（1265—1321），是欧洲由中古到文艺复兴过渡时期最伟大的诗人，是意大利和欧洲文学史上继往开来的人物。

恩格斯指出："意大利曾经是第一个资本主义民族。封建的中世纪的终结和现代资本主义纪元的开端，是以一位大人物为标志的。这位人物就是意大利人但丁，他是中世纪的最后一位诗人，同时又是新时代的最初一位诗人。"①

但丁像

但丁出生于意大利佛罗伦萨一个古老的贵族家庭，幼年丧母，大约18岁时父亲病故。但丁孤苦伶仃，勤奋攻读，潜心钻研拉丁语、修辞学、逻辑学、诗学、伦理学、神学、历史、音乐、绘画，天文地理无不精通，与此同时熟读古希腊、罗马诗人的作品，知识极为广博。

但丁的创作与他一生中经历的两件大事相关。

第一件事是但丁对年轻女子贝雅特丽齐的精神恋爱。据说但丁9岁时曾与贝雅特丽齐见过一面，心中颇有好感。9年之后再见一面，心生爱慕。之后，贝雅特丽齐与一位银行家结婚，不久死去。但丁为此十分悲伤，于是怀着精神上的爱慕把自己赞美和悼念她的31首抒情诗用散文连缀起来，编成了第一部诗集《新生》（1292？—1293）。作品把贝雅特丽齐高度理想化，歌颂了纯洁的爱情，是欧洲文学史上第一部向读者剖露作者最隐秘思想感情的自传性作品。

对但丁的思想和创作产生深刻影响的第二件事是他的被放逐。但丁是一位政治活动家。当时意大利正处于分裂状态，党派斗争十分激烈。但丁在任佛罗伦萨行政长官期间，秉公处理黑白两党的流血冲突，激怒了插手意大利事务的罗马教廷。1302年，黑党借助教皇的支持取得政权，但丁遂以反对教皇、贪污公款等罪名被判罚款和终生放逐。

流放期间，但丁的视野进一步扩大，就当时的重大问题写下了一系列学术著作，如《论俗

① 《马克思恩格斯选集》，2版，第1卷，269页，北京，人民出版社，1995。

语》(1304—1308)、《飨宴》(1304—1307)、《帝制论》(1310) 等。面对教皇的迫害，但丁从未屈服，他断然拒绝以宣誓忏悔获得赦免重返家园。近 20 年的流放生活加深了但丁对意大利社会各阶层和整个基督教世界的认识，1307 年至 1321 年他一直致力于《神曲》的创作。1321 年 9 月，但丁客死拉文纳。

二、《神曲》

长篇叙事诗《神曲》(1307—1321) 是但丁的代表作。作品长 14 233 行，分《地狱》、《炼狱》、《天堂》三部。

《神曲》采用中古文学特有的幻游形式，作者以自己为主人公，假想了他作为一个活人对地狱、炼狱、天堂的一次游历。

《神曲》中的但丁，在“人生旅程的中途”35 岁 (1300) 时，迷途于一个黑暗的森林。黎明时分，他来到一座洒满阳光的小山的山脚下，正朝山顶攀登，忽然跳出豹、狮、狼 (分别象征淫欲、强暴和贪婪) 拦住去路。进退维谷之际，古罗马诗人维吉尔出现，他受贝雅特丽齐的委托前来搭救但丁，并引导他游历了惩罚生前罪人的九级地狱和忏悔罪过净化灵魂的七层炼狱。

地狱中心在耶路撒冷，形如上宽下窄的漏斗，内分九层。第一层是环境宜人的候判所，荷马、贺拉斯、苏格拉底等出生在基督之前的古代异教徒在此等候上帝的裁判。真正的地狱始于第二层。罪人的灵魂依照生前罪孽 (贪色、饕餮、贪婪、愤怒、信奉邪教、强暴、欺诈、背叛)，在不同圈层中接受酷刑惩罚。越往下层数越多，所控制的灵魂其罪恶也越深重。地心处魔鬼之王撒旦被置于漏斗底端。

炼狱是形如金字塔的一座高山，生前犯有傲慢、忌妒、愤怒、怠惰、贪财、贪色、贪食等七大人生罪过的人在此磨炼，经净火焚烧后得以超度升天。

到了炼狱之上的地上乐园，维吉尔告退，贝雅特丽齐出现并引导但丁游历了天堂。

天堂的九重天依古希腊天文学家托勒密的学说构建了一个广袤复杂的宇宙框架：正人君子居月球天，行善者居水星天，博爱者居金星天，哲学家、神学家居太阳天，殉教者居火星天，正直者居木星天，潜心修行者居土星天，基督圣母居恒星天，上帝和天使居水晶天。天堂雄伟庄严，流光溢彩，充满仁爱和欢乐。

在九重天之上的天府，但丁瞬间得见上帝，顿悟了圣父、圣母、圣灵“三位一体”的奥秘，幻象戛然而止。

《神曲》封面

但丁阅历丰富、博学多思。在《神曲》这个庞大的象征世界里，他将宗教和世俗因素、传统和个人因素完美地交织在一起，使其成为后世作家创作象征形象的优秀典范。在充满寓意的《神曲》中，地狱是现世实际情况的反映，天堂是作者为之奋斗的理想，炼狱则是从现实到理想必经的苦难历程。通观《神曲》，我们能够清楚地看到它的主题思想，那就是人们应该在悔罪和苦炼之中脱离迷惘和错误的境地，到达真理和至善的境界。围绕着这一主题，《神曲》以极其广阔的画面，通过对幻游过程中所遇上百个不同类型人物的描写，反映了意大利由中世纪向近代过渡时期的现实生活，同时透露出新时代的新思想——人文主义的曙光。

由于但丁所处时代的过渡性特征，其作品也表现出新旧因素的交织和新旧思想的矛盾。尽管《神曲》具有神秘主义、禁欲主义和来世主义色彩，但是透过这层迷雾，却可以看到许多进步的人文主义思想。主要表现在以下几个方面。

第一，《神曲》是一部具有强烈政治倾向性的作品。为了维护资产阶级共和国的独立主权，但丁以强烈的民族自豪感追述了意大利的光荣历史，缅怀了祖先在罗马帝国时代的辉煌成就和对世界政治的非凡贡献，热情呼吁人们奋起建立强大的、和平统一的国家，进而稳定世界秩序。

第二，但丁在《神曲》中以前所未有的姿态对社会各种黑暗势力进行了口诛笔伐。作品中但丁猛烈抨击越权干政的教皇、因循失职的皇帝和为非作歹的贵族，除了揭露批判教会上层的贪婪、腐化、虚伪、残酷之外，更多地抨击了教皇勾结外国、干预政治、破坏统一等罪恶行径。他把教会比作“怪兽”，把教皇比作“淫妇”，把罗马比成“血污的阴沟”，把所有的民族罪人都打入了地狱的最底层。

第三，作为新时代的先驱，但丁以他天才的敏感预见到了新时代的到来，作品冲破了中世纪的神学传统和经院哲学的桎梏，放射出人文主义思想的第一道光芒。

其一，但丁肯定了人的地位。他在《神曲》中提出了“人的解放”这一命题，并以之作为全篇的主题。《神曲》讲述的虽然是“亡灵的境遇”，但它的真实用意却在于隐喻人类在现实生活中如何运用意志的自由以达到预期目的——人类自身的解放。在但丁眼中，人类绝不像教会宣称的那样一无是处，相反，人类具有无穷的潜力。

其二，但丁肯定了现实生活。他把人间作为达到最高理想境界的起点，对人类在现实世界中一切正常的、高尚的活动，如对知识的追求、对大自然美的欣赏等都进行了歌颂。但丁对古典文化推崇备至，在作品中把古希腊、罗马以及历代“异教”的文学家、艺术家、科学家、政治家以及圣君名将、英雄豪杰等，特别安置在一个名为“林菠”的地方。这里虽处阴间，但绿茵满地、清泉流淌，与地狱的幽暗悲惨毫无共同之处。这一精心安排也表明了但丁对现实生活、对崇高事业和伟大功绩的重视。

其三，但丁突破教会禁欲主义的束缚，肯定了人间的爱情。欧洲文学中对爱情的歌颂始见于12世纪普罗旺斯的骑士抒情诗，但丁继承并发展了这种名为“温柔的新体”的诗歌传统。在《神曲》末篇末行，但丁写道：“爱也推动那太阳和其他的星辰。”在《地狱》篇中，是贝雅特丽齐亲自下到地狱，央求维吉尔救援但丁脱离死亡的幽谷，也正是但丁对贝雅特丽齐的爱情使得他有勇气走上崎岖的通向光明的道路；在《炼狱》篇中，是爱情给他力量去攀登峻峭的炼狱之山，冲过火焰关，到达山巅的地上乐园；在《天堂》篇中，又是贝雅特丽齐的美丽吸引着他高翔九重天到达天国。在《神曲》里，爱情是人类解放的关怀者、唤醒者、救援者，爱情是人类前进道路上的推动力、鼓舞者、引路人。但丁以无畏的精神在中世纪的思想禁地中为爱情开辟了一席崇高的地位。

但是，但丁的思想中也存在着一些神学观念和中世纪的偏见。在《神曲》中，他虽然歌颂了现世生活，但又把它看做来世生活的准备；虽然无情抨击了教皇和僧侣，但并不反对宗教本身，甚至把神学置于理性之上。以上这些表现出了但丁作为中世纪最后一位诗人所具有的神学世界观和作为新时代第一位诗人的人文主义世界观之间不可避免的矛盾。

另外，《神曲》在艺术上也取得了很高的成就。

第一，但丁在《神曲》中把古典文学和《圣经》文学熔为一炉，有意将古典文学中的典故和《圣经》典故相提并举，互为经纬、互为补充，消泯了古典文学和《圣经》文学的畛域界限，在创作实践中打破了文学中“神圣”与“世俗”之分，提高了古典文学的地位。

第二，《神曲》虽然采用了中世纪文学作品中常用的象征、梦幻手法，且遍堆隐喻、典故，大搞神学探讨，但其想象力之丰富、造型艺术感之强，仍为一般作品所远远不及。

《神曲》中对于地狱、炼狱、天堂的描写，构思绚丽，想象尤为奇特。诗人把这三个境界分为若干层，体现出他根据哲学、神学观点所要阐明的道德意义。三个境界性质不同，所赋予的色调也不同：地狱是痛苦和绝望的境界，色调阴暗凄幽，浓淡不调；炼狱是宁静和希望的境界，色调和柔爽目，恬淡宁静；天国是幸福和喜悦的境界，色调光辉耀眼，灿烂辉煌。各个境界的描写精微生动、奇而不诡，使人有身临其境之感。

第三，但丁在《神曲》中塑造了许多性格鲜明的人物。

作为史诗的主人公，诗人对自己的性格和精神面貌描绘得最为细致入微：诸如初遇三兽时的惊恐失措，地狱里的畏缩不前，邂逅同乡时的兴慨万端，想起罪恶意大利时的无限愤怒，还有炼狱中的抑郁、谦卑和忏悔，天堂中的欢悦欲飞，以及诗人不朽的雄心、博学和胆识，上下求索的意志，气吞宇宙的胸襟气度，甚至连他的骄傲、尖刻、贪色乃至牢骚、叫骂无不一一写出。可以说但丁是世界文学史上最善于在作品中直接塑造自我形象的天才作家之一。

诗中维吉尔和贝雅特丽齐是两个具有象征意义的形象。

出于对维吉尔的崇拜和热爱，但丁让他作为地狱和炼狱的向导，并予以极高的赞美。他赋予这位古罗马诗人以崇高的使命，以他象征智慧和理性，由他带领自己游历地狱和炼狱，通过锻炼达到道德上的完美境界。贝雅特丽齐则用以象征信仰和神学。是她引导但丁游历天国，最后见到上帝，象征人通过信仰的途径和神学的启迪认识最高真理和至善，获得永生的幸福。贝雅特丽齐既是但丁少年童真之爱的积淀，也是他晚年精神自救的宗教信仰的象征。作品中维吉尔既像慈父又像严师，贝雅特丽齐既是但丁不朽的恋人，又是慈母般的圣女，还是指引他不断向善的圣洁天使，他们都没有被抽象化和概念化，而是两个血肉丰满的形象。

《神曲》中还有许多极富想象力的形象。诸如吞噬幽灵的三头恶犬，飞翔于自杀者树林之上的人面妖鸟，长着三副不同颜色面孔和三对庞大翅膀的地狱王，满身血污、头顶盘着青蛇的复仇女神等。各色妖魔鬼怪无不形态逼真、栩栩如生。

第四，在欧洲文库中，《神曲》以其形式的整齐和构思的精密著称。

作品按照三个境界自然地划分为三部，每部 33 歌，3 行一节，连锁押韵。三部诗长短相近，分别为 4 720 行、4 755 行、4 758 行，给人一种匀称的感觉。每部最后一行都以“星”字作韵脚，象征由卑下趋向高尚，由黑暗趋向光明。

《神曲》原名《喜剧》，但这个“喜剧”并没有戏剧方面的含义。由于罗马时代戏剧演变的历史原因，中世纪对于戏剧作为表演性艺术的概念已经非常模糊，而习惯于把叙事体的文学作品亦称为喜剧或悲剧。因为这部作品用不很严肃的意大利语写成，同时内容叙述从地狱到天国、从苦难悲哀到幸福和谐的历程，结局圆满，所以但丁给它取名“喜剧”。薄伽丘在《但丁赞》一文中对这部作品十分推崇，称之为“神圣的《喜剧》”，以后该书即被普遍以《神圣的喜剧》为名，中文意译为《神曲》。

在《神曲》中，我们看到人类在文学领域内第一次从个人角度审视宇宙、上帝、国家、社会；第一次从个人角度审视自身的感情、理智、智慧；第一次展现出个人精神境界的丰满与博大。但丁对中世纪政治、哲学、科学、神学、诗歌、绘画所做的百科全书般的阐述和总结，使《神曲》成为文学史上里程碑式的作品。其深邃的思想内容和精湛的艺术技巧为文艺复兴时代文学的发展开辟了道路。

思考题

1. 谈谈你对骑士文学、城市文学和英雄史诗的认识。
2. 为什么说中世纪的文学状况体现了这一时期不同性质文化的交融？
3. 怎样从《神曲》看但丁思想的双重性？
4. 试将《神曲》与《离骚》做一比较。

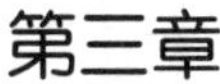

第三章

近古欧洲文学

小引

14 世纪初到 17 世纪初是欧洲历史上的一个特殊阶段，也是人类历史上一个重要的文化变革时期。在此期间，欧洲形成了一场反封建反教会的轰轰烈烈的思想解放运动——文艺复兴运动，它对欧洲乃至人类社会历史的发展都产生了极其重大而深远的影响。

文艺复兴运动前后持续约 300 年，为欧洲各国带来了前所未有的艺术繁荣和科学文化的发展，在各个领域内造就了一大批文化巨人。

文艺复兴时期的欧洲新文学以源自古希腊、罗马的人文主义思想为主要内容，一些作品运用圣经题材或故事，但主体仍在借以宣扬人文主义。这一时期文学领域内英才辈出，欧洲文学达到了古希腊之后又一个高峰。

本章对这一时期文学发展的三个阶段进行了介绍，重点谈及塞万提斯及其《堂吉诃德》和莎士比亚的《哈姆莱特》等重要作家作品。欧洲文艺复兴时期的代表作家当推伟大的莎士比亚，他用诗化的语言与澎湃的艺术激情创作出近乎完美的戏剧，表现了自己对世界上一切事物及其联系的深刻思考。

第一节 概　述

一、文艺复兴运动

从13世纪末至14世纪初，一些统一的封建国家如法国、英国、西班牙、葡萄牙、波兰等先后成立，由于社会生产力的发展和科学技术的进步，处于地中海沿岸的一些城市陆续在封建社会内部出现了资本主义生产关系的萌芽，市民阶层中产生了最初的资产阶级。15世纪末，地理大发现和环球航行的成功、海外贸易的兴盛、中国的火药与印刷术的传入，都有力地促进了资本主义生产关系的发展。经过残酷血腥的资本原始积累活动，资产阶级很快发展成一支极具经济实力的社会力量，刚刚登上历史舞台的资产阶级同仍然占统治地位的封建制度和神本主义意识形态进行了一场斗争。这场斗争有两种形式：宗教改革和文艺复兴。

宗教改革是资产阶级在宗教领域进行的一次反封建斗争。德国的马丁·路德首先起来“扫清了教会这个奥吉亚斯的牛圈”①，紧接着资产阶级打出建立“新教”的旗号，力图创立适合资产阶级发展要求的新的宗教学说来对抗旧的天主教教义。宗教改革运动沉重地打击了罗马天主教会及其封建神权统治。

文艺复兴是资产阶级借助于古希腊文化中反映现实生活的文艺、朴素的唯物主义哲学和自然科学，以世俗的形式对封建制度和宗教势力所进行的一场具有划时代意义的斗争，是早期资产阶级的新文化运动。

从13世纪末开始，在文艺复兴的发源地意大利，就已经开始了对古希腊和古罗马文化的搜集和研究。被称为“人文主义之父”的彼特拉克搜寻到西塞罗的书信，从而掀起了学习人文主义、整理研究古籍和文物的热潮。拜占庭的灭亡、“十字军东征”以及罗马废墟中文物的发掘更对这场运动起了推波助澜的作用。

当时的人们怀着极大的热情，搜集、整理、翻译乃至颂扬、模仿古典文化，高呼着“回到希腊去”、“我去，我去把死人唤醒”的口号，声称要把昔日的文化“复兴”起来，“让死去的东西复活”。湮灭的古典文化得以“重见天日”，再一次放射出灿烂的光辉，这场文化运动因此被称为“文艺复兴”。

实际上，文艺复兴绝非古代希腊奴隶制文化的简单恢复。资产阶级召唤古希腊的亡灵，是为了摆脱封建思想的桎梏，表达自己的思想观念和价值取向，建立适应资本主义生产关系的新的意识形态。“文化一旦摆脱中世纪空想的桎梏，还不能立刻在没有帮助的情形下找到理解这个物质的和精神的世界的途径。它需要一个向导，并在古代文明的身上找到了这个向导。因为

① 《马克思恩格斯全集》，中文1版，第20卷，362页，北京，人民出版社，1971。

古代文明在每一种使人感到兴趣的精神事业上都具有丰富的真理和知识。”①

在这场运动中，大批先进的思想家在宗教、哲学、文学、艺术、自然科学等领域内对旧的传统观念展开了无情的批判。

文艺复兴运动冲破了中世纪宗教神学统治长达千年的漫漫黑夜，为人类历史开辟了一个新时代，给西欧各国带来了前所未有的艺术繁荣和科学文化的发展。正如恩格斯所说：“这是人类以往从来没有经历过的一次最伟大的、进步的变革，是一个需要巨人而且产生了巨人——在思维能力、激情和性格方面，在多才多艺和学识渊博方面的巨人的时代。”②

在哲学界，以弗朗西斯·培根为代表的唯物主义哲学得到普及，以康帕内拉为代表的空想社会主义者提出了按劳分配的社会理想。在科学界，以哥白尼“日心说”为代表的现代自然科学在地球物理学、天体力学、地质学、数学、光学乃至血液循环学等方面都得以建立和发展。

建筑艺术从压抑个性的“哥特式”中解脱出来，转向柱式，后者成为法国卢浮宫的设计思想；音乐浸透了乐生的自由思想，大量引入民歌俚曲，开始向多声部音乐体裁演进。马丁·路德的合唱曲《上帝是我坚固保障》影响巨大，被誉为16世纪和农民战争的《马赛曲》。

绘画艺术在这一时期取得了更辉煌的成就：拉斐尔《圣母子》的整个画面，包括人物的服饰、表情，都充满平民化的世俗内容；达·芬奇的名画《蒙娜丽莎》中蒙娜丽莎“神秘的微笑”和她充满魅力的双手，体现了透视学和解剖学在艺术上的实际运用。与此同时，才华横溢的米开朗基罗也以系列雕塑表现出对人的本质与力量的深刻认识。这位艺术大师的杰作把肉体和精神、情感和理智、科学和艺术平衡而完美地结合起来，显示了文艺复兴时期造型艺术的非凡成就。

二、人文主义文学

文艺复兴时期的欧洲新文学以人文主义思想为主要内容，表达了新兴资产阶级的理想和广大人民的愿望，是资产阶级文学的开端。

“人文主义”一词源于拉丁文 humanismus，可译为人文主义或人道主义。人文主义一般用来特指文艺复兴时期新兴资产阶级反教会、反封建的思想体系。人文主义针对基督教的以神为中心提出了以人为中心的思想观点，因此也称人本主义。

人文主义者主张一切以人为本，强调人的主体地位、价值与尊严；用人性反对神权，用个性解放反对禁欲主义，用理性反对蒙昧主义；肯定世俗欲望，拥护中央集权，反对封建割据。

这一时期的文学领域英才辈出，人文主义文学的巨大成就使欧洲文学达到了古希腊之后又一个高峰。

文艺复兴时期人文主义文学的发展一般可以划分为三个时期。

14世纪初至15世纪中叶是人文主义文学发展的早期，作品多以强调个性解放和享受世俗生活为主，以意大利和英国文学成就最高。

---

① ［瑞士］雅各布·布克哈特：《意大利文艺复兴时期的文化》，何新译，226～228页，北京，商务印书馆，1979。

② 《马克思恩格斯选集》，2版，第4卷，261～262页。

彼特拉克像

在资本主义生产关系萌芽最早的意大利，文艺复兴运动的第一个先驱人物是但丁，另一位是弗兰齐斯科·彼特拉克（1304—1374）。

彼特拉克率先指出了“文学”与“神学”的对立，被认为是欧洲第一个人文主义者。他通晓古希腊、罗马文学，是用人文主义观点研究古典文化的最早代表。彼特拉克曾于1341年获“桂冠诗人”称号。他用意大利方言写成的抒情诗集《歌集》（1336—1374），以与美丽少女劳拉的爱情为主题，展现出人文主义者否定中世纪道德观念、热爱生活的新世界观。相传诗人年轻时曾对教堂里遇到的劳拉一见倾心，此后便写了300余首十四行诗以抒发爱恋之情。大约七年后劳拉病逝，诗人悲伤之余又创作了一些表达哀思的抒情诗。在这些抒情诗里，诗人以丰富多彩的色调描写了人的精神之美、女性的形体之美和景物的自然之美，表达了人文主义者要求摆脱禁欲主义桎梏和追求个人幸福的强烈愿望。彼特拉克的抒情诗开欧洲近代抒情诗之先河，确立了十四行诗在欧洲诗歌中的重要地位。

与但丁、彼特拉克并称文艺复兴初期“三杰”的是乔万尼·薄伽丘（1313—1375）。

薄伽丘是意大利文艺复兴时期主要代表作家、杰出的人文主义者。他的代表作短篇故事集《十日谈》开创了欧洲近代短篇小说这一艺术形式。

《十日谈》中的故事分别取材于历史事件、中世纪传说、东方故事、宫廷传闻乃至人们街头巷尾的闲谈，薄伽丘把这些故事题材的背景都移到了意大利，以人文主义观点运笔如刀，进行再创造，使其成为抒发文艺复兴时期自由思想和反映意大利现实生活的一部杰作。

《十日谈》中的故事首先把批判矛头指向了当时炙手可热的天主教会，反映了整个时代的批判精神。与此同时，薄伽丘还提出了自己的人文主义思想，主张用人性反对神性，表现出新兴资产阶级要求摆脱教会约束和封建枷锁的强烈愿望，充满了反封建的高昂情绪。

《十日谈》是文艺复兴时期人文主义文学的第一面旗帜，也是欧洲文学史上第一部现实主义文学作品。意大利近代著名文艺评论家桑克提斯把《十日谈》与但丁的《神曲》并列，称之为“人曲”，因为当时的人间百态、形形色色的人物都被收到了作家的创作视野之中。

《十日谈》对欧洲16世纪和17世纪的现实主义文学产生了很大影响，许多作家深受启发，从中发掘出许多创作题材。至于引用其中故事，根据其内容作曲、作画的艺术家则为数更多。《十日谈》的影响超越了时代、国家和门类的界限，是世界文学中不可多得的杰作。

薄伽丘像

同期英国的人文主义先驱是素称“英国诗歌之父”的乔叟（1340？—1400）。在意大利人文主义文学的影响下，其代表作长诗《坎特伯雷故事集》（1387—1400）以一批到坎特伯雷朝圣的伦敦香客的旅行为线索，用24人各讲一个故事的形式，较为全面地反映了当时的英国社会生活，揭露了封建阶级的腐败无耻，肯定了世俗的爱情。作品在人物塑造、叙事和语言运用上手法圆熟，极富生活喜剧气息，历来被视为英国现实主义文学的必读之作。

15世纪下半叶至16世纪上半叶是欧洲人文主义文学发展的中期。这一时期法国文学成就最高，英国文学也获得了进一步发展。

随着社会的发展和人们认识的深化，单纯讴歌人类的本能欲望和展示个性已经显现出深度方面的欠缺。只有充分展示人类的巨人风采和理性力量，才能真正显示出人类的价值和尊严。于是描绘巨人形象、展示巨人的思想和行动逐渐成为这一时期人文主义文学的重要内容。

在 16 世纪的法国，最能代表文艺复兴精神的是小说家拉伯雷和散文家蒙田。

弗朗索瓦·拉伯雷（约 1494—1553）是法国文艺复兴时期最重要的人文主义作家和学者。其代表作《巨人传》（1530—1553），是他倾注毕生精力写成的传世佳作。小说以中世纪民间传说为题材，用幽默、夸大手法，塑造出卡冈都亚、庞大固埃这两个无论是躯体还是精神都远比神高大健壮和机智聪慧的巨人形象，让人代替神，成为社会和世界的主宰，并在书末发出“畅饮知识、畅饮真理、畅饮爱情”的响亮的人文主义号召。

米舍勒·爱冈·德·蒙田（1533—1592）是法国文艺复兴后期的人文主义作家。他在阅读古希腊、罗马作品时所做的心得笔记，为《随感录》（又译《随笔集》，1580—1588）的写作打下了基础。《随感录》由多篇长短不一的文章构成，每篇讨论一个独立问题。在著名的《为雷蒙·德·塞蓬德辩护》中，蒙田认为，人和禽兽的不同之处在于人能够思考。几百年来，人类追求真理，其结果只是证明自己的无知。这种观点反映出后期人文主义者在动乱年代中反对盲目信仰，对客观现实采取冷静思索的态度。蒙田怀疑一切现行政治制度和旧的信条，但并不否定现实的一切。他认为生活是真实的，应当尽量享受它；要精神自由，心情恬静；不让习惯、偏见等束缚自己的思想；不让贪婪、吝啬等欲念扰乱自己的心情。

蒙田《随感录》用漫谈的口吻写成，文章富有形象性，不乏诗意，给读者以亲切自然之感。《随感录》在法国散文史上有重要地位，蒙田也被视为欧洲近代散文的创始人。

15 世纪末，英国一批新的人文主义者登上文坛，托马斯·莫尔（1478—1535）是其中的代表作家。莫尔曾经身居高位，迭任要职，经历丰富，见多识广。他 38 岁时所著对话体幻想小说《乌托邦》（1516），作为空想社会主义史上的第一部杰作载入史册。

《乌托邦》的全名是《关于最完美的国家制度和乌托邦新岛的既有益又有趣的全书》。按希腊文的原意，“乌托邦”就是“没有的地方”。《乌托邦》分为两部。第一部主要揭露了英国资本原始积累时期“圈地运动”的罪恶，其中作者对“羊吃人”现象的生动描述成为相关时期的重要史料，多次为马克思《资本论》所引用；第二部主要描绘了“乌托邦”公有制社会的种种美好图景，开以文艺形式宣传社会主义思想之先河，对后世社会科学幻想小说影响极大。作品用拉丁文写成，文笔典雅优美，极富思想魅力。

16 世纪中叶到 17 世纪初，是人文主义文学发展的晚期。自然科学和社会科学领域都有相当大的收获，人文主义文学的发展堪称登峰造极，其中西班牙和英国成就最高。

在这一时期，欧洲人第一次拥有了地球上的大片土地，冒险与开发大大提高了他们的生活水平。这既是充满激情与创造力的时代，也是一个欲望膨胀、贪婪横溢、邪恶滋生的时代。在人欲横流、道德失范的现实面前，人文主义者大多持有更清醒、冷静的认识。文学作品中，除讴歌人性和展示巨人风范外，对人类自身矛盾的关注、对由于人性的弱点所导致的社会丑恶现象的探讨成为他们创作的基本主题。

西班牙的 16 世纪中叶到 17 世纪初叶是一个文学人才辈出的时代，在文学史上被称为“黄金世纪”。

16 世纪中叶，由于农业衰败、工商业凋零，大批破产者出现，西班牙产生了一种有一定现实主义成分的新型市民文学——流浪汉小说。这种小说大多描写城市下层人民的生活，并从下层人物的角度去观察和讽刺一些社会现象。作品的流浪汉主人公靠个人机智谋求生存、反抗压迫，看上去有些玩世不恭。

西班牙最早也最具代表性的流浪汉小说是《小癞子》（全名为《托美斯河的小拉撒路》），作者不详。小说以流浪儿"小癞子"的自述形式写成。"小癞子"原名拉撒路，十岁丧父，曾先后为盲丐、吝啬的老教士、一文不名的穷绅士引路、帮佣，几易主人后来到一个大祭司家中为仆。大祭司把与自己私通生子的女仆嫁给拉撒路，拉撒路迫于生计装聋作哑，最后得以摆脱贫困。

通过小癞子的流浪史，小说以俏皮的手法，大胆讽刺了僧侣的欺骗、吝啬、贪婪、伪善和愚蠢，嘲笑了贵族的傲慢和空虚，揭露了西班牙社会的腐朽和破落，塑造了欧洲文学史上前所未有的机智幽默的流浪汉形象。

《小癞子》语言简洁流畅，叙述生动自然，笔调辛辣有力。它的现实性和批判性，它以主人公的经历串联各种社会生活场景的表现手法，为后世许多小说名家所借鉴。流浪汉小说余脉一直延续到19世纪，对整个欧洲文学的发展产生了巨大影响。

伟大的现实主义作家塞万提斯的创作达到了"黄金世纪"的顶峰。塞万提斯的著名小说《堂吉诃德》借用骑士小说题材，对当时西班牙的社会现实做了极为广泛、深刻的讽刺性描绘；其短篇小说集《训诫小说集》（又名《惩恶扬善故事集》）亦为后世现实主义短篇小说创作提供了优秀范例。

同时期的洛卜·德·维加（1562—1635）是一位杰出的戏剧家。他是西班牙戏剧的奠基人，被西班牙人民誉为"西班牙的凤凰"。维加多才多艺，写过多种体裁的文学作品，一生创作了1 800多个剧本，其中400余部流传至今。其作品多以爱情、婚姻、政治为主题，把人民、贵族、国王三者作为矛盾冲突的主角。代表作《羊泉村》（1609）取材于1476年富恩提·奥维纳村村民武装抗暴的真实历史。在作品中，羊泉村村长的女儿于新婚之夜被当地骑士团队长劫入城堡，激起了村民的义愤。村民们拿起武器，冲进城堡，杀死了队长。当国王派人审理此案时，全体村民异口同声地说杀死暴虐者的是羊泉村，最终得到了国王的赦免。《羊泉村》把维护人的尊严作为主题，体现出英雄主义的正义本质。

16世纪的英国国力强盛，在文化上也出现了一个佳作竞出的兴盛局面。

培根像

弗朗西斯·培根（1561—1626）是英国文艺复兴时期最重要的散文作家和哲学家，他曾猛烈地抨击中世纪的蒙昧主义，论证了知识的巨大作用。在培根看来，人是自然的主人，可以驾驭自然。但"要命令自然，就必须服从自然"，即认识自然规律、掌握科学知识。正是从这一角度出发，培根提出了"知识就是力量"的著名论断，对后世影响颇深。培根创造了别具一格的随笔体裁，他对文学的主要贡献是散文集《随笔》（1597）。这部作品共收短文58篇，内容涉及哲学、伦理处世之道、治家准则等，浓缩了他对社会人生的认识和思考。文章思想深刻，说理透彻，风格凝练有力，名言警句迭出，诗意隽永。

诗人中成就最大的是被称为"诗人中的诗人"的斯宾塞（1552—1599），他的主要作品《仙后》（1579—1596）塑造了两个有道德、有教养的高尚形象——亚瑟王和仙后格罗丽雅娜。斯宾塞利用中世纪骑士传奇，采取寓言手法反对天主教的清规戒律，热情歌颂了作为英国民族象征的伊丽莎白女王。作品充满了诗人对生活和大自然的热爱之情。斯宾塞的创作深受古希腊、罗马文学的影响，技巧圆熟，优美多变，为后世讲究诗艺的作家们所仰慕。

英国诗歌的成就还包括无韵体诗在剧本中的成功运用。诗与剧的结合产生了这一时期最为令人骄傲的成果——诗剧。从16世纪80年代起，诗剧作者——当时被称为“大学才子”的一批剧作家，摆脱了中世纪神秘剧、奇迹剧的宗教色彩和粗糙手法，建立了能够精确地表达时代精神的生机勃勃的新戏剧。作为欧洲文艺复兴时期文学的集大成者，莎士比亚博采众长，写出了37部具有极高思想价值和艺术价值的剧本，成为欧洲文学史上影响最为久远的伟大作家之一。

莎士比亚创作的154首十四行诗堪称文学中的瑰宝。

十四行诗源起于中世纪意大利歌谣，因14世纪意大利诗人彼特拉克著名的十四行爱情诗系列而声名鹊起。1527年前后，十四行诗被引入英国，成为一种形式严谨的抒情诗体，莎士比亚将十四行诗发展到了顶峰。莎士比亚的十四行诗作于1592年至1598年，1609年于伦敦首次出版。诗集分为两部分，前126首献给一位英俊少年，热烈地歌颂了这位朋友的美貌以及他们之间的友情；第127首至最后的诗献给一位黑肤女郎，以爱情为主要内容。莎士比亚的十四行诗主题鲜明、意象生动，结构工整而富于变化，语言流畅洗练而寓意深刻，充分体现出英语的音韵之美和节奏之美。

文艺复兴时期的人文主义文学标志着欧洲文艺创作方法发展史上的一个重要阶段。不同于人类童年时代以神话为土壤的古希腊、罗马文学，更不同于充满了宗教神秘色彩的中世纪文学，它是文学开始走向成熟并进入自觉时代的标志，是欧洲近代文学的开端，也是西方文学中一座巍峨的高峰。

第二节 塞万提斯及其《堂吉诃德》

一、生平与创作

米盖尔·德·塞万提斯·萨阿维德拉（1547—1616）是西班牙文艺复兴时期最伟大的现实主义作家、戏剧家、诗人，曾被狄更斯、福楼拜、托尔斯泰等名家称为“现代小说之父”。

塞万提斯出身于西班牙中部一个没落的贵族家庭，由于家贫，他只上过几年中学，一直跟随做江湖外科医生的父亲过着颠沛流离的生活。1569年他作为红衣主教的随从去意大利，游

塞万提斯像

历了罗马等地，阅读了大量文艺复兴时期的作品。1570 年塞万提斯从军，1571 年参加了抗击土耳其军队的勒邦德海战，身负重伤，左臂残废。1575 年回国途中他被阿尔及尔海盗掳去，过了五年俘囚生活，中间曾四次组织大逃亡，均未成功。1580 年被赎回国，之后开始从事创作。因为写作难以糊口，塞万提斯还当过军需员和税吏，并因得罪权贵和教会而数度入狱。1605 年，动笔于狱中的《堂吉诃德》第一部出版，并于一年之内再版多次，在宫廷市井广为流传。然而塞万提斯本人却仍贫病交加，且屡遭不幸。1614 年有人用化名出版了续集，塞万提斯为此加紧了第二部的写作。1615 年《堂吉诃德》第二部出版。1616 年塞万提斯因水肿病在马德里逝世，其坟冢不知下落。

塞万提斯一生中曾采用各种当时流行的体裁进行创作。他的戏剧作品有二三十种之多，其中著名悲剧《努曼西亚》创作于 1584 年，描写古代西班牙努曼西亚城 4 000 居民抵抗 8 万罗马侵略者的英雄事迹，充满爱国主义热情。短篇小说集《训诫小说集》(1613) 共收入 12 个作品，是仅次于《堂吉诃德》的又一名作，充分表现了塞万提斯丰富的想象力、创造力和卓越的人文主义思想。

二、《堂吉诃德》

《堂吉诃德》(1605—1615) 全名《奇情异想的绅士堂吉诃德·台·拉·曼却》，是塞万提斯的代表作，也是西班牙文学中国际声望最高、影响最大的一部鸿篇巨制，是一部讽刺灭亡了的骑士制度的长篇小说。

小说第一部写拉·曼却地方的一位原名吉哈诺的上了年纪的穷乡绅，因为读骑士小说入迷，决定按照书中一切原样实施，遂改名堂吉诃德，并拼凑了一副破盔烂甲，骑上骨瘦如柴的劣马，提上长矛，立志要出去“冒大险、成大业、立奇功”。第一次单枪匹马，堂吉诃德出师不利，被打得“像干尸一样”，邻人把他横在驴背上驮了回来。第二次，堂吉诃德说服了邻居桑丘·潘沙作为侍从一同出游，路途中又干出许多荒唐可笑的事情：把风车当巨人，把羊群当敌兵，把苦役犯当做受迫害的骑士，把装酒的皮囊当做魔鬼，一路乱砍乱杀。结果，其“行侠”不但害了别人，也害了自己，被打得头破血流几乎丧命，最后被人锁在笼子里装在牛车上拉回家。

小说第二部叙述堂吉诃德和桑丘的第三次出游。桑丘夙愿得偿，在公爵的一个小镇上当了“总督”，堂吉诃德则迫不及待地要实现他的社会理想。结果主仆二人受尽捉弄，只得离去。最后，堂吉诃德败在“白月骑士”手下，从此收兵，卧床不起。临终之时恍然大悟：“我现在不是堂吉诃德·台·拉·曼却了，我是为人善良、号称‘善人’的阿隆索·吉哈诺。”并嘱咐外甥女不得嫁给读过骑士小说的人，否则不能继承他的遗产。

在塞万提斯生活的年代，以幻想的冒险和虚构的情节来愚弄读者的骑士传奇在西欧各国已经销声匿迹，但在西班牙却仍然泛滥。塞万提斯对这种状况深恶痛绝。于是，在《堂吉诃德》中，他用以子之矛攻子之盾的方法，亦步亦趋地模仿着骑士小说。华莱士·马丁指出：“滑稽模仿本质上是一种文体现象——对一位作者或文类的种种形式特点的夸张性模仿，其标志是文字上、结构上，或者主题上的不符。滑稽模仿夸大种种特征以使之显而易见。”① 塞万提斯处处把堂吉诃德与传奇里的“英雄”对比取笑，终于达到了他“要把骑士小说的那一套扫除干净”的写作目的。

《堂吉诃德》封面

但是，这部作品的社会意义实际上远远超过了作者的主观意图。在作品中，先后出现了将近700个人物，描写了从贵族城堡到外省小客店，从农村到城镇，从平原到深山广阔的生活场景，谴责了贵族阶级的荒淫无耻，对劳动人民的痛苦给予了深切同情，同时还广泛涉及了当时的政治、经济、道德、文化和风俗等方面的问题，使得它不仅成为一部生动反映16世纪末至17世纪初西班牙封建社会的生活史诗，同时也对西班牙人民摆脱封建奴役进行了革命的思想启蒙。

在《堂吉诃德》中，塞万提斯突出刻画了两个人物形象——堂吉诃德和桑丘·潘沙。前者身上体现出许多破落贵族的特征，后者则是冷静、谨慎的西班牙农民的代表。两人一幻一真、一虚一实、一愚一智、一热一冷，体现出理想主义与现实主义的对立关系。

堂吉诃德是个具有复杂矛盾性格和喜剧色彩的艺术形象。他的客观行为荒唐可笑，但主观动机却崇高可敬；他外表是封建骑士，但内在却充满人文主义观念；他的本体带喜剧性，但客体却带悲剧性。他疯癫、消瘦、满面愁容，然而却从骨子里“不畏强暴、不恤丧身”，立志扫尽人间不平，显得可笑、可叹、可悲而又可敬。鲁迅先生说，“吉诃德的立志去打不平，是不能说他错误的”，因为当时的西班牙确有不平现象存在，“错误是在他的打法”②。堂吉诃德以复兴骑士道来铲除社会罪恶的主观幻想与处于资本主义萌芽时期的西班牙社会的一切都是相抵触的。骑士道产生于封建制度全盛时期的11世纪，本来是一种严肃的道德规范，但随着封建经济的解体和火炮、火枪在军事上的运用，早已成了历史的陈迹。堂吉诃德在火枪盛行的年代舞动锈蚀的长矛，便犯了时代性错误，从而成为一个滑稽可笑的人物。

但是，塞万提斯笔下的堂吉诃德绝不仅仅是一个引人发笑的滑稽人物，在他身上既有喜剧性又有悲剧性，作者的讽刺性描写处处闪耀着人文主义理想的光辉。

堂吉诃德每次行侠都师出有名：他与风车作战，是因为他把风车看成了危害人类的巨人；他解放苦役犯，是因为在他看来，人“是天生自由的，把自由的人当奴隶未免残酷”。堂吉诃德一系列夸张、怪诞的行为都包含着他对封建专制暴政的反抗，包含着他对自由的向往和对被奴役人们的深切同情。

为了实现理想，堂吉诃德不怕议论和嘲笑，不怕污辱和打击，从不胆怯，从不退缩。种种难以预料的险境突出了他的疯魔与荒唐，也表现了他为了理想不怕牺牲的美德。在那样黑暗愚昧的时代，堂吉诃德能够针对社会积弊发出激愤的呼声，顽强地追求正义，令人肃然起敬。堂吉诃德的冒险行径是可笑的，但他的社会理想和献身精神却具有人文主义特色，代表了时代的进步要求，而这要求在当时西班牙的历史条件下却不可能实现。为了实现理想，堂吉诃德一生历尽千辛万苦，受尽世人辱骂嘲笑，这又使得他的结局带有了悲剧色彩。

---

① ［美］华莱士·马丁：《当代叙事学》，226～227页，北京，北京大学出版社，1990。

② 《鲁迅全集》，第7卷，397页，北京，人民文学出版社，1981。

堂吉诃德身穿破旧的古代骑士甲胄，脑子里却有着人文主义的崭新思想；手中所提是中世纪的长矛，进攻的却是枪炮盛行的资本主义时代；清醒时他是一个见识高明的智者，糊涂时又是一个乱打乱撞的疯子。这些极端矛盾的现象集中在堂吉诃德身上，构成了他复杂的性格，使他成为一个血肉丰满的人物。

塞万提斯塑造的另一个不朽形象是那位呱呱叫的侍从桑丘·潘沙。他与堂吉诃德的形象既相对立又互为补充。堂吉诃德胸怀壮志，一心想要济世救人，眼中所见只有过去和未来；而桑丘却念念不忘一身一家的温饱，一切从经验出发，毫无理想。他考虑事务时冷静的头脑与堂吉诃德枉费心机的狂热幻想形成对比，而他作为仆人的贪嘴也与主人的禁欲形成了鲜明对照。

在小说开头，桑丘一心为了要得些好处才跟了堂吉诃德出来。他一面咒骂游侠的疯狂幻想，一面希望好歹碰上一个发财的机会，显得目光短浅、狭隘自私。然而随着情节的发展，桑丘身上西班牙农民的善良、机智和乐观精神逐渐放出光辉，堂吉诃德的美德终于吸引了他，桑丘那些自私自利的小算盘开始让位于对主人的真诚眷恋。尽管没有工钱，尽管吃尽苦头，桑丘还是鞍前马后，爱他那多少有些疯癫的主人甚至“比爱自己的眼珠还要厉害”。

在就职“总督”期间，桑丘的发财欲望已经为改革现状的民主要求所取代，性格显得十分完美。他主持正义，申雪无辜，断案如神，执法无私。堂吉诃德为之奋斗一生没能做到的，桑丘做到了。与疯痴的主人不同，桑丘观察力敏锐，办事果断，一旦吃亏，决不重蹈覆辙。在识破公爵夫妇的“陷阱”之后，他毫不犹豫地辞了职。他说：“在这里是死路一条，得让我回去才活得了命。……我上任没带来一文钱，卸任也没带走一文钱。这就和别处岛上的卸任总督远不相同了。”在放弃总督权力的时候，桑丘用平凡的话语深深谴责了权力观念和整个官僚制度，显示出劳动人民的智慧。

塞万提斯在这部卓越的作品中采用了戏拟骑士传奇的写法。一方面经过作者的艺术夸张再现骑士小说的滑稽与荒谬，收到奇妙的喜剧效果；另一方面借用骑士小说固有的游历体裁，借题发挥，放笔写去，海阔天空，一无拘束。堂吉诃德主仆二人在西班牙的通衢大道上信马由缰，或打抱不平，或针砭时弊，使作品得以容纳更为丰富的内容。因此，当人们已经不再阅读骑士文学的时候，《堂吉诃德》便成为保存骑士文学的形式和中世纪社会风俗的一部杰作。

小说的主要艺术成就是喜剧性的形象对照和辩证性的性格交融。堂吉诃德和桑丘一高一矮、一胖一瘦、一重幻想一重现实，连他俩的坐骑也一是行动迟缓、一是蹦蹦跳跳。堂吉诃德在桑丘影响下逐渐减弱主观幻想，桑丘在堂吉诃德影响下逐渐克服贪财自私。他俩先是“彼此恨得牙痒痒”，末了又“彼此爱得像心肝”。

塞万提斯不愧为西班牙语言大师，小说中他对各种各样的语言都能够加以熟练运用：在主人口中放进骑士文学矫揉造作、酸气十足的语言，让侍从说出普通人民包罗万象、充满智慧的口头语言；同时还在作品中大量使用准确生动的谚语、俗语。塞万提斯的语言一方面突出了人物的个性，另一方面也大大增强了作品的生命力。

《堂吉诃德》问世400多年来，在世界各国共翻译出版了1 000多次，堂吉诃德的名字在不同的国度、不同的年代流传着，已经成为一个具有特定含义的名词，被永远铭刻在世界文学的丰碑上。

尽管这部小说的结构还不够严密，有些细节前后矛盾，但是不论在反映现实的深度、广度上，还是在塑造人物的典型性方面，《堂吉诃德》都比欧洲先前的小说前进了一大步，标志着欧洲长篇小说的创作跨入了一个新阶段。

第三节
莎士比亚及其《哈姆莱特》

一、生平与创作

莎士比亚像

威廉·莎士比亚（1564—1616）是欧洲文艺复兴时期伟大的戏剧家和诗人，他的戏剧创作无论在欧洲戏剧史还是在世界文学史上都占有极其重要的地位。作为极富生命力的“最深刻的人类观察者”①，“他的每一出戏都是一幅世界的缩影”②，而他的舞台则像是“一个美丽的百像镜，在镜箱里，世界的历史挂在一根看不见的时间的线索上从我们眼前掠过”③。

莎士比亚1564年4月23日生于英国中部沃里克郡的斯特拉夫镇一个富裕的市民家庭。七岁时被送到当地文法学校读书六年，学习拉丁文、希腊语和修辞学。后因家道中落辍学。他当过肉店学徒，也曾在乡村学校教过书，还干过其他各种职业，这使他增长了许多社会阅历。1587年前后，莎士比亚只身来到伦敦，最初在剧院中当马夫、杂役，后来进入剧团，做过演员、导演、编剧，并最终成为剧院股东，赢得了包括大学生团体在内的广大观众的拥护和爱戴。由于莎士比亚始终与社会各阶层保持着广泛接触，同时又结识了许多具有先进人文主义思想的青年新贵族和大学生，他的戏剧活动成绩斐然，收入颇丰。在接近天命之年时，莎士比亚隐退回归故里。1616年4月23日逝世。死后七年，莎士比亚的戏剧界朋友收集他的遗作，出版了第一部《莎士比亚戏剧集》。

在1590年到1612年的20多年中，莎士比亚一共完成了戏剧37部，叙事长诗2部，十四行诗1卷154首，主要成就是戏剧。

莎士比亚的剧本创作是从改编别人的旧作开始的，甚至后来当他已是一位成熟的剧作家时，他也还利用过前人已经写过的题材。但是，天才的莎士比亚大大地丰富了这些题材，极为鲜明地赋予剧中人以各种个性色彩，并使剧中包含的冲突和问题的范围达到了十分深刻和复杂的程度，使这些题材有了全新的风貌。

---

① ［法］丹纳：《艺术哲学》，傅雷译，364页，北京，人民文学出版社，1963。

② 《别林斯基选集》，第1卷，33页，北京，人民文学出版社，1958。

③ ［德］歌德：《莎士比亚命名日》，见《古典文艺理论译丛》（3），68页，北京，人民文学出版社，1962。

莎士比亚开头写历史剧和喜剧。历史剧9部，多根据贺林希德主编的《英格兰、苏格兰和爱尔兰编年史》一书，表现其维护国家统一、反对封建割据的思想。代表作《亨利四世》（上、下，1596—1597）塑造了由浪子成为理想君主的亨利四世形象，还塑造了福斯塔夫这个封建制度解体时期兼有嘲笑者和被嘲笑对象的著名没落骑士典型。喜剧10部，多以爱情、友谊、婚姻为主题，宣扬人文主义的个性解放和爱情自由。著名作品《仲夏夜之梦》（1596）和《威尼斯商人》（1597）不仅描写男女主人公经过跟封建势力艰苦斗争取得幸福结局，还温和地嘲讽了禁欲主义的伪善和高利贷者的贪婪。这一时期创作的具喜剧气氛的爱情悲剧《罗密欧与朱丽叶》（1595）则通过两个出身世仇家族的青年男女的爱情悲剧，歌颂了坚贞不渝的爱情，谴责了血腥的封建家族械斗。

到17世纪初，随着圈地运动的加剧和社会矛盾的加深，莎士比亚剧作的描写广度和揭露力度大大加强，艺术风格也从温婉调笑变得悲愤沉郁。他一连写了7部悲剧。其中，《哈姆莱特》、《奥赛罗》（1604）、《李尔王》（1605）、《麦克白》（1606）被称为“四大悲剧”，代表了莎士比亚剧作的最高成就。《哈姆莱特》写开明与暴政的生死搏斗，是其悲剧的代表作。《奥赛罗》写摩尔人将军跟贵族小姐苔丝狄蒙娜的爱情超越了种族偏见和门第藩篱，却没逃脱阴谋陷害，对当时已十分流行的资产阶级利己主义进行了猛烈抨击。《李尔王》写人文主义跟社会罪恶的斗争已深入到宫廷内骨肉至亲之间，谴责了利欲熏心，也间接地表现对人民颠沛流离的同情。《麦克白》写苏格兰大将麦克白弑君篡位终致身败名裂，显示了权势欲的极端危害。

莎士比亚的悲剧尽管仍带有古希腊悲剧中的命运观念，但是这两种命运观念已不尽相同。莎士比亚的悲剧没有在神示与先知的怪圈中徘徊，从不放弃他的人文主义信念，正因为如此，他对于现实的失望才显得格外震撼人心。莎士比亚强烈地感受到生存的悲剧性情境，从动乱英国最复杂的人生一幕，体验了幻灭的悲哀。莎士比亚的悲剧主人公往往是他们自己悲剧的制造者，苦难和灾祸都来自人们自身的各种行为：苔丝狄蒙娜在最要紧的关头遗失了最要紧的手帕，李尔出于父爱将国土分赠给爱女，麦克白窥伺邓肯王的王冠……从而导致了一场场异乎寻常的灾难并走向死亡。莎士比亚以浓烈的主观感受和现实存在的方式，赋予了悲剧新的生命与光彩。

在写出上述描写生存的悲剧性情境的悲剧后，莎士比亚深感现实世界跟人文主义理想互不相容，于是转向写传奇剧，企图通过道德感化来调和尖锐的社会矛盾。他晚年创作的传奇剧代表作《暴风雨》虽写了主人公米兰公爵普洛斯彼罗的沉浮际遇，但重点却不再是揭示社会黑暗，而是用偶然性、幻想和道德感化来肯定理性和智慧的力量。作为莎翁的最后一部剧作，该剧被人称为“诗的遗嘱”。

二、《哈姆莱特》

五幕悲剧《哈姆莱特》（1601）是莎士比亚最重要的作品。

年轻的丹麦王子哈姆莱特在德国威登堡大学接受人文主义教育，因父王猝死回到祖国。回国后发现母后已与新近登基的叔叔成婚。新王声言老王是在花园中被蛇咬死的。晚上，老王鬼魂显现，告知“毒蛇”就是新王。哈姆莱特思虑重重，将信将疑，便装疯卖傻，寻机了解真相。他趁戏班子进宫的机会改编了一出阴谋杀兄的旧戏文进行试探，新王心虚仓皇退席，接着便以哈姆莱特错杀宫内大臣为口实把他遣往英国，密告英王将他杀害。哈姆莱特识破诡计，脱险而归。新王又利用宫内大臣之子雷欧提斯的复仇冲动，设毒剑、毒酒欲置其于死地。结果哈姆莱特和雷欧提斯决斗中双双中剑，王后误饮毒酒，哈姆莱特最后奋勇一击刺死了新王。

《哈姆莱特》封面

剧本取材于12世纪丹麦历史学家萨克索·格罗马契克的《丹麦史》，莎士比亚站在人文主义立场对这一旧题材进行了再创造，其寓意显然指向了16世纪末的英国。

哈姆莱特是个理想与现实、责任与行动、观念与传统均处于复杂而尖锐的矛盾之中的艺术典型，西方素有“一万个观众，便有一万个哈姆莱特”的誉称。

他歌颂理性是“高贵的伟力”，人是“宇宙的精华、万物的灵长”，但有时又认为劳动人民是没有理性的“蠢材”。他平易近人，深受人民爱戴，是“国家的期望和花朵”、“举世瞩目的中心”，但作为天潢贵胄他又远离人民，且相信灵魂不死。更重要的是，他向往开明政治，宣扬平等互爱，痛恨封建暴政，厌弃社会丑恶，不单要为父报仇，更立意要“重整乾坤”。但面对残酷现实，他又脱离群众，孤军奋战，耽于思考，陷入忧郁，甚至感到人生虚无，理想幻灭，在严酷的斗争中迟疑被动，既提不出斗争纲领，又找不到依靠力量，还不知道斗争方法，最后只能勉强跟敌人同归于尽。他不但没能“重整乾坤”，反成了时代与个人的悲剧。可以说，在剧中他既是人文主义先驱，又是天潢贵胄；既是开明王储，又是忧郁王子；既是开明政治的向往人，又是迟疑被动的复仇者；既是不幸的孤儿，又是“狠心的情人”……

总之，哈姆莱特是一个资产阶级人文主义者的典型形象。在他身上不断显现出人文主义者的历史进步性和阶级局限，借着哈姆莱特的形象，莎士比亚倾吐了人文主义者的追求和惶惑。

莎士比亚的创作在世界文学史上具有极其重要的意义，他完美的创造性赋予了戏剧令人动容的生命力。

第一，莎士比亚的创作真实而深刻地反映了文艺复兴时期英国错综复杂的社会矛盾。贵族与农民、贵族与资产阶级、宫廷贵族与乡村贵族、资产阶级与农民等的矛盾，盘根错节，相互交织、重叠，构成了一个复杂有序的社会关系网络。莎士比亚的创作直接或间接地摄入了新旧交替时期英国丰富多彩的社会风貌和生活场景，宫廷贵族的花天酒地、农民和手工艺人的失业贫困、战场上的厮杀、公路上的黑夜抢劫、政府的搜捕、四乡的征兵、官吏的无情压榨、朝廷的阴谋暗杀等真实的生活画面，令人目不暇接，堪称时代的缩影和简史。莎士比亚对于时代矛盾变迁的高度敏感决定了其作品的现实主义深度。

第二，莎士比亚的创作囊括了三教九流形形色色的人物，诸如国王、大臣、将军、兵士、酒保、商人、娼妓、衙役、水手、掘墓人、非洲的摩尔人、无家可归的犹太人，等等。莎士比亚塑造的一系列典型人物，其中许多已经成为世界文学宝库中不朽的形象。莎士比亚笔下的人物虽然穿着古代的服装，却富于现实生活气息，具有个性化的思想、性格和感情。莎士比亚不仅善于通过外部环境的激烈冲突刻画人物，而且善于窥测与展现人们在道德、环境等因素制约下的各种欲望，用他非凡的直觉洞察人的内心世界，因而使他的人物有了前所未有的复杂性和多面性。

第三，莎士比亚的创作在艺术表现形式方面也为后人提供了丰富的经验，在他天才创作的背后有着从内向外辐射着的融化一切的热情。他的作品植根于生活，却时时闪耀着理想的光辉；不仅兼有现实主义和浪漫主义两种因素，而且打破了古希腊戏剧意识中悲、喜剧界限分明的陈规，把崇高与卑贱、恐怖与滑稽、豪迈与诙谐离奇地融合到了一起。

第四，莎士比亚的作品具有丰富多样的情节，剧中经常有两条或两条以上的线索平行交错，相互对照映衬，环环相扣且层层递进。

第五，最值得一提的是，莎士比亚还是戏剧语言的巨匠，他用诗化的语言表现了自己对性格和情欲、事件的发展和人类的命运、人的素质以及世界上一切事物及其联系的深刻反省。他以澎湃的艺术激情构建了戏剧人物的真实性和完整性，以崇高而优美的诗化语言表达了他动人心弦的激情和超凡脱俗的悲剧才智。“他的每一个字都有形象，每一个字都有对照，每一个字都是白昼和黑夜。”①

莎士比亚的戏剧语言是运用诗体写剧作的完满典范。他的作品主要用无韵诗体写成，结合了散文、古体诗和民间抒情歌谣，音韵铿锵，变幻无穷，使剧本具有典雅富丽的特征。

莎士比亚不仅阅读和研究了英国早期诗人的作品，更重要的是从生活本身吸取了语言养分，同时他还具有将对话元素与高昂的诗意糅合在一起的熟练技巧。莎士比亚的戏剧并不是刻意的矫揉造作，他的语言是根据不同角色的性格和气质来决定的。莎士比亚笔下的小贩、农民、士兵、水手、仆人，尤其是傻子和丑角，几乎都在用他们现实生活中的言说方式来说话。他的剧作词汇丰富，或文雅或俚俗，各如其人。不论是高尚者还是卑贱者，无论是最庄严者还是最粗俗者，莎士比亚都在真实的基础上展示了他们的个性。

莎士比亚驾驭语言游刃有余，无论采用什么样的形式都能把握事物的本质。他善用明喻、暗喻、反语、双关等修辞手法，讽刺尖锐，妙语如珠，剧本中许多佳句已经成为英国语言的精华。莎士比亚通过语言把强大的激情灌注到戏剧的非凡情境当中，使剧本有了前所未有的动人心弦的强度和张力。

思考题

1. 古希腊神话中的人文主义对文艺复兴有着怎样的影响？
2. 你对《堂吉诃德》有着怎样的阅读感受？
3. 莎士比亚在作品中对人性进行了怎样的探讨？
4. 试比较莎士比亚戏剧与古希腊戏剧中的女性。

① ［法］雨果：《莎士比亚的天才》，见《古典文艺理论译丛》(3)，103 页。

第二编

近代欧洲文学

近代欧洲文学是在封建王权获得巩固、资本主义生产关系渐次确立的历史条件下发展起来的。17至18世纪，欧洲主要国家处于社会转型时期，新旧文化、各种政治势力之间冲突激烈，资产阶级逐渐发展壮大，正在为问鼎政权（在英国则是巩固革命成果）制造舆论。这一时期的法国、英国、德国文学在世界文学的版图上居于中心位置，各种文学体裁都得到了不同程度的扩展，艺术形态向着现代文学嬗演，性格戏剧、启蒙戏剧为现代社会问题剧提供了范式，感伤文学为浪漫主义叙事提供了借鉴，哲理小说在创作理念、社会功能方面也为现实主义小说开拓了方向。

第四章
17世纪欧洲文学

小引

经历了文艺复兴运动，欧洲文学的钟摆于17世纪整体回拨。在以法国为代表的君主专制地区出现了文学复古态势；资产阶级革命中出现的反映清教思想的文学代表着英国文学的时代趋势；西班牙等地出现了巴洛克文学。古典主义文学是17世纪欧洲文学的主潮，本章重点讲述古典主义文学的成因、特征、发展概况，并重点评析代表作家及其代表性作品。

17世纪欧洲各国政治、经济发展不平衡。英国经历了资产阶级革命，弥尔顿的诗作表现了英国清教徒革命家的战斗精神。

法国是最强大的中央集权君主专制国家，法国王权和资产阶级之间相互妥协的政治结构促进了古典主义文学的发展和兴盛。17世纪欧洲文学的中心是法国，法国古典主义文学的主要形式是戏剧。古典主义戏剧具有政治上拥护王权，思想上提倡唯理主义，艺术上重视规则、模仿古代、严格恪守“三一律”等方面的基本特征。

高乃依是法国古典主义悲剧创作的奠基作家。拉辛是典型的法国古典主义悲剧作家。布瓦洛为法国古典主义文艺理论制定了规则。

莫里哀是古典主义喜剧创作成就的集大成者，他的代表作有《伪君子》和《悭吝人》。

学习本章节内容，应同古希腊、罗马文学和文艺复兴文学联系起来加以比较分析，同时需要思考和把握古典主义文学对欧洲后续文学发展的影响。

第一节 概　述

17 世纪，欧洲各国的经济、社会发展很不平衡。

自地理大发现后，随着商道的转移，意大利丧失了资本主义世界中心的地位，外国的侵略和天主教势力的猖獗，使社会经济的发展受到严重挫折。西班牙自 1588 年“无敌舰队”在加莱海战中被英国歼灭后，丧失了海上霸主地位，工商业遭到重创，综合国力一蹶不振，从此不再是欧洲的强国了。德国经历了 30 年宗教战争，国家四分五裂，资本主义发展十分缓慢。俄国刚刚形成统一国家，政治经济仍然落后。只有英法两国，资本主义发展迅速，成为欧洲最强盛的国家，文学也居于全欧洲的领先地位。

17 世纪是英国资产阶级为夺取政权同封建贵族阶级展开激烈斗争的世纪。资产阶级联合“新贵族”，打着宗教的旗帜，利用人民的革命情绪，以国会为阵地同王党对峙，最后诉诸战争，终于在 1649 年取得革命胜利，成立了共和国。后来，王权曾一度复辟。1688 年的“光荣革命”确立了君主立宪制的资产阶级专政。

17 世纪的法国，在“胡格诺战争”结束以后，逐步形成了统一的政治局面。17 世纪上半叶，王权逐步肃清地方割据势力，成为欧洲最强大的中央集权国家。法国的绝对王权，依靠贵族阶级作为政治基础，依靠资产阶级作为经济后盾。发挥着进步历史作用的法国绝对王权，实质上是贵族阶级和资产阶级相互妥协的产物。

17 世纪欧洲文学主要包括巴洛克文学、反映清教思想的文学和古典主义文学。

一、巴洛克文学

巴洛克文学由于与当时在欧洲建筑中占主导地位的巴洛克式造型及其他巴洛克艺术风格相仿而得名。

“巴洛克”（Baroque）系葡萄牙语，意为“不完美的畸形珍珠”，其含义中有旋转、扭曲、变形和不规则的内涵。该称呼来自 19 世纪评论家对文艺复兴之后欧洲艺术风格的贬抑嘲讽。17 世纪以后，巴洛克风格作为对文艺复兴时期人文主义艺术的反动，逐渐成为西班牙、意大利、法国以及其他一些欧洲国家的艺术时尚。这种艺术风格涉及范围非常广泛，在建筑、绘画、雕塑、音乐、文学等领域均有突出表现。该流派的创作几乎全与宗教有关，在建筑方面的重要代表作有意大利罗马著名的圣卡罗教堂、圣彼得大教堂和都灵主教堂等；在绘画方面有法国画家鲁本斯（1577—1640）的《吕西普的女儿被劫持》（1617）、意大利画家卡拉瓦乔（1571—1610）的《基督下葬》（1601—1604）、荷兰画家伦勃朗（1606—1669）的《夜巡》（1642）等；在雕塑方面有意大利人伯尼尼（1598—1680）的罗马特雷微喷泉和圣德列萨祭坛；

在音乐方面有意大利的教堂音乐，英国的宗教清唱剧和德国音乐家巴赫（1685—1750）、亨德尔（1685—1759）的乐曲创作。巴洛克艺术风格在建筑方面强调奇特、矫饰，结构严谨，色彩艳丽，多用椭圆形、螺旋形线条和极度夸张的花饰；音乐方面则盛行赋格曲式，给人以华丽绚烂的感受。18世纪以后，巴洛克在法国渐次被新兴的优雅、轻快的洛可可（Rococo）风格取代，在德国则融入了早期浪漫主义的潮流。

巴洛克文学是一种以奇异作为基调的文学，具体表现为想象极其丰富，辞藻十分华丽，感情特别强烈，气势相当雄浑，意象非常怪谲，其基本特点是新奇怪诞、富于变化、富丽堂皇而又神秘夸张。

巴洛克文学起源于意大利和西班牙，兴盛于法国，在艺术形式上涉及了诗歌、戏剧、小说等各种体裁。较有代表性的人物有意大利诗人贾姆巴蒂斯塔·马里诺（1569—1625）、西班牙诗人贡戈拉·伊·阿尔戈特（1561—1627）和法国小说家奥诺雷·于尔菲（1567—1625）等。

马里诺是意大利巴洛克文学的重要代表，他的创作风格对当时的意大利以及欧洲诗坛都有一定影响。他的主要作品有长诗《阿多尼斯》（1623）、田园诗《风笛》（1620）和抒情诗集《七弦琴》（1608）等。取材于罗马神话的《阿多尼斯》是他的代表作，主要叙述爱神维纳斯和美少年阿多尼斯之间的爱情故事。作为诗人，马里诺才思敏捷，感情丰富，以追求奇特美感的创作风格而声誉大振，风行一时的“马里诺抒情诗体”即是因他而得名的。

曾被塞万提斯赞誉为“罕见的不可多得的天才”的阿尔戈特，是西班牙巴洛克诗风的代表。他创作的诗歌风格幽默活泼，笔触辛辣尖刻，代表作《孤独》（1612—1613）借一位青年的浪游经历，表现了孤独无助的生活感受。

巴洛克小说以想象自由、绵延舒展著称，具有富丽奇特、篇幅冗长的特点。法国作家于尔菲的小说最能体现这种艺术风格。他的代表作品《阿丝特雷》（1607—1627）长达5卷60册，文体散韵相间，既可阅读亦能吟唱。小说描写的是牧童牧女间牧歌式的爱情纠葛。热恋中的牧女阿丝特雷对恋人赛拉东产生了猜疑，男方失恋后投河自尽，幸为仙女所救。他乔装牧女成了阿丝特雷的“女友”，后来两人尽释前嫌，有情人终成眷属。小说在田园诗的氛围中对小儿女的爱欲心理和情感活动作了惟妙惟肖的描摹，字里行间洋溢着浪漫激情，不但颇为时人所重，还因其在中世纪骑士传奇和后世爱情小说之间起到的桥梁作用而在文学史上具有重要地位。

二、反映清教思想的文学

反映清教思想的文学主要产生在英国。打着宗教旗帜推行社会政治主张，是英国资产阶级革命的重要特点。17世纪40年代，资产阶级披着宗教改革的外衣，掀起了反对专制制度的革命。资产阶级主张“纯洁”教会，清除天主教旧制的影响，创立新的“清教”教派。清教徒因此长期受到王权统治者的迫害。在资产阶级革命前后，反映清教思想的文学得到了发展，这一特点，突出体现在以弥尔顿为首的英国资产阶级革命文学的创作中。

约翰·弥尔顿（1608—1674）是英国资产阶级活动家和杰出的诗人，他的创作代表着英国反映清教思想文学的最高成就。他的代表作长诗《复乐园》（1671）取材于《新约·路加福音》，借耶稣不受魔鬼撒旦的诱惑为人类恢复乐园的故事，歌颂革命者富贵不淫、威武不屈的高贵品质，抒发对复辟王朝的强烈憎恨。

17世纪英国文学史上的重要作家还有班扬（1628—1688），他的小说《天路历程》（1678—1684）也体现了清教主义的倾向。两卷本小说《天路历程》用中世纪梦幻寓意的形式写成。书中把追求革命比做中世纪信徒的朝圣。第一部叙述主人公“基督徒”前往天国之城的冒险经历；第二部叙述“基督徒”的妻儿寻找天国的故事。小说具有浓厚的清教色彩，也有着对复辟时期社会现实的辛辣讽刺。

三、古典主义文学

古典主义是17世纪欧洲占统治地位的文艺思潮。这种思潮在法国产生，后扩展到欧洲许多国家。古典主义是新兴资产阶级与封建贵族在政治上妥协的产物，是一种适应王权需要而产生的具有浓厚宫廷色彩的资产阶级艺术流派。它在理论和实践上都竭力主张以古希腊、罗马文学为最高典范，故有古典主义之称。

推动古典主义文艺思潮产生和发展的哲学基础是勒内·笛卡尔（1596—1650）的唯理主义哲学。笛卡尔强调理性万能，把“理性”作为检验一切知识的尺度，而理性并非来源于感觉经验，而是来源于理性本身。他强调人的理性而反对盲目信仰，这是对神学教条和宗教权威的有力冲击；他主张适度控制人的自由意志以免情欲泛滥，也符合当时王权政治的需要。古典主义者要求严守规则、重视理性、克制情欲，同笛卡尔的哲学观念有着密切的关系。古典主义在许多艺术领域都有表现。画家普桑（1594—1665）推陈出新，创作了相当数量的绘画作品，代表作有《海神的凯旋》（1635—1636）和《阿卡狄亚的牧人》（1655）；约·维恩（1716—1809）的《希腊贵妇的沐浴》（1767）则标志着法国古典主义绘画完成了向洛可可风格的转移；在音乐领域里古典主义也留下了一些传世之作。古典主义的文学建树主要集中在戏剧、诗歌等体裁的创作方面。

古典主义文学具有以下几个方面的思想特征：

第一，它受到王权的直接干预，在政治思想上主张国家统一，反对封建割据，歌颂英明的国王，把文学和现实政治结合得非常紧密。由于王权在当时是进步的社会因素，所以这种政治倾向性是符合资产阶级利益的。

第二，宣扬理性，把国家利益、家庭义务、荣誉观念置于个人欲望之上，对于不符合理性原则的思想和行动，则进行贬斥和批判。

第三，尖锐地抨击贵族的奢侈淫逸和腐化堕落，同时也批判资产者和市民阶层的愚顽、附庸风雅和想成为贵族的心理，对社会的不合理现象也有深刻的揭露。

第四，不同体裁的作品具有不同的题材范围，悲剧多以帝王将相、宫闱秘事为题材，喜剧、寓言和散文则接触到了第三等级，即市民阶层的生活内容，具有较广阔的文学视野和较多的民主精神。

作为一种全欧性的文学运动，古典主义文学存在着共同的艺术特征：

第一，从古希腊、罗马文学中汲取艺术形式并选择题材，但“依照他们自己艺术的需要来理解希腊人”，因此，在艺术形式上，悲剧、喜剧、寓言和散文都有较大的发展。

第二，它有一套严格的艺术规范和标准。例如戏剧创作必须恪守“三一律”；推崇悲剧，贬低喜剧；对文学创作的体裁和形式也作出高与低、雅与俗的区分。

第三，主张语言准确、精练、华丽、典雅，表现出较多的宫廷趣味，对民族语言的规范化起到了很好的作用。

第四，塑造的人物具有“类型化”的特点，认为“凡是写古代英雄都应该保持其本性”（布瓦洛语）。由于古典主义作家只追求“普遍人性”，因此作品人物性格单一。

古典主义文学主要流行于法国。诗人马莱伯（1555—1628）被认为是法国古典主义文学的开创者。他毕生致力于建立民族语言和诗歌的规范，要求语言准确、明晰、和谐，提出要把宫廷用语作为文学语言的标准，并为各种诗体制定了韵律规则。另外，法兰西学院的实际组织者夏普兰（1595—1674）也对当时的文学创作起到了一定的规范和监督作用。例如高乃依的悲剧《熙德》上演后，夏普兰执笔写了《法兰西学院对〈熙德〉的意见书》（1638），指责剧作违反“三一律”并涉嫌抄袭，使该剧遭到查禁。

法国古典主义文学的发展经历了三个阶段：17 世纪 30—40 年代是其确立时期，代表作家是悲剧作家高乃依（1606—1684）等；17 世纪 60—70 年代是其繁荣时期，代表作家是悲剧作家拉辛（1639—1699）和喜剧作家莫里哀等；17 世纪 80 年代以后是其由盛而衰时期，代表作家是散文作家拉布吕耶尔（1645—1696）等。古典主义作为一种文艺思潮在法国文坛上一直延续到 19 世纪初期，前后达 200 多年。

法国的古典主义文学中影响最大、成就最高者，除了莫里哀之外，还有高乃依、拉辛和布瓦洛。

皮埃尔·高乃依是古典主义戏剧的创始者，他一生创作了 30 多个剧本，其中大部分是悲剧。《熙德》（1636）是他的代表作。

剧作通过一对贵族青年男女的感情纠葛，描写了男女主人公在个人爱情、家族荣誉和公民义务之间的矛盾冲突中所作出的抉择，强调了理性对感情的胜利和个人对国家的服从。

《熙德》的情节取自西班牙中世纪的一个传说。贵族青年罗德利克同贵族小姐施曼娜相爱。但发生在他们父辈之间的争执，在两个年轻人中间引发了情与理的冲突。罗德利克在决斗中杀死了情人的父亲，施曼娜要求国王处死罗德利克以报父仇。正在此时，外敌入侵，罗德利克率众抗敌，取得大胜，被呼为“熙德”（意为“君王”或“将军”），成为民族英雄。这时，施曼娜对罗德利克更加热爱、崇敬，但又从维护贵族的荣誉感出发一再要求国王处死他。后经国王耐心说服，二人重归于好并结成了良缘。

由于《熙德》首次明确宣扬了王权至上的政治观念和崇尚理性的文学思想，所以它被视做古典主义戏剧的第一部典范作品。剧作家高乃依也因其崇高庄严的创作风格体现了古典主义追求理想美的精神取向，而被誉为古典主义悲剧的奠基人。

让·拉辛是又一位杰出的古典主义悲剧作家。他一生共写有 11 部悲剧，其代表作是取材于古希腊悲剧的《安德洛玛克》（1667）和《费得尔》（1677）。

《安德洛玛克》写的是特洛伊城破后大英雄赫克托尔的寡妻安德洛玛克的不幸遭遇。特洛伊战争结束后，安德洛玛克成为爱庇尔国王庇吕斯的奴隶。庇吕斯见异思迁，要娶安德洛玛克而抛弃等待了他十年之久的未婚妻。这时希腊城邦联盟派特使前来，要庇吕斯交出安德洛玛克和她的儿子以除后患。国王借此要挟，安德洛玛克被迫同意求婚，但准备在国王宣誓保证儿子的安全后自杀。国王的未婚妻挑唆特使杀死国王，事后由于悔恨，她也随即自杀。剧中刻画了为满足情欲而置国家利益和义务于不顾的人物，谴责了贵族阶级的情欲横流。作者还以女主人

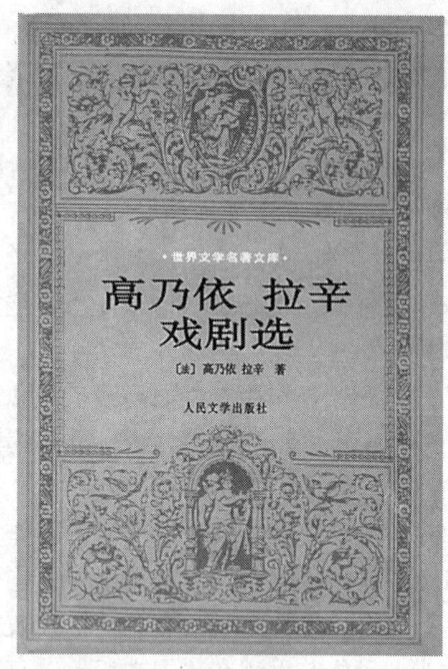

《高乃依　拉辛戏剧选》封面

公为保全儿子生命所作的努力，颂扬了忠于祖国、忠于爱情的自我牺牲精神。

《费得尔》描写雅典王后因不能克制自己的情欲而走向犯罪的故事，是拉辛的心理悲剧代表作。费得尔是雅典国王的续妻，她向国王前妻的儿子求爱，遭到拒绝后恼羞成怒，反诬王子对她有不轨行为。国王怒而处死王子。王子死后，费得尔也悔恨自尽，死前坦白了事情的真相。剧本贬斥了滥施情欲、缺乏理性的思想和行为。

拉辛的作品常在剧情接近高潮之际拉开序幕，“三一律”被运用到出神入化的地步，情节简练、单一而集中，并以善于刻画女性心理和思想的发展过程著称。

尼古拉·布瓦洛（1636—1711）是著名的古典主义理论家，他的主要理论著作是《诗的艺术》（1669—1674）。布瓦洛站在绝对王权的立场上，总结了17世纪前半期古典主义文学的成就，系统地阐明了古典主义的美学观和创作原则。他认为作家和理论家都应服从“理性”原则，作家的任务是通过“研究宫廷”、“认识城市”，去模仿“自然”和古人的创作。

此外，拉·封丹（1621—1695）的《寓言诗》（1668—1694）力图反映17世纪下半叶法国的社会生活，从而将寓言诗的创作提高到了前所未有的高度。

古典主义后期创作以散文为主，出现了拉布吕耶尔的随感录《品性论》（1688—1694）和费讷隆（1651—1715）的小说《忒勒马科斯历险记》（1699）等作品。此后，古典主义在法国的主导地位开始动摇，世纪末出现的“古今之争”是对古典主义清规戒律发起的一次挑战，但是问题一直延续到19世纪才最终得以解决。

在法国古典主义的影响下，英国、德国、俄国以及其他一些欧洲国家也先后发生了程度各不相同的古典主义文学运动。

17世纪60—70年代，英国王室从法国回国复辟，带回了古典主义文学趣味并蔚为时尚，致使仿古典主义的“英雄剧”名噪一时。桂冠诗人德莱顿（1631—1700）是英国古典主义文学的倡导者和实践者。他除了写作一些以爱情、荣誉为题材的“英雄剧”作品外，还在《论戏剧体诗》（1668）等论文中提出并阐述了古典主义法则。与德莱顿同时，威彻利（1641—1716）也写了一些具有古典主义特征的喜剧。18世纪初期的诗人蒲柏将英国的古典主义文学推向了高潮，他的《批评短论》（1711）一书，在尊奉古代艺术为文学典范的同时，也具有一定的启蒙意识。

在德国，高特舍特（1700—1766）在文学论著《批判诗学试论》（1730）中强调崇尚理性，倡导“三一律”原则，主张规范戏剧形式和文学语言，将法国古典主义文学奉为德国文学从习的典范。

第二节 莫里哀及其《伪君子》

一、生平与创作

莫里哀像

莫里哀（1622—1673）是法国最杰出的古典主义喜剧作家，对欧洲戏剧的发展做出了重要贡献。

莫里哀本名让·巴蒂斯特·波克兰，出生于巴黎一个富商家庭，父亲是宫廷陈设商，用钱买了贵族称号并希望能够父业子承。这使得莫里哀从小就有机会观看皇家剧团（以及街市戏班）的演出，逐渐萌生了当演员的愿望。21 岁时，由于对戏剧艺术的爱好和对一位漂亮女伶的迷恋，他走出温饱的家庭，投身演艺界当了社会地位卑贱的喜剧演员。使用“莫里哀”作为艺名标志着他放弃皇室侍从地位并和新贵族家庭决裂。剧团经营方面的失败曾使他负债累累并一度入狱，而后又过了 12 年的外省流浪生活。在此期间，他走遍法国，广泛接触了社会各阶层的生活，在戏班子中则既是领班、编剧，又是导演和演员。1658 年，莫里哀率领剧团载誉归返巴黎，受到路易十四的赞赏和保护。51 岁那年，他抱病演出喜剧《无病呻吟》，不幸咯血去世，为戏剧事业献出了自己的全部身心。

莫里哀以其创造性的活动，使欧洲古典主义喜剧的成就超过了悲剧，他对 17 世纪喜剧的主宰也远远超过了高乃依和拉辛对古典主义悲剧的操控程度。莫里哀取得这样的成就是由多方面原因促成的。首先，他率剧团在外省辗转长达 10 多年，以所谓“静观人”的角度了解观察各阶层的生活状况和各地不同的风俗民情，接触到形形色色的人物，具有比同时代作家丰富得多的经验阅历。其次，他接受了伽桑狄（1592—1655）和古代哲学家的唯物论影响，在同下层人物的接触中又形成了进步的民主观念，对社会的认识自然超过了其他作家，富于叛逆的个性又使他敢于接触别人望而生畏的题材。再次，他对喜剧功能的认识大大高于同时代人，他提出了“改正人们的弊病”，“抨击本世纪的恶习”的主张，这种明确的诉求突破了旧喜剧的内容局限。

莫里哀的喜剧创作大致可以分为四个阶段。

第一阶段（1645—1658）是其在外省认识社会生活、锤炼写作技巧时期。流传下来的作品有《冒失鬼》（1655）和《情仇》（1655）。

第二阶段（1659—1663）是其古典主义喜剧的开创时期，以写风俗喜剧为主。第一个剧本《可笑的女才子》（1659）采用闹剧手法，讽刺了小市民的附庸风雅和贵族沙龙文学的矫揉造作。此剧因冒犯了贵族，一度被禁止演出。《丈夫学堂》（1661）则嘲笑了把妇女看做奴隶的封建夫权思想，提出了婚姻和女子教育问题。

《妇人学堂》（1662）是这一阶段较为重要的作品，写的也是女子的教育问题。资产者阿诺夫收养四岁孤女阿妮斯，送她到修道院接受了13年宗教教育，想为自己培养一个忠顺的妻子。阿妮斯回来后却很快爱上了一个青年。经过一番曲折，一双小儿女终成眷属。剧作抨击了扼杀人性的经院教育和封建夫权思想，结果招致教会的攻击，莫里哀又写剧本予以回击。

第三阶段（1664—1668）是其创作的成熟时期，主要成就是风俗喜剧，先后创作了《唐璜》（1665）、《恨世者》（1666）、《吝啬鬼》（1668）和《伪君子》等剧目。

散文体喜剧《吝啬鬼》（又译作《悭吝人》）是莫里哀的一部力作，写的是守财奴阿巴贡的秽行丑态。阿巴贡虽有万贯家产，却贪婪、吝啬到病态的程度。宴请客人时，他吩咐厨师专做不对胃口的食物并要求不要备足分量；人们传说他曾偷吃马饲料，还说他的日历上斋戒的日子要比常人多一倍；阿巴贡想续弦，可他物色的姑娘竟是儿子的情人；他放高利贷，正好成了自己儿子的债主；埋在地下的金币被盗，他呼天抢地，寻死觅活。阿巴贡具有资本主义发展初期资产者的敛钱方式和活动特点，是欧洲文学史上第一个有血有肉的吝啬鬼形象。

《伪君子》是这一时期最重要的作品，它的最终上演经历了好几年的斗争。

第四阶段（1669—1673）是其创作晚期，以写“喜舞剧”为主。这时，他与王权的关系产生了裂痕。此期的重要剧作有《贵人迷》（1670）、《司卡班的诡计》（1671）以及《无病呻吟》（1673）等。

《贵人迷》生动揭示了资产阶级企图挤进贵族阶层的社会心理。暴发户茹尔丹最大的心病是自己不是贵族。他要补受贵族教育，结果闹了不少笑话。女儿的对象不是贵族，他坚决反对他们相爱。为了踏入上流社会他不惜假装外国贵族。剧本尖锐嘲讽了醉心于当贵族的资产者。

三幕散文体喜剧《司卡班的诡计》是莫里哀晚年的优秀剧作。剧中的主人公司卡班是个机智、勇敢、乐观，甚至有几分狡黠的仆人。他运用计谋成全小主人的婚事，把老主人装入口袋痛打一顿。他虽身为仆人，头脑和智慧却比主人高出一筹，表现出作者对封建等级观念的蔑视。

莫里哀是继阿里斯托芬和莎士比亚之后又一伟大的喜剧作家，是欧洲近代戏剧史上一位承前启后的人物。莫里哀的喜剧大多以资产阶级家庭为背景，力图通过对其生活的描绘，揭露上层资产者的丑相。他对大贵族也作了无情的抨击，而且刻画了没落贵族和小市民的种种恶习。

在艺术上，首先，莫里哀将情节喜剧发展为性格喜剧，其笔下人物往往是嗜癖型的，吝啬、伪善、恨世、醉心贵族等精神特征，被分别集中在一个人物身上。这种人物虽性格单一，但仍不失其重要的艺术价值。其次，莫里哀大大发展和丰富了喜剧手法。他懂得，并非人物生理上的缺陷使人发笑，而是怪癖和恶习为剧作制造了噱头；他善于在情节和场景中利用舞台动作制造笑料；在其剧作中，诸如双关语、俏皮话、新词、谐音字、不合时宜的夸张比喻、针锋相对的论辩、同一词语的重复等语言笑料俯拾皆是。莫里哀的创作真可谓集喜剧手法之大成。

二、《伪君子》

《伪君子》(1664—1669) 是莫里哀的代表作，是近代欧洲戏剧史上不可多得的杰作。

《伪君子》的问世，集中表达了法国群众对宗教组织强烈的敌意。17 世纪中期，法国出现了由高级僧侣组成的宗教组织“圣会”，这一机构的宗教骗子们假托上帝的圣名，以慈善事业为幌子，干尽了卑鄙勾当。他们跟踪盯梢，造谣陷害，大肆迫害自由思想者。举国上下，无不对圣会十分仇视。莫里哀写的《伪君子》，表达了全社会的反宗教情绪，给了宗教势力以沉重的打击，因而它必然引起宗教势力的猖狂反扑。1664 年 5 月，莫里哀把刚刚完成的前三幕演给国王看，不料触怒了巴黎大主教。迫于强大的宗教压力，路易十四只好传旨停演。1667 年，路易十四应允解禁，同年 8 月上演了全剧，然而次日又遭最高法院院长的无理干涉，巴黎大主教也以开除教籍为手段禁止人们朗诵阅读。经过四年多的反复斗争，该剧于 1669 年初取得了合法的演出权。这部作品所引起的社会效果，正是其反宗教意义的客观确证。

《伪君子》封面

这是一部五幕诗体喜剧。外省破落贵族达尔杜弗，伪装虔诚信士骗得富商奥尔恭的信任，被请到家里做“良心导师”。达尔杜弗时时谦卑作态，事事标举上帝良心，把奥尔恭骗得迷三倒四，甚至要将女儿嫁给他，剥夺儿子的继承权转送给他，不可告人的隐秘也由他掌握。直至这个伪君子再次挑逗他的年轻妻子时，奥尔恭才看清了恶人的嘴脸。然而，达尔杜弗却以攻为守，要霸占奥尔恭的财产并置其一家于死地。最后，明察秋毫的国王派人将达尔杜弗收捕法办，这个狡猾的骗子得到了应有的下场。全剧通过达尔杜弗的所作所为，揭露和鞭挞了教会势力的欺骗性与虚伪性。

达尔杜弗是剧作的中心人物，整个故事围绕他展开。这是一个贪婪、狡猾而又凶狠的骗子和恶徒。他本是来自破落贵族阶层的流氓无赖，却给自己戴上虔诚信徒的假面具，伪装成抛弃人间一切情欲、一心向着上帝的苦修者。在他身上集中了当时教会人物和贵族社会的假冒伪善和恶德败行。他贪馋好吃，却时刻不忘提到自己的苦修衣；他贪恋女色，奥尔恭要把女儿玛丽亚娜嫁给他自然是正中其下怀，同时他还企图勾引主人年轻的续妻艾密尔，可他出场亮相时却假装正经，要女仆桃丽娜用手帕遮住袒露的胸脯；他贪爱金钱财富，骗取了奥尔恭家的继承权，却装着无私无欲，做些施舍散钱的表面文章；他是“良心导师”，言必称上帝，但当艾密尔抬出上帝来制止他的肉欲要求时，他却说：“索性拔去这样一个障碍吧，这在我是算不了一回事的。”这是一个口是心非、心狠手辣，有着几副面孔的伪君子。他的罪恶行径反映了当时“圣会”势力已经把魔爪伸向了上层资产阶级。

剧中的奥尔恭在国王打击封建割据势力时助王有功，并也乘机发财成为富商。但他刚愎自用，在家中是个顽固横暴的专制家长；他轻信迷信，对达尔杜弗的伪装虔诚深信不疑，把骗子当成“圣人”供奉膜拜。他的愚昧，导致引狼入室；他的褊狭，几乎祸及全家。虽然他最后在事实面前幡然悔悟，但若非英明的国王出面解决矛盾，奥尔恭一家定会是悲剧结局。

女仆桃丽娜是剧作中反对封建道德、揭露宗教伪善的主要人物。她眼光锐利，思维敏捷，最早发现达尔杜弗的险恶用心；她词锋尖利，当场揭穿达尔杜弗的真实嘴脸。在同达尔杜弗的斗争中，桃丽娜是关系胜败的关键人物。

《伪君子》在艺术上以其独特的创造而为人称道。

第一，精心安排人物介绍和主角出场。该剧的第一幕第一场相当于“序幕”，使观众一下子就认识了所有主要的剧中人。达尔杜弗虽未出场，观众已时时感觉到他的存在，主要戏剧冲突尚未展开，但气氛已被渲染得相当紧张，所以歌德称它为“最伟大和最好的开场”。剧情围绕达尔杜弗展开，但直到第三幕第二场才安排他出场，这在戏剧史上极其少见。作者先为他的出场制造气氛，把观众急于见到此公的心情推到极致，然后才让他登场亮相。而他一出场就是扭头背脸、害怕女人的袒胸使他灵魂“受伤”的精彩表演，一个伪君子活生生地站在了观众面前。

第二，用人物自己言行之间的强烈反差对比来暴露其伪善面目和丑恶灵魂。莫里哀让达尔杜弗在大庭广众之下搞些假仁假义的小动作，讲些可怜巴巴使人哀怜的话，以显示他的慈悲心肠和为拯救世道人心甘愿忍辱负重的坦荡胸怀。但在他内心里却尽是些肮脏的打算，在背地里干的尽是不可见人的勾当。作者用精心安排的戏剧动作，让达尔杜弗用自己的言行做鞭子来抽打自己的丑恶灵魂，逐层深入地剥下了这个伪君子的外衣。

第三，剧中人物性格各异，奥尔恭的愚顽与蛮横，艾密尔的贤惠与机敏，桃丽娜的正直与泼辣，互相映衬，相得益彰。

思考题

1. 何谓“巴洛克”文学？
2. 从思想内容和艺术表现两方面试述古典主义文学的基本特征。
3. 莫里哀的喜剧创作有哪些技巧？
4. 分析达尔杜弗形象。

第五章

18 世纪欧洲文学

小引

18 世纪发生在欧洲许多国家的启蒙运动是为资产阶级夺取政权、巩固政权制造舆论的思想文化运动，是文艺复兴的继续与发展。

启蒙文学是 18 世纪欧洲文学的主潮。本章重点讲述启蒙文学的成因、特征、在各主要国家的发展概况，并重点评析英国、法国、德国的代表性启蒙作家及其重要作品。

英国启蒙文学具有巩固资产阶级大革命成果、促进资本主义发展的时代精神，代表作家有小说家笛福、斯威夫特和菲尔丁。

法国启蒙文学张扬资本主义思想，宣传资产阶级理念，为即将到来的资产阶级大革命奠定了舆论基础，代表作家有孟德斯鸠、伏尔泰、狄德罗、卢梭和博马舍。

18 世纪德国启蒙运动以建立民族文化、争取国家政治统一为首要任务。德国启蒙文学分为三个发展阶段，歌德和席勒的创作代表着德国启蒙文学的高度成就。

歌德的早期作品体现了“狂飙突进运动”的反叛精神；《浮士德》概括了歌德的全部生活实践和艺术探索。

学习本章内容，应同文艺复兴文学联系起来加以比较、对读、分析；掌握启蒙文学具有的政论性、哲理性和民主性特征；思考和把握启蒙文学对 19 世纪浪漫主义文学以及现实主义文学在艺术观、方法论方面的影响。

第一节 概 述

18 世纪的欧洲，虽然各国社会发展情况不尽相同，但总的历史趋势是资本主义生产关系迅速发展。尤其在法国，资产阶级力量日益壮大，人民群众的反封建斗争进入一个紧张、激烈的阶段，最终导致了 1789 年法国大革命的爆发。作为资产阶级革命的先导，18 世纪初期逐渐形成了以法国为中心的全欧性的思想文化运动——启蒙运动。

启蒙，意为开启智慧。启蒙主义知识分子认为：在人类社会发展的早期阶段，人与大自然之间的关系是和谐的，人们凭借理性过着人人幸福的生活。可随着封建专制和宗教迷信的发展，原有的那个永恒的理性及和谐幸福的状态遭到了破坏，社会变得黑暗，人的心灵也因而愚昧麻木。要想重建理想社会，要想人人幸福，首先要用永恒的理性及建筑于理性之上的科学文化知识去启迪人们的心智，使人们摆脱愚昧，彻底铲除专制制度赖以生存的土壤，打破统治者制造愚昧、麻痹世人的宗教迷信；其次，要从政治上推翻封建专制，建设自由、平等、博爱的理性社会。启蒙运动，实质上是法国大革命前夕新兴资产阶级向封建阶级夺权的舆论准备。它是文艺复兴运动在新的历史条件下的继续和发展，但比文艺复兴运动带有更加强烈、更加明显的政治革命性质。启蒙思想家要求破除宗教迷信，反对贵族特权，主张摧毁宗教偶像，推翻封建统治，建立合乎资产阶级理想的社会秩序。

这一声势浩大的文化运动直接影响了 18 世纪欧洲文学艺术创作的发展。18 世纪中叶，在巴黎等地出现了代表城市第三等级的市民文化，反映了一种全新的文化需求。绘画方面，夏尔丹（1699—1779）的《买物归来的女仆》（1739）、格瑞兹（1725—1805）的《打破的水罐》（1773）皆是传世名作；雕塑作品中最负盛名的当推乌东的《伏尔泰坐像》（1782）；音乐领域里则围绕轻歌剧问题发生了所谓的“丑角之争”，平民知识分子同贵族文艺代表之间爆发了激烈论争。

18 世纪启蒙主义的文学成就主要体现在一批思想精英的创作之中。许多启蒙思想家投身写作，使启蒙主义文学成为当时的文坛主流。

启蒙主义文学具有以下几方面的思想特征：

第一，它以理性作为思想尺度，衡量以往的一切社会形式和传统观念，对其中不合理的东西加以批判，进而提出资产阶级共和国的设想或乌托邦蓝图。启蒙思想家把人的理性看做是一切现存事物的最高裁判。他们认为，消灭了封建专制以后，将建立一个自由、平等、合乎理性的社会。如孟德斯鸠《波斯人信札》中的“穴居人”社会就是启蒙主义作家所憧憬的理性王国；歌德的《浮士德》、伏尔泰的《老实人》、斯威夫特的《格列佛游记》等作品也都具体展示了“自由、平等”的社会图景。

第二，它以自然神论或无神论去批判宗教和教会，并且这种批判达到了前所未有的激烈程度。宗教迷信是封建专制制度的精神支柱，天主教神学是封建统治的理论基础。因此，揭露僧侣的伪善，批判神学的荒谬，便成为启蒙主义作家的重要任务。伏尔泰、孟德斯鸠、狄德罗、卢梭等一批启蒙思想的代表人物，以自然神论或无神论否定基督教的神权和宗教偶像，以“自然法则”和“天赋人权”的理论来否定专制统治和贵族特权，有力地批判了宗教神学，深刻地揭露了教会和宗教道德的虚伪本质。

第三，作家们从唯物论观点出发去观察和理解世界，掌握了丰富的科学和文化知识，融会贯通，再写进文学作品。18 世纪，“在法国为行将到来的革命启发过人们头脑的那些伟大人物，本身都是非常革命的”①，他们既是思想家、哲学家，又是作家和社会活动家。他们站在唯物主义立场上，有力地批判了宗教和封建制度的理论基础——唯心主义。不过，启蒙思想家并不相信人民群众的革命力量，只把启蒙教化看做改造社会的基本方法。

第四，有的启蒙主义作家掌握了辩证法思想，并且在作品中体现出来，形成了新的思想特色。

启蒙主义文学的艺术特征是：

第一，以通俗的语言表达深奥的哲理思想，哲理与文学水乳交融。法国启蒙主义作家首创的哲理小说既有别于寓言式的作品，又不同于哲学著作。它具有鲜明的政治倾向，注重教育作用，以现实生活为题材，以第三等级人士为作品的主人公，语言通俗易懂。读者可以从中了解作家的政治见解和哲学观点，受到启蒙教育。

第二，提出了“含泪的剧”或市民剧的理论，并创作出这类启蒙戏剧，为后来的话剧开了先河。这种新型文学形式，是由法国的狄德罗、博马舍和德国的莱辛创立的。狄德罗的《论戏剧艺术》(1758)、博马舍的《论严肃戏剧》(1767)、莱辛的《汉堡剧评》(1767—1769) 等论著，都阐述了启蒙戏剧注重教育作用、具有鲜明政治倾向性的特点。

第三，诗剧取得了突出的成就。如歌德的《浮士德》，具有深刻的哲理性和生动的形象性，结构和气势宏大，向后来的诗体长篇小说迈出了可喜的一步。

第四，在启蒙主义文学发展的后期，一些作家对资本主义制度的理想破灭，于是在愤怒抨击社会现实的同时，退而在感情生活中寻求寄托，感伤主义小说遂应运而生。感伤主义小说与卢梭创作的具有强烈抒情色彩的哲理小说，对 19 世纪浪漫主义文学的发展产生了直接影响。

第五，启蒙主义作家在文艺理论上也很有建树，尤其是美学思想在唯物论的指导下取得了不少突破，为 19 世纪文学的发展打下了基础。如德国文艺理论家莱辛在美学著作《拉奥孔》(1766) 中明确区分了画与诗在反映现实上的区别，强调了它们各自的特殊性，指出造型艺术应该表现“固定的瞬间”，而诗则应该模仿连续不断的行动。

欧洲各国的启蒙主义文学，由于各国资产阶级革命的发展情况和文学传统的不同，又各有其发展过程和特点。

一、英国文学

启蒙主义文学最早在英国产生。英国资产阶级革命以资产阶级和贵族妥协，建立起君主立宪政权而告结束。英国启蒙主义文学是作为革命的伴生物应运而生的，它的特点是：内容上，

① 《马克思恩格斯选集》，2 版，第 3 卷，355 页，北京，人民出版社，1995。

致力于清除封建残余，为资本主义的进一步发展廓清障碍，鼓舞新兴资产者，歌颂冒险进取和开拓占有；艺术上，继承了流浪汉小说的现实主义传统，描写现实，肯定日常生活作为小说题材的价值并注意人物性格的发展变化。英国启蒙主义文学以现实主义的长篇小说成就最高，出现了笛福、斯威夫特、理查生、菲尔丁等一大批有影响的小说家。

亨利·菲尔丁（1707—1754）是18世纪英国杰出的小说家和戏剧家。他的代表作《弃儿汤姆·琼斯的历史》（1749），通过被乡绅收养的私生子汤姆·琼斯在爱情和生活中的种种不幸遭遇，全方位、多层次地展现了18世纪中叶英国的社会生活，揭露了贵族资产者的腐朽和伪善，并对下层人民的困苦表示同情，对其高尚品格给予赞美。小说具有完美工巧、曲折有趣的情节结构，是18世纪英国现实主义小说中艺术成就最高的作品。

斯威夫特（1667—1745）是一个激进的民主派人士和杰出的讽刺作家。他最著名的作品是长篇讽刺小说《格列佛游记》（1726）。全书共四卷，写医生格列佛喜欢海上冒险，四次出游，漂泊到小人国、大人国、贤马国等国家的奇异经历。描写小人国时以小见大，讽刺英国党派斗争；描写大人国时以大观小，讽刺英国君主立宪制的弊病；描写贤马国则以兽喻人，讽刺英国经院式的虚饰文化和伪科学。作者用极度夸张的手法，把事物还原到简单、可笑的地步，使人们对其本质一目了然。如小人国选官标准是绳上的跳技，教会之间的长期斗争只是吃鸡蛋先打大端还是先打小端的分歧，党派之争只是鞋底高低的区别等。

塞缪尔·理查生（1689—1761）的作品曾在当时广为流传。他的代表作——书信体小说《克莱丽莎·哈娄》（1747—1748）描写一个贫家少女被贵族欺骗折磨而死的悲惨故事，反映了日常家庭生活中的婚姻和道德主题，被视为家庭小说的发端。

18世纪后半期，工业革命深入进行，社会矛盾更加尖锐，人们的精神活动也愈加复杂，反映在文学上，表现为许多新流派的出现，其中感伤主义影响最大。这一思潮是大工业生产使小生产者失去了竞争能力，他们怨天尤人但又无可奈何的产物。一种普遍的感伤怀旧心理在斯泰恩（1713—1768）的小说《感伤的旅行》（1768）和哥尔斯密斯（1730—1774）的小说《威克菲牧师传》（1768）以及“墓园诗派”的诗歌中得到了表现。这些作品多写夭折的少女、夕阳、落叶、黄昏、墓地、生死、黑夜和孤独等极易打动人心的内容，基调悲哀，语言凄切。感伤主义文学对浪漫主义文学具有直接影响。

在18世纪的英国诗坛上，活跃着威廉·布莱克（1757—1827）和罗伯特·彭斯（1759—1796）两位重要诗人。

布莱克的诗歌意象奇特，意蕴丰厚，极富暗示性，是欧洲象征主义诗歌的渊源之一。农民诗人彭斯的作品歌颂大自然和纯真的爱情，歌颂苏格兰人民反对专制暴政和民族压迫的斗争，表达了向往自由、民主、平等的心声。如宣传法国革命思想的《不管那一套》（1795）和根据苏格兰古老民歌加工改写的爱情诗《我的爱人像朵红红的玫瑰》（1794）等，均为佳作。彭斯的诗作是19世纪英国浪漫主义诗歌的先声。

二、法国文学

18世纪的法国，虽然封建经济仍占统治地位，但资本主义工商业已有很大发展，新兴资产阶级的力量不断加强。封建制度已成为资本主义进一步发展的严重障碍，为了能自由地发展资本主义，资产阶级迫切要求取得政权，终于酿成1789年的资产阶级大革命。

法国启蒙主义文学是欧洲启蒙主义文学运动的典型代表。它产生在资产阶级革命之前，任务是为进行资产阶级革命制造舆论。法国启蒙主义文学的主要成就是“哲理小说”和“启蒙戏剧”。所谓“哲理小说”，就是通过主人公的言行表达作者对社会和人生的哲理性认知；“启蒙戏剧”则强调在理论上冲破古典主义的束缚，主张从现实生活中取材，以“第三等级”人物作为戏剧的主人公，语言通俗大众化，重视戏剧的社会教育作用。它们是18世纪启蒙运动的独特产物，也是欧洲近代文学中的重要体式。

阿兰·勒内·勒萨日（1668—1747）是法国18世纪初期的重要作家，小说《吉尔·布拉斯》(1715—1735）是他的代表作。小说叙述西班牙青年吉尔·布拉斯从平民爬到首相秘书职位的过程，深刻说明在封建社会里，一个出身微贱的人即使有好的德性和才能，也必须和坏人同流合污才能“有所作为”。作品以其强烈的暴露性写实，揭开了法国启蒙主义文学的序幕。

查理·路易·德·瑟贡达·孟德斯鸠（1689—1755）是法国早期启蒙主义文学的代表。他于1721年发表的《波斯人信札》是第一部具有广泛影响的启蒙主义文学作品。小说采用两个波斯旅法青年与家人通信的形式，评述路易十四和奥尔良公爵执政时期法国的政治、宗教、法律和社会问题，尖锐抨击了封建专制制度，大胆否定了上帝和教皇，深刻揭露了上流社会的腐朽，为18世纪哲理小说开辟了道路。此外，作者在其著名的政治理论著作《论法的精神》（1748）中，提出了“天赋人权”的观点，阐述了立法、司法和行政三权分立的学说，表达了资产阶级的革命要求。

孟德斯鸠像

伏尔泰是法国启蒙运动的领袖人物，他知识渊博，著作丰富，在悲剧、史诗、小说和哲学著述方面均有建树，“启蒙戏剧”和哲理小说是他在文学上的主要贡献。

德尼·狄德罗（1713—1784）是“百科全书派”的领袖，一个“为真理和正义而献身的人”。他的主要贡献是提出了美是客观的、艺术美高于生活美以及真善美相统一的现实主义美学原则，并首创了启蒙主义的“严肃剧”理论。所谓严肃剧，又称正剧。它把第三等级的资产阶级和平民当做主人公来歌颂，强调戏剧的教育作用，主张用人民群众喜闻乐见的形式来宣传启蒙思想。他的三部哲理小说《修女》（1760）（1796年印行）、《宿命论者雅克》(1773—1774)（1796年印行）和《拉摩的侄儿》(1762)（1823年印行）均有较大影响。对话体小说《拉摩的侄儿》是狄德罗的代表作。小说以“我”与音乐家拉摩的侄儿两人间的对话来暴露社会现实，探讨环境与人的关系。物欲横流的社会造就了拉摩的侄儿这个玩世不恭的堕落文人，而这个极端自私的个人主义者又反过来败坏着社会。小说因此被恩格斯誉为辩证法的杰作。

这一时期的让-雅克·卢梭是最激进、对后世最有影响的启蒙主义作家。

加隆·德·博马舍（1732—1799）是18世纪法国最著名的启蒙主义剧作家之一。他早期的启蒙戏剧作品有《欧也妮》（1767）和《两个朋友》（1770），嗣后又发表了四部《备忘录》（1773—1774）以批判封建社会的司法制度。他的代表作是风俗喜剧“费加罗三部曲”：《塞维利亚的理发师》(1772)、《费加罗的婚礼》(1778）和《有罪的母亲》(1792)。费加罗是作品的主人公。第一部描写阿勒玛维华伯爵得到费加罗的帮助，实现了与少女罗丝娜结婚的愿望。第二部中，伯爵却要染指费加罗的未婚妻苏珊娜，费加罗争得包括伯爵夫人在内的多数人支持，巧设圈套，使伯爵当众出丑，利用自己的机智挫败了伯爵的阴谋。这是一部政治倾向性极其鲜明的作品。剧作中，费加罗的胜利代表社会上"第三等级"的胜利，预示贵族阶级必然灭亡的历史命运，表现了大革命前夕人民的愤怒情绪和反抗精神。第三部把伯爵刻画成一个道德高尚的人道主义者。费加罗不再是反封建的英雄人物，而成了伯爵的忠实仆人。这部作品不仅失去了民主倾向，而且在艺术上也远不如三部曲的前两部。

三、德国文学

18 世纪，德国的社会形态是城邦林立，教派斗争激烈，封建割据严重。全国分裂成 300 多个诸侯小国和自由城市，并未形成巴黎、伦敦那样的中心城市，工商业发展缓慢，资本主义没有获得充分发展。因此，德国启蒙运动的任务，是唤起民族觉醒，组建统一的民族国家，推翻专制制度，建立资产阶级政权。

从 18 世纪 70 年代开始，德国爆发了一场全面的资产阶级文学运动，即"狂飙突进运动"。这场因克林格尔（1752—1831）的剧本《狂飙与突进》（1776）而得名的文学运动充分肯定个人的地位和个性的自由发展，崇尚感情，肯定"自然"，推崇"天才"，带有狂热的个人主义倾向和反叛精神，在反封建和强调文学的民族性方面产生了强烈影响。参加这次运动的大都是青年作家。该运动由于带有个人主义的自发性质、缺乏明确的政治纲领，因此没能进一步发展成为政治斗争，故而也难以持久，到 18 世纪 80 年代中期便衰落消解了。这一运动的文学成就主要体现在席勒和歌德的早期创作之中。

高特荷德·埃夫拉姆·莱辛（1729—1781）是德国启蒙主义文学的奠基者。除《拉奥孔》外，他还著有戏剧理论著作《汉堡剧评》。在该论著中，莱辛认为德国的民族戏剧要表现中产阶级的生活，要突出教育作用，要用道德行为和崇高的思想感情去感化观众。莱辛的戏剧创作是其戏剧理论的具体实践，其代表作《爱米丽雅·迦洛蒂》（1772）被认为是德国最杰出的市民悲剧。故事发生在文艺复兴时代的意大利，少女爱米丽雅·迦洛蒂在参加婚礼的途中遭到公爵的劫持，面对新郎被杀身死、自己又身陷绝境的情况，她宁愿被杀也不愿受辱。为了保护她的贞操，父亲亲手用匕首刺死了女儿。剧作愤怒谴责了封建统治者的暴虐荒淫，对黑暗的社会现实进行了强有力的抨击和揭露，在一定程度上显示了市民意识的觉醒。同时，剧本也表现了德国资产阶级的软弱，他们无力进行更为坚决的斗争，只能用市民道德来对抗封建统治的罪恶。

"狂飙突进运动"的领袖赫尔德（1744—1803）在文学观上提倡人民性和民族性，产生了很大影响。

1779 年以后，德国的启蒙主义文学在进入"古典文学"阶段后日臻完美，作家们向希腊、罗马的古典文艺学习，将其当做自己追求的最高标准，借以宣扬人道主义和新兴资产阶级的社会理想，德国的民族文学至此终于形成。"古典文学"阶段的代表人物仍是席勒和歌德。

歌德在"狂飙突进运动"时期开始从事创作，是 18 世纪末 19 世纪初期德国最伟大的诗人、作家和思想家。他的创作，把德国文学推向了前所未有的高峰。

约翰·克·弗·席勒（1759—1805）是和歌德齐名的剧作家、“狂飙突进运动”和德国古典文学的重要代表人物。席勒在学生时代就大量研读卢梭、莎士比亚、歌德等人的作品，读大学时潜心进行学术研究，相继撰写了《美育书简》（1795）和《论素朴的诗和感伤的诗》（1796）两部美学论著。晚年与歌德有十年之久的亲密交往，为德国文学的发展做出了重要贡献。最能代表其艺术成就的是戏剧作品，如《强盗》、《阴谋与爱情》、《华伦斯坦》三部曲、《奥尔良的姑娘》和《威廉·退尔》。

席勒像

席勒的代表作《阴谋与爱情》（1782）取材于现实生活，是一部真正的市民悲剧。剧中通过一对男女青年的不幸遭遇，揭露了德国封建等级制度的罪恶，批判了政治的黑暗以及统治阶级价值观、道德观的腐败，表达了市民阶级对自由平等和个性解放的渴望及对现实社会的愤怒抗争。该剧的题目准确地表达了作品的思想：一方是纯真的爱情，另一方是卑劣的政治阴谋。在暴政之下，爱情自然成了阴谋的牺牲品，一场人间悲剧不可避免。在一般的爱情故事中引入尖锐的社会冲突，从而大大增强了作品反映现实的广度和深度。在《阴谋与爱情》中，席勒让市民阶级和封建统治势力发生了尖锐激烈的直接冲突，这种冲突具有政治斗争和阶级较量的鲜明色彩，其“主要价值就在于它是德国第一部有政治倾向的戏剧”。需要指出的是，在席勒的许多作品中存在着“把个人变成时代精神的单纯的传声筒”的现象，这种席勒式的特点在《阴谋与爱情》中也有体现。

《阴谋与爱情》封面

四、其他国家的文学与艺术

启蒙主义文学在欧洲其他国家同样有所开展。

意大利作家哥尔多尼（1707—1793）的喜剧贬斥贵族，赞美普通民众，既善于刻画人物性格，又不乏生动广阔的社会画面，为当时的意大利戏剧奠定了基石，其代表作是《女店主》（1753）和《一仆二主》（1745）。

在启蒙文学的影响下，这一时期在奥地利出现了以海顿（1732—1809）、莫扎特（1756—1791）为代表的古典乐派和以夏尔丹（1699—1779）为代表的启蒙画派。海顿确立了近代奏鸣曲、交响协奏曲及室内乐体裁，其代表作《伦敦交响曲》充满了鲜明的民族特点和深刻的哲理内容。莫扎特是古典乐派的杰出继承人和发扬光大者，其代表作《费加罗的婚礼》除保留原作的批判精神外，还将平民角色的个性和肖像都诉诸音乐语言，在西方音乐史上创造了一个新的高峰。夏尔丹的名画《午餐前的祈祷》以贫苦人民的日常生活为内容，在褐色基调上间以蓝、红、白色的柔和对比，充分表现了劳动者的朴素和真挚。

与上述艺术现象相同步，传统的巴洛克艺术风格中衍化出了洛可可风格。这种风格体现在建筑上，多取C形或S形螺旋线造型，色彩则多选用柔和的浅象牙白或金色，如罗马的纳马拉广场；在绘画上则强调色彩艳丽、描绘细腻，影响较大者如托马斯·庚斯博罗（1727—1788）的名画《蓝衣少年》（1770）。

第二节 笛福及其《鲁滨逊漂流记》

一、生平与创作

丹尼尔·笛福（1660—1731）是英国近代文学史上首位具有世界性影响的长篇小说作家。

笛福像

笛福出生在伦敦的清教徒市民家庭，父亲是个商人。生活在殷实家庭的笛福曾到欧洲大陆许多国家旅行，他当过军人，对政治活动颇感兴趣。1702 年，笛福因在《消灭不同教派的捷径》一文中讽刺政府的宗教政策而被捕入狱，其后又卷入政治纠纷多次被捕。他长期经营出版业务，发表过几百篇政治、经济论文和宣传性文章，其中大部分为经济论著，有些至今仍有学术价值。作为新兴资产阶级的代言人，笛福主张发展资本主义工商业，特别鼓吹扩大对外贸易。笛福在政治上反对封建专制和等级制度，追求自由民权，主张开明政治。

纵观笛福的一生，他主要以实业家和政治活跃分子的身份活动，到晚年才开始小说创作。59 岁时写出轰动文坛的第一部长篇小说《鲁滨逊漂流记》。接着又出版了《辛格尔登船长》（1720）、《摩尔·弗兰德斯》（1722）、《杰克上校》（1722）、《罗克·查娜》（1724）等作品。他的小说全用第一人称写作，从中可以看出“流浪汉小说”的影响痕迹。

《摩尔·弗兰德斯》是一部描写罪恶的社会把一个纯洁少女变成荡妇和窃贼的长篇小说。小说的同名主人公摩尔·弗兰德斯是个出身贫苦的美貌少女，从小聪明能干。她别无所求，唯愿能自食其力，并受人尊重，过上体面一点的生活。但是，她这样一个孤苦无助的少女却不断受到恶人的胁迫利诱，以致受骗上当，一步步滑向堕落。她曾决心摆脱不体面的生活，一度嫁给自己喜欢的丈夫，看到生活的希望，但没过多久便因丈夫亡故重又厄运当头。长期的苦难经历，没有尽头的凄惨际遇，使她心智麻木、自轻自贱，陷入卖淫、作恶、偷窃的旋涡无法自拔。最后，她被抓进了监狱，遭到流放。小说通过对摩尔·弗兰德斯的悲惨生活遭遇的描写，展现了 18 世纪英国社会的混乱和丑恶，写出了有产者的荒淫、凶残和虚伪，写出了社会现实的污浊、虚伪和缺乏道德，更写出了下层社会小人物的苦难命运、不幸遭遇和悲惨结局。

笛福的小说注重从社会生活中汲取素材、提炼主题，关心并昭显普通人的生存状态及精神面貌，具有鲜明的写实特征，在故事结构和表现技法上也有独到之处，这些都对后继的英国小说产生了影响。

二、《鲁滨逊漂流记》

《鲁滨逊漂流记》(1719)是笛福创作的第一部作品，出版后引起了轰动，成为西方文学史上具有深远影响的经典名著。

作品情节有一定的现实依据：1704年，一个名叫塞尔柯克的英国船员，因与船长发生争吵而被抛上一座荒岛，在过了四年多野人生活之后才侥幸获救。笛福以这一“孤岛漂流”事件为题材，经过艺术加工，创作了这部极力歌颂个人奋斗和开拓进取精神的长篇小说。

小说的主人公鲁滨逊是一个中产阶级子弟，从小性喜冒险，有志于海外遨游。成年后不满小康之家的平庸生活，于是私自离家，前后三次远渡重洋，寻找发财致富的机遇。第一次出海发了大财；第二次远航遭遇海盗，被掳为奴隶，逃出后到巴西经营种植园，获利不少；他想扩大自己的资产，就与人合伙买船，到西非贩运奴隶，这是他第三次出海。这次出海遇到了海难，独身一人漂上荒岛，从此开始了28年孤身海岛的飘零生涯。

初到荒岛时，他曾绝望过，但很快就振作起来，为了生存，以极大的劳动热情开始征服大自然的斗争。他在岛上克服重重困难，经年累月辛勤劳动，努力创造和改善自己的生存条件。他修造洞穴，制造工具，种植粮食，驯养动物，经受住了各种自然灾难的磨炼，凭借着顽强的毅力开垦出牧场和种植园。24年之后，他救下了邻岛的一个土著，给他取名“星期五”并收为仆人。后来，鲁滨逊帮助一艘偏离航道的海船上的船长压制了水手和犯人的叛乱，夺回船只后搭乘该船返回了离别28年的祖国。其后，成为巨富的鲁滨逊还派人到岛上继续垦殖，像总督一样管理自己的海岛。

1719年4月，小说以《约克郡的水手鲁滨逊·克鲁索的生平和奇遇》为名全文出版，立即受到公众的欢迎和推重。小说一反当时流行作品的多愁善感情绪，肯定并讴歌了冒险、劳动、开拓和占有，反映了资本主义上升阶段积极进取的时代精神。

小说的主人公鲁滨逊不安于天命，不满足于舒适平凡的小康生活，数度出海，多次历险，即使身陷绝境也不屈服。在远离人世的荒岛上，他用劳动战胜自然，用才智克服困难，用火枪和基督教教义征服土著，不但绝处逢生，而且聚敛财富，成了自己命运的主宰，同时也成了海岛的主人。概而言之，这是一部离开固有社会关系，经过个人奋斗重建新的社会关系的英雄寓言。

对鲁滨逊在孤岛上顽强抗争、艰苦劳动情况的描写，是小说中最精彩的篇章。鲁滨逊虽然遭遇不幸，但不怨天尤人，更不束手待毙，他用一个来自文明社会的人所拥有的全部知识和技能，向大自然、向困厄他的恶劣环境索取能够索取到的一切。他用一年的时间在住处栽上防御木桩，用最原始的方式做成了桌椅和其他用具。他成功试种了麦子，烤出了面包。他用几个月的时间造成一条独木船，却因离海太远而毫无用处，但他没有气馁，接着又造了一条。他勇敢创造，开拓进取，这是鲁滨逊形象能够给人以精神激励的原因所在。鲁滨逊是一个具有坚毅品质和实干精神的新兴资产阶级代表。正如恩格斯所说的那样，他是一个真正的资产者。新兴资产阶级正是凭着鲁滨逊那样的积极进取精神和创造热情，为推动人类社会的发展进步做出了前所未有的贡献。

《鲁滨逊漂流记》封面

鲁滨逊是文学史上第一个资产阶级正面英雄形象。但因时代所限，他身上仍有许多负面的东西。他因追逐财富而流落荒岛，落难之后，一旦社会群体（“星期五”及另外两个人）出现，他就露出了殖民主义者的本相。他用《圣经》、火枪征服和控制“星期五”，用的就是西方殖民扩张过程中惯用的伎俩。

《鲁滨逊漂流记》能够成为传世杰作，还得力于作者成功运用了多种艺术手段。

第一，真实的细节描写。小说对主人公的生活细节和劳动过程都有详细精确的描写，从而加强了作品的可信度和艺术感染力。

第二，第一人称手法的运用。整部作品像是一篇讲述个人冒险经历的纪实报道，尽管情节线性推进，没有旁逸斜出和迂回穿插，但以人物自叙经历、见闻、观察和感受的方式表达，使人感同身受。

第三节
伏尔泰及其《中国孤儿》

一、生平与创作

伏尔泰像

伏尔泰是法国启蒙运动的领袖人物，也是18世纪欧洲最重要的思想家、哲学家和文学家。

伏尔泰（1694—1778）原名弗朗索亚·玛丽·阿卢埃，出生于巴黎中产阶级家庭，少年时代即热爱文学与戏剧，在大学读书时接受了人文主义思想，进入社会后投身文学事业，成为巴黎自由思想界的活跃人士，逐渐成为具有重要影响的启蒙思想家。他曾因议论朝政、抨击权贵被关进过巴士底狱，也曾由于在著述中反对法国当时的政治制度和宗教秩序而遭到驱逐，避难侨居亡命英国。后来，伏尔泰与法国王政的关系有所缓和，被任命为史官并成为法兰西学院院士。晚年在日内瓦定居，直到逝世前才回到巴黎。

1718年，他在创作悲剧《俄狄浦斯王》时开始使用伏尔泰作为笔名。作为文学家，伏尔泰在戏剧、小说和诗歌创作上均取得了突出成就。

就文学活动而言，伏尔泰创作数量最多的是戏剧（计有50多部）。他借用传统的戏剧艺术形式传布新的启蒙思想，从表象上看他严格遵守古典主义戏剧法规进行创作，但满溢在剧作文本间的是全新的思想，实现着思想家的启蒙目标。伏尔泰通过《札伊尔》（1732）、《穆罕默德》（1741）批判宗教偏见、反对蒙昧主义，通过《布鲁图斯》（1730）、《恺撒之死》（1735）抨击专制暴政、张扬共和理想，这些剧作无不具有鲜明的启蒙主义特征。在形式上，伏尔泰的剧作遵循“三一律”结构原则，语言上以诗体写成，从这个角度审视，可以认定伏尔泰是位信奉古典主义艺术规范的启蒙主义剧作家。

在小说领域，伏尔泰是哲理小说的开拓人和首创者。他创作的《老实人》、《查第格或命运》（1747）和《天真汉》（1767）都是著名的哲理小说。

伏尔泰还写过不少诗歌，意图通过诗歌创作来表述自己的哲学和社会见解，主要作品有史诗《亨利亚德》（1718）和长诗《奥尔良少女》（1735—1749）。

伏尔泰的文学创作始终体现着他的哲学观、世界观和人生观。他对人类命运和国家前途的关心、对宗教禁锢和封建专制的反对、对思想解放和言论自由的信仰，都全方位、多层次地体现在他的戏剧、小说类的作品之中。

作为重要的启蒙思想家，伏尔泰的哲学著述十分丰富，《哲学书简》（1734）、《哲学辞典》（1764）、《历史哲学》（1765）及大量书信都体现了他的哲学思想观念。伏尔泰的哲学著述文笔优美，极具文学价值。

伏尔泰还写有《查理十二史》（1731）、《路易十四时代》（1751）、《风俗论》（1756）等历史著作。

伏尔泰的著作品种多样，卷帙浩繁，他的创作活动曾经左右着欧洲文化的发展方向，直至现代也还具有深远的思想和社会影响。

二、《中国孤儿》

1755年，伏尔泰把根据中国元代纪君祥的杂剧《赵氏孤儿》改写的《中国孤儿》搬上了法国舞台，拉开了中国古典文学在法国和西方广泛传播的序幕。长期以来，在西方人眼中，中国一向是个神秘的东方国度，17世纪以前西欧便出现过介绍东方艺术和中国学术的热潮。18世纪，随着中国器物大量西去以及某些哲学著作的译介输入，儒家的道德哲学迎合当时“启迪民智”的需要，包括戏曲在内的中国古典文化引起启蒙思想家们的浓厚兴趣，于是在欧洲政治文化艺术中心的法国形成了势头可观的“中国热”。热潮催动，18世纪下半叶，以中国为背景或题材的戏剧一度风行，最著名的便是伏尔泰的《中国孤儿》。

1731年，《赵氏孤儿》由来华传教士马约瑟译成法文，这个剧本后被另一传教士杜赫德收进了他编的《中华帝国全志》。伏尔泰从《中华帝国全志》中读到《赵氏孤儿》，对剧情产生浓厚兴趣，决定以它为题材创作一部新的悲剧。1753年他动笔写作，两年后《中国孤儿》正式在巴黎上演，观众反应热烈，演出盛况空前。

作为启蒙主义的代表人物，伏尔泰主张“文以载道”，他的剧作多以弘扬启蒙思想作为主导价值取向。从《赵氏孤儿》到《中国孤儿》的剧本改编，其动机全在于张扬理性道义，通过表达对中国文化的仰慕为他的启蒙主义理论服务。

与同时代的其他启蒙思想家不同，伏尔泰极其推崇中国的文化和政治制度，是启蒙时代中国文化最热情的宣传和推介者。他的哲学、史学、文学观点无不受到中国儒家文化的影响。伏尔泰深信理性的力量、智慧的力量和道德的力量，他以孔子学说作为标识，改编《中国孤儿》一剧，就是为了宣扬文明战胜野蛮、道德战胜武力的孔子之道，因此《中国孤儿》又名《孔子之道五幕》。

《中国孤儿》以法译本《赵氏孤儿》为蓝本，同时参照其他文献资料构成情节：成吉思汗攻陷北京，南宋皇帝向大臣臧惕托孤。蒙古占领者闻讯后四处搜捕孤儿，欲斩草除根。臧惕为保住大宋遗孤，决计将自己的亲生儿子冒名献出。其妻伊达梅拼死反对，她对丈夫深爱不移，却无法接受如此残酷的现实，于是找到成吉思汗诉告实情。成吉思汗年轻时流落北京，曾经向伊达梅示爱求婚未能遂愿，再次相见，旧情复燃。成吉思汗以其丈夫、儿子及孤儿三人的性命相胁迫向伊达梅求爱，伊达梅决心与丈夫一同自刎，宁死也不屈从于威逼。成吉思汗被他们的壮烈行为感动，赦免臧惕和伊达梅，收其子和大宋遗孤为义子，并令臧惕留在宫中，以华夏文明教化百官，辅佐他治理朝政。剧终处，伊达梅发问："是什么使你改变了主意?"成吉思汗回答："你们的道德。"

为体现政治倾向、道德信念和审美趣味，伏尔泰从"转换主题"、"重塑人物"、"调整结构"几个方面进行剧本改造。在文化的选择上，认同儒家的理想和道德，以《赵氏孤儿》所表现出的道德操守、伦理规范、美学理想、对邪恶的抗争精神契合启蒙时期西方人的思想诉求。

伏尔泰的改编首先表现为转换了剧作的主题。元剧作者纪君祥所处时代朝政腐败，权奸误国，外敌入侵，蒙古灭宋，异族统治者对汉民族实行极其残酷的民族压迫，纪君祥"忠义"、"报仇"的题材选择正表达着重整河山的愿望和心声。而《中国孤儿》则将主题从恩义、复仇转换为理性与仁爱。剧本中，臧惕夫妇及孤儿是文明的象征，大团圆的结局则说明了文明终将战胜暴力，理性终将战胜邪恶，从而使作品主题从家族间的恩怨复仇升华为对普适理性与崇高道德的礼赞。

不同于《赵氏孤儿》主要反映春秋时代统治集团内部的文武失和、忠奸斗争，伏尔泰将《中国孤儿》的戏剧冲突放置在蒙汉民族矛盾、战争冲突的宏大背景之下展开，凸显的是发生在成吉思汗和臧惕、伊达梅夫妇间的情与理冲突。当成吉思汗搜孤、臧惕献子救孤时，伊达梅出于母爱人道讲出实情；而当成吉思汗胁迫伊达梅接受求爱时，后者出于道义严词拒绝；成吉思汗先以粗野的激情搜捕孤儿，继以狂热的恋情追逐伊达梅，最后终被臧惕和伊达梅的凛然正气感动，折服于他们身上的道德与理性力量。《赵氏孤儿》原以暴力复仇、善恶报应终局，为了表现理性和美德的威力，伏尔泰将其改造成高尚的道德精神慑服了野蛮的暴力：面对淫威，臧惕夫妇宁死不屈，正要举刀自刎，成吉思汗出面阻止，表示自己已经心悦诚服，今后将舍弃粗野，归化文明。伏尔泰从中国戏曲汲取营养，获得灵感，对其加工改造，以全新的悲剧冲突强调崇高的道德力量，表现出通过艺术塑造完美人格的启蒙思想和美学追求，使剧作在满足西方观众审美心理需要的同时接受启蒙思想教育。

其次是"重塑人物"。借助笔下人物直接传播启蒙思想，是所有启蒙戏剧的通例，也是《中国孤儿》的重要特点。剧作中的臧惕夫妇肩上承担着民族存亡和国家兴衰的重任，他们保护的孤儿则是中华民族文化精神的象征。这样，臧惕形象便升华为民族精神的捍卫者，与《赵氏孤儿》中程婴为报知遇之恩冒险救孤，公孙杵臼为尽忠义之道舍生取义有着本质的差别。伏尔泰高度评价“杀身成仁，舍生取义”的中国传统道德。成吉思汗追捕孤儿时，下令凡藏匿者斩，臧惕决定以自家儿子替代孤儿，其本人也面临着死亡威胁，但他毅然行事，义无反顾。伏尔泰欣赏这种崇高的东方人生观，对这种精神的肯定一直贯穿在剧作的字里行间。

与《赵氏孤儿》中的屠岸贾不同，《中国孤儿》中成吉思汗的性格随情节的发展而变化，被伏尔泰用启蒙思想改造成了文明仁者，实质上是体现启蒙思想教化功能的载体与传声器。

再次，伏尔泰对《赵氏孤儿》的改写还表现在调整戏剧结构上，除保留原著的“搜孤救孤”主线外，《中国孤儿》可视为一部全新之作。杂剧《赵氏孤儿》的情节，从“搜孤救孤”到“报仇雪恨”在时间上共延续20多年，场景也多次改变，相继在晋王宫、驸马府、太平庄、帅府、闹市等地发生。伏尔泰从古典主义的“三一律”原则出发，将地点集中于汗八里（即今北京）一个与皇宫毗邻的官员府邸，时间浓缩在一个昼夜之间，故事则围绕着对成吉思汗的改造推进，让他在一昼夜间完成从侵略者到开明君主的转变，一经转变完成，全剧落幕告终。

要把握《中国孤儿》的内容及其意义，还必须了解发生在法国启蒙运动内部的一场论争。18世纪40—50年代，卢梭发表了《论科学与艺术》（1749）、《论人类不平等的起源和基础》（1755）等论著，提出文明的发展使世人堕落，给人类带来不幸，称中国是一个受了文明腐蚀的大帝国，被蒙古族占领即因其道德衰败。为了反驳卢梭，伏尔泰《中国孤儿》故事发生的时间从春秋时期置换为蒙古族占领北京之际，针对卢梭在《论科学与艺术》中引用的拉丁文卷首语“我在这里是个野蛮人”，伏尔泰在《中国孤儿》里让伊达梅怒斥成吉思汗为“野蛮人”。伏尔泰又通过戏剧道白揭示“野蛮”的含义是：“周围所见，皆是一片饿鬼、凶手，血迹斑斑；他们听从屠杀的号令，为的是抢劫蹂躏；他们生来就是为了征战，决非为我的朝政……”同时，还让“野蛮人”成吉思汗占领中土后，发现一个迥异于蒙古人的高度文明。伏尔泰借成吉思汗之口把中国描画得十全十美，实际是为了与卢梭辩论，申说自己对野蛮、文明二元对立的哲学性理解。

通过《中国孤儿》，伏尔泰把戏剧舞台转换为传播自己启蒙主义哲学思想的讲坛。剧作上演后，引起社会各界的广泛注意，在法国乃至于西欧掀起了一股改编、搬演中国题材戏剧的热潮。

第四节
卢梭及其《新爱洛绮丝》

一、生平与创作

让-雅克·卢梭（1712—1778）是法国18世纪最杰出的思想家和文学家。

卢梭出生于日内瓦一个钟表匠的家庭。自幼丧母，父亲逃亡，他从小寄人篱下，童年生活非常凄苦。1733 年他寄居在华伦夫人的家里，获得了良好的自学条件。他广泛学习音乐、数学、天文、历史、地理等学科，系统钻研唯物主义哲学，并接受了伏尔泰的影响，成为一个思想进步、学识渊博的人。他应狄德罗之约，成为《百科全书》的一位撰写人。1750 年应第戎科学院的悬题征文，以论文《论科学与艺术》中选。

卢梭像

1755 年，第戎科学院再次征文，卢梭以理论著作《论人类不平等的起源和基础》应征，文中把原始社会当做黄金时代加以描写，歌颂人类的自然状态，认为进入文明社会以后就有了“不平等”和“奴役”，深刻指出了人类不平等的起源在于私有观念的产生和私有财产的出现，并对封建专制和暴政进行了批判，提出了以暴力推翻暴力的主张。这篇论文在欧洲思想史上占有重要的地位。

《社会契约论》（1762）是卢梭另一部重要的理论著作，是世界政治学说史上最著名的古典文献之一。该著作提出了共和制的国家学说，认为国家应建立在社会全体成员所制定的契约的基础上，权力属于人民，人民应享受自由平等的权利。法国大革命的《人权宣言》和美国的《独立宣言》都体现了这部著作的精神。

卢梭的文学著作有《新爱洛绮丝》、《爱弥儿》（1762）和《忏悔录》（1781—1788）等。

《爱弥儿》的副标题为《论教育》，是一部讨论教育问题的哲理小说。卢梭在这部作品里提出了“顺乎天性”的教育原则，认为教育的目的是造就有用的人才，要让人的本性远离社会偏见和恶习的影响而自由发展，表现了卢梭强烈的反封建精神和激进的民主主义思想。

《爱弥儿》出版后，封建政府下令禁毁，并通缉作者。卢梭不得不隐姓埋名，逃亡避难，直到 1770 年遇赦后才重返巴黎。很长一段时间里，卢梭一直不见容于当时的主流意识形态，被封建统治者恶毒咒骂为“疯子”、“野人”。在悲惨的流亡生活中，他感到有必要为自己辩护，于是怀着激动的心情写下了《忏悔录》，这部作品在作者辞世之后才陆续得以发表。

《忏悔录》是卢梭在遭受长期迫害之后，怀着痛苦的心情，为自己的一生进行辩护的传记性作品。这部自传的前 6 章 1781 年公之于众，后 6 章于 1788 年出版时作者已经离开人世了。作品记载了卢梭从出生到 1766 年被迫离开圣皮埃尔岛之间 50 余年的生活经历，这是一个平民知识分子在封建强权压制下维护自己人格和尊严的心灵写照。行文以惊人的坦白态度讲述了自己的生平事迹和思想性格。从中可以看到他孩提时期的苦难、青年时代的奋斗和晚年阶段所遭受的迫害，也可以看到他为社会恶习所污染而做的背理悖德之事。《忏悔录》既对封建社会的黑暗罪恶作了鞭辟入里的批判，也坦率承认了自我的人格缺陷。书中重点记述的作者思想性格的形成过程和他同封建势力、天主教会所做的勇敢斗争，作品中讲述社会丑恶现象的内容和对众多名人的描写，都是极有价值的篇章。书中有许多抒情片断叙写作者对大自然的亲密情感和他的爱情生活，十分生动感人。这部宣扬个性解放和人格独立的自传，名曰“忏悔”，实质上却是对侮辱他、迫害他的黑暗社会的控诉与批判。

卢梭在其文学作品中强烈表达了追求个性解放的时代要求，张扬自我意识，着重抒写感情，主张“返回自然”，谱写新的生活并塑造新型人物，这使他不仅突破了古典主义的文学模式，同时也超越了同时代启蒙主义作家的“理性”框架。他的创作对后来的夏多布里昂、拉马丁、乔治·桑等人都产生了一定影响，从而成为欧洲浪漫主义文学的先声。

二、《新爱洛绮丝》

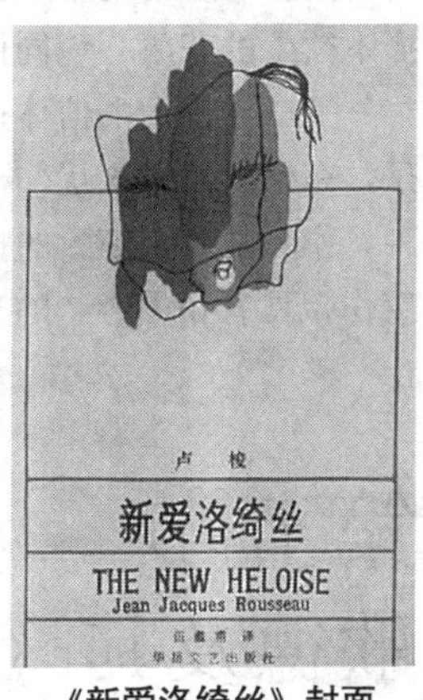

《新爱洛绮丝》封面

《新爱洛绮丝》(1761) 是卢梭的长篇小说代表作。这部以书信形式写就的作品叙述的是贵族小姐朱丽和平民知识分子圣普乐之间的爱情故事。鉴于该作品的基本情节同法国中世纪一位著名哲学家和他的女弟子爱洛绮丝相互间的恋爱经历相像，卢梭将小说题名为《新爱洛绮丝》。

小说由 163 封信件组成，情节按时序作线性铺排，讲的是贵族少女朱丽爱上了自己的家庭教师圣普乐，由于男方家世微贱，双方家庭门第不同，虽然两个年轻人爱情笃定，但他们的婚事却遭到了女方父亲的坚决反对。为此，朱丽挨了父亲的打，并被强令今后不准再提起圣普乐的名字。重压之下，圣普乐被迫离去，朱丽也屈从父命嫁给了年近半百的俄国贵族服尔玛。婚后，失去了自己纯真的爱，承受着强加给自己的不幸命运，朱丽虽依然心系旧日恋人，却又不得不充任贤妻良母的家庭角色。后来，她实在无法抑制精神上的痛苦，向丈夫坦诚地说出了自己与圣普乐相爱的往事。善良的服尔玛为了给妻子以慰藉，便把圣普乐接到家中并以礼相待。最后，朱丽为搭救落水的孩子染病而死，在留下的遗嘱中再次申明对圣普乐的坚定爱情。

总体上看，朱丽心灵美好但失之于意志薄弱，她对门第观念进行过有限的抗争，在本质意义上她是封建势力重压下的牺牲品。

身为平民知识分子的圣普乐，品貌出众，知识渊博，正直善良，非常热爱生活，在政治、生活、爱情观念上都有着比较进步的认识。他和朱丽冲破道德舆论、习俗偏见的束缚，彼此真诚相爱。当他和朱丽符合自然人性的纯真爱情同封建等级偏见之间发生尖锐的冲突而被迫离开朱丽以后，他更加仇视封建制度和贵族势力。在写给朱丽的信件中，他热情讴歌自然美景，礼赞在自然状态下生活的人们那淳朴、高尚的道德风尚，对贵族上流社会则给予了坚决否定和辛辣批判。这一点突出体现了作者拒斥贵族文明，主张回归自然的社会理念。后来，圣普乐又成了朱丽孩子的家庭教师。虽然旧情未泯，但迫于道德压力，他也只能克制感情，和朱丽彼此相处时持之以礼。但是，他和朱丽又全都痛苦地陷入感情和义务交织缠绕的精神炼狱之中，双双咀嚼着封建偏见酿成的苦果。朱丽死后，圣普乐接受了朱丽临死前托付给自己的代其教育孩子的责任，并写信给朱丽的父亲，愤怒谴责他为一己偏见牺牲了女儿的幸福生活，以此向社会邪恶势力发动了最后的抗争。在他身上，虽然在一定程度上存在着思想大于行动、缺少果敢反抗的局限，但他同小说中的俄国流亡贵族服尔玛、英国开明绅士爱德华等人一样，都属于启蒙思想影响下造就的一代“新人”。

《新爱洛绮丝》这部爱情、婚姻题材的小说，表现了以自然感情为基础的爱情理想同以门第偏见为基础的婚姻现状的尖锐对立，控诉了扼杀人性人情的“社会道德”，张扬了个性解放的时代要求，对违背自然法则、破坏美满爱情的封建等级制度和血统门阀观念提出了强烈的抗议。作品内容涉及政治、宗教、教育、家庭结构等各个层面，全方位、多层次地表现了法国社会的生活面貌和风土民情，在暴露黑暗和罪恶的同时，表达了大革命前夕法国人民渴求自由解放的强烈愿望。

在艺术表现方面，《新爱洛绮丝》有着鲜明的特点：

第一，小说情节推进相对缓慢，也没有展现跌宕起伏的戏剧性事件，但卢梭把没有婚姻的爱情同没有爱情的婚姻交织描写，把人物内心活动同自然景物交织描写，把主人公被迫分离时痛不欲生的悲凄心境同他们缠绵悱恻的旧日恋情交织描写，使整部作品密契整合，浑然一体。

第二，使用书信体这种形式，便于主人公直抒胸臆，倾诉感情。缠绵的爱意，相聚的欢乐，离别时的思念忧伤，精神受创时的悲愤痛苦，受压制情境下内心深处的矛盾彷徨，凡此种种，作者都做了细致的描摹刻画，使整部作品以情感人，感情至上，既充满激情，又显得凄美感伤，具有扣人心弦的艺术力量。

第五节 歌德及其《浮士德》

一、生平与创作

歌德像

约翰·沃尔夫冈·歌德（1749—1832）是18世纪后期至19世纪初叶德国最伟大的诗人、作家和思想家，是德国“狂飙突进运动”和“古典文学”时期的主要代表。他的创作在欧洲文学史上具有突出重要的地位。

歌德出生于法兰克福市一个上层资产阶级家庭，从小生活安逸，教育良好。在大学里，他读过伏尔泰、卢梭和荷兰唯物主义哲学家斯宾诺莎的著作，接受了卢梭“返回自然”思想的影响，阅读了荷马、莎士比亚等作家的作品。毕业之前，他已写过不少抒情诗，诗中燃烧着火一般的热情，歌颂美好的自然景物，讴歌爱情和健康的人生，发出对封建暴政的抗议之声，如《欢会与离别》（1771）、《五月之歌》（1771）等。这些诗作民歌风格明显，艺术手法新颖，是德国近代抒情诗的真正发端。大学毕业后回到故乡当律师，同时坚持写作，陆续完成剧本《铁手骑士葛兹·冯·贝利欣根》（1773）、诗剧片断《普罗米修斯》（1773）、小说《少年维特之烦恼》（1774）等表现“狂飙突进”精神的早期作品以及诗剧《浮士德》的部分初稿。这些作品奠定了他在德国文坛上的地位。

《铁手骑士葛兹·冯·贝利欣根》是一部最能体现“狂飙突进”精神的历史悲剧作品。葛兹是真实的历史人物，他是个没落骑士，参加了反抗皇帝和封建领主的农民起义并被推举为领袖。但他幻想以骑士制度替代封建制度，终于背离起义队伍遭到了失败。歌德以此为题材创作了该剧。在歌德笔下，葛兹是个争自由、反封建的英雄，他同情农民的悲惨遭遇，相信善良和正义，希望皇帝能统一德国，建立中央集权政体。当农民起来暴动时，他成为他们的领袖，但他不能同意农民的革命方式，离开了起义的农民，最后被敌人抓住慷慨死去。歌德以古喻今，在历史人物身上注入启蒙主义的热情和理想，表达了渴望民族统一、要求自由平等的反封建思想。在戏剧形式上，剧作打破古典主义“三一律”教条的束缚，再现了莎士比亚式的宏大场面，为此后德国的历史剧创作奠定了基础。

歌德对“狂飙突进运动”做出的最大贡献是其于1774年完成的书信体小说《少年维特之烦恼》。这是一部根据作者自身经历写成的带有一定自传性质的作品，一向被视作歌德青年时期的代表作。

小说的主人公维特是一个颇有才华的平民青年，他厌恶周围的环境，渴望个性解放和自由发展，投身于大自然的怀抱。不久，他在舞会上认识了一个美丽动人的姑娘——绿蒂，二人一见倾心。后来，维特得知绿蒂已与别人订婚，经过痛苦的思想斗争，终于告别了绿蒂。失恋的维特跻身政界，想有一番作为，然而上司昏庸无能，同事追名逐利，一派腐败气象的严酷现实使他心灰意冷。时隔一年，怀才不遇的维特又回到绿蒂身边。这时绿蒂已经嫁人，她出于传统观念的积习，不敢正视自己对维特的热爱。维特再度饱尝失恋的痛苦，遂用饮弹自尽的方式宣告同社会的决裂，控诉了丑恶现实对他的压抑和窒息。维特是在封建秩序和封建观念的重压打击下，始终未能实现自我价值和人生理想而悲愤悲观，终于自杀的。尽管这种反抗是消极的，但其中包含着新兴资产阶级知识分子顽强坚持信念的因素，传递了要求变革现实的心声。维特的悲剧既控诉了封建末世的腐败风习，张扬了个性解放的时代要求，同时也暴露了德国青年一代在抗争乏力时的悲观颓丧情绪。

小说面世后，不仅受到“狂飙突进运动”作家的热烈欢迎，一些在腐败社会里感情受压抑、才能遭扼杀，尤其是在爱情方面失意的年轻读者表现得更是狂热，甚至有人效法维特的方式自杀。小说还被欧洲各国竞相翻译，在全欧范围内掀起了一阵“维特热”。

在欧洲小说史上，从理查生的家庭小说到卢梭的《新爱洛绮丝》，再到歌德的《少年维特之烦恼》，18世纪具有强烈感伤色彩的小说，终于为19世纪浪漫主义文学的出现鸣响了晨钟。

1775年，歌德接受公爵奥古斯都的邀请出任魏玛公国的枢密顾问和内阁大臣。他曾满怀热情，想在这里实现自己的政治理想，但一切努力收效甚微。于是他又埋头研究自然科学，但仍不能摆脱精神上的苦闷。从1786年到1788年，歌德在意大利逗留了两年，他遍访古代文化遗迹，为古代艺术所陶醉，希冀在古代文化中寻求出路，形成了追求宁静、和谐的“古典”思想。剧本《埃格蒙特》(1775—1787)、《伊菲格涅亚在陶里斯》(1787)和《托夸多·塔索》(1790)表现了他的思想变化。《伊菲格涅亚在陶里斯》在形式上最完整，在思想内容上宣扬对横暴势力的宽容和道德感化。此剧标志着歌德的创作从“狂飙突进运动”向“古典文学”时期的过渡。

从1794年到1805年，歌德同席勒密切往来，切磋技艺，共同促成了德国古典文学的短暂繁荣。歌德的长篇小说《威廉·迈斯特的学习时代》(1795—1796)、长诗《赫尔曼与窦绿苔》(1797)、《浮士德》第一部(1808)等，都是在这一时期完成的。

歌德的晚年，是他思想和创作上的总结时期，他以坚强毅力完成了一系列重要作品：诗集《西东合集》(1819)，自传《诗与真》(1811—1831)，小说《亲和力》(1809)、《威廉·迈斯特的漫游时代》(1829)和《浮士德》第二部(1831)等。歌德的这些晚期作品重视社会实践和社会改革，有用文艺、道德教育取代政治革命的倾向，可视做歌德世界观、人生观的总结。

二、《浮士德》

郭沫若译《浮士德》封面

诗体悲剧《浮士德》（1773—1831）是歌德最伟大的作品，也是他人生追求和艺术探索的艺术概括和形象总结。

早在16世纪，德国民间就流传着浮士德博士的故事，关于这一传奇人物，英国作家马洛还写过题名为《浮士德博士的悲剧》的剧本。歌德很喜爱浮士德这个人物，从青年时代开始构思和写作《浮士德》，直到去世前一年才最后完成，半个多世纪以来的社会变迁和作者本人生活、思想及艺术理想的发展都反映在这部作品之中。

《浮士德》共分两部，一万余诗行，第一部不分幕，共25场，第二部分为五幕。全剧情节并不连贯，由魔鬼分别与天帝、浮士德定约打赌和主人公经历的五个生活阶段组成。第一部写知识悲剧和爱情悲剧，第二部写政治悲剧、美的悲剧和事业悲剧。剧作以浮士德的思想发展为线索，凸现了他探索真理的一生。

剧情从“天上序幕”开始，同时提供了作品的基本故事线索：天帝和魔鬼靡菲斯特争论人的善恶。魔鬼认为人是情欲的奴隶，只能困惑终生，永远痛苦；但天帝坚信，人无论陷入怎样的迷误，犯有怎样的过失，最终还是能走上正路。于是双方就下界正处于彷徨和绝望中的浮士德打赌。魔鬼要把他引入邪路，而上帝相信“一个善人，在他摸索中不迷途”。

浮士德是个年近半百的饱学之士，但此刻却感到知识的无用，书斋生活的可厌，他要摆脱这一切，甚至想自杀以求解脱，其时复活节的钟声唤起了他对生的依恋。魔鬼乘虚而入，与浮士德订立契约：他为浮士德服务，满足浮士德提出的任何要求，浮士德一旦感到满足，生命便告结束，灵魂为魔鬼所有。就这样，浮士德走出了与世隔绝的书斋，结束了他探索人生的第一个阶段：知识的悲剧。

浮士德喝了魔汤，恢复了青春，心中充满对情欲的渴求。他遇到了少女甘泪卿，两人相爱。由于魔鬼的捉弄，甘泪卿在无意中毒死了自己的母亲，浮士德又在决斗中杀死了她的哥哥。甘泪卿陷入一种精神错乱状态，她溺死婴儿，被关进死牢。浮士德坚持要把甘泪卿从监狱里救出来，但甘泪卿忏悔罪行，拒绝与浮士德一道逃走，她最后得到了上天的赦免，而浮士德虽然在这爱的悲剧中享受了官能的快乐和爱情的幸福，可最终既给甘泪卿带来了悲惨结局，又为自己添加了良心上的痛苦。

第二部一开始，魔鬼把浮士德引进皇帝的宫廷，皇帝正为财政窘迫所苦，浮士德为他发行纸币，解了燃眉之急；又应皇帝之请借靡菲斯特的帮助，从古希腊招来美女海伦，当浮士德看到传说中的特洛伊王子帕里斯亲近海伦时，禁不住妒火中烧，将自己手中的魔法钥匙向他击去，结果引起了爆炸，浮士德昏倒在地，从而结束了其为统治者服务的政治悲剧。

靡菲斯特将浮士德背回书斋。浮士德的学生瓦格纳在魔鬼帮助下造成了“人造人”何蒙古鲁士，浮士德和靡菲斯特在“人造人”引领下上溯到古希腊寻找海伦。经历了古典的瓦普几司之夜，浮士德终于找到海伦并与之结合，生下了儿子欧福良。欧福良因无止境的追求从高空坠地死亡，海伦也随即远遁，浮士德对古典美的追求也只是一场虚空。

浮士德探索人生真谛的最后阶段是事业悲剧。他从神话世界回归现实生活，面对咆哮的大海，内心燃起对事业的渴望。时值国内发生战乱，浮士德借助靡菲斯特，帮助皇帝平定叛乱，得到了一片海滨封地。浮士德招募劳力填海造地，改造自然，造福人类。这时“忧患”施法术使浮士德变盲。双目失明的浮士德听到铁锹的撞击声，以为这是他的人民在与海洋进行斗争，他陶醉在这壮丽的景象之中，得出了人生的最高真谛：为千百万人开拓疆土，使人民在新的土地上安居，每天为自由的生活开拓，然后才能自由地享受生活。这时，他喊出了：“真美呀，请停留一下!”浮士德得到了最高的满足，他的生命结束了。依照契约浮士德的灵魂应为魔鬼所有，但这时天门大开，天使把浮士德的灵魂迎入了天国。

这是一部思想内容极其丰富的作品。其中有对德国丑恶现实的描绘，有对教会伪善的讽刺，还有对腐朽没落的封建制度的揭露，也有对反动思潮的讥刺抨击，但其主要的思想价值，是通过浮士德自强不息、不断求索的一生，肯定了积极进取的人生观念，抒发了建立幸福自由的人间乐园的社会理想，同时也对文艺复兴以来几百年间的欧洲精神文化的发展做出了深刻的审视和严厉的批判，表现了一个文化巨人非凡的智慧和洞察力。

剧作的主人公浮士德是资本主义上升时期先进知识分子的典型。他勇于追求真理、敢于自我否定、毕生努力不懈的品格表现了处在上升阶段的资产阶级正面的精神素质，从而全方位、多层次地体现了启蒙运动时期的时代精神。

浮士德的一生是探索、追求、开拓的一生，“自强不息”是他性格的核心。浮士德不满中世纪的陈腐说教，急于探究人生真谛；他没有沉醉于迷离的情欲，而要走向整个社会，去施展政治抱负；他不屑于与封建统治者苟合，也不满足于在艺术中超脱，而最终投入了轰轰烈烈的社会实践。正如浮士德自己所说：“事业最要紧，名誉是空言”，“我愿看到这样的人群，在自由的土地上跟自由的人民结邻”。

浮士德还是一个虔诚的人道主义者，人道主义是他行为的动力，贯穿于他探索的各个阶段。在书斋里，他渴求人生真义；其恋爱生活是人性的升华；基于人道主义的准则，他厌恶官宦生涯；其艺术尝试，实际上是对上古人道的追怀；最后的自由城邦，则是人道主义者的最高理想。以普遍的人道主义去反对宗教神权、封建暴政和一切压迫，这正是各个时代资产阶级思想的精华。

统览全剧，浮士德探索的五个阶段，实质上蕴含着作者深刻的文化批判：“知识悲剧”是对中世纪经院哲学和轻视现实人生倾向的否定，也是对个性的有限性和宇宙的无限性这一永恒矛盾的揭示；“爱情悲剧”揭示了现世人生的幸福观与中世纪禁欲主义桎梏的根本对立；“政治悲剧”是对个人从政经历的自嘲，也是对知识分子企图依附王权来实现政治理想的幼稚性的讥讽；“美的悲剧”既肯定了优秀的文化遗产具有永恒的魅力，又表明了它绝不是改造世道人心的万应灵药；“事业悲剧”既提出了用改造自然来取代社会政治革命，从而建立人间乐园的设想，但又对这一理想能否实现表示怀疑。另外，浮士德最终进入天堂的结局，既是对浮士德式探索精神的肯定，也表明了基督教传统文化强大的思想统治力。

靡菲斯特是来自北欧传说和基督教传统（即《圣经》中的撒旦）的形象，他是作为浮士德的对立面出现的，是作品中的反面形象。他引诱浮士德误入歧途，但同时也为浮士德的精神超越提供了可能和契机。在他身上还体现出高度的批判精神，在一定程度上是作者的代言人。

《浮士德》不但是一部思想内容博大精深的作品，在艺术上也有独特的创造。歌德以丰富的想象力，跨越时空的限制，从人间到天上，从现实到远古，把现实主义和浪漫主义有机地结合在一起，使作品具有一种奇特的艺术魅力，展示了如席勒所期待的“一种特殊的美感”。

《浮士德》是对人类的一首颂歌，它充分肯定了人生的积极意义，赞扬了人的进取和追求精神，对人的认识力量和创造力量做了高度的评价。丰富的内涵和深刻的哲理以及独特的艺术特色，使它成为世界文学宝库中熠熠生辉的瑰宝。

思考题

1. 18世纪欧洲文学的主潮是什么？
2. 启蒙文学的思想特征是什么？
3. 启蒙文学的艺术特征是什么？
4. 怎样看待和评价《鲁滨逊漂流记》所宣扬的个人奋斗、开拓进取精神？
5. 如何理解和看待伏尔泰对元杂剧《赵氏孤儿》的移植与改写？
6. 试分析《新爱洛绮丝》的思想内容。
7. 怎样认识《阴谋与爱情》中政治阴谋对爱情自由的扼杀？
8. 何谓“狂飙突进运动”？
9. 《浮士德》的艺术特点是什么？
10. 浮士德在探索真理时经历了哪些阶段？

第 三 编

19 世纪欧美文学

19 世纪是欧美资本主义巩固、发展和向垄断阶段过渡的时期，在科技、经济高速发展，多种思潮风起云涌的推动下，这一时期的欧美文学也呈现出空前繁荣的局面——出现了波澜壮阔的浪漫主义、现实主义、自然主义、唯美主义、象征主义和无产阶级文学。它们不但先后成为这一时期欧美文坛的主流，而且在很大程度上影响和促进了世界其他各国文学的发展。

第六章

19 世纪欧美浪漫主义文学

小引

这一时期欧洲启蒙文学和感伤主义文学还存有余波，现实主义文学开始崭露头角，但文学主流是浪漫主义。故本章讲述欧美浪漫主义文学的成因、特征、发展概况，且着重评析有关代表作家及其代表作品。

作为 19 世纪前期雄踞全欧的文学主流，浪漫主义文学是在 1789 年法国大革命的影响下产生的，其形成具有时代、现实、哲学、传统等诸因素。其思想、艺术特征表现为不满现状，追求理想、主观抒情、自由想象、对比、夸张、象征。其发展因欧洲各国国情不同而有所差别。

欧洲浪漫主义文学最具代表性的作家是英国诗人拜伦、雪莱和法国小说家雨果（俄苏文学的浪漫主义代表作家见第五编）。他们的作品都具有上述浪漫主义文学的思想艺术特征，其代表作更突出表现为强烈的自由、反叛精神，对黑暗现实的揭露和对封建专制的激烈否定。

美洲文学含美国、加拿大、拉丁美洲各国文学。

美国浪漫主义文学是在法国大革命的影响下，为创建民族文化和适应资本主义的自由发展而产生的，其艺术方法虽跟欧洲相似，但其基本内涵跟欧洲却有所不同，代表作家惠特曼的诗集《草叶集》的主体内容便是通过自我感受，热情讴歌蓬勃向上的新生事物。其发生、发展时间，也比欧洲晚二三十年。

这一时期，加拿大和拉丁美洲各国尚处民族文学创立阶段。

学习本章内容，应与之前的文学特别是欧洲启蒙文学联系起来进行分析比较。

为使读者对浪漫主义文学更深入了解，本章特意增加了对跟浪漫主义有关的音乐、美术作品的评价。

第一节 概述

1789年的法国资产阶级大革命，摧毁了延续一千多年的欧洲封建专制体制，使欧洲社会进入了历史的新纪元。其巨大的思想意义是“自由、平等、博爱”成为欧洲普遍的社会追求，而独立、反抗、追寻则成为欧洲普遍的个人时尚。

在法国大革命的影响下，英、德、俄等国也不同程度地掀起了反封建的资产阶级民主革命运动。西班牙、意大利、希腊、波兰等国则相继掀起了反异族奴役和反封建专制的资产阶级民族解放斗争。但在以俄、奥、普为首的封建“神圣同盟”的残酷镇压下，各国的民族民主革命运动不久便惨遭失败。在拿破仑1812年侵俄失败、1814年垮台被囚后，法国便于1814年成立了封建的波旁复辟王朝。这种动荡的政治局面，粉碎了启蒙学者许下的华美诺言——启蒙学者曾预言革命后会建立起没有“迷信、偏私、特权和压迫”的符合“永恒的正义”和“不可剥夺的人权”的理性国家。而事实上，这种“理性的国家”已被掠夺战争、商业欺诈和金钱势力变成了一幅令人极度失望的讽刺画。同时，也动摇了古典主义的艺术法规——古典主义的艺术法规曾把学习、模仿古代奉为文学创作的标尺，但这种束缚创作的标尺，在动荡无序的时代中，也变得越来越让作家们难以忍受。

在这种情况下，再加上夸大主观作用的唯心主义哲学和主张用和平手段建立没有阶级压迫的空想社会主义理论的流行，以柏拉图“灵感说”为指导思想的浪漫主义文学，便在18世纪末具有浓郁感情色彩的文学（如歌德的《少年维特之烦恼》、卢梭的《新爱洛绮丝》、斯泰恩的《感伤的旅行》）的影响下，于欧洲应运而生了。

作为时代精神的形象反映，浪漫主义文学的思想特征是：强烈不满于社会现状，积极追寻理想世界，向往大自然和重视民间文学。作为对古典主义艺术法则的反叛，浪漫主义文学的艺术特征是强调主观抒情、崇尚自由想象、醉心离奇情节、惯用夸张对比手法。正如黑格尔所宣称的那样，浪漫型艺术的“真正内容是绝对的内心生活”①。著名浪漫主义诗人华兹华斯、作家雨果也主张“诗是强烈感情的自我流露”②，艺术的作用是“激起观众的热情，而且首先是激起诗人自己的激情”③。连后来的社会主义现实主义奠基人高尔基也认为“浪漫主义只是一种激情”④。因此，在作品中，浪漫主义作家们喜欢描写诸如逝去的古代、空想的未来、遥远的东方、缥缈的梦境等“非凡”的环境；塑造诸如骄傲孤独的强盗、愤世嫉俗的恶魔、温驯多情的牧女、至善至美的吉卜赛女郎等“非凡”人物。在艺术表现上，则喜欢用夸张、对比、象

---

① ［德］黑格尔：《美学》，第2卷，276页，北京，商务印书馆，1982。

② ［英］华兹华斯：《〈抒情歌谣集〉1800年版序言》，见伍蠡甫主编：《西方文论选》（下），6页，上海，上海译文出版社，1979。

③ ［法］雨果：《〈克伦威尔〉序言》，见伍蠡甫主编：《西方文论选》（下），191页。

④ ［苏］高尔基：《俄国文学史》，70页，北京，新文艺出版社，1956。

征等手法，且多采用抒情诗、浪漫剧、历史小说等体裁。

不过，因作家们的政治立场和感情倾向不同，他们的艺术特征尽管一致，作品中所表现的思想内容却颇不相同。一些作家，如诺瓦利斯、夏多布里昂、骚塞等，常在作品中歌颂宗教与顺从，宣扬神秘主义，美化中世纪时代。而另一些作家，如拜伦、雪莱、雨果等，则在作品中歌颂反抗和斗争，宣扬自由解放，展望没有人剥削人的理想社会。他们都不满现状，追寻理想，但前者更多的是不满革命的现实，追寻的是封建的中世纪或牧歌式的乡村，而后者则更多的是不满封建暴政和资本肆虐，追寻的是自由、平等的理想社会。他们都强调主观抒情，但前者抒发的多是对逝去的古代或牧歌式农村的眷恋，而后者抒发的则多是被压抑的痛苦或反抗的激情。

一、19 世纪欧洲浪漫主义文学

这一时期，曾在 18 世纪雄踞欧洲文坛的启蒙文学和古典主义文学，到 1830 年前虽仍存余波，现实主义文学在英、法、俄等国虽已开始出现，但欧洲文学的主流却是浪漫主义。

18 世纪末到 19 世纪初，浪漫主义文学首先出现在德国，被称作“耶拿派”和“海德堡派”。德国浪漫主义文学理论家奥·施莱格尔（1767—1845）和弗利德里希·施莱格尔（1772—1829）在提出诗人应“不受任何规律约束”，“任凭兴之所至”的同时，又竭力颂扬“中世纪的创造性的幻想”及“不可见的世界、神性的纯粹的精灵”，且把“基督教哲学”和“神的启示”当做世间万物的“最高知识”①。德国浪漫主义文学作家诺瓦利斯（1772—1801）在长诗《夜的颂歌》（1800）中，通过诗人在年轻妻子死后自己也渴望死去跟她结合的情景，通篇歌颂黑夜的无限和死亡的永恒，宣称“从遥远的碧空，从我往日的幸福的高处降临了黄昏的恐怖——突然切断了诞生的纽带、光的锁链，尘世的壮丽消失，我的忧伤也随之而去。哀愁汇合在一起流入一个新的不可测知的世界”②。霍夫曼（1776—1822）在童话小说《小怪物查理斯》（1819）中，描写人物被神秘、怪诞力量支配。但后来海涅（1797—1856）在《论浪漫派》（1833）一文中却指出文学中的人物不应是些“苍白的尼姑和夸耀门阀的骑士”，而应是有血有肉的人。其早期诗集《歌集》（1827）还表现了人们在封建重压下个性受压抑的苦闷。雅各布·格林和威廉·格林兄弟合编的《儿童与家庭童话集》也赞扬了劳动人民的智慧和优良品质。阿尔尼姆（1781—1831）和布伦塔诺（1778—1842）则在搜集和整理民间文学上作出了贡献。

接着，浪漫主义文学出现在复辟与反复辟的中心法国。斯达尔夫人（1766—1817）在论文集《论文学》（1800）中指出不同时代不同国家应有不同文学，其小说《黛尔菲娜》（1802）便歌颂了以自杀来反抗传统观念的追求个性解放和自由爱情的主人公。著名作家雨果（1802—1885）在文艺论文《〈克伦威尔〉序言》（1827）中提出文艺应面对现实、美丑并融、对比鲜明的浪漫主义文学理论，剧本《艾尔那尼》（1830）全面否定了古典主义的艺术法则。他的众多浪漫主义或具有浪漫主义色彩的现实主义作品，更全面揭示了教会的黑暗、资本社会的不公、贵族的阴险、侵略者的横暴和反革命者的凶残。缪塞（1810—1857）的浪漫主义诗集《西班牙

---

① 伍蠡甫主编：《西方文论选》（下），322～325 页。

② 辜正坤主编：《世界名诗鉴赏词典》，230 页，北京，北京大学出版社，1990。

和意大利短歌集》（1830）表现了强烈的反封建情绪和自由观念。乔治·桑（1804—1876）的田园小说《魔沼》（1846）以抒情笔调描绘了美丽的田园风光和农民的淳朴。但夏多布里昂（1768—1848）则不但在论文《基督教的真谛》（1802）中颂扬宗教精神，攻击启蒙思想，而且在小说《阿拉达》（1802）中借一个信奉天主教的混血女子爱上一个印第安异教徒夏克大，并在爱情与宗教信仰产生矛盾时，毅然为宗教殉身的故事，颂扬宗教不但可战胜爱情，而且可战胜死亡的恐惧。另一诗人拉马丁（1790—1869）在其诗作《沉思集》（1820）中，也同样对宗教和上帝充满向往。

在已发生工业革命但封建势力仍在政府中占主导地位的英国，浪漫主义文学也呈高涨之势。最先出现的作家是"湖畔派"诗人华兹华斯（1770—1850）、柯勒律治（1772—1834）和骚塞（1774—1843）。他们合著的《抒情歌谣集》（1798）描绘了农民的辛勤劳作和朴实生活，运用了生动的民间语言，但也美化了封建的宗法农村。柯勒律治在其长诗《古舟子咏》（1798）中，更通过老水手自述一次航海中的可怕经历，宣扬神秘主义的上天惩罚。稍后出现的著名民主革命诗人拜伦和雪莱的作品，如拜伦的系列叙事诗《东方叙事诗》（1813—1816）、抒情叙事长诗《恰尔德·哈洛尔德游记》，雪莱的长诗《麦布女王》（1813）、诗剧《解放了的普罗米修斯》等，则用炽烈的感情和奔放的想象，愤怒揭发封建统治和资本掠夺的罪恶，热情歌颂自由、民主理想，有的还充满了胜利的信心和对美好未来的乐观想象。此外，约翰·济慈（1795—1821）的诗作《夜莺颂》（1819），也充满了生活的美感。沃尔特·司各特（1771—1832）的具有浪漫主义色彩的历史小说《艾凡赫》（1819），还具有广阔历史背景、鲜明批判精神和时代色彩。

这一时期的东、南欧各国，正开展反异族统治和争取民族独立的斗争，浪漫主义文学也正是作家们的首选。波兰作家密茨凯维奇（1798—1855）的诗作《青春颂》（1820）和意大利作家亚历山德罗·曼佐尼的诗作《自由的胜利》（1801），都以高昂的激情在赞颂独立、自由和平等。

作为时代精神的形象反映，浪漫主义文学不仅在全欧范围内掀起了文学表现方法的新运动，表现了各阶级、阶层的思想愿望，还促使当时的音乐、美术进行反贵族趣味的艺术改革。例如，以德国音乐家贝多芬（1770—1827）、奥地利音乐家舒伯特（1797—1828）、波兰音乐家肖邦（1810—1849）为代表的浪漫主义音乐，一反浮华艳丽的宫廷气息，把革命斗争的主题、狂风暴雨般的旋律和戏剧性的乐思带进乐曲。贝多芬在题赠拿破仑的《英雄交响乐》（1804）中，把拿破仑当做革命旗手和普罗米修斯式的英雄来进行歌颂。拿破仑称帝后，贝多芬把题赠改为"纪念一个伟大的遗迹"，以继续其对理想英雄的礼赞和革命热情的表达。舒伯特的众多抒情歌曲，如《野玫瑰》、《小夜曲》、《魔王》等，通过调性、音区及和声的多方面变化，以缠绵婉转的旋律，充分展现了在奥地利封建复辟统治下普通人内心的孤独忧伤和对幸福生活的渴望。肖邦第一创作时期的作品《C小调革命练习曲》、《A小调叙事曲》，也同样充满了反对奴役的汹涌澎湃的革命激情和因革命失败而产生的沉痛心情。同样，以法国画家德拉克洛瓦（1798—1863）和籍里柯（1792—1824）为代表的浪漫主义画派，也一反奢靡、纤巧的贵族情趣，用磅礴的气势、鲜明的色彩和奔放的笔法，描绘革命英雄形象或群众的深重灾难。德拉克洛瓦取材自1830年法国七月革命的杰作《自由引导人民》，在硝烟弥漫、前仆后继的街垒战画面中，突出描绘了一组以"自由女神"为中心的革命市民、工人、少年的英雄群像。籍里柯的名画《梅杜萨之筏》，以1816年法国巡洋舰"梅杜萨"号因贵族舰长玩忽职守搁浅沉没，150

多名乘客被抛在木筏上漂流待毙的历史惨剧为素材，用金字塔形构筑画面，把焦点集中在筏上幸存者急切呼救，天边小船只露小小船尖，而如山的狂涛巨浪却随时都会粉碎简易木筏的瞬间，使专制政体的腐败和人民大众的苦难得到了最生动、集中的反映。

二、19 世纪美洲浪漫主义文学

美国在 18 世纪独立战争（1775—1783）后获得独立，19 世纪南北战争（1861—1865）后资本主义才得以突飞猛进，故其文学发展也远迟于欧洲。它没有欧洲的文艺复兴时期和古典主义时期，而且在独立后相当长的时期内，也没有独立的民族文学，有的只是对英国文学的模仿。直到 19 世纪上半叶，美国才开始形成自己独立的民族文学，而且一上来便是浪漫主义文学。

美国浪漫主义文学是为创建美国民族文化和适应资本主义的自由发展而产生的。因此，它在艺术上虽跟欧洲浪漫主义文学相似，但在内容上却跟欧洲浪漫主义颇有不同。第一，它没有欧洲浪漫主义文学那种强烈的反封建精神，而是在反蓄奴制的同时大力歌颂资产阶级的民主、自由理想。第二，它不像欧洲许多浪漫主义作品那样充满孤独痛苦的叛逆精神，而是普遍充满和平、豪迈的乐观信念。第三，它的哲学指导思想也不是唯心主义或空想社会主义，而是强调人的主观能动性和直觉，认为人能超越感觉和理性而直接认识真理的超验主义。

美国浪漫主义文学兴起于 19 世纪二三十年代，繁荣于 19 世纪五六十年代。主要代表作家作品是：号称“美国文学之父”的华盛顿·欧文（1783—1859）及其描写典型美国风情的小说散文集《见闻札记》（1820），被誉为“美国司各特”的詹姆斯·费尼莫·库柏（1789—1851）及其展现美国边疆风情的长篇小说《最后的莫希干人》（1826），被誉为美国“心理分析小说创始者”的纳撒尼尔·霍桑（1804—1864）及其揭露社会法律不公和道德虚伪的长篇小说《红字》（1851），被看做“神秘主义诗人”的爱伦·坡（1809—1849）及其表现人的半幻觉状态及绝望心理的《乌鸦》（1845）。美国浪漫主义诗歌的主要代表是民主诗人沃尔特·惠特曼及其诗集《草叶集》。

加拿大是移民国家，使用多种语言，主要移民来自法、英两国，故其民族文学也由法语文学和英语文学组成。19 世纪前，这里尚无真正的民族文学，有的只是一些探险家、牧师、商人写的游记、见闻或杂记。19 世纪初，加拿大出现了第一位土生土长的英语诗人奥列佛·哥尔德斯密斯（1794—1861），其长诗《新村》（1825）展现了加拿大的社会风貌，歌颂了艰苦的拓荒生活，是为加拿大民族文学的创始。其后，法语诗人奥克塔夫·克雷玛齐（1827—1879）的《加拿大老兵之歌》（1855）、英语诗人查尔斯·桑斯特（1822—1893）的《圣劳伦斯河与萨格奈河》（1856），进一步充满热爱家乡的浪漫主义激情，体现新时期的民族精神。

拉丁美洲各国长期被西班牙、葡萄牙殖民统治，19 世纪前，也同样没有真正的民族文学。19 世纪初，在普遍的民族独立运动的推动下，墨西哥出现了费尔南德斯·德·利萨尔迪（1776—1827）的揭露殖民黑暗统治的长篇小说《佩里基略·萨尼恩托》（1813），阿根廷出现了埃切维里亚的表现尖锐民族矛盾的长诗《女俘》（1837）。这两部作品都具有浓郁的浪漫主义色彩，前者被认为是拉丁美洲的第一部长篇小说，后者被认为是阿根廷民族文学的奠基石。

19 世纪中叶，在如火如荼的民族民主革命运动的推动下，拉丁美洲具有浪漫主义因素的民族文学也获得较大发展。哥伦比亚作家豪尔赫·伊萨克斯（1837—1895）描写在革命运动中一对青年的爱情悲剧的小说《玛利亚》（1867），因具有强烈的浪漫主义气息和浓郁的拉丁美洲情调，被誉为“美洲之诗”。巴西诗人贡萨尔维斯·迪亚斯（1823—1864）的长诗《廷比拉人》（1857），因动人心魄地描写了印第安人的悲剧而使作者获得“民族诗人”的荣誉。墨西哥作家谢拉·门德斯（1848—1912）的《浪漫小说集》（1868—1871）抒发了对祖国绮丽风光的热爱。阿根廷诗人伊阿里奥·阿斯卡苏比的史诗《桑托斯·维加》（1860）展现了阿根廷的乡村风土人情。

第二节
拜伦及其《恰尔德·哈洛尔德游记》、雪莱及其《解放了的普罗米修斯》

一、生平与创作

乔治·戈登·拜伦（1788—1824）和珀西·比希·雪莱（1792—1822）同是 19 世纪欧洲著名的民主革命诗人和欧洲积极浪漫主义诗歌的杰出代表。

拜伦像

他俩都出身贵族家庭，都生活在欧洲民族民主运动高涨的年代，上的又都是英国名牌大学（分别是剑桥大学和牛津大学），而且都因创作反封建、反宗教的诗文为当局所不容——拜伦因创作讽刺上流社会生活的诗集《懒散的时日》（1807）遭舆论围攻，雪莱因出版论证上帝不存在的哲学论文《无神论者的必然性》（1811）被牛津大学开除。进入社会后，他们还都因积极支持民族民主革命运动、愤怒谴责封建暴虐和公开支持工人革命，而被迫永远离开祖国，到异国漂泊。拜伦于 1816 年离开英国，先到瑞士，后定居意大利，参加了意大利烧炭党人反奥地利异族统治的革命活动。1823 年意大利革命失败后渡海去希腊，倾囊资助希腊人民反土耳其统治的民族革命斗争，被推举为总督，成为希腊民族革命斗争的领袖，不幸翌年病逝。雪莱于 1818 年离开英国，也定居意大利，而且也积极支持意大利的民族解放斗争，1822 年在一次航海中遇风暴不幸逝世。

总之，他俩可说是有着共同的生活命运和共同的生活追求。但在“神圣同盟”残酷镇压欧洲民族民主革命运动的时代，因所受哲学指导思想和个人家庭处境不同，二人的创作情绪又明显有所不同。拜伦深受资产阶级英雄史观影响，个人家庭生活又十分不幸，故其作品在“辛辣地讽刺现社会”① 和“如狂涛如厉风，举一切伪饰陋习，悉与荡涤”② 的同时，又往往具有一种抹不开的孤独、忧郁情绪。而雪莱因深受空想社会主义思想影响，个人家庭生活又十分和睦（其妻玛丽既是贤内助，又是志同道合的同志），故其作品总是充满光明、乐观的情绪，被恩格斯赞誉为“天才的预言家”③，被马克思称许为“社会主义的急先锋”④。

他俩出国前后的一些主要作品，具体地体现了二人诗歌创作上的特点。

出国前，拜伦的主要作品是抒情叙事长诗《恰尔德·哈洛尔德游记》第一、二章（1812）和叙事诗集《东方叙事诗》。前者写西班牙和希腊人民的苦难与斗争，后者是一系列以东方故事为题材的组诗，包括《异教徒》（1813）、《阿比托斯的新娘》（1813）、《海盗》（1814）、《莱拉》（1814）、《巴里西耶》（1816）和《柯林斯的围攻》（1816）等6篇。前者对社会罪恶充满仇恨，对劳苦大众满怀同情，但主人公哈洛尔德却是个孤独、忧郁的漂泊者。后者的情节多为个人复仇与反抗，背景多是大海、荒原或土耳其王宫，主人公则多是对社会罪恶满怀仇怨，但又总是单枪匹马、高傲孤独，以致斗争终归失败的叛逆者。例如《海盗》的主人公康拉德在率领部队攻打土耳其王宫时，只身一人扮成伊斯兰教僧侣闯进王府，顷刻间便把那儿变成了“血的岸滩和一片火海”，使“众多的人在他一个人面前缩成一团”。本来他已胜利在望，只因拯救被奴役的妇女，使敌人得以重新聚集力量，他终于战败被俘。康拉德愤世嫉俗而又孤僻高傲，坚定无畏而又单枪匹马，威武不屈而又终归失败，这正是“拜伦式英雄”——高傲而又孤独痛苦的叛逆者的最典型体现。

雪莱出国前的主要作品是长诗《麦布女王》和《伊斯兰的起义》（1818）。前者写仙后麦布女王带领熟睡的少女伊昂珊梦游三界的故事。后者写一个名叫伊斯兰的幻想中的东方黄金城的人民起来推翻封建暴政的故事。前者揭示过去是君主、僧侣专制统治的废墟，现在是贫富悬殊、残酷掠夺的交易市场，而未来则是充满和平和智慧的美好世界。后者写男女主人公因对暴君仁慈，致使被打倒的暴君卷土重来，革命人民重陷水火，男女主人公莱昂和茜丝娜被送上刑场。这两部作品，尽管都带有梦幻、假想的色彩，但它们对封建暴政和金钱罪恶都持坚决否定态度。后者对反封建的人民革命运动不仅始终支持、讴歌，而且在革命失败、黑夜沉沉的情况下，仍满怀信心地展望美好的“人间天堂”，让男女主人公临刑前引吭高歌：“压迫者最后必然崩溃”，“人类幸福的前景会紧跟着我们的死亡”！在这

雪莱像

① 《马克思恩格斯全集》，中文1版，第2卷，528页，北京，人民出版社，1957。
② 《鲁迅全集》，第1卷，81页，北京，人民文学出版社，1981。
③ 《马克思恩格斯全集》，中文1版，第2卷，528页。
④ 《马克思恩格斯论浪漫主义》，36页，北京，人民文学出版社，1958。

里，我们丝毫看不到孤独、痛苦的情绪，有的只是光明、乐观的信念。

出国后，他俩受民族民主革命斗争实践的影响，思想境界都有很大提高，诗歌创作也出现了新的高潮。这一时期，拜伦创作了号召工人进行武装斗争的《路德派之歌》（1816），对封建社会、资本主义社会现状进行全面否定的诗剧《曼弗来德》（1816—1817）和《该隐》（1821），揭露"神圣同盟"面目的政治讽刺诗《青铜时代》（1822—1823），广泛展现欧洲各国社会黑暗的诗体小说《唐璜》（1818—1823，未完成）以及《恰尔德·哈洛尔德游记》的第三、四章（1816—1817）。这些作品进一步强化了拜伦支持民族民主革命和工人运动的立场，加深了他对反动统治和社会罪恶的憎恨，而且大大拓宽了其作品的描写范围，增强了作品的现实因素。但在这些作品中，孤独、痛苦的情绪仍时有流露。有的作品，如《曼弗来德》、《该隐》更对知识、理性、群众和人生全持否定态度，极端悲观厌世。而雪莱这一时期的作品，尽管力度、深度和广度都不如拜伦，但光明、乐观的信念却仍随其诗歌思想主题的深化而得以升华。雪莱这一时期的诗作，无论是揭露封建贵族荒淫残暴的历史剧《钦契》（1819），还是控诉"彼得卢大屠杀"、呼吁人民起来武装斗争的政治诗《暴政的假面游行》（1819）和《给英国人民的歌》（1819），也无论是表现反复辟斗争的诗剧《解放了的普罗米修斯》，还是借自然景物来赞美革命运动、抒发革命激情的《西风颂》（1819）和《云雀》（1820），在愤怒揭发统治者罪恶和深刻展现革命主题的同时，诗人的情绪始终是对未来的胜利信念和对人类美好生活的展望。在著名抒情短诗《西风颂》中，诗人更一反历来人们对西风的看法，不仅没有把它当做摧残生命的凛冽力量，反而把它看成是驱散黑云迷雾和促使春暖花开的革命象征。诗人以奔放的激情歌颂西风既掀起汹涌波涛、驱散黑云迷雾，又吹燃尚未熄灭的火星和"向人间播撒"生命的种子；它既招来冰雪雷电，扫除残枝败叶，又"唤醒沉睡的大地"，促使春天到来。因此，诗人在诗末满怀信心地呼喊道："要是冬天已经来了，西风呵，春日怎能遥远？"这无疑是雪莱诗作精神的高度凝结。那黑云浓雾和残枝败叶，是即将被摧毁的旧时代的象征；大地复苏和春暖花开，是不久便会到来的新时代的体现；而兼有掘墓人和催生者身份的西风，则是革命者和诗人的精神力量的艺术写照。

二、《恰尔德·哈洛尔德游记》

拜伦的代表作、长篇抒情叙事诗《恰尔德·哈洛尔德游记》（1812—1817）是诗人两次出国游历的见闻和感想的诗体记录。长诗第一、二章，是他在 1801—1811 年游历葡萄牙、西班牙、希腊、阿尔巴尼亚、土耳其等国的观感；第三、四章是诗人被迫离开英国旅居比利时、瑞士、意大利时的感受。第一章主要写西班牙人民在拿破仑铁蹄下的苦难、反抗和对自由解放的渴望。第二章主要写希腊人民的光荣历史及其在土耳其皮鞭下的悲惨生活。第三章是对拿破仑历史功过的思考和对法国大革命及其先驱者卢梭、伏尔泰的追忆。第四章则是通过歌颂意大利的光荣历史来对照奥地利殖民统治下的苦难现实，激励人民为自由解放和民族统一而奋起战斗。

长诗有两个抒情主人公。一是恰尔德·哈洛尔德，一是诗人自己。前者是个孤独、忧郁的漂泊者，他对什么都感到冷漠、厌倦，"一切都不能减轻他的忧伤"。他的"心是冰冷的"，"眼是漠然的"，只是孤独地"翻山又越岭"，离开一处又一处，对美丽的大自然、雄伟的古迹、激烈的民族民主解放斗争全都不感兴趣。跟前者截然不同，在作品中不时直接露面的后者——作者自己，则是一个感情炽热的鼓动家和评论家。他憎恨外国侵略者和本国统治者对西班牙的蹂躏和奴役，赞颂西班牙人民英勇的过去和不屈的现在，并对参加反侵略战争的女游击队员奥古斯丁娜给以热情的高度赞颂。他对希腊人民的苦难处境深感哀痛，鼓励他们丢掉对英、法的幻想，自己起来进行争取自由的斗争。他认为“神圣同盟”对拿破仑的胜利，是“打败了狮子，又向豺狼朝礼”，号召各国人民决不要“奴才地向皇朝屈膝”。他确信卢梭和伏尔泰的思想必将把“整个世界投入熊熊的火焰，直到所有的王国化为灰烬”。他还无限缅怀古代意大利的光荣，衷心赞美欧洲的美丽风光，坚信奥地利的殖民统治一定会被推翻，自由的旗帜一定会迎风飘扬，战斗的号角一定会持续响亮！

总之，作品在回顾深厚的历史和审视苦难的现实的基础上，以激烈的革命情绪和高昂的战斗精神，表现了作者对封建奴役的憎恨和对民主自由的渴望。但跟作者本人的生活经历十分相似的主人公哈洛尔德的形象，却表现了始终伴随着拜伦的忧郁和孤独情绪——哈洛尔德形象也可看做是拜伦思想的消极方面。

长诗在艺术上是典型浪漫主义的。主人公哈洛尔德在作品中只起联系情节的作用，作品的主体内容全由作者的主观抒情决定。它随着诗人的主观意象和奔放感情，一会儿愤怒斥责，一会儿衷心赞叹，上下古今，纵横评点，充分表现了浪漫主义文学强调主观抒情和自由想象的特色。长诗多次写到勒芒湖的波光倒影、阿尔卑斯山的断崖峭壁、希腊古国的历史风貌，并把它们拿来跟丑恶、渺小、卑俗的社会现实相映照，也充分体现了浪漫主义文学惯用的对比手法和对大自然的偏爱。

三、《解放了的普罗米修斯》

雪莱的代表作、诗剧《解放了的普罗米修斯》(1819) 取材于古希腊神话。天神宙斯在提坦神普罗米修斯的帮助下夺取了王位，但却违背了“给人类自由”的诺言，专制残暴，使人类陷于灾难之中。为了拯救人类，普罗米修斯教给人类各种生活和生产的技能，又从天上偷来天火，帮助人类抵御寒冷、战胜野兽和烧熟食物。为此，宙斯派威力神和暴力神把普罗米修斯抓起来锁在高加索山上遭受酷刑——让大鹰撕食其内脏，晚上长好，白天又撕食。由于普罗米修斯知道一个秘密——宙斯和女神忒提斯的儿子将把宙斯推下宝座，故宙斯又派神使赫尔墨斯去劝诱他，说是只要讲出这个秘密，便可得到释放。据说，希腊悲剧诗人埃斯库罗斯在其“普罗米修斯三部曲”之二的《被释放的普罗米修斯》中（现已失传），曾写普罗米修斯跟宙斯妥协讲和。但雪莱认为这是“懦弱的结局”，因而在剧本中让普罗米修斯坚贞不屈，宁可长期受罪，也决不妥协讲和，直到宙斯被象征变革必然性的冥王推下宝座后，希腊英雄神赫拉克勒斯才把他救下。

显然，诗剧的基本主题是“神圣同盟”肆虐时期封建复辟势力跟革命民主势力的生死搏斗。宙斯象征以怨报德、凶残奸诈的封建复辟暴君和人类的压迫者。他周围那些“吃人鬼怪”，是一群“用人民的呻吟和鲜血来豢养”的“兴风作浪的走狗”。他们恣意妄为，不可一世，殊不知“时辰”一到，便被推下宝座，打入深渊。而普罗米修斯则象征热爱人类、坚贞不屈的资产阶级民主革命家和人类的捍卫者。他的妻子阿细亚象征和谐美丽的大自然。他周围的那些精灵和大地母亲则象征广大人民群众。他们齐心协力，坚持斗争，终于挣脱枷锁，推翻王权，迎来了平等、自由的美好生活。在封建复辟势力猖獗、革命民主运动处于低潮的19世纪20年代，其教育鼓舞作用无疑是十分巨大的。不过，雪莱毕竟只是“天才的预言家”。他虽然预言革命要爆发，但却指不出革命的具体形态：冥王只是一团形态不定的“黑影”。他尽管在诗剧的前两幕中写了宙斯跟普罗米修斯的斗争过程，又在后两幕中写了冥王的下台和人类未来的光明远景，但其具体内容却是空想的：不仅光明远景的设想是抽象的“无拘无束、自由自在”，“人人公平、温柔、聪明”，实现它的手段更是抽象的“爱”的万能——“爱笼罩着全世界”，“爱在瞭望，它看到哪里，哪里便是天堂”。

在艺术上，该剧完全抛弃了古典主义的规则和理性主义的约束。任神怪精灵、时间空间、天上地下在舞台上自由变幻，往来驰骋。人物和情节不但都具象征性，且都是表现作者主观感情的工具——在诗剧序言中雪莱曾明确表示，“我呈现给读者的，不是一个故事的曲折情节，而是一个故事的深刻意义”，即用它来体现自己“对美好的、真正的事物的理解，显示那应当有或可能有的现象”。此外，诗剧的热烈语言、夸张描写、离奇想象、非凡人物以及对大自然的反复赞颂等，也都鲜明体现了浪漫主义文学的艺术特征。

第三节 司各特及其《艾凡赫》

一、生平与创作

19世纪初英国著名小说家和浪漫派诗人沃尔特·司各特(1771—1832)，生于苏格兰没落贵族家庭，幼年多病，在苏格兰古老歌谣和民歌的熏陶下长大。受律师父亲的影响，成年后入爱丁堡大学读法律。毕业后跟法国政治流亡者的女儿玛丽·夏潘特结婚，并先后从事律师、副郡长及高等民事法庭庭长职务。

司各特像

司各特于19世纪初开始从事文学创作。其作品大致可分为两类，一是早期的浪漫主义长篇叙事诗八部。要者，有写苏格兰和英格兰贵族阴险残暴的《玛米恩》(1808)、写中世纪苏格兰国王和骑士的冒险故事的《湖上夫人》(1810)。二是中晚期的现实主义与浪漫主义相结合的历史长篇小说27部。要者，有描写1679年苏格兰清教徒为反抗英国当局迫害而爆发起义斗争的《清教徒》(1816)、全面展现12世纪英国封建主义全盛时代的复杂尖锐矛盾的《艾凡赫》，以及再现早期“十字军远征”时代历史画面的《十字军英雄记》(1825) 等。

这些作品尽管政治倾向较保守，但都既具有传奇、想象、非凡等浪漫主义色彩，更富有如实、具体、生动的现实主义光辉，因而大受读者欢迎，获得革命导师马克思、恩格斯的赞赏。在诗歌尚雄踞欧洲文坛，散文还不被重视的时代，这些作品成为能更全面具体地展现社会历史现状的欧洲历史小说的开创。

二、《艾凡赫》

《艾凡赫》(1819) 是司各特历史小说的代表作。

1066年，原住法国诺曼底地区的诺曼底公爵率军渡海征服英国，在伦敦加冕为王称威廉一世 (1066—1087)，史称“诺曼征服”。征服者一方面持续镇压盎格鲁-撒克逊族的反抗，一方面加速完成掠夺、分封、立法等封建化过程。到12世纪末英国已进入封建主义的全盛时期，好大喜功的英王理查一世率军参加旨在掠夺、征服的第三次“十字军东征”，让弟弟约翰亲王在国内主持朝政。东征失败后，理查化装率少数便衣卫士取道维也纳回国，被奥地利公爵俘虏、囚禁，后付大量赎金才获释。回国后，理查乔装“黑甲骑士”，带宠臣艾凡赫在国内游历探访，聚集力量，以粉碎约翰篡夺王位的阴谋。

小说故事正发生在这样的时代，但它不是记史式逐项叙述，而是进行艺术剪裁，选取这一期间最有典型意义的三件大事来进行描绘。

第一件大事是约翰亲王为制造夺位声势和笼络人心，在阿什贝镇举行一年一度的骑士比武大会，远近贵族和平民，特别是撒克逊封建主塞得利克及其养女罗文娜、具有撒克逊旧王朝血统的骑士阿泽尔斯坦、犹太富商艾萨克父女、绿林豪杰领袖罗宾汉（书中化名洛克司雷）都参加了大会。约翰亲王满以为忠于他的诺曼骑士会取得胜利，谁知单个骑士比赛时，五名诺曼骑士都败在一个化名为“被剥夺了继承权的骑士”（即艾凡赫）的人手下；骑士集体对阵时，艾凡赫在不知名的“黑甲骑士”（即“狮心王”理查）的帮助下，又获得全胜；射箭比赛时，忠于约翰的诺曼射手，也全都被身怀百步穿杨绝技的罗宾汉压倒。这时约翰得知理查获释回国的消息，乃慌忙率党羽退场，去谋划对策。

第二件大事是三名追随约翰亲王一贯横行无忌的诺曼骑士——布里昂、狄布西里和德别夫，垂涎罗文娜和艾萨克女儿蕊贝卡的美色及艾萨克的巨大财富，散会后竟假扮强盗，明目张胆地在途中把他（她）们连同因比赛受伤正在接受蕊贝卡治疗的艾凡赫一起掳掠到德别夫的妥吉尔斯东城堡。罗宾汉和绿林好汉们出于义愤，在“黑甲骑士”的帮助下，奋勇攻破城堡，杀死德别夫，俘虏狄布西里，救出被俘人员，狠狠打击了他们的阴谋夺权气焰。但布里昂乘乱抢走了蕊贝卡。狄布西里在得知“黑甲骑士”即“狮心王”理查并被理查宽大释放后，急忙跑到约翰亲王处报告消息，致使约翰派出众多杀手追杀理查，幸得罗宾汉率众赶来，杀死众杀手，救出国王。

第三件大事是布里昂把蕊贝卡抢到圣殿骑士修道院后，一贯炫耀权势、胡作非为的圣殿骑士头领路卡斯，竟诬称蕊贝卡用妖术迷惑布里昂，要当众把她作为巫婆烧死。蕊贝卡情急中扔出绣花手套，要求按骑士规定“比武决狱”。艾凡赫带伤和布里昂比武，被布里昂戳倒在地，

《艾凡赫》封面

与此同时，布里昂也因激烈的内心矛盾而倒地丧命。蕊贝卡得以无罪释放。这时，理查王带领人马赶来，宣布已粉碎了约翰亲王的叛逆行为，正式恢复王位，并亲自主持撒克逊族罗文娜和诺曼族艾凡赫的婚礼。此后，罗宾汉和撒克逊贵族都表示拥戴英王的王权，诺曼族和撒克逊族的敌对情绪完全消除，两个民族水乳交融，语言也合二而一成为现代的英语。但艾萨克父女仍决心离开英国，去寻找一片安宁乐土，从事慈善事业。

小说的突出成就是生动具体地展现了12世纪英国封建主义全盛时代的社会历史真实。

它首先给读者展现了一幅五光十色的12世纪英国封建社会的真切图景："诺曼征服"已相当巩固，撒克逊族虽仍不满诺曼贵族的骄横统治但已不作公开反抗，各种强制、掠夺性法令正在执行。国王、贵族、教会都占有大量土地，都各自在领地内修建了大小不一的城堡或修道院，有的甚至拥有庞大的军队和自订的律法。农民被固定在小块领地内成为领主的农奴，需给领主缴纳种种苛捐杂税和从事繁重无偿的徭役，有的更成了失去人身自由的家奴。教会等级森严、派系林立，教士们虚伪奸诈、道德败坏。他们不但伙同封建领主肆意欺骗、愚弄人民，且对他们进行沉重的压榨和剥削。他们还常因直属教皇领导，而敢跟国王分庭抗礼。一些头面人物（如路卡斯）更极尽高压钳制、作威作福之能事。要之，贵族、领主、教士骄奢淫逸、横征暴敛、无恶不作，人民大众却无权无势、备受欺压、贫困交加。此外，我们还看到，这时英国的城市方兴未艾，市民和自由民尚不壮大，骑士风气和骑士道德还十分流行，但商业活动已开始兴旺——艾萨克便是靠买卖和放债发财的犹太富翁。

接着，小说便在上述社会图景的基础上，进一步展现当时社会中的种种复杂而尖锐的矛盾和斗争：要者有诺曼征服者内部的约翰亲王和理查王争夺王位的斗争，有以布里昂为代表的诺曼贵族跟以塞德利克为代表的撒克逊贵族的统治与反统治的斗争，还有被压迫的农民群众跟封建压迫者之间的生死搏斗。这一切，在约翰亲王多次用金钱、权势培植党羽，多次跟亲信密谋对策，甚至派杀手追杀理查，以及理查回国后化装秘密查访、积聚力量，以等待时机的描写中，在布里昂骄横暴虐，极其蔑视被征服者，而塞德利克则时刻以撒克逊传统为荣并幻想让有撒克逊王室血统的阿泽尔斯坦继承王位的描写中，在绿林豪杰奋勇攻击妥吉尔斯东城堡、严惩诺曼领主、解救无辜和瓜分城堡财富的描写中，都得到了鲜明的体现。

在展现上述种种复杂尖锐的矛盾和斗争的同时，小说还用较多笔触揭示了劳动人民的悲惨处境，并对劳动人民的反抗持肯定态度。小说描写贵族、僧侣们既拥有大片土地和巨额财富，还拥有巨大权力。他们一个个都锦衣玉食、骄横淫逸。连最小的领主，也拥有不少农奴；一个修道院院长，也穿金戴银。而劳动人民不但无权无势、穷困潦倒，同时还无起码的人格尊严。因此，他们被迫纷纷投身绿林，成了罗宾汉领导的反压迫大军。小说描写他们在围攻妥吉尔斯东城堡时，全部纪律严明、服从指挥，满怀仇怨，不顾死伤、奋勇向前，即使在瓜分战利品时，也全部听从安排、彬彬礼让。

作为一个保守的托利党人和法国政治流亡者的同情者，司各特描写统治暴虐、矛盾尖锐和人民抗争，并不是旨在否定或推翻现存社会制度，而是致力于统治者跟统治者、诺曼族跟撒克逊族以及统治者跟劳动人民的调和与妥协。这在小说的人物刻画和情节描述中，都有鲜明体现。例如：理查王原是一个黩武好斗、昏聩残忍的暴君，小说却把他美化成英武慷慨、爱民如子，能调和尖锐矛盾，甚至能使诺曼族和撒克逊族合二为一的开明君王。同样，艾凡赫这位追随理查参加“十字军东征”的骑士，小说也把他写成英武、好侠的封建道德观念的化身，让他莫名其妙地跟撒克逊族姑娘罗文娜誓死相爱，以作为两民族融合为一的象征。还有，罗宾汉这个历史人物，从来都不曾效忠过诺曼王朝，作者为了宣扬其妥协调和思想，在小说中也毫无史实根据地写他在得知约翰亲王篡位阴谋后，立即表示要效忠诺曼王朝。

作为历史小说，《艾凡赫》并不着力于人物刻画。但小说中的一些主要人物，如勇武宽厚的理查、浮华狂妄的约翰、豪爽暴躁的塞德利克、骄横暴虐的德别夫、胡作非为的路卡斯乃至调皮机智的小丑汪巴和忠心耿耿的家奴葛尔兹，仍全部个性鲜明、栩栩如生。而写得最好、最成功的人物，则是犹太姑娘蕊贝卡和绿林首领罗宾汉。

蕊贝卡是世界文学中罕见的犹太妇女的光辉形象，她不但有“每个国王见了都会动心”的美丽外表，更有金子般纯洁美好的内心和“坚如磐石的意志”。她维护人性尊严，多次劝父亲不要对人卑躬屈膝。她不看重金钱，经常向受困者慷慨解囊。她仰慕艾凡赫，便夜以继日地精心为他医疗看护。特别是她两次落入圣殿骑士派虎口时，面对凶残骑士的种种压迫利诱和路卡斯的火刑，她更是一直表现得大义凛然、誓死不屈，宁可“立即跳下悬崖在石头上跌得粉碎，也绝不肯受兽性蹂躏”。当布里昂把犹太人说成是没有祖国的“卑贱的民族”时，她还激愤地宣告说，“这都是受到你们这些人的迫害才弄成那个样子的”，“请读一下上帝的古历史，看看那个时代我们的祖先在世界各国创建了多少奇迹，出现过多少辉煌的名字”。最后，她在看清了英国社会的本质后，毅然决定离开英国，终身不嫁，到外地去从事慈善事业。在人们普遍对犹太人排斥敌视，把他们看做是见利忘义、爱财如命的猪狗的时代，小说能一反此前文学中对犹太人的负面描写，转而对他们的遭遇表示深切同情，对他们的品德给予高度赞扬，这确实表现了作者的超群卓识和民主观点。

罗宾汉本是长期在英国民间流传的传奇人物，是穷苦人的救星和封建压迫的叛逆。小说在民间文学的基础上进行加工，写他以洛克司雷的化名和绿林豪杰首领的身份在重要关头飘然出现。在约翰亲王面前敢于仗义执言，在射箭比赛中大显百步穿杨绝技，在了解实情后归还蕊贝卡赠给葛尔兹的财物。特别是在率部攻打妥吉尔斯东城堡时，小说更全面展示了他见义勇为的性格，跟封建主誓不两立的立场，不畏矢石、勇往直前的气魄和一呼百应深受群众拥戴的威望。这样小说便成功地把他塑造成了世界文学史上罕见的富有传奇色彩的民间叛逆英雄。

《艾凡赫》是现实主义与浪漫主义创作方法相结合的创作典范。

一方面，它继承和发扬了英国启蒙时期文学的现实主义传统。每写一处环境，必先写它的地理位置。如开篇便说：“在快乐的英格兰境内，沿着邓河两岸秀丽的地区，古时候有一大片森林覆盖着舍非尔德和邓卡斯特城之间的大部分山谷……我们的故事主要就发生在这块地方，故事的年代是理查一世末期。”每写一个人物必先如实写他的肖像、服饰。如写最先出现的人物葛尔兹时，便说他“年纪较大，相貌严肃而粗犷，只穿一件贴身的带袖子的皮坎肩，因为穿得太久，许多地方磨得精光，上面没有开襟，只有大小能把头伸过去的领口”。每写一个场面，还必通过详尽的场景和人物描写凸显其规模和气氛。如写骑士比武一场时，小说先是写比武的草坪及其围栏，接着写维护秩序的卫士和发号施令的官员，再写比武骑士的姿容和帐篷，之后再写观赛者的种种喧闹、热烈、紧张的情绪。写围攻妥吉尔斯东城堡一场时，激烈的战斗借蕊贝卡在墙洞上的见闻给艾凡赫绘声绘色地描述出来，更显出绝妙的艺术效果。小说交替使用诺曼语、撒克逊语和土语，有时对话显得冗长，叙述不够简洁，但基本都符合现实主义是除细节真实外，还要再现典型环境中的典型人物的论断。

另一方面，小说又深受英国前期浪漫主义，尤其是“哥特派”小说的影响，在一定程度上具有非凡、传奇、神秘乃至恐怖的气氛。如理查王和艾凡赫长期乔装私访、罗宾汉化名洛克司雷百步穿杨、葛尔兹冥夜遇盗、汪巴巧扮神父、布里昂无伤自亡、阿泽尔斯坦死而复活、尤尔莉珈纵火自焚……虽不尽真实，但也增强了小说的生动性、曲折性和可读性。

司各特的历史小说对19世纪欧洲文学的发展具有巨大的影响。法国作家雨果、大仲马，英国作家李顿、司蒂文生，美国作家库柏的一些作品，深受司各特作品的影响。法国的巴尔扎克、英国的狄更斯、俄国的普希金、意大利的曼佐尼等作家的许多作品，也都在不同程度上吸收了司各特历史小说的精华。

第四节 雨果及其《巴黎圣母院》

一、生平与创作

雨果像

维克多·雨果（1802—1885）是欧洲著名的人道主义作家和法国积极浪漫主义文学运动的杰出领袖。他生于靠近瑞士的贝尚松城，父亲是拿破仑手下的一名将军，但母亲却是虔信宗教的保皇党，他主要由母亲抚养长大。因此，他少年时期同情保皇党，文学创作也倾向消极浪漫主义。19世纪20年代后期，法国反复辟斗争的高涨和查理十世的种种倒行逆施使雨果深受触动，他毅然跟保皇主义和消极浪漫主义文学决裂，欢迎1830年的七月革命，并在文学创作上成了法国积极浪漫主义的领袖。但不久他又在七月王朝的拉拢下，对现实产生幻想，拥护君主立宪政体，进了法兰西学院，还当了贵族院议员并受封为法兰西贵族，文学创作也随之处于低迷状态。1848年的欧洲革命和1851年的波拿巴政变，又一次教育了雨果，使他看清了大资产阶级反人民和反革命的本质，他的君主立宪幻想粉碎了。当许多资产阶级民主派都站到了波拿巴一边时，他却成了坚定的反波拿巴政变的共和主义者，并积极参加共和党的武装起义，以致起义失败后不得不长期流亡国外，直到1870年第二帝国倾覆后才得以回到阔别近20年的祖国。作为一个资产阶级人道主义者，尽管雨果对1871年的巴黎公社不理解，反对公社起义和公社对反动派的恐怖政策，但当起义失败、反动派残酷镇压公社成员时，他又站出来愤怒谴责反动派的暴行，并把自己的国外住所提供给公社社员避难，以致其住所遭暴徒袭击，他自己也险些丧命。总之，雨果为和平、民主和人道主义奋斗了一生，他的生活道路尽管曲折，但却一直向上——从保皇主义到资产阶级民主派，又从资产阶级民主派到资产阶级共和派，再从资产阶级共和派成为无产阶级革命者的庇护人。因此，法国人民对他十分尊敬。1885年他逝世时，送葬者竟达百万之众。法国人民为他举行了国葬，他的遗体被送进了专奉伟人的先贤祠。2002年，法国全国公立学校为纪念雨果诞生200周年，还举行了隆重集会。

雨果天资聪慧，誉称神童。他14岁便开始写诗，15岁便获法兰西学院征文奖，18岁获图卢兹学士院的“诗歌硕士”称号，20岁获法王路易十四赐予的年金。他的创作时间长达60余年，几乎所有主要的文学体裁都有所涉及，且都取得了显著成就。他共写了26卷诗歌、20卷小说、12卷剧本、21卷论著。要者有：文学论著《〈克伦威尔〉序言》(1827)，戏剧《艾尔那尼》(1830)，长篇小说《巴黎圣母院》(1831)，诗集《惩罚集》(1853)，长篇小说《悲惨世界》(1862)、《海上劳工》(1866)、《笑面人》(1869)，诗集《凶年集》(1872)，长篇小说《九三年》(1874)等。其中，影响最大的除《巴黎圣母院》外，是《〈克伦威尔〉序言》、《悲惨世界》和《九三年》。

《〈克伦威尔〉序言》被认为是法国浪漫主义的文艺宣言。它不仅把批判矛头直指古典主义的种种清规戒律，且提出每个时代都应有自己的艺术，生活中总是美与丑、伟大与滑稽、光明与黑暗“并存”，文艺是“反映自然的镜子”等主张。

《悲惨世界》的中心情节是工人冉阿让和女工芳汀的悲惨生活。冉阿让只因偷了一块面包去养活姐姐的饥饿孩子，便被抓起来坐牢和服苦役19年。刑满释放后，他虽改辙向善、热心公益、救助贫困，乃至到法庭解救长相跟自己相似的被诬穷人，但仍终生被警察监视、追捕。女工芳汀因被浪荡公子诱骗生了女儿，便被剥夺了做工的权利。为养活女儿，她被迫出卖自己的头发、牙齿和身体，还被坏蛋德纳第当做敲诈勒索的对象，最后在极端痛苦中死去。他俩的命运，对劳动人民的悲惨处境和资本主义社会法律的虚伪不公，本是深刻的批判和揭露，但小说展示给读者的解决悲惨世界的途径，却是仁爱感化和以德报怨：先让冉阿让在米里哀主教的感化下化解对社会的敌意，决心从善；又让沙威警长在冉阿让的感化下良心发现，投河自杀；还让马里于斯在冉阿让的感动下消除误解，幡然悔悟。似乎只要施行仁爱感化，任何人都可以改恶向善，任何社会罪恶都可随之消灭。这显然表现了雨果人道主义思想的软弱性和空想性。他把人道主义思想用来做批判社会的武器时是伟大的，但用来做社会治病药方时则是可笑的。

《九三年》是雨果的最后一部长篇小说，同时也是雨果人道主义思想上述矛盾的最突出表现。小说描写1793年共和国革命军队镇压法国旺岱地区反革命叛乱的故事。小说令人信服地刻画了反革命首领朗特纳克的种种引狼入室、阴险歹毒和十恶不赦的卖国贼兼刽子手的本质，也十分真实地描写了革命军司令郭文和政委西穆尔登的种种智勇双全、矢志矢忠和坚持原则的人民救星兼革命英雄的高尚特征。但当革命军最后把朗特纳克等包围在一座古堡里时，已经从地道逃跑的朗特纳克，只因听见一个母亲的呼救声，为从大火中救出被他抓来做人质的三个小孩从地道返回，最终被捕。革命军司令郭文出于对朗特纳克这种“人道主义”行为的敬重竟半夜私自把他放走。政委西穆尔登在为维护革命纪律下令枪毙郭文的同时，也出于对郭文“人道主义”精神的敬重而开枪自杀。这样，雨果在小说中所宣扬的“在绝对正确的革命之上，还有一个绝对正确的人道主义”原则，实际上便成了放走杀人魔王、处死革命首领的荒谬结局。

《悲惨世界》和《九三年》还集中体现了这一时期雨果作品的现实主义与浪漫主义有机结合的艺术特点。《悲惨世界》中冉阿让的苦役经历、芳汀的悲惨命运、珂塞特的童年遭遇，《九三年》中的叛乱过程和战争场面等，都是精彩的现实主义描写。而冉阿让的种种超人体力的表现和离奇巧合的遭遇，朗特纳克的救人被捕和郭文、西穆尔登双双自杀的情节等，又都是典型的浪漫主义笔法。

二、《巴黎圣母院》

雨果的浪漫主义文学长篇代表作《巴黎圣母院》(1831) 描写了这样一个悲剧性故事：在一年一度的中世纪巴黎宗教狂欢节期间，巴黎圣母院广场上一个名叫爱斯美哈尔达的漂亮吉卜赛女郎的美妙舞蹈，吸引了在场的大多数观众。最被爱斯美哈尔达的色艺双全倾倒的是巴黎圣母院的副主教克罗德·弗洛罗。他一贯以圣洁寡欲自居，认为情欲是罪恶，会毁灭人的灵魂，平时连公主来圣母院他也拒不朝见。但当看到真正年轻貌美、色艺双全的爱斯美哈尔达后，压抑的情欲却像山洪般爆发出来，他疯狂地不择手段地想占有她。他先是派自己收养的敲钟人喀西莫多去抢劫她。接着，又趁她跟国王卫队长菲比思幽会时，持刀刺伤菲比思。再后来，又在爱斯美哈尔达拒不就范时串通法院，诬陷她为女巫并判处她绞刑。当爱斯美哈尔达被喀西莫多冒死救进巴黎圣母院避难、流浪汉人群为救阶级姐妹前来围攻巴黎圣母院时，他又指使爱斯美哈尔达名义上的丈夫、诗人甘果瓦趁混乱把爱斯美哈尔达骗出巴黎圣母院，再次要挟她满足自己的情欲。遭严词拒绝后，便通知官兵把她抓起来在绞刑架上绞死。结果，围攻巴黎圣母院的流浪汉人群腹背受敌，大半被官兵杀死。喀西莫多在认清克罗德丑恶面目后毅然把他推下钟楼，然后自己也躺在墓地爱斯美哈尔达的尸体旁悄然死去。

《巴黎圣母院》封面

小说描写的是15世纪的巴黎，但其社会寓意显然指向19世纪初叶的法国。在《海上劳工》的序言中，雨果曾说有“三种沉重的枷锁套在我们的脖子上，那便是教会、法律和自然的桎梏”。如果说《悲惨世界》的主题是揭露资本主义法律的极端不公，《海上劳工》的主题是揭示人跟自然的艰苦搏斗，那么《巴黎圣母院》的主题便是揭露教会的虚伪阴险。这主要体现在对一贯被当做“教会的良心和代表”的克罗德·弗洛罗形象的刻画上。他貌似圣洁，实则荒淫；满嘴仁义道德，一肚子男盗女娼。他利用职权、指派亲信、勾结官府、左右法庭，先是对爱斯美哈尔达进行疯狂的追逐，接着又一再把疯狂的追逐变成疯狂的迫害，并在狞笑中把她送上了绞刑架。这一切十分深刻地揭示了教会的虚伪阴险及其与政府、法庭沆瀣一气压迫人民的本质。还应特别注意的是，小说并未停留在脸谱化的人物描写上，而是进一步揭示了克罗德思想性格的形成过程及其内在矛盾。小说描写克罗德年轻时也曾勤奋好学、善良、“追求温柔与美的生命”，只是在进了教会并担任了圣职后，才逐渐变坏。小说还描写他在追逐和迫害爱斯美哈尔达的过程中，心中一直充满了宗教禁欲主义与人的爱情要求、宗教理义与善良人性的激烈斗争，只是每次斗争都是前者占了上风，才使他始终无力自拔。这样，克罗德不但是宗教伪善的体现者，同时也是宗教伪善的受害者；教会不但是虚伪阴险的渊薮，同时更是扼杀善良人性的摇篮。

在揭露教会的同时，小说对法庭的荒谬和国王的残忍也进行了无情揭露。小说把皇家审判官叫“山羊”，书记叫“野猪”，律师叫“鳄鱼”，检察官叫“大黑猫”。描写他们审判喀西莫多的“抢劫”，活脱脱是聋子审聋子的滑稽剧；审爱斯美哈尔达的“谋杀”，更简直是豺狼审绵羊的森林法则剧。至于国王路易十一，小说描写他除了热衷绞架、铡刀、站笼等酷刑和“把平民杀尽”的叫喊外，对其他统统不感兴趣。

而对教会、法庭和国王对立面的劳动人民，小说则用较多篇幅对他们的高尚品德进行热情赞美与歌颂。这集中体现在对爱斯美哈尔达和喀西莫多这两个至善至美的人物形象的刻画上。爱斯美哈尔达从内到外都充满无与伦比的美。她外表美艳、舞姿卓绝、淳朴善良、热情率直。当喀西莫多因奉命“抢劫”她而在烈日下被鞭打示众、口渴难耐时，她不计前嫌，把水送到他嘴边。当落魄诗人甘果瓦误入流浪汉驻地，说不出切口，将被吊死时，她不避嫌厌，出面把他救下。面对克罗德的威逼利诱，她表现得至死坚贞不屈。喀西莫多尽管外表奇丑，但内心却奇美。他感情纯真、爱憎分明、不卑不亢、坚定勇敢。他在爱斯美哈尔达身上看到了善良仁慈，便冒死把她从绞刑架下救出，对她百般呵护，最后躺在她身旁自尽。他误以为流浪汉攻打巴黎圣母院是抢劫爱斯美哈尔达，便一个人跟数百人勇敢搏斗。他刚一在克罗德身上看到残忍奸诈，便毫不犹豫地把他推下钟楼。

对于流浪人群，小说也给予了热情赞颂。他们尽管衣衫褴褛、行动怪异，但内心却充满阶级友爱和团结战斗精神。他们围攻巴黎圣母院的场景，在一定程度上简直就是1789年法国人民攻打巴士底狱的写照。小说并没有把他们写成盲目骚动的群氓，而是把他们写成成长中的社会抗议者和叛逆者。

小说在艺术上完全实践了作者所倡导的浪漫主义原则。中世纪的巴黎宗教狂欢场面、阴森的巴黎圣母院，使小说有了典型的非凡环境。虚伪阴险的克罗德·弗洛罗、外表内心都极美的爱斯美哈尔达、外表奇丑而内在奇美的喀西莫多，使小说有了典型的非凡人物。甘果瓦的将被处死和跟爱斯美哈尔达的“结婚”、爱斯美哈尔达的身世及跟女修士母亲的巧遇，使小说有了典型的离奇情节。爱斯美哈尔达外表的极美和喀西莫多外表的极丑，还使小说有了典型的夸张、对比手法。总之，小说始终笼罩在一种主观幻想的气氛中，又始终表现为描写非凡环境、塑造非凡人物、安排离奇情节和使用夸张、对比手法。

此外，小说在人物描写上，还匠心独具地使主要人物间形成鲜明、对称的内外纵横对比关系。如图所示：

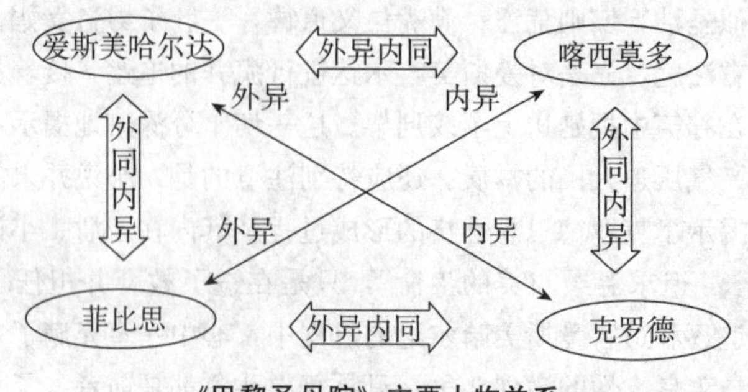

《巴黎圣母院》主要人物关系

注：

外异：外表相异（一丑一美）。

外同：外表相同（同丑或同美）。

内异：内心相异（一丑一美）。

内同：内心相同（同丑或同美）。

第五节 惠特曼及其《草叶集》

一、生平与创作

沃尔特·惠特曼（1819—1892）是19世纪美国最杰出的民主诗人、美国新兴资产阶级最重要的一位歌手。他出身贫困的木匠家庭，11岁便出外独立谋生，先后当过学徒、杂役、排字工、农村教师、新闻记者，南北战争时期做过伤病护理员，战后还当过政府公务员。对社会现实的广泛了解和跟社会各界的广泛接触，使他积累了丰富的创作素材。对启蒙思想、超验主义和欧洲古典主义的崇拜与熟悉，又使他具有强烈的民主、独立思想和雄厚的艺术底蕴。在当时最尖锐的蓄奴与废奴、民主与保守的斗争中，他始终站在废奴、民主的立场，并终生为实现“自由土地、自由言论、自由劳动、自由人”而奋斗。

惠特曼像

二、《草叶集》

《草叶集》封面

惠特曼从 19 世纪 40 年代开始写诗，1855 年，他将所写的 12 首长诗和一些短诗结集出版，题名为《草叶集》。为什么叫“草叶集”呢？他自己解释说：“哪里有土，哪里有水，哪里就长青草。”意即草叶是一种最普遍、最旺盛、最有生命力的东西，它是广大美国人民的象征，也是正在蓬勃发展中的美国的象征。《草叶集》初版虽因充满民主精神和创新的形式遭到攻击，但惠特曼仍坚持写作并不断增加新作再版。到 1892 年，《草叶集》共出了 12 版，收入长中短诗篇 400 首左右，成为拥有几十种译文的世界名著。

《草叶集》的主体内容是通过作者自我感受或自我形象（《我歌颂……》、《大地，我的形象》、《自我之歌》）热情歌颂民主、自由、繁荣的当代美国“新时代、新事物”。它讴歌“神圣的土地”、“新兴的城市”、“横穿大陆的电报机”、“强健而迅速的火车头”，歌颂和平的劳动和人与人之间的协作，歌颂人的巨大、健壮、勇敢和聪明。总之，一切都充满了“蓬勃的朝气”，一切都“孕育着完美的种子”。它甚至把当时的美国，赞颂为“民主的形象”和“民主的大地”，并称之为民主自由“远航船的出发点”。当时美国正处在资本主义的上升时期，资产阶级的民主、自由具有历史的积极作用，符合广大人民的历史愿望。因此，惠特曼对当时美国现实的热情歌颂，应当认为是反映了时代的历史现实。马克思在给林肯夫人的信中，便曾说过当时“欧洲的工人就本能地感觉到他们阶级的命运是同星条旗连在一起的”①。

在热情歌颂当代美国的“新时代、新事物”的同时，《草叶集》还用很多篇幅表现了对革命斗争的肯定和对蓄奴制的痛恨。在《敲吧！敲吧！敲吧！》中，他用高昂的旋律和热烈的诗句激励北方联军跟南方叛军誓死斗争。在《欧罗巴》中，他一再欢呼打击暴君的 1848 年欧洲大革命的到来。在《我歌颂带电的肉体》中，他同情黑人的苦难，赞美黑人的优美身躯和高尚灵魂，表达对蓄奴制的痛恨。在《呵，船长，我的船长》中，他更深情地对遇刺身亡的著名废奴主义者林肯总统进行了热烈的讴歌和无尽的悼念。

作为一个激进的民主主义者，惠特曼在相当程度上也看到了资本主义社会现有的丑恶和潜在的危险，因而在一些诗篇中，对资本主义社会的罪恶，也做了某种谴责。如在《我坐而眺望》中，诗人便用火一般的诗句喊道：“我看见战争、疾病、暴政的恶果”，“我看到倨傲的人们加诸工人、穷人、黑人的侮辱与轻视”，“我眺望着无穷无尽的卑劣行为而痛苦”！在展望美国进入资本主义社会的前景时，他更痛心疾首地担心，“你心中有些凶猛的东西要爆炸”。后来，当美国进入垄断资本主义社会，“个性都得铸在一个模子里，不再能主张自我”时，面对残酷现实，惠特曼简直“就唱不出歌来”②。

作为美国浪漫主义文学的代表作，《草叶集》鲜明地体现了美国浪漫主义文学的艺术特

---

① 《马克思恩格斯全集》，中文 1 版，第 16 卷，20 页，北京，人民出版社，1964。

② 《鲁迅全集》，第 4 卷，332 页，北京，人民文学出版社，1981。

点——以“自我”为中心的热情抒发，无拘无束的自由讴歌及夸张、象征、对比手法的大量运用。此外，诗集还一反美国诗歌长期因袭英国格律诗的局面，首次以短句而不是音步作为韵律的基础，创造了无韵脚、分段灵活、惯用叠句和排比句的“自由体”新诗歌体裁，使诗集活泼自由、风格豪放粗犷。

思考题

1. 简述欧洲浪漫主义文学的成因和基本特征。
2. 简述美国浪漫主义文学跟欧洲浪漫主义文学的异同。
3. 欧洲启蒙文学跟欧洲浪漫主义文学在思想、艺术上有何差异？
4. 拜伦和雪莱有何异同？
5. 何谓“拜伦式英雄”？
6. 试比较李白的浪漫主义诗歌跟拜伦的浪漫主义诗歌的异同。
7. 您如何看待欧美历史小说这种体裁？
8. 雨果的生活道路为什么是曲折向上的？
9. 从《悲惨世界》、《九三年》分析雨果人道主义的进步性和局限性。
10. 《草叶集》何以是美国浪漫主义文学的代表作？

第七章

19 世纪欧美现实主义文学

小引

这一时期，欧洲浪漫主义余波尚存，自然主义、唯美主义、象征主义文学和无产阶级文学已崭露头角，但文学主流是现实主义。故本章讲述现实主义的成因、特征及发展概况，并着重评析相关代表作家及其代表作品。

欧洲现实主义文学是欧洲资本主义巩固和发展时期的产物，是“19 世纪一个最主要的，而且是最壮阔、最有益的文学流派”（高尔基）。其形成同样具有时代、现实、哲学、传统等诸因素。其思想、艺术特征表现为客观真实地描写现实，深入尖刻地批判社会丑恶，着重展示普通人的生活命运，惯用典型化手段及白描、讽刺、心理描写等手法。其发展也因欧洲各国国情不同而各有特点。

这一时期欧洲现实主义文学最具代表性的作家，在法国是小说家司汤达、巴尔扎克、福楼拜、莫泊桑，在英国是小说家狄更斯、萨克雷、勃朗特姐妹、哈代，在波兰是诗人密茨凯维奇、小说家显克微支和普鲁斯，在保加利亚是伐佐夫，在匈牙利是裴多菲，在丹麦是童话作家安徒生，在挪威是剧作家易卜生，在意大利是小说家乔万尼奥里。他们的作品都不同程度地表现了现实主义文学的思想、艺术特征。其代表作或侧重揭露金钱的罪恶统治，或展示尖锐的劳资矛盾，或批判道德的堕落虚伪，或讴歌民族解放斗争，或争取妇女自由解放，或同情劳动人民的苦难生活及表现其高尚品德。不过，因作家们大都以资产阶级人道主义和改良主义为批判的思想武器，因而在深入揭发社会弊端和无情批判人性丑恶的同时，又往往宣扬阶级调和、人性向善和基督教的仁爱忍让等主张。

美国现实主义文学是美国废奴运动的产物，其艺术方法虽也跟欧洲相似，但其主体内容却是揭露蓄奴制的罪恶。最具代表性的作家——美国现实主义文学的奠基人马克·吐温的作品，便在真实、广泛地展现美国社会生活时，集中揭露了蓄奴制及其残余的罪恶和正面倡导不分种族人人平等的民族主义思想。南北战争后，美国资本主义发展十分迅速，到世纪末也进入了垄断资本主义阶段，美国现实主义文学的描写便必然转向更广阔的范围，涌现出弗兰克·诺里斯、欧·亨利、杰克·伦敦、厄普顿·辛克莱等揭露垄断资本社会黑暗、同情人民生活苦难的现实主义作家。同时，黑人文学也开始发展起来，出现了黑人诗人邓巴和小说家契斯纳特。

与此同时，加拿大和拉丁美洲的现实主义民族文学也获得进一步发展，出现了法语作家劳斯·赫罗尔·弗雷歇特、英语作家阿奇伯尔德·兰普曼以及巴西作家马查多·德·阿西斯、古巴革命诗人何塞·马蒂。

学习本章内容，既要跟以前的浪漫主义文学，又要跟以后的自然主义文学、唯美主义文学、象征主义文学及无产阶级文学相联系，进行综合性的比较分析。

为使读者对本时期的现实主义文学有更深入的了解，本章还特意增加了对跟本时期现实主义文学有关的美术、音乐、歌剧等作品的评价。

第一节 概 述

1830年的法国七月革命，推翻了波旁复辟王朝，建立了金融资产阶级专政政体。1832年的英国议会改革，大大削弱了贵族的势力，使国家政权主要掌握在工业资产阶级和银行家手中。这两件事，标志着欧洲资本主义制度已开始进入巩固和发展时期。在英、法的带动下，德、俄、意等国乃至全欧的资本主义也发展迅猛，到19世纪70年代，这些国家也先后进入了资本主义的巩固与发展阶段。

资本主义的巩固和发展，促使社会生产力空前提高。以细胞学、能量转化学和生物进化学为标志的自然科学的迅猛发展，使人类对自然的认识产生了从宏观世界进入微观世界的历史性飞跃。以电力、化工、机械为重点的工业技术的长足进步，使社会生产方式产生了从农业经验组合到工业技术组合的历史性飞跃。但伴随着资本主义的巩固和发展，贫富悬殊、金钱至上、尔虞我诈、巧取豪夺等社会现象日益显露，大资产阶级跟中小资产阶级和工业无产阶级的矛盾进一步加深。因此，这一时期在意识形态上，以费尔巴哈为代表的尊重客观事实的机械唯物论和以李嘉图为代表的剖析资本主义生产方式的政治经济学十分盛行。而在阶级关系上，除封建残余还在挣扎、中小资产阶级开始反抗外，工人阶级也正式登上政治舞台，并在19世纪20年代到40年代掀起了轰轰烈烈的工人革命运动和武装起义。在工人革命运动的推动下，工人阶级的革命理论马克思主义在批判吸收德国古典哲学、英国政治经济学和法国空想社会主义的合理内核的基础上，也于1848年正式形成。工人阶级的政党和国际组织，也随之先后建立。

在这种情况下，那些既反对大资产阶级专政又不了解无产阶级革命，且深受机械唯物论和资产阶级政治经济学影响的中小资产阶级作家们，便不得不抛弃浪漫主义的主观想象和热情呐喊，转而用冷静的眼光来看他们的生活地位、他们的相互关系，并用对社会生活的真实描写和深刻批判，来寻求用和平改良的方式治疗社会与人性中的种种弊病。于是，一种以真实描写现实生活和深入批判社会弊病为基本特征的文学，便在欧洲各国蓬勃兴起，并取代浪漫主义成为19世纪中期欧洲文学的主流。作为一种文学流派，现实主义一词，虽迟至19世纪50年代才出现——资产阶级“正派人”斥责库尔贝的画作《浴女图》和福楼拜的小说《包法利夫人》为鄙俗的现实主义作品，但他们那朴质、真实的描写，却显示了30年代以来同类作家作品的风貌，故学界便把早在30年代前后已出现的这类文学称为现实主义文学。又因这种文学表现了鲜明的社会批判内容，后来高尔基还把它称为批判现实主义文学。

现实主义文学“是十九世纪一个主要的，而且是最壮阔、最有益的文学流派”[①]。它继承和发展了古希腊亚里士多德的“模仿说”及文艺复兴以来欧洲文学中的现实主义传统，形成了一整套“真实地摹写现实”[②] 和使文学成为“生活的教科书”[③] 的唯物主义创作原则。其突出特点是：

第一，强调客观真实地描写现实，要求在细节真实的基础上，描写典型环境中的典型性格，且这种描写还不满足于表现一个人或一个家庭，而是力求表现复杂矛盾的整个社会和时代。如巴尔扎克把自己的代表作称作《人间喜剧》，狄更斯把自己的代表作称作《艰难时世》，萨克雷把自己的代表作称作《名利场》，司汤达为《红与黑》所加的副题也是“1830 年纪事”。

第二，强调深刻地批判社会，且重在对社会制度的黑暗和统治者灵魂的丑恶进行无情的批判揭露。恩格斯说，巴尔扎克在《人间喜剧》里着重描写了贵族阶级“怎样在庸俗的、满身铜臭的暴发户的逼攻之下逐渐屈服，或者被这种暴发户所肢解；他描写了贵妇人（她们在婚姻上的不忠只不过是维护自己的一种方式，这和她们嫁人的方式是完全相适应的）怎样让位给为了金钱或衣着而给自己丈夫戴绿帽子的资产阶级妇女”[④]。马克思在论及狄更斯等作家时说：“他们在自己的卓越的、描写生动的书籍中向世界揭示的政治和社会真理，比一切职业政客、政论家和道德家加在一起所揭示的还要多。他们对资产阶级的各个阶层……都进行了剖析。”[⑤]

第三，不醉心伟大人物或非凡人物的业绩，而是着力描写普通人的生活命运；不把人物和环境当做主观感情的外化或“时代精神的单纯的传声筒”，而是“除细节的真实外，还要真实地再现典型环境中的典型人物”[⑥]。

第四，针对古典主义的拟古、泥古和浪漫主义的自由想象，建立了完整的现实主义理论。司汤达的美学论著、巴尔扎克和其他作家的文艺论述，都提出了文艺要适应时代，表现现实和注重创新、真实性、典型化、细节描写等主张。

第五，惯用白描、讽刺、对比手法，且在肖像刻画、讽刺艺术、人物语言、情节结构、景物描写等诸方面都达到了前所未有的高度。

不过，由于现实主义文学作家们大都站在既反对大资产阶级又不了解无产阶级的中小资产阶级立场（高尔基称之为揭发社会弊端的“浪子”），且又大都以资产阶级的人性论、人道主义和改良主义作为批判的思想武器，因此他们在深入揭露社会弊端和无情批判统治者灵魂丑恶的同时，又往往宣扬阶级调和、人性向善、博爱忍让等社会主张，同情小资产阶级主人公的个人奋斗，忽视工人阶级革命斗争的存在。即使在人物或环境的描写上，他们也常在描写典型环境时，只强调环境对人的直观影响，而看不到人对环境的能动作用。在描写人物性格时，又常立足于“善”与“恶”的斗争或“人性”与“兽性”的对比，不挖掘产生这种性格的社会、历史根源。因此，对待欧美现实主义文学，我们也应抱批判地继承的态度，既充分肯定它的历史进步作用和现实积极意义，也要清醒认识它的阶级局限性和历史局限性。

---

① ［苏］高尔基：《和青年作家说话》，见《文学论文选》，298 页，北京，人民文学出版社，1958。
② 《别林斯基选集》，第 2 卷，416 页，上海，时代出版社，1953。
③ ［俄］车尔尼雪夫斯基：《生活与美学》，107 页，北京，人民文学出版社，1957。
④ 《马克思恩格斯选集》，2 版，第 4 卷，684 页。
⑤ 《马克思恩格斯全集》，中文 1 版，第 10 卷，686 页，北京，人民出版社，1962。
⑥ 《马克思恩格斯选集》，2 版，第 4 卷，683 页。

一、19世纪欧洲现实主义文学

现实主义文学首先出现在法国。司汤达的文艺论著《拉辛与莎士比亚》（1823—1825）针对古典主义教条，强调文学艺术应适应时代的变化，表现时代的真实，走莎士比亚的道路，因而被称为现实主义文学的宣言书。他的长篇小说《红与黑》如实展现七月革命前夕法国社会“山雨欲来风满楼”的情景，被看做是现实主义文学的奠基作品。巴尔扎克的《人间喜剧》勾画了一部19世纪上半期法国社会的现实主义历史。梅里美（1802—1870）的短篇小说《嘉尔曼》（1845）塑造了蔑视资本主义社会法律、道德，追求“绝对自由”的女性形象。大仲马（1802—1870）的通俗小说《基督山伯爵》（1844—1845）和乔治·桑（1804—1876）的“社会问题”小说《安吉堡的磨工》（1845）在非凡、离奇的浪漫主义情节中揭露复辟时期社会生活的黑暗，表现对资本主义压迫的否定。小仲马（1824—1895）的社会小说《茶花女》（1848）揭露上层社会的腐朽，同情下层人民的遭遇。福楼拜的长篇小说《包法利夫人》通过女主人公爱玛的悲剧，控诉资本主义社会的冷酷虚伪。在金融资产阶级专政的条件下，这些作品的显著特点是批判锋芒直指金钱统治。到19世纪后半叶，面对垄断资本主义势力的强大和凶残，作家深感理想无法实现，对恶势力无能为力，因而作品的批判力度减弱，悲观宿命思想明显上升。除都德（1840—1897）的短篇小说《最后一课》（1873）和《柏林之围》（1873）还在歌颂法国人民抵抗德国侵略的爱国主义激情外，莫泊桑的长篇小说《漂亮朋友》（1885）在描写了帝国主义时代垄断资产阶级的堕落残暴时，又把他们的荒淫无耻解释为人的天性与本能。法朗士（1844—1924）的寓言体长篇小说《企鹅岛》（1908）在针砭法国第三共和国的政治黑幕和堕落风尚时，又认为社会是不可变更的“历史循环”。

接着，在英国和德国也出现了繁荣的现实主义文学。

英国因资产阶级革命发生较早，故英国现实主义文学重在展现尖锐的劳资矛盾和工业社会中出现的孤儿命运、妇女解放和道德准则等问题。狄更斯的长篇小说《艰难时世》和盖斯凯尔夫人（1810—1865）的长篇小说《玛丽·巴顿》（1848），率先表现了英国宪章派运动中的劳资矛盾和工人斗争。萨克雷（1811—1863）的长篇小说《名利场》（1847）和艾米莉·勃朗特（1818—1848）的长篇小说《呼啸山庄》（1847）描写了资本主义社会中不择手段的争名逐利和病态的个人复仇。夏洛蒂·勃朗特（1816—1855）的长篇小说《简·爱》（1847）和乔治·艾略特（1819—1880）的长篇小说《弗洛斯河上的磨房》（1860）则表现了资本主义社会里妇女在争取独立自由时所表现出的高尚情操。由于英国资产阶级革命的软弱性，这些作品多具有较浓厚的改良主义和阶级调和思想，到19世纪后期更呈现出深沉的悲观宿命观念。如《艰难时世》和《玛丽·巴顿》在表现劳资矛盾和工人斗争时，又大力宣扬以德报怨和劳资和解；哈代的代表作《德伯家的苔丝》鲜明地表现了劳动人民的悲惨处境和资产阶级法律道德的冷酷虚伪，但又把女主人公的悲惨结局归结为无法违抗的命运。

德国因19世纪上半叶尚处封建分裂状况，故德国民主诗人海涅（1797—1856）在讽刺性长诗《德国——一个冬天的童话》（1844）中把德国形容成“三十六个臭不可闻的粪坑”。70年代后，当资本主义迅速发展到垄断阶段时，冯达诺（1819—1898）的长篇小说《艾菲布利斯特》（1895）在批判普鲁士贵族思想道德的虚伪和危害的同时，又把造成艾菲悲剧的卫道者殷士台顿男爵写成传统道德的俘虏和受害者，显得软弱和消沉。

在英、法等国的影响下，尚处推翻封建统治、摆脱异族奴役或开始发展资本主义的波兰、保加利亚、匈牙利、丹麦、挪威、意大利等国，也出现了繁荣的现实主义文学，东欧更产生了八个诺贝尔文学奖得主，其思想性和审美性都跃居当代世界文学的前列。波兰诗人亚当·密茨凯维奇（1798—1855）的诗剧《先人祭》（1823—1832）表达了诗人强烈的爱国热情和对专制统治的憎恨，叙事诗《塔杜施先生》（1834）表现了反封建专制、反异族奴役和为民族解放而誓死抗争的思想。波兰作家显克微支（1846—1916）的历史小说《十字军骑士》（1900）讴歌人民抗击十字军侵略，热情宣扬波兰的民族解放。另一波兰作家普鲁斯（1847—1912）的长篇小说《傀儡》（1887—1889）深刻揭示了1863年起义后波兰商业资产者跟封建贵族乃至沙俄势力勾结的行径。匈牙利作家米克沙特·卡尔曼在小说《奇婚》（1900）中借一场强制婚姻狠狠揭露了贵族、神父的卑鄙无耻。匈牙利诗人裴多菲（1823—1849）在40年代的系列诗歌《祖国颂》、《民族之歌》、《自由颂》中，揭示封建统治和异族奴役的残暴，号召人民为自由、独立而英勇战斗。这些作品全都具有鲜明的人物形象、多彩的社会风习、个性化的语言和浓烈的乡土气息。此外，北欧的丹麦作家安徒生（1805—1875）在系列童话《卖火柴的小女孩》、《皇帝的新装》、《丑小鸭》、《海的女儿》中表现了对劳动人民苦难生活的深切同情，对统治者的愚蠢狂妄则给予了尖刻讽刺和鞭挞。挪威剧作家易卜生（1828—1906）在系列“社会问题剧”，特别是代表作《玩偶之家》（1879）中，对挪威资本主义社会的政治、法律、道德、婚姻作了全面猛烈抨击。南欧的保加利亚作家伐佐夫（1850—1921）的长篇小说《轭下》（1887—1889）在广阔的社会画面中热情歌颂保加利亚人民对土耳其奴役的英勇斗争。意大利作家乔万尼奥里（1838—1915）的长篇小说《斯巴达克》（1874）也在借歌颂古罗马奴隶起义以宣传反奥地利奴役的民族解放斗争。

在现实主义文学的带动下，本时期欧洲的音乐、绘画也出现了新的创作高潮，涌现了以英国画家透纳（1775—1851）和法国画家米勒（1814—1875）为代表的现实主义画派，以意大利音乐家威尔第（1813—1901）和捷克音乐家斯美塔那（1824—1884）为代表的兼有浪漫主义和现实主义风格的乐派。透纳的名画《贩奴船》（1840）通过汹涌的大海、远去的贩奴船和在波涛汹涌中翻滚的戴着脚链的奴隶的累累尸体，触目惊心地展现了贩奴活动的巨大罪恶。米勒的名画《拾麦穗者》（1857）不仅把富饶美丽的农村景色拿来跟农民的辛勤劳动形成对比，而且把在监工眺望下沉默含怒的三个拾麦穗妇女置于画面中心，把繁忙的夏收场面置于阴霾的画面远处，使人感到在这三个突出在阴霾天空下的拾麦穗者后面，有巨大的压抑和仇恨，甚至有人民暴动的预兆。威尔第根据席勒作品创作的歌剧《阴谋与爱情》（1849），以充满激情的咏叹调和合唱，进一步深化了原作反封建暴政的主题；其另一部根据小仲马作品创作的歌剧《茶花女》（1853），也同样把资本主义社会的虚伪冷酷表现得淋漓尽致。斯美塔那的歌剧《被出卖的新嫁娘》（1866），则通过清新的乐曲和跳动的旋律，展现了捷克人民风趣乐观的精神面貌，突出了农民对唯利是图者的愚弄。到19世纪后期，还出现了以德国音乐家勃拉姆斯（1833—1897）、捷克音乐家德沃夏克（1841—1904）为代表的现实主义音乐和以德国画家门采尔（1815—1905）、法国雕塑家罗丹（1840—1917）为代表的现实主义绘画、雕刻。勃拉姆斯的合唱管弦乐《凯旋之歌》谱写了对祖国获得统一的明朗乐观基调，但也显现了动摇、逃避、隐退的消沉情绪。德沃夏克的《自新大陆交响曲》充满了热爱祖国、热爱家乡、热爱生活和同情美国黑人苦难遭遇的激情，但也夹杂着看不到光明未来的消沉乐符。门采尔的名画《轧铁工厂》（1875）表现了工人沦为机器奴隶的苦役劳动生活，但他们的愤怒和反抗情绪，观众在画面上却基本看不到。罗丹在著名组雕《加莱义民》（1886）中刻画了六个为保卫城市而英勇就义的市民形象，他们中有的神情刚毅，有的义愤填膺，有的视死如归，但有的也表现了无可奈何的踌躇和对死亡的恐惧。

二、19 世纪美洲现实主义文学

在美国，以废除蓄奴制为中心内容的南北战争（1861—1865）是美国历史发展的关键事件，战争前后围绕蓄奴制产生的种种话题也是 19 世纪 50 年代到 70 年代美国社会关注的焦点。人们不但要求文学作品如实揭露蓄奴制罪恶，而且也要求真正彻底清除蓄奴制残余，以使资本主义迅速发展。在这种情况下，着重主观抒情和热情呐喊的浪漫主义文学，在美国也同样失去了存在价值，代之而起的是以客观描写和深入解剖为主的现实主义文学。

美国现实主义文学作为美国南北战争前后时代的艺术反映，比欧洲现实主义文学差不多晚出现 20 年；其主体内容也不像欧洲现实主义那样着力揭示金钱罪恶和道德沦丧，而是着力揭露蓄奴制罪恶和社会黑暗。代表作品是被林肯总统誉为“引发了这场南北战争”的揭露蓄奴制罪恶的哈利叶特·比彻·斯托夫人（1811—1896）的小说《汤姆叔叔的小屋》（1852）、理查·希尔德烈斯（1807—1865）的长篇小说《白奴》（1852）和美国现实主义文学奠基人马克·吐温的代表作《哈克贝利·费恩历险记》。

跟废除蓄奴制密切相关，这一时期美国的黑人文学也得到了较大发展，出现了布朗（1816—1884）、德兰尼（1812—1885）、道格拉斯（1817—1895）等著名黑人作家。布朗的长篇小说《克洛泰尔》（1853）对罪恶的奴隶制提出强烈抗议，且用相当多的篇幅描写了南特·吐纳领导的奴隶起义。德兰尼的长篇小说《勃莱克》（1857—1861）描写一个名叫勃莱克的印度富商的儿子，在被当做奴隶出卖后，不久便在美国和古巴领导奴隶起义跟奴隶主进行斗争。道格拉斯的第一部自传（1845）则不仅揭露了奴隶主的贪婪、监工的残忍、奴隶的苦难，同时也展现了南北战争前后美国的政治、经济、社会和宗教状况。

美国南北战争结束后，资本主义发展十分迅速，工人运动此起彼伏。到 19 世纪 90 年代，美国也进入了垄断资本主义阶段。随着自由资本主义向垄断资本主义的过渡，美国的“民主”、“自由”的神话开始降格，社会矛盾日益激化，社会黑暗日益严重，以至有识之士不得不在全国掀起波澜壮阔的揭黑幕运动。在这种情况下，美国现实主义文学的主体内容，便必然要从南北战争前后的揭露蓄奴制罪恶，转为在更广阔范围内揭露美国社会的黑暗现实。因这一时期美国还盛行斯宾塞（1820—1903）的“社会进化论”和尼采（1844—1900）的“超人哲学”，故这一时期的美国现实主义文学，在广泛揭露美国社会黑暗的同时，又常倾向于描写和歌颂“强者”——崇拜个人英雄主义，且表现出较多自然主义因素和悲观绝望情绪。

19 世纪末 20 世纪初，美国涌现了一批揭露垄断资产阶级暴虐、同情农村和城市中下层人民生活苦难的现实主义作家，主要有弗兰克·诺里斯（1870—1902）、欧·亨利（1862—1910）、杰克·伦敦和厄普顿·辛克莱（1878—1968）等。

诺里斯的“小麦史诗三部曲”第一部《章鱼》（1901），写美国西部中小农场主联合起来跟垄断资本家——铁路公司斗争并惨遭失败的故事。小说虽有一些自然主义的描写，结尾也流露出“善”难以战胜“恶”的悲观主义思想，但主体情感却是对垄断资本家种种暴虐行为的揭露和对人民大众苦难遭遇的同情。小说把侵入各个角落的铁路比作有无数腕足的吸人血汗的章鱼，写农场主和农场雇工们在“章鱼”的吸食下或家破人亡，流离失所，或流向城市沦为乞丐、妓女。欧·亨利描写资本主义城市生活的短篇小说，素以“含泪的微笑”和结尾合乎情理却又出人意料著称，虽也带有淡淡的哀愁，但主体仍是对美国上层社会的揭露和对下层人民命运的关切。《黄雀在后》把美国上层社会写成是骗子骗强盗、金融家再骗骗子的豺狼世界。《警察与赞美诗》写流浪汉苏比想故意犯法以便到监狱度过严冬而不得，可当他在教堂钟声感化下决心以劳动为生时，警察却无故逮捕了他。《最后一片藤叶》写一个得了肺炎的穷画家，看着窗外片片飞落的藤叶等死，可有一片藤叶始终不掉（是另一个穷画家画上去的），画家的病也渐渐好转过来。《麦琪的礼物》写穷丈夫卖掉唯一值钱的金表为妻子买贵重的圣诞礼物——发梳，妻子则卖掉自己最宝贵的像瀑布似的金发为丈夫买贵重的圣诞礼物——表链。这些都从不同角度深刻而又动人地表现了资本主义社会秩序的荒谬，穷人间的友爱、善良和夫妻间相濡以沫的深厚感情。这些作品看似喜剧，实为悲剧。“黑幕揭发者”辛克莱的长篇小说《屠场》，揭露了芝加哥肉类加工厂骇人听闻的非人劳动条件，且暗示资本主义社会便是一个杀人屠场。小说“用血汗、呻吟和眼泪写成”，被誉为揭露“工资奴隶制的《汤姆叔叔的小屋》”。杰克·伦敦的政治幻想小说《铁蹄》和长篇小说《马丁·伊登》，深刻揭露了垄断资产阶级的残暴和上层社会的庸俗空虚，但因受当时流行的斯宾塞的“社会进化论”和尼采“超人哲学”的影响，作品也颇具歌颂强者和悲观绝望的思想倾向。

此外，这一时期美国现实主义文学的著名作家，还有黑人诗人邓巴（1872—1906）和黑人小说家契斯纳特（1858—1932）。邓巴的诗作《闹鬼的橡树》尽管形式隐晦，但却揭示了三K党将无辜黑人在橡树下活活烧死的暴行。契斯纳特的长篇小说《一脉相承》（1901）尽管对白人统治者还充满幻想，但仍如实展现了发生在19世纪末的血腥屠杀黑人的暴力事件。它们使美国现实主义文学揭露蓄奴制残余的现实主题得到了深入展现。

19世纪后期，加拿大民族文学获得进一步发展，出现了众多法语诗人和英语诗人。法语诗人中，最著名的是被称作“小雨果”的劳斯·赫罗尔·弗雷歇特（1839—1908）。他的描写法语地区加拿大历史和自然景色的诗集《北国之花》（1879）和《雪鸟》（1880）曾获法国法兰西学院蒙蒂翁文学奖。英语诗人中，最著名的是阿奇伯尔德·兰普曼（1861—1899）。他的代表作《大地抒情诗》（1896）表现大自然梦境般的和谐与宁静。

拉丁美洲的民族民主运动，深受法国大革命和美国独立战争的影响，其文学也跟欧美一样普遍经历着从浪漫主义到现实主义的发展过程。继巴西作家马查多·德·阿西斯（1839—1908）的描写主人公徒耗精力、虚度一生的现实主义长篇小说《布拉兹·库巴斯的死后回忆》（1880）之后，古巴著名诗人、独立革命先驱何塞·马蒂（1853—1895）便在诗集《自由的诗》（1891）中展现诗人内心的矛盾和苦闷，从而开拓了拉丁美洲现代主义诗歌的道路。接着，秘鲁诗人贡萨莱斯·普拉达（1848—1918）在《自由的篇章》（1894）中也展现了诗人的内心探索。

第二节 司汤达及其《红与黑》

一、生平与创作

司汤达像

司汤达（1783—1842）原名亨利·贝尔，是法国现实主义文学的奠基人。他出身律师世家，母亲早逝，由信仰伏尔泰的外祖父教养成人。他自幼兴趣广泛，酷爱数学和文学，对启蒙思想家的作品及莎士比亚的诗歌爱不释手。

司汤达生活在法国由封建社会向资本主义社会转变的大动荡时代。他年轻时曾参加拿破仑军队远征意大利，感受到了意大利人民摆脱奥地利殖民统治和欢迎法国革命军队的热烈气氛；1812 年还曾随军远征俄国，亲眼目睹了莫斯科的大火和法军的惨败。王权复辟时代他被迫侨居意大利，开始用笔名发表《海顿、莫扎特和梅达斯泰斯的生平》、《意大利绘画史》、《罗马、那不勒斯和佛罗伦萨》等文艺性著作。因跟拜伦一道热情支持意大利爱国民族解放运动，1821 年他被奥地利当局驱逐出境。回国后，他仍旧持激烈反波旁王朝的政治立场，文学上积极提倡重在对社会进行批判的现实主义道路，发表了讽刺工商资产阶级和特权阶级的第一部长篇小说《阿尔芒斯》(1827)、歌颂意大利烧炭党人为祖国自由而誓死战斗的著名短篇小说《法利娜·法尼尼》(1827)，接着又发表了被称做现实主义文学宣言书的著名论文《拉辛与莎士比亚》（1823—1825）和被誉为现实主义文学奠基作的长篇小说《红与黑》。

1830 年七月革命后，司汤达郁郁不得志，在教会管辖下的一个意大利海滨小城当领事，主要精力用于文学创作。作品主要有揭露资产阶级政治丑态和七月王朝政府对人民敲诈勒索的长篇小说《红与白》（又名《吕西安·娄凡》），1834 年开始创作（未完成）、抨击专制统治的残暴和揭露“神圣同盟”统治下宫廷的阴谋与斗争的长篇小说《帕尔玛修道院》（1839），以及《一个旅行者的回忆》（1838）和中短篇小说集《意大利遗事》（1839）等。

1842 年 3 月 22 日，司汤达因中风死于巴黎。他的作品虽然受到了歌德、巴尔扎克等名家的赞扬，高尔基更把他称做“天才艺术家”和“形式的巨匠”，但他生前却不被人重视，大部分作品都靠后人收集出版。直到 19 世纪后期，西方才形成“司汤达研究热”和“《红与黑》研究热”。

二、《红与黑》

司汤达的代表作长篇小说《红与黑》（1830）素被称为欧美现实主义文学的奠基作。何谓红与黑？对这个问题历来众说纷纭。一说红代表热情，黑代表阴谋；一说红代表革命，黑代表反动。其实，从小说所要表达的社会内容——描写路易十八和查理十世时代法国的社会风气和小说主人公先想从军后投靠教会和权贵的生活历程看，红象征将军的红色绶带，黑象征主教的黑色袈裟。红与黑即象征主人公的生活道路：拿破仑时期可以从军仕进，复辟时期只能投靠教会和权贵。

《红与黑》封面

小说的主体情节是描写主人公索黑尔·于连在复辟王朝最后几年里的个人奋斗经历。于连是小城维立叶尔一个锯木厂老板的儿子，自幼体质单薄，但聪明漂亮、博闻强记。他在充满狡诈、贪婪和“财利氛围”的环境中生活，又在崇拜拿破仑业绩和向往启蒙思想的精神条件下成长。因此，他灵魂深处不但充满着对拿破仑的崇拜和对卢梭的向往，同时也充满着“宁愿冒九死一生的危险也得发财”的决心。但在复辟时代，他看到拿破仑道路和卢梭理想都已成为过眼云烟，而教会的神父却拥有无上权势，主教甚至可拿到三倍于拿破仑手下大将的收入。于是，他决计放弃戴红色将军绶带的幻想，转而去争当穿黑色道袍的主教。他收藏起心爱的有关拿破仑和卢梭的书籍，把虚伪奉为自己的奋斗导师，日夜攻读他十分讨厌的拉丁文，把一部他认为毫无价值的《圣经》背得滚瓜烂熟，决心投靠教会以闯出一条飞黄腾达的路来。为摆脱野蛮贪婪的家庭，他先应聘到资产阶级化的贵族德·瑞那市长家当家庭教师。跟市长夫人的私情暴露后，又揣着西朗神父的介绍信进入人间地狱般的省城贝尚松神学院，并很快用假虔诚和超凡记忆力博得院长彼拉神父的信赖，当上了神学课辅导教师。但正当他幻想“在未来的神父中，我将是一个主教”时，彼拉因教会内派系斗争被迫辞职，他又只好经彼拉介绍到首都巴黎给顽固的保皇党首脑德·拉·木尔侯爵当秘书。在这里，他一方面用假装的恭顺，废寝忘食地为木尔侯爵工作，包括不顾生命危险到英国去传送反革命秘密会议的信息；另一方面又利用侯爵女儿玛特儿的浪漫幻想和虚荣心，用假装冷漠和给别的女人写假情书的手段去“征服”和巩固玛特儿的“爱情”。然而，当他从侯爵那儿取得贵族头衔、骑兵中尉委任状和大量钱财、领地，正盘算着成为侯爵女婿和“三十岁当上司令”时，维立叶尔的贵族和教会却诱使德·瑞那夫人给侯爵写了关于他品行的“揭发信”，侯爵于是收回全部许诺。于连绝望之下，匆匆跑回维立叶尔城向正在祈祷的德·瑞那夫人开了两枪，而自己则被投入监狱，引颈就戮。

小说的中心人物索黑尔·于连究竟是个什么样的人呢？有人说，“于连是丹东，于连是革命”；有人说于连的斗争是“一个平民对富有者、特权者的阶级斗争”；还有人说，于连“集中概括了当时小资产青年的命运”。这些看法，应该说都是对人物性格的人为拔高。因为从上述情节中可以看到，于连从锯木厂到市长家，从市长家到神学院，再从神学院到木尔侯爵府，走的是一条从想穿红色将军服，到争穿黑色主教袍，再到攀升王朝大贵人女婿的道路。他追求的主要是个人的名誉、地位和金钱，采用的也主要是假虔诚、假恭顺和假态度。这并非革命者的所作所为，也并无革命者的气质和抱负，连满脑子充满浪漫幻想的玛特儿也看出他“不是狼，而只是狼的影子”。开始时，我们看到于连对特权阶级确有来自平民阶级的敌对情绪：公开顶撞市长，骂资产阶级新贵瓦列诺是“社会蠹贼”，骂他们的钱财是“污秽的财富”。为了维护平民的尊严，避免“有人耻笑做家庭教师的低贱”，他不但不肯接受市长夫人的馈赠，反而蓄意跟她谈情说爱。后来，在法庭上我们看到他也曾有这样的慷慨陈词：“先生们，我没有荣耀，不属于你们那个阶级。……即使我的罪没有这样重大，许多人也愿意借惩罚我来惩罚那些出身微贱，稍受教育，而敢混迹于富贵人所说的高等社会里的少年！”在牢房里，我们还曾听到他有这样的呼喊：“我爱真理，但是真理在哪里？到处都是伪善，至少也是欺诈，甚至最有德性、最伟大的人也不例外！”这一切能构成“一个平民对富有者、特权者的阶级斗争”吗？显然也不能。因为他开始时对特权阶级的敌对情绪，与其说是阶级斗争，不如说是平民对特权阶级自发的反感或抗议，且这点反感或抗议，还在市长家里时就很快消退了。他开始赞扬市长“心地善良”，敬慕市长夫人“灵魂崇高”，为不得不跟市长夫人分离而在内心里感到“剧烈的创痛”。至于他的法庭陈词和监牢呼喊，从于连所处情况看，更多的也只是他临死前对那个他挤不进去的特权阶级社会的森严壁垒的醒悟和对特权阶级的社会本质的认知，跟阶级斗争仍难同日而语。在于连所生活的那个阶级斗争激烈、民族民主运动高涨的时代，他不愿老死乡下当木匠，又不能挺身参加反封建的革命斗争，而是以出人头地为目的，以伪装手段向上爬，结果功亏一篑，被特权社会一脚踢出来上了断头台。这也不能说是“集中概括了当时小资产阶级青年的命运”，而只是当时那些具有个人野心的不择手段向上爬的小资产阶级青年的生活命运的艺术写照。

总之，于连虽因出身平民和崇拜拿破仑与卢梭而具有一定的反叛、抗议情绪，但敲诈贪婪、唯利是图的维立叶尔，阴森恐怖、尔虞我诈的贝尚松神学院，特别是“阴谋与伪善中心”的巴黎对他的熏陶影响，却使他更多地具有追求名利的野心和不择手段向上爬的行径。准确地说，他只是复辟时代兼有反抗与妥协心理，但主体特征却是为追逐名利而不择手段向上爬的小资产阶级青年典型。他的悲剧是个人的悲剧，同时也是社会或时代的悲剧。这个悲剧表明复辟时代的统治阶级是何等卑鄙、凶残，他们所竖立的阶级壁垒又是何等分明、森严。他们彼此钩心斗角、尔虞我诈，但为镇压革命却一致同意引进外国军队。他们可以“赏识”平民才干，也需要利用平民才干，但却决不容许平民跨进他们的阶级营垒。而于连的结局则清楚地表明，小资产阶级的个人奋斗在当时是根本行不通的。

于连形象如此。那么，《红与黑》又究竟是一部什么样的小说呢？对人物形象的拔高，势必要导致对小说主题思想的拔高。有人认为《红与黑》的“中心主题是阶级斗争”，有人认为“全书的基本冲突是复辟与反复辟”。这些看法，显然是不切实际的。小说通过主人公于连的个人奋斗，广泛展现了七月革命前夕法国的社会政治面貌，深刻地揭露了封建统治阶级的种种丑恶嘴脸。它不但描写了贵族阶级的骄奢专横、教会僧侣的虚伪奸诈和大资产阶级的卑鄙庸俗，同时也显示了资本主义势力不可遏制的增长和大革命即将来临时那种“山雨欲来风满楼”的政治气氛。它不但描写了贵族、僧侣和大资产阶级间既勾结又斗争的复杂关系，同时也着力描写了他们对革命的惶惑恐惧和垂死挣扎。但这一切，在小说中都只是作为于连个人奋斗的社会背景而被展现出来的。它既没有正面描写社会各阶级间的武力或意识形态的激烈斗争，也没有直接描写复辟势力与反复辟势力间的生死搏斗，甚至作为社会阶级斗争或反复辟斗争的主力军的自由资产阶级和广大人民，小说不是很少涉及，便是根本没写到。小说描写的中心，始终是于连的个人奋斗，小说展现的情节主要是于连跟德·瑞那夫人和玛特儿侯爵小姐的“恋爱”追逐。小说所展示的冲突，也主要是于连跟市长、神学院和木尔侯爵的矛盾。在这种情况下，把小说的基本主题说成是阶级斗争或复辟与反复辟冲突，显然是对小说基本主题的夸大，或把时代的政治问题当成了小说的中心内容。准确地说，《红与黑》的基本主题，应该是通过于连的个人奋斗，广泛展现法国王政复辟时期充满复杂尖锐矛盾的社会现实，深刻揭露贵族、僧侣和大资产阶级的种种丑恶面貌。

《红与黑》的突出艺术特色，是典型环境中典型性格的塑造以及形象生动的人物心理描写。小说展示了唯利是图的维立叶尔、阴森恐怖的贝尚松神学院和“阴谋与伪善中心”的巴黎这三个典型环境，让于连先后处于这三个典型环境中，从而逐步形成了于连这种为争名逐利而不择手段向上爬的典型性格。小说写于连当家庭教师时的警戒心理，写他站在高山上看雄鹰飞翔时的向往心理，写他把玛特儿当“恶魔来征服”时的骄傲心理，以及第一次当众偷握德·瑞那夫人的手和持枪半夜到玛特儿卧室跟她幽会时的紧张心理等，都是不可多得的细致生动的心理描写典范。

第三节 巴尔扎克及其《高老头》

一、生平与创作

巴尔扎克像

被马克思、恩格斯誉为对现实关系具有深刻理解，作品中有“了不起的革命辩证法”① 的“现实主义大师”② 奥诺雷·德·巴尔扎克（1799—1850）是法国现实主义文学的主要代表作家。他生活在法国最激烈动荡的历史年代，直接感受到了1799年到1814年拿破仑专政的时代波涛，亲身经历了1815年到1830年的王政复辟和1830年到1848年的七月王朝统治，还耳闻目睹了1832年、1834年和1848年的历次声势浩大的工人运动。因此，他不仅能形象具体地理解封建阶级的挣扎与毁灭，认清大资产阶级特别是金融资产阶级的卑鄙与丑恶，同时或多或少地看到了工人阶级的苦难和斗争。此外，他那曲折沉浮的经历和艰苦卓绝的奋斗，对他深

① 《马克思恩格斯全集》，中文1版，第36卷，77页，北京，人民出版社，1975。
② 《马克思恩格斯选集》，2版，第4卷，683页。

人认识和表现生活也提供了必不可少的帮助。

巴尔扎克出生于法国图尔市的一个中等资产阶级家庭，成年后进巴黎法科学校学法律，但毕业后违背父母让他当律师的意愿坚持文学创作。先是写悲剧和志怪、浪漫小说，兼借钱搞印刷和开矿，均告失败，债台高筑。直到1829年，他在大量阅读历史文献并进行实地考察的基础上写出反映共和军镇压保皇党叛乱的长篇小说《朱安党人》后，才走上了辉煌的现实主义创作道路。从1829年到1848年，巴尔扎克以惊人的毅力和速度，接连不断写出了90多部长、中、短篇小说和大量论文、随笔、书信。他经常夜以继日地连续工作十六七个小时，还经常到被描写事件的发生地去进行调查访问，对自己的书稿也总是精益求精地不断修改，以至有时付出的排版赔偿费比拿到的稿费还要多。他还在自己简陋住所的墙壁上挂了一尊拿破仑小像，下面用硬纸片写着自己用文学征服世界的豪壮座右铭："彼以剑锋所未竟之事业，我将以笔锋竟之。"长年累月的辛勤劳动，损害了他的健康，1850年8月，年仅51岁的巴尔扎克便因心脏病去世。在巴黎几乎倾城出动的巴尔扎克送葬集会上，著名作家雨果高度赞扬巴尔扎克的伟大成就，说："在最伟大的人物中间，巴尔扎克是第一等的一个；在最优秀的人物中间，巴尔扎克是最高的一个……他的一生是短促的，然而也是饱满的；作品比岁月还多……从今以后，他和祖国的星星在一起，熠耀于我们上空的云层之上。"①

作为一个出身中产阶级，生活在复杂矛盾的时代，又长期在社会上挣扎沉浮的作家，巴尔扎克的政治观必然是复杂矛盾的。他是启蒙学派的信徒，钻研过费尔巴哈的著作，接受过空想社会主义思想的影响，对共和主义也颇为信奉。但同时，他又对"贵族美德"和宗教感情十分推崇，对星相占卜、扶乩求神饶有兴趣，甚至宣布"我在两种永恒真理的照耀下写作，那就是宗教和君主政体"（《〈人间喜剧〉前言》）。他痛恨金融资产阶级专政，揭露贵族阶级的腐朽无能，深切同情劳动人民的苦难，但对重在中央集权和发展实业的君主立宪政体又长期向往，对贵族阶级的历史衰亡又始终同情，对人民群众的历史作用则一直缺乏足够认识。

作为一个伟大的现实主义大师，巴尔扎克的文艺观是十分深刻精湛的。在一些文艺论述中，他不但主张博采以前文学之长，且要创造现代文学之新；不但强调文学描写的真实性，而且主张以"再现自然"代替19世纪前统治欧洲文坛的"模仿自然"；不但主张文学的典型性，而且要求文学展现偶然与必然或个性与共性的辩证统一；不但强调文学的社会性，而且把分析社会和评判历史当作作家的神圣职责。总之，他的理论主张，不但深刻系统地表述了批判现实主义文学所倡导的艺术原则，而且在许多方面都超过了他的前人和同代人。

巴尔扎克把自己的作品总体命名为《人间喜剧》，立意要完成一部描写19世纪法国社会的现实主义历史。他把《人间喜剧》分为"风俗研究"、"哲学研究"和"分析研究"三大类。其中的"风俗研究"又分为"私人生活场景"、"外省生活场景"、"巴黎生活场景"、"政治生活场景"、"军事生活场景"和"乡村生活场景"六部分，原计划写140多部小说，描写四五千个人物。最后完成的长、中、短篇小说也多达96部，人物超过2 000个。在这里，巴尔扎克"用编年史的方式几乎逐年地把上升的资产阶级在1816—1848年这一时期对贵族社会日甚一日的冲击描写出来"②。作品的中心图画是资产阶级的兴起和贵族阶级的衰落，兴起的主要手段是诈骗逼攻、巧取豪夺，衰落的主要原因是懒惰、无能和贫困，围绕着中心图画展现的社会基本面

① ［法］雨果：《巴尔扎克葬词》，见《文艺理论译丛》，第2期，42～43页，北京，人民文学出版社，1957。
② 《马克思恩格斯选集》，2版，第4卷，683页。

貌是唯利是图、不择手段和道德沦丧。这一切，在描写投机暴富的资产者葛朗台的长篇小说《欧也妮·葛朗台》(1833)和描写坑蒙发家的银行家纽沁根的中篇小说《纽沁根银行》(1837)中，在描写刻意盘剥自称是“人类命运主宰”的高布赛克的中篇小说《高利贷者》(1830)和描写乘人之危俨然是无冕帝王的金融寡头格来兄弟的长篇小说《赛查·皮罗多盛衰记》(1837)中，在描写拉思蒂涅被金钱推向堕落、鲍赛昂子爵夫人被金钱推下舞台的长篇小说《高老头》和描写蒙戈奈伯爵在资产者用仇恨、恐怖和阴谋组成的“犀利三角形”中节节败退的长篇小说《农民》(1844)中，在描写律师、庭长为钱耍尽卑鄙手段的中篇小说《邦斯舅舅》(1847)和描写新闻出版界是“贩卖思想的妓院”的长篇小说《幻灭》(1837—1843)中，都有着鲜明体现。它们共同组成了一部“法国‘社会’，特别是巴黎‘上流社会’的卓越的现实主义历史”①。

在艺术上，《人间喜剧》也充分展现了巴尔扎克所倡导或独具的典型环境中的典型人物及人物串篇再现、纵横对比和心理刻画等艺术手法。

二、《高老头》

长篇小说《高老头》(1834)，无论在展现《人间喜剧》的中心图画，还是在表现作者的艺术特征方面，都堪称巴尔扎克最具代表性的作品之一。

小说以巴黎塞纳河两岸下层阶级居住的拉丁区和上层阶级居住的圣日耳曼区为活动舞台，以面粉商高里奥被女儿逼死和大学生拉思蒂涅被社会腐化为主要情节，着力描写了资产阶级对封建贵族阶级日甚一日的冲击，集中揭露了人与人之间赤裸裸的金钱关系和金钱对人的罪恶腐蚀作用。

小说的中心人物拉思蒂涅，原是在闭塞而淳朴的外省庄园中长大的破落贵族青年。他来巴黎上学时，原想“清清白白地用功”，靠辛勤劳动出人头地。但到巴黎后不久，他的“内地人的观念”便动摇了。因为他在拉丁区伏盖公寓里看到和听到的尽是赤裸裸的贪婪利己、巧取豪夺：房东伏盖太太完全视房客钱包的鼓胀程度决定自己的好恶态度，老姑娘米诺旭为3 000法郎赏金甘当警察密探，泰伊番小姐因不讨父亲欢心便被逐出家门，伏脱冷为得到20万法郎酬金便打算去杀死银行家泰伊番的独子。而伏脱冷给他上的“人生课”竟是“人生跟厨房一样腥臭，你要爬上去就别怕弄脏手”，“扒窃一件小东西，你会被人牵到广场上示众，偷上100万，社会反会说你大贤大德”，“你不像炮弹一般轰进去，就得像瘟疫一般钻进去。清白老实毫无用处”。因拉思蒂涅的表姐鲍赛昂子爵夫人是“巴黎社交界的皇后”，故拉思蒂涅也经常出入上层阶级居住的圣日耳曼区。他在这里看到和听到的也同样是贪婪利己、巧取豪夺，只是表现形式较文雅而实际内容更卑劣：银行家纽沁根和资产阶级化的贵族雷斯多纵使妻子大找情夫、恣意享乐，为的是抓住把柄，便于鲸吞妻子财产。阿瞿达侯爵为了20万法郎利息的陪嫁，便不顾一切，毅然

傅雷译《高老头》封面

① 《马克思恩格斯选集》，2版，第4卷，683页。

抛弃鲍赛昂子爵夫人。高里奥的两个女儿——纽沁根夫人但斐纳和雷斯多夫人阿那斯泰齐——为过奢侈生活，更轮流把父亲榨干、逼死。还有，鲍赛昂子爵夫人给拉思蒂涅上的“人生课”，更是“社会不过是骗子和傻子的集团。你越是没心肝，便越是爬得快”。这样，拉思蒂涅在巴黎所完成的学业，便不是大学里的法律课程，而是贪婪利己、巧取豪夺的巴黎社会的“人生课”。于是，他逼家里挤出最后一点财产，把自己装扮起来，进出上流社会，追逐纽沁根夫人，并在集资埋葬了高老头的同时，“埋葬了年轻人的最后一滴眼泪”，“欲火炎炎地”跳进巴黎社会，开始了他那不择手段大肆掠夺的资产阶级野心家的罪恶生涯。

不过作为巴尔扎克惯有的串篇人物，拉思蒂涅在本篇中尚属形成期的资产阶级野心家。他那不择手段大肆掠夺的掠夺者面目，要到往后的生活历程中才得以充分展现。在《纽沁根银行》中，我们看到他帮纽沁根搞假倒闭，一下子便赚了 30 万法郎。在《幻灭》中他已成了大发横财的经纪人。在《贝姨》中，他更成了财政部次长。

跟拉思蒂涅同为资产阶级掠夺者的人物，在小说中，除纽沁根外，还有着墨不多的罪犯伏脱冷。他跟拉思蒂涅虽同为巴尔扎克笔下的串篇人物，但跟拉思蒂涅不同，他更凶悍、粗壮，对社会更是了如指掌，其掠夺手段也更凶狠残忍，属赤裸裸的资产阶级血腥掠夺者的典型。本篇中他尚属在逃的罪犯，但到《幻灭》中他便成了坐地分赃的埃雷拉神父，而在《交际花盛衰记》中，他更成了巴黎警察厅的保安警察队队长。巴尔扎克认为伏脱冷这种恶魔似的血腥掠夺者，复辟时期尚处萌芽状态，要到七月王朝时期才完全成熟。

与资产阶级掠夺者休戚相关，小说还着意描写了高里奥老头的两个女儿——但斐纳和阿那斯泰齐这两个资产阶级荡妇的形象。她俩出嫁时，靠饥荒暴富的高里奥各给了她们 80 万法郎的陪嫁。但斐纳当了纽沁根夫人，阿那斯泰齐当了雷斯多夫人。起初她们对父亲还颇为奉承，但随着高里奥结业退休后钱财的日益减少，她们对父亲的态度也日益变化，先是态度冷淡，接着是拒绝父亲上门。可当她俩浪荡挥霍钱不够用时，又不断到破败的伏盖公寓来榨取父亲的钱财。姐妹俩竞相下手，你争我夺，连父亲的结婚纪念物和终身养老金也不放过。父亲被逼得中了风，她们一点也不管。父亲临终前呼天抢地地渴望见见女儿，她俩不但都推辞不去，反而用从父亲那儿榨来的最后一笔钱盛装艳服地“踩着父亲的尸体”去参加舞会。高里奥死后，她俩不仅都不负责殡葬，甚至送葬行列里出现的也只是两辆她们家“有爵徽的空车”。这一切，组成小说最震撼人心的篇章：两个女儿活活逼死父亲。这个情节最鲜明集中地表现了资本主义金钱社会的豺狼本质。

作为一个靠囤积居奇、发困难财而暴发的人，高里奥本也是资产阶级掠夺者，但小说却只着力描写他对女儿的极端痴爱，这便在一定程度上模糊了他的阶级本质。

跟飞黄腾达的资产阶级暴发户形成鲜明的对比，鲍赛昂子爵夫人是小说刻意描写的在金钱逼攻下走向灭亡的贵族典型。鲍赛昂子爵夫人是“圣日耳曼区最有诗意的人物”、巴黎社交界的首领，高高在上，不可一世。她曾骄傲地宣称，资产阶级妇女为了能踏进她的客厅，“就是舔干路上的尘土也愿意”。可是，爵徽抵不过金钱，排场掩不住困窘。她的情夫阿瞿达侯爵，因看中资产阶级暴发户洛希斐特小姐 20 万法郎的陪嫁，便不顾一切地抛弃了她，使她不得不流着眼泪告别巴黎到乡下隐居。将其作为串篇人物，巴尔扎克在另一篇小说《弃妇》中，接着写她在乡下跟慕名前来的卡斯顿男爵相爱。可是，卡斯顿男爵又仅因看中了资产阶级小姐罗地埃尔的 4 万法郎陪嫁，再次抛弃了她，使她只好跳河自杀。鲍赛昂子爵夫人的形象，最典型地表现了贵族阶级的历史衰亡——“模范社会的最后残余怎样在庸俗的、满身铜臭的暴发户的逼攻之下逐渐屈服”①。

小说在艺术上完全符合恩格斯关于现实主义的著名论断：“……除细节的真实外，还要真实地再现典型环境中的典型人物。”② 小说详尽逼真地一一描写城市风貌、房屋摆设、言行举止、心理状态，连穿衣柜上玻璃的厚度都要写明，其细节的真实程度简直跟照相相似。主人公拉思蒂涅在拉丁区和圣日耳曼区往来活动，很快从一个淳朴正直的青年堕落成资产阶级掠夺者，这也正是最准确意义上的典型环境中的典型人物——上下两熔炉，合铸一性格的体现。此外，串篇人物的广泛运用、肖像描写的精彩传神，以及性格化的人物对话等，都鲜明地体现了巴尔扎克惯用的艺术手法和艺术特征。

第四节 福楼拜及其《包法利夫人》

一、生平与创作

福楼拜像

居斯塔夫·福楼拜（1821—1880）是比司汤达、巴尔扎克稍晚的法国著名现实主义作家。他出生于卢昂市的一个外科医生家庭，19岁去巴黎学法律，后转学医。1845年父亲病逝后，回到卢昂近郊的克罗瓦塞别墅居住，靠丰厚遗产专业从事写作，终生未娶。福楼拜的早期创作富浪漫色彩，《狂人回忆》（1838）、《十一月》（1842）、《圣安东的诱惑》（1849）等都把虚构的幻想当成“诗一般的现实”，且充满悲观神秘因素。1848年的法国革命和1852年的路易·波拿巴政变，使福楼拜从幻想中警醒过来，从此走上了现实主义文学创作的道路。19世纪五六十年代，他先后创作了被誉为19世纪中叶法国社会现实主义画卷的长篇小说《包法利夫人》、描写迦太基统帅汉密迦的女儿萨朗波跟起义军首领马托恋爱悲剧的历史小说《萨朗波》（1862）和揭露污秽淫靡的资本主义社会风气及其如何使青年主人公毛诺终生卑微庸碌无力自拔的长篇小说《情感教育》（1869）。这三部小说，集中体现了福楼拜所奉行的绝对冷静客观和对艺术精益求精的创作原则，震动了法国和整个欧洲文坛。但到了19世纪70年代，福楼拜因既不满资产阶级的倒行逆施，又反对无产阶级的巴黎公社起义，思想处于惶惑矛盾状态，

① 《马克思恩格斯选集》，2版，第4卷，684页。
② 同上书，683页。

故作品社会意义也大为削弱。重要者只有收在短篇集《三故事》（1877）中的描写农村姑娘全福只知侍候主人的极其空虚无聊一生的《一颗纯洁的心》。

二、《包法利夫人》

福楼拜的代表作《包法利夫人》（1856）以七月王朝统治时期为时代背景，展现了一个受过良好教育、充满浪漫幻想的平民女子的悲剧一生。富裕农民卢欧的独养女儿爱玛从小丧母，又长期生活在以培养妇女进入上流社会为主旨的修道院寄宿学校，学会了很多虚荣谈吐，偷读了很多描写爱情的浪漫主义著作，因而整天沉溺在脱离实际的浪漫幻想中：或一心向往浮华的上流社会生活，或不断追寻浪漫主义的非凡境遇。可是，她父亲却把她嫁给了一个像“人行道一样平板”的乡村医生包法利。极端的失望，使她极端渴望“巴黎式的爱情”。在参加侯爵家舞会后不久，她便把风流场中的老手、地主罗道夫当做中世纪的骑士，很快被他诱骗成奸，当了他的情妇，为他借钱置服饰，对他日益迷恋。可是，当她提出要跟他一起私奔时，罗道夫却不辞而别，抛弃了她。这次打击并未使爱玛觉醒，相反，只使她对现有家庭生活更加厌倦，更加渴望新的浪漫生活。于是不久，当她在剧场里跟三年前认识的法律事务所见习生赖昂重逢时，她便顾不上选择地投进了这个比罗道夫更卑劣的年轻人的怀抱，不断跟他淫乐幽会，肆意放荡挥霍，以致家产耗尽，债台高筑。最后，在债主催逼勒索而自己又求告无门，且遍遭法官猥狎、邻居奚落和情人背弃的情况下，她把口袋里的最后一枚钱币送给瞎子乞丐，然后服毒自杀。

《包法利夫人》封面

爱玛的悲剧，是对腐蚀人心的浪漫幻想的鞭挞，更是对19世纪中叶法国资本主义的浮华虚荣和冷酷虚伪的控诉。因为，是资本主义社会的崇尚虚荣和注重浮华，造成了爱玛追求浪漫幻想的性格，也是资本主义的冷酷虚伪——一次次被玩弄遗弃、一次次被勒索奚落，造成了爱玛的悲剧。此外，她所处的那个沉闷、庸俗、猥琐的环境，她周围的那些目光狭隘、自私自利、庸俗不堪、狡猾毒辣、愚蠢至极的人物——如包法利医生、罗道夫及赖昂、药剂师郝麦、高利贷者勒乐之流，也是使爱玛不可能找到别的出路和不得不沉溺其中的根本原因。作者把爱玛写成一个虽富浪漫幻想但心地单纯善良、不满平庸生活但富有同情心的女人。她的思想品格不但不恶劣，反而远远超出她所在的环境和所接触的人们之上。她完全是时代和社会的牺牲品。值得一提的是，福楼拜是在经过青年时期的浪漫生活之后来写此书的，因此，他说：“现在我有权利用我烧伤了的手，写下那些爱情之类的花言巧语了。”这表明本书不但基于某些真人真事，且熔铸了作者本人的某些痛苦的爱情经历。

小说最鲜明地表现了福楼拜所奉行的绝对冷静客观和对艺术精益求精的创作原则。福楼拜对所描写的人物和事件，都要进行实地调查和精确表现。他认为任何人物和事件，都有不同于别的同类人物和事件的内外特点，作家的任务就是要把这不同的特点表现出来，使读者不至于对同类人物和同类事件产生雷同感或误认。在艺术表现上，他也特别注意用字准确、精练，要求“我们无论描写什么事物，要说明它，只能用一个名词；要赋予它运动，只能用一个动词；

要区别它形态，只能用一个形容词”。写作《包法利夫人》时，福楼拜也跟写《萨朗波》等别的作品一样先到实地进行考察，多方收集核对材料，再经过反复酝酿、仔细推敲，然后才字斟句酌、一丝不苟地进行写作。因此，在《包法利夫人》中，我们看到，小说不仅把从巴黎到外省的各色各式人物的身量脸谱、举止言谈、生活习惯，全都做了一一精确的刻画，就是人物幽会的时间地点、死前的痛苦呻吟、死后的可怕面貌，也都要一一做仔细交代，以致小说出版后，小说的作者、编者和承印人，都被法院以“有伤风化”和“不道德”的罪名立案审讯，统治层更主张对之进行“严惩”。

第五节 狄更斯及其《艰难时世》

一、生平与创作

查理·狄更斯（1812—1870）是英国现实主义文学的最杰出代表。其深刻、细腻的笔法和幽默、讽刺的风格，开创了英国文学的一代新风。

狄更斯出身贫苦。父亲是海军部门的小职员，因欠债被关进监狱。全家人为免付房租，也跟父亲一起进监狱同住。狄更斯刚满12岁便被迫辍学谋生。他在鞋油公司当过学徒，干过粘贴刷洗杂工，还曾被雇主放在橱窗里表演包装。15岁他进律师事务所当抄写员，接触到各类诉讼和各种人物。19岁进报界任一家报馆的驻议会记录员兼采访记者，跑遍了大街小巷，熟悉了社会的方方面面。在这期间，他经常利用业余时间去大英博物馆勤奋读书，并开始搜集素材，进行文学创作。21岁时开始发表描写伦敦城乡风情的特写。25岁时出版长篇小说《匹克威克外传》，一举成名，从此摆脱贫困处境，专业从事文学创作。1842年他满怀理想与期望访问美国，但美国的弱肉强食现实却使他大为失望。1844年后，他长期侨居瑞士、法国和意大利，在文学创作之余，间或主办报纸和组织业余剧团。1870年在写作最后一部小说《爱德温·德鲁特》时，因劳累过度患脑出血去世。

狄更斯像

狄更斯共创作了14部长篇小说，多篇中短篇小说及许多杂文、时评和戏剧。要者，有通过主人公旅游见闻显示社会不公的游记《匹克威克外传》（1836—1837）、揭示济贫法虚伪和贫民生活苦难的长篇小说《雾都孤儿》（1838）、揭示资产者对工人残酷剥削的中篇小说集《圣诞故事集》(1843—1848)、描绘冷酷偏执和唯利是图的商业资本家形象的长篇小说《董贝父子》(1848)、展示英国工业资本主义广阔画面的长篇小说《大卫·科波菲尔》(1850)、揭示劳资矛盾和批判功利主义哲学的长篇小说《艰难时世》、描写1789年法国大革命及其"殷鉴"意义的长篇小说《双城记》等。

这些作品，都不同程度地贯穿着同情人民疾苦和揭露社会罪恶的主线，越来越鲜明地表现了细节真实和典型环境与典型性格的现实主义创作手法，但作为一个反对暴力革命的资产阶级人道主义者，狄更斯在作品中又一直主张和平改良，幻想用好心、温情、仁爱、谅解来改造人心和改良社会。

二、《艰难时世》

《艰难时世》封面

1832年的议会改革，确立了英国工业资产阶级的统治地位，使英国很快成为世界上"资本专横和劳动被奴役达到了顶点的国家"①。随着劳资矛盾的日益加剧，19世纪30年代中到40年代末，英国先后掀起了三次宪章运动高潮。狄更斯的长篇小说《艰难时世》(1854)，便是对这场运动的直接反映。

小说有两条平行发展的情节线索：一是工厂主庞得贝跟工人的矛盾斗争，一是退休五金批发商兼国会议员葛雷梗的"事实哲学"实践。

一开始，小说就展示出一种以焦煤镇为代表的工业资本主义社会的典型环境：到处是红砖搭砌的简陋住房、泥泞狭窄的街道，以及被滚滚浓烟熏黑了的天空、房屋和人的面孔。工人们在浓烟和类似"发狂的大象"的机器旁做牛做马，精疲力竭，仍难维持温饱。而资本家却锦衣玉食，坐在敞亮明净的办公室里颐指气使。

在这种环境中，小说描绘了被实业界称作"硬头皮"、"铁拳头"的工厂主庞得贝的典型形象。他在焦煤镇开纺织厂，把工人当做干活的"人手"或"会说话的工具"，只顾拼命压榨他们的血汗而不顾其死活。当工人们不堪压榨，组织工会起来斗争时，他便一方面编造什么煤烟最有利于肺部健康、他是孤儿出身以及只要勤劳刻苦人人都能发财致富的谎言来愚弄和欺骗工人，另一方面又使用收买工贼、安排内奸乃至开除等卑鄙手段对工人进行离间和施以高压。为使自己的孤儿身世的谎言不败露，他竟丧心病狂地不准自己的生身母亲在焦煤镇露面。总之，庞得贝专横而又狡诈、虚伪而又冷酷，正是当时英国工业资产阶级的典型写照。不过，出于反对以暴抗暴的资产阶级人道主义观念，狄更斯虽同情工人的遭遇，也理解工人斗争的原因——争取起码的生存权，但却不能理解工人斗争的历史意义，反对有组织的宪章运动，主张用"仁爱"、"谅解"来感化资产阶级和调和阶级矛盾。因此，小说在描写工人们忍无可忍组织起来开展正义斗争的同时，又把从伦敦来的工会活动家斯拉克布瑞其形容成夸夸其谈、不负责任的煽动者，把工人斗争写成是盲目骚动。同时还刻意塑造了一个苦大仇深却以德报怨的老工人斯蒂

① 《马克思恩格斯全集》，中文1版，第10卷，133页，北京，人民出版社，1962。

芬的形象来与之对照，写他身心都遭到极大损害却既不参加工会斗争，也不愿当资本家的内奸，而是规劝庞得贝收敛淫威，以免激出更大事变。当他被庞得贝诬作盗贼、开除，失足掉进矿井中摔死时，小说还用极其高昂的热情，赞颂他“通过谦虚、悲哀和饶恕”，“找到了穷人们的上帝”和“救世主的安息所”。

小说的另一主人公退休五金商兼国会议员葛雷梗，是当时十分流行的曼彻斯特学派功利主义的实践家。他认为世间万物的唯一中心是根据“现有数字和精确统计”得出的体现“现金买卖关系”的“事实”，其他一切都是“无谓的空想”。为此，他经常在自己口袋里装着尺子、天平和乘法表，以便随时准确计算出“人性任何部分”的分量及它在现金交易中的作用。对其家庭成员，他也同样只准他们承认和接受跟现金买卖有关的既定“事实”，不准他们有任何人性的追求。结果，他的家庭完全淹没在金钱买卖的利己主义的冰水中。妻子如同行尸走肉，女儿露易莎被迫嫁给比自己大30岁的庞得贝，生活苦闷，神经错乱，儿子汤姆缺乏任何道德观念，酗酒放荡，胡作非为，走上了盗窃银行的犯罪道路。就连他精心培养的高材生毕周，也只是个极端冷酷自私的恶棍和工贼。总之，小说以大量事实表现了作为曼彻斯特学派功利主义理论集中体现的“葛雷梗哲学”的荒谬及其造成的严重社会恶果。至于小说末尾写葛雷梗在充满“人性光辉”的马戏团小丑的女儿西丝的感化下悔悟，则同样是作家惯有的用“信心、希望和仁爱”来改造人心的表现。这种表现，显然违反了人物性格的发展逻辑。

小说在艺术上的突出贡献，是描绘了焦煤镇这个英国工业资本主义社会的典型环境和塑造了庞得贝这个英国工业资产阶级的典型人物。在描绘焦煤镇这个典型环境时，小说着重描绘滚滚浓烟、狭窄街道、昏暗路灯、乌黑面孔、疲惫神态等典型的真实细节。在塑造庞得贝这个典型人物时，小说还交替运用了无情揭露与幽默嘲讽的艺术手法。此外，漫画式的人物肖像描写和象征性的事物本质描绘，在英国文坛上也占有相当突出的地位。如小说描写葛雷梗的额头、腿、肩膀都“四四方方的”，像统计数字一样准确。毕周的脸色则苍白得完全没有血色，“可能连流出来的血也是白的”。又如小说用“长蛇”来象征资本主义对工人的紧紧捆缚，用“生番”来象征资本主义的吃人本性等，都十分生动逼真。

第六节
哈代及其《德伯家的苔丝》

一、生平与创作

托马斯·哈代（1840—1928）是19世纪末期英国著名的现实主义作家。他出生在英国西南部的多塞特郡，父亲是石匠兼建筑工程小包工头，哈代主要由母亲教育成长。他从小喜爱古

哈代像

典文学，并研习过拉丁文和希腊文。1861 年去伦敦学建筑，并在大学旁听文学、哲学、神学和语言学课程。1867 年学成回乡后，只当了几年建筑师，便专业从事文学创作。哈代共出版了 14 部长篇小说、4 部中短篇小说集、8 部诗集和 3 部史诗剧，以长篇小说成就最高。

哈代的一生基本在家乡度过。他所生活的那片保有农村宗法制残余的家乡，古称威塞克斯，所以他把自己的小说总名为“威塞克斯小说”。其中，最有代表性的几部长篇，还被他命名为“性格和环境小说”。

19 世纪下半期，英国工业资本主义已经确立，农村宗法制残余正在迅速崩溃。因此，哈代的主要作品，大部分是描写工业资本侵入这地区后所产生的一系列社会变化，并重在批判工业资本的专横暴戾及其带来的道德沦丧。但因哈代不能从社会历史发展的角度来认识产生这种悲剧的原因，又深受宗教唯心思想影响，故这些作品在慨叹宗法制农村经济被解体和恬静风光被破坏时，又显露出一种“无可奈何花落去”的命定、无为的悲观宿命思想。

在第一部长篇小说《绿荫下》(1872) 中，哈代对残存的宗法制农村尚抱有美丽幻想——写一个青年农民跟一个青年女教师在世外桃源似的环境中排除困阻终成眷属。但从第二部长篇小说《远离尘嚣》(1874) 开始，作品的批判揭露矛头，便越来越尖刻地指向工业资本主义。在这里，田园风光和有情人终成眷属已经完全消失，出现在远离尘嚣的农村中的，竟都是这样的内容：爱情被践踏——《远离尘嚣》中主人公小农主芭斯谢芭错嫁代表都市罪恶的军官特洛特终被遗弃，《无名的裘德》(1895) 中主人公石匠裘德的婚姻总一再铸成悲剧；家庭被拆散——《卡斯特桥市长》(1886) 中主人公亨察尔被生意合伙人逼得家破人亡，《还乡》(1878) 中主人公克林·姚伯的妻子因爱慕虚荣，与人私奔；生命被摧残——芭斯谢芭惨死在贫民窟、克林·姚伯的妻子私奔途中失足溺死、亨察尔夫妇悲愤去世、裘德在潦倒绝望中酗酒身亡、《德伯家的苔丝》中的女主人公更因反抗社会迫害而被处死。

这些小说，都以工业资本主义侵袭下迅速解体的宗法制农村为背景，以工业资本主义所带来的耽于享乐、尔虞我诈和冷酷自私作为主人公生活悲剧的根源，因而都有了揭露资本主义黑暗的内涵。不过，由于思想局限，这些小说也不同程度地充满悲观宿命色彩——克林·姚伯遁迹宗教，亨察尔难逃命运支配，裘德在临死前发出“让我出生的那个日子毁灭吧”的悲叹，苔丝的命运更被解释为难以逃脱的命运定数。

然而，即使是这样带悲观宿命色彩的批判揭露，仍为保守、狭隘而自私的英国资产阶级所不容，这些长篇小说几乎都遭到资产阶级评论界的攻击，致使作者最后 30 年竟放弃了小说创作。到 20 世纪后，哈代的作品才逐渐受到重视，人们公认哈代是英国杰出的现实主义作家。

二、《德伯家的苔丝》

哈代的上述思想、艺术特点，在代表作《德伯家的苔丝》(1891) 中得到了最集中的体现。

小说描写一个美丽、勤劳的贫雇农姑娘苔丝，因家境贫困，不得不到地主亚当·伯雷家当雇工。遭亚当污辱和遗弃后，又到一家牛奶场当女工，并跟牧师的儿子、大学生安玑·克莱相爱。但新婚之夜，当苔丝出于对丈夫的忠诚，主动向他坦白遭污辱和遗弃之事时，克莱却从虚伪的资产阶级伦理出发，以“乡下人不懂什么叫体面”为由，冷酷地扔下她远走巴西。苔丝连遭残酷打击，心力交瘁，但为养活全家还不得不含垢忍辱到一家农场干着跟男工同样繁重的劳动，并天天为丈夫祈祷，苦苦等待丈夫的归来。可不久，亚当又来纠缠她了，威迫利诱、诽谤造谣，无所不用其极。而这时，父亲横死，母亲病重，房主迫租收房，全家人沦落街头，丈夫又杳无音信。万般无奈中，苔丝只得勉强答应跟亚当同居。然而，也恰在此时，克莱认识到了自己的错误，匆匆从巴西赶回来跟她和好，可为时已晚，只得愤然离去。苔丝悔恨交集，一怒之下杀死了亚当，追上克莱，跟他在山洞里过了几天苦涩的夫妻生活，然后被捕处死。

通过苔丝的遭遇，小说展现了一幅在工业资本主义侵袭下英国农村的典型图画：新式机器代替了畜力木犁，雇工剥削代替劳役地租，工厂农场代替个体耕种，金钱势力代替门阀势力。冷酷自私、虚伪奸诈、巧取豪夺、享乐腐化等资本主义的思想道德观念，也随之代替了宗法制农村的固有风习。我们看到，小说中不仅出现了像克里克、葛露卑所经营的那种大牛奶场和农场，同时更出现了大量像苔丝及其劳动伙伴那样的破产雇工。人们不但在经济上遭受资本家的残酷剥削，在身心上更是严重地遭其摧残和伤害。

在这幅典型图画中，小说集中刻画了女主人公苔丝及其生活悲剧的直接制造者亚当·伯雷和安玑·克莱形象。

小说用“一个纯洁的女人”做副题，又把绞死苔丝的八角楼说成是“全城美景中唯一的污点”，还讥讽处死苔丝的法律和宗教是“‘典型’明正了，上帝对苔丝的戏弄也完结了”，这都一再表明作者对苔丝的遭遇抱高度同情，对资本主义社会的道德、法律、宗教持全面否定的态度。的确，苔丝是无辜遭难的“纯洁女人”形象。她淳朴、勤劳、善良、美丽而又坚韧不拔，敢爱敢恨并富反抗精神。遭亚当污辱和遗弃后，她忍受着人们的指责和歧视，带着孩子做苦工度日。被安玑·克莱抛弃后，她再次忍受歧视，去外地做工以养活家庭。即使千难万苦，也从不自暴自弃，“宁愿饿死也永远不会向人（包括克莱的父母在内）要资助”。她爱克莱并非觊觎其地位、财产，而是认为他思想开明、心地善良。她本“信仰上帝”，但从生活中体验到上帝的虚妄后，便毅然斩断了跟教会的关系，对摇身变为牧师的亚当的布道“感到恶心”，认定他是在尘世上“作完了乐，开够了心”，又“预备着再到天堂享乐”。最后，在悔恨交加中，更毅然杀死了造成她生活悲剧的罪魁祸首亚当·伯雷。这一切都充分表现了苔丝的高尚品格。她不仅仅是资本主义社会的牺牲品，同时更是资本主义罪恶的抗议者和控诉人。

亚当·伯雷和安玑·克莱同是苔丝生活悲剧的制造者。亚当代表着工业资产阶级的专横暴虐，安玑·克莱则代表着自由资产阶级的虚伪冷酷。前者用专横暴力从生活上摧残苔丝，后者用虚伪道德从精神上折磨苔丝。一个表现得庸俗，一个表现得文雅，其实内心都自私自利。亚当污辱苔丝是为了满足自己的情欲，克莱喜欢苔丝是因为她勤劳能干，可以给他当个好管家，为自己提供“方便和幸福”。他俩都是造成苔丝悲剧的罪魁祸首，只不过对苔丝来说，后者对她的打击似乎比前者更沉重：她不屈服于前者的暴力压迫，但却被后者的精神折磨压垮。

总之，通过苔丝、亚当和克莱形象，小说对工业资本主义侵袭下英国农村劳动人民的悲惨处境及其不屈精神作了鲜明展示，对资本主义的专横暴虐及法律、道德的冷酷虚伪进行了有力揭露。小说发表后遭到资产阶级卫道者的猛烈攻击，斥责它要“揭起反抗一切社会礼法的旗

《德伯家的苔丝》封面

帜、掀起推翻一切神圣道德的风潮”。这也的确一语中的地道出了作家的用意及作品在文学史上的地位。不过，由于哈代不能从社会历史发展角度了解苔丝悲剧的根源，又找不到真正的社会出路，故小说也跟其他著名作品一样具有浓烈的悲观宿命色彩——似乎冥冥中有一种无法违抗的力量在主宰着苔丝的命运，她无论怎么奋斗、追求，结果都无法逃脱悲剧命运。

小说在艺术上的成就，除成功地再现了典型环境（工业资本主义侵袭下的英国农村）中的典型人物（苔丝、亚当、克莱）外，还突出地进行了细腻的心理刻画——如苔丝对亚当的刻骨仇恨、对克莱的痴心等待、对家人的深刻担忧等。此外，内外对照的人物性格刻画和偶然中带必然性的客观事物描写手法，也很好地体现了作者的艺术功力。如一方面写克莱厌恶都市文明，要到农村来跟农民劳动，还爱上了苔丝这个“自然的女儿”；另一方面又写他参加农村劳动的真正用意是为了学习农牧技术以便将来“像国王般管理他的牛群和羊群”，爱苔丝也主要是因为她勤劳能干，将来可为自己提供“方便和幸福”。通过这些鲜明的内外对比，克莱那貌似开明实则自私的伪善面目便暴露无遗。又如，苔丝家的老马被邮车撞死、苔丝结婚前写给克莱的坦白信碰巧克莱没看到、苔丝回家时碰上改头换面的亚当在布道等，表面看来都是些偶然事件，但若从苔丝家必将沦为雇工、冷酷自私的克莱早晚都要抛弃她、专横暴虐的亚当迟早总要再纠缠苔丝的角度看，这些偶然事件又带有巨大的必然性，是必然中的偶然。

第七节 莫泊桑及其《羊脂球》

一、生平与创作

居伊·德·莫泊桑（1850—1893）是19世纪后半期法国著名的现实主义作家。他生于法国北部诺曼底省的一个没落贵族家庭，父亲是银行职员，母亲是颇有文才的工厂主女儿，舅父和外祖父都是小有名气的文学家。莫泊桑在风景秀丽的乡村和汹涌澎湃的海边度过童年。18岁进卢昂高乃依中学住读，19岁进巴黎大学法学院，20岁应征入伍参加普法战争。战争结束后，先后在海军部和教育部当小职员，30岁退职专业从事写作。

莫泊桑受家庭影响，从小喜爱文学。早在卢昂上中学时，就曾拜法国帕尔纳斯派诗人路易·布耶和著名文学家福楼拜为师。福楼拜对莫泊桑的教导严格认真。他不但要求莫泊桑把文学创作当做艰苦而又伟大的劳动，而且要求莫泊桑培养对事物极其深刻细致的观察力和极其简

莫泊桑像

洁准确的表达能力，要求莫泊桑在观察“一堆篝火或平原上的树木时，要发现它们和其他的火、其他的树有什么不同”，观察“一个杂货商和守门人”时，也要找出他们跟其他杂货商和守门人的不同的“道德本性和形体外貌”。而在表现他们时，则要求只用一个名词来确定事物的称谓，用一个形容词来表示事物的性质，用一个动词来表示事物的行为。同时，福楼拜还把莫泊桑介绍给著名作家左拉、龚古尔及侨居法国的俄国作家屠格涅夫认识，让他接受名家的感染和熏陶。严师出高徒，经过十余年刻苦锻炼，莫泊桑终于在30岁以中篇小说《羊脂球》一举成名。此后莫泊桑便辞去公务，专心写作。从1880年到1890年的短短十年中，他共创作和出版了300多篇中短篇小说、6部长篇小说、3部游记和大量的诗歌、戏剧、散文。为了衷心感谢自己的老师，莫泊桑把自己的许多小说集和诗集，都用“我衷心挚爱的杰出的慈父般的朋友，我最最敬慕的无可挑剔的导师”的题词，题献给福楼拜。

莫泊桑的作品，以短篇小说成就最高。法国著名文学家阿纳托尔·法朗士曾盛誉他是“短篇小说之王”。他的短篇小说题材十分广泛，大致可分为写普法战争、写小资产阶级社会生活和写农村生活三个方面。写普法战争的著名小说有写妓女誓死抗杀德军军官的《蜚蜚小姐》（1881），写老农勇敢杀死16名德军后壮烈牺牲的《米隆老爹》（1883），写森林看守人及其老婆、女儿智擒六名全副武装的侵略者的《俘虏》（1884）。写小资产阶级社会生活的著名作品有讽刺小职员妻子因爱慕虚荣苦熬十年凑钱买钻石项链还“债”的《项链》（1884），有讽刺小官吏因渴求勋章让妻子出卖色相的《勋章到手了！》（1883），有嘲讽小职员对亲人持拜金主义态度的《我的叔叔于勒》（1883）。写农村生活的著名作品，有描写因父亲病重影响农活、子女们不等父亲死亡便忙着办理丧事的《老人》（1884），有描写农村木匠因找不到活儿偷吃一点东西便被打骂坐牢的《流浪汉》（1887）。此外，还有不少小说深刻真切地展现了资本主义社会的金钱万能、世态炎凉及下层劳动人民的悲惨命运，如《珠宝》（1883）写丈夫为了财产可以对妻子的不忠置若罔闻，《穷鬼》（1884）写被大车碾断双腿的弃儿只能在乞讨中活活饿死，《港口》（1884）写兄妹二人因贫穷和烦闷竟在无意中成了妓女和嫖客。莫泊桑的作品，尽管也常有自然主义痕迹，并带悲观主义和神秘主义倾向，但主体内容仍是对资本主义社会的现实主义描写，主要倾向仍是对资本主义的黑暗现实的揭露批判。

莫泊桑的长篇小说虽不如中短篇小说驰名，但洋洋六部长篇，也足以证明他写长篇的功力。其中，描写贵族阶级没落历史的《一生》（1883）曾被世界文豪列夫·托尔斯泰盛誉为一部描写女主人公“内在的美”的“感人至深的”、令人“久久不能忘怀”的作品。另一部揭露帝国主义时代政治流氓发迹史的长篇小说《漂亮朋友》（1885）更通过杜洛阿的无耻钻营和飞黄腾达，广泛揭露了当时法国政界、金融界、新闻界及整个上流社会的丑恶和黑暗：自我标榜为廉洁奉公的政界，其实是被一群政客把持的争权夺利的场所；自我标榜为社会支柱的金融界，其实是操纵政府大肆掠夺人民血汗的总部；自我标榜为人民喉舌的新闻界，不过是政治骗子和金融财团们用来散布流言、操纵舆论的工具；而自命为社会道德良心的上流社会，则不过是连空气都淹没在“无尽的情欲之中”的荒淫窝。

莫泊桑因受资本主义社会不良风气影响，生活上曾长期陷入歧途。他早年便患神经痛，晚年更患严重的精神病，为使精神兴奋还吸毒，终致精神失常，年仅 43 岁便在一所精神病院逝世。他终生未娶，“像流星一样进入文坛”，又“像彗星般一闪而过”（莫泊桑自语）地度过了短促而辉煌的人生。

二、《羊脂球》

莫泊桑的中短篇代表作《羊脂球》（1880）描写普法战争时期，一辆由敌占区卢昂市到仍由法军把守的海港城市第厄普去的马车，在短短两天的旅途上所发生的简单而又意味深长的故事。

《羊脂球》封面

小说一开始便勾画了一幅普法战争时期法国社会的概略风貌：法国军队疲惫散乱地从卢昂城败退，普鲁士军队像“洪水猛兽”般涌进城来，居民们有的躲在窗后窥探，有的则带着“对入侵者的憎恶”，对敌人进行“野蛮而合法的报复”。

在这种强敌压境、民心参差的背景下，小说进一步展现了坐在马车上的十名旅客的身份及其旅行目的：酒行老板乌先生和他高大强壮的妻子、现任州议会议员兼棉纺厂厂长迦来·辣马东先生及其“素来是卢昂驻军长官安慰品”的年轻漂亮的太太、门第高贵的禹贝尔·卜来韦伯爵和他那因跟国王儿子恋爱而颇享盛名的夫人。这六个人都是有巨额收入的上等人士。不过，乌先生平素被人“看做是狡猾的坏胚子”，迦来·辣马东先生主要靠诈取国库以获得巨额钱财，禹贝尔·卜来韦伯爵则靠炫耀亨利四世国王曾使他家的一位夫人怀孕来保持高傲气派。车上的另外四个人，两个是手里拿着念珠、不断念着祷词的嬷嬷（修女），一个是 20 年来只知在咖啡馆里喝“革命饮料”（啤酒）的所谓“民主的朋友”的戈尔筝克，另一个则是被上等人士极端鄙视的绰号叫“羊脂球”的胖妓女。

这十个人，代表着商界、政界、企业界、贵族阶级、宗教界、“革命”者和社会下层人民，实际是法国社会各界的缩影。他们在车上尽管异口同声地在谈论着战争和爱国，可旅行的实际原因却各不相同。乌老板是为了转道去哈佛尔收取政府欠他的大笔酒款，迦来·辣马东是为了到英国去从事赚钱的餐饮业，禹贝尔是为了寻找更舒服的娱乐场所，嬷嬷是为了去看护并不存在的伤兵，戈尔筝克是为了追寻更好的“革命位置”。只有羊脂球一个人，才是因为憎恨侵略者而离开卢昂的。

行车途中的第一个艺术关节，是用对食物的态度来揭示上等人士的虚伪贪婪：马车原定在多忒镇吃午饭，由于积雪盈尺，到下午 3 点多还离多忒镇很远。众人饥饿难挨，见羊脂球拿出美味食物，竟对她由轻视而痛恨，恨不得扑过去杀死她。但当羊脂球请他们共食时，他们又立即把轻视、痛恨一齐抛开，扑过来狼吞虎咽地把食物吃得精光。

行车路上的第二个也是最重要的艺术关节，是用对敌军军官的态度来揭示上等人士的无耻自私：马车到傍晚才抵达多忒镇。见到检查证件的普鲁士军官，伯爵夫妇、厂长夫妇、乌夫妇、嬷嬷们全露出惯于听从征服者的柔顺态度，乌老板甚至“一只脚刚好着地，就用一种谨慎超于礼貌的情感，对军官说：‘先生晚安’”。只有羊脂球“在敌人面前显得又稳重又高傲”，意识到自己“多少代表着祖国”，因而处处表现出对敌人的憎恶。当普鲁士驻军营长提出要跟羊脂球睡觉否则“不准套车上路”时，也是羊脂球首先对这种侮辱性要求表示坚决拒绝和极端愤慨，她嚷道：“去告诉这个无赖，这个下流的东西，这个普鲁士臭死尸，说我决不答应，决不，决不，决不！”可是那些道貌岸然、嘴里不断谈论战争和爱国的上等人士们，为了能尽早离开多忒镇，去转移财产和发国难财，却接二连三挖空心思地用种种动人言辞去“劝导”羊脂球答应普鲁士军官的要求。他们先是列举许多用肉体和贞操去征服敌人的古代例子，向她表明这种献身报国是多么难得的英勇行为。接着又再三暗示她本身的职业，原是“属于社会公有”，答应普鲁士军官的要求，本就合乎逻辑。嬷嬷们也出来论证说，圣人也难免会犯过错，“只要是为了上帝的荣光和人类的幸福”，教会都一律给予赦免。最后，伯爵更以长者的“雍容态度”，“用理论上的推敲和感情上的笼络去争取她的信心”，还管她叫“我的好孩子”，并热烈表示“他们对她的爱戴”。在这种严密而巧妙的包围、劝说下，羊脂球终于被迫接受了众人的“好意”。可是，当羊脂球正为大家背上十字架，遭受普鲁士营长的侮辱时，那些“正人君子”们却在兴高采烈地为自己的“成功”和“获得解放”而开怀畅饮。

写到这里，上等人物的卑鄙无耻、虚伪自私的思想本质，可说已暴露无遗，甚至令人发指了，可是，莫泊桑还并不到此为止，他还要让这些“正人君子”在车上继续暴露。

于是，小说接着出现了第三个艺术关节：第二天早晨马车又准备上路时，羊脂球刚怯生生地走过来，大家便同时把身子背过去，伯爵甚至赶紧挽着妻子的胳膊，好像要“远远地避开那不清洁的接触”一般。等到吃午饭的时候，大家都拿出早就准备好的丰富食物，津津有味地吃起来，没有一个人想到顾不上准备食物的羊脂球，更没有一个人邀请她共食。羊脂球感到她整个被这帮爱惜名誉的混账东西们欺骗、坑害了。“当初，他们牺牲了她，现在又把她当做一件肮脏的破布扔掉。”她委屈愤慨得直想大声哭泣，但她终于克制住自己，不让自己在这帮忘恩负义、卑鄙无耻的坏蛋们面前哭出声来。

很明显，小说的基本主题，是通过上述艺术关节，全面而又深刻地揭露普法战争时期上层人士的种种虚伪自私、贪婪无耻的丑恶嘴脸。他们言行不一，口是心非，好话说尽，坏事做绝，活脱脱是一帮社会渣滓。而作为他们对立面的羊脂球，身份虽是妓女，但诚恳坦荡、正直无私，不仅心里真正装着祖国，而且对敌人满怀仇恨，表现了来自底层的强烈的爱国主义精神。其思想本质比那些“正人君子”实在要高出十倍百倍。

《羊脂球》集中体现了莫泊桑中短篇小说精湛的艺术技巧和突出的艺术风格，即善于从日常生活中选取题材，再深入开拓主题，以小见大地概括生活。《羊脂球》只是选取了乘马车结伴旅行这一极平凡的题材，在旅行中又只抓住生活中最平常的吃和住这两个极平凡的事件，再精心安排羊脂球请众人吃饭、众人“劝导”羊脂球献身和众人不让羊脂球共食这三道艺术关节，便把上流人士的卑鄙自私、侵略者的野蛮横暴和下层人民的爱国情怀，展现得十分形象具体，挖掘得入木三分。同样，小说对人物的思想言行，也始终不着一字评判，只让他们在三道艺术关节中进行自我表演，而他们中谁是真正的爱国者，谁是虚伪自私、卑鄙无耻的市侩，谁饱含着高尚情操，谁浓缩着卑劣灵魂，读者也一目了然、清清楚楚。这简直是一幅鲜明生动的法国生活的现实主义图画，一幅惟妙惟肖的普法战争中的众生相。

小说在左拉主持的“梅塘晚会”（“梅塘”是左拉在巴黎西郊所建的别墅的名称）上朗读时，听众都被小说的精彩内容和精湛技巧折服，全体起立，向莫泊桑再三致敬。1880 年 4 月 16 日小说刚一出版，便立即在法国引起巨大轰动，短短几周内便 8 次重印。几乎人人都在阅读《羊脂球》，人人都在谈论莫泊桑。作者后来回忆说，我“像流星一样进入文坛”，几乎一夜之间便成了法国乃至欧洲的著名作家。

第八节 易卜生及其《玩偶之家》

一、生平与创作

易卜生像

亨利克·易卜生（1828—1906）是19世纪挪威著名戏剧作家，被誉为“现代戏剧之父”。他出身木材商家庭，8岁时家庭破产，15岁便独自出外谋生。先当药店学徒，兼写诗歌、剧本，后被卑尔根剧院和挪威国家剧院先后聘为编剧、导演。1864年因抗议挪威统治者坐视普鲁士对丹麦的侵略及资产阶级文人对他的恶毒攻击，愤然出国，侨居意大利、德国，专事戏剧创作。直到1891年，才回到阔别27年的祖国。1906年逝世时，挪威人民为他举行了国葬。

易卜生生活在资本主义经济发展较缓慢，但封建包袱并不沉重，且“农民从来都不是农奴”，“小资产者是自由农民之子”[①] 的北欧。家庭的破产和当学徒时所受的歧视，使他很早就对巧取豪夺和压迫剥削产生逆反心理。1848年的欧洲革命浪潮，更激起了他的民族觉悟和革命热情。因此，在出国前，他就积极参加革命党人特列恩领导的工人运动，参与为营救被迫害的进步作家而举行的群众游行，并在这一时期所写的浪漫主义诗作（如《醒醒吧，斯堪的纳维亚人》）和浪漫主义历史剧（如《赫尔格兰德的勇士》）中，支持匈牙利革命，号召斯堪的纳维亚各国联合抗普，通过再现民族历史激发人民的爱国主义感情及民族解放斗志。

侨居国外之初，易卜生的剧作尽管已面向现实，但仍保有浪漫主义的色彩。到1869年以后，随着易卜生对资本主义矛盾认识的深入，他的剧作便完全转向了批判现实主义范畴。这一时期，他创作了大量“社会问题剧”，提出了有关资本主义的道德、婚姻、妇女、教育、法律等一系列社会问题，对资本主义社会作了真切深刻的批判揭露。主要有《社会支柱》（1877）、《玩偶之家》、《群鬼》（1881）、《人民公敌》（1882）等。

《社会支柱》揭露素有“社会支柱”美称的资产者博尼克，实际是诱奸妇女、出卖朋友、

---

① 《马克思恩格斯全集》，中文1版，第37卷，411、412页，北京，人民出版社，1971。

撒谎造谣、唯利是图的恶棍。《人民公敌》则描写忠于科学、热爱真理、造福社会的斯多克芒医生——真正的社会支柱，只因提出改建有传染病菌的温泉浴场，触及了市政当局和资产者的利益，便被他们宣布为“人民公敌”。《群鬼》继《玩偶之家》之后，写女主人公阿尔文太太弃家出走后，为维护家庭体面只好忍气吞声回来，结果，她痛苦地发现她为丈夫、儿子、家庭所做的牺牲完全白费，围绕着她的只是社会偏见、虚伪道德、荒谬法律、僵死教条及荒唐丈夫与荒唐儿子这些“群鬼”。

到了 19 世纪 90 年代，随着社会矛盾的激化和帝国主义势力的空前猖獗，易卜生的个人“精神反叛”理想破灭，信念落空，思想陷入悲观主义泥淖，创作重心也从社会批判转向内心描写或精神分析。

二、《玩偶之家》

易卜生的代表剧作《玩偶之家》（1879）描写一个有自由独立意识的小资产阶级妇女不堪家庭、社会束缚而弃家出走的故事。女主人公娜拉是个活泼热情而又严肃认真的美丽女人。她热烈而真诚地爱着丈夫海尔茂。为替丈夫治病，她偷偷冒名举债，又靠不断针织、绣花和抄写文件以补贴家用。但她的丈夫（过去的政府职员、律师，现在的银行经理）却是个虚伪自私的资产阶级市侩。他既不了解她，更不尊重她，他只把她当做供自己消遣的“美丽的玩偶”。当问题还不涉及个人切身利益时，他肉麻地管娜拉叫“小鸟儿”、“小松鼠儿”。可当他知道娜拉曾冒名举债，危及自己的社会地位和名声时，便一反常态，骂娜拉是“伪君子”、“犯罪女人”，要剥夺她教育子女的权利，还扬言要根据法律、宗教、伦理、道德对她进行惩罚。后来，当债主——银行职员柯洛克斯泰在娜拉女友林丹太太感化下退回伪造签字的借据时，他又顿时改变态度，表示要永远爱娜拉、保护娜拉。娜拉看清了海尔茂的丑恶灵魂，也看清了自己“泥娃娃”的可悲处境。于是，她对保护这种关系的资本主义社会的法律、宗教、伦理、道德逐一提出怀疑并进行了狠狠批判，然后，毅然决然地弃家出走——离开这个“玩偶之家”，去追求自由、独立的生活。

《玩偶之家》封面

剧本的基本主题是争取妇女的自由独立、提高妇女的社会地位、打破不平等的资产阶级家庭关系，一句话，争取妇女解放。因此，剧本被一致称誉为“妇女独立的宣言书”。

女主人公娜拉是具有资产阶级个性解放思想的叛逆女性形象。她出身小资产阶级家庭，活泼热情、能歌善舞、勤劳节俭、积极乐观，而且富于同情心、乐于助人。当林丹太太为生活所迫急需找工作时，她极力相助。当阮克医生遭遇不幸时，她伸出友谊之手。从表面看，她只是个天真烂漫的美丽女人。如果在封建专制时代，她更是一个家庭中的“贤妻良母”。然而，处在资本主义兴起的时代，受追求自由独立和反封建束缚的个性解放思潮影响，娜拉实际上已是一个勇于追求独立人格和自由生活的坚强女性，同时还是一个敢于跟不合理现实进行抗争的社会叛逆者。她耻于做“泥娃娃”，不愿当“美丽的玩偶”，一旦看清丈夫的真实面目，认清了自己的处境，便毅然跟这个“玩偶之家”决裂，而且对束缚她的整个资本主义社会持怀疑、否定态度。当海尔茂说她不了解所处的社会时，她断然地斥责说："究竟是社会正确，还是我正确！……从今以后我不能一味相信大多数人的话，也不能一味相信书本儿里的话。"当海尔茂拿宗教和法律来压制她时，她更愤慨地喊道："我真不知道宗教是什么"，"国家的法律跟我心里想的不一样……我不相信世界上有这种不讲理的法律"。不过，娜拉的追求尚带有只对自己负责的"绝对自由"内涵。其反抗实质，也属脱离社会物质基础的个人主义的反抗。因此，娜拉弃家出走后，茫茫黑夜，去向何方？作为一个资产阶级作家，易卜生在剧本里没能做出回答。鲁迅先生在《娜拉走后怎样?》一文中说："但从事理上推想起来，娜拉或者也实在只有两条路：不是堕落，就是回来。"① 这是十分中肯的判断。如果不改变社会制度，娜拉是不可能真正找到出路，妇女是不可能真正得到解放的。然而，娜拉的弃家出走，在当时仍是对资本主义社会的巨大挑战。因此，"上流社会"对剧本提出了强烈抗议，指控作者道德沦丧、伤风败俗，责问一个妻子难道可以抛弃丈夫和孩子吗？为此，易卜生还特意写了《群鬼》予以回答——在被社会偏见、虚伪道德、不公法律和僵死信念这些"群鬼"包围的环境中，不弃家出走只是个痛苦的悲剧。

作为娜拉的对立面，海尔茂是个庸俗、冷酷、虚伪自私的资产阶级市侩。维护资本主义社会制度是他的行为准则，追求金钱和地位是他的生活目标，一切以个人利害为转移是他的处世准绳。他在家庭生活中俨然以资本主义制度的代表和男权中心思想的体现者自居，把妻子只当做事事服从、处处听话的美丽的玩偶。在社会生活中，他待人接物处处以是否对己有利为取舍。他疏远娜拉的女友林丹太太，是因为林丹太太家境贫困，为了生活只得嫁给她不爱的人。他冷淡老朋友阮克医生，是因为阮克医生得了重病，对自己已无实用价值。他拒绝保留大学同学柯洛克斯泰在银行的职位，是因为柯知道他的底细，可以在别人面前叫出他的小名。但当柯洛克斯泰利用娜拉伪造的借据准备告发他时，海尔茂又马上改变主意，接受了柯洛克斯泰的要求。

易卜生是严格的现实主义作家，同时也是卓越的戏剧创新者。《玩偶之家》集中体现了他多方面的艺术创新精神。剧本抛弃了传统的或含恨而死、或破镜重圆的爱情模式，否定了欧洲戏剧舞台上流行多年的乔装、谋杀、决斗等惊险场面，让人物、情节、冲突全都跟普通日常生活融为一体，让观众感到舞台上的人物是自己熟悉的人物，舞台上的经历也就是自己的生活经历。同时，剧本在结构、对白和手法上，也进行了大胆而又成功的创新：

第一，疑问性结构。整部剧本，从头到尾都处在一系列的疑问之中。娜拉冒名举债有何严重后果？海尔茂把妻子当做玩偶会产生什么样的反应？娜拉要求自由独立应不应该？海尔茂维护社会秩序对不对？娜拉走后会怎样？这不但使剧本的主题思想得到鲜明体现，剧本的艺术效果也因观众不断探索问题而得到大幅增强。

第二，论争性对白。剧本中的人物对白，大多都带有论争性质。林丹太太跟柯洛克斯泰的对话如此，娜拉跟海尔茂的对话更如此。到剧末，夫妻俩的对话，更是简直成了揭发与维护的激烈争辩。

第三，追溯性手法。剧本的情节不按发展顺序依次展开，而是一开始便描写海尔茂收到债主的揭发信，引起海尔茂跟娜拉的冲突、决裂。而引起冲突、决裂的关键事件娜拉冒名举债及娜拉的"泥娃娃"处境等，则全用倒叙手法做追溯性描写。这使剧本紧张、集中而又极富戏剧性。

---

① 《鲁迅全集》，第1卷，159页，北京，人民文学出版社，1981。

此外，剧本虽不用旁白和少用独白（娜拉的独白只有简短的两段），但人物的心理状态（如娜拉从平静到忧虑再到激烈的过程）却刻画得十分出色生动。

第九节 马克·吐温及其《哈克贝利·费恩历险记》

一、生平与创作

马克·吐温（1835—1910）是美国现实主义文学的奠基人、世界著名的幽默讽刺大师。他原名塞缪尔·朗荷恩·克列门斯。马克·吐温是他为纪念水手生活而取的笔名。意为“水深两㖊（约3.6米），航船可以通过”。他生于密苏里州佛罗里达镇的一个贫穷地方法官家庭，在密西西比河畔的汉尼巴尔镇及叔叔的农场中度过童年。12岁父亲逝世后，即出外独立谋生，当过印刷所学徒、送报人、排字工、水手、领航员，还当过兵、淘过金，后来又先后在美国西部和东部的一些报馆当记者和编辑。

马克·吐温于1864年开始文学创作。第一部短篇小说集《卡拉维拉斯县驰名的跳蛙及其他》（1865）充分表现了欢快、幽默、夸张的美国西部民间文学特点，成为美国幽默文学的代表作。第二部作品旅途通讯集《傻子国外旅行记》（1869）用揶揄和反讽手法，嘲笑美国资产阶级和上层宗教人物的愚昧保守、虚伪自私，更在国内外引起轰动。他自己也因此被盛誉为“第一流的美国作家”和“文学上的林肯”。

不过，跟马克·吐温从新闻记者成长为文学家的生活历程相应，他的文学创作，也有一个从轻松的诙谐、幽默到辛辣的讽刺、揭露的发展过程。

马克·吐温像

1870年以前，他主要是写短篇小说和旅游通讯。除上述两本集子外，还有《田纳西的新闻界》（1869）、《我怎样编辑农业报》（1870）等。这些作品尽管植根于现实生活，且对生活中的可恨、可恶、可笑现象进行了嘲笑，但主体内容仍带有较多浪漫因素，基本风格还只是轻松的诙谐和幽默。

19世纪70年代后，随着马克·吐温的生活趋向稳定（跟大煤炭企业主的女儿奥莉薇亚结了婚，在康涅狄格州的哈特福德镇买了别墅定居下来），他开始静下心来对自己亲历目睹的种种社会现象进行认真分析。他曾目睹广大黑奴如何像牲口般被鞭打、出卖和残杀，千万个矿工如何在荒山野岭中苦熬苦斗，密西西比河两岸的破产农民如何走投无路、衣食无着。同时，也耳闻目睹了那些大农场主、大企业家、大投机商以及形形色色的官僚、政客等，如何用横行霸道、巧取豪夺、投机陷害、徇私舞弊等手段，欺压人民、盗窃国库、大发横财。这一切，逐渐在作家头脑中凝结成一个个生动的艺术形象，并促使他不辞辛苦地要把它们一一描写出来。因此，19 世纪七八十年代马克·吐温的作品大都具有较深刻的社会批判内容，其基本风格也从轻松的诙谐、幽默发展为辛辣的讽刺揭露。例如：短篇小说《竞选州长》（1870）借民主党和共和党联合无端攻击诬蔑正直的独立党候选人的讽刺情节，深刻揭露了美国自由选举的虚伪本质。长篇小说《镀金时代》（1873，与华纳合著），把 19 世纪五六十年代表面繁荣的所谓美国“黄金时代”，讽刺为徒有其表的“镀金时代”，并通过小公务员霍金斯一家的生活，广泛展现了当时美国政界、财界、商界、法律界、新闻界为追逐金钱而表现出来的种种投机狂热、贪赃枉法和卑鄙伎俩。《汤姆·索亚历险记》（1876）和《哈克贝利·费恩历险记》这一对被誉为世界儿童文学优秀作品的姐妹篇长篇小说，通过小主人公汤姆和哈克贝利不满小市民生活和追求自由的冒险经历，对陈腐、死板的小市民生活和蓄奴制罪恶进行了深刻揭露。长篇小说《王子与贫儿》（1881）则通过一个贫苦儿童汤姆跟一个富贵王子爱德华交换社会地位的童话故事，在展现劳动人民生活极端艰难困苦、统治阶级生活极端奢侈豪华的同时，进一步表现了人人生来平等的民主主义思想和环境地位决定人物性格的唯物主义观念。

19 世纪 90 年代后，马克·吐温一方面在小说中继续深化其辛辣讽刺风格和民主唯物思想，写出了颇负盛名的讽刺金钱万能的短篇小说《百万英镑》（1893）和为了追逐金钱伪君子们个个丑态毕露的《败坏了赫德莱堡的人》（1900），出版了批判“白人优胜论”和论证白人黑人并非天生有异的长篇小说《傻瓜威尔逊》（1893）。一方面又在旅途随笔《赤道环行记》（1897），杂文《托钵僧和傲慢无礼的陌生人》（1902），政论《给坐在黑暗中的人》（1901）、《使用私刑的合众国》（1901）、《为范斯顿将军辩护》（1902）及若干讽刺小品中，愤怒谴责美国的帝国主义侵略战争对各国人民所犯下的掠夺、欺骗和屠杀罪行。但因找不到制止社会罪恶的有效途径，看不到社会发展的光明前途，再加上爱妻和爱女不幸逝世，马克·吐温晚年逐渐被悲观绝望思想笼罩，于 1910 年 4 月 21 日在孤独痛苦中与世长辞。

二、《哈克贝利·费恩历险记》

马克·吐温的童年和青少年时代，都在密西西比河流域度过。奔腾浩瀚的大河、烟雾迷蒙的航道、如诗如画的两岸景色，一直使他想念神往。大河两岸的风土人情，特别是黑人奴隶的苦难遭遇，更使他始终密切关注。因此，他除了在自传体长篇小说《密西西比河上》（1876）和长篇小说《汤姆·索亚历险记》中记述自己在这条河上的童年活动及水手生活外，早在 19 世纪 70 年代初，便立意要创作一部以密西西比河两岸的社会现实和黑奴的生活命运为主要内容的长篇小说。为此，1882 年他还专程从新奥尔良溯流而上，重新考察了密西西比河的两岸风光。然后，又花了整整一年时间来搜集整理材料。再后，才全力从事小说的创作。1884 年命名为《哈克贝利·费恩历险记》的长篇小说刚一出版，立即在社会上引起轰动，并很快被舆论界一致公认是马克·吐温的代表作。

小说描写白人少年哈克贝利·费恩（以下简称哈克）与中年黑奴吉姆结伴乘木筏在密西西比河上逃亡漂流，以寻找理想中的自由国土的故事。

故事发生在南北战争前，但实际内部却延伸到了战后的 19 世纪七八十年代。

哈克是个无家可归的流浪儿，由寡妇道格拉斯和她姐姐华森小姐收养。她们对他严加管教，一心要把他培养成循规蹈矩的模范儿童和将来的体面上等人。可是哈克却厌恶死板虚伪的城市文明，感到自己"一天到晚在活受罪"，因而不断违规，不断逃学，还经常跟好友汤姆一道去河边或森林玩耍。不久，哈克的酒鬼父亲突然回来了，把哈克关进河边木屋中肆意毒打、折磨。哈克难以忍受，便驾着一只小船逃跑了。在一个荒无人烟的小岛上，他碰到了怕被主人华森小姐卖到南方而逃出来的中年黑奴吉姆，于是两人便结伴乘木筏沿密西西比河逃亡，打算到传说中的不买卖黑奴的自由国土去。

《哈克贝利·费恩历险记》封面

沿途，他们经历了种种艰难险阻，也碰到了很多意想不到的事情。他们曾被急流冲开，又曾被轮船撞翻失散。他们曾亲历了格兰纪福家族和哈伯逊家族的残酷械斗，还曾被两个自称"公爵"、"国王"的骗子诱骗、挟持。最后，再次被骗子卖掉的吉姆，在哈克和汤姆的帮助下获救。同时华森小姐也在遗嘱中，让吉姆获得了自由。

通过哈克和吉姆的逃亡和追求，小说在详尽描写密西西比河的浩瀚风光及两岸风土人情的背景中，严厉谴责了种族歧视和蓄奴制残余的罪恶，深刻揭露了当时美国社会中种种残忍嗜斗、贫穷落后和粗俗无聊的现象。

小说主人公哈克和吉姆，是两个有着共同理想——追求自由生活，却又具有不同身份、不同经历和不同性格的人物。哈克是白人流浪儿，天真淘气、机智善良。老吉姆是逃亡农奴，忠厚耿直、诚恳慈爱。哈克出走是因为他不愿过虚伪死板的上流社会生活和不堪酒鬼父亲的毒打折磨。吉姆逃亡是因为他不愿被卖到"地狱般"的南方，并渴望能挣钱赎出心爱的妻儿，跟他们一道过自由的生活。小说着重描写了哈克在吉姆高尚品格感染下思想感情的变化过程。他俩第一次失散又重逢时，哈克还想编故事戏弄吉姆，但见他失散时那么真诚地着急，重逢时又那么由衷地高兴，便感到自己很对不起他。在漂流过程中，吉姆处处像慈父般对他关怀照顾，事事都坚持正直无私立场，使哈克逐渐对他越来越信赖、尊重，并很快把他当作"世界上最要好的朋友"。当汤姆受伤，吉姆愿以牺牲自己的自由为代价去拯救他时，哈克更感到吉姆简直是世界上品格最高尚的人。这样，当哈克帮助吉姆逃亡的行动，跟他固有的白人传统观念——帮助黑人逃跑是犯了大逆不道之罪——产生尖锐矛盾时，他便甘冒"下地狱"的风险，毅然撕掉了写给华森小姐的告发信，死心帮助吉姆逃亡。

在蓄奴制尚是美国社会制度的基础、背叛蓄奴制便是犯了背叛上帝的最大罪行的时代，小说大力颂扬奴隶的美德，着力描写白人帮助黑奴逃亡，这固然具有巨大的进步意义；就是在南北战争结束后的 19 世纪后期，哈克的行为也同样具有巨大的现实意义，因为这时蓄奴制并未完全废除，"白人优胜论"仍在流行，三 K 党之类的种族残杀组织仍然存在。在这种情况下，小说描写哈克对吉姆人格的颂扬和对其追求自由解放的支持，便鲜明地表现了马克·吐温对蓄奴制残余的否定和对不分种族人人平等的民主主义思想的坚持。

总之，哈克是散发出人性光辉的白人儿童形象，吉姆是具有高尚品格的理想黑人典型。他俩的重要意义，在于深刻地揭露了蓄奴制及其残余的罪恶，正面倡导了不分种族人人平等的民主主义思想。

小说集中体现了马克·吐温卓越的艺术才能。作品既用现实主义手法客观真实地展现了密西西比河的迷人风光和当时美国社会生活的广阔画面，又富有浪漫主义激情地抒写了主人公向往自由解放的热切心情，还在描写家族械斗、骗子嘴脸和市民心态时表现了漫画式的夸张和尖刻的讽刺嘲弄。此外，小说情调风趣，寓庄于谐，又通篇使用口语化的"美国英语"，使小说显得既生动自然，又准确流畅。

第十节 杰克·伦敦及其《马丁·伊登》

一、生平与创作

杰克·伦敦像

杰克·伦敦（1876—1916）是比马克·吐温稍晚出现的美国著名现实主义作家，主要生活在美国从自由资本主义过渡到垄断资本主义的时代。

他出身破产农民，只上过几年小学便出外独立谋生，当过报童、小工、"壕贼"、水手，还去阿拉斯加淘过金。20 岁后，在极其困难的条件下，一边发奋读书，一边埋头从事写作，一生共写了 19 部长篇小说、150 多篇短篇小说、3 部剧本及大量随笔、特写和政论文。

杰克·伦敦因深受当时在美国十分流行的斯宾塞的"社会进化论"和尼采的"超人哲学"的影响，其作品在描写社会现实和揭露资本主义黑暗的同时，又经常描写和歌颂强者，有时还带有浓厚的悲观主义情绪。

他早期的著名作品，是中篇小说《野性的呼唤》（1903）、《白牙》（1906）和短篇小说集《北方的故事》（1906）。《野性的呼唤》写一只狗，在严酷拼搏中锻炼成狼群的首领。《白牙》则反过来写一只凶恶的狼，在体贴周到的主人关照下，变成了一只温驯的狗。《北方的故事》有的写北方淘金者在极其险恶的条件下跟大自然进行的顽强斗争，如《热爱生命》；有的则写淘金者因黄金而互相残杀，如《黄金谷》。这些早期作品，大都来自作者流浪生活的体验，题材新颖、情节紧凑，歌颂强者，富传奇性，因而很受读者欢迎。

杰克·伦敦的主要作品，是长篇政治幻想小说《铁蹄》（1908）和代表作长篇小说《马丁·伊登》。

《铁蹄》是杰克·伦敦 1905 年加入美国社会党，并积极参加党的各种进步活动的直接产物。小说假托是一份在21世纪60年代发现的手稿——一个名叫爱薇丝·埃弗哈德的女人的回忆录。回忆录的内容是讲述她丈夫、工人安纳斯特·埃弗哈德如何组织和领导工人跟“铁蹄”——“美国资本家的寡头政治”进行斗争的故事。埃弗哈德战胜了革命派内部的议会改革主张，毅然领导工人发动了推翻“铁蹄”统治的武装起义。他起义失败被关进监狱后，又积极准备发动第二次武装起义。小说不仅揭示了“铁蹄”如何控制政府、法庭、媒体、教会、军队以愚弄欺骗和残酷镇压人民群众的种种暴行，而且强调工人阶级要从资产阶级手里夺取政权，必须抛开一切和平幻想，准备进行长期坚决的武装斗争。这使小说有了较高的政治思想水准，成为美国第一部具有无产阶级性质的文学著作。不过，由于作家信奉社会进化论和超人哲学，当时美国社会党又大多脱离工人运动实践，小说中夸大了个人在革命中的作用，把埃弗哈德写成脱离群众的“超人”式英雄和恐怖主义者，而群众则被写成盲目、松散的乌合之众。

1910年以后，面对垄断寡头政治的猖獗，杰克·伦敦陷入了日益严重的思想危机。他虽然也写出了表现老年拳击运动员凄凉晚景的《一块排骨》(1911)、谴责资产阶级小姐的《墨西哥人》(1913) 等优秀短篇，但悲观思想却使他挥金如土，借酒消愁，1915年宣布退出社会党，1916年在加利福尼亚自杀身亡。

二、《马丁·伊登》

杰克·伦敦的代表作长篇小说《马丁·伊登》(1909) 取材于他早年的生活经历，在很大程度上带有自传性。小说描写水手马丁·伊登因从一帮流氓手中拯救了资产阶级少爷阿瑟而得以进入律师摩斯家。他被资产阶级家庭表面的物质文明弄得目瞪口呆，把资产阶级人士都看成是“公正无私的人”，更把资产阶级小姐罗丝看成是“高尚纯洁”的化身。罗丝出于资产阶级小姐的浪漫幻想，对这个才智过人、精力充沛的小伙子虽另眼相看，但出于玩弄感情的习惯，却装出对他产生了“爱情”。为了挤进上流社会和配得上罗丝，马丁一边打工，一边拼命读书、写作。但他那充满睿智和现实内容的文稿，却一次又一次被报社退回来，有时穷得连寄文稿的邮费都付不起。不久，对马丁开始厌倦的罗丝，在父母支持下，终于借口马丁跟社会主义者往来而跟他断绝了关系。马丁承受了巨大压力和痛苦，但仍坚持写作，终于在资产阶级内部斗争的需要下，一举成名。这时，过去鄙视他的人，都主动前来讨好他；报社杂志社，都纷纷争着发表他的文稿；罗丝也流着眼泪，回来要求跟他恢复爱情关系。然而，他爬进了上流社会后，才看清他以前向往的社会，不过是个十分庸俗空虚的场所；他视做“高尚纯洁”化身的罗丝，也同样只是个虚伪势利的市侩。他精神垮了，极度失望，又因不能再回到劳动人民中而感到无路可走，于是悄悄投海自尽。

通过马丁的追求和幻灭，小说深刻地揭露了资本主义社会的庸俗空虚、虚伪势利。它貌似高尚，实为卑劣；乍看“公正无私”，细看“全是俗物”。

小说不但借马丁追求的幻灭，揭露资本主义社会的庸俗空虚，同时更借一个名叫勃力森登的社会党人之口，指出“社会主义是不可避免的，眼前这个腐朽而不合理的制度绝对支持不下去了”。

通过马丁的写作生涯，小说还真切地表现了一个有才能和正义感的作家在资本主义社会里的悲剧命运。报纸杂志全控制在一些“像驴一样愚蠢的俗物手里”，他们只会见风使舵、制造

《马丁·伊登》封面

谣言，对富有才华的作品，“一点也不懂得”。马丁的作品，他们起初完全不予理睬，但马丁成名之后，他们又一下子把他捧到天上。

小说把主人公马丁·伊登描写成一个“相信捷足先登、强者必胜”的“强有力的个人”，而且在他的个人奋斗中，多次赞颂他“坚强”、“高傲”、“不凡”。但小说并没像《野性的呼唤》或《铁蹄》中那样把主人公写成胜利者或不屈的反抗者，而是把马丁的结局写成既鄙夷上流社会，又远离劳动人民，最后精神崩溃，只好投海自尽的悲剧，这便表明作者对马丁个人奋斗的可行性及他所信奉的超人哲学和个人主义的怀疑或否定。不过，在怀疑或否定时，小说并没有给读者提供任何积极的理想或人物，连宣传社会主义的勃力森登也只是个跟劳动人民格格不入的颓废主义者。这便又表现了作者因脱离革命实践和劳动人民而导致的悲观绝望情绪。

《马丁·伊登》的艺术成就，主要表现在现实主义的人物塑造上。每个人物都有丰满的独特个性——马丁才智过人、精力充沛而又感觉敏锐；罗丝矫揉造作、耽于幻想且庸俗势利。每个人物也都有个性化的独特语言——马丁的语言始终简洁有力、思路清楚；罗丝的语言则夸张造作、咬文嚼字。此外，形成人物性格的典型环境、决定人物命运的紧凑情节，以及表现人物性格特征的肖像刻画和心理描写等，也都相当卓越精湛。

思考题

1. 试述欧洲现实主义文学的基本特征。
2. 试述美国现实主义文学跟欧洲现实主义文学的异同。
3. 比较欧美现实主义文学与我国明清小说。
4. 分析索黑尔·于连形象。
5. 试述《红与黑》的思想、艺术特征。
6. 试述巴尔扎克《人间喜剧》的中心内容。
7. 分析拉思蒂涅形象。
8. 《包法利夫人》在哪些方面体现了福楼拜的艺术创作原则？
9. 试述《艰难时世》的思想意义和艺术成就。
10. 试分析苔丝悲剧的构成原因及其社会意义。
11. 简论《羊脂球》的思想内容和艺术特色。
12. 娜拉为何要出走？出走后又会怎样？
13. 试述《哈克贝利·费恩历险记》的思想意义和艺术成就。
14. 分析马丁·伊登形象。

第八章

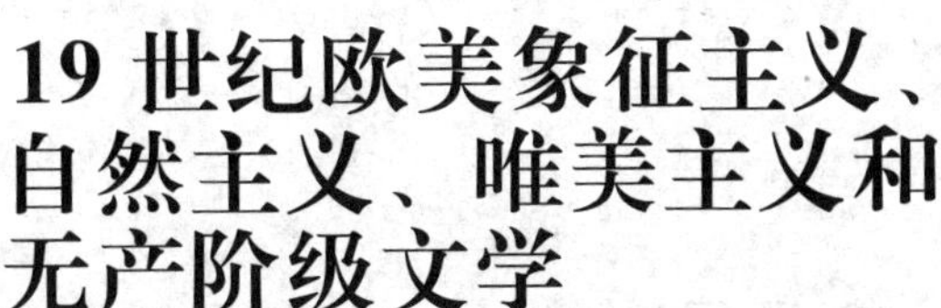

19 世纪欧美象征主义、自然主义、唯美主义和无产阶级文学

小引

到 19 世纪后半叶，随着欧美主要国家先后进入垄断资本主义阶段，工人运动逐渐风起云涌，马列主义理论得到迅速传播，同时各种资产阶级唯心主义哲学也十分流行。这便使这一时期的文学呈现出复杂多元的局面。

除现实主义文学还在继续发展外，作为对现实主义文学的演变，这一时期出现了强调遗传、病理作用的自然主义文学。作为对自然主义文学的对峙，这一时期还出现了“为艺术而艺术”的唯美主义文学和基于“通灵”的象征主义文学。作为对风起云涌的工人运动的艺术反映，无产阶级文学在这一时期也以崭新的姿态出现在文坛上。

第一节 概述

一、19世纪欧美自然主义文学

1871年的巴黎公社革命，使欧洲历史进入了一个新的发展时期。英、法两国资本主义发展较快，到19世纪70年代已由自由资本主义发展到垄断资本主义阶段。德国在1871年完成统一后，到19世纪90年代成为具有军事侵略性质的国家。与此同时，无产阶级也以资本主义掘墓人和社会主义开创者的身份，在八九十年代掀起了声势浩大的革命浪潮。在工人运动的基础上，各国工人阶级的政党也相继成立。但是，随着阶级斗争的不断深化，工人运动内部却出现了形形色色的机会主义思潮。1889年成立的“第二国际”的领导权，在恩格斯逝世后落入了修正主义者手中，国际工人运动的中心，也于19世纪末转移到俄国。在列宁和俄国布尔什维克党的领导下，1917年终于爆发了十月社会主义革命，开辟了人类历史的新纪元。

随着自由资本主义向垄断资本主义过渡和无产阶级革命运动的兴起，马克思主义得到迅速传播，但各种资产阶级唯心主义哲学也十分流行。继瑞典斯威登堡（1688—1772）创灵异体验和神灵世界的神秘主义哲学、德国叔本华（1788—1860）创宇宙事物是神秘不可知的意志的体现的“意志论”之后，法国孔德（1798—1857）又创“实证论”，主张用“科学实验方法”来解释各种社会现象。泰纳（1828—1893）的《艺术哲学》还主张一切都取决于种族、环境和时代。此外，法国柏格森（1859—1941）也创“直觉主义哲学”，认为只有通过非理性的直觉—内心体验才能认识事物的本质。

在文艺领域，现实主义文学虽仍在发展，但作品的批判力度已普遍减弱，和平改良和悲观宿命思想普遍加深。于是，继福楼拜绝对冷静客观的现实主义之后，在孔德的“实证论”和泰纳的种族、环境、时代论的影响下，一种主张用科学方法来进行文学描写的自然主义文学便产生于19世纪60年代的法国，并很快传遍欧美。法国作家左拉（1840—1902）被称作自然主义文学理论的奠基人。他在《实验小说论》（1880）、《自然主义小说家》（1881）等论著中，倡导小说家应像医生或生物学家那样把人当做病例或生物来进行观察或实验，目的在于找出遗传、种族基因在不同环境和时代中的表现。这种理论名为用科学方法来进行“文学革命”，实为用科学实验冲击文学创作。不过，自然主义只是现实主义的一种演变。左拉一方面宣传上述主张，一方面对司汤达、巴尔扎克、福楼拜又十分赞赏。认为巴尔扎克“压倒了整个世纪”，福楼拜倡导绝对冷静客观和艺术上精益求精更是“本世纪的先驱”，并把客观真实和表现整个时代视为文学创作的首要条件。因此，左拉的20卷长篇巨著《卢贡-马卡尔家族》，虽有摄影式记录事实、强调人的动物本能和病理的成分，但基本内容仍是对第二帝国时代社会现状的如实描绘和对第二帝国溃亡原因的探究。

法国作家爱德蒙·龚古尔（1822—1896）和茹尔·龚古尔（1830—1870）是自然主义文学创作的倡导者。他俩合著的代表作中篇小说《翟米尼·拉富特》（1865）描写一个因“神经紊乱”而逐步堕落为妓女的女仆的悲惨生涯。小说揭示了社会的黑暗，但也热心探究主人公的病理和记录琐屑的非典型的生活“本来面目”。

自然主义文学19世纪80年代传到法国之外，德国剧作家盖尔哈德·霍普特曼（1862—1946）的《日出之前》（1888）揭示资本家克劳塞的道德堕落，但又把原因归结为酒精中毒遗传。《织工》（1892）表现了劳资矛盾和工人起义，但又热衷描写贫民窟中的一些卑污情状。英国作家乔治·吉辛（1857—1903）的小说《黎明的工人》（1880）描写了穷人的饥饿和苦难，但也描写了他们的遗传和病理影响。瑞典作家斯特林堡（1849—1912）的独幕剧《朱丽小姐》（1888）描写伯爵女儿受骗委身其父男仆导致自杀，但重点却在表现男女间变态的情感和欲望的冲突。此外，英国作家毛姆（1874—1965）的长篇小说《兰贝斯的丽莎》（1897）、德国作家阿尔诺·霍尔茨（1863—1929）的短篇小说集《哈姆雷特爸爸》（1889），美国作家斯蒂芬·克莱恩（1871—1900）的中篇小说《街头女郎梅季》（1893），以及西班牙作家伊巴涅斯（1867—1928）的早期作品，也颇具自然主义因素。在美国，一些文学评论家甚至把本属现实主义“黑幕揭发者”的诺里斯的《章鱼》和辛克莱的《屠场》，也称作自然主义文学。

二、19世纪欧美唯美主义和象征主义文学

跟仍然立足现实、反映现实的自然主义不同，这一时期的一些厌恶阶级斗争和社会现状的作家，则力图在超政治、超现实的艺术象牙塔里寻求出路。

早在19世纪30年代，法国诗人奥菲尔·戈蒂耶（1811—1872）便在康德（1724—1804）的“不夹任何利害”的美感学说和柏格森强调内心体验的“直觉主义哲学”影响下，在论文《〈莫班小姐〉序言》（1834）中提出“只有不为任何事物服务的东西才是美的”的论点。到70年代，英国文艺理论家瓦尔特·佩特（1839—1894）在《文艺复兴·艺术和诗的研究》（1873）一书中更直接喊出文艺应“为艺术而艺术”的口号，认为文艺的任务不在服务政治和反映生活，而只在精雕细刻、工整格律、完美形式，以寻求艺术美的享受。艺术美高于生活、高于生命，高于一切。戈蒂耶不仅提出上述主张，还在小说《莫班小姐》（1836）、诗集《珐琅与雕玉》（1852）中予以实践——《珐琅与雕玉》不记录时代或抒发激情，而只选取精美的事物，以鲜艳的色彩和雕琢的语言予以表现。《莫班小姐》则以主人公女扮男装引起一对情人争恋的故事，表达对形式美的崇尚。这样，唯美主义文学便在19世纪50年代的法国产生，并很快传到欧美，且在八九十年代的英国形成高潮。英国唯美主义代表作家奥斯卡·王尔德（1856—1900）不仅写了诸如《英国的文艺复兴》（1882）等一系列阐述唯美主义文艺观的论文，并在一系列文学作品中予以艺术体现：童话故事集《快乐王子集》（1888）文辞精美、工于雕琢。诗剧《莎乐美》（1893）借圣经题材写主人公为获得瞬间美的享受竟不惜牺牲一切。小说《道林·格雷的画像》（1891）更通过主人公恣意作乐时自画像变丑，主人公死去后自画像复原的荒诞情节，宣扬艺术至上、艺术永恒观念。此外，英国诗人但丁·迦百利·罗塞蒂（1828—1882）描写登仙少女的诗作《神女》（1850）、阿尔杰隆·查尔斯·斯温伯恩（1837—1909）的专注于艺术技巧的诗剧《阿塔兰忒在卡吕冬》（1865）、墨西哥作家阿曼多·内尔沃（1870—

1919）的诗集《黑色的珠宝》（1898），也都具有唯美主义色彩。

唯美主义文学开拓了艺术表现范围，对社会丑恶也曲折地表示厌恶，但过分注重形式、强调美感则使文学缺乏深邃的思想内涵。因此，一些同样注重扩大艺术表现范围的作家，便在斯威登堡灵异体验哲学的指导和美国诗人爱伦·坡（1809—1849）悲观神秘主义诗作的影响下，倡导一种以“通灵”（波德莱尔语）为基础的文学。他们认为万物之间都有彼此相通的灵感，诗歌本身便“包裹着神秘”（马拉美语），而客观世界只是主观世界的象征。只有通过象征——用具体意象去表现抽象感情，在默悟或暗示中靠朦胧神秘的色彩和富有音乐性的语言，才能感知和表达梦幻般的“绝对世界”。1886 年法国诗人让·莫雷亚斯（1856—1910）发表《象征主义宣言》一文，大批诗人集结在《象征主义者》等报刊周围，象征主义文学这一名称便得以认定，象征主义文学流派也从此出现。

象征主义文学最早出现在 19 世纪 50 年代的法国，美国作家爱伦·坡是其先驱，法国诗人波德莱尔（1821—1867）是其中坚，马拉美（1842—1898）是这一流派的领袖。它很快也遍传欧美，并形成一种跨世纪的文学潮流（学界常把 19 世纪象征主义称前期象征主义文学，20 世纪初的象征主义称后期象征主义文学），其声势、成就和影响都远在唯美主义文学之上。

爱伦·坡在其著名诗歌《乌鸦》（1845）中表现出这派作家共有的忧郁绝望情绪。波德莱尔在诗集《恶之花》（1857）中，用基于“应和—感应”的象征手法展现出一幅希望与失望、理想与现实的激烈鏖战图。马拉美的诗作《牧神午后》（1876）写牧神从睡梦中醒来复又睡去，梦中的美丽幻想似与丑恶现实形成对照。保尔·魏尔伦（1844—1896）的《诗艺》（1874）被称作象征主义的“诗的宣言”，其诗作《天空在屋顶上面》以轻灵舒展的词句表达诗人心灵的深沉哀怨。阿瑟·兰波（1854—1891）的长诗《醉船》用摇曳的醉船来象征人波动的精神状态，语言精练，想象诡奇。马拉美、魏尔伦、兰波号称法国象征主义三剑客。此外，比利时作家梅特林克（1862—1946）用得而复失的青鸟象征幸福无常的剧本《青鸟》（1908）、丹麦作家克劳恩（1865—1931）的诗集《大自然的孩子》（1887）和一些英美作家的作品，也都具有象征主义色彩。

随着唯美主义文学和象征主义文学的风行，以法国画家莫奈（1840—1926）、高更（1848—1903），荷兰画家凡·高（1853—1890）为代表的印象派绘画，以德国音乐家德彪西（1862—1918）为代表的象征派音乐这一时期也十分盛行。莫奈根据当时光学和色彩学的发展，主张把光和色的关系跟美学的表现结合起来，因而在代表作《日出·印象》中描绘了一幅具有特殊光色变化与空气感的超自然景色。高更还不满足于这种外在形象描绘，主张绘画主要应表现作者的主观感受，而非作者的客观见闻。因此，他在名画《塔西提妇女》（1891）中呈现给观众的便不是太平洋中部塔西提岛上土著居民的现实生活图景，而是一种富粗犷、装饰气息的具透视和立体感的“主观化感受”。同样，感情因素更炽烈的凡·高，也摆脱传统的现实主义画风限制，而更加强调造型的内在表现力和个人主观感受。他的名画《夜咖啡店》，展示给观众的远非日常所见的咖啡店夜景，而是红色与绿色的搏斗、对比和变异，使人自然联想到这里所经常出演的放纵的情欲。跟绘画相似，德彪西的音乐创作也不重视传统的和声的运用，而专注于作者内在感受的渲染。因此，他的管弦乐《牧神午后》（1892—1894）整曲都充满嘈杂难解的乐语和阴暗迷蒙的气氛。

要之，19 世纪欧美唯美主义、象征主义及与之关联的印象派绘画和象征派音乐，在艺术上扩大了文艺的表现手段，内容上有曲折揭示现实的作用，还为 20 世纪的现代主义文艺提供了借鉴，但过分强调形式、推崇美感和立足象征，却使文艺趋向晦涩。

三、19 世纪欧美无产阶级文学

在工人运动实践的推动和马克思主义的指导下，这一时期，崭新的无产阶级文学也蓬勃发展起来。无产阶级文学是在无产阶级革命斗争中产生的，它批判地继承了资产阶级文学的优秀传统，但跟资产阶级文学又有本质上的区别——要求从革命的发展中历史具体地表现现实，并着重描写党的组织作用和共产主义思想的教育鼓舞作用，即要求充满阶级斗争内容和具有革命的现实主义与浪漫主义精神。

早在 19 世纪四五十年代，欧洲就产生了萌芽状态的无产阶级文学——英国宪章派文学和德国革命诗歌。它们以明快的节奏和高昂的格调表现工人阶级的愿望，揭露资本主义社会的罪恶，显示出跟上述各种文学截然不同的战斗风格。宪章派诗歌的代表作家杰拉尔德·梅西（1828—1907）在《红色共和党人抒情诗》（1850）中，不但概括了英国工人阶级的觉醒过程，而且抒发了工人阶级斗争到底的革命决心。被恩格斯誉为德国无产阶级第一个和最重要诗人的格奥尔格·维尔特（1822—1856）在《饥饿之歌》（1843—1846）中，不但描写了工人阶级的饥饿和抗议，而且向统治者发出了“星期天我们就要把你抓住吃掉”的警告。其讽刺小说《德国商业的幽默速写》（1845—1848）和《著名骑士史纳普汉斯的生平事迹》（1849），对资产阶级的损人利己和容克地主的骄横暴虐也进行了激烈抨击和深刻讽刺。到 19 世纪 70 年代，出现了以鲍狄埃为代表的巴黎公社文学。巴黎公社文学包括公社社员在公社诞生前后 20 年间所写的大量诗歌、小说和散文，标志着无产阶级文学正式进入文坛。其中，最著名的作品是鲍狄埃所写的《国际歌》（1871）。《国际歌》以高瞻远瞩的革命气概，在揭示资产阶级和无产阶级根本对立、一切阶级调和都是虚妄幻想和劳动人民全靠自救的基础上，号召全世界无产者联合起来，用武力摧毁旧社会，创建共产主义的新世界。19 世纪末无产阶级革命中心转移到俄国后，出现了以高尔基为代表的俄国无产阶级文学。至此，无产阶级文学以崭新的面目正式屹立于世界文学之林，并逐渐表现出强大的生命力。

跟无产阶级文学相伴，这一时期也出现了以德国女版画家凯绥·珂勒惠支（1867—1945）为代表的无产阶级革命美术和以法国作曲家狄盖特（1848—1932）、俄国作曲家里夫金（1877—1922）为代表的无产阶级革命音乐。珂勒惠支的版画《面包》，以粗犷的线条和阴郁的背景，凸显了劳动者在资本主义制度下的饥寒交迫处境及难以抑制的愤怒感情。狄盖特的《国际歌》曲调，以雄浑流畅的旋律，升华了歌词所表达的无产阶级革命思想。里夫金的歌曲《海涛怒吼》，则以高亢悲壮的旋律歌颂了喀琅施塔得起义中英勇牺牲的水兵。此外，法国的《马赛曲》及众多的各国仿作，在当时也都起着直接、巨大的宣传鼓舞作用。

第二节 左拉及其《萌芽》

一、生平与创作

爱弥尔·左拉（1840—1902）是法国自然主义文学理论的奠基人，但其主要作品大都具有鲜明的现实主义精神。

左拉像

左拉出身工程师家庭，7 岁丧父，18 岁随母亲从南方返居巴黎。因生活困窘，中小学需靠助学金维持，中学毕业后，便不得不流浪和独立谋生。

他主要生活在经济飞速发展而政治却日益腐败的法兰西第二帝国时代，又深受司汤达、巴尔扎克、福楼拜等作家影响，丰富的阅历和对文学的挚爱，使他早就想像巴尔扎克那样，创作一部第二帝国时代的“人间喜剧”。1862 年，他进入阿舍特出版社工作，先当工人，后升广告部主任。在这里他阅读了大量文学、政治、科普著作，结识了泰纳等著名批评家和作家。到 1866 年，已基本形成了自己的文学观点和风格，并从此走上了专业作家的道路。

他先信奉浪漫主义，1864 年后转而推崇现实主义，但在当时十分流行的孔德的实证主义哲学，泰纳的种族、环境、时代决定论，卡吕斯和贝尔纳的自然遗传和实验医学理论，以及以龚古尔兄弟为代表的只强调如实记录生活现象的文学潮流的影响下，他又决心既要效仿巴尔扎克，又要不同于巴尔扎克，即既要进行社会人生描写，更要注重“科学”探究——主张作家应像医学家那样把人当做病例来进行严格的分析解剖，以找出病理、遗传在不同地理环境或物理环境中的表现。他不但从 19 世纪 60 年代起便努力在文学创作中实践自己的这套理论，还在 80 年代初把它们整理成诸如《实验小说》（1880）、《戏剧中的自然主义》（1881）、《自然主义小说家》（1881）等理论著作，从而名副其实地成了法国自然主义文学理论的奠基人和自然主义文学流派的领袖。

不过，作为一个对司汤达、巴尔扎克和福楼拜都十分敬仰，又对第二帝国时代法国社会生活透彻了解的作家，左拉的文学作品，并未完全实践自己的文学主张，许多重要作品，甚至突破了自己的理论框架。

他的主要作品是花了 25 年时间（1868—1893）完成的包括 20 部长篇小说的多卷巨著《卢贡-马卡尔家族》。按照构思，这部巨著的内容是“第二帝国时代一个家族的自然史和社会史”，即设想它主要是从生理学角度去研究卢贡-马卡尔家族的血统、遗传和环境问题。他事先勾勒了家族的五代世系分支图，标明了有关人物的血缘关系，作品也的确或多或少地描写了主人公的一系列遗传性疾病及其后果，如歇斯底里导致痉挛发疯，酒精中毒导致宗教狂和杀人狂，脑积水导致瘰疬、骨疽等。但它们在作品中并没占主要地位，事实上，这套多卷巨著着重描写的乃是第二帝国时代的种种政治、军事、经济、宗教、风尚、劳资冲突、土地矛盾、科学艺术等社会现状，呈现给读者的也多是一幅幅鲜明生动、形象具体的现实主义场景：如波拿巴政变时革命与反革命的激烈搏斗（《卢贡家族的家运》）、第二帝国初期暴发户的疯狂投机和无耻欺骗（《贪欲》）、资本主义世界大鱼吃小鱼的可怕景象（《巴黎之腹》）、垄断资本间的残酷斗争（《金钱》）、上流社会的荒淫腐败（《娜娜》）、城郊工人的贫困生活（《小酒店》）、矿业工人的悲惨处境及其誓死反抗（《萌芽》）、法国政治与军事的腐败无能和灾难性的溃败（《崩溃》）等等。

这样，我们便看到，在《卢贡-马卡尔家族》这部多卷巨著中，病理研究实际已让位给了社会研究；第二帝国时代的一个家族的自然史，实际已让位给了第二帝国时代整个国家的社会史。其广阔的画面、深邃的观察、形象的描绘，实在堪称左拉式的《人间喜剧》——一部第二帝国时代卓越的现实主义历史。

完成《卢贡-马卡尔家族》后，左拉又创作了揭露教会欺骗和倡导科学发明的三部曲《三名城》(《鲁尔德》，1894；《罗马》，1896；《巴黎》，1898)。1889年，为给长期被误判叛国罪的德雷福斯上尉讨回公道，他在报上还发表了指责当局颠倒黑白的致总统的公开信《我控诉》，以致被当局判处监禁、罚金，被迫流亡。

1902年9月29日，左拉在寓所因煤气中毒逝世，享年62岁。

二、《萌芽》

《萌芽》(1885) 是法国文学史上第一部如实描写产业工人的悲惨处境及其团结一致跟资方进行殊死斗争的现实主义史诗。

左拉早就想表现已成当时首要社会问题的工人境遇和劳资冲突。继描写城郊工人的贫困和畸形生活的《小酒店》(1877) 之后，他开始大量搜集有关产业工人的材料，大量阅读有关工人和社会主义的书籍，做了厚厚的多卷笔记，还多次下到工厂、矿井去亲身体验生活。1884年2月19日，法国北部煤矿区发生大罢工，他又闻讯赶赴现场进行实地调查，回来后便动笔创作《萌芽》，并于1885年出版。

《萌芽》封面

小说的主体情节是：失业机器工“第一国际”会员艾蒂安·郎蒂埃来到北方蒙苏矿区矿井深处当推煤工，他耳闻目睹工人们在极端恶劣的条件下劳动，过着极其贫困潦倒的生活，便开始对他们进行为维护自身权利而斗争的宣传。不久，煤矿公司为摆脱工业危机，在工人们已经冻饿不堪的情况下，再次压低出煤价格和增加罚金，引起了工人们的极大愤怒。再加上矿区发生瓦斯爆炸，不少工人在毫无安全保障和伤亡抚恤的情况下悲惨死亡。于是，在艾蒂安的组织领导下，爆发了轰轰烈烈的罢工运动。上万工人参加“第一国际”，数千工人捣毁矿场，附近矿场工人也纷纷罢工响应。罢工持续数月，工人即使当尽卖光，饥饿难忍，仍团结一致，誓死抗争。在政府派军警大批屠杀工人，公司用阴谋拉拢手段欺骗工人，以及工人内部无政府主义者和右倾机会主义者的暗中破坏、阻挠下，这次罢工以失败告终，但经过斗争考验的工人阶级坚信革命和正义的种子已经萌芽，最后胜利一定会到来。

小说首先真切具体地展示了罢工的根本原因——劳动条件的极其恶劣、生活状况的极其困苦、资本掠夺的极其残酷狡诈。又黑又深的矿井，“好似一个贪婪的野兽，蹲在那里等着吃人”。矿巷设备年久失修，到处都在渗水和散发瓦斯，矿层也随时会塌陷。矿工在黑暗、潮湿、高温、缺氧的坑道里，像牲口般赤身裸体地趴在地上干活，浑身是汗水和煤灰，随时都会有生命危险。即使逃过伤亡，等待着他们的也是“贫血、瘰疬、气喘和使人瘫痪的风湿病”。然而每天的报酬却只有区区三个法郎。为维持最低生活水平，老人、女人、小孩都只得被迫下井工作。老矿工马赫一家九口，四人下井劳动，仍每日入不敷出。他家的老祖父在矿井工作45年，所得养老金每日还不到十个苏。而公司股东们，靠工人血汗，股值不久就增长了100倍，住的是宫殿般豪华的邸宅，吃的是山珍海味，过的是花天酒地、荒淫无耻的生活。公司经理格雷古瓦的收入，比50个矿工家庭的收入还多，“连最不值钱的家庭陈设也够工人吃一个月”。在这样的情况下，为了摆脱工业危机，公司还要借口坑木支撑不合格，降低每车煤的工钱和增加罚款。这便使工人们无路可走，忍无可忍，只有团结起来进行罢工斗争。

接着，小说用大部篇幅形象逼真地描写了工人的罢工怒潮。上万工人组成了浩荡大军，像汹涌浪潮般席卷整个矿区。他们唱着《马赛曲》，高呼“要面包”、“要权利”！面对军警的枪炮刺刀，也毫不恐惧，毫不退缩。在饥饿难耐，甚至不少人病饿而死的情况下，他们仍坚守决不妥协、决不复工的诺言，团结一致，长期坚持抗争。跟以前欧洲文学中描写劳资斗争的许多作品不同，小说在描写这场斗争时，还描写了它的思想组织工作和工人内部尖锐复杂的矛盾。小说描写罢工运动始终在国际工人联合会的领导和支持下进行。事前，艾蒂安和专程从巴黎赶来的“第一国际”领导普鲁沙再三向工人们讲述资产阶级如何压迫剥削工人，工人理应当家做主，革命势必爆发且必然会最终胜利的道理。事中，艾蒂安又再三劝阻工人们不要采取过激的暴力行动，不要杀人、劫掠、放火和砸毁机器，更不要一味盲目、任性、不听指挥。事后，艾蒂安还不断思索、总结罢工失败的根本原因，考虑今后工作的方向和方法。小说描写这次罢工不仅提出了经济要求，还涉及政治权利：要求废除镇压和束缚工人行动的《里卡多法案》。当时，因国际工人运动受蒲鲁东主义影响，无政府主义思潮十分流行，艾蒂安在组织和领导这场罢工运动时，还不得不多次跟以苏瓦林为代表的主张打倒一切、毁灭一切的无政府主义主张以及以拉赛纳为代表的主张跟资方妥协、忍让的右倾机会主义思潮进行激烈斗争。这样，小说便不但写出了劳资斗争的磅礴气势，而且写出了它的组织性、坚定性和复杂性。更值得称道的是，罢工最后虽然失败了，但作品并无丝毫消极、悲观情绪，相反，处处鸣响着胜利、乐观曲调。“矿工们已经检阅了自己的队伍和力量，他们的正义呼声唤醒了全法国的工人。”“巴黎将永远忘不了沃勒矿井的枪声，帝国的血也要从这个不可医治的创伤中流尽。”“他们现在是失败了”，但“人们正在一天天壮大，黑色的复仇大军正在田野里生长”。不久，“革命即将到来，这是一次真正的革命，它的火焰将把本世纪的最后几年映红”。要之，小说是无产阶级在欧洲文学中的第一次全面艺术展现，是一曲粗犷、雄辉、悲壮、高昂的无产阶级革命赞歌！

小说展现了工人阶级的集体形象。马赫一家，特别是马赫老婆的形象，刻画得最为丰满。马赫一家祖祖辈辈在煤矿劳动，九口人有六口人丧命矿井。老祖父在井下干了45年，如今年老多病，连吐痰、流血都带黑色。马赫正直寡言，处处带头，在跟军警搏斗时壮烈牺牲。马赫老婆曾带领孩子到有钱人家乞求施舍，但残酷的斗争现实很快便使她抛弃了对资本家的幻想，转而勇敢地参加革命斗争。罢工时，她的家产当尽卖光，仍毫不动摇。丈夫牺牲、女儿丧命、公公发疯、幼子饿死的沉重打击，反使她的革命意志更加坚定。“她平静地谈着死去的亲人”，坚信“资本家们杀了那么多穷人，定不会有好报的，总有一天，他们会受到惩罚”。艾蒂安“在她的眼睛里看到了坚定的信念，相信不久以后，一定要大干一场”。马赫嫂是工人阶级的典型代表，她身上集中体现了工人阶级勤劳、淳朴、正义、坚强、富自我牺牲精神的优秀品质。

跟工人形象鱼水相关，小说着意刻画了罢工运动的组织领导者艾蒂安形象。他原是铁路工厂的机器工、“第一国际”会员，对工人苦难满怀同情，对资本政权切齿痛恨。来蒙苏矿区后，他一面如饥似渴地阅读各种革命理论，钻研社会主义学说，一面深入耐心地在工人中做革命的宣传、组织工作。他正直、善良、勇敢无畏、肯于献身。罢工中，他面对资方的奸诈和军警的刺刀，沉着镇定，无私无畏，罢工失败后，他不断思考失败的原因，认真总结斗争的经验教训，转赴巴黎，开展新的革命工作。应当说他是一个从基层成长起来的有阶级觉悟的工人领袖形象。但由于时代条件和左拉的世界观的局限，他还不是真正的马克思主义者和无产阶级革命家。这主要表现在他既受马克思主义影响，又相信空想社会主义学说，还尊奉达尔文生存竞争理论；既主张革命斗争，又反对暴力行动，还向往合法的议会斗争。在罢工中，他既缺乏斗争经验，更提不出明确的政治纲领和正确的斗争策略，以致罢工进入高潮时，便完全失去了领导作用。此外，他还具有较重的虚荣心和名利思想，往往把自己视为群众的救世主，幻想当议员在国会发表演说，或像他的偶像普鲁沙那样成为一个脱离劳动、衣着整洁、到各处去做报告的政治活动家。

艺术上，小说基本遵循现实主义方法，仔细观察生活，如实展现矛盾，注意描写典型环境、典型事物和典型人物。整部作品，气势磅礴而又精巧细致。全书共七部分。第一到四部分是描写工人罢工的根本原因，属引子、开场和发展。第五部分是罢工，属高潮。第六、七部分是罢工失败的经过，属尾声。全书首尾相接，沉稳从容，形成一个井然有序的整体，结构严密有机。小说把正在成长的工人运动多次喻示为：“在温暖的阳光照耀下破土而出的正在萌芽的种子。”又多次用“黑色的”这个词来描写矿工们的境况——矿区满是黑色的煤炭和煤灰，矿井满是黑洞洞的壁道，工人浑身是黑糊糊的颜色，连吐出的痰和死后的血都是黑色的。“村庄像包裹在黑色的尸布里”，天地仿佛也只有黑夜。全书 40 章，30 章都在漆黑的矿井下和黑夜中展开。黑色是忧郁、恐怖、压迫的象征。如此描写显然增强了小说的苍凉悲壮气氛，同时也凸显了作家精湛的艺术功力。

作为自然主义文学理论的奠基人，左拉的文学理论尽管在《萌芽》中远未占支配地位，但其痕迹仍时有显露。如用达尔文的“生存竞争”、“物种延续”等进化论观点，来解释工人阶级必将取代资产阶级这一社会发展规律；宣称“为了物种的延续，较强的吃掉较弱的”，“强大的人民将吞噬弱小的资产阶级”。又如，艾蒂安率领矿工进行罢工时，因身体里有酒精遗传病毒，内心充满杀机，有时几乎失去理性。在矿坑深处，由于饥饿特别是酒精遗传病毒，在极端愤怒下，他竟然杀死了自己的情敌、工人“叛徒”沙瓦尔。同样，马赫家老祖父也因疯癫病加重掐死了资产阶级小姐茜西儿。再如，小说多次详尽露骨地描写工人们的纵欲行为和下流动作，也属不加选择地“实录”生活的自然主义范畴。但瑕不掩瑜，从主体看，《萌芽》仍不愧为反映工人运动的优秀的现实主义名著。

第三节 波德莱尔及其《恶之花》

一、生平和创作

夏尔·波德莱尔（1821—1867）生于巴黎，父亲是个具有启蒙思想，并爱好文学艺术的高级家庭教师，母亲也受过良好教育，且笃信基督教。他在充满启蒙理性、基督精神和希腊古典文化的家庭环境中成长，从小便立志要做诗人。

波德莱尔像

他6岁时父亲不幸逝世。毫无艺术修养，只热衷名利的继父始终非难他的诗人气质，且一贯对他施行专制、高压手段，使波德莱尔开始对人生产生抵触。

中学时期，他目睹七月王朝对工人起义的残酷镇压，工人生活的极其悲惨以及巴黎街区的阴霾破败，使他的思想情绪变得更加沉重和忧郁，常用尖刻激烈的言谈举止对学校当局表示不满，终被学校以不守纪律为由开除。

这以后，为显示对家庭束缚的不满和对社会虚伪道德的蔑视，他浪迹在一群放荡不羁的文学青年之间，出入酒吧、咖啡馆，过着追欢买笑、纵情声色的浪荡生活。为此，他父母决定让他去印度加尔各答旅游，试图以此改变他的生活环境。原计划旅游一年半，可他只过了9个月便返回巴黎。印度之行，使他感受到了炽热明亮的热带风光，勾起了他对古希腊荷马时代的遐想。但回来后，家庭关系的迅速恶化，特别是七月王朝后期疯狂的拜金狂热，统治阶层的更加堕落腐化，下层群众的种种悲惨处境，使他深感启蒙理性已经崩溃，希腊文化已经泯灭，连基督教也成了资产阶级伪善的护身符和欺骗平民的麻醉剂。这一切，使波德莱尔感到极大的失望、忧郁和愤懑，几至自杀。作为一个深受瑞典哲学家斯威登堡神秘主义影响的富家子弟，他虽诅咒丑恶，却又深陷假、丑、恶的深渊而不能自拔；虽向往光明，却又看不到正确的出路。于是他只好走上离经叛道，反道德、反传统的道路：带着父亲留下的10万金法郎遗产，离开家庭，过起了挥金如土的豪华生活，用与众不同、惊世骇俗的装束和言谈举止来表示对资产阶级的蔑视和唾弃。遗产很快花尽后，他又只好过清贫、困苦、躲债、不被人理解，甚至遭攻击、唾骂的创作生活。

波德莱尔是在法国浪漫主义和现实主义文学的熏陶下登上文坛的。他奉夏多布里昂、拉马丁、雨果、戈蒂耶为导师，醉心浪漫主义著作；同时又十分推崇巴尔扎克和福楼拜，赞赏他们的作品充满“现实主义”精神。但进入 19 世纪四五十年代，法国浪漫主义已成为明日黄花，现实主义的走向也开始朝照相式的记录现实倾斜。波德莱尔一方面对浪漫主义和现实主义文学满是缅怀，一方面又锐志要推陈出新。即在保留浪漫主义的忧郁、怀旧、远行及向往、追寻、反抗的基础上融入现实主义的描绘、暴露、细节真实及典型化等基本特征，把情感转为精神，把描写转为寓示，把外在转为内在。他按自己的体验和感受，一篇又一篇地写出了许多离经叛道、不同凡响的诗章。其内容多是沉溺在大都市腐朽、污秽生活中的诗人的忧郁、痛苦、挣扎、向往和无力自拔。其艺术手法是基于“应和—感应”理论，以具体物象表现抽象内在的象征。其最有代表性的作品，便是 1857 年出版的诗集《恶之花》。这种诗篇，后来被人称为象征主义，而波德莱尔则被奉为象征主义的先驱。

在政治氛围窒息、诗坛充斥“不可阻挡的黑夜”的时代，《恶之花》这种别开生面、离经叛道的题材、形象、思想、手法和书名，必然会受到卫道士们的攻击、谩骂，甚至被法院以“亵渎宗教”和“伤风败俗”的罪名提起控诉。但有识之士却透过迷雾，看到了本质。有的说他是强有力的艺术家，有的称他是现代诗歌之父，更有人一语中的地指出“他生活在恶之中，爱的却是善”。才不独出，就在《恶之花》引起很大反响前后，波德莱尔终于在美国作家爱伦·坡那里找到了自己的影子。他长期拜读、翻译爱伦·坡的作品，在爱伦·坡哀婉凄凉的诗歌、阴郁离奇的情节、惊世骇俗的风格中，他找到了长期郁结在胸中的忧郁、愤懑、孤独和憧憬。爱伦·坡加深了波德莱尔对资本主义社会的憎恨，也增长了波德莱尔已有的神秘主义和悲观主义倾向。

基于上述情绪，1848 年 2 月法国爆发共和党人起义时，波德莱尔曾拿起枪参加起义斗争。但缺乏明确政治信念的波德莱尔并非是为了捍卫共和国，而是为了“反抗社会”或“枪毙”他所憎恨的某个政要。因而 1851 年 12 月路易·波拿巴发动反革命政变后，波德莱尔便一头扎进了彻底脱离政治的窠臼。

到 19 世纪 60 年代，波德莱尔的忧郁、穷困、债务更重，疾病也日益缠身，但他仍挣扎着写作了散文诗集《人造天堂》(1860)、《巴黎的忧郁》(1869) 及评论集《美学管窥》(1868) 和《浪漫主义艺术》(1869) 等著作。

1867 年 8 月 31 日，波德莱尔在瘫痪了近一年后去世。享年仅 46 岁。

二、《恶之花》

诗集《恶之花》(1857) 是波德莱尔思想灵魂的集中体现，同时也是欧美现代主义文学思想艺术的奠基石。

诗集 1857 年出版时，只收诗 100 首。1861 年再版时，增为 129 首，以后各版又有所增补。前有序诗——《致读者》，后分六部分，依次为《忧郁与理想》、《巴黎风貌》、《酒》、《恶之花》、《反抗》、《死亡》。诗集题名《恶之花》本身便具别开生面的“神秘性和爆炸性”，可理解为精神或物质上的丑恶，经艺术家的点化，便成为具有美感的花朵——诗的“最高贵的目的”是“发掘恶中之美”，也可以理解为是生活在丑恶病态的资本主义社会中的诗人的追寻与向往，还可以理解为是“生活在恶之中，爱的却是善”的诗人内心表白。

《致读者》为读者打开了阅读诗集的门扉。它描绘了一幅幅黯淡邪恶的人生图景：到处都

《恶之花》封面

是“奸淫、毒药、匕首和火焰”，到处都有“豺狼、蝎子、毒蛇”在“咆哮、爬行”。但生活在其中的人们，充满“谬误、罪孽、吝啬、愚昧”却自欺自慰，不能自拔；“每天都向地狱迈进一步”，还麻木不仁，“毫无反感”。这使诗人产生了痛不欲生的“厌倦”。不过，人的灵智未灭，种种污秽、罪恶还没有完全占据“我们的悲惨的命运”，人们还没完全受“恶魔牵引”，人们还在挣扎、期望。

第一部《忧郁与理想》占诗集篇幅的三分之二，集中表现了诗集的基本内容——深刻地揭示希望与失望、理想和现实的尖锐矛盾，表现诗人身处邪恶、满怀忧郁仍在苦苦探寻和向往光明。开篇《祝福》便敞开了地狱的大门：诗人一出生，便被人咒为“毒蛇”，受到世人的嫉恨和虐待。第二篇《信天翁》又说诗人像从天空跌落地上的信天翁，备受人们的讥笑和鄙视。但诗人却举起虔诚的手臂，仰望“天上壮丽的宝座”，渴望“远远地飞离疾病的腐恶”去“啜饮纯洁神圣的酒浆”和“弥漫尘宇的光明”（第三篇《高翔选举》）。于是诗人进入了“象征的森林”，在万物的“应合”中想使忧郁的心灵得到片刻缓解。然而“高翔”难以持久，疾病、贫困、虚度年华、艺术沉沦等又不断涌上心头。于是诗人追求美，希图在美的世界中实现自己的理想。可是诗人发现美不过是一尊冰冷的“石头”或一头徒具美丽躯体的“双头妖怪”，其“吻是春药”，其“魅力是恐怖”，它并不能丝毫“减少世界的丑恶”。于是诗人又把希望转向了爱情和“异域”，希图在肉体之爱、精神之爱和异域中获得解脱。可是，他在女伶让娜·杜瓦尔疯狂的肉体之爱中感到的只是“污秽的伟大”和“崇高的卑鄙”，看到的只是“腐烂恶臭的皮囊”。在萨巴蒂埃夫人超脱的精神之爱中，他感到的也只是缺乏物质基础的“高处不胜寒”。而充满“芳香、色彩和音响”的海岛和大陆，又显得那么遥远和空泛。爱情、异域追求失败后，忧郁又袭上心头。诗人感到“大地变成了一间潮湿的牢房”，白天比黑夜还要黑暗。他又像一个坠落尘世的天使，在满是爬虫的黑暗中挣扎、摸索，企图找到光明的出路。

如果说第一部主要是展示诗人内在的精神世界，那么第二部《巴黎风貌》便主要展示外在的物质世界——大都市巴黎的丑恶风貌。在这里他不像许多现实主义或浪漫主义作家那样把矛头指向资本主义社会里的达官贵人，而是别开生面和满怀同情地把矛头指向在资本主义社会压迫剥削下的底层人物。诗人像清晨的太阳般“降临到城内”，期盼着“微贱人物的命运变得高贵”。但他看到的却是外表美丽与生活苦难形成鲜明对照的女乞丐，是被生活压弯了腰，“对人世充满敌意”的老人，是“在无尽的黑暗中流徙”的盲人，是流尽血汗供养富人，自己却变成了骷髅的农夫，是“大白天里幽灵就拉扯着行人”的种种凄惨景象。而到了黄昏，随着“那些被剧痛吞噬的精神舒畅，那些学者钻研竟日低头沉思，那些工人累弯了腰重拥枕席，那些阴险的魔鬼也在四周醒来”。娼妓、荡妇、骗子、小偷、赌徒又统统“在污泥浊水的城市中蠕动”。诗人即使在充满“大理石”的光明世界中入睡，醒来看到的仍是“天空正在倾泻黑暗，世界陷入麻木悲哀”，仍到处是乞丐、老人、盲人、娼妓、小偷、“揉着惺忪睡眼”的疲惫工人和“收容所深处”待毙的病人。

当诗人的内在精神世界和外在物质世界都深深使他忧郁、失望后，作为一个既不想摧毁这个世界，又不甘沉溺于这个世界的诗人，便只能试图用自我麻醉、放浪形骸、诅咒上帝和追求死亡等方式来寻求解脱或与之对抗了，于是，诗集接着呈现出《酒》、《恶之花》、《反抗》、《死亡》后四部。

在第三部《酒》中，诗人把酒看成一朵“飞向上帝”的“稀世之花”或“一支充满光明和友爱的歌”，认为他可以使穷人敢于藐视第二帝国的高压，给孤独者以“希望、青春和生命”，给情侣们以“梦想天堂”。但现实很快便证实这不过是一种“醉意的幻想”或“人造的天堂”。

用自我麻醉得不到解脱，用放浪形骸又如何呢？在第四部《恶之花》中，诗人又深入盛开着“恶之花”——充满人类罪恶并使自己沉沦的地方去探索。但在这里，他看到的也只是魔鬼化作美女在引诱人们远离上帝，走向罪恶，是充满着“有罪的爱情、奇特的狂欢、恶毒的亲吻”的身首异处的女尸，是触目惊心、令人厌恶的变态性爱，是血流如注却找不到伤口的“针毡”般的爱情，是放荡与死亡同步前进的可悲体验，是向往“鲜花”、“香桃”，看到的却是“贫瘠”、“荒沙”和“猛兽在疯狂地撕咬一具腐烂的悬尸”的旅游，是像“杀人怪物”般张开“残忍的口向这天空到处撒布我的脑、血、肉”的艺术园地。总之，诗人在这里的主要感受是“每次放荡之后，总是更感觉到自己孤独，被遗弃”。

美、爱、艺术、麻醉、放浪形骸都不能摆脱深深的忧郁，于是诗人开始反抗。反抗什么呢？不是反抗造成他的深深忧郁的社会，而是反抗那个只给人以空洞希望的上帝。在第五部《反抗》中，他指责上帝是暴君，许下的诺言一宗也没实现。他“向上帝吐出他的诅咒”，主张“把上帝扔到地上来”。同时，他还反常地把魔鬼撒旦颂赞为“最博学最俊美的天使”，“虽败志不移”的“流亡之君”，盼望能跟他一起重返天庭。

很显然，诗人的反抗是那么脆弱无力，其盼望也十分渺茫空洞，因此，他最后只得走向死亡。在第六部《死亡》中，他感到他一生苦苦探求终归失败，看到“刽子手仍在作乐，殉道者仍在呜咽”，“欢宴仍以血来充当香料”，“百姓仍喜欢使人愚昧的鞭子”，因而认为只有在死亡中才能得到解脱和安慰。因为穷人们只有在死亡中才能终结一生的苦难，艺术家只有在死亡时头脑里才能“绽开出鲜花”。不过，在人生的旅途上，诗人还没有彻底绝望，在诗集的最后一首诗《远行》的末句中，他还发出了“到未知世界之底去发现新奇”的微弱的呼喊，尽管这“新奇”和“未知世界”是什么诗人说不明白，但毕竟还是留下了一丝希望。

概而言之，《恶之花》是一部激烈震荡的心灵搏斗史，是一幅希望与失望、理想与现实的反复鏖战图。他的恶之花园是一个惨淡邪恶、狼豺虎豹出没的场所。诗人既不能改变它，又不甘适应它，而是在深深忧郁中呼唤着理想，身处地狱，心向天堂。

诗集在艺术上也是精深而别开生面的。波德莱尔融合古代和近代有关心理和生理现象的诸多“应和—感应”理论。在被称为“象征的宪章”的《应和》一诗中，提出“芳香、颜色和声音在互相应和”，“大自然”一直在发出“模模糊糊的话音”，人们时刻在“穿越象征的森林”。并据此把古已有之的用具体事物来表现某种抽象事物的象征（如火炬象征光明），发展为用暗示、联想、比喻表现作者暗藏在内部的思想灵魂的象征手法。

这种手法在诗集中随处可见。先以最典型的《忧郁之四》一诗为例：“低垂沉重的天空像锅盖”；“大地变成了一座潮湿的牢房，希望像一只蝙蝠在把头向腐烂的天花板乱撞”；“雨水拖着长而又长的水珠”，“宛如一座大监狱的护条”。还有“一大群卑污的蜘蛛，在我们的脑壳深处张开蛛网”。“大钟”发出“狂暴”、“可怕的吼叫”，像“无家可归的游荡鬼怪”在“呻吟哀号”。没有鼓乐的“一长列柩车”，“从我的心灵缓缓通过”。“希望”因“战败而哭泣”。“烦恼把黑旗插在我低垂的脑壳上”。这一切——像锅盖般低垂黑暗的天空、像潮湿牢房的大地、密集得像监狱护条的雨水、像游荡鬼怪在哀号的大钟，以及飞不出的蝙蝠、脑壳深处的蛛网、哭泣着的希望、插在脑上的黑旗等，尽管都是可感知的阴沉、黑暗、窒息、沉闷、悲伤、困顿、封闭、伤心、残忍的具体事物——象征性的物象，但通过它们，读者却十分形象、鲜明地感受到了作者那贯穿全诗集的抽象的心理状态——深深的忧郁。

再以脍炙人口的《头发》一诗为例。这首诗，先是写带“发髻”和“慵懒香气”的情人的“浓密的头发直滚到脖子上”。接着便以此为基点，描写诗人，乘着爱人“粗大发辫的浪峰”，“滚”过“海套着海的黑色大洋”，去到“颤动着炎热晴空”的“懒洋洋的亚洲”和“火辣辣的非洲”。那里，有弥漫着情人“芳香的森林”，有散发着“椰子油、柏油和麝香混合香气”的情人的“蓝色发丝”，有像“蓝宝石、珍珠”般珍贵的“又密又稠的头发”，有充满“抚爱”的“在黄金和闪光绸中行进”的船只，还有“痛饮着芳香、色彩和音响”的“风帆、桨手、桅墙和彩旗”。全诗以情人的头发为中心，又以情人头发的卷曲、滚动、浓密和带慵懒香气为触媒，展现出一幅幅无处不跟情人头发有关的南国图画。这一切，无疑也都是大可感知的具体事物——象征性物象，但通过这一切，读者也十分鲜明、形象地感受到了深藏在作者头脑中的抽象的心理状态——对情人的无尽思念和回忆。为此，作者在诗末还画龙点睛地希望情人的头发能永远成为他梦境般美好回忆的触媒——“你可是令我神游的一块绿洲、令我大口吮吸回忆之酒的瓶?”在这里，我们不但看到了波德莱尔对象征手法的精湛运用，同时还看到了他的丰富而奇特的想象力，谨严有序、首尾衔接的诗章结构和锤字炼句、字字珠玑的语言功力——“你给了我泥土，我炼出了黄金”(诗集结束语)。

总之，诗集《恶之花》是一部承浪漫主义和现实主义文学之先，开欧美现代主义文学之后的具有划时代意义的作品。它用精湛的象征手法，在深刻地表现波德莱尔的思想灵魂的同时，也曲折而深刻地描写了资本主义社会的丑恶。它开创了象征主义文学流派，无论从思想上还是从艺术上看，都奠定了欧美现代主义文学的基石。《不列颠百科全书》称波德莱尔是现代文明的诗人，实是言之不过。

思考题

1. 试述欧美自然主义文学跟欧美现实主义文学的关系及其基本特征。
2. 试述欧美唯美主义文学和象征主义文学跟欧美自然主义文学的关系及其特征。
3. 左拉的文学理论跟其文学作品为什么会出现矛盾?
4. 试述《萌芽》的思想、艺术特色。
5. 试述《恶之花》的思想艺术特色。
6. 试述19世纪无产阶级文学跟之前文学的区别。

第九章

19 世纪欧美通俗文学

小引

欧美通俗文学是指寓言、流浪汉小说、童话、科普小说、惊险小说、侦探小说、间谍小说、悬疑小说、科幻小说等通俗易懂且销量较大的文学。

其思想、艺术特征是：或短小精悍，发人深省；或情节曲折，引人入胜；或依傍推理，启人灵智；或借助幻想，表人心志。

通俗文学早在古希腊时代便已出现，19—20 世纪形成高潮，成为欧美大众不可或缺的读物。

第一节 概　述

所谓“通俗”，词义系指浅显易懂，适合或体现大多数人的欣赏水平。

在欧美文学系统里有把文学以纯文学（即精英文学，又可称为严肃文学）和俗文学（即通俗文学，又可称为大众文学）两种类型加以定位的观念。它认为纯文学具有较高审美艺术价值，能够提供认识价值和社会教化作用，经过时间洗礼已经具有了无可争辩的经典地位；而通俗文学则指那些虽受当下一般读者欢迎，有着较好销量，但被主流意识形态判定为社会认识价值缺位，审美趣味并不高雅，其主要功能仅仅限于为大众提供娱乐消遣的文学作品。

一般来说，欧美通俗文学是在19世纪欧美社会工商业昌达、生产力高速发展的社会形势下，受城市消费文化刺激才得以迅速发展、蔚为大观的。通俗文学的产生、发展、扩张，所依托的是工业革命之后大众消费、娱乐文化的繁荣和泛滥。城市商业和市民阶层的精神需要，为大众文化尤其是通俗文学提供了赖以生存的土壤，也造就了有利于通俗文学、大众艺术流行的社会结构。

通俗文学与经典名著之间并无根本阻断，不少名著在其诞生之初均是通俗作品；通俗小说作家和经典作家之间也没有不可逾越的鸿沟，许多经典作家笔下的文学叙事也往往可以归类为通俗文学作品。例如，犹太古经（即基督教《圣经·旧约全书》）中的所罗门智断“二妇争子”案、古希腊悲剧《俄狄浦斯王》的探案推理叙事结构。

民间口传基础上形成的《伊索寓言》开创了欧美通俗文学之先河，西班牙近代以《小癞子》为代表的流浪汉文学、法国拉·封丹的《寓言诗》以及夏尔·佩罗（1628—1703）的童话继承和发展了通俗的大众故事，著名现实主义作家狄更斯的《巴纳比·鲁德奇》（1848）和《杜鲁德疑案》（1870）等作品也可视为描写警匪题材、塑造探长形象的侦探小说。此外，狄更斯的现实主义代表作《双城记》也是从柯林斯的通俗作品中汲取了素材、题材并提炼了主题。

其实，通俗文学与严肃文学的发展并行不悖，大多后来渐次成为经典的文学现象在其存在的初始阶段都经历过自己的通俗时期。最典型的实例莫过于大仲马的创作。2002年11月30日，大仲马在200年诞辰之际被移葬入巴黎先贤祠。作为大众化的流行小说家，尽管《三个火枪手》、《基督山伯爵》、《玛戈王后》等作品被翻译成上百种语言，总共塑造了4 400多个主要人物，但大仲马在世时并没有得到应有的尊重，其原因正是他的作品具有通俗和大众化的传奇特色。反倒是在出生两个世纪、逝世132年之后，他的遗骸由希拉克总统主持、总理扶灵，以全体法国公民的名义，跟伏尔泰、卢梭、雨果、左拉、居里夫妇一起，葬入巴黎先贤祠，他得以成为第70位“祖国感谢的伟人”。

19世纪，在通俗文学领域，除了传统的寓言、童话、流浪汉小说等体式，又相继出现了侦探小说、科普小说、间谍小说等众多体裁，涌现了格林兄弟、安徒生、大仲马、凡尔纳、威尔斯等诸多名家。在这众多文学现象中，以探案推理为主要结构形式的侦探小说成就最为显著。

欧美文坛上第一个有意识创作侦探小说的人是美国作家爱伦·坡，他把侦探和推理作为小说创作的主题，把犯罪和侦破案件作为故事的线索，成功地运用逻辑推理进行小说叙事，相继创作了《莫格街谋杀案》(1841)、《玛丽·罗杰特神秘案件》(1842)、《金甲虫》(1843) 等一系列作品，开创了“密室悬案”的结构模式，当之无愧地被推为真正意义上的侦探推理小说开启者。

1932 年，弗雷德雷·达奈、弗里德曼·李两人假托作品人物艾勒里·奎恩作为笔名，推出以《希腊棺材之谜》(1932) 为代表的 50 多部侦探小说，创造了欧美通俗文学史上的一道奇观。

英国作家威尔斯·柯林斯 (1824—1889) 创作了《罗马的陷落》(1850)、《月亮宝石》(1854)、《白衣女人》(1859) 等作品，为读者推出了全新的文学视域。

第二节 格林兄弟及其《德国儿童与家庭童话集》

一、生平与创作

格林兄弟是德国最著名的儿童文学作家和民间文学研究学者。

雅各布·格林 (1785—1863) 和威廉·格林 (1786—1859)，是德国著名的语言学家和民间童话收集大师。他俩相继出生在德国莱茵河畔哈瑙市一个普通官员家庭。兄弟二人成长经历相似，都曾在马尔堡大学学习法律，毕业后都一度进入图书馆工作，后来又都成了格廷根大学的哲学教授。1837 年，兄弟二人均因抗议封建领主破坏宪法而遭到迫害，被当局免除教授职务。1841 年，两兄弟又因在语言和文学上的卓越贡献双双入选柏林科学院院士。在此期间，除哥哥用毕生心血编纂成表现德意志民族精神的不朽名著《德意志字典》外，两兄弟还经年累月收集整理民间流传的童话传说，运用科学方法研究搜集到的文本并进行编纂汇集，历时数年编成了《德国儿童与家庭童话集》(简称《格林童话》)，不但为德国民族文学的发展作出了巨大贡献，其影响还远远超出国界，为世界儿童文学的发展繁荣建起一座高峰。这些童话作品反映了民众丰富的想象力、优美的内心世界和崇高纯净的道德境界，其中许多篇章都为全世界少年儿童所共同喜爱，成为他们精神世界里无可替代的组成部分。直到晚年，两兄弟还汇编出版了两卷本的《德国传说》。

《格林童话》是跟稍后出现的《安徒生童话》齐名的经典。它不仅是世界上版本最多的童话集，也是发行量最大的童话集，至今已有 100 多种语言的译本。在中国，《格林童话》首次被译介是在 1903 年，周桂笙的《新庵谐译》一书翻译收录了《狼与小羊》等六篇格林童话。1934 年，上海商务印书馆出版了中国第一本格林童话集全集，即魏以新译的《格林童话全集》。这个全译本在 1959 年做过一次全面修订，是中国目前影响最大、最受好评的一个译本，至今一版再版。此外，翻译家曹乃云翻译出版过的《格林童话故事全集》，杨武能翻译出版过的《格林童话全集》，在中国读者中也很有影响。

基于两兄弟对德国民间文学尤其是儿童文学作出的卓越贡献，文学史上将他二人并称为“格林兄弟”。1985 年，德国举行了盛大的格林兄弟 200 周年诞辰纪念活动，并从当年起在哈瑙市历史公园举办每年一届的“格林兄弟童话节”演出。

二、《德国儿童与家庭童话集》

《格林童话》(1812—1815) 有着艺术和思想的双重特点和价值。它的第一个特点，就是极富文化内涵，能够让我们从多个角度透视历史，思考现实，理解童年文化。《格林童话》里的童年和儿童与我们现实生活的童年和儿童是有很大区别的，或者说，童话里的童年和儿童是一种想象里的童年和儿童，是幻想世界里的童年和儿童，即作家加入了文化内涵或成年人观念的童年和儿童。如《狼和七只小山羊》讲述的山羊一家和狼的故事，七只小山羊的形象就是童话里的儿童形象。这里的儿童和现实生活中的儿童一样，要面对“狼”的威胁，而“狼”其实就是对童年生活构成危险的成年人形象。《狼和七只小山羊》里展现小山羊的顽皮、天真、好奇和对大灰狼的毫不提防，就说明了童话讲述者和改编者对纯真的童心世界的赞美与肯定，这也是《格林童话》里对理想儿童生命的一种想象。虽然童话里总是尽量地塑造一种理想的儿童生命或童年生活，但无论如何，童话里的儿童都不是真实的儿童生命的呈现。童话里的童年，是在杜撰的文字外壳下所想象出来的童年，其儿童形象也是在文化观念的观照和规范下假想出来的儿童。在《格林童话》的《灰姑娘》里，灰姑娘显然就不符合一般的儿童形象，她俨然是一个靓丽的青春少女形象，只不过因为有了后母，而无法充分享受快乐的青春少年时光，在爱情的道路上也注定要受到挫折。

《格林童话》里，讲述了很多公主和王子的故事，这些故事看起来缺乏现实逻辑，好像离一般人的生活非常之远，但它们却受到很多读者的喜爱。的确，《格林童话》里这种理想的形象或理想的生活并不是现实生活中很容易达到的目标，但童话的愿望就体现在这里：每一个普通的女孩都希望遇到王子一样的男孩，每一个普通的男孩都希望遇到一个美丽的公主。也就是说，每一个人都想过上美好幸福的生活。

它的第二个特点，就是有着童话经典的属性。就拿《白雪公主》来说吧，它是《格林童话》里的名篇，与《小红帽》、《睡美人》、《野莴苣》和《狼和七只小山羊》等童话经常出现在中国的各种改写本童书里，德国、美国等国家还把它改编成了动画电影，也受到广泛的欢迎。但《白雪公主》和《睡美人》等经典童话在中国通常是被误读的：一是完全被解读为教育主义的童话，认为它只是传达了善与恶的主题，教孩子去做一个好人；二是完全被认为是成年人的故事，里面有阴谋诡计，互相嫉妒，还有杀人的游戏规则。这两种误读，前者视其为“简单的儿童文学文本”，后者则视其为“对儿童有害的读物”。如果我们认真品读、欣赏，就会发现，它并非人们想象的那么简单，它既有儿童文学的审美属性，也包含了很多文化内涵，是一个既单纯又复杂的意义世界。其实，《白雪公主》作为儿童文学的审美的文本，有几个方面的特点：第一，它的主人公是儿童，即它讲述的是一个女孩子的故事。白雪公主虽然生长在皇宫，但她是一个孩子，可惜的是，她的生母早逝，因此她不得不和后母一起生活，但后母的嫉妒使得她面临残酷的成长环境，因此这个童话探讨的是一个孩子的生存问题，表现的是儿童成长的主题。第二，从叙述结构来看，它采用的是传统经典童话的“三段式叙事”，白雪公主面临了三次生命危险，后母对她进行了三次迫害。“三段式叙事”是经典童话的基本故事模式，符合民间口传文学的特点，也适合儿童阅读接受。第三，它采用了经典童话常用的对比的表现手法。第四，《白雪公主》里充盈着一种对童年生命的关爱，有儿童关怀和儿童立场。以上这四点正是一部童话经典所具有的属性，因此它足以被归入经典的儿童文学，自然也受到了儿童的喜爱。

第三节 大仲马及其《基督山伯爵》

一、生平和创作

大仲马像

亚历山大·仲马（俗称大仲马，1802—1870）是法国浪漫主义剧作家，更是以历史题材为背景的法国通俗小说的杰出代表。他秉承曾是拿破仑军队著名将领的父亲的共和主义理想，憎恨波旁复辟王朝，积极参加七月革命，反对波拿巴政变。流亡布鲁塞尔后还大力支持意大利民族英雄加里波第的革命斗争。因父亲早逝，家境困窘，他只上过几年学便很早出外谋生。他当过见习生、抄写员、小职员，“在别人娱乐或睡眠的时候”刻苦学习种种科学知识，对戏剧、诗歌、小说，特别是歌德、拜伦、司各特的作品十分热爱，并于1829 年开始创作。

他先是写浪漫主义戏剧。要者有描写国王亨利三世和首相吉伊兹公爵权力斗争的《亨利三世及其宫廷》(1829)、写复辟时期男爵夫人阿黛尔爱尔维跟贫民诗人安东尼爱情悲剧的《安东尼》(1831)、写拿破仑从土伦到厄尔巴岛经历的《拿破仑·波拿巴》(1831)。这些剧本，以其反封建、颂共和的政治观念和冲破古典主义呆板教条的艺术创新，使他成为当时的著名剧作家。

19 世纪初，法国报刊连载小说空前繁荣。在司各特历史小说的影响下，他从 30 年代中期开始，改写以历史题材为背景的系列通俗小说。成果甚丰，共 200 余部。要者有描写 17 世纪红衣主教跟国王路易十三尖锐斗争的《三个火枪手》(1844)、有暴露复辟王朝和七月王朝时期社会黑暗的《基督山伯爵》(1845)、有反映法国君主政体腐败灭亡过程的《红房子的骑士》

(1846)、有表现大革命前后法国政治动荡的《夏尔尼伯爵夫人》(1852）等。作品先在报刊连载，再结集出版，虽不尽符合历史真实，但多用浪漫主义和现实主义相结合的方法写成，且常在社会政治斗争中贯穿动人的爱情故事，情节迷离曲折，描写如实具体，因而大受读者欢迎。

成名后，大仲马收入钜万，可惜私生活不检点，又挥金如土、慷慨好客，致晚年入不敷出、穷困潦倒，病死在私生子小仲马家中。为彰显其巨大贡献和纪念其200周年诞辰，法国政府于2002年举行隆重移灵仪式，将其骨灰移至专奉伟人的先贤祠。

二、《基督山伯爵》

《基督山伯爵》(又译《基督山恩仇记》）是大仲马通俗小说的代表作，1845年8月开始在报纸上连载，近一年半才载完。现已被译成多种文字，数度被搬上银幕，成为世界上拥有众多读者的名著之一。

《基督山伯爵》封面

小说的故事开始于王政复辟时期。1815年2月，“法老”号货船上的年轻代理船长埃德蒙·唐戴斯在回到马赛港前，受病死途中的原船长之托，到厄尔岛去给被囚禁的拿破仑送信，拿破仑又托他带一封信给巴黎的拿破仑党人首领诺瓦蒂埃。埃德蒙对信件内容全然不知。回来后，船主莫雷尔拟提升他为正式船长，他正兴高采烈地跟恋人梅尔苔塞斯举行婚礼。不料觊觎船长职位的货船押运员唐格拉尔和正在追求梅尔苔塞斯的渔夫费尔南，却合谋给马赛代理检察官维尔福送去一封诬告埃德蒙是“拿破仑眼线”的告密信，致使埃德蒙当场被捕。因诺瓦蒂埃是维尔福的父亲，奸诈的维尔福怕此事影响自己的前途，便不经审判把埃德蒙投入政治重犯监牢。埃德蒙在暗无天日的监牢里待了14年，幸跟1811年无辜被打入死牢的博学、睿智的法利亚长老秘密挖地道相识，从法利亚长老的分析中初步获得遭难的原因，并从他那里学到了很多社会和科学方面的知识。法利亚长老病死后，他巧妙地乘机钻进包裹法利亚长老尸体的麻袋，让狱卒扔进海中逃脱。获救后，他找到了法利亚长老告诉他的意大利红衣主教密藏在地中海基督山荒岛上的亿万财富。接着又用八年时间在马赛、巴黎、希腊各地详尽地了解案情，搜集证据，网罗助手，乔装打扮，并化名辛巴德水手，给曾经多次帮助他和厚葬他父亲的正直船主莫雷尔送去数十万法郎及一艘设备齐全的“法老”号复制船，使其免于破产身亡。然后到1837年，即七月王朝时期，才化名基督山伯爵，以金钱、意志、智慧、能力为武器开始进行报仇。这时，费尔南因政治投机和出卖恩主希腊总督阿里帕夏，已成了将军、贵族议员和德莫尔塞夫伯爵，并娶了梅尔苔塞斯为妻。唐格拉尔靠贪污军款、投机股票也成了百万富翁、银行家、男爵和议员。维尔福靠投机钻营和溜须拍马更成了荣誉勋章获得者和巴黎首席检察官。面对如此显赫的敌人，埃德蒙并不使用惯常的凶杀手段，而是通过报纸连载和法庭作证，揭露费尔南“背叛、弑主和欺凌”罪行，使其声誉扫地、妻儿背离、绝望自杀。通过操纵股市和追逼赃款，使唐格拉尔经济破产、精神崩溃、妻女隐遁。再是当众揭露维尔福为获得遗产串通其妻配慢性毒药杀死岳父、岳母及仆人的罪行，使其畏罪发疯，妻子自杀。最后，埃德蒙把自己的全部财产赠给船主莫雷尔的儿子马克西米利安，又说服正跟马克西米利安相恋的维尔福的女儿瓦朗蒂娜把维尔福的全部财产捐赠给巴黎贫民，自己则带着海黛乘船永远离开了这个“魔窟”巴黎。

通过这个复杂纷繁的报恩复仇故事，小说在较大程度上展现了王政复辟时期和七月王朝时期法国的社会现实，并十分清楚地显示了作者的社会改良理想。

其一，王党肆虐、虎狼当道。王政复辟时期保皇党对拿破仑及拿破仑党人恨之入骨，凡跟拿党有牵连的人，不管有据无据一律大肆追捕，妄加杀戮。埃德蒙仅为拿党传递一封不知内容的信件，便不经审判被长期打入黑暗死牢。伯都西奥的兄长因曾在拿破仑军队中当过下级军官，便被复辟王朝凶残杀害。麇集在米兰侯爵客厅里的保皇党头目仅风闻拿破仑要重返巴黎，便惊惶万状，力主把拿破仑关押到遥远的赤道附近。到七月王朝时期，高踞政治、金融、司法界的头面人物费尔南、唐格拉尔、维尔福，更一个个具有背叛、弑主、贪污盗窃、投机钻营的罪恶历史，又具有贩卖人口、唯利是图、表里不一的无耻品行，还大都拥有私通、卖俏、下毒的家庭成员。他们作为当时统治法国的金融贵族集团的代表，掌控着国家的主要命脉，高高在上、穷奢极欲、左右时局、为所欲为，把政治、金融、法律乃至道德、人心、公道等统统踩在脚下。就连正直、宽厚、经商25年享有“光荣名誉”的老船主莫雷尔，在他们的挤压下最后也濒于破产自杀。因此，小说借主人公基督山伯爵之口，说巴黎是“人间地狱”，他来此的任务是“铲除毒瘤”。

其二，金钱荼毒、人欲横流。在金融贵族统治的社会中，金钱是左右社会的主导力量，同时也是腐蚀人心的致命毒药。巴尔扎克曾在《人间喜剧》中对此作过全面揭露，本书对此也做了大量描写。费尔南在叛卖恩主希腊总督阿里帕夏后，为获得40万法郎的巨款，又在奴隶市场上贩卖恩主的妻子和年幼的女儿海黛。唐格拉尔为获得巨额财富，先是极力主张把女儿欧也妮嫁给冒称有巨额财产的苦役逃犯，后又盗窃500万法郎济贫巨款逃跑。维尔福夫人为获得维尔福父亲诺瓦蒂埃及前妻父母圣梅朗夫妇的巨额财产，竟不惜私配慢性毒药把他们毒死。在下层人物中，类似情况也屡见不鲜。裁缝卡德鲁斯为独占珠宝，在月黑风高的夜晚把珠宝商和自己的老婆一同杀死。维尔福的私生子苦役逃犯贝内代托，为独占赃物，在黑夜把合谋盗窃的养父卡德鲁斯杀死。这一切，正如巴尔扎克的名言那样：“没有一个作家能写尽金银珠宝下的丑恶。”

其三，怀念拿破仑、向往人性善。面对上述现实，作为一个资产阶级共和主义者，大仲马的社会理想显然不会投向正在广泛流传的空想社会主义和蓬勃发展的工人运动，而只能定格在主张共和、制定法典的拿破仑和出淤泥而不染的善良人性之上。为此小说写诺瓦蒂埃和拿破仑党人对拿破仑一直忠心耿耿，写人民大众对“百日政变”全都欢欣鼓舞，写莫雷尔船主对拿破仑的垂询“感激不尽”，写埃德蒙老父亲的生命“只靠对拿破仑的希望维持”，写法利亚长老听到“百日政变”失败的消息时表情“极为沮丧”。这一切显然意在用拿破仑时代来跟当前这个王党肆虐、虎狼当道的现状进行对照。此外，小说在大力赞扬老船主莫雷尔正直、高尚、具有“光荣名誉”的同时，还特意描写维尔福的女儿瓦朗蒂娜、费尔南的儿子阿尔贝、唐格拉尔的女儿欧也妮，全都具有跟其父辈完全不同的出淤泥而不染的高尚品质：瓦朗蒂娜诚挚、钟情，忠心照顾瘫痪的拿破仑党人祖父；阿尔贝率直、单纯，了解父亲罪恶后即跟母亲一道愤然出走；欧也妮沉静、嫉恶，蔑视父母的丑恶行为，毅然和女友一道离家去从事艺术工作。这一切，也显然意在用善良的人性来跟金钱荼毒、人欲横流的社会抗衡。然而已成过眼云烟的共和制及只具理想性质的人性善良，显然不可能改变丑恶的现实，大仲马对此也不无感受，因而在小说末尾，又只能向读者发出空洞的“等待和希望”的号召。

小说精心刻画的中心人物埃德蒙·唐戴斯——基督山伯爵是世界文学中最脍炙人口的复杂而生动的艺术形象。

他先是被压在社会的最黑暗的底层，后又高高凌驾于这个社会之上。

他的生活经历主要是14年牢狱，8年准备、报恩和两年复仇。

在牢狱阶段，他坚持锻炼、潜心学习、不断挖洞、钻裹尸袋，表现得坚毅、勇敢、机智，以至法利亚长老把他视作儿子。在准备阶段，他详尽探询各方情况，认真搜取有关人证和物证，充分制备亿万富翁的种种条件，刻苦练就作为超级杀手的一切本领，积极网罗作为助手的各种人员，并大力救助曾帮助过他的莫雷尔船长，表现得认真、缜密、干练，以至尚未正式出手便已成为遐迩闻名的重量级人物。到复仇阶段，他更是巧妙地跻身巴黎上流社会，并不动声色、按部就班地一一严惩陷害他的仇人，表现得有谋有略、有理有据、有序有节。他既不触犯律法，又能严惩仇人；既让仇敌胆寒，又获得人们尊敬。在面对仇人家属时，他还是非分明，区别对待，不但不盲目地一律排斥，反而积极帮助费尔南的儿子和妻子安身立命，安排唐格拉尔的女儿从事艺术工作，协助维尔福的女儿躲过继母毒杀并促成她和马克西米利安的婚姻。

小说描写他的生活宗旨虽主在复仇，但并非像一些中国武侠小说那样只报脱离社会的一己私仇。因为他的仇完全根源于王政复辟和七月王朝时期的黑暗社会，而他的三个仇人又全都是这个社会的金融贵族统治集团的代表，故他的复仇在相当程度上是在“铲除”这个社会的“毒瘤”，且复仇之后还让瓦朗蒂娜把她父亲维尔福的全部财产捐赠给这个社会中的受压平民。

此外，他复仇的手段虽离不开金钱，但也并非全靠金钱，而是在相当程度上靠意志、智慧和能力。而且，在他眼中金钱只不过是复仇报恩的一种必要手段，用完之后便可放弃。事实上，他报仇之后也确实把全部财产赠给了恩主莫雷尔的儿子马克西米利安。

总之，小说呈现在读者面前的中心主人公埃德蒙·唐戴斯是一个从社会最底层挣扎出来的具有坚毅意志、缜密思维、机敏头脑、高超能力和恩怨分明的强者，同时也是一个坚守诚信、宽厚谦和的朋友和伙伴。

小说之所以能历久不衰地拥有广大的读者，主要在于它那把浪漫主义和现实主义熔于一炉的艺术描写以及动人的情节、鲜活的人物和精巧的语言。

其一，情节丰富、离奇、惊险，而又有序、逼真、可信。小说一出手便震撼人心地推出埃德蒙蒙冤入狱、冒险逃脱和寻获宝藏的开篇情节。接着又推出兴味浓郁的调查、取证及报恩的后续情节。然后，才隆重推出使读者拍手称快的三个不同内容、不同结局的复仇情节。其间还穿插推出了绑票、投毒、凶杀、骗婚等情节。如此复杂丰富的情节，小说并未让它杂乱无章地胡乱堆砌，而是围绕复仇主线用前后连接、环环相扣、大故事套小故事的方式，使其有序、有机地组合成一个整体。例如：写罗马强盗绑架阿尔贝的情节，看似与主线无关，实为基督山伯爵借以进入巴黎上流社会的手段。基督山伯爵夜访卡德鲁斯的情节，看似跟主线游离，而实是承前启后的桥梁。因卡德鲁斯既是费尔南和唐格拉尔合谋写密信陷害埃德蒙的见证人，又是后来唐格拉尔父女骗婚的苦役逃犯贝内代托的养父。至于小说中出现的种种离奇、惊险情节，因全都源于现实——投海逃生、强徒绑票、投毒凶杀等无一不是资本主义社会的常见现象，又跟小说主线息息相关，故既富浪漫主义传奇色彩，又具现实主义的逼真可信内涵，读来全无唐突、无稽之感。

其二，人物个性鲜明、栩栩如生。小说共写了 70 多个人物，有的浓墨重彩，有的轻描淡写，但无一不跃然纸上，各具个性。埃德蒙如此，他的三个仇人如此，其他人物也莫不如此。费尔南凶狠傲慢，其妻梅尔苔赛斯却软弱纯洁，其子阿尔贝单纯耿直；唐格拉尔阴险贪婪，其妻也淫荡无行，而其女欧也妮则独立刚强；维尔福阴险狡诈，其妻更辛辣手毒，而其父诺瓦蒂埃却坚定高尚，其女瓦朗蒂娜也诚挚钟情。法利亚长老博学睿智，卡德鲁斯却贪财嗜血；莫雷尔船主善良热忱，其子马克西米利安也正直纯真，而维尔福的私生子苦役逃犯贝内代托却作恶成性。在塑造这些各具鲜明个性的人物时，小说除把他们放在社会冲突和社会关系中来表现外，还十分重视他们的肖像刻画和环境描写。例如：小说写唐格拉尔的肖像是"眼睛骨碌碌地在转动，两片嘴唇很薄"，"人们从第一次见到他起，怎么会不从他那扁平的额头认出他是一条蛇，从他那突出的脑壳上认出他是一只秃鹫呢"！又如：小说写唐格拉尔夫人的客厅是"房间呈八角形，挂着玫瑰色绫缎和印度平纹细布门帘与帷幔。扶手椅漆成金黄色，上面也都包着绫缎"。如此描写确是形象鲜明地突出了唐格拉尔的阴险贪婪和唐格拉尔夫人"格调的俗气"。

其三，对话简洁传神，富戏剧效果。大仲马是著名的戏剧家，而对话又是戏剧的基本手段，故在这里对话也便顺理成章地成了其突出的艺术成就。小说一半以上的篇幅都由对话组成。它不仅通过对话来展开情节、掀起矛盾、刻画人物，还把对话写得富于戏剧性。请看维尔福急匆匆地从马赛赶到巴黎去向国王告密时的一段对话：

> "维尔福先生，您经过长途跋涉也疲劳了，去休息吧。您大概在您的父亲那里下榻？"
>
> 维尔福感到一阵目眩。
>
> "不，陛下，"他说，"我下榻马德里饭店，在图尔农街。"
>
> "您去见过他了？"
>
> …………
>
> "我不想去，陛下。"
>
> "哦！这就对了，"路易十八带着微笑说……"您就也拿着这枚勋章吧。"……
>
> 维尔福的眼睛涌满了自豪与喜悦的泪水，他拿起勋章，在上面吻了吻。
>
> "现在，"他问道，"国王陛下不吝厚爱，还有什么命令要向我下达吗？"
>
> "……请想着，如果在巴黎您无力效忠我的话，那么在马赛您大有可为啊。"
>
> "陛下，"维尔福欠身答道，"我再过一小时离开巴黎。"

短短 100 多字，便把维尔福那种因父亲是拿破仑党而怕影响自己前途的卑鄙心理和因获得勋章而欣喜若狂、誓死效忠国王的丑态显露无遗。同时，国王的那种因"百日事变"在即，急切要考验下属和拉拢党羽的言行，也跃然纸上。这简洁传神的对话，读起来若身临其境、有声有色，宛如在剧场看戏。

除可以听见的对话外，小说还别开生面地创造了一种无言的对话：诺瓦蒂埃全身瘫痪，不能说话后，他的政治倾向、对孙女婚姻的态度、对自己遗产的处理方式，全都用眼神、头势表达。这简直可称得上是世界文学史中绝无仅有的最精彩的无言对白。

第四节 凡尔纳及其《地心游记》

一、生平及创作

凡尔纳像

儒勒·凡尔纳（1828—1905）是19世纪法国著名的科幻小说家和探险小说家，被誉为“现代科学幻想小说之父”。他诞生于法国海港城市布勒塔尼省南特市，自幼即对航海和冒险充满兴趣。中学毕业后，在1848—1850年期间，凡尔纳谨遵父旨前往巴黎学习法律。然而作家对法律毫无兴趣，却迷上了文学和戏剧。同时，巴黎浓郁的人文艺术氛围也对其产生了深刻影响，他由此而结识了很多文学青年以及著名作家。在巴黎，凡尔纳创作了20余部剧本和部分诗歌，其中《折断的麦秆》深受著名作家大仲马好评，并于1850年初次公演。毕业后，他受聘于一家大众刊物。出于工作需要和个人爱好，他阅读了各类书籍，广泛汲取了天文、地理、物理、化学等方面的知识，为以后的科幻小说创作打下了良好的基础。1852年，凡尔纳在一家剧院从事秘书工作，同时也结交了不少自然科学家，由此而对自然科学的兴趣越发浓烈。他开始实施写作科幻小说的计划。

1862年，凡尔纳完成了他第一部科幻小说《气球上的五星期》。小说描述一位探险家乘坐气球遨游太空探险的故事。该作构思巧妙，文笔生动，在出版后引起轰动，并很快被译成多国文字。之后，凡尔纳开始专注于科幻小说创作，他在小说中尝试多种创作方法，且保持了每年一到两部的高产状态，一连创作了《从地球到月球》（1865）、《环游月球》（1870）、《八十天环游地球》（1872），著名的三部曲《格兰特船长的儿女们》（1868）、《海底两万里》（1870）、《神秘岛》（1874）以及《蓓根的五亿法郎》（1879）、《机器岛》（1895）等优秀作品。这些作品形象地反映了19世纪人类征服自然和探索宇宙的信心、力量以及智慧。

至1905年逝世，凡尔纳共创作了104部科幻小说，字数约800万。此外还有其他小说、剧本以及一部地理册和六卷本的《伟大的旅行家和伟大的旅行史》等。这样的创作数量，绝非常人所能企及。他的勤奋和高产赢得了人们的赞誉和尊敬，他被法国科学院选为院士，获得了“荣誉军团”的爵士封号和勋章。

凡尔纳的小说科学性与文学性并重，在他的笔下，科学和艺术有机地交融在一起，高度肯定了人类的进取精神和创造力。读他的小说，既可扩大视野，增长见识，又可丰富幻想，创造性地思索未来。令人叹服的是，在他的科幻小说中，还出现了很多当时并不存在后来才陆续出现的事物，如潜艇、水下呼吸器、电视和太空遨游等。文学巨匠列夫·托尔斯泰十分喜爱凡尔纳的科幻小说，称凡尔纳是“了不起的大师”，据说还为《八十天环游地球》绘制了插图。

二、《地心游记》

《地心游记》（1864）是凡尔纳创作的第二部小说，该书描绘了地心世界的胜境，引发了我们探寻神秘未知世界的渴望。主人公奥多·黎登布洛克教授是一位严谨勤奋的学者，痴迷于地质和矿物研究。1863 年 5 月 24 日，他在阅读一本古老的书时，意外发现了一张年代旷远的羊皮纸，上面记载着一些神秘未知的文字。教授和他的侄子阿克塞冥思苦想，废寝忘食，最终从这张羊皮纸的字里行间得到了这样的信息：前人阿恩·萨克奴姗曾到地心旅行。教授决定也作同样的旅行。他在某年的 5 月 27 日带上侄子阿克塞以及足够的粮食、仪器和武器等，一同踏上探险旅程。他们由汉堡出发，通过水路抵达冰岛后，又找到了当地的一位很有经验的向导汉恩斯随行。他们三人按照前人的指引，由冰岛的斯奈弗火山口下降深入地下，看到了地球中心形形色色的景象，其中包括色彩瑰丽的熔岩、年代久远的化石、千奇百怪的石林，以及泉水、大海和怪兽等。在旅途中，他们历经艰难险阻，从鱼龙的嘴里死里逃生，遭遇水源的危机……最后由于岩流的冲击，又从地中海里面西西里北部的斯特隆博利岛上的一个火山口回到了地面。

《地心游记》封面

该小说读来妙趣横生，引人入胜，文笔幽默流畅，情节跌宕起伏。全书以紧凑的笔法记载了旅途中的艰险经历和地下的种种奇观。其中对于地心世界浩荡雄奇、变幻莫测的景象描绘，颇令人惊叹。如在旅途中看到两大海兽正在搏斗的情景：“这两条巨兽不过是在海面上骚动，而我却看到了这古代海洋里的两大爬虫类。我看到了鱼龙大得像人头的充血的眼睛。自然赐给它的视觉器官是巨大的，因而在海底生活，能够抵抗水的压力。它曾被正确地叫成蜥蜴类的鲸鱼，因为它的形状和速度都和鲸鱼差不多。……这些海兽无法形容地互相攻击着。它们掀起的像山一样的海浪，可以远远地打到我们的木筏，所以我们好几次几乎给淹没了。”[①] 类似情节，读来确有惊心动魄之美。此外，还有看到古化石时那些缤纷迷人却又栩栩如生的白日梦：“在昏暗的海岸上，我似乎看到神经麻木的棱齿兽——躲在岩石后面的巨大的貘，准备和无妨兽抢肉食，无妨兽是一种和犀牛、马、河马以及骆驼有密切关系的怪兽。巨大的乳齿象摇晃着它的身躯，用它的长牙撞着岩石；大懒兽蜷缩着四肢在地上掘土，它的咆哮激起了回声……”[②] 类似文字，恍然让人回到了史前文明时代，或者漫游于古代

① ［法］儒勒·凡尔纳：《地心游记》，杨宪益、闻时清译，173～175 页，北京，中国青年出版社，1959。

② 同上书，167 页。

神话之中，作家用生气勃勃的笔调再现了人类探寻地球奥秘的可能性与必然性。

此外，在这部小说中，作家还擅长在艰险的环境中凸显人物探寻未知世界的勇气、信心和毅力。该小说中的人物较为简单，主人公黎登布洛克教授是位痴迷科学研究的学者，有着地质学家的天才和矿石学家的敏锐观察力。他脾气暴躁，热情执着，对外部世界充满探索精神。教授表面看来有点偏执不近人情，但内心却极重感情。他的侄子阿克塞也热爱科学，看似循规蹈矩，内心却也充满了冒险精神。在面对困难之时，他表现得勇敢而镇定。而他们的向导汉恩斯则沉静稳重，临危不乱。他们性格迥异而互补，在探险之途上，是极好的搭档。

这样的描绘，是作家基于已有的科研成果进行演绎想象的结果，读来并无荒诞不经之感，相反地，却让人们对光怪陆离的地下世界兴味浓烈。当然，这部充满传奇色彩的科幻小说的诞生，与当时的社会历史背景密切相关。19 世纪后半叶，欧洲殖民者出于建立殖民帝国之目的，相继征服了地球上很多人迹罕至之处，如广漠无垠的沙漠、非洲大陆、南北两极等地。此外，19 世纪末，欧美各国科学技术也获得了长足发展，尤其是考古学和地质学的发展为人类了解自然、征服自然提供了科学依据。再加上此时涌现了瓦特、爱迪生等工业革命的先驱，出现了蒸汽机、汽车、火车等科学技术成果和巴斯德、达尔文等的科学论著，这便使当时许多文学家试图用文学来表现这种新技术和新思想，描摹未来社会的科学远景。故凡尔纳的科幻小说并非无端空想与捏造，而是同那个时代的科技发展有着密切关系。鲁迅先生曾于《月界旅行·辨言》中盛赞凡尔纳的小说“独抒奇想，托之说部。经以科学，纬以人情。离合悲欢，谈故涉险，均综错其中。间杂讥弹，亦复谭言微中。十九世纪时之说月界者，允以是为巨擘矣”，此说良是。

思考题

1. 何谓通俗文学？
2. 试析通俗文学繁荣昌盛的时代基础。
3. 试析《德国儿童与家庭童话集》的思想、艺术特点。
4. 《基督山伯爵》何以能拥有如此众多的读者？
5. 《地心游记》何以是科普小说的奠基之作？

第 四 编

20 世纪欧美文学

20世纪欧美文学是在欧美地区资本主义取得垄断性发展，俄国十月革命成功，两次世界大战爆发，各种社会思潮频繁更迭，人类精神文化剧烈波动的历史条件下发展起来的。20世纪，欧美文学思潮林立、流派纷呈，现代主义异军突起，呈现出多元化、少中心的整体态势。与同时期的亚非文学相比，20世纪以后的欧美文学在世界文学的版图上仍然居于中心位置。与以往相比，20世纪以后的欧美文学格局全新、特征迥异：现代主义与现实主义分庭抗礼，各领风骚；在表现手法上各种流派互相借鉴，取长补短，其共有的倾向为颠覆传统、创新求奇；出现了众多的批评派别，普遍重视文本研究，关注形式问题，侧重于探究、表现内心世界。

第十章

20世纪欧美现实主义文学

小引

在20世纪的欧美各国，现实主义仍然是较为重要的文学潮流。20世纪现实主义文学是19世纪现实主义文学的继续和发展，很多作家继承19世纪现实主义传统，进一步深入探索；也有作家受现代主义思潮影响，借鉴其他文学表现手法，丰富发展了现实主义文学，将这一文学传统推向新的阶段。

这一历史时期对文学发展影响重大的历史事件和社会思潮有：两次世界大战以及各国国内阶级矛盾尖锐化；十月革命与美国社会主义运动；世界性民族独立与解放运动的兴起；欧美各国进步作家队伍的扩大，无产阶级文学的萌芽和发展；各种现代主义文艺思潮的兴起。

本章重点讲述现实主义文学在20世纪历史条件下的特征和发展概况，重点评析代表作家及其代表性作品。本章将剖析罗曼·罗兰作品的社会批判意义和个人反抗主题、劳伦斯的文学创作与精神分析学说之间的密切关系、托马斯·曼作品的反法西斯内涵、布莱希特戏剧的“陌生化”效果、德莱塞对美国梦的本质性揭露、海明威作品的反战思想和独特的“硬汉性格”。

学习本章内容，应注意将其同19世纪现实主义文学联系起来加以比较分析。同时尤要辨析和把握20世纪现实主义文学与同步发展的各种现代主义文学流派你中有我、我中有你的趋同与歧异。

第一节 概 述

20 世纪，欧美各国资本主义获得进一步发展。十月革命、两次世界大战、席卷欧美地区的经济危机、更迭频繁的各种社会思潮，使欧美社会处于动荡不安之中，人类的精神文化发生急剧的变化，具体表现是：自由资本主义时期形成的竞争意识与个人利益原则继续存在并得到发展与强化，成为集团与集团、国与国之间残酷争夺的内在原因，深化了 19 世纪末期业已形成的不稳定感和危机意识；高度理性化的垄断经济、现代物质文明和现代科学技术加深了人类自身生存的异化感、荒诞感和内心焦虑；血腥的战争改变了人们对传统人道主义的看法；人们不再把人看成“宇宙的精华，万物的灵长”，开始从本体意义上认识人自身的局限性。

在这种背景下，20 世纪的欧美文学出现了不同于以往任何时代的新格局和新特征：形成了现实主义与现代主义两大潮流，其中又划分为各种不同的倾向和派别，更替频繁，各呈异彩；与 19 世纪以前的文学以描绘客观世界占主导地位不同的是，20 世纪的现实主义文学也开始注重表现内心世界，作品普遍存在内倾性；不同民族、国家、语种文学互相借鉴，取长补短，相互交融，拓宽了文学表现的深度和广度；与传统文艺批评注重内容的特点迥异，20 世纪出现的现实主义批评流派，侧重从结构和语言问题入手，对文本进行细致深入的研究，表现出对形式问题的注重，这种变化和现代主义的新探索是并行不悖的。

此外，早在古希腊时期便已出现，到 19—20 世纪渐次形成高潮的欧美通俗文学，以其通俗易懂、雅俗共赏的内在特质，又与飞速发展的现代科技密切结合，已经形成独立的文学体系，成为广大读者十分喜爱的文学读物，本编特列专章阐述。

20 世纪现实主义文学具有以下几方面的思想特征：

其一，由于十月革命的胜利和国际无产阶级革命运动的蓬勃展开，社会主义思想不同程度地影响了现实主义作家，使他们或多或少地用阶级的观点或者社会主义思想去观察问题，站在新的时代高度去描绘现实，表现出进步的思想倾向。

其二，无产阶级的生活和斗争越来越引起一些作家的注意，成为他们通过作品反映的对象，有的作家还塑造了具有无产阶级觉悟的新人。

其三，作家们力图全面反映时代生活，上至王公贵族，下至社会底层，在作品中都有较充分的反映；有的作家还能解剖家庭的兴衰，以家族的荣枯反映整个历史时代的变化。

其四，两次世界大战的爆发，政治斗争的白热化，民族矛盾的尖锐化，种族迫害的酷烈，致使战争文学和反法西斯题材的文学作品十分盛行。

这一时期的现实主义文学在艺术表现方面具有以下特点：

其一，频频出现“长河式”的多卷本长篇小说，这类具有史诗般规模的作品往往长达百万言以上，比较全面地反映了社会历史的变迁。

其二，由于受现代主义的影响，一些现实主义作家也倾向于对人的内部心灵加以开掘，汲取、借鉴意识流、内心独白、象征寓意等现代派手法，丰富了现实主义的艺术表现手段。

其三，作品普遍具有淡化情节的倾向。一些作家不去刻意追求塑造典型人物，而是对人物气质等因素感兴趣。对有些人，甚至很难从本质上确切界定他们究竟是属于现实主义流派还是属于现代主义流派的作家。

一、英国文学

英国是这一历史时期现实主义文学取得显著成就的国家之一。20世纪初期，哈代的创作从小说领域转向诗歌文体并多有建树；萧伯纳（1856—1950）是使英国现实主义戏剧再现繁荣的杰出剧作家，其代表作《巴巴拉少校》（1905）成功地塑造了垄断资本家安德谢夫的典型形象，并通过他揭露了大资产阶级操纵国家权力的反人民实质，把改革社会的希望寄托在“超人”身上，幻想通过点滴改良来实现人人都是“百万富翁的社会主义”；劳伦斯在小说写作方面取得了突出的成就；毛姆会同高尔斯华绥（1867—1933）、吉卜林（1865—1936）等人共同促成了20世纪上半叶英国现实主义小说的繁荣。

毛姆（1874—1965）的创作以小说和戏剧为主，尤其在长篇小说的创作方面取得了很高的成就。他的代表作《人性的枷锁》（1915）是一部具有自传性质的长篇小说，描述了主人公菲力浦·卡莱从童年到30岁期间如何摆脱痛苦的迷惘状态逐渐趋于成熟、获得精神解放的历程，无情地暴露了宗教、教育、贫困和社会风尚对人的发展的禁锢，以巨大的感染力展示了资本主义社会令人窒息的生活画面，提出了“真正的人的自我究竟是什么”的哲学命题。在作者看来，运用理智才是人性的解放。毛姆其他比较著名的长篇小说有《月亮和六便士》（1919）和《刀锋》（1944）等。这些作品也都贯穿了作家对生活和人生意义的思考和探索。

20世纪中期以后，活跃在英国文坛的现实主义作家有格林、艾米斯和福尔斯等人。

格雷厄姆·格林（1904—1991）被认为是当代最杰出的英国作家之一。他曾把自己的长篇小说分成消遣读物和小说两类。属于前者的有《伊斯坦布尔列车》（1932）、《一支出售的枪》（1936）等。这类作品虽是惊险小说，但深入描写了人物的思想感情和真实的国际政治背景，对资本主义社会的矛盾有所揭露。被称为小说的作品有的以宗教问题为题材，有的以国际政治问题为题材，《沉默的美国人》（1955）属于后者。这部长篇小说叙述了20世纪50年代一个英国新闻记者在越南的经历和见闻，揭露了殖民主义侵略给越南人民带来灾难的罪行。另外，“愤怒的青年”的代表作家金斯莱·艾米斯（1922—1995）的《幸运的吉姆》（1953）和约翰·福尔斯（1926—2005）的《法国中尉的女人》（1969）也是这一时期较著名的作品。《幸运的吉姆》通过一位大学历史讲师的故事，对英国文化教育事业的虚伪、荒唐进行了辛辣的嘲讽。《法国中尉的女人》以英国维多利亚时代为背景，讲述了一个三角恋爱的故事。这部小说的独创性在于它有三种可能的结尾，留下了充分的想象空间任由读者去填充。

20世纪后半期至21世纪的英国文坛上异彩纷呈，新人辈出，不同流派交错重叠，尤其是活跃着一批才华出众的女性作家和少数族裔作家，呈现出多元发展的繁荣趋向。女性作家中较为活跃的有穆里尔·斯帕克（1918—2006）、多丽丝·莱辛（1919—2013）、艾丽丝·默多克（1919—1999）、A.S.拜厄特（1936— ）、阿尼塔·布鲁克纳（1928— ）等人。多丽丝·莱辛凭借《金色笔记》（1962）获得了2007年度的诺贝尔文学奖，标志其作品已经获得了世界文学经典地位。少数族裔作家中，2001 年度诺贝尔文学奖获得者 V.S. 奈保尔（1932— ）、萨尔曼·拉什迪（1947— ）和石黑一雄（1951— ）等人创作成就较为突出。

二、法国文学

法国在 20 世纪涌现出不少优秀的现实主义作家，在小说创作方面，除罗曼·罗兰和法朗士等在 19 世纪便享有文名的老作家之外，还有杜伽尔、莫里亚克、纪德等新晋作家。

阿纳托尔·法朗士（1844—1924）政治立场十分进步，曾积极投入为犹太籍上尉德雷福斯沉冤昭雪的斗争，与左拉一起发挥了突出的作用。他的短篇小说《克兰克比尔》（1901）通过一个小菜贩被警察诬陷的不幸遭遇，指控了资产阶级司法制度的阶级偏见和虚伪性质，对德雷福斯案件作出了直接反应。进入 20 世纪，法朗士的创作进入成熟阶段，先后完成了《企鹅岛》（1908）、《诸神渴了》（1912）等重要作品，并于 1921 年获得了诺贝尔文学奖。

《企鹅岛》这部寓言小说以企鹅岛国来影射法国，勾勒了法国阶级社会发展的形象历史，并重点针砭了第三共和国的议会制度、对外政策、科学文化和社会风尚，揭露了现代工业化文明造成的贫富对立。《诸神渴了》是一部历史小说，描写了法国大革命时期雅各宾专政及其失败的历史事件。作品揭示雅各宾派的弱点，总结大革命的经验教训，清晰地显示了作家爱憎分明的思想情感。

马丁·杜伽尔（1881—1958）是两次世界大战之间的重要作家。第一次世界大战期间曾应征入伍。战后，他根据战时见闻写出了著名长篇小说《蒂博一家》（1922—1940）。小说描写了蒂博父子、兄弟间的冲突并穿插着丰塔南一家的故事，反映了 20 世纪初期法国的现实生活和第一次世界大战中人民的反战情绪。小说情节曲折，语言简洁，风格朴实，尤以心理描写深刻细腻见长。

弗朗索瓦·莫里亚克（1885—1970）写有百卷以上各种体裁的作品，其中以小说最为著名。《给麻风病人的吻》（1922）是他的成名作。1925 年发表《爱的荒漠》，并于当年获得法兰西学院小说大奖，使他成为重要的法国小说家。20 世纪 20 年代末和 30 年代初，莫里亚克先后发表了《苔蕾丝·德斯盖鲁》(1927）和《蝮蛇结》(1932)。《苔蕾丝·德斯盖鲁》的女主人公不满丈夫的自私虚伪而企图对丈夫下毒，被告发后受到拘押审讯。她的丈夫把妻子只当作生儿育女的工具。妻子被收审后，他为了保全家庭的声誉，出庭作伪证使苔蕾丝无罪开释。可是苔蕾丝一回到家就被软禁起来。小说以细腻的心理分析方法，反映了道德堕落的资产阶级家庭生活，苔蕾丝的命运深受读者关注。此后作者又写了短篇小说《苔蕾丝在旅馆》（1933）、《苔蕾丝求医》（1933）和中篇小说《黑夜的终止》(1935)，继续描述女主人公的生活经历。

安德烈·纪德（1869—1951）的重要作品有《人间食粮》（1897）、《蔑视道德的人》（1902）、《窄门》（1909）、《梵蒂冈的地窖》（1914）和《伪币制造者》（1925）等。《伪币制造者》是他唯一的长篇小说。与传统结构的叙事作品不同，该作品采用小说中套小说的别致手法，以作品人物日记的形式把两个故事重叠叙述，反映了当代青年的不安与苦闷，流露了对社会现实的不满情绪。

20 世纪下半叶，法国现实主义文学的创作力度有所衰减，较有影响的作家有安德烈·马尔罗（1901—1976）、玛格丽特·尤纳瑟尔（1903—1987）、玛格丽特·杜拉斯（1914—1996）等。另外，有些作家的创作和成就跨越了两个千年，例如 2000 年的诺贝尔文学奖得主高行健（1940— ）和 2014 年膺获诺贝尔文学奖的帕特里克·莫迪亚诺（1945— ）。

三、德语国家文学

20 世纪，德国、奥地利、瑞士等德语国家的现实主义文学达到了前所未有的高度。最重要的作家是托马斯·曼和布莱希特。

托马斯·曼（1875—1955）于 19 世纪末开始创作，凭借长篇小说《堕落》一举成名。其代表作《布登勃洛克一家》（1901）通过巨商布登勃洛克家族四代的盛衰史，暴露了人与人之间赤裸裸的金钱关系，揭示了垄断资本主义的奸诈和残暴，并对布登勃洛克家族的败落表现了“无可奈何花落去”式的惋惜。

亨利希·曼（1871—1950）于 19 世纪 90 年代初开始文学创作。他的代表作《臣仆》（1911—1914）引起了巨大的轰动。后来作家将续篇《穷人》（1917）和《首脑》（1925）与《臣仆》合在一起组成了“帝国三部曲”。《臣仆》是德国现实主义文学的代表作品，主人公赫斯林是造纸厂老板的儿子，自幼怯懦残忍，在强者面前是奴才，而在弱者面前又是暴君。对他来说，恭顺地服从皇帝是最好的“诗”，夺取财富和权力是最高的“哲学”。赫斯林是德意志帝国的忠顺臣仆，他的性格概括了帝国主义阶段德国资产者的本质属性。

奥地利作家斯蒂芬·茨威格（1881—1942）是这一时期最有影响的德语作家，其主要成就是传记文学和小说创作。他的小说构思奇巧，情节曲折，善于描写人物细微的感情变化。中篇名作《一个女人一生中的二十四小时》（1927）描写一位中产阶级妇女与一个贵族出身的赌徒偶然相遇后奇特的经历，用细腻的心理分析手法描述了女主人公在这期间复杂的情感变化，对她的精神世界也作了深入开掘。另外，《心灵的焦灼》（1938）和《象棋的故事》（1941）也是脍炙人口的杰作。

20 世纪下半叶，德国文学进入新的发展阶段，重要作家有格拉斯、伯尔等。

君特·格拉斯（1927—2015）的代表作是长篇小说《铁皮鼓》（1959）。该作品以侏儒奥斯卡回忆的方式，再现了 1924 年至 1954 年间德国社会的历史变化，揭示了德国法西斯的残暴和腐败不堪的社会风尚。奥斯卡是个既有愤世嫉俗的一面，又有与世俗同流合污一面性格的人。《铁皮鼓》为格拉斯膺获了 1999 年的诺贝尔文学奖。

亨利希·伯尔（1917—1985）的小说主要反映战争给人民带来的苦难，如长篇小说《亚当，你到过哪里?》（1951）等。20 世纪 50 年代以后的作品则主要表现“小人物”的悲惨遭遇以及社会对“小人物”的迫害。例如，《以一个妇女为中心的群像》（1971）围绕着主人公莱妮塑造了不同阶层、不同身份、不同类型的人物形象，从政治、经济、道德等方面对德国现状作了分析批判。

这一时期瑞士作家弗里德里希·迪伦马特（1921—1990）所写的社会犯罪小说也很著名，如中篇小说《法官和刽子手》（1952）、《抛锚》（1956）以及长篇小说《诺言》（1958）等。

四、美国文学

与一些西欧国家相比，美国的现实主义文学起步较晚，但在进入 20 世纪以后有了长足发展。德莱塞和杰克·伦敦是其前期代表。继之，以辛克莱为代表的“揭露黑幕”文学开始闻名于美国文坛。

第一次世界大战之后，一些经历过战争苦难的作家普遍产生被欺骗、被出卖的感受，并把这种厌恶情绪表现在文学作品中，在美国出现“迷惘的一代”这样一个文学流派。“迷惘的一代”不是有统一组织和共同纲领的文学团体，它的名称源出于侨居巴黎的美国女作家格特鲁德·斯泰因。一次，她对海明威等人说：“你们都是迷惘的一代。”后来，海明威把斯泰因的这句话作为自己长篇小说《太阳照样升起》的题词，从此，“迷惘的一代”便成了流派名称。第一次世界大战爆发时，后来成为“迷惘的一代”作家的那批人还都是刚刚走进社会的年轻人。他们在“拯救世界民主”口号下，怀抱着激情与理想奔赴欧洲战场，在战争中亲身经历了空前规模的血腥屠杀，逐渐发现战争远非轰轰烈烈的英雄事业，渐次认识到了所谓“民主”、“光荣”、“牺牲”的欺骗性和虚伪性。战争经历，给这些年轻人留下了不可磨灭的苦难记忆和精神创伤，使他们产生了强烈的被愚弄、受欺骗的感觉和反战情绪。战争在他们心灵中留下的无法医治的创痛，导致他们在创作中透露和反映出反战的思想情绪。“迷惘的一代”作家有一个共同的特点，那就是他们全都厌恶、反对帝国主义战争，却又找不到正确的出路。欧内斯特·海明威是“迷惘的一代”的代表，他创作了一大批优秀的反战作品，字里行间充满了迷惘与悲观。除海明威外，对前途同样感到迷惘的还有司各特·菲茨杰拉尔德、托·斯·艾略特和托马斯·伍尔夫（1900—1938）等人。司各特·菲茨杰拉尔德（1896—1940）的《了不起的盖茨比》（1925）生动地表现了20世纪20年代“美国梦”的破灭。主人公盖茨比在战争期间与黛西相爱，但因为贫穷，黛西嫁给了别人。战后盖茨比成为富人，想和黛西重温旧梦。最后，可怜的盖茨比耗尽了感情，也葬送了自己的生命。“迷惘的一代”的繁荣时期主要在20世纪20年代，后来，该流派作家包括海明威本人的创作倾向都发生了变化，作家们群体转向，“迷惘的一代”作为一个文学流派便不再存在了。

两次世界大战之间，活跃在美国文坛上的除了德莱塞和海明威，还有辛克莱、刘易斯、斯坦贝克等人。

厄普顿·辛克莱的《屠场》（1906）是美国“揭露黑幕”文学的第一部有影响的作品。作品通过立陶宛青年约克斯一家在美国定居后的悲惨遭遇，反映了工人的苦难生活和备受欺凌的处境。小说因揭发了芝加哥肉食品制作行业非人的劳动条件而轰动一时。由于《屠场》的影响，美国连续出现了许多揭发美国各方面社会问题的作品。辛克莱另一部“揭露黑幕”的小说是《石油》（1927）。

辛克莱·刘易斯（1885—1951）是美国文学史上第一位获得诺贝尔文学奖的著名小说家。他一生写有20多部长篇小说，重要作品有长篇小说《巴比特》（1922）和《阿罗史密斯》（1925）等。其代表作《巴比特》的主人公是个房地产经纪人，他想改变固有的生活方式，但其行为遭到他人的非议。迫于外界压力，他最后又回到了原来的生活轨道上。小说展示了美国乡村和小市镇闭塞而保守的生活。在美国，“巴比特”已经成为庸俗市侩的同义词。

约翰·斯坦贝克（1902—1968）是1962年诺贝尔文学奖获得者。他的重要作品有《相持》（1936）、《人鼠之间》（1937）和《愤怒的葡萄》（1939）；代表作《愤怒的葡萄》描写了美国30年代俄克拉何马州农业工人为生存而奋起反抗的故事。小说背景广阔，反映了农民不堪压迫而进行的斗争，被认为是美国20世纪30年代大萧条时期的史诗。

美国现代诗歌诞生于第一次世界大战之前。罗伯特·弗罗斯特（1874—1963）在其抒情诗作品中，真切地描绘了新英格兰农村的风物，由此切入对人生奥秘进行探索与揭示，被认为是“新英格兰的农民诗人”，主要诗作有《山间》（1916）、《西去的溪流》（1928）等。

20世纪20年代，以纽约哈莱姆为中心的黑人文艺复兴运动兴起。在这场运动中，涌现出一批杰出的诗人诗作，其中朗斯顿·休斯（1902—1967）的诗歌融合了奴隶歌曲、爵士音乐的成分，通俗易懂，节奏鲜明，热情奔放，其自选诗集《诗选》（1965）是美国诗歌中的精品。

在20世纪中后期的美国文坛上，犹太裔作家占有重要地位。他们从20世纪40至50年代开始发挥重大影响，至70年代后期，贝娄和辛格两位作家相继获得诺贝尔文学奖。

艾萨克·巴什维斯·辛格（1904—1991）从小受到严格的犹太教传统教育。他的全部作品都用意第绪文写成，大多描写波兰犹太人往昔的遭遇和美国犹太人现今的生活，《卢布林的魔术师》（1960）是其代表作。这部长篇小说主要写一个技艺高超的魔术师在情欲和野心的驱使下犯了偷窃罪，后来皈依犹太教，修炼成为圣徒的故事，反映了波兰犹太人的悲惨处境。这部小说使辛格获得了1978年度诺贝尔文学奖。

索尔·贝娄（1915—2005）是美国犹太文学最重要的代表作家，1976年诺贝尔文学奖的获得者。他于1953年发表《奥吉·玛琪历险记》而一举成名，长篇小说《赫尔索格》（1964）是其代表作。小说涉及许多社会问题，着力表现了知识分子在20世纪60年代动乱中的苦闷与迷惘。长篇小说《雨王汉德逊》（1959）、《洪堡的礼物》（1975）等也是他的重要作品。

约翰·厄普代克（1932—2009）的作品主要描写在科学技术高度发达的社会中人们因无法掌握自己的命运而感到的不安和苦闷。《兔子，跑吧》（1960）是他的成名作，描写一个绰号叫“兔子”的青年人几次出走，几次失败的故事。《兔子，回来》（1971）是其续篇：“兔子”十年后的生活更加盲目，先是妻子出走，继之又失去房子和职业。小说涉及了越南战争、吸毒等问题。

五、加拿大文学

加拿大是个移民国家，早期移民主要来自英国和法国。加拿大国土辽阔而人口较少，长期以来，英、法裔移民各自恪守民族文化传统，彼此之间很少文学方面的渗透和交融，加之忙于殖民开拓，人们一般较少关注文学艺术，故而加拿大民族文学形成的过程相对缓慢。直到20世纪20年代加拿大获得外交上的独立之后，才开始较大规模地形成具有地域特色的文学活动。第二次世界大战前后，该国文学进入了繁荣发展阶段。

加拿大的民族文学分成英语文学和法语文学两个组成部分。

（一）英语文学

加拿大英语文学起步于19世纪中期，从1867年加拿大成为英联邦的自治领至第一次世界大战期间，以加拿大自然风光和历史为题材的作品相继出现。查尔斯·桑斯特（1822—1893）、威廉·柯比（1817—1906）、查尔斯·梅尔（1838—1927）以及被称为“联邦诗人”的创作群体，都写出了具有一定民族精神的诗作；小说和散文的创作风格与英美畅销作品基本一致，这一时期流行的是乡土文学。

1926 年获得外交上的独立，加拿大人民族意识高涨，全国性作家组织的成立推动了文学创作的发展与繁荣。

继乡土文学之后出现的是现实主义小说，作品内容起初为描写西部草原农民的生活，后扩展到揭示生活矛盾和暴露社会阴暗面。罗伯特·斯特德（1880—1959）的《粮食》（1926）、弗雷德里克·格罗夫（1872—1948）的《沼泽区的开拓者》（1925）等作品较有代表性。两次世界大战之间最出色的小说家是莫利·卡拉汉（1903—1990），他曾侨居巴黎，结交过海明威、菲茨杰拉尔德和乔伊斯，他的作品在美国与辛克莱·刘易斯齐名。

20 世纪 20 年代，罗斯（1894—1996）、雷蒙德·尼斯特（1899—1932）等人受庞德、艾略特等现代派诗人影响，摈弃传统的诗歌格律和词汇，代之以朴素的词句和自由的文体，介绍并撰写具有现代感的诗歌。他们扩大题材范围，提倡用意象表达思想，以象征手法表现内心世界，掀起了现代派诗歌运动。同时，埃德温·约翰·昔拉特（1883—1964）吸取口传史诗的特点进行现代诗体叙事，女诗人多萝西·李夫西（1909—1996）则以写作意象诗遐迩闻名。

第二次世界大战结束之后，加拿大的英语诗歌创作发生了显著变化，一些诗人反对使用意象或象征手法，要求直抒胸臆，提倡诗歌口语化，对诗的格式要求提出了改革性的主张。

埃德温·约翰·普拉特（1882—1964）是 20 世纪加拿大最有影响力的英语诗人。

战后时期，有些作家以现实主义态度探索加拿大社会面临的紧迫问题，有些作家借鉴、采用“意识流”手法进行创作，加拿大英语小说创作在题材和技巧上都有发展。20 世纪 50 年代后期到 60 年代，伴随着美国文学的影响，描写异化心理、生存危机的作品开始出现，现代派创作方法得到了广泛应用。较有影响的作品有欧内斯特·巴克勒（1908—1984）的《山与谷》（1952）和女作家玛格丽特·阿特伍德（1939—　）的《浮升》（1972）、劳伦斯（1926—1987）的《石头天使》（1964）等。

在加拿大英语文学中，诺思罗普·弗莱（1912—1991）的出现是一个重要的文学现象，这位具有国际声誉的文学批评理论家，对西方文学理论的发展做出了里程碑式的贡献。受其影响，在加拿大涌现了一批神话原型论作家，他们认为所有的艺术都包含着一定的神话原型，作家应按神话寓意创造形象、进行写作。詹姆斯·瑞尼（1926—2008）的《荆棘衣》（1958）和女诗人杰伊·麦克菲森（1931—　）的《船夫》（1957）都可视为按照弗莱理论进行的创作实践。

2013 年，有“加拿大的契诃夫”之称的女作家艾丽丝·门罗（1931—　）获得了该年度的诺贝尔文学奖，瑞典学院给出的颁奖词为“当代短篇文学小说大师”。从 1968 年发表第一部短篇小说集起始，艾丽丝·门罗先后创作过 14 部小说集。现年 83 岁高龄的女作家是首位加拿大籍的诺贝尔文学奖得主。现在，门罗不同时期创作的包括 2014 年完成的《亲爱的生活》在内的七部代表性作品均出版了中文译本。

（二）法语文学

法国移民于 17 世纪来到加拿大，比较集中地居住于魁北克地区，加拿大法语文学主要指魁北克以及周边各地法裔居民用法语创作的文学。

加拿大法语文学的初期作品是天主教的教理问答、圣徒传记和宗教故事，并无世俗内容。19 世纪中期集结的“魁北克爱国学社”是加拿大第一个文学社团，该组织的奥克塔夫·

克雷玛齐（1827—1879）、路易-奥诺雷·弗雷歇特（1839—1908）、庞菲尔·勒美（1837—1918）等人是加拿大法语文学的首批民族诗人。1895年由埃米尔·内利冈（1879—1941）等人组成的“蒙特利尔文学社”，介绍法国现代诗歌，推动了加拿大法语文学的发展。法语小说的创作从19世纪末起步，初期作品多以历史风情为内容。

进入20世纪，加拿大法语文学渐次成熟，各种形式都有较大发展，产生了一些较有影响的作家作品，开始形成了自己的民族风格。在诗歌方面，有圣德尼·加尔诺（1912—1943）、阿兰·格朗布瓦（1900—1974）等重要诗人。其中的格朗布瓦曾数次到访中国，他的第一部诗集《汉口之书》（1934）就是在中国创作并在武汉出版的。

20世纪中期以后，加拿大法语文学趋向繁荣，创作状态呈现多元化倾向。作家们有的基本承袭传统创作方法，有的锐意改革创新，文学史地位重要、社会影响较强的作家有萨瓦尔（1895—1982）、安德烈·朗日万（1927— ）、德罗西耶（1896—1967）、德罗谢（1901—1978）、迪夏姆（1942— ）等人。

在加拿大法语文学史上，女性作家占有举足轻重的地位，加布里艾尔·鲁瓦（1909—1983）、玛丽-克莱尔·布莱（1939— ）是其中的佼佼者。她们通过作品展示妇女的悲惨命运和生活艰辛，抨击旧的道德观念，产生了积极的社会影响。

六、20世纪拉丁美洲文学

在20世纪初期的拉丁美洲文坛上，形成了现代主义文学、现实主义小说和墨西哥革命小说三足鼎立的局面。现代主义文学和现实主义小说两种文学现象均起源于19世纪末期，是在欧洲文学影响下发展起来的。1910年墨西哥发生的资产阶级民主革命为文学的创作提供了开阔的背景和丰富的素材，由此产生了以这场革命为题材的“墨西哥革命小说”。

两次世界大战之间，在拉丁美洲文坛上相继出现了先锋派诗歌、地域主义小说、土著文学和先锋派小说，这些文学流派都有不俗的表现，尤其是先锋派小说的创作实绩和文学影响更为骄人。

从20世纪30年代开始，在欧洲现代派文学影响下产生了拉美先锋派小说。一些拉美作家借鉴欧洲现代派文学的艺术技巧，植根于本土民族文化传统，以客观、尖锐、深刻的态度去揭露、抨击、批判社会的黑暗，探寻社会的出路。在艺术方面，这些作家冲破传统小说的樊篱，大胆探索人的内心世界，改革作品结构，打破语言逻辑和语法规范，刻意表现“事物的非理性和非现实性”。拉美先锋派小说的代表作品有：古巴作家阿莱霍·卡彭铁尔（1904—1980）的《追踪》（1956）、危地马拉作家米格尔·安赫尔·阿斯图里亚斯（1899—1974）的《总统先生》（1946）和《玉米人》（1949）、智利作家马努埃尔·罗哈斯（1896—1973）的《窃贼之子》（1951）、阿根廷作家雷翁波尔多·马雷查尔（1900—1970）的《亚当·布宜诺斯艾利斯》（1948）、墨西哥作家胡安·鲁尔福（1918—1986）的《佩德罗·帕拉莫》（1955）等。

1960年以后，在先锋派小说创作的基础上，又有一代新的作家登上文坛，他们不拘泥于过去固定的文学模式，在继承、借鉴外来和拉美文学传统的同时，大胆地开拓艺术多样化的新路，任何形式的技巧手段都加以尝试，写出了一大批内容深刻、技巧奇特的作品，造成一派空前繁荣的文学“爆炸”态势，尤其是魔幻现实主义登堂入室，成为20世纪拉丁美洲文坛上最具重要性的文学流派，产生了全球性的影响。

魔幻现实主义文学在体裁上以小说为主。作品一般取材于拉美各国的现实生活，暴露社会黑暗，反映人民的疾苦；同时又大都描写神魔、鬼怪、巫术、梦幻，将现实与超现实描写融为一体，是在传统的现实主义和非理性的现代主义共同影响下形成的一种特殊的文学样式。从本质上说，魔幻只是其创作的手法，反映现实才是它的目的。

魔幻现实主义文学以哥伦比亚的加西亚·马尔克斯最具代表性。

七、其他国家文学

在东欧、北欧和南欧，较著名的现实主义作家和作品有：

捷克著名讽刺小说家哈谢克（1883—1923），其代表作《好兵帅克》（1920—1923）塑造了一个集捷克人民机智、风趣、乐观、热情、憨厚于一身的形象。帅克不是英雄，但他在哪里出现，就搅乱哪里的反动统治秩序。小说嘲弄了奥匈帝国统治者及其军队的黑暗腐败。

挪威作家哈姆生（1859—1952）的《大地硕果》（1917）是一曲农村赞歌，被尊为20世纪挪威小说创作中的经典作品。

西班牙诗人加西亚·洛尔卡（1898—1936）的《吉卜赛谣曲集》（1927）表现了对生活在社会底层和备受凌辱的劳动人民的深切同情。

第二节 罗曼·罗兰及其《约翰·克利斯朵夫》

一、生平与创作

罗曼·罗兰（1866—1944）是20世纪法国重要的现实主义作家。

罗曼·罗兰出身于中产阶级家庭，受家庭影响自幼从习音乐，读大学时走上了文学之路。

1897至1903年间，罗兰写了一套“信仰的悲剧”，包括《圣路易》（1897）、《艾尔特》（1898）、《理性的胜利》（1899）。剧本刻画了一些坚定维护信仰和理想的“火一样灼热”的人。罗兰还创作了一套以法国大革命为题材的《革命戏剧集》，包括《群狼》（1898）、《丹东》（1900）和《七月十四日》（1902）。这些剧作赞美了大革命中的革命者和人民群众，展现了英勇的群众革命场面和进攻巴士底狱的宏伟画卷。作者希望借此重新唤起法兰西民族的英雄主义精神，却也表现出了抽象人道主义的思想倾向。随后，罗兰又创作了由《贝多芬传》（1903）、《米开朗基罗传》（1906）和《托尔斯泰传》（1911）组成的系列性伟人传记，赞颂了传主渴望自由、主持正义、造福

罗曼・罗兰像

人类的崇高性格和情操，希望能以这些作家、艺术家的强大精神感召力鼓舞当代的人们。同时，罗兰用近十年时间写出了其代表作《约翰・克利斯朵夫》，这部多卷集长篇小说为他带来了世界性的声誉，并使其膺获了 1915 年度的诺贝尔文学奖。

第一次世界大战爆发后，罗兰撰写了一系列反战文章，呼吁人们起来保卫和平。

1919 年，罗兰完成了同《约翰・克利斯朵夫》风格殊异的中篇小说《格拉・布勒尼翁》，以轻松诙谐的笔调塑造了乐天派木刻工匠的动人形象，通过布勒尼翁的生活故事歌颂了法兰西传统文化，并以此对庸俗颓废的当代艺术给以谴责。

1931 年，罗兰和巴比塞、高尔基等著名作家一起积极开展保卫和平运动和反法西斯斗争，他的创作也进入了一个新阶段，很快完成了长篇巨著《欣悦的灵魂》。

第二次世界大战期间，罗兰写出了卷帙浩繁的音乐史专著《贝多芬的伟大创作时期》（1928—1943）和回忆录《内心旅程》（1942）。

二、《约翰・克利斯朵夫》

《约翰・克利斯朵夫》封面

《约翰・克利斯朵夫》（1904—1912）是罗曼・罗兰作品中影响最大的一部。这部小说通过对约翰・克利斯朵夫这位贝多芬式的作曲家一生反抗、失败、妥协经历的描写，揭露了德国、法国等欧洲国家进入垄断资本主义阶段以后尖锐复杂的社会矛盾，揭示了在当时社会条件下艺术家的命运这一主题，同时表现了为崇高理想而奋斗的英雄主义精神。

约翰・克利斯朵夫是音乐世家的后裔，从小便表现出杰出的音乐天赋。艰苦的家境、豪门子弟的欺凌，使他养成了勇于反抗的坚强性格。经过严格的家学教诲和刻苦训练，他走上了职业音乐家的道路，并以自己的精彩演奏和即兴作曲而赢得了“神童”的名声。但是，他的艺术追求受到环境的压抑，他那卓然不群的豪气，很快与专横肤浅的封建贵族发生了冲突，也与小市民庸俗的市侩习气格格不入。在一次冲突中，克利斯朵夫犯了命案，逃亡到了他早就向往的法国，幻想着在这里能实现他的艺术理想，获得辉煌的创作成就。但冷酷的现实很快使他的幻想破灭了。他看到的是肮脏的政治投机和腐化的艺术，报刊热衷于传播色情事件和流言蜚语，文人的道德沦丧也使他深感震惊。在巴黎，克利斯朵夫在朋友奥里维帮助下，逐渐从劳动者身上看到了法国的希望。从此，他勤奋创作，终于获得了很高的艺术成就，开始赢得世界性的声誉。在一次示威游行中，克利斯朵夫打死了警察，不得不逃亡瑞士，隐居到山中。在小说的最后部分，克利斯朵夫避居意大利，专心于音乐创作。他感到在一种清明的艺术境界中达到了内心的和谐，完成了自我价值的终极追求。

约翰·克利斯朵夫是一个性格内涵极其丰富复杂的人物。他是个正直、刚强、卓有才华的艺术家。他热爱人民，蔑视权贵。面对着德国反动当局的迫害和法国金钱社会的利诱，他从不妥协，顽强抗争，愤怒抨击腐败的社会和堕落的文化。他有着巨大的创造力和坚强的意志，热情地献身于艺术事业，写出了深刻、优美、充满活力的音乐作品。克利斯朵夫主张艺术至上，坚持个人反抗，幻想用人道主义、个人主义和社会改良主义去匡正资本主义社会，而没有把自己的斗争汇入人民革命的历史洪流，因而是注定要失败的；又因为他过分仰赖艺术的感化能力，以为艺术可以改造社会，所以幻想常被现实击碎，这就使他的奋斗生涯带上了迷茫的悲剧色彩。克利斯朵夫的反抗是具有民主主义理想、人道主义思想和个人英雄主义精神的小资产阶级知识分子与资产阶级社会秩序矛盾冲突的反映，他的悲剧是垄断资本主义时期小资产阶级个人奋斗的悲剧。

从总体看，《约翰·克利斯朵夫》是一部充满理想主义激情的现实主义小说，不但有深刻的社会内容，也表现出了独特的艺术风格。

首先是小说架构具有史诗般的规模。作品通过主人公的奋斗历程，集中体现了19世纪末20世纪初期整整一代民主主义知识分子的苦闷、彷徨和抗争；通过克利斯朵夫的命运轨迹，再现了德、法等国的社会生活画面并提出了许多重大社会问题，行文之间将哲理探求同现实勾描相互交织，还展示了群众斗争过程，场面巨大，气势恢宏。

其次，《约翰·克利斯朵夫》具有强烈的社会批判意义，小说塑造的主人公是一位典型的个人反抗者形象，在刻画该形象时作者十分注重思想情感的描绘，尤以心理描写见长。

最后，《约翰·克利斯朵夫》是一部独具特色的音乐小说，弥漫于小说中的交响乐般的气氛使它具有非同一般的艺术感染力。

第三节 劳伦斯及其《虹》

一、生平与创作

戴维·赫伯特·劳伦斯（1885—1930）是20世纪英国文学史上最具影响力的一位作家。

劳伦斯一生创作了10部长篇小说、40余篇中短篇小说、4个剧本和大量的诗歌作品，以及一些文学评论，其中以小说最为著名。

19世纪中期以后，随着工业化进程的加快，英国农村经济濒临解体，残余的宗法感情也逐渐消失，人越来越沦为机器的附庸。劳伦斯认为，文明的发展不应该以扭曲人的本能和自然欲望为代价，而人的本能和欲望之中最基本的一项是性爱要求。他还认为，只有使人的全部自然本性特别是性欲望充分发挥，才能克服资本主义的罪恶；只有使人的原始本能充分复活，才

劳伦斯像

能使人与宇宙之间、人与人之间恢复和谐的关系。因此，追求新型的两性关系就成为劳伦斯小说创作的一个基本主题。

劳伦斯儿时的家庭生活和青年时期的恋爱经历与其创作存在着密切的关联。劳伦斯是矿工之子，母亲当过教师，由于夫妻感情不和，母亲将全部爱转向了儿子［母子之间的这种亲情关系在带有自传性的《儿子与情人》(1913) 中有着详尽的记述］。1906 年进入诺丁汉大学学习并开始小说创作。1912 年母亲去世。同年到诺丁汉大学教授威克利家中拜访，与教授的妻子一见钟情，遂相约私奔。在法国、意大利等地旅行期间完成了《儿子与情人》。

《儿子与情人》的故事围绕煤矿工人莫瑞尔一家的生活展开，描述了主人公保罗的成长过程，其间交织着夫妻、父子、母子和情人之间的感情纠葛，反映了深刻的心理问题和社会问题。作品中保罗在精神与感情上的分裂倾向，全面符合弗洛伊德心理学中"俄狄浦斯情结"的症状：母亲因失意于丈夫，企图从儿子身上得到补偿；儿子在母爱的控制下，被异化为"半男人"，丧失了与异性正常交往和恋爱的能力。这部小说的意义不仅在于对个人进行精神分析，更重要的是从精神困境中寻找社会和道德上的原因。保罗的病症与畸形的家庭关系以及西方现代社会有着密不可分的联系。在现代工业化进程中，矿工们不可能受到良好的教育，他们成天干着非人的苦力活，性格粗暴蛮横，酗酒和打骂妻子已成为这一社会阶层特定的生活方式；矿工的妻子则只能在贫困、肮脏的狭小房子里养儿育女。葛楚就生活在这样的处境中。她对丈夫不满，把爱转移给儿子，造成了保罗的心理变态。正是资本主义工业化和非人的劳动条件与生活状况破坏了家庭幸福，摧残了人在精神上的健康发展。

第一次世界大战期间，劳伦斯深居简出，埋头创作，相继完成了代表作《虹》和《恋爱中的妇女》(1921)。战后又写了《袋鼠》(1923)、《羽蛇》(1926) 等作品。

《恋爱中的妇女》通过两对男女之间悲欢离合的故事，探索了在现代工业文明社会中建立人与人之间完美关系的可能性。

1928 年完成的《查泰莱夫人的情人》引起了颇多争议，但其表现的则是严肃的主题。查泰莱爵士丧失性机能的躯体正是现代工业文明丧失活力的象征。与他相对立的梅勒士身强力壮，洋溢着自然的勃勃生机，是理想中的"自然之子"。康妮离弃丈夫与他结合，表达了作者由文明人到自然人、实现人类新生的愿望。小说反映了现代工业社会对人的自然天性的摧残，再一次表达了作者希望通过实现身心一致的性关系求得新生的思想观念。

劳伦斯将社会批判和心理分析结合起来探索资本主义工业化社会里人与人、人与社会的关系，故而其作品既有现实社会意义，又有心理学含义。他的创作倾向主要是现实主义的，但又注重心理分析，力求"淡化"情节，许多地方运用了具有现代主义特征的象征手法。

二、《虹》

《虹》(1915) 代表了劳伦斯创作的最高成就。从这部小说开始，劳伦斯的创作发生了明显的变化，形成了自己独特的风格。

《虹》的故事围绕着布兰温一家三代人的生活经历展开。大约 19 世纪中后期，这个家庭的小儿

《虹》封面

子汤姆·布兰温继承父业，在英国德比郡附近的玛斯庄的土地上从事农业耕耘。28 岁时，他与流亡英国的波兰寡妇丽蒂雅结婚。婚后，夫妻间一度发生冲突，但最终鸿沟弥合，像普通人一样过着小康生活。妻子带来的女儿安娜长大后与城里的堂兄威尔相爱。疯狂的蜜月之后，他们都感到对方陌生，只有床第之欢为他们维系生活。威尔热衷于宗教事业。安娜则上了瘾般地生儿育女。大女儿取名厄秀拉，在乱哄哄的家庭里长大，16 岁那年爱上了具有贵族气质的青年军官安东·斯克里宾斯基。厄秀拉于两年后进了大学，但她一心扑在恋情上，学习上无所用心。她与斯克里宾斯基共度一段放荡不羁的生活之后，斯克里宾斯基去了印度并另择婚姻。厄秀拉发现自己怀了孕，流产后她望着天上的彩虹，憧憬着美好的未来。

《虹》没有复杂的情节，但表现的内容却较为复杂。小说通过一家三代人的生活经历一方面追述了英国从传统的乡村生活向工业化社会转化的历史进程；另一方面寻求着自然和谐的两性关系，探索了人生的意义。

劳伦斯认为，完美的两性关系全在于自然状态下的两性结合。这种结合的前提是双方必须拥有并保持独立的充满生机的自我存在。汤姆与丽蒂雅的关系就是如此。汤姆是个忠厚诚实的农民，他身上体现了较多的自然属性，他对丽蒂雅的追求主要是因为她身上具有神秘而浪漫的气质，而不是经济地位等社会因素。他们之间曾经发生过对抗，这种对抗的结果，是使他们相互适应对方，最终达到了和谐一致。然而，这种符合作者理想的两性关系在工业社会中业已成为历史的陈迹，小说中汤姆葬身于洪水，便象征着田园生活的终结。

相比之下，威尔与安娜的婚姻就算不得成功。蜜月之后，由于争夺支配权的斗争和信仰的分歧，他们的婚姻不可能趋向和谐。安娜自幼不甘平庸，她的征服欲望限制了威尔的自然属性。为了填补心灵空虚，安娜只好放纵情欲并频频生育。这种失败的婚姻在很大程度上是西方文明发展过程中的异化结果。

厄秀拉是位不满现存社会秩序，具有反叛精神的现代女性。她敢于在教学里大胆示爱，以之向宗教观念挑战；她痛恶建立在金钱之上的“民主”，尖锐地指出“只有贪婪与丑恶的人才会爬到顶层”；她反对狭隘闭塞的家庭生活，要求男女享有平等的权利。厄秀拉追求的价值标准是自然精神和生命力的共存，但其心上人斯克里宾斯基却丧失独立意识，盲目充任殖民统治的工具，成为堕落社会的一部分。两人关系的最后破裂是不可避免的。

厄秀拉的反叛、探索与挫折表现了西方社会中个人与社会的矛盾冲突。但是，劳伦斯的探索并没有到此停止，小说结尾处凌空而起的彩虹象征着厄秀拉对未来的向往与追求。

在艺术方面，松散的“历时式”结构与心理探索相结合是《虹》的一个重要特点。劳伦斯继承 19 世纪“家史”小说的传统，按照事件发生的先后时序叙述家族生活经历，却又对该家族的荣辱浮沉没有太大兴趣，而是着重剖析作品人物的爱欲心理和精神世界，明显地带有现代小说向“内”转的特点。

细致的环境描写，是《虹》的又一特点。小说于开篇就以富有诗意的田园风光与矿区景物对照勾描，构成了两种文明交替更迭的时代缩影。作者还精心描写了与人物心灵相通的自然景物。如写厄秀拉与恋人在海边相爱，作者便大段描写黎明到来时的海岸风光，将环境的光、色、声、形与人的内心体验融为一体。

另外，劳伦斯在《虹》中运用了意蕴含蓄的象征手法。小说中多次出现英姿勃勃的奔马形象，以之作为男性力量的象征。结尾处出现的彩虹更是未来生活美好和人际关系和谐的象征。

从总体上审视，劳伦斯是一位站立在传统与现代交汇点上的作家，其作品既有传统小说注重情节性、故事性的优长，又具有淡化情节、寓意暗示等方面的现代小说特征。

第四节 布莱希特及其《伽利略传》

一、生平与创作

贝尔托·布莱希特（1898—1956）是20世纪德国最重要的戏剧家。

布莱希特出生于中产阶级家庭，青年时期曾参加第一次世界大战。早在1919年，就写有反映德国工人起义的剧作《夜半鼓声》。1924年正式进入戏剧界从事编导和创作活动。20年代后期，他尝试在戏剧领域里运用马克思主义学说分析资本主义社会，先后创作了《人就是人》（1926）、《马哈哥尼城的兴衰》（1927）、《三分钱歌剧》（1928）和《屠宰场里的圣约翰娜》（1931）等剧目。1933年，希特勒攫取政权后，布莱希特被迫离家流亡异国达15年之久。他的重要剧作大多是在这段颠沛流离的岁月里创作的。如《卡拉尔大娘的枪》（1937）、《伽利略传》、《大胆妈妈和她的孩子们》（1939）、《第三帝国的恐怖和灾难》（1935—1938）、《四川好人》（1940）、《西蒙·玛卡尔的梦》（1941—1943）、《第二次世界大战中的帅克》（1941—1943），以及根据中国元代杂剧公案戏《包待制智赚灰阑记》创作的《高加索灰阑记》（1944）等。

布莱希特像

1929年，布莱希特首创了“叙述体戏剧”的概念，提出在结构上用叙述性代替戏剧性，在表演上用感情的间离代替感情的共鸣，主张用“陌生化效果”在演员、角色、观众三者之间建立一种新的辩证关系。

二、《伽利略传》

布莱希特的代表作是《伽利略传》（1938—1947）。

剧作描写1609年意大利著名科学家伽利略把荷兰人发明的望远镜加以改进后发现了可以证明

哥白尼学说的天文现象。好友查格列都劝他要谨慎，以免重蹈十年前布鲁诺的覆辙。伽利略却坚信人类的理智终究会战胜愚昧。为了争取更多的研究时间，也为了生活宽绰一点，伽利略到佛罗伦萨担任了宫廷数学家。在那里，他在追求真理的信念鼓舞下继续坚持研究，甚至连城里发生了鼠疫也未能使他离开工作。六年后，天文学家克拉维乌斯经过考察，证明了伽利略的发现完全正确。可是教会无视甚至敌视科学，对伽利略施加压力并进行迫害。伽利略在囚禁中受到宗教裁判所刑具的威胁。在审讯大会上，伽利略屈服于教会的淫威，公开宣读了悔罪书，同意放弃他的学说。从此时起伽利略一直被软禁着直至逝世。晚年，伽利略的双目近乎失明，以口授形式完成了科学著作《对话录》。后来，他向学生沉痛忏悔自己当年因怕遭受皮肉之苦而丧失追求真理的勇气，背弃了科学为人类进步服务的宗旨。他的著作被学生带到国外，这个伟大的学说终于在欧洲传播开来。

《伽利略传》封面

《伽利略传》中的伽利略，既非完人，又非庸人，而是一个有血有肉的人。他有伟大的一面，又有软弱的一面。为了追求真理，他在自然灾害（瘟疫）面前丝毫不考虑个人安危，可在社会灾害（宗教淫威和审讯酷刑）面前却吓得屈膝投降，否定了自己已经掌握的真理；他推动了科学技术的发展，创立了革命性的理论，却以自己的背叛性行为中止了将理论诉诸实施、促进生产力发展的实践；他知道自己发现了真理，却违心地把其说成谎言。伽利略是伟大的，但他所做的一切并不全都伟大。他有普通人的欲念——贪吃，为了烤鹅而忘掉一切；也有平常人的弱点——撒谎，为了增加薪水而诈称是自己发明了望远镜。伽利略既不是完美的英雄，也并非纯然的庸人，他有英雄的壮举，也有背弃信念的劣迹。历史把伽利略推上了伟大的高峰，时代又把他抛入平庸的深渊。这是一个充满思想性格矛盾的人物形象，他的命运发展经历了不同精神因素交叉互渗的辩证过程。正因为布莱希特在塑造这一形象时兼顾到了这一人物的不同性格层面，才使得伽利略其人格外真实可信、生动传神，具有一种立体化的艺术效果。

《伽利略传》借助历史题材，反映了在一个科学的新时代破晓的时候，真理与谬误、科学与愚昧的斗争，提出了科学家对社会应负的职责问题。

第五节
德莱塞及其《美国的悲剧》

一、生平与创作

西奥多·德莱塞（1871—1945）是20世纪美国杰出的现实主义作家。

德莱塞生于印第安纳州特雷霍特镇，从小生活贫困，辛酸的童年生活，使他成年后同情下层人民。后来，通过阅读达尔文、赫胥黎和斯宾塞的著作，他渐次形成了生物社会学世界观。多年的报界生涯增长了德莱塞的社会阅历。抱着追求正义揭露社会罪恶，为人们提供公正舆论的愿望，德莱塞转而投身于长篇小说写作。1900年，他的第一部长篇小说《嘉莉妹妹》出版。这部小说描述了农村姑娘嘉莉为追求个人幸福和个性自由而堕落的故事。小说大胆暴露了美国社会的贫富对立和都市资产阶级生活方式对人的腐蚀。

德莱塞像

德莱塞的第二部长篇小说《珍妮姑娘》（1911）是《嘉莉妹妹》的姊妹篇，其主人公珍妮也是穷人的女儿，她纯洁善良，为搭救亲人牺牲了自己的贞操；作为一个堕落的女人，过着屈辱痛苦的生活。她的不幸遭遇，真实反映了美国下层社会人民的悲惨生活，揭露了资产者的卑劣行径和资本主义制度所造成的妇女悲剧，表达了作家对社会现实的严肃批判。

《珍妮姑娘》出版后，德莱塞随即创作了长篇小说《金融家》（1912）和《巨人》（1914），这两部作品与其去世前完成、1947年出版的《斯多噶》合称为“欲望三部曲”。三部曲成功地塑造了道德堕落而又贪婪成性的金融资本家柯帕乌的形象，描述了他从一个学生到成为纽约豪富，并向国外输出资本的过程，揭露了从南北战争到20世纪初期，美国垄断资产阶级在政治、经济、法律、道德等各个领域里的黑暗内幕，为人们提供了一部形象的美国垄断资产阶级兴衰沉浮的历史画卷。

十年后，长篇小说《美国的悲剧》轰动了美国文坛并给他带来了世界性的声誉。

德莱塞于1927年访问了苏联，次年发表了《访苏印象记》。他在政论集《悲剧的美国》（1931）中运用大量的事实批判美国社会，表达了进步的政治观点。

德莱塞的小说用现实主义笔法描写生活，结束了美国文坛上“胆小而高雅”的旧传统。但他运用生物学的观点解释人物行为的内在动机，从而削弱了对思想和行动的社会分析。

二、《美国的悲剧》

《美国的悲剧》（1925）是德莱塞的长篇小说代表作。通过这部作品，作者集中批判了美国的生活方式，深刻地揭露了美国社会制度的罪恶。

小说以发生在现实生活中的一件刑事案件作为情节基础，描写了一个普通的美国青年在腐败的社会风气影响下，追求“上等人”的生活，堕落成杀人犯并被判处死刑的故事。小说共三卷。上卷写主人公克莱特从一个天真幼稚的少年逐渐堕落的过程；中卷写克莱特与洛蓓达和桑特拉的三角恋爱及洛蓓达之死；下卷写审讯克莱特的过程和他被处以死刑。

克莱特是一个出身于堪萨斯街头传教士家庭的穷苦少年，父母安贫乐道，讲求克己和自我牺牲精神。但是，清心寡欲的宗教教义却抵挡不住享乐主义、利己主义思想的影响，终于使他走上了堕落犯罪的道路。克莱特的性格是在社会环境的影响下渐次形成的。首先，贫富悬殊的社会现实从反面教育了他。克莱特从小随父母沿街布道为生，深感世上的人情冷暖是以金钱为

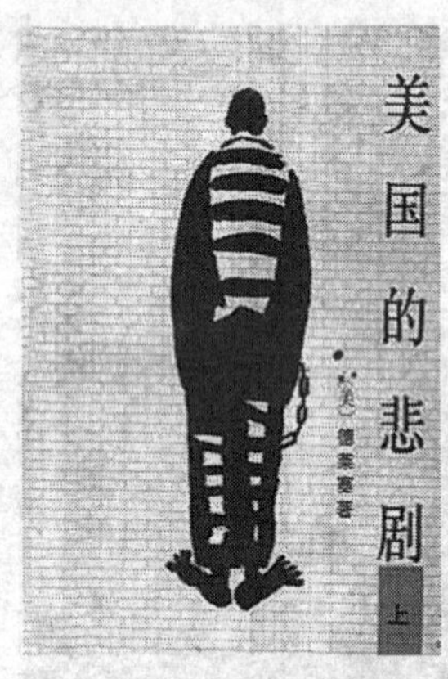

《美国的悲剧》封面

转移的。他为贫穷而苦恼，为受人讥笑而羞愧，一心向往荣华富贵的生活。正是怀着这种人生愿望，他走上了人生的迷途。其次，资产阶级的生活方式引诱腐蚀了他。他耳濡目染了资产阶级糜烂荒唐的生活，窥视到有钱就能享受一切的现实，被诱人的花花世界吸引，产生了追求个人享受的强烈欲望。于是，纯洁的感情被邪恶的私欲征服，逐渐形成了极端利己主义的生活观。再次，金钱主宰一切的社会法则支配了他。由于深刻地体会到世态炎凉，因而他对损人利己的人生哲学深信不疑。随着在伯父工厂当领班后生活地位的改变，他的利己主义生活观在不断地恶性膨胀。为满足个人私欲，他在根本没有考虑结婚的情况下引诱女工洛蓓达，使她怀了身孕。正当堕胎无效，洛蓓达急欲结婚之际，大资本家的女儿桑特拉向克莱特表示了爱慕。为了摆脱洛蓓达，他设计了结婚泛舟的圈套使她翻船落水而死。罪行败露后，克莱特被送上了电椅。

克莱特的悲剧，既有主观因素的作用，又有客观的社会原因。德莱塞一方面谴责主人公追求富贵发达、贪图虚荣享乐的极端利己主义思想，剖析了克莱特的卑劣行为和犯罪心理，指出他因犯罪杀人而受到刑罚是咎由自取、罪有应得；另一方面又深入挖掘了导致克莱特堕落的社会原因，雄辩地指出他既是社会罪恶的制造者，同时又是罪恶社会的受害者，是拜金主义观念和腐化生活环境的牺牲品。

克莱特遭到法庭判决并非偶然的单一事件。在美国，像克莱特这样的普通青年又何止万千？故此，克莱特的悲剧不仅仅是他个人的悲剧，而且也是千百万美国青年的悲剧和资本主义制度的悲剧。

小说的女主人公洛蓓达是一个被侮辱与被损害的下层劳动妇女形象。

揭露和批判“美国梦”的虚妄是美国进步文学的传统主题，《美国的悲剧》使这一主题得到了前所未有的深化。《美国的悲剧》在开阔的社会背景下构思情节、塑造人物、提出社会问题，在思想和艺术上都突破了美国文学的“斯文传统”，为现实主义文学的发展开拓了新的道路。

小说在艺术表现手法方面具有以下突出特点：

首先是小说结构清晰完整，工于匠心。作品始终紧扣主人公克莱特的生活经历作为情节主线，故事脉络鲜明突出，集中完整；社会背景开阔，生活画面舒展。特别是作者精心设计以克莱特随父母沿街布道求乞为小说肇始，又以小孩街头布道卖唱的同样画面为其作结，首尾照应对接，形成闭合的圆环，以这样的结构形式暗示悲剧并未结束，克莱特的命运仍将续延，寓意深远地扩大了小说意境的联想空间。

其次是运用报告文学手法，大量使用生活中的原始材料。德莱塞为了讲求作品的真实性，直接将真实案例的调查材料插入小说叙事之中，还以新闻报道的特写方式记录法庭审讯过程，大大增强了接受者阅读时的真实感受。

最后是细致的心理分析。作家重视社会心理现象，善于表现人物性格的发展过程，详细描写了主人公在特定环境影响下激烈的内心冲突，还通过下意识活动的幻觉描写表现人物的情绪变化和心理波动，从而加深了作品的可信性和艺术感染力。

第六节
海明威及其《永别了，武器》

一、生平与创作

欧内斯特·海明威（1899—1961）是20世纪杰出的美国小说家，早期以“迷惘的一代”的代表作家著称于世。

海明威出生于芝加哥一个医生家庭，受其父母影响，从小就对渔猎和艺术有着强烈的兴趣和特殊的爱好。他曾作为战地救护人员参加第一次世界大战，在意大利前线身负重伤，于1919年带着肉体和精神创伤返回美国。海明威思想性格的形成和发展与他那富有传奇色彩的生活经历直接关联：早年的记者生涯对其以后文学创作的风格亦有重大影响；中学毕业后，他曾在堪萨斯担任见习记者，养成了简洁明快、具体生动的文体风格；20世纪20年代初，他以记者身份常驻巴黎，结识了侨居法国的美国女作家斯泰因、诗人庞德及爱尔兰作家詹姆斯·乔伊斯等人。在斯泰因的鼓励和帮助下，海明威开始在报刊上发表作品，连续出版了《三个短篇和十首诗》（1923）、《在我们的时代里》（1924）、《春潮》（1926）和长篇小说《太阳照样升起》（1926）。

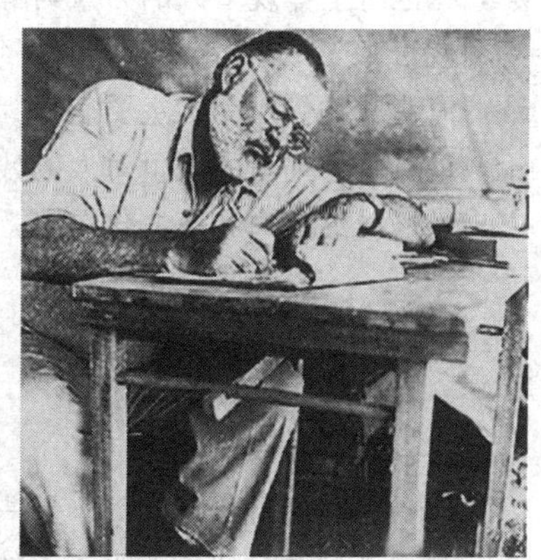

海明威在写作

短篇小说集《在我们的时代里》是以尼克·亚当斯为核心人物的系列小说，表现了客观世界中的暴力、伤害及死亡对成长中的儿童身心所产生的深刻影响。尼克的思想与心理是海明威以后小说中人物的基本原型。

《太阳照样升起》通过侨居巴黎的一群美国青年的生活透视了一代人精神世界的深刻变化，揭示了战争给人们心理上、生理上造成的巨大创伤，是一部具有反战倾向的长篇小说，表现的是第一次世界大战后青年一代的迷惘和幻灭感。斯泰因曾对海明威等人说过：“你们是迷惘的一代。”海明威以此作为小说的题词，使《太阳照样升起》及其作者一并成为“迷惘的一代”的代表性标志。

1927年，海明威回到美国。他在短篇小说集《没有女人的男人》（1928）中，创造了视死如归的“硬汉性格”。

海明威的代表作《永别了，武器》表现了反对战争的深刻主题和艺术上的高度成熟，是“迷惘的一代”创作的巅峰和终结。

20世纪30年代上半期，他曾到非洲打猎，从而写出了札记《非洲青山》（1935）和著名的短篇小说《乞力马扎罗的雪》（1936）。后者运用了现实与梦幻回忆交织的意识流手法，是海明威短篇小说的杰作。

1937年，西班牙发生内战，海明威以记者身份前去报道战况，并亲身参加了这场反法西斯战争。他在西班牙前线写出了描写这场战争的剧本《第五纵队》（1938）。战后，他又在哈瓦那创作了长篇小说《丧钟为谁而鸣》（1940）。《丧钟为谁而鸣》中已看不到海明威早期作品中人物的绝望情绪和孤独感了。从消极厌战发展到肯定反法西斯斗争的正义性，海明威的思想发生了巨大转变。这部小说标志着作家的思想和创作都达到了新的高度。

第二次世界大战爆发后，海明威又作为战地记者到中国、英国、法国采访，在鏖战中多次受伤，1945年才离开欧洲战场在古巴定居。长篇小说《过河人林》（1950）、《老人与海》都是在古巴创作的。《老人与海》（1952）描写老渔夫桑地亚哥与鲨鱼搏斗的故事，其深刻的哲理性主题是人在同自然的斗争中不免失败，但人绝对不能失去尊严，绝对不能向命运妥协。小说中的大海和鲨鱼象征着与人对立的自然和社会力量，主人公桑地亚哥则是一个典型的“硬汉”形象，在他身上体现了人的力量与尊严，表现了在困境中永不言败的奋斗精神。由于这部作品，海明威于1953年获普利策奖，一年后被授予了诺贝尔文学奖。

海明威的创作个性主要表现为“迷惘”的文学主题、“硬汉”人物性格和“冰山”叙事理论，他所着力描写的战争对人的残害、人在灾难面前执着追求的顽强精神以及小说在写作艺术上追求的简约有力和散文化风格，都具有相当强的开创性，往往被后来的习作者争相效仿。

二、《永别了，武器》

《永别了，武器》（1929）是一部著名的反战小说。它通过男女主人公的生活经历和悲剧命运，指出帝国主义战争毁灭了人的青春、爱情和生命，破坏了本应属于人类的和谐、美好的人生，造成了整个人类的悲剧，从而强烈谴责了帝国主义战争，表现了反战主题，同时也反映了“迷惘的一代”的精神面貌。

美国青年亨利是第一次世界大战时的志愿兵。他为“神圣”、“光荣”所鼓动，加入了意大利军队。在炮战中身受重伤，被转送军医院治疗，恰遇战地新结识的卡萨玲担任护士。真诚无私的卡萨玲扭转了亨利游戏爱情和人生的态度，二人热烈相爱，指望战后建立幸福家庭。但是，帝国主义战争带来的只是毫无意义的自相残杀。伤好归队的亨利在大撤退中，只因有外国口音便被误为间谍遭到逮捕。在此生死关头，他急中生智跳河逃跑，才幸免一死。从此，参战的“义务职责”也随之终止。他决心独自退出战争，甘当一名逃兵。亨利逐步发现战争残酷而毫无意义，从热情参战到厌恶战争、谴责战争，他认识到所谓“神圣、光荣、牺牲”一类的字眼，不过是帝国主义的欺骗宣传。亨利觉醒了。出于求生的本能，他主动退出战争，与战争“单独媾和”，渴望重新开始真诚的生活。亨利的思想表达了人民群众反战厌战的情绪。但是，战争并未放过亨利。他带卡萨玲逃亡到瑞士后，避开了战火，却未能逃脱

《永别了，武器》封面

"自然"的惩罚。在异国他乡，卡萨玲分娩难产，母子双亡。极度悲痛的亨利麻木地离开医院，他除了与战争永远告别之外，也永远地失去了幸福。

小说意在昭显和说明亨利这一代人被帝国主义战争永久地损害了。正是从这个角度，作家强烈控诉了帝国主义战争毁灭人的罪恶。作品把残酷的战争暴力作为整个人类悲剧的制造者加以描写，显得意蕴尤其深邃。主人公亨利是被战争摧残的青年一代的代表，他是战争的反对者，又是战争的受害者。他从个人角度反对战争，并把战争当作人类无法抗拒的灾难，甚至认为客观世界是与人对立的异己力量，并因此而悲观绝望，这体现了"迷惘的一代"所共有的精神特征，也说明了作家当时的思想局限。

在小说的表现手法上，海明威强调缩短作家与读者的距离，把作家的体验直接传达给读者，即把作家的体验尽量转化为能用视觉、听觉、触觉等多种感官感知的具体感受，让人物行动起来，自己表现自己，而作家避免以"全知全能"的身份去代替人物思想和感受。他认为只需把他们在实际生活中的言行，用客观的表述语言准确地传达给读者，以唤起读者内在的视觉形象，并进一步通过自身的感觉经验去补充和丰富作家留下的想象空间，直接去体会人物的感情和心理，而不是让读者被动接受作家对于感情和心理的描写。这就形成了海明威单刀直入的表现方法，以对话、动作直接切入人物内心，准确、简洁地描述人物的外部动作或以内心独白的方式揭示人物丰富的内心世界。因此，在行动中刻画人物，擅长写动作、对话和内心独白，是海明威创作的显著特点。

另外，海明威的作品还非常简洁精练。在多年的记者生涯和创作实践中，他总结出了一条宝贵经验，即"用字越少越好——这可以保持动作的持续性"，以便加强读者的感受。为此，他几乎摒弃了形容词，不加修饰地把人物的言行用最简单的句型和最朴素、最简练的语言表现出来，让读者从人物的语调、表情、身姿上去想象和体会人物潜在的思想感情。在《永别了，武器》的结尾，卡萨玲死后，亨利赶走护士、关门闭灯、独自与爱妻诀别、冒雨走回旅馆这一连串动作，再加上同医生、护士短短的几句对话，就真切地传达出亨利悲痛已极的情绪、语调和神态，表现出他的精神由紧张到崩溃、感情由悲痛到失去自持和麻木冷漠的复杂心理状态。这种描写，看似无动于衷，实则含而不露，感染力极强。

海明威独特的客观、含蓄、简洁、精练的文体风格，被人们认为引起了一场"文学革命"，对后续的小说创作产生了非常积极的影响。

思考题

1. 20 世纪现实主义文学出现了什么样的新格局和新特征？
2. 20 世纪现实主义文学取得了怎样的创作成就？
3. 试分析约翰·克利斯朵夫形象。
4. 《虹》表现了怎样的思想内容？
5. 布莱希特提出了什么样的戏剧理论观念？
6. 为什么说克莱特的悲剧是"美国的悲剧"？
7. 《永别了，武器》是一部什么样的作品？

第十一章

20 世纪欧美现代主义文学

小引

20 世纪西方社会各种哲学和艺术思潮对文学产生影响，导致了形态各异的现代主义文学流派的产生、发展和繁荣、消寂。现代主义文学是西方现代工业社会乃至后工业社会的产物，是 20 世纪两次世界大战以及其后出现的动荡不安的欧美社会时代精神的艺术表述。

现代主义文学是 20 世纪西方文学中最活跃、最复杂的现象，构成了该时期的文学主潮，本章重点讲述现代主义文学的成因、特征、发展概况，重点评析代表作家及其代表性作品。

现代科学与垄断经济的发展改变了人的生存价值，第一次世界大战使本已存在的普遍危机感加深；非理性主义和精神分析学说是现代主义文学的哲学与心理学基础；世纪末文学为现代主义创作提供了美学和方法论基础。现代主义流派众多，以第二次世界大战为界，可以分为前期和后期，一般将其称为现代主义和后现代主义文学。

法国是现代主义文学的发源地，象征主义、表现主义、存在主义、新小说、荒诞派戏剧等流派都在法国肇端，以萨特为代表的存在主义哲学对诸多现代主义、后现代主义文学思潮产生了强劲影响。

艾略特、乔伊斯的创作分别代表了英国现代主义文学在诗歌和小说领域的创作成就。

美国现代主义继法国之后兴起。奥尼尔、福克纳的创作是美国现代派文学的重要现象。

卡夫卡的创作标志着 20 世纪德语文学的现代性贡献。米兰·昆德拉继承和发展了卡夫卡的文学方向。

20 世纪中后期拉丁美洲文学“爆炸”的先驱性人物是加西亚·马尔克斯。

学习本章内容，应同 19 世纪文学、20 世纪其他流派文学进行分析比较。同时要思考和把握各种现代主义文学流派在哲学基础和创作思想上的横向关联。

另外，现代主义还是 20 世纪欧美地区诸多具有反传统特征的艺术流派的总称，涉及绘画、音乐、戏剧、电影等艺术领域，在 20 世纪人类文化史上发挥着全方位、多层次的宏观影响。

第一节　概　述

现代主义（Modernism）文学又称现代派文学，是19世纪末叶至20世纪在欧美文坛上出现的诸多文学流派的总称，它是20世纪世界文学史上极有代表性的文学思潮。一般认为，现代主义文学大致产生于1890年至第一次世界大战期间，在20世纪20年代形成第一次高潮；30年代，由于无产阶级革命和反法西斯斗争的高涨，以及“左翼文学”的蓬勃兴起，现代派作家两极分化，现代主义文学一度进入低潮；第二次世界大战以后，现代主义文学重新崛起，发展迅猛，形成了第二次高潮。鉴于战后现代派文学在理论和创作手法上均出现了同此前的现代主义文学迥然相异的新特点，故而又把这一阶段的现代派文学称为后期现代主义或“后现代主义”(Postmodernism)。

现代主义文学是西方资本主义社会进入垄断阶段的时代产物，是资产阶级意识形态及其精神危机在文学上的反映。随着现代科学技术的不断发展和垄断经济的极度膨胀，资本主义世界各种矛盾也日益尖锐起来，经济危机不断发生，政治局势动荡不安。这一切，极大地改变了人在世界中生存的位置和价值，人们普遍对现实感到失望，产生了严重的精神危机和所谓“世纪末的悲哀”。第一次世界大战的爆发，给西方世界带来了巨大的灾难，战争的浩劫更加深了社会危机。中小资产阶级，特别是他们中的一些知识分子对社会现状深为不满，对前途充满忧虑。他们一方面认为，世界充满了黑暗，没有前途，没有出路，人类互相敌视和残杀，生活空虚无聊毫无意义；另一方面又不相信无产阶级革命，害怕国际共产主义运动，看不清社会发展的终极方向。在来自东西方两大对立的社会阵营的压力下，他们希冀保持人格的独立，不依附于任何一方。这种立场必然使他们在哲学上接受唯心主义的观点，退回到个人的“内心世界”中，守住“自我”这块阵地。中小资产阶级的这种精神和思想状态，为现代主义与后现代主义文学的产生和繁荣发展提供了十分适宜的土壤。

作为由多种流派组成的文学思潮，现代主义文学的观念是多元的，价值取向也十分复杂，但其间又有着基本一致或彼此近似的思想和艺术特征。现代非理性主义哲学和现代心理学，是现代主义与后现代主义文学的哲学和理论基础，其中以叔本华、尼采、柏格森、萨特和弗洛伊德等人的思想学说对之影响最为直接。德国唯心主义哲学家叔本华（1788—1860）的哲学理论核心是所谓“生存意志论”。他认为这种意志是万物之源，世间万物只是“生存意志”的客观外化，而人是万物诸等中的最高级，人直接体现了意志。叔本华声称，“生存意志”是盲目的、非理性的，人不能凭借理性思维认识它，只有通过“直觉”，才能认识意志。尼采继承叔本华的理论，进一步提出“权力意志论”和“超人哲学”。他认为，生命的基础是“权力意志”，生活的目的在于攫取权力，因而生存竞争、弱肉强食是世界的普遍规律。现代文明社会的堕落是由于理性过分发达，因此必须反对理性。只有靠体现权力意志的“超人”和“天才”才能挽救人类社会。另外，尼采还认为艺术也是“权力意志”的表现形式，主张艺术应极度扩张自我，充分表现自我。法国唯心主义哲学家柏格森（1859—1941）认为，生命是一个不断实现着“生命冲动”的洪流，万事万物都由神秘的“生命冲动”所派生，文学艺术亦莫能外。弗洛伊德（1856—1939）的精神分析学说为现代主义文学的产生提供了心理学的基础。他首创“潜意识”概念，界定文学创作与人的潜意识活动存在关联，认为文学创作的动机在于使被压抑的潜意识愿望得到宣泄、张扬并得到满足。

现代主义文学以反传统为标榜，声称与一切传统文化决裂。其实，同任何一种文学样式一样，现代主义与后现代主义文学也不是无本之木、无源之水，它对于传统文学在超越和创新的同时也是有所继承的。19世纪的唯美主义、象征主义即为世纪之交现代主义文学的产生提供了美学理论和创作方法的基础，爱伦·坡和波德莱尔还被现代主义作家视为远祖。现代主义虽然反对现实主义，但也远未与之彻底决裂，如现代主义所首肯的“心理现实主义”，便有现实主义的成分。比起欧美文学史上其他文学思潮，现代主义与传统文学之间的关系是超越多于继承。

现代主义文学流派众多，以第二次世界大战作为分野，可以分为前期和后期两个阶段。

一、前期现代主义文学

前期现代主义文学最重要的思想特征是反科学、反理性。由于受非理性主义哲学和现代心理学的影响，他们把自我的存在看成世界万物产生的本源，认为文学只有表现自我的主观世界，才是最高的真实。他们以人道主义观念否定理性思维和客观规律，把“自我”放在与社会对立的位置上，反叛和颠覆传统的社会价值判断（包括宗教、道德、审美等），明显带有反社会、非道德的个性主义色彩。

由于现代资本主义社会形成了物对人的巨大压迫，人的异化成为普遍存在的社会现象，故而，前期现代主义文学十分注重表现人与社会、人与人、人与自然、人与自我的异化现象。卡夫卡的《变形记》表现了人被“物”异化成“非人”的痛苦，尤涅斯库的《犀牛》则描写了一群人争相异化、以变犀牛为荣，展示了人的“非人化”现象。

另外，前期现代主义文学强调表现现代社会的精神危机。第一次世界大战使人们对资本主义文明产生了强烈的危机感和幻灭感。艾略特的《荒原》高度象征性地概括了人类的这种精神危机。现代科学的发展也以对宇宙广袤的证实反衬了人类的渺小，以对客观规律之强力和不可违背的现实反衬人类自由的有限，从而加剧了科学将会残杀人类的精神危机。我们从“新小说派”的许多作品中，可以感受到人在物的包围和挤压之下的窘迫心境。

和传统文学相比，前期现代主义文学最突出的艺术特征是创作方法的改变，也就是说，不是用“描写法”，而是用“表现法”进行创作。他们强调表现人的内心生活和心灵真实，强调艺术对现实的再创造，用歪曲客观事物的方法来曲折地表现自己的思想感情，具有鲜明的内倾性与主观性。尽管各流派都有自己的特点，但整体看，不外乎三种表现手法。一是象征。作为一种艺术手法，象征不是现代主义所独创的，但现代主义赋予了它新的内涵和外延。在艾略特、里尔克的作品中，随处可以看到充满暗示和寓意性象征的词句。二是荒诞。这是一种极度变形夸张的手法。现代主义作家大量使用荒诞手法，从某种主观感受出发，任意歪曲客观事物的形态和属性，来表现世界的荒诞性和主观感受的真实性，如卡夫卡的《城堡》等。三是常用内心独白、梦幻、时空倒错、意识流动和隐喻等表现手法来展开人物的内心世界，以间接表现社会生活。从普鲁斯特、乔伊斯、伍尔夫等人的意识流小说开始，这种手法像血液一样，流淌在现代主义文学各个流派的血管里；另外，现代主义提倡“反向诗学”，也就是以丑为美，刻意描绘生活中的丑恶事物，以表现对传统美学的反动；还应注意到，大部分现代主义作家都是形式主义者，他们竭力追求形式创新，甚至发展到形式等于内容、内容即形式的程度，为了反传统、反模仿，将标新立异推向了极端。

前期现代主义文学的主要流派有象征主义、表现主义、未来主义、意识流小说、超现实主义文学等。

(一) 象征主义

象征主义（Symbolism）一词在文学史概念中具有两方面的含义：既可以指称象征主义文学流派，又能指称象征主义文艺思潮。

作为文艺思潮，象征主义的源头可以追溯到19世纪上半叶的美国作家艾德加·爱伦·坡。到了19世纪中期，法国象征主义思潮的先驱、诗人波德莱尔发表了他的名著《恶之花》，有力地推动了象征主义文学的产生和发展。继波德莱尔之后，一系列诗人也相继写作和发表了具有象征主义性质的诗歌。1886年，诗人勒内·吉尔在《言词研究》的著作中系统地肯定了自波德莱尔以来法国诗界出现的新倾向和新成就。同年稍后，年轻诗人让·莫雷亚斯（1856—1910）在《费加罗报》上发表文学宣言，提出了“象征主义”的口号并主张用“象征主义者”这个称谓指称当时的前卫诗人。莫雷亚斯的这篇宣言获得了广泛响应，文学史家便以这一事件作为象征主义流派正式产生的标志。

其实，作为文艺思潮的象征主义早在19世纪中叶浪漫派文学盛行之际即已萌芽，也就是说，象征主义被命名之前已经有了相应的艺术积淀。浪漫派诗人奈瓦尔力求以新的表达方式反映不可捉摸的内心活动的艺术努力给象征派诗人以一定的影响。诗人维尼（1797—1863）的《牧人之家》、拉马丁（1790—1869）的《葡萄架下的住室》，都在一定程度上运用了后来象征派诗人习用的暗示、含蓄等表现手法。波德莱尔的《恶之花》把这一艺术倾向推到了极致，因此，文学史家才指认波德莱尔为象征主义文学的先驱。象征主义文学的先行人物还有马拉美、兰波、魏尔伦等。从这个意义上判断，莫雷亚斯的最大贡献是给象征主义文学正式确立了名称。

在创作方法上，象征主义悖反19世纪文学客观真实地反映外部世界的传统手法，把注意力转向人的内部精神世界，努力探索内心的“最高真实”。象征主义认为，人的内心世界是理性所难以把握的，只有从客观事物中寻找一种与精神相互契合的“对应物”，赋抽象以具体形式，用有声有色的物质感的形象，通过对比、烘托、联想等方法，暗示作品的主题和事态的发展，表达作者隐秘的思绪和抽象的人生哲理。象征主义注重遣词造句的别出心裁及表现方法上的浓缩精练，追求诗歌的雕塑美、音乐美和形式上的工整与音韵上的和谐。

到1891年，象征主义“文学宣言”的作者莫雷亚斯宣布脱离象征派，另有许多象征派诗人也相继改变创作方向和艺术标准，作为诗歌流派的象征主义便在法国解体了。但是，作为文艺思潮和艺术风格，象征主义的影响从诗歌扩展到戏剧，渐次形成了一个波及欧洲数国的象征主义戏剧流派。比利时诗人梅特林克（1862—1949）于1886年在巴黎参加象征主义运动，并于1889年发表剧本《玛兰纳公主》，被公认为是第一位象征主义剧作家。这一流派的主要剧作家和重要作品有：梅特林克的《不速之客》(1890)、《青鸟》(1908)，爱尔兰剧作家约翰·米林顿·辛格（1871—1909）的《骑马下海人》(1903)，德国剧作家霍普特曼（1862—1946）的《沉钟》(1896)，俄国剧作家安德烈耶夫（1871—1919）的《人的一生》(1906）等。该派剧作家对各种病态的社会现象深感厌恶、绝望，遂将笔触从现实的“此岸世界”转向“彼岸世界”，并认为这种“彼岸世界”只有用剧作家的直觉和想象才能感知，而不能凭借理性去认识。因此，这派剧作大都具有非理性主义的倾向。

从总体上审视，象征主义文学可以划分为前期象征主义和后期象征主义两个阶段。

前期象征主义文学主要存在于法国，它以19世纪中叶以后逐渐流行的唯心主义哲学作为思想基础，艺术上与唯美主义有着直接的渊源。它在艺术手法的创新与表现领域的开拓上取得了重大成就，对其他现代主义文学流派产生过深远的影响。

由于19世纪中后叶欧洲社会现实的影响，以及代表性诗人独特的个性与审美追求，前期象征主义诗歌形成了以下特点：一是大量描写城市中的丑恶现象，在艺术上则是化丑为美，丑中见美；二是注重挖掘人物的精神世界，在艺术上则以具体的意象去反映抽象事物，并将其升华为哲理，而且注意到语言的某种结合能产生特异的效果，这就导致了通感与象征手法的运用；三是追求诗歌的音乐效果，注意诗与画结合，在语言锤炼与韵律上精益求精，在诗歌形式上追求简练精粹、工整优雅；四是认为诗歌本身就具有神秘主义特点，应该晦涩难懂，读者应从表面形式中寻找本质的东西。

简言之，从1886年至1891年左右是法国象征主义诗歌的昌盛时期，其后出现的象征主义戏剧则在许多国家取得了丰硕的成果。

后期象征主义是前期象征主义在20世纪的延续和发展。

在20世纪20年代，象征主义思潮越过法国疆界，向欧洲大陆和北美扩展并盛极一时，成为具有国际性影响的文学流派。较之前一时期，后期象征主义作家队伍的扩大，带来了不同的美学见解和不同的表现风格。随着政治形式的变化，它所涉及的题材更重大，主题更鲜明，时代意识更强，表现手法也更加成熟了。这一时期的象征主义被称为后期象征主义。

后期象征主义的主要特征是：用象征暗示、意象比喻、自由联想等艺术手法，表现人细微复杂的内心体验和主观感受，较之前期象征主义更趋向于哲理化和神秘性。

后期象征主义诗才辈出，代表性人物主要有英国的艾略特、爱尔兰的叶芝（1865—1939）、法国的瓦莱里（1871—1945）、奥地利的里尔克（1875—1926）、比利时的梅特林克、俄国的勃洛克（1880—1921）和美国的庞德（1885—1972）等。

（二）表现主义

表现主义（Expressionism）文学19世纪末20世纪初兴起于德国和奥地利，后来作为文学流派于20世纪20至30年代盛行于欧美地区各主要国家，是一个影响广泛的具有反传统性质的现代主义流派。

表现主义一词源于绘画艺术，最早是作为印象主义画派对立面出现的。1901年，法国画家朱利安·奥古斯特·埃尔韦在巴黎举办的画展上第一次用“表现主义”为参展作品题名。1911年，德国《狂飙》杂志刊载文章，首次借用“表现主义”一词称呼德国的先锋派作家，此后这一术语进入文学领域，逐渐发展成为影响强劲的文学运动。

参加表现主义文学运动的人，在政治信仰和哲学观点上存有很大差异，有无政府主义者、虚无主义者，也有社会主义作家。因此，表现主义运动从来不是一个完全统一协调的运动，也很少有始终如一的“纯粹”的表现主义作家。但他们之间存在着一些共同的思想倾向和艺术特点，即不满社会现状，要求改革，要求“革命”。在创作上他们不满足于对客观事物的摹写，要求进而表现事物的内在实质，要求突破对人的行为和人所处的环境的描绘而揭示人的灵魂，要求不再停留在对暂时现象和偶然现象的记叙而展示其永恒的品质。他们深受康德哲学、柏格森的直觉主义和弗洛伊德精神分析学的影响，轻视局限于客观的写实，强调表现“主观的现实”，亦即表现艺术家“自己”。

表现主义文学具有以下基本特征：主张突破事物的表象，直接表现其内在的本质，从人的外部行为揭示其内在灵魂。表现主义作家以主观理念作为出发点使“内心外化”，他们的口号是“艺术是表现，不是再现”。表现主义热衷于表现人物非理性的潜意识活动和直觉性的心灵体验，展现内在的生命冲动，作品具有神秘虚幻的特点；表现主义作品时常探讨抽象的哲理性问题，或者描写一些荒诞的情节，借以揭示资本主义社会的本质特征。从文学规律上说，表现主义的这些特征是对现实主义和自然主义的反叛，这种反叛精神对其他现代主义流派产生了直接而深远的影响。

作为艺术流派，表现主义在音乐、文学、戏剧以及电影等领域都得到了发展，文学方面在诗歌、小说、戏剧领域均产生了许多有影响的创作者，其中以戏剧和小说成就最为突出。

表现主义戏剧是构成西方现代主义戏剧的重要流派，最先出现在德国和瑞典，后波及欧洲其他国家与美国，20 世纪 10 至 20 年代前后曾经发展到极盛。

表现主义戏剧是一部分左翼资产阶级知识分子对资本主义现实深感不满，并想在精神上将此种情绪表达出来而产生的一种戏剧流派。他们受到柏格森的直觉主义和弗洛伊德精神分析心理学的影响。该派剧作家不满足于对外在事物的描绘，要求突破事物的表象揭示其内在的本质，要求突破对人的言行的摹写而表现其“深藏在内部的灵魂”，要求丢弃人的个性而表现其原始性的“永恒的品质”。表现主义剧作中最引人注目的是对人物潜意识的开掘并将其“戏剧化”。为了达到这样的目的，该派剧作家借用象征主义戏剧的艺术手法，同时大量运用内心独白、幻象和梦境等表现方式。

表现主义戏剧对其后的超现实主义戏剧影响较大，特别是它的非理性化倾向被后来的超现实主义戏剧继承并发挥到了极致。表现主义戏剧对人的精神世界的深入开掘及其使用的各种主观性的表现方式，都被后续的现代主义戏剧家吸收借鉴，有力地推动了戏剧艺术的发展。

表现主义戏剧在德国开始于 20 世纪初叶，在第一次世界大战和战后的经济衰退时期达到了高峰。表现主义戏剧的先驱是瑞典剧作家斯特林堡。他的三部曲《到大马士革去》是最早出现的表现主义戏剧，它以独白的形式描写人与命运、异性、教会以及与自己的搏斗，为表现主义戏剧流派的形成和发展奠定了基础。

作为有着共同艺术追求的艺术流派，表现主义戏剧存在着以下共同特点：

其一，内容荒诞离奇，结构散乱，场次之间缺少逻辑联系，情节变化突兀，往往鬼魂与活人同时出现在舞台上，生与死、梦幻与现实之间没有明确的界线。

其二，人物类型化，经常没有姓名和鲜明的个性特征，只是共性的抽象和观念的象征，如“儿子”代表变革的力量，“父亲”代表保守势力，父子矛盾象征新旧社会意识的矛盾。

其三，剧作中往往有着体现作家本人思想的主要角色，其任务是攻击家长制宗法社会的结构以及中产阶级虚伪的道德伦理观念。

其四，不少剧作中都有一个或若干个儿女谴责父母的场面，有时甚至采用暴力、强奸乃至谋杀等极端手段。

其五，在语言上，为了避免对情感和情景作描绘性的分析，往往运用简短、快速、高声调、强节奏的内心独白来表现人物的思想感情，因而剧中人的语言像电报似的短促而不连贯，充斥口号式的套语和声嘶力竭的喊叫。同时也大量运用其他非语言的手段如灯光、音乐、舞剧、哑剧、假面等来补充并加强语言的效果。

表现主义戏剧暴露和抨击社会罪恶，憧憬美好未来，却不能揭示产生这些罪恶的真正根源，找不出解决这些矛盾的正确途径，开不出疗治社会弊病的药方，只能号召精神上的新生，希冀唤起一种在绝望中奋起的乐观情绪。

表现主义戏剧的主要创作成就集中体现在瑞典剧作家斯特林堡的《到大马士革去》(1898)、《鬼魂奏鸣曲》(1907)，德国剧作家凯泽（1878—1945）的《从清晨到午夜》(1916)，托勒尔（1893—1939）的《群众与人》(1921)，捷克剧作家恰佩克（1890—1938）的《万能机器人》(1920）和美国剧作家奥尼尔的《琼斯皇帝》(1920)、《毛猿》(1921）等作品上面。

在小说领域，表现主义这个词经常同奥地利作家卡夫卡和爱尔兰作家乔伊斯联系在一起。他们笔下的人物和故事都是现实的异乎寻常的变形或扭曲。卡夫卡创造出一种把荒唐无稽的情节与绝对真实的细节描绘相结合的独特艺术手法，用来表现“现代人的困惑”和反映时代危机。卡夫卡的代表性作品有短篇小说《变形记》、《在苦役营》(1919）和长篇小说《城堡》(1922)。这些作品深刻地揭示了资本主义社会的异化现象和人失去自我的严重精神危机。卡夫卡的创作方法对日后的荒诞派戏剧以及其他流派的现代主义文学创作均产生了直接而又重大的影响。

表现主义作为一种文学运动于第一次世界大战之后渐次趋向衰微。但是其暴露和表现制度性弊病和社会矛盾，足以引起人们的警示、启发人们的思考。表现主义文学运动的反叛精神和作家们的艺术探索、技巧创新对20世纪文学艺术的发展产生了直接而深远的影响。

（三）未来主义

未来主义（Futurism）文学也称未来派文学，是20世纪初期兴起于意大利并迅速扩展波及欧洲许多国家的文学流派和艺术思潮。未来主义艺术的涵盖范围包括建筑、绘画、雕塑、音乐等不同领域，在文学方面的主要成就是诗歌。未来主义的理论建构者是意大利诗人马里内蒂(1876—1944)，他于1909年和1910年相继发表了《未来主义宣言》、《未来主义文学宣言》两篇代表性的理论著作，阐明了这一文学流派的艺术主张和创作原则，宣告了未来主义文学运动的诞生。在法国，吉约姆·阿波利奈尔（1880—1919）于1913年发表《未来主义的反传统》一文，提出了“立体未来主义”的主张。

未来主义运动的参加者一般都是狂热崇拜现代资本主义文明的年轻人，他们认为工业化的发展已使客观世界和社会生活发生了根本的变化，机器文明、速度和力量成为时代的主要特征和本质力量，应当建立一种充分表现这些特征、体现这种力量的“崭新的、未来的艺术”。

意大利的未来主义成员受到尼采、柏格森哲学思想影响，以同旧的传统文化决裂为已任，以追求文学艺术内容和形式的革新为旗帜，声称意大利和欧洲已经走上资本主义工业化的道路，大规模的机器生产，科学、技术、交通、通信的飞速发展，使客观世界的面貌和社会生活的内容发生了根本性的变化，现代大都市、机器文明、速度和竞争已构成时代的主要特征。他们认为，文学艺术的使命应该是勇于探索未知，面向未来，从反映停滞不前的、死气沉沉的现实，转而反映新的现实和新的价值观念，歌颂“机器文明”和都市生活，赞美“速度”和“力量”，展示人的意识冲动。在未来主义者看来，战争、暴力、恐怖，都是摧毁旧传统、创立新未来所必需的，因而都应该赞美。他们鼓吹文学艺术应该歌颂战争，因为战争是“世界的唯一洁身之道”。俄国未来主义者在十月革命前十分活跃。1911年，谢维里亚宁（1887—1941）在圣彼得堡发表宣言《自我未来主义序幕》。翌年，布尔柳克（1882—1967）、卡缅斯基（1884—1961）、赫列勃尼科夫（1885—1922）、马雅可夫斯基（1893—1930）等人发表题为《给社会趣味一记耳光》的文学宣言，传达了小资产阶级不满客观现实，宣扬个人至上，在革命高潮前夕颓丧消沉的情绪。俄国未来派叛逆、颠覆现存秩序，从根本上否定历史文化遗产和民族文化传统，声称要“把普希金、陀思妥耶夫斯基、托尔斯泰等等从现代轮船上丢下水去”。十月革命以后，多数俄国未来主义者参加了苏维埃政权的政治鼓动工作，成为布尔什维克革命的歌手。

总体上看，未来主义者否定一切既定的文学遗产和文化传统，认为以往的文学艺术和现存的社会文化都已腐朽、僵死，无法反映飞跃发展的时代，提出“摒弃全部艺术遗产和现存文化”、“摧毁一切博物馆、图书馆和科学院”的口号，打着探索和认识现代生活本质的旗号把爱情、幸福、美德这些传统的主题排斥于文学艺术之外，把脱离人类社会的“运动”、“速度”、“力量”等抽象因素视为美的准绳，因而不可避免地陷入虚无主义。

在艺术形式上，未来主义者提倡以“自由不羁的字句”为基础的诗，以便随心所欲地表达运动的各种形式、速度以及它们的组合。他们强调直觉，主张用“类比”、“感应”和“凌乱的想象”排斥理性和逻辑，表现作者朦胧的、神秘的感受和不可理解的事物，表现病态、梦境、黑夜，甚至死亡。一些未来主义者要求取消语言规范，消灭形容词、副词和标点符号，仅仅借助奇特的文字游戏、词语的字体变化、各种图案的剪贴组合，模拟自然界杂乱的声音，甚至使用枯燥的数学符号、乐谱，来赋予字句以他们想表达的含义，从而开辟了通向非理性主义和形式主义的道路。未来主义诗派艺术创作的基本特征是：否定传统文化，主张彻底抛弃艺术遗产；歌颂机器文明和都市生活；赞美“速度”和“力量”；主张打破旧有的形式规范，用自由不羁的语句随心所欲地进行艺术创造。

未来主义的主要作家除了意大利诗人、文学批评家马里内蒂之外，较为重要的还有法国诗人阿波利奈尔和俄国诗人马雅可夫斯基。阿波利奈尔的诗作意象鲜明，节奏感强，流畅灵活，丰富了诗歌的表现能力，代表作品有《醇酒集》（1913）、《美好的文字》（1918）等。马雅可夫斯基是俄国未来主义的主要代表。他受到阿波利奈尔倡导的“阶梯诗”影响，在诗歌的形式和语言方面又加以革新，饱含热情地用新奇的词语和生动、夸张的形象描画资本主义的丑恶，显露出批判的锋芒和对美好未来的向往。长诗《穿裤子的云》（1915）是其未来主义诗歌的代表作。

(四) 意识流小说

意识流（Stream of Consciousness）小说是20世纪初兴起的以与西方传统写实方法迥然相异的意识流动方法创作的小说。它不是一个严整的一般意义上的文学流派。运用意识流方法写作的作家并没有共同的组织和纲领，也没有发表宣言，而是一些不同国家的作者，如爱尔兰的乔伊斯、法国的普鲁斯特、英国的伍尔夫和美国的福克纳等人于第一次世界大战前后运用新的概念与方法创作小说，开启和构成了现代主义小说中新型的意识流单元。上述作家的作品在当时并未引起重视，反倒受到冷遇甚至责难，直到第二次世界大战以后其价值才得到承认进而广为流传。20世纪60年代以后，创作这类小说的作家越来越多，意识流方法在一定程度上已成了现代主义手法的传统创作技巧。

意识流小说赖以形成的基础是现代哲学尤其是现代心理科学。“意识流”概念的最早提出者是美国心理学家威廉·詹姆斯（1842—1910），他认为人的意识活动不是以各部分互不相关的零散方法进行的，而是以“思想流”、“主观生活流”和“意识流”的方式动态运行着的，而人的意识中有相当部分处于非理性和无逻辑状态，故而人的意识由理性的自觉的意识和无逻辑的非理性的潜意识两种机制构成。他还认为，人过去的意识会浮现出来与现在的意识交织在一起，这样就会使人的时间感进行重组，形成一种在主观感觉中具有直接现实性的时间感觉。法国哲学家柏格森继续并发展了这种对时间感的认知，特别强调过去经验对现在的影响及二者的有机统一，提出了心理时间的概念。詹姆斯和柏格森的学说对意识流创作方法的问世产生了很大的影响。奥地利心理学家弗洛伊德发展了詹姆斯关于非理性、无意识的观点，肯定了潜意识的存在，并把它看做生命力和意识活动的基础。弗洛伊德关于潜意识、自由联想的观点和方法论，从根本上改变了人们对意识的认识，他所提出的心理分析理论，事实上成了意识流方法形成与发展的催化剂。

面对复杂的现代社会和复杂的现代人际联系，一些作家认为传统的写实方法不足以表达已经被认识到的复杂性，需要寻找一种新的表现这种复杂性的恰当文学形式。意识流方法便在这般情势下应运而生、孕化形成了。意识流方法不单单是纯技巧、纯形式的问题，它涉及人们对意识和心理机制的理解和认知，既是从现代精神科学观念中派生出来的，同时也在彰显着这种全新的科学认识。

总的说来，意识流作品在结构上迥异于传统的写实作品，它打破了传统小说基本上按故事情节发生的先后次序或是按情节之间的逻辑联系而形成的单一的、直线发展的结构，故事的叙述不是按时间进展依次循序直线推进，而是随着人的意识活动，通过自由联想去组织故事；意识流小说中故事的安排和情节的衔接，一般不受时间、空间或逻辑、因果关系的制约，时间上跳跃变化，经常是过去、现在、将来交叉或重叠；场景的空间关系缺乏密切的逻辑联系。然而，作品叙事又不是根本无序、全然混乱的，自由联想也并非漫无边际、绝无逻辑联系可循。意识流小说常以当时进行的事件为中心，通过触发物引发人的意识流动不断发散抑或内收，经过循环往复形成枝蔓式的立体结构。法国新小说派作家米歇尔·布托尔（1926—　）的《变化》（1957）长达300多页，小说叙写主人公在火车车厢中所度过的20多个小时。但是，作品并没有顺时序叙事，写的却是该时段内主人公的意识活动：巴黎、罗马、事业、家庭、私生活等，人物意识活动中出现的场景与乘坐火车这个中心环节互相联系，在20多小时的小说叙述时间里展现了主人公20余年的生活连同其对未来生活的设想憧憬。

最初，意识流描写只是作为一种创作手法出现的，到法国作家普鲁斯特的《追忆似水年华》出版后才产生了较大的社会影响，为许多作家所临摹效仿。直至20世纪20至30年代，意识流小说才以文学流派的身份定位盛行于欧美各国。

意识流小说具有这样的基本特征：不注重描摹客观世界，主张表现人的内心真实，特别着力于表现人的意识流程。该派作家认为，只有人的潜意识和梦幻世界才是“最高真实”。意识流小说打破传统的叙事和结构模式，用心理逻辑去组织故事，安排情节，主张作者“退出小说”，让“人物自己解释自己”。

意识流小说的著名作品有爱尔兰小说家乔伊斯的《尤利西斯》(1922)、法国小说家普鲁斯特（1871—1922）的《追忆似水年华》（1913—1927)。英国女作家伍尔芙（1882—1941）的《到灯塔去》(1927）被公认为是典范的意识流小说。伍尔芙作为杰出的女性意识流作家，在现代主义文学领域里占有十分重要的地位。

(五) 超现实主义文学运动

超现实主义（Surrealism）文学运动是20世纪20至30年代尤其是两次世界大战期间流行于欧美的现代主义文学流派，是一个有宣言、有纲领的诗歌和戏剧改革运动，也是一次在文化领域里对资本主义传统思想的反叛运动。

超现实主义运动由一批参加过第一次世界大战的青年人发起，他们目睹战争的荒谬与灾难性破坏，对以理性为核心的传统思想、文化、道德产生怀疑，希冀找到一种新的理想加以替代，进行超现实主义实验就是他们进行的这种思想和文化探索。

法国诗人布勒东（1896—1966）受到弗洛伊德心理分析理论和本国诗人阿波利奈尔与传统决裂思想的影响，尝试着把对潜意识的探索运用到诗歌创作中去。布勒东于1919年同阿拉贡（1897—1982)、苏波（1897—1990）等人结成文社、创办刊物，交换各自的探索经验，以“尽力表现违反常理的原则”为指导思想，以“自动写作法”创作诗歌。作为一个具有理论纲领的文学流派，超现实主义正式形成于1924年。当年，布勒东发表《超现实主义宣言》，倡导成立超现实主义小组，发行刊物《超现实主义革命》，超现实主义运动确立后很快进入了高潮。

布勒东像

布勒东在《超现实主义宣言》中否定现实主义的小说传统，为超现实主义提出了意义界定，指出超现实主义要求打破传统，追求纯精神的自动反应，提出诗人要听从潜意识的召唤，要写梦境，写事物的巧合，提出了适应这种要求的自动写作法。1928年布勒东的小说《娜佳》，集中体现了超现实主义者这一阶段的活动以及对他们所倡导的创作方法的运用。

1930年布勒东又发表《超现实主义第二宣言》重申了运动的原则：反抗的绝对性、不顺从的彻底性和对规章制度的破坏性。这把超现实主义运动推动到了一个新的阶段。

20世纪30年代以后，国际形势急剧变化，社会矛盾日益激化，法西斯力量急剧扩张的形势致使超现实主义运动发生分裂，阿拉贡、艾吕雅（1895—1952）等骨干成员相继离去，只剩下布勒东还在坚持。第二次世界大战期间，布勒东在美国开展超现实主义宣传。战争结束后，布勒东回国继续创办从事超现实主义运动的组织并进行创作活动。

作为一个有组织、有纲领、有创作实绩的整一性文学流派，超现实主义运动实际存在的时间也许并不很长，但作为一种文艺思潮和一种美学追求，其影响却十分深远，超现实主义事实上为许多后续的现代主义文学流派奠基开路。该流派的基本特征是：超现实主义以弗洛伊德精神分析学说和柏格森的直觉主义作为理论基础，强调表现人的潜意识活动和梦境，把所谓的“超现实”视为最真实的生活；主张用纯精神的“自动反应”进行文学创作，提倡“自动写作法”，就是不加任何思维的无主题写作，以便展现人的潜意识活动过程。

超现实主义诗歌的代表性作品主要有布勒东的《连通器》(1932)、《傅立叶颂诗》(1948)，艾吕雅的《为了不死而死》（1924），阿拉贡的《欢乐之火》（1920）、《永恒的运动》(1925）等。

除了诗歌之外，超现实主义的创作成就还体现在戏剧方面。超现实主义戏剧的名称源出于法国剧作家阿波利奈尔的剧本《蒂雷西亚的乳房》(1917)，作者在剧本题名下标注着“超现实主义戏剧”。

超现实主义戏剧将表现主义戏剧的非理性倾向推向极致，主张在戏剧创作时颠覆常规思维，采取“自动书写”方法，要求剧作家在下意识状态去写“白日梦”，在“完全不考虑文字的任何效果”的状态下创作戏剧作品。

超现实主义戏剧流派主要流行于20世纪初期的法国，并曾影响到其他西方国家。超现实主义戏剧接受表现主义戏剧的影响，把表现主义戏剧的非理性化倾向发挥到了极致。

超现实主义文学运动对后来的荒诞派戏剧、黑色幽默小说和魔幻现实主义文学等一系列现代主义和后现代主义文学流派均产生过较大影响。

二、后期现代主义文学

现代主义文学以第二次世界大战为时间界限，分为前后两期，前期一般被称为“现代主义”，后期则被称为后期现代主义或曰“后现代主义”。关于“后现代主义”这个术语，国内外学术界向来存在着各种不同的界定和解释，一个相对集中的认识是，后现代主义与现代主义存在着有机的、密切的启承关系，该词语一般用来概括第二次世界大战以后在西方出现的各种各样的反传统的文化现象，是对现代主义的继承、回归与发展，表现在文学领域里，就是所谓的后期现代主义文学。但是，亦有与之相左的意见认为，后期现代主义是对现代主义的决裂、反叛和颠覆。无论怎样，后现代主义绝不是孤立、自发的文学现象，它与现代主义保持着有机的衔接和继承关系，对于现代主义文学的创作理念、表现技法均有能动发展，并在相当程度上有所超越与反拨。

后现代主义文学产生的背景和条件，是和第二次世界大战结束之后的西方社会现实密切关联着的。第二次世界大战期间，法西斯势力发动战争、推行种族灭绝造成的浩劫夺走了数千万人的生命。原子弹的强大威力，又使战后的世界重新笼罩在毁灭性的恐怖之中。劫后余生的人们看不到光明和出路，因感到前途渺茫而情绪低沉、悲观绝望；另外，战后西方高度发达的后工业社会对人的压迫和束缚达到了空前深重和严酷的程度，各种社会矛盾极其尖锐激烈。物质生活相对富裕而精神生活却绝对贫困的人们（尤其是中产阶级），已经“异化”为资本甚至计算机的奴隶，成为丧失了“自我”、丧失了独立人格的“新的小人物”。这一切，使得西方社会自第一次世界大战之后形成的精神危机又进一步加深，从而形成了后现代主义赖以产生和存续的特定的社会文化土壤。

后现代主义文学从本质上说是前期现代主义文学的延伸和发展。从思想基础和主要艺术特点上看，二者都具有离经叛道的反传统性，其间存在着明显的启承连通。然而就程度而言，后现代主义文学则具有更加明显强烈的极端倾向，并且在更大的范围内和深度上“超越”了前者。

后现代主义文学的哲学基础也属于非理性主义哲学范畴，与前期现代主义文学的哲学基础主要是叔本华、尼采、柏格森和弗洛伊德等人的思想和学说不同，后期现代主义则更多地受到萨特的存在主义哲学、弗洛姆和马斯洛的人本主义心理学的影响。萨特所代表的存在主义是战后影响最大的哲学流派。认为“世界荒谬，人生痛苦，存在毫无意义”的萨特存在主义哲学理念将现代主义对文艺复兴以来的传统理性主义哲学的反拨推向了极端。如果说，前期现代主义对理性主义的否定表现为“认识论”上的怀疑主义，那么后期现代主义的怀疑主义则主要表现在“本体论”的层面上。传统的理性主义认为，世界是有规律的，人类可以凭借理性认识世界。前期现代主义与此相反，它怀疑或否定人能够认识世界，认为人性已经堕落，理性不可信任，世界是不可知的。后现代主义文学则更进一步深化了这种怀疑主义，将其拓展到连对世界的本性或本源都产生根本性怀疑的程度。后现代主义者认定世界是虚无的、不真实的，本来就无法认识，着力强调世界从本性上来说就是荒诞和没有意义的。基于这种“本体论”的怀疑主义，后现代主义文学表现出强烈的反文化、反美学、反艺术倾向，强调对现实社会的一切都需要进行价值重估。综合上述，以存在主义为哲学基础的后现代主义文学，其本质就是以一种比前期现代主义更为极端的方式表现后工业时代人的异化以及由这种异化而伴生的内心焦虑与精神痛苦。

后现代主义文学的各种流派存在着这样一些相近或相似的基本特征：

其一，以游戏、冷漠、嘲讽等所谓“理智化”的态度对待异化的人生；表现危机意识与意识危机，但与悲观、绝望保持着一定的距离。这一特征根源于后现代主义思潮对世界本质荒诞性的认识，从存在主义小说客观冷漠的叙述、新小说派“写生式”的作品描写、荒诞派戏剧以荒诞形式表现荒诞内容的游戏手法，到“黑色幽默”对现实社会玩世不恭的嘲讽，都可以清楚地显示出这种特征来。后现代主义者主张在主观世界和客观现实之间保持一定的距离，以尽可能地获得精神上的解脱。

其二，用日常生活题材表现人的生存体验，不再像前期现代主义文学那样刻意追求梦幻神秘的倾向。后现代主义作家出于对生存环境的焦虑和关注，致使他们从前期现代主义“认识论”的探索中走了出来，一改过去用神秘的直觉和梦幻来展示内心“主观真实”的做法，转而描写身边、周围的日常生活。这种描写与现实主义的真实反映存在的最本质性区别在于文学题材不是用来表现客观世界的真实，而是旨在强调世界的荒诞性和生存环境的恶劣以及人之境遇的孤独痛苦。

其三，后现代主义文学在语言上趋于明朗化和口语化，不再像前期现代主义文学那样追求晦涩艰深的语言风格。存在主义小说语言简单明晰、不事雕琢，语调客观冷漠，直截了当地表现世界荒谬的本质以及人与社会、人与自然、人与他人、人与自我的冷漠关系；荒诞派戏剧用真实而口语化的语言表达剧中人物内心的绝望、不安和期待；新小说派主张采用“表明视觉和纯描写性的明确的词汇”，反对语言带有感情色彩，是为了如实写出“潜在的真实”，帮助读者认识世界和人的本质。

其四，后现代主义文学诸流派普遍表现出较为鲜明的哲理色彩，存在着文学与哲学融为一体，具有深刻哲理性的普遍现象。后现代主义的作家们力图用文学的形式表达自己对于荒诞世界和痛苦人生的哲学思考。存在主义的小说和戏剧总是向读者和观众宣传存在主义哲学观点，以至于作品的哲理性往往要强于其形象性；荒诞派戏剧的全部艺术努力，都可以归结为旨在表现“世界是荒诞不经的”这一哲学命题；人们从“新小说派”的一系列“反小说”作品中能够强烈地感受到后工业社会对人所产生的新形式的“异化”或“物化”作用；至于“黑色幽默”作品，更是将这种“异化”的哲学概念融解、涵化在令人绝望和啼笑皆非的嘲讽之中了。

其五，注重艺术形式与艺术技巧的创新。后现代主义文学的“反文化、反美学、反艺术”倾向，决定了作家们在艺术形式的选择和艺术技巧的运用上具有高度的“无规则性”。因此，追求形式的别致和技巧的“新”与“奇”就成了后现代主义文学的又一基本特征。

后现代主义文学的主要流派有存在主义文学、荒诞派戏剧、黑色幽默、魔幻现实主义、“新小说派”、“垮掉的一代”等。

（一）存在主义文学

存在主义（Existentialism）文学产生于20世纪30年代末的法国，到第二次世界大战之后发展至盛极，是欧美地区影响最大的后现代主义文学流派。

存在主义原系哲学概念，存在主义文学是存在主义哲学的主要表现形式，存在主义哲学又是存在主义文学的思想核心。最早用形象思维的文学方式表达存在主义哲学理论的，是丹麦哲学家、基督教存在主义的代表克尔凯郭尔（1813—1855），克尔凯郭尔通过哲学著作《忧虑的概念》（1844）奠定了宗教存在主义思想体系。1925年前后，法国人加布里埃尔·马塞尔（1889—1973）把克尔凯郭尔的学说导入了戏剧创作。我们通常称为存在主义的是指以萨特为代表的存在主义哲学。让-保尔·萨特是法国存在主义文学的发起人，是他首先把存在主义的哲学思想应用到文学中去，创立了以他本人为最主要代表的存在主义文学流派，并产生了十分广泛而深远的影响。

作为法国战后影响最大的文学流派，存在主义在小说和戏剧等体裁领域的创作中取得了显著的成功。该流派作品所具有的基本特征首先是善于在特定的环境中以写实手法表现世界和人生状态的荒诞性，表现人在绝望境地中的精神自由。存在主义作家在作品中着力表现“世界是荒谬的，人生是痛苦的”这一中心主题。同时，存在主义文学又从强调“存在先于本质”，人要“自由选择”的角度，表现了人在荒谬绝望的环境中的精神自由，表达了“绝望者的希望”。许多作品肯定人们对“善”、对崇高目标的积极选择，体现了一种新的“人道主义”精神。其次，公开宣传存在主义哲学观念，具有极强的哲理性，使文学趋向哲学化，作品中往往哲理性大于形象性。

集哲学家、戏剧家、小说家数重身份于一身的萨特，既是存在主义哲学的发起人，又是存在主义文学理论的奠基人，也是存在主义文学成就最为卓著的代表作家。

除了萨特之外，阿尔贝·加缪（1913—1960）和西蒙娜·德·波伏娃（1908—1986）也都是重要的法国存在主义作家。

阿尔贝·加缪本人否认自己的存在主义作家地位，但是，他的小说《局外人》（1942）、《鼠疫》（1947），剧本《卡利古拉》（1945）、《误会》（1944）等作品都着力透出世界荒诞、人生荒诞的存在主义精神。

萨特的学生和伴侣、女作家波伏娃是成就和影响仅次于萨特和加缪的存在主义作家。《女宾》（1943）是波伏娃的成名之作，小说描写一个摆脱了资产阶级陈规陋习羁绊的女性，这是存在主义文学中新的人物形象。

诺曼·梅勒（1923—2007）所写的《白色黑人》（1957）和《一场美国梦》（1965）则体现了美国存在主义文学所取得的创作成就。

另外，法国的雷蒙·盖夫（1905—1954）、莫里斯·梅尔洛-蓬蒂（1908—1961），美国的索尔·贝娄，英国的戈尔丁（1911—1993）等人，也都在一定程度上具有存在主义倾向。

存在主义在东欧、拉美乃至东方一些国家也产生过广泛的影响，捷克斯洛伐克的米兰·昆德拉、秘鲁的略萨（1936— ）、日本的安部公房（1924—1993）、印度的尼勒默尔·沃尔马（1929— ）等人的创作都具有明显的存在主义倾向。

从20世纪60年代起，存在主义文学逐渐减缓了发展势头。70年代以后，作为文学运动的存在主义便不复存在了。

(二) 荒诞派戏剧

荒诞派戏剧（Absurd Theatre）是第二次世界大战结束后西方文艺领域里最具影响力的戏剧流派。20世纪50年代，正当存在主义文学方兴未艾之时，巴黎舞台上出现了一种完全打破传统戏剧观念和技巧手法的戏剧现象，这种以“反戏剧”著称的荒诞派戏剧，在法国诞生之后流行于德国、英国、美国并风靡西方剧坛。该派深受存在主义哲学影响，但在如何理解、表现人类处境方面与存在主义文学有着明显的区别。

20世纪50年代，巴黎戏剧舞台上接连上演了尤涅斯库（1909—1994）、贝克特、阿达莫夫（1908—1970）、热内（1910—1986）等人的剧作。这些剧作家接受超现实主义戏剧观念的影响，打破了传统的戏剧写作手法，推出了一批从内容到形式都怪诞离奇而又别开生面的剧作。这些作品的舞台形象看似光怪陆离、荒诞不经，初问世时受到许多诘难批评，后来渐次获得肯定承认，在不少国家竞相上演并受到欢迎。在法国戏剧实践影响下，其他国家相继出现了同一倾向的戏剧现象。1962年，英国戏剧理论家马丁·艾思林（1918—2002）在《荒诞派戏剧》一书中，用该著作的书名为这一新型的戏剧流派命名。

法国荒诞派戏剧运动的成员构成颇为奇特，该流派的参加者多数是侨居法国的外国作家，尤涅斯库来自罗马尼亚，贝克特原籍爱尔兰，阿达莫夫本来是俄国人。

荒诞派剧作家认为世界是冷酷、陌生和不可理解的，人与现实脱节，人与人无法沟通，一切存在都是荒诞的，毫无意义可言。他们对人生的荒诞性有着强烈的反感，并热衷于用荒诞的戏剧形式表现人生和世界的荒诞性。为表现生活与社会秩序的荒诞，为了使荒诞本身戏剧化，他们经常采用一些极端夸张的、非理性、超常规的创新手法。

第一，用荒诞的形式表现荒诞的内容，破坏、解构、割裂戏剧结构，淡化情节甚至取消传统的戏剧要素，致使荒诞派戏剧往往既没有具体的情节，也没有客观现实的人物，舞台效果只是凸显世界荒诞性的一种寓意象征。

第二，突破传统的戏剧结构和舞台表现方法，使戏剧形式荒诞化。荒诞派戏剧在艺术表现方面，完全打破了传统戏剧的章法，成了名副其实的"反戏剧"。这突出地表现在情节、形象和语言等戏剧要素的反传统处理上。荒诞派戏剧采取无逻辑性、无理性、几乎没有情节的表现方法，舞台上充满了杂乱无章的动作。贝克特甚至说："只有没有情节、没有动作的艺术才算得上纯正的艺术。"①

第三，在他们的剧作中，时空被固化，行动被压缩，事件无过程亦无结局，人物抽象到没性格、没身份、没姓名，甚至能用字母加以指代，热衷于使用荒谬绝伦的戏剧符码表现人生的绝伦荒诞。

第四，舞台场景中物的形象得到了极度的空间夸张，从而显示了非理性的物对人的压抑。

另外，荒诞派戏剧中话语空洞杂沓、词句冗乱繁复，对白颠三倒四，既不连贯又无意义，借助荒诞的语言来说明人类思想的无法沟通，语言已丧失了原有的含义和功能。

荒诞派戏剧为世人展示了第二次世界大战结束之后西方社会的一面面哈哈镜，从而曲折地反映出经历了战争浩劫之后，人们从内心深处对于资本主义现实生活感到绝望从而产生的荒诞感和虚无感。这一流派被认为是战后西方社会思想意识借助于舞台艺术得到的最有代表性的反映。贝克特于1969年膺获诺贝尔文学奖，尤涅斯库于1970年当选为法兰西学院院士，标志着荒诞派戏剧最终得到了西方主流意识形态和文学思想的接受与认同。

可以认为，荒诞派戏剧是存在主义世界观、人生观在舞台艺术上的变体。荒诞派戏剧在革新戏剧艺术的过程中使得戏剧艺术的形式本身遭遇了荒诞化处理。由于荒诞派戏剧所反映的精神空虚在西方社会具有相当程度的普遍性，故而继法国之后，在西方其他国家和地区也都相继出现了荒诞派剧作家，荒诞派戏剧遂成为20世纪中期以后具有国际影响的戏剧流派。

荒诞派戏剧的主要代表性作品除贝克特的剧作外，还有法国荒诞戏剧的奠基者尤涅斯库的代表作《秃头歌女》(1950)。这部剧作既无情节内容，又无人物性格塑造，人物的对话和行为也都荒诞不经——马丁夫妇共同生活了一辈子，思想上却形同陌路之人，通过长久交谈才发现两人原是同居一室、同睡一张床的夫妻。作品全方位、多层次地表现了当代人际关系的隔绝冷漠和现存世界生活秩序的荒诞不经。此外的著名作家作品还有法国剧作家阿达莫夫的《弹子球机器》(1955)、热内的《女仆》(1947)，英国剧作家、2005年度诺贝尔文学奖得主品特（1930—2008）的《生日晚会》(1958)，美国剧作家阿尔比（1928— ）的《美国之梦》(1961）等。

（三）黑色幽默文学

黑色幽默（Black Humor）文学是20世纪60至70年代在美国兴起并渐次流行的文学流派。法国作家布勒东于20世纪20年代选编过一部题名为《黑色幽默》的文集，最早提出黑色幽默名称。1965年，美国作家弗里德曼收集海勒、品钦等12位美国当代作家的短篇小说，汇

① 转引自刘明厚：《二十世纪法国戏剧》，162页，上海，上海文艺出版社，2000。

编成册后为该作品题名为《黑色幽默》出版，黑色幽默派文学由此得名。同年，作家尼克伯克在署名文章《致命一蜇的幽默》中亦将前述作家称为黑色幽默派，该流派称谓遂得到批评界的进一步认同。

黑色幽默文学的思想基础是存在主义哲学，该流派强调世界秩序与人的存在都具有荒诞性，认为人生的意义与价值有着不确定性，进而否定人之自由选择的可操作性，因之，他们比存在主义文学显得更加悲观绝望。这恰是美国后现代、后工业社会中普通人的精神心理状态。随着科技高度发展和物质条件的极大改善，人们生活相对富裕而精神生活却日趋贫乏。人在新的社会条件下新的“异化”现象越来越严重，孤独、苦闷、忧心忡忡而又无可奈何。黑色幽默所表现的，正是西方社会的这种群体意识。

所谓黑色幽默，实际上是用嘲讽的喜剧形式去表现可怕的悲剧内容的文学。黑色幽默的小说家突出描写人物周围世界的荒谬和社会对个人的压迫，以一种无可奈何的嘲讽态度表现环境和个人（即“自我”）之间的互不协调，并把这种互不协调的现象加以放大、扭曲，变成畸形，使它们显得更加荒诞不经、滑稽可笑，同时又令人感到沉重和苦闷。黑色幽默文学的产生是与 20 世纪 60 年代美国社会生活的动荡不安密切联系着的。社会生活中荒谬可笑的事物和“喜剧性”的矛盾是作家们文学创作的土壤，作品中那饱含无奈的黑色幽默效果正是社会生活的反映。这种反映虽然具有一定的社会意义和认识价值，作家虽然抨击了包括统治阶级在内的一切权威，但是他们强调社会环境是难以改变的，因而作品中往往流露出悲观绝望的情绪。

在黑色幽默派作家笔下，常把荒诞和恐怖混为一体，以无可奈何又貌似轻松的嘲讽态度叙述忧郁而可怖的故事，从而产生荒诞不经、滑稽可笑的喜剧效果；黑色幽默派作家热衷于塑造性格乖戾的“非英雄”、“反英雄”人物，以他们可笑的言行去影射社会现实，表达作家对社会问题的观点；在描写手法方面，黑色幽默作家也打破和颠覆传统叙事模式，黑色幽默作品常常把叙述现实生活与幻想和回忆混合起来，小说情节结构缺乏逻辑联系，时间和空间的变换跳跃都非常大，现实、回忆和虚构、幻想相互混同，严肃的哲理和插科打诨交错在一起，从美学层面上审视，黑色幽默就是一种带有悲剧色彩的变态喜剧。

20 世纪 60 年代，黑色幽默是美国小说创作中最有代表性的现象，进入 70 年代后，黑色幽默虽然声势大减，但仍时有新作出现。该流派在美国文学中至今仍有相当深远的影响。海勒的《第二十二条军规》（1961）、品钦（1937—　）的《万有引力之虹》（1973）、小冯尼古特（1922—2007）的《第五号屠场》（1969）和约翰·巴思（1930—　）的《烟草经纪人》（1960）是黑色幽默小说创作成就的主要代表。

总之，黑色幽默是存在主义文学在美国的变种，它开创了新的文学形式，是一种富有美国本土特色的后现代主义小说流派。

（四）魔幻现实主义文学

魔幻现实主义（Realismo Magico）文学是 20 世纪 60 至 70 年代出现在拉丁美洲的后现代主义文学流派。它不仅在拉丁美洲文学中占有十分重要的地位，而且产生了全球性的影响。

魔幻现实主义一词，最早出现于德国文艺评论家弗朗茨·罗 1925 年出版的以“魔幻现实主义”冠名的绘画评论专著。后来，该术语被引入拉丁美洲的西葡语言文学范畴，实现了拉丁美洲文学实践同欧洲艺术理论的对接。

将魔幻现实主义概念应用于拉丁美洲文学创作批评，始见于对哥伦比亚作家加夫列尔·加西亚·马尔克斯1967年出版的长篇小说《百年孤独》的评论。这部讲述虚构的小镇马孔多以及居住在马孔多的布恩迪亚一家百年变迁的历史的小说中充满了离奇怪诞的情节和人物，带有浓烈的神话色彩和象征意味。这种独特的风格，引起读书界和评论界强烈的兴趣，后者认为它是现代小说创作中一种新流派的代表，遂借用艺术批评范畴中与此近似的概念，将其称为魔幻现实主义小说。

魔幻现实主义文学在体裁上以小说为主，其特点是在反映现实的叙事和描写中，使用或者插入神奇而怪诞的人物、情节以及各种超自然现象。魔幻现实主义作品一般取材于拉美各国的现实生活，暴露社会黑暗，反映民生疾苦；同时又大都描写神魔、鬼怪、巫术、梦幻，将现实与超现实描写融为一体，是在传统的现实主义和非理性的现代主义共同影响下形成的一种特殊的文学样式。从本质的层面上看，魔幻只是其创作的手法，反映现实才是它的目的。

其实，在拉丁美洲文学中，以神奇或魔幻的手法反映现实的传统早已有之。1943年，古巴作家卡彭铁尔（1904—1980）便已提出“神奇的现实”的说法，指称拉丁美洲社会现实本身所具有的神奇性。卡彭铁尔的长篇小说《消逝的脚步》（1941）描写了海地的自然背景以及黑人的宗教信仰，表现了强烈的神秘性魔幻色彩。

另有一些拉丁美洲作家为了强调文学的民族性，有意识地吸收古代印第安文学中的神话和传说，使作品具有神奇和魔幻的色彩。危地马拉作家米格尔·安赫尔·阿斯图里亚斯（1899—1974）的长篇小说《总统先生》（1946），墨西哥作家胡安·鲁尔福（1918—1986）的中篇小说《佩德罗·帕拉莫》（1955），都以创新的技巧和印第安古代神话传统相结合，作品具有浓烈的民族文化特色和魔幻艺术氛围。

作为一个文学流派，魔幻现实主义具有鲜明的特征：

首先，在反映现实的叙述和描写中，使用或插入神奇而怪诞的人物故事以及各种超自然现象，“魔幻，而又不失其真实”。由于拉丁美洲现实生活的专制独裁，作家只能用光怪陆离、色彩斑驳的魔幻世界去曲折地影射现实。

其次，既立足于传统的民族文学，又大量地吸取西方文学的营养。魔幻现实主义作品的“神奇”、“魔幻”色彩，大都来自印第安民间文学和古老的玛雅文化，同时又继承了现实主义的社会批判精神。

最后，大量吸收欧美现代主义文学的表现方法，如象征、时空倒错、心理独白甚至意识流手法，故而，魔幻现实主义既是具有拉美地区地域性的，又是具有广泛普世性的文学流派。

从20世纪60年代以来，拉丁美洲作家在艺术技巧方面进行了多种多样的创新和探索，带有魔幻现实主义的特点或者类似这种特点的作品很多。到了70年代以后，魔幻现实主义已经发展成为拉丁美洲文学小说创作领域里的主潮。

（五）“新小说派”

“新小说派”（Nouveau Roman）是20世纪50年代在法国兴起的又一个重要的现代主义小说流派。当时，一批年轻的新晋作家，公开宣称要与19世纪的文学传统决裂，探索新的小说表现手法和语言，描绘出事物的“真实”面貌，刻画出一个前人所未发现的客观存在的内心世界。该流派的作家们拒绝过去小说的一切传统写法，认为传统小说中的故事情节纯属虚构，应当取消环境描写、形象塑造、心理分析等，创作出与充满怀疑精神的当今社会生活相适应的“新小说”来。文学史上把这些人称为“新小说派”或“反小说派”。

发端之初，“新小说派”的艺术创新不被世人接受和理解，时常被人诟病为“古怪”、“荒诞”、“发精神病”。到20世纪60年代以后，该流派的理论主张和创作实绩逐渐得到了读者和批评界的首肯与认同，其文学地位也得以不断巩固提升，直到被推重为第二次世界大战结束后法国文学史上具有代表性的文学现象。一时间，“新小说派”在西欧、北美和东亚的日本都曾颇为风行，流风所及，影响还扩展到了东欧和中南欧地区，逐渐成为具有广泛影响的文学现象。

“新小说派”在思想上受弗洛伊德心理分析学、柏格森生命力学说和直觉主义、胡塞尔现象主义哲学的影响，在文艺观上继承意识流小说和超现实主义的创作理念。在结构上主张破除传统小说叙事模式，打破时间顺序，不囿于空间的局限，作者有让过去、现在、将来同时存在的自由，也可以在作品中使现实、想象、幻觉、记忆、梦境交互叠加。该派作家反对以引人入胜的故事情节诱导读者进入“虚构的世界”。他们小说中的情节结构有的无头无尾，有的到结尾处又回到了开头，有的全书结束而故事仍在继续。新小说派对语言也进行了改革，目的在于激活“陈套”或“僵化”的话语，以利于表现现代人复杂多变的实际生活。新小说派还从根本上否定小说艺术反映社会现实的功能作用，主张退回自我意识中寻求潜在层次的超现实“真实”。

整体把握，“新小说派”具有以下几方面基本特征：

其一，反对传统小说的“人物中心论”。在他们看来，包括人的活动在内的世界都是“物”，“物”是人的本质的外化，因而热衷于对“物”作精细的描写，有所谓“物本主义”倾向。

其二，刻意追求结构的“新”，打破了传统小说的叙事结构规范。“新小说派”的作品往往打破旧有的时间和空间的概念，使过去、未来、现在交织，把现实、幻觉、回忆杂糅，形成了和传统小说完全不同的全新的小说结构。

其三，大力提倡语言革新。“新小说派”反对使用规范的文学语言，认为它们已经僵化和陈旧，无法用来记录迅速发展的事物，也不能表达复杂多变的生活；主张采用表明视觉的和纯描写性的词汇进行文学创作，以这种崭新的语言写出“潜在的真实”，使读者认识世界和人的本质。

“新小说派”的代表作家主要有罗伯-格里耶、娜塔丽·萨洛特、米歇尔·布托尔和克洛德·西蒙等人。

阿兰·罗伯-格里耶（1922—2008）是“新小说派”最重要的代表作家。《橡皮》（1953）是他全面对抗传统小说的试验性作品。小说主人公杜邦是个地位重要的经济学家，被一个恐怖组织暗杀。案发后，警探瓦拉斯奉派侦破，执行过程中，他曾数度进文具店购买橡皮。后来，瓦拉斯开枪打死了潜入杜邦家中的嫌犯，哪知被杀的却正是杜邦教授本人。原来，杜邦被刺时只受了轻伤，他担心文件被盗，亲自赶回家来，结果却死于非命。这部小说中，物支配着情景和人物命运，以写物来表现人复杂的内心世界，开启了所谓“物本主义”小说的先河。格里耶的《窥视者》（1955）、《在迷宫中》（1959）同样也是“新小说派”的重要作品。

娜塔丽·萨洛特（1900—1999）的论文集《怀疑的时代》（1950）概括了“新小说派”的主要理念，被认为是“新小说派”的宣言书。萨洛特的代表作《无名氏肖像》（1947）是最早向传统小说发起激烈冲击的"新小说"，该书的主人公就是叙述者，他像一名暗探，用各种方式窥探父女二人的思想和行为，从而揭露出人际关系的隔膜、猜忌和冷酷。萨洛特的其他作品还有《马尔特罗》（1953）、《行星仪》（1959）、《黄金果》（1963）、《生死之间》（1968）等。

"新小说派"的其他重要作品还有米歇尔·布托尔的《变化》、克洛德·西蒙（1913—2005）的《弗兰德公路》（1960）。克洛德·西蒙以其独特的文学语言和形式创新获得了1985年度的诺贝尔文学奖。

另外，玛格丽特·杜拉斯（1914—1996）也可列入"新小说派"作家的行列。

(六) "垮掉的一代"

"垮掉的一代"（The Beat Generation）文学是第二次世界大战结束以后出现在美国的现代主义文学流派。该流派产生于20世纪50年代初期，是存在主义哲学理论与美国社会实践两相结合的文学产物，集中反映了当时历史条件下美国青年的精神危机。

在第二次世界大战结束后的20世纪50年代，一些游离于主流社会阶层之外的美国知识青年迫于麦卡锡时期专制主义的政治高压，无法以常规的方式表达和宣泄对战后社会现实的不满，便以"脱俗"的处世哲学和行为方式表示自己的社会抗议。他们穿着奇装异服，蔑视传统观念，厌弃学业，放弃工作，长期浪迹于底层社会，形成了独特的极具颠覆力的社会存在。后来，他们的反叛情绪转化为一股处于地下状态的边缘化文学潮流，向传统的社会及文化秩序发动冲击。这个极具叛逆性和颠覆性的文学潮流就是"垮掉的一代"文学。

"垮掉的一代"作家大都来自美国东部的洛杉矶和旧金山地区。1950年，凯鲁亚克与巴罗斯各自完成一部具有"垮掉派"特点的小说《小镇与城市》（1951）和《吸毒者》（1953），霍尔姆斯（1926—1988）受他们启发，便在自己的小说《走吧》（1952）中更为直接地显现"垮掉"的生活感受，并在《纽约时报》上撰文宣扬"垮掉派"的文学主张。1955年，一批持"垮掉"观念的反主流派诗人在旧金山联合举办诗歌朗诵会，金斯堡在会上朗读了他的长诗《嚎叫》。这首哀号着的诗表达了"垮掉的一代"的精神痛苦与自暴自弃，自此"垮掉的一代"的诗歌作品开始流行。1957年，"垮掉的一代"另一位代表作家凯鲁亚克出版了长篇小说《在路上》，该作品描写"垮掉的一代"成员在各地的流浪生活，使得许多有着同样精神苦闷的美国青年心向神往，纷纷接受"垮掉"的生活方式，爵士乐、摇摆舞、吸大麻、性放纵、参禅念佛和避世浪游一时成为流行的社会风气，以至于这部小说竟被奉为"垮掉的一代"的生活教科书。

"垮掉的一代"人生哲学的核心是个人在当代社会中的生存问题。该派作家借用法国存在主义哲学观念，又部分吸收东方的佛教禅宗学说，杂合出了自己的"垮掉派"人生理念，倡导以虚无主义对抗生存危机，宣扬通过满足感官欲望来把握自我。在政治上，他们标榜自己是"没有目标的反叛者，没有口号的鼓动者，没有纲领的革命者"①；在艺术上，他们则宣称要"以全盘否定高雅文化为特点"；在艺术追求上，凯鲁亚克发明的"自发式散文"写作法和查尔斯·奥尔逊的"放射诗"理论，都在文坛上别树一帜。

"垮掉的一代"文学具有以下基本特征：

---

① 《中国大百科全书·外国文学》，Ⅰ，553页，北京，中国大百科全书出版社，1982。

其一，热衷于描写暴力、堕落、吸毒和犯罪等颓废生活，用消极和“脱俗”的方式反抗社会。“垮掉的一代”作家对战后的社会现实极为不满，遂以极端的无政府主义和个人主义消极地对抗畸形的社会，借奇装异服、酗酒吸毒或宗教神秘主义逃避现实，以减轻精神上的痛苦。他们表面上无忧无虑放荡不羁，实则悲观绝望，极为空虚。他们的作品既表达了该流派成员精神世界的迷乱和颓废，也表达了他们对美国社会现实的厌恶和反叛。

其二，蔑视高雅文学，追求语言和表现技巧的创新。该派作家否定一切文学传统，力求突破文体限制，打破诗和散文的界限，创作“亦诗亦文”的新型文学体式。他们采取不经加工的下层人的口语、俚语，废除“知识分子”语言，这些都是不无积极意义的。

“垮掉的一代”文学在思想倾向上有着较为明显的颓废性，但在艺术表现手法上确有创新。该派作品的主要形式是诗歌和小说，代表作家有凯鲁亚克、金斯堡、巴罗斯等人。

杰克·凯鲁亚克（1922—1969）被公认为该派的代表作家，其代表作《在路上》（1957）集中反映了“垮掉的一代”的生活方式和精神状态。

“垮掉的一代”在诗歌方面的代表人物是阿仑·金斯堡（1926—1997），他的诗集《嚎叫》犹如感情激烈的宣言书，典型地表现了二战结束后一代美国青年的思想和情感危机。

威廉·巴罗斯（1914—1997）的小说热衷于描写暴行、堕落、吸毒和犯罪，同时在语言运用和文体形式上进行大胆创新。他的代表作《裸露的午餐》（1959）因书写“真正地狱般的”生活而引发了法律诉讼和文学论争。他的后期作品《诺瓦快车》（1964）、《柔软机器》（1966）和《爆炸的火车票》（1967），采用真实与梦魇相混合的手法，全面、冷酷地表现了“垮掉的一代”文学。

“垮掉的一代”文学具有厌恶、仇视社会冷酷的根本立场，这一流派在 20 世纪 70 年代以后逐渐趋于消沉。

欧美现代主义文学同其他文学一样，从来不是孤立的社会现象。它不但跟哲学、宗教、科学、政治、经济和历史密切相关，而且与其他艺术更有着艺术观、表现技巧等方面的内在相互影响。一些现代主义的文学流派或文学现象，如象征主义、表现主义、未来主义、超现实主义、后现代主义等，本身就是在与其同名的文艺思潮中诞生和发展的。如表现主义最早出现在绘画界，随后波及音乐、戏剧、小说、电影等艺术领域。虽然表现主义文学在 20 世纪 20 年代末走向了尾声，但表现主义的绘画创作及展览，至今仍不时活跃在世界各地。

20 世纪以来，各种现代主义艺术流派不断崛起，其中比较重要的音乐派别有印象主义音乐、表现主义音乐、新古典主义音乐、序列音乐、偶然性音乐、具体音乐、电子音乐、概念音乐等。这些现代主义的艺术作品，大量使用反传统的艺术技巧和手段，以变形、抽象、美丑混杂、丑陋化、图形拼镶、实物组合、行为动作、生理刺激、同步效应、东方式的散点透视、无中心构图、多视点构图、平面化以及交错节奏、多节奏、多和弦、不和谐和弦、无调性、多调性等，来最大限度地表现自我和人的内在感受。如表现主义音乐家勋伯格（1874—1951）的合唱曲《一个华沙的幸存者》（1947），便以极其不和谐的嘈杂的音响和无调性的混杂旋律，形成了一种令人难以忍受的强烈刺激，但它却成功地表现了德国法西斯疯狂地屠杀犹太人的政治主题及作者的强烈内在感受。

美术方面比较重要的派别是印象派、野兽派、表现主义、立体主义、达达主义、超现实主义、视幻主义、观念主义、装置艺术、行为艺术等。塞尚（1839—1906）是法国后印象派画家。他代表的时代是现代艺术本质的形成期。他挑战的对象，是传统绘画的空间观念。在他之前，西方画家都是以一个视点来作画，人们认为艺术应该是对自然的模仿或再现，衡量艺术作品水平高低的尺度，主要是景物是否逼真，是否给人一种美感，或是否传达了一种理念。而塞尚则打破了这些规则。在他的画中，出现了变形和不同的视点。例如《厨房中的餐桌》（1890）：画面上，带网的水罐口和餐桌是从上向下俯视的；水壶，篮子和水果是从侧面观察的；篮子看上去像浮在空中；被台布隐盖的餐桌边沿线应该是一条直线，但实际上左右两部分根本不连在一起，像是一个断裂的桌子。这就完全打破了西方传统的焦点透视的空间观念。

塞尚把几个不同视点的观察的结果绘制到画面上，是为了表达一种"艺术的真实"。他认为：艺术的真实不是再现自然，而是画家根据自己的感受，对自然进行重新安排，在画面上创造第二个自然。塞尚的艺术观，从根本上动摇了传统的绘画观点和审美准则。因此，塞尚在美术史上有"现代绘画之父"之称。

毕加索（1881—1973）是立体主义绘画的代表。他的名作《亚威农少女》（1907）以对传统绘画的否定及对塞尚的超越，成为艺术史上的巨大突破。塞尚的画与传统绘画的一个共同点，是都有一个描绘的原型。而《亚威农少女》则完全摆脱了绘画对于"对象"原型的依赖。塞尚画中的变形是一种具象的、可识别原型的变形。毕加索的变形属于抽象变形，尤其在他后来的一些立体主义绘画中，其抽象变形的块面完全摆脱了对象。

现代主义文学同现代主义艺术殊途同归，共同拓宽了文学艺术的表现领域，极大地丰富了文学艺术的表现手段，从不同的艺术层面异源共构了勇于探索、不断创新的现代文化精神。

第二节
卡夫卡及其《城堡》

一、生平与创作

奥地利小说家弗兰茨·卡夫卡（1883—1924）是表现主义文学的重要代表作家，他的创作对西方现代派文学中的许多流派都产生过巨大影响。

卡夫卡出生于奥匈帝国时期布拉格一个富有的犹太人家庭，身为商人的父亲"专制有如暴君"，甚为不幸的家庭生活，致使卡夫卡从小性格孤僻内向、抑郁寡欢。他自小接受德语教育，读大学期间学习过文学和法律，毕业后曾在保险公司任职，这段小职员的屈辱生活和德意志民族统治下犹太人的恐惧感进一步加剧和强化了他的性格和精神危机。1924 年，卡夫卡因患肺结核不治而死。

卡夫卡像

卡夫卡的文学创作开始于大学毕业之后，主要文学成就是小说，但他的绝大多数作品在其生前没有得到出版。辞世之前，他曾留下遗嘱，要求好友勃罗德将其全部作品付之一炬。勃罗德没有按照他的遗言去做，在他死后整理出版了9卷本的《卡夫卡全集》(1950—1958)。

卡夫卡的传世之作大致可以分为以下类别：(1) 生前发表过的短篇小说，如《观察》(又译《沉思》，包括18个作品，1913)、《判决》(1912)、《变形记》(1912)、《司炉》(1913)、《在流放地》(1914)、《乡村医生》(1917)、《饥饿艺术家》(1922) 等；(2) 生前未能得到发表的短篇小说，如《地洞》(1923—1924) 等，其中一部分是未竟稿；(3) 生前没有机会出版的三部长篇小说，即《美国》(1912—1914)、《审判》(1914—1918) 和《城堡》(1922)。

卡夫卡的短篇小说以《变形记》最为著名。该篇小说通过推销员格里高尔变为甲虫的荒诞情节，深刻揭示了资本主义社会普遍存在的“异化”现象。作为表现主义小说的代表作品，《变形记》在西方现代派文学史上，占有很重要的地位。

卡夫卡的三部长篇小说(均未最后完成)，都鲜明突出地贯穿着社会批判精神。

《美国》是卡夫卡的第一部长篇小说，原名为《失踪的人》。小说的主人公小男孩卡尔·罗曼因受到一个成年女仆的引诱而被父母赶出家门，其后远涉重洋，流落异国他乡。小说通过卡尔·罗斯曼在美国的遭遇，揭示了西方社会人的生存状态，展现了资本主义制度下贫富悬殊、劳资对立的现实场面和都市生活情景。卡夫卡从未到过美国，小说所描写的，实际上是他虚构的带有普遍性的西方世界。这部小说基本上是用传统的叙述手法创作的，作者自己曾经说这部作品是“对狄更斯的直接模仿”。

《审判》是卡夫卡的创作倾向从现实主义转向表现主义的标志。这部小说情节荒诞离奇，时间地点模糊不清。作品描写银行职员约瑟夫·K在30岁生日那天早晨，突然被一个秘密法庭宣布逮捕。奇怪的是，法院从来没有公布过他的罪行和罪名，也没有将他关进牢房，而K也依然行动自由。但他却感到了巨大的无形压力，有着一种不可名状的焦虑感。他四处申诉无效，终被处以死刑。作品通过这样一个荒诞的、有悖理性的故事，深刻地揭露了奥匈帝国官僚司法制度的反人民本质。作者没有正面描写社会弊端，而是运用象征、夸张的艺术手法，揭示了世界的荒诞和人在荒诞世界中被异化的现象。

二、《城堡》

长篇小说《城堡》在卡夫卡的作品中篇幅容量最大，是一部能够全面体现“卡夫卡式”文学特征的表现主义小说。

小说描写主人公K为进入一座城堡作出种种努力而最终归于徒劳的故事——冬日寒夜，K踏雪走向城堡，眼见其矗立在前边山上，却怎么也走不到，无奈只好就地投宿。次日，他又向城堡走去，依然无法靠近。K打电话与城堡联系，得到的是模棱两可的回答，可同时却接到了城堡派人送来的嘉奖信函。K被搞得怎么也摸不着头脑。小说到此辍笔，未能完成。据说，卡夫卡设计的结局是K最后力竭而死，但其直到弥留之际，仍未获准进入那个城堡。

《城堡》封面

在《城堡》中，作者表现了作为小人物的K在一个完全陌生、混乱和不可理喻的环境中孤苦无助的境遇，荒诞的世界给人们设置了重重有形和无形的障碍，使人们无论怎样努力也达不到目的，最后总以毁灭而告终。

《城堡》所揭露和批判的，是资本主义社会带有普遍意义的本质现象，如专制压迫、等级森严、官僚腐败、机构僵化等；此外，城堡作为一种权力的象征，是整个国家统治机器的缩影。它的行政长官CC伯爵人人都知道，但谁也没有见过，实际上CC伯爵就是城堡本身。它以巨大的权威压迫着人们的精神，摧毁着人们的希望，使得人们丧失“自我”，成为非人。

《城堡》的主题与卡夫卡的另外两部长篇小说《美国》和《审判》基本相同，即用不同的形式去表现作品主人公所代表的人之失败。如果说，《美国》中的小男孩卡尔·罗曼、《审判》中的K还具有一定的个人属性的话，那么，《城堡》中的K已经完全丧失了自我，只渴望进入城堡成为顺民（即“非人”）。从这个意义上说，城堡又是一种强大而神秘的异化力量的象征。

另外，《城堡》中的主人公K在精神上明显地带有作者本人的烙印，K思想性格上的弱点，在相当程度上反映了作者自己的精神状态。K所代表的，正是像卡夫卡这样的中小资产阶级及其知识分子，他们在敌对的环境里苦苦挣扎，虽有怨怒却逆来顺受，而最终还是逃脱不了悲惨的结局。他们的思想反映出一种消极、软弱和颓废的时代情绪，并且带有浓厚的宿命论色彩。

第三节 艾略特及其《荒原》

一、生平与创作

托·斯·艾略特（1888—1965）是后期象征主义最杰出的代表，也是英国20世纪最重要的诗人。1948年，他因诗歌《四个四重奏》获得了诺贝尔文学奖。

艾略特的诗歌创作始于大学时代，其早期诗歌中的重要作品有《普鲁弗洛克的情歌》（1915）、《一位夫人的画像》（1915）和《小老头》（1919）等。

1922年，他创办杂志《标准》并担任主编，在《标准》创刊号上发表了长诗《荒原》。这是20世纪西方文学史上一部划时代的作品，艾略特从此被誉为西方现代派诗歌的领袖人物。

此外，他还发表了《空心人》（1925）和《灰色的星期三》（1930）等作品，表达了诗人对现实社会更加明显的绝望感。

1944年，艾略特发表长诗《四个四重奏》（1935—1944），这首长诗模仿弦乐四重奏的形式，以高度抽象的手法表达了作者对暂时和永恒的对立统一观点以及皈依基督的思想。诗中借用四个值得诗人纪念的地点为题：《烧毁了的诺顿》指英国一座乡间玫瑰园遗址，《东科克》是作者祖先在英国故居的村庄及村边小路，《干燥的萨尔维奇斯》指美国马萨诸塞州海边的礁石，《小吉丁》是指17世纪英国内战时的一座小教堂。这是一组哲学、宗教冥想诗，诗中冥想和形象交织结合，语言自然流畅，节奏性极强，在艺术上有很高的价值。

艾略特像

艾略特还是一位有相当影响的诗歌批评家，主要论著有《传统与个人才能》（1917）、《批评的功能》（1923）、《诗歌的用途和批评的用途》（1933）等。他所提出的“思想知觉化”诗歌创作理论和所谓“客观对应物”的诗歌批评概念，对象征主义文学的发展起到了巨大的推动作用。

二、《荒原》

《荒原》（1922）是20世纪西方现代派诗歌史上里程碑式的作品，也是象征主义诗歌的一部代表作。

长诗共433行，分为五章。

《荒原》封面

第一章《死者的葬仪》中，诗人以荒原象征战后的欧洲文明，它需要水的滋润、需要春天、需要生命，而现实则充满了庸俗和低级的欲念，既不生也不死。

第二章《对弈》对照上流社会妇女和酒吧间里下层市民的生活，显示其同样低级和毫无意义，暗示了整个社会的腐败和道德观念的崩溃。

第三章《火诫》写情欲之火造成的庸俗猥亵、空虚而无真实的爱。

第四章《水里的死亡》暗示死亡是不可避免的，人们渴望的生命之水也拯救不了人类。

第五章《雷霆的话》又回到世界是一片干旱的荒原这一主题，要求现代人奉行“给予、同情、克制”的教谕，使自己得到复活，使世人得到拯救。

从思想内容上说，长诗《荒原》反映了战后一代人对于战争的厌恶，对于现实的失望，以及对于未来的忧虑，揭示了浩劫之后的社会状况和人的精神面貌。诗人笔下的“荒原”，实际上就是遭受第一次世界大战浩劫后的西方世界的象征。全诗表现了作者试图拯救“荒原”的思路和主张，即皈依宗教，依靠上帝的力量使人类得到救赎。

《荒原》的突出成就，主要表现在它的艺术形式和技巧上。

首先，长诗集中体现了艾略特“非个性化”的创作理念，运用所谓“客观对应物”的象征手法来表达诗人的思想感情。作者在诗中并没有直接抒情，更没有对人物、事件进行评说，而是借用现实的和历史的、真实的和虚构的事件及人物，来暗示要表达的主题。这种手法在《荒原》中到处都能见到。

其次，旁征博引、大量用典是《荒原》的又一特点。全诗共使用六种语言，涉及35位古今作家，引用了56种前人的著作，使得全诗的内容广博多彩。同时，大量运用典故，不仅丰富了诗歌的内容，也起到了古今对比、以古讽今的作用，使全诗具有凝重的历史感。

另外，带有神话色彩的框架结构和化腐朽为神奇的表现手段也是《荒原》突出的艺术特点。

第四节 乔伊斯及其《尤利西斯》

一、生平与创作

詹姆斯·乔伊斯（1882—1941）是爱尔兰著名的意识流小说家，也是20世纪西方最有影响的作家之一。

乔伊斯像

乔伊斯生于都柏林。幼年时即立志献身文学，大学毕业后开始小说创作。1904年，乔伊斯因反对教会统治而宣布“自愿流亡”，在欧洲各地颠沛生活并从事创作。1920年以后定居巴黎，专门从事文学创作。

乔伊斯的第一部作品是短篇小说集《都柏林人》（1914）。《都柏林人》由15个短篇小说组成，描写了城市下层市民的日常生活，揭露了丑恶的社会现实扼杀人们的理想追求和生活希望，表现了作者对爱尔兰社会风尚的厌恶和蔑视。在表现手法上，《都柏林人》中的作品基本是现实主义的，但其中有些篇目已尝试运用象征手法，具有向现代主义文学发展的倾向。

1916年出版的《青年艺术家的肖像》，是作者运用“意识流”手法创作的第一部中篇小说。作品带有浓厚的自传性质。小说通过主人公斯蒂芬的成长过程，描绘了现代艺术家与社会之间的关系：走向艺术即走向流亡的命运。这部小说运用内心独白手法，以主人公的内心活动来勾勒他的经历和客观世界，并以不同风格的语言表现幼年、童年、青少年等不同时期的思想感情。小说还提出了作家从作品中隐退并超越一般价值观念，以便客观地反映生活的文艺主张。

《青年艺术家的肖像》完成后，乔伊斯又用了整整七年时间埋头创作，终于完成了长篇意识流小说《尤利西斯》。这是一部划时代的作品，它的诞生，标志着乔伊斯意识流创作技巧的成熟。

生命后期，乔伊斯几乎双目失明，但仍以顽强的毅力坚持创作。他的最后一部长篇小说是《芬内根们的苏醒》(1939)。这是一部寓言式的作品，通过都柏林一家小酒店老板伊尔威格·芬内根的梦幻，表现了人类历史上死亡与复活循环往复这个中心主题。作者试图说明：情欲创造人，而战争又消灭人，二者循环往复，这就是人类的历史。小说共使用了 18 种文字，大量的典故和双关语使一般读者望而生畏，难以卒读。

二、《尤利西斯》

《尤利西斯》(1922) 是乔伊斯的代表作，也是意识流小说的典范之作。

《尤利西斯》共分三大部分 18 章，约 50 万字，叙述了自 1904 年 6 月 16 日早晨 8 点到次日凌晨 2 点 45 分大约 19 个小时内青年学生斯蒂芬·德迪路斯、广告经纪人利奥波尔德·布鲁姆和他的妻子歌唱演员莫莉三位都柏林人的经历和感受。

《尤利西斯》封面

《尤利西斯》从酝酿准备到创作完成历时达 18 年之久。

该作品书名源于荷马史诗《奥德赛》中的主人公、希腊神话英雄俄底修斯的拉丁文称呼。作品人物分别对应性地影射着《奥德赛》的三个主人公，作者把布鲁姆比作俄底修斯，把斯蒂芬比作俄底修斯的儿子忒勒玛科斯，把莫莉比作英雄的妻子佩涅洛佩。《尤利西斯》的内容按照《奥德赛》的结构组织而成，全书 18 章文字和《奥德赛》的情节也一一对应。《奥德赛》的主人公俄底修斯十年海上漂泊，矢志还乡。归家途中遇到外出寻父的儿子。父子二人返回家，与忠贞贤惠的佩涅洛佩团聚。《尤利西斯》的第一部分描写斯蒂芬在与宗教、家庭和祖国决裂后处于精神危机之中，渴望寻找一个“精神上的父亲”来解脱内心的压力。第二部分描写布鲁姆事业不走运，生活也不称心，希望能寻找到一个“精神上的儿子”，来填补内心的空虚。第三部分描写这两个飘零无依、精神痛苦的人终于相遇，布鲁姆将斯蒂芬带回家中，象征他们各自找到了所需要的东西。莫莉是个纵欲主义者，床第之欢是她生活的第一内容，拿她比拟忠于爱情的佩涅洛佩显得滑稽可笑。他们已经不是神话传说中的英雄，而是现代资本主义社会中人格分裂、猥琐渺小的凡夫俗子。

《尤利西斯》是现代资本主义社会精神崩溃的史诗，它在全面对比之中表现了现代西方社会的平庸与病态，凸显了现代西方人的内心混乱和孤独悲哀。

在《尤利西斯》中，乔伊斯广泛而娴熟地运用了意识流的创作手法。

首先，小说结构庞大，叙述的层次错综复杂，采用了自由联想、内心独白、多重象征、时空交错等表现技巧描写不同人物的意识流程，准确地使用与人物年龄和性格特征相适应的语言和思维方式再现人物的内心世界和意识活动。小说终结处，莫莉躺在床上的内心独白文字篇幅长度近50页且完全没有标点符号，一句话多达2 000多个单词，真实地展示了这一人物意识流动的连续性。

其次，《尤利西斯》每一章所使用的文体都有所变化，以便适应主题的变化。如第二章写斯蒂芬在学校上课，用的是课堂惯用的问答式；报馆一章中各段前面都冠以报纸上惯用的大标题，看上去就像一张报纸；而第15章则用的全是戏剧形式。

作者写作《尤利西斯》，力求将内容和形式统一起来，用特定的形式表达特定的内容。乔伊斯在文学技巧方面进行了多种实验，把内心独白、蒙太奇拼接、人物潜意识流动描写等一系列技巧手法交互使用，在一部小说中集合了各种不同的文体风格。

第五节
萨特及其《禁闭》

一、生平与创作

让-保尔·萨特（1905—1980）是法国著名的哲学家和文学家，是20世纪世界思想发展史上里程碑式的人物。他的存在主义哲学思想和文学创作，影响了整整一代人的精神生活。

萨特像

萨特出生于巴黎一个小资产者家庭。幼年丧父，由外祖父抚养成人。19岁时考入巴黎高等师范学校，攻读哲学专业。1933年赴德国留学，在柏林悉心研读胡塞尔、克尔凯郭尔、海德格尔等人的哲学论著。在此基础上建立了他的存在主义哲学体系并开始了文学创作活动。20世纪30年代，萨特发表哲学论著的同时，还发表了哲学小说《恶心》（1938）、短篇小说《墙》（1939）等作品，初步奠定了他在法国文学界的地位。

萨特的成名作《恶心》是一部典型的存在主义小说。作品的主人公安东尼·罗康丹是个研究历史的学者，在撰写一个侯爵的传记时，突然莫名所以地感到眼前的一切，甚至包括吊带、树根、废纸等物件都像苍蝇那样让人产生作呕之感。小说细腻地描述了主人公在图书馆工作时，在街道、公园、咖啡店闲荡时，在与女人相会及分手时所产生的种种孤独、怪诞、病态的意识和梦魇般的幻觉等。通过这些心理描绘，表现出作者现象学本体论的基本思想，阐述了关于存在、本质、荒谬、虚无、时间、偶然性等范畴的观点，特别是关于客观世界荒谬的哲学论断。

1939年，萨特应征入伍，次年被德军俘虏，1941年获释后在巴黎长期担任教职并从事创作活动。

20世纪40年代，他又在戏剧方面进行探索，以期通过剧作表达其哲学思想。1943年，萨特根据古希腊悲剧改编的三幕悲剧《苍蝇》首次公演，使得萨特在戏剧界声名鹊起。继之发表的独幕剧《禁闭》，进一步确立了他在法国戏剧界的领袖地位。

1946年以后，萨特陆续创作并发表了许多作品，如剧本《死无葬身之地》(1946)、《恭顺的妓女》(1946)、《肮脏的手》(1948)、《魔鬼与上帝》(1951)、《涅克拉索夫》(1955) 以及长篇小说《自由之路》(1945—1949) 等。

在这几部戏剧中，萨特探讨了人与上帝、相对与绝对、善与恶的关系问题，宣扬了伦理道德的相对主义，强调人生的“具体的介入”。

另外，《阿尔托纳的隐藏者》(1959) 也是萨特的优秀剧目之一。

萨特把他的戏剧统称为“境遇剧”，他将人物置于特定的荒诞环境中，让其进行人生的自由选择，即作品中的人物总是面临着重大的考验，现实迫使他们做出最后的抉择。他的剧作既有哲理剧的深刻性，也有恐怖悲剧的震撼力。在其剧作中，萨特有时从本体论的角度阐述意识与客体、个人与他人的关系问题；有时反映自由、选择等基本论题；有时则明显表现其社会政治观点。尽管这些剧本从内容到形式千差万别，然而万变不离其宗，其中心议题乃是阐发作者的存在主义哲学理论。作为一个哲学家，萨特的戏剧作品强调宇宙、社会、人生的荒诞性，宣扬“存在先于本质”和“自由选择”原则，注重人际关系的描写，突出人与人之间的隔绝感和疏离感；描写人的异化时，注重人物的内心世界和精神生活的开掘阐发；常常采用多视角的叙述方法和意识流手法，语言也富于变化。总而言之，萨特在剧作中突出表现的是他对人生哲理的探讨，有些剧目甚至可以视为对其哲学观念的图解。

1964年，瑞典文学院决定授予萨特诺贝尔文学奖，被萨特谢绝了，理由是他不接受任何官方给予的荣誉。

二、《禁闭》

1944年发表的独幕剧《禁闭》是一部内涵极为丰富的哲理剧。在这部戏剧中，作者从本体论的角度说明了个人与他人的关系问题；同时也曲折地反映了资本主义社会中人们精神和道德的空虚与堕落，以及人与人之间相互倾轧、尔虞我诈的可怕关系。

《禁闭》的剧情发生在地狱里的一个房间内，主要人物是一男两女三个幽灵：加尔散是个政论文作家、报社编辑，生前曾与其他女人同居，折磨自己的妻子，战争期间散布和平主义观点，在开赴前线时因临阵脱逃而被抓回枪决。邮局职员伊内丝是个热衷于同性恋的女人，她引诱表哥的妻子弗洛朗丝倒向自己的怀抱，结果造成表哥痛苦身亡。弗洛朗丝对此深感内疚，终于在一天夜里打开煤气开关，与伊内丝双双中毒死去。艾丝黛尔是个离不开男性的色情狂，她出于财产地位的原因嫁给父亲的老友，婚后欺骗丈夫另觅新欢，但

《萨特文集》封面

又不肯与情夫私奔，并把情夫视为生命的私生女抛到湖里淹死，以致情夫在绝望之际开枪自杀，她本人也因肺炎而离开了人世。这三人因生前的罪孽，死后被相继投入地狱囚于一室，由于各自生前的本性死后仍然丝毫未改，以致在三人之间形成了一种相互钳制、相互折磨的特殊三角关系。伊内丝怀着同性恋的热望爱上了艾丝黛尔，极力排斥异性加尔散；一刻也离不开男人的艾丝黛尔渴望得到加尔散，讨厌和躲避向自己频献殷勤的伊内丝；加尔散则想说服伊内丝相信自己不是胆小鬼而拼命拉拢伊内丝，多次推开没有思想只要男人的艾丝黛尔。这三个痛苦的幽灵被禁闭在一起，相互追逐、相互排斥、相互折磨、相互希冀着什么，然而谁也达不到目的。你对我构成威胁，我也是你的陷阱，我被你抓在手中，你也被我攥到手心儿里，最后加尔散痛苦地领悟道："地狱原来就是这个样。我从来都没想到……提起地狱，你们便会想到硫黄、火刑、烤架……啊，真是莫大的玩笑！何必用烤架呢，他人就是地狱。"

在这部戏剧中，萨特形象地将西方社会人际关系概括为"他人就是地狱"，阐述了存在主义哲学体系中关于个人与他人的关系问题。

地狱中的这三个人，每人都是其他两人的行刑者、刽子手，每人都使他人因之受苦，每个人也都备受他人的折磨。地狱里最严厉的惩罚、最痛苦的折磨都来自他们最向往的东西：加尔散想说服伊内丝相信自己不是胆小鬼，得到的只是伊内丝的拒绝和嘲笑；伊内丝想得到艾丝黛尔的亲近，却遭到艾丝黛尔的厌恶；艾丝黛尔想博得加尔散的爱怜，加尔散则避之更远。三个人"像旋转木马似的一个追逐一个，永远也碰不到一块去"，他们相互吸引又相互排斥，打不散、分不开，彼此纠缠在一起，永远相互折磨下去。

萨特在剧中塑造的三个不同性格的人分别属于不同的社会阶层，作者把他们的过去和现在交织在一起，极其形象地说明了无论哪个社会、哪个阶层、哪种性格的人，都会深深地感到人世间的孤独痛苦，都会感到人与人之间的隔膜，都会体会到人与人之间那种相互敌视、相互抗衡的关系。

三个幽灵间永无休止的攻击、嘲笑和折磨，从存在主义哲学的角度深刻地阐述了人与他人的关系，社会、他人对自己的定见和禁锢，以及个人所具有的摆脱地狱禁锢、达到新的理想高度的自由的问题。

在艺术形式上，《禁闭》的情节结构具有严密紧凑的特点。剧中人物不多，地点自始至终在地狱的一个房间里，时间也很短暂，然而就在这狭小的空间、短促的时间、稀少的人物间，作者却阐释了现代社会人与他人之间关系的大课题。

《禁闭》的另一个突出特点是大量运用了象征主义手法。剧中，地狱象征着现实的社会环境；主人公象征着生活在这个社会中的形形色色的人；主人公被当作幽灵和死人象征着社会上一些打不破别人的定见、冲不出旧框框、不能超越过去的人，社会、他人对单体的人来说就是时时让他备受折磨的地狱。为了与地狱环境相匹配，萨特用冷峻严肃的笔调勾勒出地狱阴森凄惨的情景，几个幽灵丑陋可怕的面孔，有力地烘托了戏剧的恐怖气氛，从而增强了戏剧的艺术感染力。

第六节 贝克特及其《等待戈多》

一、生平与创作

塞缪尔·贝克特（1906—1989）是法国荒诞派戏剧的奠基人和代表作家。

贝克特原籍爱尔兰，生于都柏林一个犹太人家庭。学生时代曾游历巴黎，得与著名意识流小说家乔伊斯结识。1927年大学毕业后定居法国。第二次世界大战期间因参加反法西斯斗争而遭到纳粹势力的追捕。1945年以后从事专业创作，1969年因其作品“具有希腊悲剧的净化作用”而获得了诺贝尔文学奖。

贝克特早年创作过诗歌和小说，诗作《婊子镜》（1930）主观感受强烈，语言风格晦涩，已经初露现代主义文风之端倪。长篇小说《墨菲》（1938）、《瓦特》（1942）、《莫洛伊》（1951）、《无名的人》（1953）等作品，大多人物来历不明，行动毫无目的，生活毫无意义，皆以荒诞的形式表现着面临荒诞世界之人的苦闷和恐惧。创作于1971年的《迷失的一群》，则描写了200个人在一个筒状建筑中的生存状况与无谓的搜寻，流露出强烈的悲观绝望情绪。

20世纪50年代初期，贝克特的剧作《等待戈多》获得了巨大成功。从此，他致力于戏剧创作，主要用剧作的形式表现世界荒诞、人生痛苦的存在主义命题，渐次以荒诞派戏剧大师的文名著称于世。和其他荒诞派剧作家相比，贝克特的作品无论内容情节抑或戏剧形式都更充分地体现了“反戏剧”的特点。另外，贝克特还创作有《终局》（1957）、《那些倒下的人》（1957）、《最后一盒录音带》（1958）、《啊，美好的日子》（1961）、《喜剧》（1964）等成功剧作。

贝克特像

独幕剧《终局》的四个戏剧角色中无一健全之人：汉姆是个瘫痪病人，其父母都没有腿，仆人克洛夫身患怪病只能走动不会坐下。全剧除了克洛夫推动轮椅让汉姆去看望各自生活在垃圾箱中的父母的人物动作之外，基本没有情节。剧中人物都在痛苦中苟活，在绝望中等待命运的终局。剧作通过荒诞的舞台形式揭示了人类可悲的处境和无尽的痛苦，喻示了西方文明的毁灭与终结。

两幕剧《啊，美好的日子》写一对夫妇维利和维妮在荒凉的海滩上的生活。第一幕中，维妮已半截入土，仍做着日常动作，梳妆打扮自己，第一句台词是：“又一个好日子。”第二幕中，维妮只有头部在地面上了，她还在寻找生活乐趣。结尾时，维利艰难地向维妮爬去，可总爬不过去。然而维妮却说，“哦，又是美好的一天”，并唱着轻佻的情歌。全剧无情节无动作，只有维妮语无伦次的独白。死亡即刻降临，可剧中主人公却认为是美好的日子。剧本表现了当代西方人的精神空虚和麻木、人生的卑微和没有价值。

二、《等待戈多》

《等待戈多》(1952) 是贝克特的成名作，也是法国荒诞派戏剧的代表作。该剧上演后引起强烈反响，支持者与反对者毁誉不一，褒贬分明，竟然因为争执不下而大打出手。没过多久，该剧被译成各种文字，在欧美许多国家同时上演，开戏剧革新风气之先。自此以后，荒诞派戏剧好戏连台，佳作相继涌现。

《等待戈多》是一出两幕剧，情节非常简单。舞台上仅有一条孤寂的小路，一棵光秃秃的小树。两个衣衫褴褛的流浪汉弗拉基米尔（又叫狄狄）和爱斯特拉冈（又叫戈戈），在焦急地等待一个名叫戈多的人。为了排解烦闷与无聊，他俩没话找话说，聒聒不休。为了填补说话的间隙，他俩尽做些毫无意思的动作：脱靴子、倒靴筒、脱帽、戴帽、传递帽子等。唯一给他们这种绝望的等待带来一点变化的，是波卓和他的奴仆幸运儿从此地路过。但这两人也很快离去了。接下来，有一个小男孩作为戈多的使者登场宣布：戈多先生今晚不来了，可明晚准来。爱斯特拉冈和弗拉基米尔终于绝望了，他们想上吊自杀，却又犹豫不决，最后仍寄望于那位神秘的戈多身上，决定继续等待下去……

第二幕的剧情几乎就是第一幕的重复：同样的地点，同样的人物，同样在等待。只是秃树上长出了四五片孤零零的叶子，表明时间在流逝；波卓和幸运儿再出现时，一个瞎了眼，一个成了哑巴。后来依然是那个小孩宣称：戈多今晚不来了，但明晚准来。弗拉基米尔和爱斯特拉冈绝望已极，相约要去上吊，可是没有绳子。无奈之下，两人只好商定明天再来，除非戈多到来使他们得到救赎，否则只有上吊。

全剧到此结束。

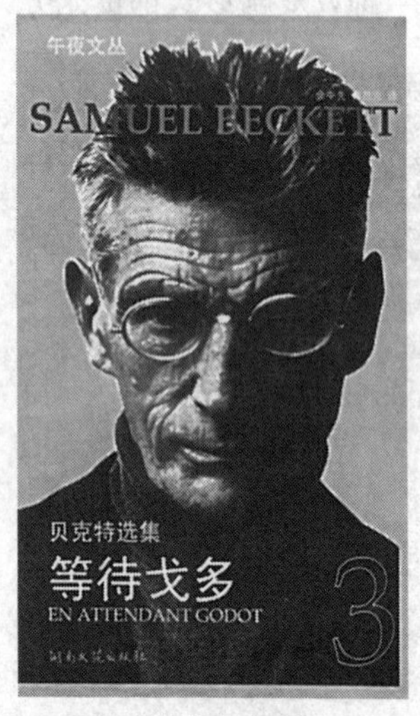

《等待戈多》封面

《等待戈多》以两个流浪汉苦等“戈多”，而“戈多”不来的情景，喻示人生是一场无尽无望的等待，表达了世界荒诞、人生痛苦的存在主义思想，也反映出战后资本主义世界普遍的空虚绝望的精神特征。终其一剧，戈多虽然始终不曾出场，却在剧中占着重要地位，因为两个流浪汉对他的等待构成了全剧的中心。有人认为戈多是从英语“God”演变而来。“God”即神、上帝、造物主之意，故戈多暗指上帝；亦有人以为戈多象征死亡。当有人询问“戈多代表什么”时，贝克特说：“我要是知道，早在剧中说出来了。”

剧作对话中，爱斯特拉冈和弗拉基米尔时而说戈多“可以说是个老相识”，时而又说，“哪儿说得上，我们简直不认识他”，“就是见了他的面也不认得他”。两个流浪汉似乎见过他，但又认不准、说不清。但他们认定只要戈多一来，他们便可“得救”。这样看来，戈多起码是能给他们带来希望的救星。如果说两个流浪汉象征着当代西方人的话，那么戈多则象征着他们苦苦等待而又无望实现的希望。

贝克特通过登场人物，展示了西方社会令人触目惊心的人类受难图。爱斯特拉冈、弗拉基米尔、波卓、幸运儿的名字，分别代表了法国人、俄国人、意大利人和英国人，象征了全人类。他们踯躅在不可知的人生旅途上，精疲力竭、穷困潦倒、处境低贱、思维混乱、语言颠倒、行动机械、精神无聊，毫无意义地接受着命运的捉弄，在永远的等待中消耗生命，可伴随期望而来的是永远的失望。

贝克特认为，世界和人生既然是荒诞的、非理性的，表现这种非理性现象就必须用非理性的艺术形式，表现荒诞的现实也只能用荒诞的手法。为此，贝克特提出并实践着“反戏剧”的主张，声称“只有没有情节、没有动作的艺术才算得上纯正的艺术”。

《等待戈多》突破文学描述的固有模式，戏剧情节几乎没有发展变化，舞台场景同位叠合，戏剧动作机械呆板，以此象征生活内容循环往复，无异于什么也没有发生；人物对话悖逆追求妙言隽语的技巧规范，多用无聊的下意识独白和不知所云的废话对白，以此喻示荒诞社会造成的人类思维及语言表达的极度混乱。

剧作《等待戈多》通过荒诞的人物、荒诞的情节、荒诞的语言、荒诞的舞台设计和荒诞的戏剧效果，表现了荒诞派戏剧的一个基本主题：世界不可知，命运本无常，人是低贱的，行为无意义。

在形式技巧上，《等待戈多》则充分体现了荒诞戏剧场面单调、对话贫乏、时空抽象、动作猥琐、既无冲突更无高潮的“反戏剧”特征，其艺术感染力主要来自闹剧式的外包装和对观众期待视野的突破方面。

第七节
奥尼尔及其《毛猿》

一、生平与创作

尤金·奥尼尔（1888—1953）是美国著名戏剧家，他既是表现主义戏剧中取得成就最高的艺术大师，也是20世纪世界戏剧史上最重要的剧作家。

奥尼尔生于演员家庭。自幼随父亲旅行演出，体验过美国各地的生活。曾进普林斯顿大学学习，辍学后当过海员。另外还从事过多种职业，到过国外许多地方，积累了丰富的生活经验。1912年，在患病治疗期间开始创作戏剧，此后终生从事戏剧活动。他曾四次获得普利策奖，1936年又荣获诺贝尔文学奖。他的创作对现当代世界戏剧（特别是荒诞派戏剧）产生了不可估量的影响。

奥尼尔像

奥尼尔的戏剧创作大致可以分为三个阶段。

早期（1913—1919）是他的习作阶段，主要以独幕剧创作为主。此期的大部分作品取材于作者早年的航海生涯，以虚构的“格兰肯号”船的远洋航行作为背景，歌颂水手的勇敢精神和英雄气概。其中较有名的作品为《东航加迪夫》（1914）、《加勒比海之月》（1917）等。

《东航加迪夫》以对比的手法，表现环境对个人命运的冷漠，展示了海上劳工悲惨的生活遭遇。这一时期，作者的创作手法基本上是写实主义的，风格单一，题材偏窄。

中期（1920—1933）时，奥尼尔的创作由独幕剧转向多幕剧，对各种题材都进行了开拓，对各种表现手法都进行了实践。在创作中融合意识流动、寓意象征、荒诞夸张、对白与旁白交织等现代戏剧手法，形成了奥尼尔戏剧的独特风格。这一时期的主要作品有《天边外》（1920）、《琼斯皇帝》、《安娜·克利斯蒂》（1922）、《毛猿》、《榆树下的欲望》（1924）、《大神布朗》（1925）、《拉撒路笑了》（1927）、《奇妙的插曲》（1927）、《悲悼》三部曲（1929—1931）、《啊，荒野》（1933）等。

《悲悼》三部曲是套用古希腊悲剧家埃斯库罗斯的《奥瑞斯忒亚》三部曲形式创作的。剧情描写内战结束后美国将军曼农家族复仇的故事，借以表现个人理想和现实生活之间的矛盾冲突。《悲悼》标志着作者的创作风格向着现实主义回归。

晚期创作（1934—1943）阶段，奥尼尔的戏剧风格又回归现实主义，艺术技巧也达到了炉火纯青的地步。这一阶段的主要作品有《送冰的人来了》（1939）、《进入黑夜的漫长旅程》（1941）、《私生子的月亮》（1943）等。

《进入黑夜的漫长旅程》是奥尼尔的一部带有自传性质的剧作。剧中描写詹姆斯·蒂隆一家四口从早晨到午夜一天的故事，由于吸毒、犯罪、疾病和贫穷，全家陷入了无法摆脱的绝境，在漫漫长夜之中，一家人无休止地争执、抱怨、摩擦，全都在毫无希望之中作着莫名所以的等待。戏剧主题鲜明地表达对生活丧失信心的时代情绪，提出了“这种不幸痛苦的责任是谁”这样的社会问题。该剧为作者赢得了第四次普利策奖。

二、《毛猿》

《毛猿》（1922）是奥尼尔的代表作，这是一部用表现主义手法创作的具有浓厚象征色彩的戏剧。全剧共计八场，没有分“幕”。主人公扬克是远洋邮轮上的司炉。他头脑简单，身强力壮，没有文化，却具有强烈的自尊心和自我意识。尽管工作条件极其艰苦，但扬克却为自己的职业自豪，认为自己就是这条船乃至整个世界的原动力。一天，一位有钱的女人来到底舱观光，不料却被浑身是煤灰和汗污、差不多是裸体的扬克吓得半死。她侮辱扬克是只毛猿。扬克在万分震怒中到处寻找自己的生活位置，他在街上横冲直撞，故意去碰阔人，但奇怪得很，每次碰撞中，倒退的却是扬克自己。颓丧之余，扬克决心投奔工会组织并自告奋勇要用炸药炸毁百万富翁的钢铁厂，结果却被产联的人当成奸细赶了出来。最后，扬克来到动物园，把大猩猩当作知己，

《奥尼尔文集》封面

打开铁笼和猩猩握手拥抱。结果，扬克死在大猩猩的强力一抱之下。

奥尼尔说过："扬克其实就是你，也就是我，他是每一个人。"① 《毛猿》中扬克的离奇经历和荒诞结局，反映了工人在现代资本主义社会中的悲惨境遇和人类当今普遍的生存状态，通过这种寓言式的剧情来表现资本主义社会里人与环境的脱节和对立，以及人无所归属的问题，就是作者所说的"人和自己命运的冲突"。

扬克自认是个超人，他一心追求合法的地位和合理的归宿，但金钱和等级的力量斩断了人与人之间的沟通和联系，也隔绝了人与社会环境之间的协调和融合。尽管扬克自负而又自尊，敢于向不公正的命运挑战，但在强大的社会习惯势力面前，他的理想和努力无一不被碰得粉碎。扬克的悲剧揭露了资本主义制度的非人本质。

《毛猿》鲜明地体现出了表现主义戏剧的艺术风格。

首先，作者用高度抽象化甚至漫画化的形象作为戏剧人物，主人公扬克、钢铁大王的女儿、世界产联的工会委员等都属于这类形象。

其次，作品通篇采用象征手法，用各种艺术形式外化作者的抽象观念。如用海上邮轮象征在历史波涛中颠簸前进的现代社会；用毛猿扬克来象征美国的劳动者和无所归宿、失去生活目标的现代人；扬克去动物园和猩猩对话，则象征人与人之间沟通理解的阻绝，只得在异类当中寻求认同和共鸣。

再次，作品采用大段内心独白表现人物内心世界，展示了扬克在寻求自己归属的过程中和失败后那种不可言状的孤独感、灾难感和绝望感。

总之，奥尼尔是美国戏剧史上具有划时代意义的剧作家。他使戏剧真正成了美国文学的一部分，并且使美国的戏剧走向了世界，他的戏剧创作对20世纪美国戏剧的发展和繁荣起到了重大的推动作用。

第八节
福克纳及其《喧哗与骚动》

一、生平与创作

威廉·福克纳（1897—1962）是美国"南方文学"的领袖，是西方文坛上最具代表性的意识流小说家之一。

福克纳出生并成长于美国南方密西西比州一个庄园主家庭，曾经参加第一次世界大战，战

① 转引自李万钧、陈雷：《欧美名剧探魅》，454页，福州，海峡文艺出版社，1987。

福克纳在阅读

后开始文学生涯。福克纳的第一部小说《士兵的报酬》于1926年出版，它表现了参加第一次世界大战的青年们的痛苦和幻灭感。

1929年出版的小说《萨托里斯》引起了文学界的广泛关注。该作品以虚构的约克纳帕塔法县为背景，描写南方贵族地主有害的精神遗产对子孙们的不良影响。从这部小说可以看出福克纳日后重要作品中将要出现的情绪、题材、基调和艺术手法。福克纳曾经言称："我家乡的那块邮票般大小的地方，只怕我一辈子也写不完。"从那时起，福克纳所创作的十多部长篇小说和数十个短篇小说，大多以约克纳帕塔法县作为故事发生的地点，被人称为"约克纳帕塔法世系"小说。

从1929年起，福克纳的创作进入了一个繁荣时期。同年出版的长篇小说《喧哗与骚动》是"约克纳帕塔法世系"小说中最为出色的一部，也是福克纳的代表作。

其后，福克纳又接连创作了《我弥留之际》（1930）、《八月之光》（1932）、《押沙龙，押沙龙！》（1936）等表现美国南方庄园主世家式微的长篇小说。

《我弥留之际》用意识流手法写成，通过全书15个人物的"内心独白"和"意识流动"，表现他们各自对这次跋涉的感受。小说中人物使用的都是南方农民的口语，颇为生动传神。《八月之光》是一部描写种族问题的作品，表现了作者反对种族歧视和宗教偏见的立场和态度。《押沙龙，押沙龙！》内容复杂难以解读，作品的主题是表现一个罪孽深重的庄园的"现世报应"，揭示了庄园制社会必然灭亡的命运。这部小说在艺术手法上颇具特色，作者安排两个不同的"叙述者"引导读者分析作品提出的问题，从而使作品的叙述方法和语言风格都具有多样化的特点。

福克纳后期最重要的作品是《村子》（1940）、《小镇》（1957）和《大宅》（1959）。这三部长篇小说都是以弗莱姆·斯诺普斯为中心人物展开情节的，主题和情节存在着内在连贯性，因此也被称为"斯诺普斯三部曲"，其中以《村子》最为重要。主人公弗莱姆是新兴资产阶级的代表人物，他通过不择手段的原始积累，搜刮钱财，最终暴富。福克纳以极大的轻蔑展现了弗莱姆冷酷无情、精于算计和心狠手辣的性格特征，显示出对于现代资本主义制度的批判倾向。

1949年，福克纳获得诺贝尔文学奖，此后又相继获得美国全国图书奖和两次普利策奖。

二、《喧哗与骚动》

《喧哗与骚动》（1929）的书名源于莎士比亚悲剧《麦克白》中的一句著名台词："人生如痴人说梦，充满着喧哗与骚动，都没有任何意义。"小说描写的是美国南方杰弗逊镇名门望族康普生一家的没落及其各个成员的命运遭际和精神状态。故事发生在20世纪20年代。康普生的祖上出过好几位将军、一位州长和许多有钱的农场主。到了康普生一代，已经没落了。康普生夫妇生有三男一女：大儿子昆丁、二儿子杰生、小儿子班吉和女儿凯蒂。全书分四个部分，由班吉、昆丁、杰生和女仆迪尔西四个人物立足于不同的时间定位，从不同审视角度和心理层次，分别叙述未出场的中心人物凯蒂的遭遇。

第一部分通过白痴班吉的眼睛来反映周围的世界。1928年，班吉已经33岁，但其智力水平却只相当于三岁的儿童，他没有思维能力，脑子里只有感觉和印象，而且不分时间次序地同时在他的意识中涌现。当唯一关心他的姐姐凯蒂离家后，作者用意识流的手法描写了班吉的悲哀。第二部分通过大学生昆丁的回忆、思考、梦呓和潜意识活动，描写了他对凯蒂的印象。凯蒂的放荡行为使他深受刺激。当凯蒂被丈夫抛弃以后，对妹妹感情异常的昆丁精神崩溃，竟至投河自尽。第三部分描写实利主义者杰生，凯蒂的不轨行为使其失去了银行的职务，他因此十分痛恨凯蒂并迁恨于她的私生女小昆丁。小说通过杰生的大段内心独白，淋漓尽致地展现了他自私卑下的精神世界。第四部分通过黑人女佣迪尔西补述前文没有交代清楚的情节。与前三人不同，她是小说中唯一健康的力量，在她身上体现了作者对人性复活的信念。

《喧哗与骚动》封面

小说通过康普生一家道德沦丧、精神崩溃和价值观念的破灭，反映了南方庄园主制度的没落与解体、资本主义的得势和发展以及与之俱来的社会精神危机。

《喧哗与骚动》在艺术上取得了很高的成就。

首先，它运用了多角度交叉互补结构和复合型的意识流手法，把班吉、昆丁、杰生和迪尔西等四个人物的意识流动于无形中聚合在一个集结点上，读者的认识随意识位置的变化不断得到补充和丰富。这样的写法既突出了中心事件，又富有立体感，增强了作品的表现力。因此，福克纳的“意识流”手法比乔伊斯等人又有新开拓。

其次，逆时序的心理时间。小说中的时间先是从1928年4月7日退至1910年6月2日，又跃回1928年4月6日，最后写到1928年4月8日。这种安排，能“吸引读者去寻找叙述的线索，重新建立起自己的时间顺序”。

另外，采用神话性的象征手法也是小说的特点之一。“班吉的部分”选择4月7日复活节前夕，隐喻白痴班吉需要上帝给他以关心和怜悯。“迪尔西的部分”选择在复活节，在这基督复活升天的日子，凯蒂的私生女小昆丁和一个流浪艺人私奔而去，象征着17岁的小昆丁将永远离开这个没落衰亡的庄园世家，去寻找精神上的新生。这正是作品的主题所在。

第九节 海勒及其《第二十二条军规》

一、生平与创作

约瑟夫·海勒（1923—1999）是美国“黑色幽默”文学的一位杰出代表。

海勒像

海勒在第二次世界大战期间曾加入美国空军服役，这一经历对其日后的文学创作影响很大。战争结束后他相继在美国和英国攻读文学专业。20 世纪 50 年代初期开始在大学教授文学课程。60 年代开始其专业创作生涯。他的第一部长篇小说《第二十二条军规》不仅为其确立了文坛地位，而且一向被视作美国后期现代主义文学的典范著作。1974 年发表的《出了毛病》是海勒的第二部长篇小说，该作品描写了在和平环境中无所不在的“第二十二条军规”，较深刻地表现了美国知识分子的精神危机和社会上普遍存在的孤独感和危机感，揭示了人生荒诞的主题。他的另一部长篇小说《像高尔德一样好》（1979）通过对一名知识分子的官场际遇和家庭生活的描写，对当代美国社会的腐化堕落现实进行了冷峻的嘲讽和抨击。除了长篇小说以外，海勒还写有剧本《我们轰炸了纽黑文》（1967）等作品。

海勒的作品往往从超越现实的角度，以极度夸张的手法表现荒诞表象下的社会现实；在人物描写上热衷于塑造既可笑又可怜、既渺小又可悲的具有一定喜剧因素的“反英雄”形象；在作品的结构方式上则采用同传统小说迥然有别的“反小说”表达模式，独创了可称为“剪贴法”的小说形态。

二、《第二十二条军规》

《第二十二条军规》（1961）是海勒的长篇小说代表作。小说以第二次世界大战为背景，以轰炸手尤索林上尉为主人公，描写了一支驻扎在地中海地区的美国空军大队混乱的军旅生活。作品叙述的事件同作品中的人物一样，都纯粹属于虚构。关于本书，作者曾经郑重宣布其“对战争题材不感兴趣”，他还在小说扉页上提示读者说：“这里面只有一个圈套……就是第二十二条军规。”

书名即出于美国空军这条不成文的军规：一切精神失常的人员都可以不完成规定的战斗任务，并可要求遣送回国。但这条军规同时又规定，任何提出自己精神不正常的人都必须亲自向上级提交申请报告，才能予以审查。也就是说，凡是能够亲自提出这种要求的人，就证明他的精神很正常，因而不能获准离职回国。第二十二条军规还规定飞行员执行 32 次任务后即可回国。但同时又附加了一个条件：在停止飞行前必须服从上级的命令。这样，飞行员在飞满规定的次数后，上级可以把任务增加到 40 次、50 次，直至 70 次，没完没了。尤索林在军事官僚的统治下，深受其害。他虽早已超额完成了轰炸任务，仍被迫拿生命去冒险。最后，他终于明白了，第二十二条军规完全是个骗局，是统治者奴役人民的一张无法逃脱的罗网。为求生存，他不得不逃亡瑞典。

《第二十二条军规》封面

小说借揭露第二次世界大战中美国空军内部的专横残暴，以错综复杂的情节拼凑出一幅荒诞的社会图像，犹如哈哈镜，暴露了现代美国社会丑恶、腐败的现实，批判了整个资本主义世界的混乱和荒诞；同时也通过揭示环境与人的对立，展示了现代人难以自主的困境。众所周知，军队，特别是战时的作战部队，最具严密的组织形式和严格的纪律。但是富于讽刺意味的是，对小说中所描写的皮亚诺扎岛美国第27空军司令部管辖之下的驻军来说，组织严密、军规森严只是外表，而内幕里却是一派混乱。这种混乱，首先集中表现在军队内部权力机构的腐败上。上至争权夺势的联队最高指挥官德里德尔、中队指挥官卡思卡特，下到野心勃勃的食堂管理员迈洛，全都被描写为形形色色的官僚蛀虫。他们钩心斗角、尔虞我诈，既相互勾结利用，又相互排斥打击，结成了一张错综复杂、荒唐怪诞的关系网，共同构成了一个荒谬绝伦的权力世界。其中，不论是跻身军界飞黄腾达的幸运儿，还是消极卷入官僚机器的受难者，作为官僚制度的畸形产物，他们既是它的主人，也是它的奴隶。他们忠心加以维护的是在唯我独尊、唯利是图的虚伪政治准则基础上形成、在严密组织控制下畸形发展的混乱秩序。确切地说，这是一种有秩序的混乱，一种制度化的混乱。他们既是这种混乱的护卫者，也是这种混乱的制造者。正是在他们的干预下，无神论者惠特科姆被派作随军牧师的助手，一字不识的印第安人哈尔福德被任命为助理情报官，没有方位感的阿费成为领航员，医院变成“身心健全”的场所。更为荒谬的是，丹尼卡医生明明活着，只因他的名字登记在坠毁飞机的机组名单上，他就被无可辩驳地宣布为死亡；相反，一个叫马德的补充飞行员，正式报到前已经阵亡，只因他没有来得及报到，没有正式编入飞行中队，所以阵亡后中队也永远不能将他正式除名，他的行李也始终放在营帐内不能拿走。荒谬的现实、荒谬的逻辑，也带来了人们反常的理性和行为。尤索林坚持不吃水果，因为它对可能患病的肝脏有利；邓巴努力培养烦恼，以使生命显得长些；奥尔每次飞行都有意让敌人击中自己的飞机，以练习迫降；当时，“外面进行的唯一事情就是战争”，但是人们都不曾注意；每当尤索林想提醒人们这一点时，“人们就走得远远的，认为他是疯子”。总之，一切都像发生在疯人院里，一切都被颠倒了，一切都在混乱之中。然而最高形式的混乱，还是“第二十二条军规”。

“第二十二条军规”并不是一种绝对真实的存在，它只是官僚政治抽象化的一种譬喻。它既威严可怕，又荒谬可笑；既漏洞百出，又无懈可击。它根本“没有具体的对象或条文”，却又偏偏无处不在，处处构成对生存的威胁而又无从挣脱、无可抗拒。归根结底，所谓“第二十二条军规”，其实是当权者掩盖荒谬、维持秩序的借口和置人于死地的圈套。它象征着官僚政体，是超乎现实之上、支配着小人物命运的精神枷锁，是一个彻头彻尾的骗局。

尤索林是小说的核心人物，他几乎与其他所有的人都有直接联系。靠他的穿针引线，小说中形形色色的人物、散乱的情节才编织在一起，结成一个纷繁复杂的艺术网络。尤索林也是作家着墨最多的一个人物，他本质的心理特征，他的行为方式，他对生活现象的评价，无不渗透着作家对现代社会中人的生存环境和命运的痛苦思考。尤索林他是一个中尉领队轰炸手。作为下级军官，他与那些追慕权势者不同，他正直善良，并不看重金钱名利，但也不那么圣洁单纯，他是一个玩世不恭、逢场作戏，却又不失其真诚、人性未泯的青年。起初，他渴望完成正常飞行任务后得以回国，但是，荒诞的“第二十二条军规”和卡思卡特无休止地追加飞行次数，使希望终成泡影。在冷酷的官僚机器操纵控制下，他经历过无数次死亡，曾亲眼目睹战友死在炮火之下，内脏涂地。面对血腥的现实，他失去了心理平衡，死亡的意识紧紧纠缠着他。由战友的死，他想到过去相识的男男女女的死，并“开始想到自己也就要死了”。因为，他深感生存环境十分险恶，不仅敌人用炮火攻击他，周围的人也都要暗算他，要把他置于死地，他的生命正处在危险之中。监视、告密、诬陷、恐吓、各种阴谋随处可见。尤索林的变态心理，恰是对病态社会现实的正常反应。同现代派文学中的许多人物一样，尤索林绝非高大完美，他是西方文学中典型的“反英雄”形象，他因处在疯狂的和现实的两个世界之间无法掌握自己的命运而惶惶不可终日，表现了西方现代社会中人的灾难感和恐惧感。

《第二十二条军规》在艺术上颇有创新，主要表现在作品特殊的结构和描写、叙述方式以及语言上。就小说的外部形式看，作家抛弃了传统的合乎逻辑、有条理的艺术构思，全书42章，没有贯穿整个作品的统一的故事情节，没有高潮，时序颠三倒四，结构十分散乱，就像一部排错了顺序的连环画，各个章节之间基本不衔接，就是同一章节的内容也随意跳跃，可以说整个形式都是怪诞的。但小说形散而神聚，过去、现在与未来相混杂，死人与活人相交叉的无序状态都共同指向荒诞、混乱的主题。荒诞的内容加上荒诞的形式，为小说荒诞的主题更增添了荒诞的色彩。同其他“黑色幽默”作家一样，海勒不管环境多么恶劣、人物多么可悲、经历多么恐怖，总是用饱蘸着嘲讽幽默的笔触，以极度夸张的怪诞手法漫画式地勾勒人物，描画出一幅幅不动声色的喜剧场面，去表现那个是非颠倒、混乱不堪的现代世界，在“绝望喜剧”式的幽默之中，掩藏着巨大的痛苦和哀伤。

第十节 马尔克斯及其《百年孤独》

一、生平与创作

加夫列尔·加西亚·马尔克斯（1927—2014）是哥伦比亚著名小说家、拉丁美洲魔幻现实主义文学的杰出代表。

马尔克斯生于哥伦比亚的阿拉卡塔卡镇。童年岁月，他从外祖母讲述的故事中接受的印第安神话和民间传说，以及其自幼阅读的阿拉伯民间故事《一千零一夜》等，都对他日后的文学创作产生了深刻的影响。18岁时，他考入波哥大大学法律系，中途辍学后转入报界担任新闻记者，这段生活对其创作也有直接影响。马尔克斯的早期文学活动主要是写作短篇小说。1955年发表的长篇小说《枯枝败叶》构思新颖，笔法多变，运用内心独白细腻地刻画了人物的变态心理，标志着马尔克斯魔幻现实主义风格的初步形成。短篇小说集《格兰德大妈的葬礼》（1962）以娴熟的影射和象征手法开辟了魔幻现实主义文学创作的新路。

20世纪60年代中期以后，马尔克斯创作热情日趋高涨，优秀作品不断推出，长篇小说《百年孤独》发表后，引起了国际文坛的巨大震动，成为拉丁美洲文学“爆炸”最重要的代表作品。马尔克斯的另一部长篇小说《家长的没落》（1975）以漫画手法塑造了独裁者尼卡诺的形象，描写他荒淫无度、横征暴敛、倒行逆施，终于自取灭亡。这部在极度的夸张中鞭挞独裁统治的作品，其结构形式颇具独创性。小说共分六章，每章不分段落，也不存在传统意义上的情节线索，仿佛是由六个独立的短篇小说连缀而成，六章自成体系的作品内容实际上塑造了六个独裁者形象。作者没去展现人们的所见所闻，而是通过人们的所想所思把来自若干肇始点的心灵射线聚集为规整齐一的意识内容，穿插切入独裁者尼卡诺其人之中。书中各章的结构完全相同且内容可以随意移位，即使在各章之间自由置换，也不会妨碍作品的完整统一和总体效果，甚至不会伤及固有的文义。另外，小说前五章采用句号和逗号两种标点符号断句，到最后一章只剩下了逗号，取消句号之后，更强化了一气呵成的感觉。

马尔克斯像

发表于80年代的《一桩事先张扬的凶杀案》(1981)和《霍乱时期的爱情》(1985)，标志着马尔克斯创作中魔幻现实主义成分的减弱和消失。这两部作品，前者以新闻报道的纪实性方式叙述了一件令人触目惊心的凶杀案件，有力地批判了人们的封建意识；后者则对一对青年男女间的爱情故事进行了勾描。

马尔克斯在理论和创作两方面都对魔幻现实主义文学作出了重大贡献。是他首先将民族意识和现代意识有机融合，发掘本地区古老的印第安神话传说，把现实放到一种虚幻的境界和氛围中加以描写，给现实披上了光怪陆离的魔幻外衣。他的作品借鉴吸收欧美现代主义文学的营养，运用内心独白、自由联想、梦幻意识等技法反映拉丁美洲的现实生活，从艺术构思到表现方法都实现了现实性与虚幻性、民族性与世界性的有机融合，为人类当代文学艺术的发展提供了成功的经验。

二、《百年孤独》

《百年孤独》(1967)是马尔克斯的代表作，一向被奉为魔幻现实主义文学的经典性作品。正是这部长篇小说，为作者赢得了1982年度诺贝尔文学奖的殊荣。

《百年孤独》主要描写农民布恩迪亚家族以及小镇马孔多的盛衰历史。何塞·阿卡迪奥·布恩迪亚身材高大，精力充沛。因与邻里发生纠纷而杀死了对方，因而携家室迁居到一片滨海沼泽地，以辛勤的劳动创建了新的家园，为马孔多镇的发展作出了贡献。后来，他因砸坏了炼金器具遭到亲人仇恨，在孤独中度过了残年。这是一个既有科学头脑又蒙昧落后的“堂吉诃德”式的人物。第二代中的奥雷良诺上校胆识超人，担任过革命军总司令职务，但终因屡次失败而意志消沉。后来，社会动荡，世风日下，布恩迪亚家族从第三代起已不能应对时代的挑战，他们或顽固地封闭在斗室内，或沉溺于无益的回忆中，或乱伦纵欲、醉生梦死。第五代梅梅的私生子奥雷良诺与姨妈阿玛兰特·乌苏拉乱伦，生下一个长了猪尾巴的孩子。阿玛兰特·乌苏拉死于难产，怪异的婴儿在摇篮里被蚂蚁吞噬掉。最后，一阵飓风袭来，把布恩迪亚家族唯一的幸存者奥雷良诺连同小镇马孔多一起席卷而去。

《百年孤独》封面

《百年孤独》通过对布恩迪亚一家七代以及小镇马孔多的兴衰消亡过程的描写，用象征、隐喻手法全面深刻地反映了哥伦比亚乃至整个拉美大陆的历史演变和现实生活，揭示了拉美民族的深层心理以及孤独所带来的严重危害，表达了作者对拉美民族和人类命运的思索与关切。

《百年孤独》以小镇马孔多作为人物活动的中心。在布恩迪亚家族兴盛衰亡的过程中，马孔多也经历了创建、繁荣、沉沦、消亡的百年沧桑。原先，那里是一片未开垦的荒漠沼地。创建初期只是一个仅有20户人家的宁静小村。不久，乌苏拉·伊瓜朗无意中发现了与外界的通道，于是吉卜赛人和移民蜂拥而至，马孔多很快发展成热闹的集镇。接着，政府派来镇长和士兵，从此党派纷争、内乱频仍，人民受尽苦难。随着新殖民主义者入侵，小镇修通了铁路，掀起了种植香蕉的热潮，呈现出一派表面繁荣的景象，同时社会风气也在日趋败坏。在政府军充当帝国主义帮凶，血腥屠杀了3 000多名罢工工人之后，马孔多便一蹶不振，最后终于从地球上消失了。马孔多是作者故乡阿拉卡塔卡的化名，这一小镇的百年兴衰，实际上是哥伦比亚社会历史变迁的缩影。小说中马孔多的初创，有关发现通道以及吉卜赛人和移民涌入的描写，奥雷良诺上校的经历以及修筑铁路、种植香蕉和车站大屠杀等情节，都是具有史实基础的。

《百年孤独》集中笔墨描写了布恩迪亚家族，从第一代何塞·阿卡迪奥·布恩迪亚到第六代的奥雷良诺·布恩迪亚，他们是哥伦比亚农民集合体的象征。这些人物生活遭际各不相同，外貌、肤色、性格也有明显差异，然而存在一个共同特征：人人具有孤独感。这种孤独是因为不能掌握自身命运而产生的，它们顽固地依附在布恩迪亚家族每个成员身上并且弥漫开来，延续了百余年：何塞·阿卡迪奥·布恩迪亚被亲人绑在栗树干上，风餐露宿，孤单地度过了余生；奥雷良诺上校在战败后与世隔绝，固执地将自己反锁在室内炼制小金鱼；雷蓓卡在丈夫死后，超然于一切虚荣之外，封窗闭门，足不出户，孤零零地直至老死；俏姑娘雷梅苔丝每天上午在浴室里整整待上两个小时，慢条斯理地冲洗身子打发时间；霍塞·阿卡迪奥第二目睹了火车站前的大屠杀后，恐惧攫住了他，从此缩在房间里，反反复复地翻阅墨尔基阿德斯的羊皮纸手稿……孤独的恶习在布恩迪亚家族中周而复始，代代相传。这种孤独使人冷漠、绝望，在亲人之间筑起了无形的墙，这种孤独制造了愚昧、落后、保守、僵化的现象，使人离群索居，与世隔绝，缅怀往昔，停滞倒退。这种孤独是家族衰败、民族和国家消亡的根源。小说结尾写布恩迪亚家族连同小镇马孔多被一阵怒吼的飓风刮走，深刻地揭示了孤独所必然产生的家庭和社会的悲剧结局。

《百年孤独》中，马尔克斯运用神奇魔幻的传说故事、极度夸张的手法以及象征性形象表现了印第安人的传统意识和信仰，描绘出风格独特、色彩斑斓的拉美现实生活的巨幅画卷，小说具有鲜明的魔幻现实主义特征。

首先是现实性和神奇性的有机结合。马尔克斯将许多神话传说和鬼怪故事穿插于小说之中，借用《一千零一夜》的典故和洪水灭世、圣母升天等圣经原型组构情节，把虚幻的故事作为真实的生活描述出来，并以其折映拉美大陆的社会现实，于是，神话与现实、幻想与真实便巧妙地交织在一起，构成了虽光怪陆离而又不失却生活真实的艺术图像。

其次是象征隐喻手法的成功运用。《百年孤独》有着各种类式的象征性喻体，诸如以冰块之容易融化预示马孔多镇必然毁灭的悲剧性结局，以长着猪尾巴的孩子隐喻布恩迪亚家族行将灭亡的命运等，甚至各种颜色也被赋予不同的寓意——黄色便是腐蚀力量和死亡的象征：小黄花、黄蝴蝶、黄色火车头、小孩的黄头发、金制小鱼、古代金币甚至成熟时呈黄色的香蕉等物象交替出现，要么促成了马孔多镇的衰灭，要么联系着人物的败亡。

另外，时间的轮回也是《百年孤独》突出的艺术特色。

第十一节
米兰·昆德拉及其《生命中不能承受之轻》

一、生平与创作

米兰·昆德拉（1929—　）是20世纪最著名的捷克小说家，曾获以色列耶路撒冷国际文学奖、欧洲文学奖和多次诺贝尔文学奖候选提名。

1929年4月1日，米兰·昆德拉出生于捷克斯洛伐克的布尔诺市。父亲是著名钢琴家。

米兰·昆德拉像

孩提时代，父亲引领他走进音乐世界。昆德拉在父亲的书房里任意浏览藏书，十来岁时就已阅读了大量文学名著。他曾师从作曲家保尔·哈斯学习作曲。哈斯二战期间死于纳粹集中营，昆德拉写下的第一首诗即为《纪念保尔·哈斯》。年轻时他曾当过工人和乐手，18岁加入了捷克斯洛伐克共产党。次年，考入布拉格查理大学哲学系，后转入布拉格电影学院就读。大学期间开始写诗，出版的第一本诗集《人：一座广阔的花园》兼有超现实主义色彩和社会批判精神。

1956年，完成学业后留校担任教职，讲授世界文学课程。此后，他大量阅读理论书籍，并在教课之余写作剧本。

60年代，米兰·昆德拉先后创作了短篇作品集《可笑的爱》（1965）和长篇小说《玩笑》（1967）。《玩笑》被拍成电影扩大了影响，为他带来一定的声誉。

1968年，苏联军队入侵捷克斯洛伐克，血污溅染“布拉格之春”，昆德拉被开除党籍和解除教师职务，作品遭禁并失去了发表新作的权利。

1975 年，昆德拉获准移居法国，1981 年因其日益增高的文学声誉而由总统特别授予法国公民身份。定居巴黎之后，他潜心于小说写作，很快成为法国读者最喜爱的外国作家，其不少作品如《笑忘录》(1978)、《生命中不能承受之轻》、《不朽》(1990) 都是先以法文译本面世，继之被翻译成各种文字而为不同国家读者所瞩目并为学界所推重，其代表作《生命中不能承受之轻》出版后经由美国导演考夫曼改编成争议颇大的电影《布拉格之恋》而引起了轰动。

1989 年，米兰·昆德拉的故乡布尔诺市出版了他在祖国一直被禁的作品。

1995 年，捷克政府决定将代表国家最高荣誉的“功勋奖”授予米兰·昆德拉。他在以书面形式谈到获奖感受时，引用时任总统哈维尔给其通信中的话：“把这次授奖看做是给我与祖国和祖国与我的关系，画了一个句号。”

昆德拉前期一直用捷克语进行创作。90 年代以后，他尝试着用法语写作并出版了《缓慢》(1995)、《身份》(1997) 两部小说。

另外，昆德拉早年曾写过剧本，《雅克和他的主人》(1981) 是他的戏剧代表作。

昆德拉还出版过 3 本论述小说艺术的文集，其中《小说的艺术》(1986) 和《被背叛的遗嘱》(1993) 产生了较为广泛的影响。

从 20 世纪 80 年代开始，米兰·昆德拉的作品相继得到汉译出版，他的名字也渐次为中国读者所熟悉。现在，他的 13 部重要作品均有中文版本，其本人不但为上海译文出版社 2002 年引进的中文版权提供了全部翻译用书，而且在定稿过程中亲自参与了译本的封面设计并对内文字体加以认定。

二、《生命中不能承受之轻》

《生命中不能承受之轻》(1984) 是米兰·昆德拉最负盛名的作品（小说原为捷克语，其汉语译本经上海译文出版社 2002 年再版时更名为《不能承受的生命之轻》），有评论将该作标举为 20 世纪最重要的经典小说。

作品背景设定于 1968 年苏联军队入侵，捷克斯洛伐克民族主权失落，民主改革的气息演变成专横压榨的风潮，整个国家都蒙上了浓重的阴影。

小说由七章文字构成，描写了托马斯与特丽莎、萨宾娜一男两女间的感情纠葛。但它并非传统意义上的三角性爱故事，而是一部旨在探讨人生意义所在的哲理小说——从探讨尼采的“永劫回归”开始，引导读者对“轻与重”、“灵与肉”往复轮回问题进行形而上的思考，隐喻式地辩证着人生需要信念，不能将命运交给机遇、偶然，尤其要杜绝“媚俗”。正基于此，米兰·昆德拉将这部作品界定为“思索的小说”，即叙事者是提出问题并加以思索的人，整部小说叙事都要服从对问题的思索。

小说中，外科医生托马斯因婚姻失败而对女人产生了既渴望又畏惧的心结，遂将“灵肉分离”设为自己的生活信条，同时设置了一套“外遇守则”以应付情妇。他爱上了餐厅女侍特丽莎并娶她为妻。和特丽莎结合之后托马斯依旧奉行着“灵肉分离”的理念，他同情妇萨宾娜的关系伤害着笃定于爱情的特丽莎，以致特丽莎常在极度不安中陷于梦魇，猜忌与恐惧的精神痛苦使之无法自拔。时值捷克斯洛伐克社会政治动乱，经一位权威医生介绍，托马斯偕特丽莎去了苏黎世。面对着陌生的环境及丈夫仍与别的女人私通，特丽莎决定回国。托马斯也回到了布拉格。由于拒绝在内务部人员拟好的诬陷他人的书面声明上签字，医生托马斯只能以给人家擦洗窗户谋生。祖国被占领五年之后，两人在乡下的集体农庄里“单独”生活，托马斯开小型卡车送人拉货，特丽莎则牧牛挤奶当上了农场女工。他们的生活过得平淡，然而两人一起面对、彼此相守的生活自有其平淡中的甘甜。最后，他们的宠物犬卡列宁死于癌症。埋葬卡列宁后，特丽莎对托马斯说：“由于我的错，你的句号打在这里，低得不能再低了。”托马斯则说：“认识到你是自由的，不被所有事业束缚，这才是一种极度的解脱。”托马斯其人的言语修为，践行着米兰·昆德拉放逐诗性基本追求、坚持“灵肉一体”是种“诗意错觉”的哲学主张。

小说描写女主人公特丽莎的章节题名为“灵与肉”，作者拿“灵”和“肉”作为特丽莎的主题词。在《小说的艺术》一书中，作者说：“在写《生命中不能承受之轻》时，我意识到这个或那个人物的编码是由若干个关键词组组成的。对于特丽莎，它们是：肉体、灵魂、晕眩、软弱、田园诗、天堂。对于托马斯是：轻、重。”就特丽莎而言，灵与肉的不可分离是其性爱观念的精神核心，传统的女性思维造成了特丽莎生命中的不能承受之重。同时，特丽莎又是一个不断与自身抗争的女子，只是她的抗争对于社会和男权而言徒显软弱、无力作为。作为孤独的守望者与追求者，她在托马斯看来如同一个被人放在涂了树脂的篮子里顺水漂来的孩子，只不过顺水而下的篮子恰恰被托马斯拾起而已。特丽莎向托马斯付出了无私无悔的爱，面对他的不间断背叛表现出近乎畸形的忍让和求全。小说中有这样一段情节：托马斯因特丽莎与别的男人跳舞而生闷气，回家后经特丽莎再三刺激才道出原委，承认自己是在嫉妒。“‘你说你真的是嫉妒吗？’她不相信地问了十多次，好像什么人刚听到自己荣获了诺贝尔奖的消息。”托马斯是个登徒子，据其自述前后有过 200 多个女友，特丽莎一直忧虑托马斯并非真爱自己，此刻听到他说嫉妒，自然像是得了大奖。尽管从托马斯处一向没能获得纯粹的感情，特丽莎却一心笃定地爱恋着生命中“轻”远大于“重”的托马斯，不仅忍受着所爱之人的不忠，还在忍受中企盼和寻求着灵与肉的和谐，在一种自相矛盾的二律背反中恪守着自己的生命之“重”。诚然，特丽莎也曾到一个追求她的工程师处试图验证灵与肉到底需要保持统一还是能够分离，结果乃是特丽莎依旧无法接受灵肉分离的哲学主张。

遭到特丽莎妒忌的画家萨宾娜是托马斯的情妇。萨宾娜一生不断选择背叛，以使自己的人生保持为不承担责任重负的轻态生活。她讨厌感情忠诚以及其他任何讨好大众的媚俗行为，不断背叛感情、逃离责任终至于去国离乡远走美国，以使自己的生活定位于存在的虚无，但最终却无法忍受生命中的不能承受之轻。

《生命中不能承受之轻》在艺术手法的创新方面作出了许多探索。

首先，在小说叙事中引入了“关键词”（keyword，或曰“基本词”）概念。米兰·昆德拉认为这些词构成了小说人物的“生存密码”。比如，与托马斯相对应的是“轻和重”，全书总共七章，有两章都以“轻和重”作为题目；与特丽莎相对应的主要是“肉体”和“灵魂”，关于特丽莎的两章便以“灵与肉”题名。特丽莎全身心地爱着托马斯，相信爱情便是“灵与肉”的统一；托马斯则以自己与其他女人在肉体上交往并不妨碍在灵魂深处爱着特丽莎的说辞和行为，告示着肉体与灵魂是两回事。使用这些“关键词”支撑起了每个人物的生存状态，同时也就支撑起了整部小说的结构框架。

其次，具有“反复叙事”的特征。也就是把某个事件、某种细节在作品的不同章节中加以重复叙述。例如，托马斯关于特丽莎的那个基于圣经摩西意象的“放在篮子里顺水漂来的孩子”的诗性记忆细节，便在小说中反复出现达八次之多，且每次出现都很必要，并不显得冗赘啰唆。昆德拉笔下这种“反复叙事”的技法与意识流小说尤其是普鲁斯特的作品所穿插的大量“无意的记忆”异曲同工，只是昆德拉的“反复叙事”结构还兼有倒错小说叙事时间、营造作品多主题重现的功能性效果。

再次，追求音乐性和复调式效果。昆德拉自幼习琴，早年当过乐手，写作时经常会“将小说与音乐加以比较”，除了把《生命中不能承受之轻》设计为音乐 的四重奏体式，小说的音乐性还表现在“一章就是一个旋律，而一节就是节拍段”，“每一节都能标以音乐指示词：中速、急板、柔板，等等”。再就是，昆德拉始终都是陀思妥耶夫斯基的忠实信从者，他对多主题、多线索、多声部的复调式结构有着高度自觉的理念性追求。《生命中不能承受之轻》的小说叙事可以归纳出两个结构层面。一是情节上按照人物的故事线索齐头并进、彼此交叉地作共时性叙述。例如一、五两章以“轻与重”为主题侧重叙述托马斯的故事并交织涉及特丽莎和萨宾娜；二、四两章则以“灵与肉”为主题侧重叙述特丽莎的故事兼而交织涉及托马斯和萨宾娜。二是昆德拉独创的“综合性文体”“能把哲学、小说叙事和梦”结合在一起，能将讽刺论文、小说叙事、历史事实、人物自传以及幻觉梦想兼容并蓄。如同多声部的复调音乐那样，只有这般具有综合性容纳能力的小说文体，才能将上述多重因素结合为有机的统一整体。以小说第六章为例，该部分文字包括以下内容：斯大林的儿子因与他人对排泄粪便问题存有不同理解而死于纳粹集中营，以及由此引发的神学思考；欧洲知识分子抗议越南占领柬埔寨而展开的抗议进军，以及参与其中的弗兰克在泰国曼谷遭抢劫身亡；萨宾娜在美国不堪忍受生命之轻自杀而死。作者把历史记述、哲学论证、神学思考和小说叙事在文体上结合起来，组构成一种复调式的综合性散文，十分有效地完成了作者围绕着“媚俗”主题进行的哲理性思考。

思考题

1. 试述现代主义文学的基本思想内容。
2. 试述现代主义文学的艺术观和表现手法。
3. 试述卡夫卡小说的思想与艺术特征。
4. 试述艾略特的诗歌理论及其影响。
5. 为什么说《尤利西斯》是意识流小说的典范作品？
6. 试述《尤利西斯》的艺术特点。
7. 试述萨特的存在主义哲学和文学的基本内涵。
8. 如何理解《等待戈多》中“等待”的含义？
9. 试述《毛猿》的艺术手法。
10. 试述《喧哗与骚动》的艺术成就及影响。
11. 《第二十二条军规》的寓意何在？
12. 试述《百年孤独》的魔幻现实主义创作特点。
13. 试述《生命中不能承受之轻》的思想艺术特色。
14. 怎样看待和评价米兰·昆德拉在小说叙事领域所作的创新实践？

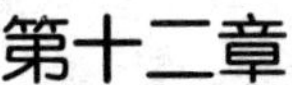

第十二章

20 世纪欧美通俗文学

小引

到 20 世纪，随着科学技术的突飞猛进和信息网络社会的形成，通俗文学也得到了空前发展。除侦探小说、间谍小说、科普小说大量问世外，还出现了众多科幻小说，涌现出柯南·道尔、克里斯蒂、J. K. 罗琳、丹·布朗、米基·斯皮兰等著名作家及其驰誉世界的具有高度思想性、艺术性的著名作品。

第一节
概　述

历史进入20世纪以后，与工业化进程和科学技术的高速发展相适应，随着社会阶层以及当代消费社会中商业、媒体和科技管理条件的变化，欧美各国的通俗文学得到了繁荣发展，体系渐次繁杂，形式不断翻新。现当代时期的通俗文学，是指工业、后工业社会里出现的以追求商业价值为主要宗旨，以满足一般读者消遣娱乐为主要目标的文学作品。20世纪的通俗文学具有贴近生活、迎合大众口味、反映普通民众的喜怒哀乐、体现他们的审美观和文化精神的时代特点。

20世纪欧美文论界对通俗文学的定位存在诸多歧见，现代主义学者把通俗文学与高雅文学相对立，后现代主义学者则认为通俗文艺作品和高雅文艺作品之间，或者通俗文化和高雅文化之间并不存在显著区别。美国学者伯格对通俗文化进行了研究，他认为通俗小说具有长篇小说的所有属性但也可以根据其样式进行作品分类，而传统长篇小说就不能这样分类。伯格把通俗小说定义为类型化小说，即侦探小说、科幻小说、间谍小说、西部小说等类式各具特征，故而可以将它们进行归类分析加以类型化的评断。

在20世纪欧美通俗文学中，最有代表性的作品是英国作家柯南·道尔的《福尔摩斯探案全集》、有“侦探女王”之称的阿加莎·克里斯蒂的“波洛系列”和“马普尔小姐”系列推理小说、米基·斯皮兰的侦探小说《我，陪审团》以及乔安娜·凯瑟琳·罗琳的长篇童话《哈利·波特》。

需要说明的是，西方叙事学学者把经典童话也当作了通俗文学，认为像《灰姑娘》这样的童话所提供的叙述模式，为后世类型化的通俗文学提供了创作的母题基础和从习摹本。

第二节
柯南·道尔及其《福尔摩斯探案全集》

一、生平与创作

阿瑟·柯南·道尔（1859—1930）出生于苏格兰爱丁堡的皮卡地普拉斯，父亲为政府公务员。青少年时代，他在教会学校上学，后于爱丁堡大学学习医学，1885年获得医学博士学位。他爱好文学，在行医之余，不断向杂志投稿。1887年，他创作的《血字研究》几经退稿之后，终于得以发表，其中福尔摩斯这一人物及其副手、故事讲述者华生首次出现。接着，《四签名》（1890）问世，这篇小说反映了英国对印度的殖民掠夺，在读者中引起了较大反响。

柯南·道尔像

自1891年起，柯南·道尔决定专心从事文学创作，并连续写了六个短篇故事：《波希米亚丑闻》、《红发会》、《身份案》、《博斯科姆比溪谷奇案》、《五个橘核》、《歪唇男人》。这些故事吸引了广大读者，产生了深远影响，夏洛克·福尔摩斯也成为家喻户晓的著名文学形象。由此，杂志社欣然同意给他更高的稿酬，于是道尔接着写出了第二批福尔摩斯故事：《蓝宝石案》、《斑点带子案》、《工程师大拇指谜案》、《单身贵族案》、《绿玉皇冠案》、《铜山毛榉谜案》，这与上述六个故事合集编成《冒险史》（1892）出版。1892—1893年，自《银色马》开始，道尔又陆续写成了11个故事，汇集成《回忆录》出版。在此期间，他对专门写作福尔摩斯系列探案故事已经感到厌倦，在该系列的《最后一案》中，道尔让福尔摩斯和他的死敌莫里亚蒂教授一同葬身于莱辛巴赫瀑布。这个结局震惊了大批粉丝，他们不愿也不能相信这样一位神通广大、正值盛年的神探就此死去，于是各种讥讽谩骂纷至沓来。读者近乎偏执的喜爱令道尔不得不考虑使福尔摩斯起死回生。1903年，道尔在《空屋》中让福尔摩斯死而复生，从而开始了新一组故事《归来记》的写作，其中包括《诺伍德的建筑师》、《跳舞的人》等13个故事。此后，他又写了《恐怖谷》（1915）、《最后致意》（1917）、《新探案》（1927）三组故事。

19世纪末英国在南非的布尔战争遭到了全世界的谴责，道尔写了一本名为《在南非的战争：起源与行为》的小册子，为英国辩护。这本书被翻译成多种文字发行，有很大影响。20世纪初，道尔两次参选国会议员，未当选。晚年的道尔开始相信唯灵论，甚至还曾以此为主题写过好几部小说。作家于1930年7月7日去世，“真实如钢，耿直如剑”是柯南·道尔爵士的墓志铭。

二、《福尔摩斯探案全集》

阿瑟·柯南·道尔共写了56篇短篇侦探小说以及4部中篇侦探小说，全部以福尔摩斯为主角。1928—1929年福尔摩斯的全部故事分短篇和中篇两卷在英国出版，合称为《福尔摩斯探案全集》。柯南·道尔的创作提高了侦探小说的艺术性、可读性，其创作手法为该类小说提供了很好的范本。他的侦探小说有如下几个方面的成就。

首先，小说成功地塑造了福尔摩斯这个形象。福尔摩斯是一个私家侦探，一个英国绅士，一个智勇双全者。在《血字研究》中，叙事者华生眼中的福尔摩斯给人留下了深刻印象：“他的相貌和外表给人的第一感觉就颇为惹眼。他身高六英尺多，身材颇为瘦削，因此显得修长；目光如电（当然沉思发呆的时候除外），又细又长的鹰钩鼻子使他的相貌显得特别敏锐果决；下腭方正而突出，显示出坚毅的个性。虽然两手沾满了斑斑点点的墨水和化学药品，可动作却异常地规范和干练。”① 福尔摩斯博学多识，了解植物学、地质学、化学、解剖学、惊险文学等知识，会拉小提琴，对于棍棒、刀剑、拳术尤为精通。福尔摩斯深谋远虑，探案如神，具备超人的智慧、非凡的洞察力以及严密的推理能力，他所进行的各种侦探活动合乎逻辑，入情入理，他对各种案件的解释和判断，头头是道，令人深信不疑，符合人们心目中神探的理想形象。他对案情执着冷静，不避艰险，时常深入虎穴，侦查案情。一切不为常人所注意的蛛丝马迹，都成为他破案的重要线索。小说多处以这位私家侦探的干练高效反衬官方警察的腐败低能。此外，难能可贵的是，福尔摩斯也是一个脱胎于现实生活的有血有肉的人物，他乘坐马车，出没在伦敦的大雾之中，住英国人熟知的旅馆，阅读《每日电讯报》和其他报纸，他与社会上各个阶层的人们来往接触，经历人人熟悉的事件……他既像是社会现实中的一员，又像是超越现实的英雄。

《福尔摩斯探案全集》

其次，小说曲折巧妙的情节结构，匠心独运的叙事手法，以及神秘莫测的故事氛围深令读者叹服。福尔摩斯系列故事中，有很多故事跌宕起伏，结局出人意料。其中劳瑞斯顿花园街惨案、樱沼别墅惨案、波希米亚丑闻案、博斯科姆比溪谷奇案等皆扣人心弦，令人称奇。再如其代表作《血字研究》，该案讲述了一个因爱仇杀的故事。整个故事以华生的视角展开叙述，华生因与福尔摩斯合租而相识。有人请求福尔摩斯帮助侦破一起凶杀案，死者衣冠整齐，身上没有任何伤痕，屋内也无抢劫格斗的痕迹，只有几处血迹和墙上的几个血字，令人疑惑不解。福尔摩斯亲临现场勘查，由此推测出案情真相。紧接着福尔摩斯对凶手跟踪追击，几经波折，突然，福尔摩斯飞快地铐住一个马车夫，并向警察宣布——他已经抓获了凶手！接下来，又插入对凶手身世的讲述，追述了一对年轻人的纯真爱情。原来杀人者名叫侯波，跟死者有夺爱之根。小说讲述摩门教仗势欺人，胁迫侯波的恋人嫁给摩门教长老的儿子，不久女子抑郁而死。侯波悲痛万分，不辞辛苦，追踪仇人，终于将仇家引入了这间空屋，逼他吞下致命的生物碱，于是大仇得报，死而无憾。小说读来扣人心弦，惊心动魄。再如其著名中篇《巴斯克维尔的猎犬》，这是一个气氛神秘的惊悚故事。巴斯克维尔爵爷府建在一片阴森的沼泽地旁，据说沼泽地里有一条大黑狗曾经咬死过一位爵爷，至今犬吠不止。不料，府中的查尔兹爵爷半夜竟死在沼泽的小路上，尸体旁还有几个巨大的猎犬脚印。于是查尔兹的儿子亨利请来福尔摩斯。经过侦查，原来并无怪兽，不过是普通猎犬被人在眼圈上涂上了磷粉，凶手是查尔兹的侄子，他利用家族中流行的神秘传说，目的在于吓死查尔兹和亨利，好继承爵位和财产。最终凶手慌不择路，陷入泥潭里送了命。该小说在营造神秘惊悚的故事氛围方面表现出作者高超的艺术技巧。

福尔摩斯的各种探案反映了当时英国社会图财害命、通奸谋杀、背信弃义、巧取豪夺、抢

① ［英］阿瑟·柯南·道尔：《福尔摩斯探案全集》，安娜等译，10页，哈尔滨，哈尔滨出版社，2000。

劫行凶等问题。当然，作者的意图并不在于挖掘这些社会问题的思想与道德含义，而在于追求情节的惊险离奇。在《归来记》之后，作品已偏于神秘怪诞，作家继续强化福尔摩斯在侦探方面无所不能的天才形象，但案件的侦破已有主观臆断之嫌。自柯南·道尔以后，侦探小说在西方迅速发展，产量之多，难以计数。特别是第二次世界大战以后，由侦探小说衍生出犯罪小说、警察小说、惊险小说、间谍小说等各种流派，成为通俗文学中极为重要的类型。

福尔摩斯探案故事自 20 世纪 30 年代被译介到我国以来，已家喻户晓；其译本之多、销量之大，可谓翻译小说之最。人们崇拜福尔摩斯，世界各地都有福尔摩斯的拥趸。福尔摩斯已成为世界上家喻户晓的人物。英国著名小说家毛姆曾云："和柯南·道尔所写的《福尔摩斯探案全集》相比，没有任何其他侦探小说曾享有那么大的声誉。"柯南·道尔被尊称为"英国侦探小说之父"，而他的书成为世界最畅销的书之一，柯南·道尔也成为世界上最著名的侦探小说家。

第三节
克里斯蒂及其《东方快车谋杀案》

一、生平与创作

阿加莎·克里斯蒂（1890—1976），英国著名女侦探小说家、剧作家，三大推理文学宗师之一，世界推理文学史上一位里程碑式的人物。她全名为阿加莎·玛丽·克莱丽莎·克里斯蒂，1890 年 9 月 15 日生于英国德文郡托基的一个富有而守旧的家庭，是家里三个孩子中最小的一个。母亲为保护克里斯蒂的视力和大脑，在她八岁的时候才送她上学。虽然较晚才接受正规教育，但在五岁时克里斯蒂就学会了阅读，在这个藏书丰富、热爱文学艺术的家庭里，她早早接触了大量的文艺经典，童年的大部分时间她都徜徉在文学的海洋和自我想象的乐园中。成年后阿加莎·克里斯蒂有过两次婚姻，第一次于 1914 年嫁给了一位空军上校，育有一女，后因丈夫移情别恋，于 1928 年离婚。丈夫的背叛严重地刺伤了克里斯蒂敏感的内心，为了排解忧伤，她开始了中东之旅。在旅途中结识了年轻的考古学家马克斯·马洛温，两人很快于 1930 年结婚。第二次婚姻的美满不仅让克里斯蒂走出了感情失败的阴影，而且跟随丈夫的广泛

克里斯蒂像

游历给了克里斯蒂源源不断的创作灵感和素材，让她在收获了一份甜蜜幸福的同时，创作生涯上也创造了一个新的高峰。1934 年出版的《东方快车谋杀案》一书，就是她在土耳其伊斯坦布尔的一家酒店完成的。当年她入住过的客房已被改建为“阿加莎纪念馆”，足见她在世界范围的影响力和受欢迎程度。1976 年 1 月 12 日，为数亿人所仰慕的阿加莎·克里斯蒂逝世于英国牛津郡的沃灵福德家中，彻底告别了热爱她的人们。

回顾阿加莎·克里斯蒂的一生，不能不让人惊叹和敬佩她的高产：她共创作了 66 部长篇推理小说，例如《斯泰尔斯庄园奇案》（1920，她的成名作）、《罗杰疑案》（1926）、《东方快车谋杀案》、《ABC 谋杀案》（1936）、《尼罗河上的惨案》（1937）、《无人生还》（1939）、《阳光下的罪恶》（1941）等，还有 21 部短篇、中篇小说选集，15 个已上演或已发表的剧本，三个剧本集，六部以笔名玛丽·维斯特麦考特发表的情感小说，两部以笔名阿加莎·克里斯蒂·马洛温发表的作品（包括记录异域生活的回忆录一部、宗教题材的儿童读物一部），一部自传，两部诗集，两本与侦探俱乐部的会员作家们合写的长篇推理小说（两本共三部）。她的作品已被译成 103 国文字，在 157 个国家出版，总销量突破 20 亿本，成为世界上最畅销的图书之一。她的侦探名剧《捕鼠器》自 1952 年 11 月 25 日第一次在舞台上演，创造了连演 50 多年，至今生命力依然旺盛的世界戏剧史上空前的纪录。

如果说“侦探小说之父”柯南·道尔开创了侦探小说的第一个“黄金时代”，那么“侦探小说女王”阿加莎·克里斯蒂则开创了更为辉煌的第二个“黄金时代”。在全世界数以亿计的阿加莎的仰慕者中，不乏赫赫有名者，比如英国女王伊丽莎白二世、法国总统戴高乐都是忠实的“阿加莎·克里斯蒂迷”。

二、《东方快车谋杀案》

1934 年创作的《东方快车谋杀案》可算作她流传最广、好评度最高、最为经典的作品。这部作品不仅被翻译成诸多语言在世界各地发行，而且多次被改编成影视作品，以各种形式捕获读者对她的热爱。

和阿加莎·克里斯蒂的众多侦探小说一样，《东方快车谋杀案》的创作灵感也来自一个真实事件——20 世纪 30 年代轰动一时的林德伯格绑架案。美国著名飞行员林德伯格的儿子被绑架，付出赎金后，儿子依然惨死。警方侦破案件的过程十分曲折，案发两年后终于查出一名犯罪嫌疑人，在种种证据面前，嫌疑人拒绝认罪，但最后也没能逃脱被处死的惩罚。小说开篇就以这一事件入手，只是在犯罪嫌疑人（在小说中名为雷切特）的处置形式上作了一番侦探小说式的演绎，也展示出她独特的侦探小说创作风格。

第一，阿加莎·克里斯蒂开创了侦探小说的“乡间别墅派”，即限定凶杀案发生在一个特定封闭的环境中。《东方快车谋杀案》中的凶杀发生在一辆从伊斯坦布尔开来的列车上。午夜过后，一场大雪迫使列车临时停车。正在大家焦急、烦躁地等待列车重新启动的时候，突然发现一个美国人被刺了 12 刀，死在了他的包厢里，奇怪的是包厢的门却是反锁的，气氛一下子紧张了起来。侦探赫尔克里·波洛就在这样的境遇之下开始了他又一次的案件侦破。由于侦探小说主要是靠侦探的逻辑推理破案，因此限定一个封闭的环境，为使涉案人员和地点不会发生变化，在简单的背景、有限的线索、无外力辅助的情况下，侦探破案凭借的只有单纯的逻辑推理，由此方能突显超出常人的卓越的思维能力。另外将案发现场设置在远离尘嚣、与日常生活场景相去甚远的地方，有利于读者集中关注点，同时也营造出一种阅读的紧张感，使读者对谜案的破解充满期待。

第二，阿加莎·克里斯蒂善于进行人物心理的剖析和描摹，她的每部侦探小说都是心理学在文学上的巧妙运用。她笔下那个比利时侦探波洛的头脑充满无数“灰色细胞”，这些“灰色细胞”就是这位矮个子侦探对每个人的心理活动进行科学推理的因子。小说中波洛探案几乎从不与凶犯搏斗，因此没有厮杀、没有血腥，他只是在综合分析人物的服饰、举止、爱好、经历等后，进行一番逻辑推理，最后悠闲从容地，像一只经验丰富的老猫观察一群嬉闹的老鼠，从中找出作案的那只，将它绳之以法。在《东方快车谋杀案》中，波洛对有作案嫌疑的12个来路不同、性格各异的旅客的心理活动作了分析，并了解了每个人的历史，最后精准地判断出正是这12个人为了替那个因遭绑架而死的可怜的孩子报仇，而杀死了雷切特。克里斯蒂的作品虽有凶杀，却无暴力，呈现出女性作家特有的温婉、细腻、节奏舒缓的格调。

第三，对话和道具设计匠心独运。她笔下人物的对话，常常包含巧妙的暗示，在给读者一种艺术享受的同时，也是一种巧妙的伏笔。例如《东方快车谋杀案》中波洛在同一天无意中听到两位旅客（也是凶杀嫌疑人）阿布斯诺上校和玛丽·德本汉小姐之间的三次对话。第一次，早上，波洛听到：“德本汉小姐，你早。”“你早，阿布斯诺上校。”“可以坐这儿吗?”“当然可以。坐吧。”第二次，中午，德本汉小姐说：“我要能有心思欣赏一下这样的美景该多好!”“我打心底希望你没有参与这档事。”他说。“嘘，小声点儿。”“哦！没有关系。”他嫌恶地向波洛瞥了一眼，“不过我不喜欢你当家庭教师，受那些专横的母亲和调皮小鬼的气。”她笑了，笑声里有一点儿放肆的味道。“啊！你别那么想。女家庭教师受雇主压迫这类的话早就没有人相信了。我可以向你保证，反倒是孩子的家长怕我们欺侮他们呢。”第三次，晚上，阿布斯诺：“玛丽……”那女的打断他的话：“别在这会儿说。等到这件事结束，那时……”细心的读者会发现德本汉小姐和阿布斯诺上校之间对话的反常之处，第一次对话很符合英国人的习惯，使用了非常正式的称呼语，说明他们之间并不熟悉，而在同一天第三次的对话中，阿布斯诺上校却对德本汉小姐用了亲近的称呼，这种短时间内关系由陌生到亲密的变化对于以保守著称的英国人来说是很不可思议的，双方的真实关系不能不令人怀疑。

而小说中设置的一些道具，也就是波洛在现场收集的可疑证据：一条高档的手帕（手帕上有大写的“H”）、一根烟斗的通条、一把匕首、一粒列车制服上的纽扣、一封恐吓信、一块表蒙被击坏而表针停在一点一刻的怀表、一些被烧黑的纸片等。这些道具的出现把读者一次又一次拉入判断的旋涡，扰乱了大家的思路，却也增添了无限的乐趣和吸引力，与作者斗智，其乐无穷。最后谜底揭晓时，既出人意料又在情理之中。

第四，情节构思巧妙，善于设置悬念。克里斯蒂驾驭众多人物和复杂情节的能力超强，《东方快车谋杀案》中12个嫌疑人，国籍不同，阶层不同，貌似毫不相干，作者却巧妙地运用千丝万缕看似毫无联系的线索把他们拧成一团。在悬念迭出的探案过程中，作者把侦探的每一步调查以及他所获得的证据一一摆在读者面前，激起读者要与侦探一决高下的好胜心，让读者和侦探一同去破案，在同一起跑线上与侦探的智慧展开较量。读者根据情节的发展和证据的逐步增多，猜测、思考、得出结论又否定结论，再猜测、思考、得出结论、否定结论……如此往复数次，读者的心一直被情节紧紧抓着，直到最后谜底的揭晓，既在情理之中又必定在意料之外。每一处悬念的设置必定会有解答，有因有果，精细而圆满，于是让人不由得佩服作者思维缜密和构思巧妙，完完全全把逻辑推理发挥到了极致。

克里斯蒂的小说没有哗众取宠，没有故弄玄虚，没有暴力，没有猎奇，没有灵异，她不是为了写谋杀而炮制侦探小说，而是借侦探小说这种题材来展示她的文学才华，以写实的内容、顺畅严密的逻辑、趣味性的语言，提升了侦探小说的艺术性，使这样一种通俗文学的文学性可与纯文学相媲美，这令她的侦探小说具有积极的社会效果和现实意义。阿加莎·克里斯蒂在侦探小说领域达到的高度，无人能及。

第四节 罗琳及其《哈利·波特》

一、生平与创作

《哈利·波特》的作者、英国作家乔安妮·凯瑟琳·罗琳（1965— ），生于英国格温特郡，毕业于英国埃克塞特大学，学习法语和古典文学，获文理学士学位。毕业后曾在英国曼彻斯特接受教学培训。1996年6月，罗琳取得了教师资格证。教学实习结束后，她在离居住地很近的利斯学院教学。1997年2月因为罗琳之前的申请，苏格兰艺术协会给了罗琳一笔13 000美元的费用，以资助她进行创作。这笔费用是有史以来该理事会为儿童文学作家提供的资助中数额最高的。1997年6月26日，《哈利·波特与魔法石》由布鲁姆斯伯利出版社出版，分精装本和平装本，第一次只印了500本。罗琳拿着自己的书，在爱丁堡到处逛着，看着自己的书在书店里售卖，她感到十分高兴。但让罗琳意外的是，这部长篇童话一出版便备受瞩目，好评如潮，还获得了英国国家图书奖儿童小说奖、斯马蒂图书金奖章奖和国际安徒生文学奖。她还因此获得大英帝国勋章和法国荣誉军团勋章。"哈利·波特"系列截至2007年7月7日，已出版了七部，它们是《哈利·波特与魔法石》、《哈利·波特与密室》、《哈利·波特与阿兹卡班的囚徒》、《哈利·波特与火焰杯》、《哈利·波特与凤凰社》、《哈利·波特与混血王子》和《哈利·波特与死亡圣器》，是目前世界最畅销的童话书，至今，已被翻译成100多种语言，在100多个国家累计销量达5亿多册。与此同时，《哈利·波特》被改编成电影剧本、电视剧本和动漫，还被制成了游戏软件、漫画和玩具，形成了一个产业链。

二、《哈利·波特》

有人说《哈利·波特》是"幻想文学"，也有人说它属于"现代超人体系列长篇童话"。应

罗琳像

该说，《哈利·波特》就是一个系列长篇童话。一些西方文化研究学者认为，它也是类型化文学的一个样本，是运用现代传播手段和营销术获得成功的一个文化产品。《哈利·波特》的英国出版社是布鲁姆斯伯利出版社，而美国的出版商是学乐出版社，这两家出版社在该书的推销和宣传方面所做的努力是不可低估的。在商业和媒体的合力宣传营销下，《哈利·波特》的电影、游戏软件、漫画和玩具也陆续登场。《哈利·波特》成了21世纪之初一个流行文化现象，是文化工业化的一个标志性事件。

事实上，“哈利·波特”系列创作本身就是一个奇迹，它的每一部都带着浓郁的幻想文学色彩，叙述奇异、情节惊险、形象鲜明、引人入胜、丝丝入扣。据说，《哈利·波特与魔法石》缘于一次偶然的灵感。罗琳24岁时，坐在从曼彻斯特前往伦敦的误点火车上，哈利·波特的形象刹那间活跃在她的脑海中，于是，就有了这部神奇的小说。它讲述的故事是这样的：哈利·波特一岁时，父母被黑巫师伏地魔杀害，脑门上的一块闪电形伤疤在他的记忆中刻下了这次凶杀。可怜的哈利·波特开始和姨父弗农·德思礼、姨妈佩妮·德思礼及表哥达力·德思礼生活在一起，受尽了虐待和欺负。十年来，他被安排住在黑漆漆的储物间里，没人给他过生日，也没有人给他送过贺卡，他只能穿达力的旧衣服。但是在他11岁生日那天，世界似乎起了变化，猫头鹰给他衔来了一封神秘的来信，那是霍格沃茨魔法学校的录取通知书。姨父和姨妈百般阻拦，不让哈利·波特收到这封信，可在海格的帮助下，哈利·波特终于收到了信，并且知道自己被魔法学校录取了。9月1日，哈利·波特提着宠物猫头鹰，握着魔杖，背着各种魔法书，在伦敦国王十字车站我们常人看不见的9又3/4站台乘火车去那神秘的学校。魔法学校以它特有的魅力欢迎了哈利和他的同学们。哈利在魔法学校生活得十分开心。由于他的善良和见义勇为，他有了两个最知心的朋友：一个是脸上布满小雀斑的热情男孩罗恩，一个是学习顶呱呱的女孩赫敏。他天才的飞行技术为他赢得了魔法学校有史以来最棒的魁地奇（魔法世界的一种球类运动，球员要骑着飞天扫帚在空中打球）找球手的称号。他传奇般的身世更使他成为老师和同学们瞩目的人物。然而，他周围不断发生不可思议的事情，到处险象环生：学校三楼的一个房间里怎么会有一条长着三个脑袋的大狗？是谁在圣诞节之夜送给哈利一件隐形衣？厄里斯魔镜怎么会映出哈利死去的父母？魔法界银行古灵阁为什么被盗？奇洛教授的头上为什么总是莫名其妙地围着一条大围巾？他的身上为什么永远散发出一股难闻的味道？……这一切为什么总与哈利·波特的名字相连？是否与失踪的伏地魔有关？

《哈利·波特与密室》讲述的是这样一个故事：哈利·波特在魔法学校一年之后，暑假开始了。他在姨父姨母家度过了痛苦的假期。正当他准备打点行装回学校时，小精灵多比前来发出警告：如果哈利回到学校，灾难将会临头。但哈利义无反顾地回到了学校。正如多比预言的，哈利遭受了重重困难，经历了种种危险，难解之谜让他煞费苦心：为什么学校里的学生接二连三地变成了石头？这一切与传说中的密室是否有关？哈利决心揭开谜底。

《哈利·波特与阿兹卡班的囚徒》讲述哈利·波特在学校已经度过了不平凡的两年，而且早已听说过魔法世界中有一座守备森严的阿兹卡班监狱，里面关押着一个臭名昭著的囚徒，名字叫小天狼星布莱克。传言布莱克是“黑魔法”高手伏地魔的忠实信徒，曾经用一句魔咒结束了13条生命。不幸的是，布莱克逃离了阿兹卡班监狱，一心追寻哈利。校园里危机四伏，哈利的生命时时面临危险。一天，布莱克终于站到了哈利的面前。哈利认识到了小天狼星布莱克不是伏地魔的食死徒，而是哈利的爸爸的朋友，是一个好人。真正出卖哈利爸爸的是小矮星彼得。这个充满奇幻的故事就在污蔑与被污蔑中展开了复杂的情节。

《哈利·波特与火焰杯》讲述的是这样一个故事：哈利·波特在魔法学校经过了三年的学习和磨炼，逐渐成为一个伟大的巫师。新学期开始前，哈利与好朋友罗恩和赫敏去观看魁地奇世界杯比赛，消失13年的黑魔标记突然出现了。后来，魔法学校又举行了300年以来的一次三强争霸赛，哈利没有到年龄，却意外地被选中参加三强争霸赛，成为四名选手中的一员。他克服重重困难，终于拿到三强争霸赛的奖杯。当他拿到奖杯时，意外地发现奖杯是一把门钥匙，他碰到钥匙，就出现在伏地魔的面前……这样神秘的事件将哈利卷入了罪恶旋涡的深处，他与伏地魔决斗，在他父亲母亲的灵魂的指导下，顺利逃脱，回到了魔法学校。

第五部《哈利·波特与凤凰社》讲述了这样一个故事：哈利·波特开始第五年霍格沃茨魔法学校生活之前的暑假极为漫长，他要忍受和讨厌的姨父姨母及他们的儿子达力住在一起，更糟糕的是，他的好朋友罗恩和赫敏竟连一封信也没给他写。一天，他收到了一封来自魔法部的开除信，理由是他在学校以外当着非魔法人士（麻瓜）的面使用魔法。哈利唯一的希望就是在魔法部部长康奈利·福吉主持的对他的审判会上为自己辩护，而康奈利则想让哈利永远离开。不幸的是，伏地魔总是出现在哈利的梦境里，让哈利分不清什么是真什么是假。伏地魔还在梦境里诱导哈利错误判断，去了不该去的地方，小天狼星和凤凰社成员急忙赶来救哈利，结果小天狼星被伏地魔杀了。后来，哈利从邓布利多那里知道了预言球的故事，知道他和伏地魔之间必有一个会被对方杀死。

第六部《哈利·波特与混血王子》讲述的是主人公哈利·波特在霍格沃茨魔法学校第六年学习时发生的故事。新学期开始了，哈利意外发现了一本署名混血王子的书。这本书里有混血王子的各种配药提示，帮助哈利顺利完成每次魔药课的练习。同时，哈利在魔法学校校长邓布利多的引导下，了解了魂器，他和邓布利多开始了一次寻找魂器的冒险。邓布利多不幸身亡，魔法部却不愿意相信哈利，哈利决定第七年休学，踏着邓布利多的足迹，去寻找魂器，毁灭魂器。

第七部《哈利·波特与死亡圣器》的故事，从哈利、罗恩与赫敏接受危险任务开始，他们需要追踪和寻找伏地魔的秘密，并摧毁它们。而这个时候，校长邓布利多已经离开了他们。另一方面，魔法的世界已经被黑暗势力笼罩，他们甚至占领了霍格沃茨魔法学校，把一切有危险的“异端”都抓起来进行威胁，而他们最终的目标则是哈利·波特。哈利的唯一希望就是在伏地魔抓到他之前，找到魂器。在霍格沃茨魔法学校全校师生的帮助下，哈利成功地战胜了伏地魔，过上了幸福的生活。总而言之，“哈利·波特”系列的每一个故事，都波澜起伏，扣人心弦。

“哈利·波特”系列童话在思想和艺术上的特点是，用幻想形式展现儿童的思维和成长历程。哈利·波特幼丧父母，处境危困，但始终跟各种险阻抗争，并一直保有争取美好生活的愿望。作品多彩的幻想和绚烂的图景，不但极其引人入胜，而且把读者带进了亦真亦幻的超现实境地。作品塑造了两个世界："魔法世界"和"现实世界"。而且对这两个世界进行了对比：孩子在魔法世界里是快乐的，而回到了现实世界，尤其是学校，却麻烦不断，非常不开心。这实际上就是在表达对现实世界的批判，展现现实生活包括学校教育对童心世界的压抑，甚至是对童年的摧残。从这个角度来看，作家罗琳是有着现代儿童观的，她对童心世界有着自己的理解和呵护，有着人文主义的关怀。

第五节 丹·布朗及其《达·芬奇密码》

一、生平与创作

丹·布朗（1964—　），美国著名畅销作家，其小说以惊险和智力解谜相结合见长，而这得益于其家庭氛围的熏陶。丹·布朗的父亲是一名曾获总统荣誉奖的数学教授，母亲是一名职业宗教音乐家，童年时代周遭也多是基督徒，这使布朗生活在科学与宗教不断碰撞的环境中，而这些既对立又互补的思想便成为其创作的灵感来源。

1986 年大学毕业后，丹·布朗首先涉足音乐界，成立了自己的录音公司，发行唱片。在他追逐创作歌手和钢琴家的人生之梦时，遇到了大他 12 岁、1997 年成为他的妻子的布莱思·纽顿，布莱思除了在音乐事业上帮助丹·布朗之外，更在写作之路上对其助益良多，因此丹·布朗在他的作品出版时，通常会在扉页上写下"感谢布莱思·布朗，感谢她不辞辛劳为我研究背景、提供写作灵感"。布莱思在丹·布朗心中的地位，在其所发行的唱片封面上也有直接的表达："送给我孜孜不倦的合力撰稿者、合作制片人、副技师，还有心理治疗师。"伉俪情深应该也是丹·布朗成功的主要动因之一。

丹·布朗像

1993 年，丹·布朗回到家乡担任英文老师。1994 年，休闲时阅读了席尼·薛尔顿的《末日追杀》后，他燃起超越这部作品的信心之火，开始创作其处女作《数字城堡》。1996 年，丹·布朗辞去教职全心投入写作。1998 年出版《数字城堡》，小说以美国国家安全局（National Security Agency）为背景，探究了公民隐私和国家安全之间的界限。接着，他又创作了《天使与魔鬼》(2000)、《骗局》(2001)、《达·芬奇密码》。随着《达·芬奇密码》的问世，丹·布朗也迎来了自己文学的春天，一跃成为畅销作家中的黑马。小说一出版随即登上《纽约时报》畅销书排行榜第一名，目前销量已超8 000万册，是有史以来最畅销的小说之一。一荣俱荣，丹·布朗前三部小说也随之大卖。他的四部小说2004年同时进入《纽约时报》畅销书排行榜。2005年，他被《时代》杂志列入年度百大最有影响力的人，《福布斯》杂志将他评选为2005年百大名流第12名。2009年，他的又一作品《失落的秘符》(中文版2010年出版）问世。目前他的小说已被翻译成40多种语言，在全世界广泛流传。丹·布朗的成功，带起一股知识悬疑小说的出版热潮。

二、《达·芬奇密码》

丹·布朗把一般人略知一二的掌故野史以艺术的方式巧妙串联，编成似有历史痕迹，又有艺术气氛的小说《达·芬奇密码》(2003)。作品既充满了一般推理小说所有的神秘与待解的谜语，更饱含天文、宗教、音乐、数学、艺术、建筑、历史等方面的知识，展现了作者渊博的才学。

小说以一起凶杀案起笔——法国卢浮宫博物馆年迈的馆长索尼埃被人杀害，赤裸裸的尸体摆成“大”字，倒卧于画在地上的一个圆圈的正中，从高处看，就像达·芬奇名画《维特鲁威人》(*Vitruvian Man*) 的样子，尸骸旁边，有死者用鲜血写下的三行字：

13—3—2—21—1—1—8—5

O，Draconian Devil!

Oh，lame saint!

由此展开了一个神秘莫测，既涉及基督教史又有经典艺术掌故，更有推理成分的侦探故事。符号学专家罗伯特·兰登在调查此案时发现死者身旁那三行像哑谜般的血书，其中两行文字稍变换顺序，竟能拼出达·芬奇及其最著名的《蒙娜丽莎》(Leonardo da Vinci的 *Mona Lisa*)。协助其破案的密码破译天才索菲·奈芙进一步发现，那串看似没有意义的数字，竟然是乱了次序的斐波那契数列（Fibonacci Sequence 1—1—2—3—5—6—13—21)，凭借那行数字和一幅名画的线索，兰登领悟到，馆长其实是郇山隐修会——一个成立于1099年的秘密组织——的成员，其成员包括西方历史上诸多伟人——牛顿、雨果、达·芬奇。兰登怀疑他们是在找寻一个石破天惊的历史秘密——圣杯。兰登与奈芙为找到并保护圣杯作出了艰辛的努力，跟一位神秘的幕后操纵者展开了斗智斗勇的角逐，在一次次逃脱了追杀之后，终于凭借着智慧战胜了一切困难，在终点回到了起点的过程中找到了答案。故事紧紧围绕着解答两个核心的谜团展开：一是馆长索尼埃保护的并最终导致他被杀害的秘密是什么？另一个是到底是谁策划了这场谋杀案，谋杀的动机是什么？小说一层一层抽丝剥茧，把历史和艺术上一些饶富趣味的风谈物议，展现为离奇的戏剧化情节。

小说围绕揭开基督教的惊天秘密而展开，将人们普遍关注的争议性问题和科学艺术宗教的知识巧妙地糅合进一个个惊险而又刺激的故事之中，既有硬派侦探小说的写实性和冒险性，又表现了现实世界的矛盾与冲突，还准确地把握了现代人的心理脉动，反映了人们的困惑和焦虑，对正在被毁灭的人性 、道德、生活和文化的价值与原则提出了质疑和批判。

小说同时展开三条故事线索——男女主人公的主线索、巴黎警察的副线索和幕后反面人物的秘密线索。最终所有的故事在小说结尾整合为一。这样的结构形式不但能够让并不很复杂的情节波澜壮阔，还有利于在更换线索时使人感到出乎意料。

小说主要依托于基督教历史上几个重大的悬案，比如耶稣是否结过婚、圣杯的传说、秘密团体郇山隐修会的历史等等。丹·布朗在小说的开头就声明："本书中所有关于艺术品、建筑、文献和秘密仪式的描述均准确无误。"这无疑大大增加了这个故事的神秘感和吸引力。那么，历史和小说中的描写是否一致呢？像圣杯、骑士团和郇山隐修会这样的题目，无论是在现实还是在学术中，本来就是充满神秘感和争议的内容，关于它们的各种假说和争论文章不计其数。丹·布朗精心选择了其中的一些研究成果，为它们披上惊险小说的外衣，同时丹·布朗利用他精通的符号学构建了一个神秘城堡，组成这座城堡的除了玄妙数字，还有隐藏其后的欧洲文化艺术。小说从头至尾都徘徊在古今那些令人仰望的欧洲文化佼佼者——《蒙娜丽莎》、埃菲尔铁塔、达·芬奇、卢浮宫——中，使这部小说给读者带来"一种绽放着异彩的文学享受"。

人物塑造方面，丹·布朗更多的是通过情节和细节描写来体现作品中人物的性格。

主人公罗伯特·兰登有勇有谋，博学多思，沉着镇定。作为美国著名符号学专家，在世界各地宣讲神圣的符号学意义是其最大的使命，然而因为一次偶然的机会裹进一起谋杀案中，为了证明自己的无辜，他与奈芙一起用智慧和勇敢与这起谋杀案的制造者展开了激烈的角逐，揭开了一个隐藏多年的秘密，最终为自己洗清了罪名。作者借他之口引经据典，把读者引入对基督教文化最神秘、最感性的想象和体验之中。

奈芙是一个高智商、干练的法国密码破译专家，特殊的身份使她成为这起案子的重要参与者，与兰登默契配合，帮助兰登完成任务。通过她的感知，读者感受到了存在于兰登话语世界中的现实，与奈芙亲身体验、经历的现实之间的相融与相生。

贝祖·法西是一个有着多年经验的法国警官，是一个对事业很有责任心的人，但稍显有勇无谋，因此才会对兰登产生误会险些使其为此偿命。不过他并没有固执到底，几经周折终于消除了误会。

小说采用了逻辑类小说的写作手法，通过设置悬念来推动故事情节的发展。前半部分不断以密码出现—解密的方式，让读者情不自禁地跳入作者设的圈套之中，每破解一个密码都使人有豁然开朗之感，最终还由衷地被丹·布朗的智慧和巧妙设计折服。而后半部则从人物的真实身份入手，几经波折后找到答案，使读者追随着主人公的经历，情绪时紧时松。

《达·芬奇密码》是惊险小说和智力解谜结合的典范之作，作为21世纪初最成功的通俗小说，已经在全世界范围内引起了轰动。其行文节奏明快，语言富有智慧，情节构思巧妙，淋漓尽致地展现了作者在符号学、数学、宗教、文化、艺术等诸多方面的才华，并将时下人们所关注的大量信息有机地引入作品中，融入高潮迭起的情节里，从精彩的开篇到出人意表令人叫绝的结局，丹·布朗用小说向世人宣告自己是个善讲故事的大师。

思考题

1. 严肃文学跟通俗文学有何区别？
2. 请比较文学作品中的"神探"狄仁杰和福尔摩斯的异同。

3. 试述《东方快车谋杀案》的艺术手法。
4.《哈利 · 波特》拥有广大读者的原因是什么？
5.《达 · 芬奇密码》何以是惊险智力小说？

第五编

俄苏文学

因历史积淀和社会现实的迫切需要，俄国文学在19世纪出现了“井喷”现象——涌现出众多著名作家、作品，且基本围绕着“谁之罪”和“怎么办”展开主题。十月社会主义革命后，苏联又出现了以社会主义现实主义创作方法为指导的崭新的苏联文学，且在20世纪50年代前呈现出繁荣局面。这两种文学的民主性、革命性和创新性，对世界文学特别是中国近现代文学的发展产生了巨大影响。

第十三章 俄国文学

小引

19世纪，俄国解放运动蓬勃开展，俄国民族文学形成并趋向繁荣，对世界文学产生了重大影响。抗击拿破仑入侵的卫国战争取得胜利促进了俄国民主意识的觉醒，十二月党人起义揭开了俄国解放运动的序幕。俄国文学在这样的历史背景和社会条件下应时而生并发展繁荣。密切联系社会运动是19世纪俄国文学最显著的特征。

现实主义文学是19世纪俄国文学的主潮，本章重点讲述俄国现实主义文学的成因、特征、发展概况，并重点评析代表作家及其代表性作品。

普希金是俄国民族文学的奠基人，他的创作经历了从浪漫主义到现实主义的转变。除普希金外，较重要的俄国诗人还有涅克拉索夫和莱蒙托夫。

俄国文学成熟和繁荣的标志是涌现出果戈理、冈察洛夫、阿·奥斯特洛夫斯基、屠格涅夫、陀思妥耶夫斯基、托尔斯泰、契诃夫等一大批优秀的现实主义小说家。果戈理是俄国现实主义文学的奠基人之一。托尔斯泰的三部长篇巨著标志着俄国文学的巨大成就。

别林斯基、车尔尼雪夫斯基、杜勃罗留波夫的革命民主主义理论对俄国文学以及民族解放运动都有重要的推动作用。

19世纪俄国文学拥有众多著名作家和传世佳作，其思想深度和艺术成就均居于当代世界前列。一些作家如陀思妥耶夫斯基、托尔斯泰在深刻揭露社会弊端时，因找不到正确出路，又常在作品里宣扬基督教悔罪、忍让、向上帝呼吁等观念。

学习本章内容，应与同一时期西欧国家的文学现象对比分析，同时要联系俄国文学在20世纪的延伸发展，思考并把握民族文学遗产对后续文学发展的能动影响。

第一节 概 述

俄国长期处于野蛮落后的封建专制农奴制统治状态，其文学的兴起和繁荣也较其他欧洲国家要晚。10世纪前，俄国只有神话、歌谣、故事等口头文学在民间流传，10世纪到11世纪间才开始出现书面文学。一些成就较高的作品，如《伊戈尔远征记》、《拔都攻占梁赞的故事》等，虽反映了俄国国家形成的历史及人民为祖国统一所进行的艰苦斗争，但还缺乏像欧洲文艺复兴时期文学和古典主义文学那样的深度和广度。18世纪，在西方哲学、文学的影响下，俄国出现了具有相当规模的文学阵容，出现了优秀的古典主义作家康捷米尔（1708—1744）、罗蒙诺索夫（1711—1765），感伤主义作家卡拉姆津（1766—1826），优秀讽刺作家冯维辛（1745—1792）和革命作家拉季舍夫（1749—1802）。拉季舍夫的游记体小说《从彼得堡到莫斯科旅行记》（1790）率先彻底否定了专制农奴制度，对俄国革命思想的传播和文学的发展产生了重要影响。

19世纪，随着俄国解放运动的发展，俄国文学以惊人的速度和力度发展起来。在不长的时间内，俄国文学出现了许多世界驰名的作家及世界一流作品，提出了许多尖锐的社会问题，且以其反压迫的坚决、社会批判的激烈、生活描写的真切和人物形象的鲜明，迈进了近现代世界文学的前列。

19世纪的俄国文学与同时代的西欧文学有所不同。西欧各国当时已经处在资本主义的社会条件之下，又各有其文化传统。首先，西欧各国批判现实主义作家主要来自中下资产阶级，其批判的锋芒主要指向大资产阶级；而俄国此时正处在沙皇封建专制统治时代，文学的历史使命不是反对正在俄国兴起的资本主义，而是推翻封建专制制度，完成资产阶级民主革命。其次，俄国文学的革命性、战斗性、人道主义和爱国主义精神主要源自其产生和发展的社会历史条件，始终和俄国人民的解放运动保持着密切的联系。这两大特点在其题材、主题、人物形象、社会意义乃至作家的个人命运等方面都有所表现。早期俄国批判现实主义作家主要书写的是反封建专制制度和农奴制度的主题，到19世纪中后期，对资本主义的批判才逐渐加强。

19世纪初期俄国文学的一个显著特点是几种文学流派同时存在。在古典主义和感伤主义衰落以后，浪漫主义一度是俄国文学的主流，而带有批判倾向的现实主义此时也开始萌芽。

俄国批判现实主义文学的形成和发展，除社会历史条件和外部影响之外，还有其文学方面的历史渊源。冯维辛、拉季舍夫、克雷洛夫（1768—1844）和格利鲍耶陀夫（1795—1829）等都为俄国现实主义文学的形成作出了贡献。而普希金、莱蒙托夫、果戈理和别林斯基（1811—1848）则以他们光辉的创作实践和天才的理论概括确立了批判现实主义文学在19世纪俄国文学中的主流地位。

普希金是俄国的人民诗人，俄国文学的集大成者，俄罗斯民族文学和民族文学语言的先驱，俄国现实主义文学的奠基人。他继承俄国文学的优良传统，开创了俄国文学发展的新时期。他的主要代表作品诗体长篇小说《叶甫盖尼·奥涅金》是俄国第一部经典的现实主义长篇小说。在这部作品中，普希金塑造了俄国文学史上第一个“多余人”的形象，并透过奥涅金这个“多余人”的艺术典型，展现了俄国社会生活的方方面面，在一定程度上表现了对俄国上流社会的批判。

米哈伊尔·尤利耶维奇·莱蒙托夫（1814—1841）继承和发展了普希金的文学传统，他在由五个中篇小说连缀而成的长篇小说《当代英雄》（1841）里塑造了俄国文学史上第二个“多余人”，即毕巧林的形象，表现了对俄国现实社会的批判态度。毕巧林这个艺术典型表明：俄国的专制农奴制度不仅摧残劳动人民，也损害贵族阶级中比较优秀的人物。与上一个年代的同类奥涅金相比，毕巧林更深刻地表现了贵族的罪恶与没落，这也预示着俄国贵族革命时期将会过去，平民知识分子起而代替贵族知识分子领导人民解放运动的时期将会到来。

果戈理继承了普希金和莱蒙托夫的传统，把俄国文学的批判现实主义向前推进了一步。他把暴露和讽刺的锋芒集中指向俄国社会的两大病害——封建专制制度和农奴制度，开创了俄国文学史上的一个新时期，成为俄国“自然派”——批判现实主义文学的主要创始人。与此同时，俄国伟大的文学批评家别林斯基从理论上论证了“自然派”的合理性，确立了批判现实主义文学在19世纪俄国文学中的主流地位。19世纪50年代，车尔尼雪夫斯基（1828—1889）又以《俄国文学中果戈理时期概观》等著名论文维护了这一传统。此后19世纪的俄国进步作家都是沿着这条道路前进的。

19世纪50年代中期到19世纪60年代中期是俄国革命从贵族革命时期向资产阶级民主革命时期转变的年代。这一时期俄国最大的历史事件是沙皇当局被迫于1861年自上而下地废除了农奴制，这是俄国社会内部矛盾发展的必然结果，是俄国历史的一个转折点。围绕着农奴制改革，俄国各派政治力量进行了激烈的斗争。斗争的焦点是如何进行农奴制改革。代表地主阶级利益的保守派和自由主义者敌视人民，拥护沙皇政权，维护地主土地所有制，为沙皇自上而下的农奴制改革唱赞歌。以车尔尼雪夫斯基为代表的革命民主派，认为全部土地都应该无偿地归还农民，并号召农民起义，推翻沙皇专制制度。至此，平民知识分子起而取代已经丧失革命性的贵族革命家，成为人民解放运动的领导力量。这时的平民知识分子是指来自小官吏、下级僧侣、小市民和农民等阶层的非贵族阶级的知识分子。和原先的贵族知识分子相比，他们和劳动群众有着天然的联系，更富于民主思想，敢于大胆批评俄国的封建制度，有实干精神和处理实际问题的能力。

在思想文化领域，俄国革命民主派和保守派及自由主义者形成对垒。他们的斗争围绕着如何对待农奴制改革、现实与艺术的关系等这样一些重要问题展开。普希金于1836年创办的《现代人》杂志是革命民主派的机关刊物。到了19世纪五六十年代，这个刊物的核心人物是车尔尼雪夫斯基和杜勃罗留波夫（1836—1861）。他们发表了许多优秀的文学作品和理论文章。如车尔尼雪夫斯基的《生活与美学》（1855）、《俄国文学中果戈理时期概观》（1855），杜勃罗留波夫的《黑暗王国中的一线光明》（1860）、《真正的白天何时到来?》（1860）等。这些作品批判了当时占统治地位的黑格尔唯心主义美学和自由主义文人否定果戈理传统的谬论，宣扬了充满革命精神的唯物主义美学。这些作品在发展俄国文学艺术方面发挥了巨大的作用，成为促成19世纪60年代俄国文学繁荣的极为重要的条件。但随着斗争的深入发展，《现代人》杂志内部出现矛盾。以屠格涅夫为代表的一部分贵族出身的作家，在农奴制改革的问题上站在沙皇当局一边，最后离开了《现代人》。

当时和《现代人》杂志处在同一战线的还有赫尔岑（1812—1870）主编的《警钟》、皮沙列夫（1840—1868）主编的《俄罗斯的话》等。与这些刊物对垒的则是保守派把持的《家庭座谈》、《莫斯科人》和《俄罗斯导报》等。

这一时期俄国社会革命思潮高涨，文艺界空前活跃，民主主义和唯物主义美学思想得到了极大发展，杰出的作家和优秀的作品不断出现。这一时期的作品题材丰富，体裁多样，艺术高超，主题进步，批判性有所加强。这时活跃在文坛上的有贵族出身早已成名的老作家，也有崭露头角的平民知识分子作家。他们共同构成了俄国文学群星灿烂、成就辉煌的黄金时代，成为世界文学史上的奇观。在这期间，冈察洛夫发表了他著名的长篇小说《奥勃洛莫夫》（1859），刻画了俄国19世纪50年代著名的“多余人”典型奥勃洛莫夫。奥勃洛莫夫是一个有教养、有头脑却没有行动能力的人。他懒惰、脆弱、麻木、怕变革，形成了所谓的“奥勃洛莫夫性格”。他说：“我什么都知道，什么都懂，就是没有力量和意志。”这个“多余人”形象表明了俄国贵族知识分子精神上的沦落。

阿·奥斯特洛夫斯基发表了他的悲剧《大雷雨》，塑造了平民少妇卡杰林娜的形象，暴露社会黑暗，表现了俄国妇女的觉醒。

伊·屠格涅夫（1818—1883）生于贵族地主家庭，年轻时曾跟别林斯基密切交往，其前期作品如《猎人笔记》（1851）、《罗亭》（1856）具有鲜明的反封建专制农奴制精神，代表作《父与子》（1862）更塑造了一个即将成为俄国革命主力的平民知识分子革命家巴扎洛夫的形象，描写他无论在理论、实践及跟人民联系诸方面都远远高于即将退出历史舞台的贵族知识分子。但因作者在俄国农奴制改革问题上后来站到了保守势力一边，故他在如实展现平民知识分子的觉醒、实干、自豪等基本特征的同时，又把巴扎洛夫写成狂妄、粗陋、令人生厌的人物。在长篇小说《烟》（1867）中，更对俄国前途充满消极、迷惘情绪。

列夫·托尔斯泰在19世纪50年代初登上文坛，他的自传体三部曲《童年》、《少年》和《青年》，中篇小说《哥萨克》和著名长篇小说《战争与和平》等也都是在这个时期发表的。

这个时期发表的其他作品还有陀思妥耶夫斯基的代表作品《罪与罚》、《被侮辱与被损害的》，涅克拉索夫（1821—1877）的著名长诗《谁在俄罗斯能过好日子》等。

19世纪60年代后半期，沙皇当局以镇压、欺骗和麻痹等手段瓦解了人民革命。19世纪70年代人民革命运动重新兴起。这个时期俄国社会主要的思想运动是民粹主义运动。民粹主义是一种农民社会主义理论，认为俄国可以避开资本主义，通过农村公社过渡到社会主义。这个政治派别在70年代还有其革命的一面，但到了19世纪80年代已蜕变成富农利益的代表。

19世纪70年代的俄国文学有两个明显的特点：一是知识分子的革命情绪在增长；二是出现了一批平民知识分子小说家。平民知识分子作家的作品鲜明地反映了民粹派的思想和情绪。这些作家的优秀代表是格列布·乌斯宾斯基（1843—1902）。

在这个时期，萨尔蒂科夫·谢德林（1826—1889）完成了他的代表作品长篇小说《戈罗夫略夫一家》（1872—1876），描绘了贵族地主庄园的没落过程。他和屠格涅夫、冈察洛夫等同是贵族出身的作家不同，屠格涅夫等人是怀着惋惜的心情来勾画贵族没落的图景的，而谢德林则是背叛了自己出身的贵族之家，他用饥寒交迫的农民目光看待地主庄园的没落，试图表明这样一个内涵：俄国的贵族阶级在经济和精神上都已失去了生存的权利，他们灭亡的日期已经迫近。书中的犹独式加用种种凶残的手段掠夺一切人，其中包括他的亲人。这个形象集中体现了垂死的贵族阶级的种种恶德。

列夫·托尔斯泰这时候完成了他的另一部长篇小说《安娜·卡列尼娜》。他19世纪60年代的《战争与和平》写的是历史题材，而《安娜·卡列尼娜》写的是现实的题材，是正在经历着变革的俄国的现实。

19世纪70年代的俄国文学在戏剧方面也取得了很大的成就。阿·奥斯特洛夫斯基完成了《来得容易去得快》(1870)、《森林》(1871) 和《狼与羊》(1875) 等。

19世纪80年代，民粹主义运动失败。这个时期马克思主义思想刚刚开始传播，无产阶级还不成熟，民主派知识分子在探索新的道路，人民在聚集力量，革命处于低潮期。虽然现实主义文学仍在发展，进步的作家们仍然在揭露和批判封建专制制度和资本主义的罪恶，比如谢德林发表了他著名的讽刺寓言《童话集》，鞭挞了没落的地主官僚势力，嘲讽了其他的寄生虫，但是此时弥漫在文学界的是资产阶级和小资产阶级的文学趣味。

在19世纪70年代末和80年代初，列夫·托尔斯泰完成了他世界观的转变，开始从农民的立场观察和批判俄国社会。这一时期他发表了几部批判贵族资产阶级的优秀作品，如《伊凡·伊里奇之死》、《黑暗的势力》和《克莱采奏鸣曲》等。他著名的长篇小说《复活》的创作也是从这个时候开始的。在这个时期，他的现实主义创作达到了高峰。

短篇小说巨匠契诃夫19世纪80年代初在俄国文坛崭露头角。他的短篇小说《小公务员之死》、《变色龙》、《普利希别耶夫中士》、《套中人》，中篇小说《第六号病房》、《草原》，剧作《三姊妹》、《万尼亚舅舅》和《樱桃园》等，内容深刻，形式完美。这些作品使他和列夫·托尔斯泰等作家一起，把俄国文学推到世界文学的前列。

到了19世纪90年代，批判现实主义文学开始衰落。与此同时，无产阶级文学兴起，现代主义文学出现，俄国文坛又呈现多种文学流派并存的局面。

综上所述，我们可以看到，19世纪俄国文学是它所处的社会历史条件的产物，它始终和俄国的社会变革，即俄国人民解放运动联系在一起。普希金、莱蒙托夫、果戈理、阿·奥斯特洛夫斯基、冈察洛夫、屠格涅夫、陀思妥耶夫斯基、车尔尼雪夫斯基、涅克拉索夫、列夫·托尔斯泰和契诃夫等，以他们各自的文学实践深刻地揭示了19世纪俄国社会生活的本质。他们把广阔的生活画面和对生活的深刻认识及崇高的审美理想有机地结合在一起，用不断革新的艺术形式，透过血肉丰满的文学典型，描绘了俄国19世纪人民解放运动和俄国社会生活的广阔画卷。

第二节
普希金及其《叶甫盖尼·奥涅金》

一、生平与创作

亚历山大·谢尔盖耶维奇·普希金（1799—1837）1799年6月6日出生在莫斯科的一个古

老但是正在衰落的贵族之家。

普希金全家人都爱好文学，他的父亲文学修养很高，家中藏书丰富，普希金在很小的时候就有机会阅读大量的文学作品。普希金家里还常有文学名流来往，卡拉姆津、茹科夫斯基[①]都是他们家的常客。普希金的叔叔瓦西里·普希金是一位思想较为进步的诗人。

普希金像

普希金的父母不大关心儿子的教育问题，他们对普希金的影响不大。对普希金的成长影响比较大的是他生长的环境、他的保姆和他的叔叔。

普希金生活在俄国专制农奴制空前反动和西欧自由民主思潮开始涌进俄国的时代。他的保姆阿琳娜给他唱朴实优美的民歌，讲自己和农奴的悲惨身世，控诉农奴主的暴行，使他从小便深受反暴政、反奴役、向往自由和同情劳动人民思潮的熏陶。他叔叔把他送进具有浓烈爱国主义气氛的皇村中学读书，更使他接受了唯物主义哲学、反农奴制观念和俄国十二月党人的革命思想。1820 年他因在诗歌中宣扬革命被当局流放到南俄，他虽短期有过孤独、伤感情绪，但随着对俄国现实和历史的深入了解，他的反暴政、颂自由的革命思想，却越来越强烈、坚定，文学创作也从浪漫主义逐步转向现实主义，致使沙皇当局在对他实行怀柔政策（1826 年召回莫斯科，1835 年又明褒暗辱地授予 36 岁的普希金“宫廷近卫”称号）无效后，暗中唆使法国波旁王朝亡命徒丹特士写匿名信污其名声，逼使普希金在跟丹特士决斗时受重伤，于 1837 年 2 月 10 日逝世。

普希金的早期作品是抒情诗，其中最引人注目的是谴责暴政、歌颂自由的政治讽刺诗《皇村回忆》（1814）、《自由颂》（1817）、《致恰达耶夫》[②]（1818）、《童话》（1818）和《乡村》（1819）。他因这些闪耀着十二月党人革命思想的诗篇被流放到南俄后，又在《短剑》（1821）、《囚徒》（1822）、《致大海》（1824）等诗篇中，进一步号召人们杀死暴君，粉碎农奴制，表达了其同情欧洲人民起义、渴望自由的心愿。这一时期，他还深入挖掘俄国现实和历史生活中的一些重要主题，在浪漫主义叙事诗《高加索的囚徒》（1820—1821）、《强盗兄弟》（1822）、《茨冈》（1824）和现实主义诗体长篇小说《叶甫盖尼·奥涅金》中，描写一些鄙弃上流社会生活，但又不能跟人民融为一体的贵族青年——“多余人”的形象；在历史悲剧《鲍里斯·戈都诺夫》（1825）中展现人民才是决定社会历史命运的主体力量。奉诏回莫斯科后，普希金的革命性创作，更呈现出前所未有的繁荣局面。小说《驿站长》（1830）写十四等文官维林的悲剧命运，开俄国文学史上写“小人物”主题的先河。史话《普加乔夫史》（1833）和长篇小说《上尉的女儿》（1836）描写农民起义过程，塑造鲜明生动、富有人情味的农民起义领袖普加乔夫形象。此外，还写出了著名的小悲剧《吝啬骑士》、《石客》（1830），小说《射击》、《暴风雪》（1830），叙事诗《青铜骑士》（1833）、《黑桃皇后》（1834），童话《渔夫和金鱼的故事》

① 茹科夫斯基（1783—1852），俄国浪漫主义诗人、翻译家，著有《斯维特兰娜》等。

② 恰达耶夫（1794—1856），普希金在皇村中学时结识的一位当时驻扎在皇村附近的近卫骑兵团军官、哲学家、政论家，著有《哲学书简》，宣传反沙皇暴政的思想。

(1833）等传世之作。

普希金是俄国最伟大的民族诗人，他和十二月党人在精神上息息相通，是十二月党人在文学艺术领域的代表。他继承俄国文学的优秀传统，开创了俄国文学史上的一个新时期。他是俄国浪漫主义文学的代表，又是俄国现实主义文学的奠基人。他把现实主义原则和从政治上批判俄国黑暗现实的倾向结合在一起，以各种文学体裁进行创作，真实地描写俄国的社会生活，取得了经典性的成功，为俄国赢得了世界荣誉。

二、《叶甫盖尼·奥涅金》

《叶甫盖尼·奥涅金》(1823—1831）是普希金的代表作，是俄国文学史上第一部经典性的现实主义长篇小说。普希金用八年的时间完成了这部文学杰作。作品中，圣彼得堡贵族青年奥涅金厌倦了上流社会的生活，一个偶然的机会他来到了乡村，结识了当地地主拉林家的长女达吉雅娜。达吉雅娜对奥涅金一见钟情，经过激烈的思想斗争，她给奥涅金写了一封情书，表达了她对他的爱慕之情。但奥涅金不能理解她的真挚情意，轻率地表示他不宜享受家庭的幸福。几年之后，奥涅金在上流社会的一次集会中遇见了达吉雅娜。此时的达吉雅娜已不再是乡村少女，而是女神般的贵妇人。奥涅金为虚荣心所驱使，神魂颠倒地拼命追求达吉雅娜。达吉雅娜真诚地对他说，她仍然爱他，却不能属于他，因为她要忠于自己的丈夫。

作品的中心人物奥涅金，是19世纪20年代上半期俄国进步贵族知识分子的形象，是俄国文学史上第一个“多余人”的典型。

19世纪20年代前半期是俄罗斯民族意识觉醒、爱国激情昂扬、革命思潮高涨的年代。这个时期的贵族青年，有一部分走上了十二月党人的革命道路，大多数依然在上流社会里鬼混。而处于两者之间的那部分人，既不能像十二月党人那样奋起战斗，也不肯自甘堕落。他们有良好的教养、聪明的头脑，想有所作为，但由于脱离人民，也没有真才实学和必要的毅力，最后一事无成。奥涅金就是这类贵族青年的典型，在俄国文学史上被称为“多余人”。

《叶甫盖尼·奥涅金》封面

奥涅金的性格是19世纪20年代俄国贵族教育和生活方式的产物。他的法国教师“全教给他一些玩意，不用严正的道学来烦恼他”。奥涅金学到的是法文和上流社会交际的礼节，以及弄虚作假、装腔作势的一套交际方法：

> 他的法文是
> 完全的能说而且能写；
> 玛朱加舞跳得灵活，
> 鞠躬也鞠得从容；
> ……社交界都认为，他聪明而且可爱。
> ……可是他真正的天才的所在，
> ……那是温柔的爱情的学问；
> ……多早他就会做作了，

会隐瞒住情意，会嫉妒，
会使人不信，也会叫人相信，
会显得忧郁，憔悴，
会装得骄傲和柔顺，
亲切，或是冷淡！
他沉默了是多么惆怅，
他雄辩了是多么热烈。

这种教育没有教给他真才实学，没有使他养成劳动的习惯和能力："他想写作，——可是/艰难的工作使他厌烦；/他的笔下什么也写不出来。"他想进行农事改革，可又害怕当地地主们的非议，结果只能想想作罢。连在偏僻乡村里唯一勉强可以和他说说话的"朋友"连斯基，也在由他糊里糊涂的恶作剧引起的糊里糊涂的决斗中被他杀死了。

爱情悲剧是奥涅金人生悲剧的重要组成部分。面对真正的爱情，他无力理解。他在上流社会里养成的偏见使他不知爱情为何物，把达吉雅娜真挚的爱情误认为是上流社会男女之间的那种虚情假意、朝三暮四的儿戏，竟还向她传授起上流社会里尔虞我诈的"恋爱"经，结果和真正的爱情失之交臂，最终在事业和个人幸福上都一事无成。

奥涅金是19世纪20年代"多余人"的典型。此后，在19世纪30年代的俄国文学中有《当代英雄》里的毕巧林，19世纪40年代有《罗亭》里的罗亭，19世纪50年代有《奥勃洛莫夫》里的奥勃洛莫夫，他们一同构成了"多余人"的形象系列。

《叶甫盖尼·奥涅金》的女主人公达吉雅娜的性格形成于恬静的乡村。奶娘的知心话，和劳动人民的来往，淳朴的民间风尚，劳动人的民间故事，充满自由思想的外国小说，从各个方面影响着达吉雅娜的心灵。达吉雅娜真诚、善良、聪明、好学，她的精神世界远高于同时代的其他人。在遭到奥涅金的拒绝以后，她母亲为她安排了贤妻良母的位置，她成了公爵夫人。她不能去爱她心爱的人，却必须忠实于她不爱的人。她是人人仰慕的对象，同时又是一个不幸的人。奥涅金是麻木的，他不知道爱情为何物，不知道自己的幸福在哪里；而达吉雅娜知道自己的幸福是什么却不能享有，她比奥涅金更不幸。

透过这两个人物，普希金从不同的角度暴露了俄国贵族社会的弊端，表达了他对俄国贵族教育和生活的一定程度的批判。

《叶甫盖尼·奥涅金》在俄国文学史上具有划时代的意义。在当时的俄国文坛上，占统治地位的是古典主义和空洞的浪漫主义作品。《叶甫盖尼·奥涅金》的问世是对当时文坛秩序的一个突破，对俄国文学的发展具有重要意义。别林斯基曾认为，普希金的诗体小说《叶甫盖尼·奥涅金》和格利鲍耶陀夫的《聪明误》一同给俄国新诗歌和俄国新文学奠定了坚实的基础。

《叶甫盖尼·奥涅金》对俄国城市、乡村、社会、自然、地主、农民都有真实的描写，反映了当时俄国社会的全貌。

《叶甫盖尼·奥涅金》还表现了重大的社会主题。它揭示了19世纪20年代前期贵族青年性格的主要特征：脱离人民。十二月党人的失败和奥涅金们的一事无成，虽然还有种种其他原因，但是其主要原因却都是作为俄国社会革命的领导阶层的进步贵族知识分子脱离人民。从根本上说，这是由他们的阶级地位决定的。在那个时代，在无产阶级革命到来之前，他们不大可能和人民站在一起。

《叶甫盖尼·奥涅金》在艺术形式上具有独创性。诗人创造性地运用多种体裁和形式，把形形色色的内容纳入其中，有抒情，有叙事，有内心剖白，有场面描写，有书信，自由任情，舒展自如。

普希金是俄国后世作家的榜样。他之后的所有进步俄国作家都声明自己以普希金为师。直到今天，普希金的创作经验仍然具有宝贵的借鉴意义。

第三节 果戈理及其《死魂灵》

一、生平与创作

尼古拉·华西里耶维奇·果戈理（1809—1852）是俄国19世纪现实主义文学的奠基人之一。他于1809年4月1日出生在乌克兰的一个小地主家庭。其父华西里喜爱戏剧，其祖父母和父母还笃信宗教，致果戈理从小喜爱戏剧，且终生没能摆脱宗教思想的影响。他上涅仁高级科学中学时（1821—1828），正值十二月党人革命运动从兴起到被镇压的年代。他热心阅读被查禁的十二月党人诗人雷列耶夫和普希金的作品，积极参加各种进步活动，致中学毕业时没能得到十二等文官的证书。中学毕业后他到彼得堡当小职员和女子中学教师，目击了官场的腐败和底层“小人物”的辛酸，经历了生活的艰难和初期创作的失败——长诗和戏剧都没被采用。不过，他不辞艰辛，一直坚持文学创作，终在30年代后成了“俄国文坛的盟主”（别林斯基语）。

他早期的作品是赞美乌克兰普通人民的带浓厚浪漫主义色彩的故事集《狄康卡近乡夜话》（1831—1832）。接着是讽刺地主生活空虚无聊和揭露农奴制度不合理的小说集《密尔格拉得》（1835）和小说论文集《小品集》（1835）。1835—1841年，又出版了描写小官吏、小知识分子卑微处境和贵族官僚丑恶形象的小说集《彼得堡故事》。其中，《狂人日记》借狂人之口揭露了专制农奴制的吃人本质。《外套》通过小官吏阿卡基·阿卡基耶维奇的悲惨遭遇，暴露了俄国官僚机构的腐败和残酷。

果戈理最著名的作品，是根据普希金提供题材创作的讽刺喜剧《钦差大臣》（1836）和长篇讽刺小说《死魂灵》。《钦差大臣》刻画了以市长为首的一群寡廉鲜耻、贪赃枉法、无恶不作的官僚恶棍形象，致使反动文人叫嚷道：“果戈理是俄罗斯的敌人，应该给他戴上镣铐送到西伯利亚去!”果戈理也因此被迫流亡意大利，在意大利，他完成了他的代表作——长篇小说《死魂灵》第一部。小说用极其精妙的讽刺手法，描写了在专制农奴制土壤上生长出来的一个比一个更丑陋的地主、官吏和新兴资产者形象。

长篇讽刺小说《死魂灵》问世时，西欧人民革命运动正风起云涌，果戈理对此感到震惊和害怕，他头脑中固有的保守偏见和宗教意识也活跃起来。他认为文学应该表现传统的“道德”和“美”，体现神的意志，而他在《死魂灵》第一部里揭发社会的病害则不道德、不美和不合神意。因此，他决心要写作《死魂灵》第二部，写俄罗斯民族的英雄，写乞乞科夫的转变。但当时他又看不到俄罗斯的民族英雄，看不到乞乞科夫之流有何转变。于是，他只能在矛盾复杂的心境下生编硬造地着手写作，写出来的东西，自己也觉得不真实，于是写了烧，烧了后又写，最后只留下了部分章节。

由于长年旅居国外，远离祖国和人民，又受保守派朋友的影响，因而果戈理晚年思想更趋保守，他在1846年发表了《与友人书信集》，公开宣扬封建思想，维护专制制度。为此，别林斯基于1847年写了著名的《给果戈理的信》，善意地指出了果戈理的错误。果戈理后来虽然承认别林斯基的信里有部分真理存在，但是并没有从根本上改变自己的态度。果戈理最后在精神错乱、贫病交加中于1852年3月4日离开了人世。

果戈理虽有其时代和阶级的局限性，但是他为俄国和世界文学所作的贡献是不朽的。伟大的俄国文学批评家车尔尼雪夫斯基在评价果戈理的时候说过这样的话："尽管你的错误如此之大，但你是俄罗斯优秀的儿子，你的功勋在祖国面前是永垂不朽的。"

二、《死魂灵》

《死魂灵》(1842) 是果戈理的长篇小说代表作，第一部出版后在社会上引起强烈反响。从《死魂灵》里看出自己丑恶嘴脸的人拼命攻击他，诬蔑他"造谣"、"中伤俄罗斯"；而进步人士则热烈欢迎《死魂灵》的出版，争相传阅。俄国进步文学界高度评价《死魂灵》，坚定站在果戈理一边。

《死魂灵》封面

《死魂灵》中的人物既有城里的官僚，也有乡村的地主，其中以乡村地主为主。乞乞科夫的形象则是俄国文学中的新人物。

《死魂灵》主要讲述一个外表体面的投机家乞乞科夫在全俄旅行收买"死魂灵"的故事。

"魂灵"在俄文里有"灵魂"、"农奴"等多种意思。这里所说的"死魂灵"是指已死的农奴。由于这些已死的农奴在两次人口登记之间在法律上还算活着，因此可能被作为买卖的对象。他们的主人由于还要替他们交人头税，所以愿意转手卖掉。乞乞科夫就是钻这个空子，从农奴主那里骗取或是廉价收买这些"死魂灵"，按照买活农奴的办法办理手续，然后凭拥有这些农奴的文件向政府申请耕地，再把这些所谓的农奴和土地一起拿去抵押，从而捞取大笔金钱，达到发财享乐的目的。

乞乞科夫是个贯穿全书的人物。他是俄国小农奴主兼资产阶级商人的典型。果戈理以嘲讽的笔调和夸张的手法塑造了这个形象。在乞乞科夫小的时候，他的父亲就教导他"要积钱"，说"钱是永远不会抛弃你的"，"只要有钱，你想怎样就怎样，什么都办得到，什么都做得成"，"最要紧的是博得你的上司和老师的欢心"。乞乞科夫秉承父亲的"教导"，在学生时代拍老师的马屁，赚同学的钱；工作后贪赃枉法，被驱逐出官员队伍；最后竟干起了买卖"死魂灵"的丑恶勾当。

《死魂灵》中的五个乡村地主（农奴主）的形象，就是在和乞乞科夫做"死魂灵"交易的过程中一个个被刻画出来的。

马尼罗夫是一个对生活失去了实际感受、日夜沉浸在幻想中的地主。他总是笑眯眯、甜腻腻的，不懂得地主的本职工作就是管理自己的庄园和农奴，而把这一切当成“俗务”。寄生生活使他丧失了个性，沦落成一个不伦不类的角色。果戈理写道：“他恰如俄国俗谚的所谓不是鱼，不是肉，既不是这，也不是那，并非城里的波格丹，又不是乡下的绥里方。”乞乞科夫“见人下菜碟儿”，投其所好，和他大谈友谊，把他的“死魂灵”骗到手。而马尼罗夫却怎么也想不明白乞乞科夫要“死魂灵”有什么用处，竟把自己家为数不少的“死魂灵”白白地送给了能说会道的乞乞科夫。

书中的科罗皤契加是一个过时的、愚昧无知的女地主。乞乞科夫暗中骂她是一只糊涂虫。

乞乞科夫暗暗地把书中的另一个地主——梭巴开维支叫做“杀人凶手”。这是一个粗鲁、顽固、野蛮、残暴的地主。他拼命压榨农奴，使许多农奴过早地劳累致死。作家把他比作一头中等大小的熊，通过描写他的肖像、吃相，特别是他和乞乞科夫就买卖“死魂灵”讨价还价的嘴脸来暴露他的性格特点。

罗士特莱夫是一个无赖型地主。他花天酒地，任意挥霍农民的血汗，撒谎、耍赖、吹牛、打架、赌博、散布流言、拆散婚姻、破坏交易，什么坏事都干。早晨坐着自己的马车进城，晚上和自己的车夫一起，坐着雇来的马车回来，因为自己的马车输掉了！他和乞乞科夫的“交易”最后也以乞乞科夫的逃之夭夭而告吹。

书中的五个地主，写得最细致、最深刻的是泼留希金。他拥有上千农奴，但过着乞丐般的生活，让无以计数的财富在仓库里发霉腐烂。他极端吝啬，六亲不认，甚至拿一个破纽扣作为礼物送给外孙。乞乞科夫出钱购买“死魂灵”，他便把乞乞科夫称为“救命恩人”，下决心拿出半块发霉的饼干和半瓶有苍蝇虫蛆的果子酒招待他。乞乞科夫付给他 24 卢布，他双手抓住钞票，“仿佛手里捧着一种液体，每一瞬间都在怕它流出一样”。这个形象表明俄国专制制度和农奴制度已经腐朽到极为严重的程度。泼留希金的精神世界已经贫乏到只有病态的贪婪、吝啬以及极度的堕落、麻木和无知了。

果戈理是世界著名的讽刺大师，其讽刺特点是“以其不可见之泪痕悲色，振其邦人”的“含泪的笑”（鲁迅语）。其讽刺手段之一是不失真实的夸张。如用乞乞科夫和马尼罗夫在车站重逢时“很有劲地接吻，以致门牙都痛了一整天”，来描写他俩内心的空虚；用罗士特莱夫夸说他领地上的野兔多得随手便可抓到一只，来描写他肆无忌惮地吹牛撒谎；用泼留希金拿出半块饼干招待女儿和外孙，来描写他的极端吝啬。其讽刺手段之二是揭示地主官吏们庄重外在与渺小内在的尖锐矛盾。如写乞乞科夫把购买死魂灵说成是为了“扶助可怜的孤儿”；写马尼罗夫貌似知书识礼，可书桌上的书读了大半年才翻到第二页；写罗士特莱夫热情豪爽，可他的种种胡作非为又恰似他狗群中的狗；写泼留希金拥有巨大财富，却每天都要去捡拾路上一切有用无用的东西。

此外，在书中穿插抒情和议论，表达作家的见解，也是本书的艺术特点之一。这里有作家关于童年的回忆、对祖国的歌颂和对祖国未来的展望，也有作家对于批评界对他的攻击的委婉的反驳。

《死魂灵》是俄国批判现实主义——“自然派”的主要奠基作品。果戈理承袭俄国文学的优秀传统，特别是普希金的传统，在《钦差大臣》中集中暴露和嘲讽了俄国的官僚制度，在《死魂灵》中集中暴露和嘲讽了俄国的农奴制度。而封建专制制度和农奴制度刚好是当时阻碍俄国前进的两大社会病害，也是“自然派”创作的两大主题。果戈理在自己的文学创作中准确地抓住并充分地、创造性地展示了这两个基本主题，从而成为俄国批判现实主义文学的奠基人。

第四节 陀思妥耶夫斯基及其《罪与罚》

一、生平与创作

费奥多尔·米哈依洛维奇·陀思妥耶夫斯基于1821年11月11日生于莫斯科平民区一个医生的家里。童年的生活使他对城市平民阶层有比较多的了解。1834年他进一所寄宿学校学习，1838年入圣彼得堡军事工程学校。在军事工程学校，他阅读了茹科夫斯基、普希金、巴尔扎克等许多俄国和西欧作家的作品，并开始写作。从军事工程学校毕业后，他到工程局绘图处工作，一年后离职，专事文学活动，并于1844年翻译出版了巴尔扎克的《欧也妮·葛朗台》。1846年，他描写“小人物”的中篇小说《穷人》问世。别林斯基称这部小说是“社会小说的第一次尝试”，并预言陀思妥耶夫斯基将成为伟大的作家。1846年，陀思妥耶夫斯基发表小说《双重人格》，开始显露其创作的独特性。1849年，因为在彼得拉舍夫斯基小组的集会上朗读别林斯基的《给果戈理的信》而被误认为该小组的骨干，被捕并被判死刑，临刑前改判四年苦役。苦役期满后，又在西伯利亚当兵。1859年因病申请退伍，先后移居莫斯科、特维尔，年底回到圣彼得堡。

陀思妥耶夫斯基在九年的苦役和军营生活中蒙受了无数的屈辱，也目睹和结识了形形色色的犯人，加深了对社会的认识，为以后积累了丰富的创作素材。而另一方面，他原本就不坚定的某些进步意识也因俄国国内反动势力的猖獗、西欧革命的失败而消失，以致公开表示反对革命派的主张。

陀思妥耶夫斯基的思想是矛盾的。他攻击革命民主派，反对革命，认为俄国人民只能忍耐、顺从和笃信宗教，而不能和沙皇专制制度作斗争。但同时他也攻击农奴制，揭露贵族阶级和资本主义的罪恶。

陀思妥耶夫斯基在恢复文学活动后发表的作品有《舅舅的梦》（1859）、《被侮辱与被损害的》（1861）和《死屋手记》（1861—1862）。1866年，其主要代表作品《罪与罚》问世，并受到好评。此后发表的重要作品还有《白痴》（1868）、《群魔》（1871）、《卡拉马佐夫兄弟》（1879—1880）等。

二、《罪与罚》

《罪与罚》（1866）描述的是男主人公拉斯科尔尼科夫图财害命，杀死了一个放高利贷的老太太，抢走了她的钱财，而后矛盾、悔悟、自首、服刑和解脱的精神过程。这部作品比较充分地体现了陀思妥耶夫斯基文学创作的思想和艺术特点。

拉斯科尔尼科夫原本是个因为交不起学费而失学的大学生。他善良、聪明、乐于助人，但是又高傲、孤独，思想比较复杂。导致他犯罪的因素很多。首先是因为贫穷。他家一贫如洗，他周围的普通人和他家一样贫穷。他的妹妹为了他和他们的母亲，甘愿嫁给一个她不爱的男人。马拉美多夫的女儿因为贫穷而被迫卖淫，马拉美多夫本人和他的妻子也主要是因贫穷而不幸死去。贫富严重对立让拉斯科尔尼科夫感到不平。其次，拉斯科尔尼科夫带有一般知识分子的通病：有个人主义和无政府主义倾向，脱离人民、脱离实际、头脑简单，因而容易接受一些荒唐的理论。他接受了所谓“超人”的谬论，认为人可分为两类：一类是“平凡的人”，一类是“超人”。“超人”能推动世界前进，可以为所欲为；而“平凡的人”只是繁殖同类的材料。拉斯科尔尼科夫要证明自己是“超人”，结果当然是适得其反。杀人后，面对法律的惩罚和良心的谴责，他内心时时充满悔恨、痛苦和矛盾。作家在描写主人公的这一精神过程中，暴露了自己世界观的局限和矛盾。他否定了拉斯科尔尼科夫所表现出来的个人主义和无政府主义，同时也否定人民革命，并把拉斯科尔尼科夫的图财害命和革命暴力混为一谈；他深切同情挣扎在死亡线上的劳动人民，可是又规劝人们从宗教中找寄托，忍受甚至欣赏苦难，实际上是让人民忍受地主、资产阶级的盘剥和蹂躏。在他的这种描述中，真实的暴露和反动的说教混杂在一起。

作者笔下的正面人物是女主人公索尼亚。她是作者宗教道德理想的体现者。她笃信宗教，善良、温和、仁慈，甘愿为一家人的生存出卖自己，忍受了女人最不能忍受的羞耻和苦难。最后，她不仅挽救了男主人公，更感化了其他的犯人。她身上集中体现了作者给受苦受难的人们指出的“出路”，这充分暴露了作者思想的局限性。这个人物由于其虚假性而缺少艺术感染力。

《罪与罚》在艺术上的特点，首先是像作者的其他一些作品一样，故事情节曲折、紧张，引人入胜。其次是书中占据主要地位的是宗教和道德问题。索尼亚从正面体现了作者要宣扬的宗教道德理想，拉斯科尔尼科夫则从反面宣扬了作者的宗教道德主张。书中的故事情节是为宣扬作者的宗教道德主张服务的。这部作品在叙述上的主观色彩、在真实感和说服力方面的局限性都与此有关。最后，作者在书中涉及一些社会问题，并对此作了一定的阐发。

第五节 列夫·托尔斯泰及其《安娜·卡列尼娜》

一、生平与创作

列夫·尼古拉耶维奇·托尔斯泰（1828—1910）是俄国批判现实主义文学最伟大的代表。

他于1828年9月9日出生在莫斯科南160公里的一座古老的贵族庄园雅斯那雅·波良纳。他一生的大部分著作也是在这里完成的。久居乡村使他有机会熟悉农民的生活，这也是导致他后来思想转变的重要原因之一。

托尔斯泰文学创作的一大特点是他不停地进行精神和艺术的探索，最终把自己的立场从贵族地主阶级的一边，转变到俄国宗法制农民的一边。他的这种精神探索和艺术探索，在他的一些重要作品里都有鲜明的体现。

小说《一个地主的早晨》（1856）是他从喀山大学辍学回家当“好地主”搞改善农民生活改革的失败写照。短篇小说《伐木》（1852）是他参加高加索地区军队时，对上流社会的腐朽寄生生活和山民的淳朴生活的深切感受。《童年》（1852）、《少年》（1854）和《青年》（1857）三部曲是他批判贵族地主思想道德，主张道德自我完善的初步显示。特写《塞瓦斯托波尔故事》（1855—1856）是他参加塞瓦斯托波尔保卫战时对士兵英勇忘我精神的礼赞。短篇小说《琉森》（1857）是他第一次出国旅行时对资本主义文明的全面否定。中篇小说《哥萨克》（1863）则是他企图放弃贵族生活实行“平民化”思想的显现。这些作品，已初步显示了托尔斯泰否定贵族道德，否定资本主义文明，进行道德自我完善，赞美人民、实行“平民化”的思想和艺术探索。

到19世纪六七十年代，托尔斯泰把注意力转向历史和现实社会题材，力图从历史经验和现实社会角度为自己的探索寻求答案。他花了十多年时间写出了长篇小说《战争与和平》和长篇小说《安娜·卡列尼娜》。《战争与和平》是一部具史诗规模的文学巨著，反映的是1812年俄国卫国战争前后发生的系列重大历史事件。生存与侵略、战争与和平是小说的基本主题，对待人民的态度是评判作品中人物的道德标准。俄军统帅库图佐夫了解人民，被写成伟大的英雄；拿破仑敌视人民，被写成渺小的野心家。其他人物无论是宫廷贵族还是庄园贵族，也都以其对祖国和人民的态度作为褒贬的标准。《安娜·卡列尼娜》也是一部宏伟的社会史诗，它通过安娜追求真挚自由生活和列文探索社会人生出路这两条平行交叉的线索，全面反映了农奴制改革后俄国“一切都翻了个身”的社会现状，激烈批判了贵族资产阶级婚姻、道德的虚伪和堕落，具体展现了改革社会人生的方案。这两部小说，深化了托尔斯泰早期的种种思想和艺术探索，其世界观已开始向宗法制农民转变。

到19世纪80年代后，当托尔斯泰意识到地主和农民的矛盾不可能调和时，他的世界观便彻底站到了宗法制农民的立场上来。创作上，除撰写一些如剧本《黑暗的势力》（1886）之类的训诲性作品外，还写了既否定亚洲沙皇也否定欧洲沙皇的中篇小说《哈吉·穆拉特》（1896—1904）。其长篇小说《复活》（1889—1899）更在否定地主贵族的特权、道德和生活方式的同时，对沙皇俄国的法庭、监狱、大理院、警察厅、官方宗教、土地制度……进行猛烈批判。不过，囿于宗法制农民的软弱、祈祷和基督教忍让博爱的主张，他在猛烈揭发批判时，又顽固地主张道德自我完善和勿以暴力抗恶。生活上，也坚决主张放弃一切财产和特权，到南俄去过自食其力的平民生活。当遭到家人的激烈反对时，他竟弃家出走，于1910年11月20日病死途中。

托尔斯泰的思想、艺术探索，曾在社会上引起巨大反响。为正确认识托尔斯泰及其学说，列宁在1908—1911年间曾连续写过《列夫·托尔斯泰是俄国革命的镜子》、《列·尼·托尔斯泰和他的时代》等一系列专论托尔斯泰的论文。这些论文先指出托尔斯泰的思想和创作存在尖锐复杂的矛盾，接着揭示产生矛盾的时代基础和阶级属性，然后是要求人们对此抱批判地继承的态度。列宁的论文，为我们认识托尔斯泰乃至一切文化遗产，提供了正确的观点、途径和方法。

二、《安娜·卡列尼娜》

19世纪70年代初，托尔斯泰的注意力从历史题材转到现实问题，开始构思《安娜·卡列尼娜》，并在1873年至1877年间完成了这部著名长篇小说。在这部作品中，作家从贵族的婚恋和家庭关系的角度切入，描绘了19世纪70年代俄国广阔的生活画面，展示了俄国从封建制度向资本主义过渡过程中的社会风貌，同时也反映了作家的道德观、家庭观和世界观的矛盾。这部作品中有两条并行的情节线索：一条是安娜和渥伦斯基之间爱情婚姻的纠葛，展现了圣彼得堡上流社会、沙皇官场的生活；一条是列文的精神探索以及他和吉提之间的爱情与家庭生活，描绘了宗法制农村的生活图画。这两条线索形成对比，体现了作家的主观意图。作家肯定了在列文和吉提的故事中所体现的婚姻观、道德观和妇女观，而对安娜和渥伦斯基的故事则基本持批判的态度。这反映了作家的思想本身的矛盾。但他在反对安娜和渥伦斯基的婚外恋情的同时，又认为人人有权获得幸福，所以同情安娜的不幸，谴责上流社会对安娜的迫害，暴露上流人士的虚伪和腐败。安娜的形象曲折地反映了作家这种矛盾的世界观。

《安娜·卡列尼娜》封面

安娜·卡列尼娜是这部作品里的中心人物。她真诚、单纯、聪明、美丽，热烈追求个人的爱情幸福，是俄国19世纪70年代优秀贵族妇女的典型形象，她的身上有着那个时代的社会特征。19世纪70年代是俄国资本主义关系迅猛发展的时期，资产阶级的意识形态更加有力地影响着人们。安娜虽然出身高贵，但同时她也是一个无依无靠、没有财产、寄人篱下的高贵的穷人，也就是说，她不是俄国现存社会制度的既得利益者，因此她比较容易接受要求变革的社会思潮。支配她勇敢追求个人幸福的个性解放的婚恋观念正是在这样的条件下形成的。

正确理解安娜这个形象是正确理解这部著作的关键一环。

在塑造安娜这个形象时，托尔斯泰以心理描写、肖像描写、衬托和对比等方法精心描绘了她的美，显示了作家对于安娜追求个人幸福的同情。这也是故事情节发展的需要，因为渥伦斯基关注的主要是安娜的美。

安娜的爱情追求以悲剧告终，有其深刻的历史必然性。首先，这是不合理的婚姻制度造成的恶果。在安娜17岁的时候，她的姑母把她嫁给了已经是省长、比安娜大20岁的卡列宁。当时的安娜还不懂得什么是爱情；而当她知道什么是爱情的时候，她已经是卡列宁的妻子了。卡列宁幼年缺少教养，是一个一心追逐高位的官僚，根本不懂得爱情和家庭，甚至不知道爱护和教导自己的儿子，是一个安娜所难以忍受的人。安娜的性格有循规蹈矩的一面，一度想当贤妻良母。这在她和渥伦斯基相识并对他产生好感后的内心矛盾中可以看得很清楚。她曾努力去爱丈夫，而后又把自己的爱投向儿子。但是她毕竟是一个觉醒中的、带有资产阶级个性解放色彩的女性，她不可能完全压灭自己内心的要求。正如安娜所说的："我不是尽力，尽我的全力去给我的生活找寻出一点意义来吗？我不是努力去爱他，而当我实在不能爱我的丈夫的时候就努力去爱我的儿子吗？但是时候到了，我知道我不能再欺骗自己了，我是活人，罪不在我，上帝生就我这样一个人，我要爱情，我要生活。"

其次，安娜对个性解放的追求触犯了俄国的法律、道德、宗教教义和贵族上流社会的习俗，为他们所不容。上流社会允许他们的男男女女偷情，却不允许像安娜这样公然宣称她有权追求真正的爱情，真诚地去爱一个人。因为这会破坏贵族上流社会腐朽的生活秩序。利蒂亚·伊万诺夫娜、特维尔斯卡雅公爵夫人和渥伦斯基的母亲都曾干过许多风流勾当，上流社会的贵妇人们几乎没有一个人没有偷情的行径，但她们却都是上流社会的宠儿。而安娜则因为真正地爱上了渥伦斯基而成了她们要消灭的对象，而且她们也真的把安娜逼上了绝路。

再次，在19世纪70年代，俄国的资本主义虽然有了很大发展，但是在俄国占统治地位的还是封建势力，安娜对个性解放的追求带有超前的性质，在当时是孤立的、不被理解的。她所热爱的渥伦斯基也并不真正理解她，这是她人生悲剧的又一个原因。渥伦斯基是俄国上流社会"花花公子的一个标本"，但这却是安娜唯一可能有的选择。因为她只能在她本阶级的人中选择她爱的对象。渥伦斯基也真诚地爱着安娜，而且始终爱着安娜，为此他情愿放弃做将军和驻外武官的机会；在安娜因产后惧怕神灵的惩罚表示要和他分手，回到卡列宁身边的时候，他痛不欲生，曾经自杀；在安娜自杀后他悲痛欲绝，多次自杀未遂，最后决心到保加利亚去和土耳其人作战，战死在战场上。但是渥伦斯基远不是可以和安娜相匹配的人。他是上流社会的宠儿，是当时俄国社会的既得利益者。他富有，是皇帝的侍从武官，在上流社会有许多阔亲戚，地位显赫，前途远大。在和安娜的交往中，他同样也是既得利益者。他能使朝廷重臣美丽的妻子成为自己的情妇，在上流社会是一种荣耀。这一点安娜在生命的最后一刻，在她冷眼旁观他的时候，也看得清清楚楚。渥伦斯基所爱的主要是安娜外在的美。他在才智、品德、情感等方面，都远低于安娜。他属于俄国上流社会而不属于安娜。所以安娜把自己的命运和他联结在一起，在一定程度上也注定了其悲剧的结局。

最后，安娜自身的矛盾是安娜悲剧的一个决定性的因素。安娜是一个觉醒中的贵族妇女。她意识到要追求个人幸福，并且也勇敢地去追求过。但是她毕竟是俄国上流社会的一员，在精神上和上流社会有着千丝万缕的联系。比如她一方面确信上流社会的贵妇人们不比她好，一方面又承认自己是个坏女人；她笃信宗教，惧怕神灵的惩罚；她相信梦，等等。她没有财产，在家要卡列宁养活，在外面靠渥伦斯基养活。她内心无法解脱的矛盾，都使她分外软弱，不能抵抗来自上流社会各个方面的压力，最终卧轨自杀。

如果说作家透过安娜和渥伦斯基的故事在婚恋问题上告诉人们不应该怎么做的话，那他在列文和吉提的故事中要表现的则是人们应该怎样做。不过作家既没有把安娜和渥伦斯基写成上流社会的浮渣，也没有把列文和吉提的婚恋写成人们的榜样。

列文是一个带有作者影像的精神探索型的人物，但是他所有的努力都以失败告终。在政治思想方面，列文既不想靠拢喜欢空谈、一事无成的资产阶级自由主义者的哥哥谢尔盖·柯兹尼雪夫，也不想靠拢他身为革命民主主义者的另一个哥哥尼古拉·列文。他对俄国城乡出现的一切新事物，如铁路、邮电、银行等，都抱敌视的态度。

列文活动的主要内容是进行农事改革。但他改革的目的仅仅是想调和地主和农民的矛盾，替地主阶级找出路。而地主和农民的关系事实上是不可调和的，地主在社会经济发展到资本主义时已经没有了出路。列文和农民一起参加体力劳动，想靠拢农民，但是却不能改变他和农民的剥削和被剥削的关系。可以说，列文的探索和改革尝试都失败了。

作家把吉提写成一个贤妻良母，给了列文一个幸福的家庭。但吉提也只是一个平庸的贵族妇女，并没有给他们的家庭创造什么动人的新意，列文也没有从家庭生活中获得什么幸福。最后，作家让列文接受了费克尼奇的说教，皈依了宗教，作为他的一个无可奈何的归宿。列文活动的背景是真实的，但作家给予列文的幸福却是虚幻的、主观的。在费克尼奇和列文的形象中已经包含了托尔斯泰不抵抗主义的思想。这种思想在他以后完成的《复活》中有更突出的反映。

列文没能在无奈的探索中找到自己的出路和幸福，但他的探索过程却正好展示了俄国社会剧变的现实：俄国封建的社会关系在瓦解，资本主义的关系在形成，正像列文所说的，俄国的“一切都已颠倒过来，而且刚在开始形成”。

《安娜·卡列尼娜》的艺术特点主要有三点。

第一，独创的情节结构。这部作品中包含着彼此相对独立又互相关联的两条情节线索，形成了所谓“拱桥”型的结构。这种彼此形成对比的情节结构既扩大了作品描写的社会面，展示了19世纪俄国贵族的两种人生追求，同时也反映了作家本人世界观的矛盾。作家不赞成在安娜的故事里所体现的家庭观和幸福观，而安娜的故事里所反映的却是俄国社会发展的趋势；作家极力鼓吹列文的幸福家庭和生活方式，而列文的追求在世俗的生活中却没有出路，列文也没能得到幸福，最后只能皈依宗教。

第二，出色的心理描写。小说先写安娜作为卡列宁的妻子在追求个人幸福的意识觉醒后的内心矛盾，写她既想做贤妻良母，又无法忍受心灵的孤寂，写她在这两者之间的内心矛盾斗争；之后写她面对渥伦斯基爱的诱惑，在安于现状还是追求个人幸福之间的内心矛盾；再写她享有渥伦斯基的爱和惧怕失去这种爱的内心矛盾；最后写她既相信渥伦斯基不会背弃她，又担心他可能会离她而去的矛盾，并在矛盾中选择了用自杀惩罚渥伦斯基的道路。作家对于列文内心世界的描写同样精彩细腻。

第三，真实典型的细节描写。比如作家对于安娜肖像及其变化的描写就形成一个安娜肖像画的系列，既反映着她个人处境的变化，又和她的心理发展过程相联系。刚刚出场的安娜，虽然偶露不快，但主要是得意和自信；而在遭受上流社会孤立的时候，她的面部常常流露出怒容；在获得爱情幸福的时候，由于惧怕会失去这种幸福，她就有了蹙额的表情；当担心会失去渥伦斯基的爱的时候，她面部流露出来的是一种焦躁的神情；在她死后被放到台子上的时候，她神情平和。又如写卡列宁舒展手关节时发出的那种让安娜讨厌的声音，写同样让安娜感到讨厌的卡列宁的那一对可以顶到帽檐儿的大耳轮，反映着他伪善性格的尖细的说话声，等等。这样的一些细节都给读者留下了深刻的印象。卡列宁装在给安娜的信封里的钱和他在信里的那些话语，生动地表现了安娜薄弱的社会地位：她要靠丈夫或是情人养活自己。这既是使安娜比较容易接受个性解放的新思潮的原因，又是她无力和上流社会抗衡的一个经济方面的原因。

第六节 契诃夫及其《套中人》

一、生平与创作

安东·巴甫洛维奇·契诃夫（1860—1904）是短篇小说巨匠和卓有成就的剧作家，在俄国文学史上占有重要地位。

契诃夫像

在俄国19世纪作家中，契诃夫是少有的几位平民出身的著名文学家之一。他于1860年1月29日出生在亚述海岸的小城塔干罗格。父亲经营一家食品杂货店，他从小就参加店里的劳动，生活单调而沉闷。1876年，在他父亲因店铺倒闭不得不前往莫斯科谋生后，他一个人留在故乡上中学，靠做家教维持生活，受尽了人们的冷眼和嘲笑，但也洞察了小市民的庸俗自私和世间人情的冷暖。1879年他考入莫斯科大学医学系，毕业后一边行医，一边从事文学创作。

在沙皇统治日益残暴、俄国无产阶级革命运动不断高涨的年代，面对社会黑暗和人民苦难，他开始用“安多沙·契洪特”等笔名，采用幽默手法，创作暴露官吏警察制度的短篇小说《小公务员之死》（1883）、《胖子与瘦子》（1883）、《变色龙》（1884）、《普里希别叶夫中士》（1885）和表现人民生活疾苦的《哀伤》（1885）、《苦恼》（1886），显示了作家浓厚的人道主义精神。为进一步了解社会，1890年他到囚犯、移民和农民集中的库页岛去作了长达三个月的旅行、调查和访问，“库页岛是一座活地狱”的景象使他十分震惊，回来后他便写了一系列揭露社会黑暗的带悲喜剧成分的作品，如中篇小说《第六号病室》（1892）、《跳来跳去的女人》（1892）、

《文学教师》(1894) 等，进一步显示出作家的民主主义思想。1895 年俄国第一次无产阶级大革命后，契诃夫对社会的认识更加强烈，人道主义和民主主义精神更加强烈，他已感到俄国将要发生重大变化，从而写出了范围更广、主题更深、艺术更成熟的短篇小说《挂在脖子上的安娜》(1895)、《套中人》、《宝贝儿》(1899)，以及剧本《万尼亚舅舅》(1897)、《三姊妹》(1901)、《樱桃园》(1903—1904)。在小说中，他不仅继续深入揭示社会弊病，还呼唤人们"不能再这样生活下去了"，尽管该怎么生活他还不知道。在剧本中，他不仅揭示了知识分子在沙皇专制制度下的悲剧命运，主张埋葬过去、否定现在，还满怀乐观地欢呼未来："新生活万岁!"尽管这新生活是什么样子，该怎样去创造，他仍不知道。

二、《套中人》

契诃夫戏剧作品属世界一流，但是他的主要成就体现在中短篇小说，特别是短篇小说创作方面。《套中人》就是他短篇小说的代表作品之一。

《套中人》发表于 1898 年，属作家晚期作品，体现了作家短篇小说艺术的一般特点：从现实生活中取材，作品中人物比较少，故事情节奇特而真实，用语简练，景物描写简洁、逼真，多用夸张和讽刺等。

《契诃夫短篇小说选》封面

《套中人》的中心人物是别里科夫，跟他形成对比和衬托关系的人物有兽医伊凡、别里科夫的同事布尔金和柯瓦连科。

别里科夫是 19 世纪末俄国保守的资产阶级知识分子的典型形象。他性格的核心是自私。他为保护自己而日夜战战兢兢，甚至出卖别人。他的人性已丧失殆尽，就连男女之情他都没有或是不敢有了。

契诃夫是从两个角度刻画别里科夫的性格特征的。

首先，从他的衣食住行、精神状态、生活方式、待人接物、语言习惯等方面对他做一般性的描写。他的口头禅是："千万别闹出什么乱子来。"他所有的东西和他整个人随时都要用种种套子套起来，目的是隔绝人世，不受外界的影响，使他本人和他的财产不会受到可能有的任何损失。他不仅要把人和物套起来，连思想也要用"政府的法令和报纸上的文章"套起来，目的也是使他自己不受到损害。他保护自己不仅用"守"的一套，更用"攻"的一套——告密。他反对一切新事物，紧紧地依靠着黑暗势力。所以，不仅他的同事们怕他，就连校长也怕他。这个长着一张"活像黄鼠狼的脸一样"的小脸儿的别里科夫，竟"把整个中学辖制了足足十五年"，而且"全城都受着他的辖制"。人们不敢周济穷人，不敢教人识字……所以最后埋葬别里科夫成了"一件大快人心的事"。

其次，写他的"婚事"，旨在揭示他精神退化的程度。别里科夫面前有条件优越、急于嫁人的华连卡。他不仅早已是待娶的光棍儿，而且也已被华连卡看中了。然而，即使如此，在别里科夫心里也没有产生出爱的波澜。后来他总算有了"要结婚"的念头。然而他这"要结婚"的念头也不是从他的灵魂里产生出来的，而是因为校长太太、训育主任的太太、中学里所有的女士们、他所有的同事及其太太们一起“怂恿”他，把他弄“昏了头”才产生出来的。也就是说，他的心里不仅不能产生爱情，连“要结婚”的念头都产生不出来了。更具讽刺意味的是，“怂恿”他结婚的这些人，并不是因为他们认为别里科夫是一个可以结婚的人，而是因为他们活得无聊，要拿他的这件事来寻开心。

别里科夫的性格是沙皇俄国专制制度的产物。别里科夫有胆小怕事的一面，又有凶狠残酷的一面。他看起来可怜，实际上可憎。他背靠黑暗势力，能够辖制一所中学、一个城市，而实际上他又像铸就了他的性格的沙皇专制制度一样脆弱，柯瓦连科一揪一推，他就一命呜呼了。这个教师们怕、校长怕，迫使学校当局开除了彼得洛夫和叶果洛夫，一度辖制着这所学校和这座城市的别里科夫，在本质上是腐朽的、脆弱的。他是个失去了生存权利的角色。

契诃夫借助兽医伊凡议论说，产生了别里科夫的沙皇俄国就是一个大套子。所以别里科夫的死并没有改变什么，“局面并没有好一点”，“将来还不知道会有多少”别里科夫。作家在这里表明：不仅别里科夫要不得，产生了别里科夫的那个社会更要不得。作家实际上提出了一个改造俄国的重大问题，这正是他民主主义政治态度的体现。

《套中人》的题材取自现实生活。别里科夫的原型是作家曾就读过的一所学校的学监狄柯诺夫。作品集中描写的只有别里科夫一个人物，用语简练；肖像描写和景物描写虽然不多，但是真实生动；讽刺和夸张运用得恰如其分。

契诃夫的小说多带哀伤情调，所写的也多是阴暗和灰色的生活，但这并不能说明契诃夫是个悲观主义者。他热爱祖国，关心国家的前途，赞美劳动人民的优秀品质。他暴露社会黑暗，揭露人民的陋习，正是出于他对祖国和人民的爱以及对祖国美好未来的向往。其《未婚妻》就表现了这样的精神。晚年，他预感到俄国的社会生活将要发生变革，新生活就要到来，他欢迎这个变革。他在《樱桃园》里借助平民知识分子特罗菲莫夫，喊出了“新生活万岁”的声音，表明他对祖国的未来充满信心。

契诃夫曾约高尔基一同访问中国，但未能成行。1904 年 7 月 15 日，契诃夫因肺病恶化而逝世。

契诃夫始终没能跨越资产阶级民主主义的界限，但是他热爱祖国和人民，留下了世界一流的文学作品和丰富的艺术经验，至今被后人称道。

思考题

1. 试述俄国文学的主要特征。
2. 举例说明“多余人”形象的特征。
3. 试述普希金在俄国文学史上的地位。
4. 试述《叶甫盖尼·奥涅金》的思想、艺术成就。
5. 分析泼留希金和乞乞科夫形象。
6. 从《罪与罚》看陀思妥耶夫斯基的思想、创作特点。
7. 分析安娜·卡列尼娜的形象。
8. 分析别里科夫的形象。
9. 从俄国文学的史实看，你认为在社会、作家和作品之间应该保持一种什么样的关系？

第十四章

20 世纪苏联文学

小引

苏联文学[①]诞生于十月革命，它贯穿苏联社会历史发展的各个阶段，不了解苏联文学，就无法感性、形象地解读苏维埃政治体制下俄罗斯民族的历史嬗变和俄罗斯人的精神生活。苏联文学先后经历过国内战争时期、恢复建设时期、卫国战争时期、解冻时期以及其后的"公开性"时期等不同阶段，大体上包括无产阶级文学（亦可叫社会主义文学）、传统现实主义文学和现代主义文学。在创作思想上，苏联文学以社会主义现实主义作为主导，同时也存在着现代主义和其他文艺思潮。本章重点讲述苏联文学的历史成因、发展概貌和创作实绩，重点评析代表作家及其代表作品。

苏联文学前期成就显著，作家们继承民族文学优良传统，在无产阶级世界观的指导下进行创作，主要成就集中在高尔基、马雅可夫斯基、法捷耶夫、肖洛霍夫等人的创作上。

第二次世界大战结束后，随着苏联社会的历史变迁与转型，苏联文学进入了新的探索、实践和发展阶段，解冻题材、道德题材、战争题材、工业题材、农村题材、"不同政见"题材作品相继涌现，恰科夫斯基和索尔仁尼琴的创作标示着苏联文学在不同思想走向、不同题材抉择、不同艺术追求方面所取得的实绩和成就。

学习本章内容，应纵向联系 19 世纪俄国的文学传统，横向同 20 世纪西欧、北美乃至亚洲地区的各种文学现象联系起来加以比较分析。同时需要思考和把握苏联文学作为人类文化遗产的历史价值和认识作用。

---

① 由于一些作家横跨多个时期，本章中苏联文学概念包括从十月革命到苏联正式成立这一时期的文学及苏联时期的文学。

第一节 概述

20 世纪是人类历史发生天翻地覆大变化的时代。国际上的风云变幻，共产主义运动的波澜起伏，政治新格局的不断出现，意识形态领域的动荡多变和科学技术的飞速发展，世界文坛上各种文艺思潮的相互作用和影响，一同规定着 20 世纪文学的发展轨迹。

在 19 世纪 20 世纪之交，西方各主要资本主义国家所固有的社会矛盾处于激化状态，经济危机和世界大战使传统价值观念发生动摇，作家们普遍遭遇思想危机。第一次世界大战的爆发，俄国十月社会主义革命的胜利，社会主义苏联在革命和建设上所取得的辉煌成就，极大地鼓舞了全世界的进步作家。法西斯主义在德、意、日等国的兴起，更加擦亮了作家们的眼睛，新老作家普遍向左转，以无产阶级作家为核心的庞大的左翼作家队伍很快形成。随着民族解放运动和民主革命的高涨，革命文学在崛起，无产阶级作家队伍也在不断扩大。第二次世界大战的爆发，战争中法西斯主义灭绝人性的大屠杀，20 世纪 50 年代以后资本主义的平稳发展，共产主义运动中出现的曲折，特别是 1991 年苏联解体，这一切也极大地影响着 20 世纪文学的发展。

十月革命开辟了人类历史的新纪元，创建了第一个社会主义国家，同时诞生了苏联文学。苏联文学有着鲜明的特征：继承了 19 世纪现实主义文学传统，结合时代的新要求，不断进行新的探索，具有强烈的政治倾向性、战斗性和乐观主义色彩；植根于十月革命后的社会生活土壤，站在时代的高度，运用无产阶级思想观察和描写现实，表现新的主题和新的人物；社会主义现实主义被规定为文学的基本创作方法，要求从现实的革命发展中真实地、历史地、具体地描写现实，并以社会主义精神教育人民；个人崇拜、极左思潮导致文学受到过多的行政干预，对现实主义作了狭隘的理解，忽视包括浪漫主义在内的非现实主义文学，讽刺性作品曾受到冷落排斥，并忽视文艺的娱乐、审美功能。

苏联文学的发展，随着重大的社会变迁和文艺思潮的演变，可以分为三个时期。

一、1917 年至 20 世纪 30 年代初

十月革命胜利之后，苏联国内阶级斗争极其尖锐复杂，文艺领域内的斗争也异常严峻。作家队伍复杂、文艺思想混乱、派别林立、团体丛生，相互论战不已。除十月革命前夕成立的“无产阶级文化协会”外，影响较大的还有“谢拉皮翁兄弟”、“岗位派”等。他们之间错综复杂的矛盾、永不休止的论争，导致了 20 年代上半期苏联文学界的复杂现实。为匡正偏激思想，结束混乱局面，使作家能集中精力致力于创作，促进文坛的繁荣，俄共（布）从文学论争的实际出发，先后颁布了一系列文件，鲜明地体现了既反“左”又反右的辩证观点，对统一当时苏

联文学界的思想、广泛团结作家队伍、加强党对文学的领导、促进无产阶级文学事业的繁荣和发展都起到了巨大的作用。此后，不同团体和流派的作家思想上有所接近，一大批“同路人”作家向党组织靠拢，一大批年轻作家迅速成长，无产阶级文学队伍迅速壮大，这就为苏联作家联盟的建立奠定了基础。除了高尔基的创作之外，绥拉菲莫维奇（1863—1949）的《铁流》（1924）、富尔曼诺夫（1891—1926）的《恰巴耶夫》（1923）以及法捷耶夫（1901—1956）的《毁灭》（1927）等史诗式的作品，也是在这个时期问世的。

马雅可夫斯基的长诗《放开喉咙歌唱》（1930）揭开了 20 世纪 30 年代诗坛的序幕。别德内依（1883—1945）、叶赛宁（1895—1925）、勃洛克（1880—1921）等著名诗人，都从不同角度拨动时代的音弦，唱出了苏联各族人民的共同心声。当时小说创作逐渐趋于繁荣，主要作品有拉甫列尼约夫（1891—1959）的《第四十一》（1926）、布尔加科夫（1891—1940）的《白卫军》（1925，未全文发表）等。表现劳动热情、反映社会主义建设的作品如革拉特柯夫（1883—1958）的长篇小说《士敏土》（又译《水泥》，1925）开始出现。左琴科（1895—1958）的讽刺性小说《一本浅蓝色的书》（1934—1935）也产生了一定影响。

戏剧创作也出现了初步繁荣，较著名的戏剧作品有：特列尼约夫（1876—1945）的《柳波芙·雅罗瓦娅》（1926）和《涅瓦河畔》（1937）、维什涅夫斯基（1900—1951）的《乐观的悲剧》（1933）等。

马雅可夫斯基（1893—1930）是苏联社会主义现实主义诗歌的奠基人，是一位以诗歌为武器的宣传鼓动家和诗坛上的革新者。他的主要诗作有长诗《穿裤子的云》、革命抒情诗《向左进行曲》、长诗《一亿五千万》等。国内战争时期，他投身于“罗斯塔之窗”的革命宣传工作，两年内写了 600 多首诗，在揭露敌人、鼓舞人民斗志方面发挥了巨大作用。他的讽刺诗《开会迷》受到列宁的高度评价。1924 年创作的长诗《列宁》标志着诗人的创作进入了新的阶段。长诗《列宁》塑造了革命导师列宁的光辉形象，歌颂了列宁对俄国革命的巨大贡献，表明列宁及其事业将永垂不朽。1927 年，诗人写成长诗《好!》，这是继《列宁》之后的又一力作。《好!》描写了苏维埃共和国从诞生、巩固到繁荣昌盛的全过程，被誉为苏联革命的英雄史诗。他的讽刺喜剧《臭虫》和《澡堂》尖锐抨击了种种不正之风。1930 年发表的《放开喉咙歌唱》是他从事文学创作的纲领和 20 年创作的总结。

二、20 世纪 30 年代初至 50 年代初

1934 年召开了第一次全苏作家代表大会，成立了苏联作家协会，确定社会主义现实主义为苏联文学的创作原则和文学批评的基本方法。在这种历史条件下，作家们积极投身到社会主义建设的斗争生活中去，以各种不同的体裁、各自不同的体验创作出了大批作品，苏联文学出现了一个被称为“红色的 30 年代”的局面。阿·托尔斯泰（1883—1945）《苦难的历程》（1922—1941）写出了知识分子同人民的结合过程。奥斯特洛夫斯基（1904—1936）的《钢铁是怎样炼成的》（1932—1935）揭示了新人的成长。克雷莫夫（1908—1941）的《油船“德宾特”号》（1938）描写平凡劳动者的不平凡功绩。长篇小说创作的繁荣标志着苏联文学的成熟。法捷耶夫不仅在其苏联文学“里程碑式”的作品《毁灭》中展现了烈火炼真金——投机革命者要被淘汰、敌对分子要被革命清除、真正革命者将在斗争中成长的主题，更在长篇小说代表作

《青年近卫军》（1945）中描写克拉斯诺顿地区共青团组织“青年近卫军”在老一代布尔什维克的领导下跟德国法西斯占领者进行英勇卓绝的斗争，塑造了以奥列格为首的机智、勇敢、坚强的青年革命者群像。

20 世纪 30 年代的肃反扩大化导致一些作家被捕，阿赫玛托娃（1889—1966）和帕斯捷尔纳克（1890—1960）等人的作品，当时均未能问世。

卫国战争中，作家们以他们的鲜血和生命创作出了大量的各种体裁的作品。特瓦尔多夫斯基（1910—1971）的长诗《瓦西里·焦尔金》（1941—1945）、戈尔巴托夫（1908—1954）的小说《宁死不屈》（1943）、西蒙诺夫（1915—1979）的中篇《日日夜夜》（1944）、法捷耶夫的长篇《青年近卫军》、柯涅楚克（1905—1972）的剧本《前线》（1942）等都反映了苏联人民的反法西斯斗争。

这个时期，文艺评论的严重错误和极左路线，给文坛带来一定危害。对左琴科、阿赫玛托娃的粗暴批判，不但严重伤害了许多作家，大大挫伤了作家们的创作积极性，而且造成了公式化、概念化、粉饰生活、回避矛盾的作品大量出现，巴巴耶夫斯基（1909—2000）的小说《金星英雄》（1948）、波戈廷（1900—1962）的电影剧本《带枪的人》（1937）等即此类作品。这种不良现象和恶劣倾向，直到斯大林逝世以后，才在 1954 年第二次全苏作家代表大会上得以比较彻底地纠正。尽管这样，这一时期仍有波列沃依（1908—1981）塑造英雄人物的《真正的人》（1946）、柯切托夫（1912—1973）描绘工人家庭的《茹尔宾一家》（1952）等佳作问世。

三、20 世纪 50 年代初至 90 年代初

20 世纪 50 年代之后，苏联文学进入了一个精神更新期。当时，苏联文艺界展开了对“无冲突论”的批判，接着，政府当局进一步号召苏维埃文学和艺术“积极干预生活”，“大胆地表现生活的矛盾和冲突”。于是，一批能够比较真实地反映现实生活中各种矛盾的作品出现了。苏联当代文学的“第一只春燕”奥维奇金（1904—1968）的农村特写《区里的日常生活》（1952）打出了“暴露文学”的旗帜。作者通过两个区委书记不同领导作风的对比，揭露了苏联农业管理中的官僚主义弊病和农民失去生产积极性的社会问题。作品发表后，立即在评论界引起了轩然大波。其后，特罗耶波利斯基（1905—1995）的《农艺师手记》（1953），田德里亚科夫（1923—1984）的《伊凡·楚普罗夫的堕落》（1953）、《不称心的女婿》（1954）和《死结》（1956），女作家尼古拉耶娃（1911—1963）的《征途中的战斗》（1957）和《拖拉机站站长和总农艺师》（1954），扎雷金（1913—2000）的特写集《1954 年的春天》（1955），杜金采夫（1918—1998）的小说《不是单靠面包》（1956）等一系列以“写真实”著称的作品纷纷问世。列昂诺夫（1899—1994）的长篇《俄罗斯森林》（1953）被称作半个世纪以来俄国人民的真正史诗般的作品。小说通过主人公林学家维赫耶夫的坎坷一生，极力探索人生幸福的哲理，揭露社会中存在的诸多问题。“俄罗斯森林”作为一种象征贯穿于作品始终。

作为新的历史阶段标志的是爱伦堡（1891—1967）的中篇小说《解冻》（1954）。随着这部小说的发表，“解冻文学”思潮出现了，对社会主义现实主义提出了新的解释，为一大批受过批判的作家恢复了名誉，左琴科、阿赫玛托娃、布尔加科夫等人的作品得到了出版。解冻文学的主要作品还有帕斯捷尔纳克的《日瓦戈医生》（1957）、索尔仁尼琴的《伊凡·杰尼索维奇的

一天》(1962)、特瓦尔多夫斯基的长诗《焦尔金游地府》(1962) 等。索尔仁尼琴的小说《伊凡·杰尼索维奇的一天》描写了苏联集中营的生活，开启了“集中营文学”的先河。

爱伦堡的小说《解冻》写的是1953年冬季至1954年春天这段转折时期某工厂发生的变化。小说塑造了一个自私、保守、僵化的官僚主义典型茹拉甫辽夫。他是工厂厂长，但从不关心工人的死活，只追求高指标，结果造成了工人死亡的严重事件而被撤职，妻子也和他离异。由于题材的敏感和重要，反映的是“关心人”、“爱护人”这一主题，很富有时代性，这部小说发表后产生了重大影响，很快出现了一批类似的引人注目的作品。西方评论界把这股文学潮流称为“解冻文学”，认为小说的结尾“你看，到解冻时节了”的“解冻”影射斯大林“个人崇拜”时代已经结束，“春天就在眼前了”。

“解冻文学”思潮的出现标志着文学方向的重大调整，开启了文学反映现实生活的另一途径。在“解冻”思潮推动下，帕斯捷尔纳克写出了经过长期构思的长篇小说《日瓦戈医生》。该书于1956年曾向《新世界》杂志投稿，未能发表。1957年，这部作品在意大利出版后引起轰动，很快译成15国文字。1958年瑞典皇家科学院宣布授予作者该年度诺贝尔文学奖。小说以十月革命前20年到革命后10年的重大历史事件为背景，描写了知识分子日瓦戈从投身革命到对革命后的现实不满的过程。他既反对反革命白匪军的惨无人道，又不赞成革命的暴力，思想彷徨，命运坎坷。小说在苏联国内反应强烈，作协立即决定开除帕斯捷尔纳克的会籍，共青团中央书记要求驱逐作家出境。在这种情况下，帕斯捷尔纳克以公开信的形式作了检讨，宣布拒绝接受诺贝尔文学奖。

1956年底，肖洛霍夫的著名中篇小说《一个人的遭遇》发表，成为文坛的一件大事。该作品高举人道主义旗帜，不仅暴露法西斯侵略的罪恶，更描写了战争给普通人带来的悲剧，在苏联当代文学中具有开拓意义。此后，这类作品纷至沓来，它们在艺术上震撼人心，催人泪下。

20世纪60年代前后，一批青年作家崛起。一些受《一个人的遭遇》的影响而重视细节真实、描写卫国战争的作品问世，在战争题材的创作上取得了新的突破。这类作品大多以前线的“一寸土”、“弹丸之地”为背景，刻画在战争岁月中普通战士细腻的内心世界，感染力极强。著名作品有巴克兰诺夫(1923—2009) 的《一寸土》(1959)、邦达列夫(1924—　) 的《营队请求火力支援》(1957) 和《最后的炮轰》(1959)、贝科夫(1924—2003) 的《第三颗信号弹》(1962) 和《前线纪事》(1966)、阿纳尼耶夫(1925—2001) 的《坦克成菱形前进》(1963)等。这些小说大都描写普通士兵、下层军官在战场上的遭遇和真实的感受，描写范围较小，用他们的话说就是“一寸土”文学。这种作品时间跨度不长，但对战地环境、战争气氛描写得非常逼真，因此又得名“战壕真实派”。这派作家十分强调描写的真实性，尽力克服粉饰现实的倾向，渲染战争的残酷，突出普通人在战争中的不幸，描写无谓的牺牲和人的求生本能等。这些作品，较之过去的同类题材小说，在对普通人的刻画方面大大前进了一步。

20世纪50年代中期到60年代中期，苏联文学中揭露农村阴暗面、鞭挞官僚主义、积极干预生活的作品占主导地位，奥维奇金(1904—1968) 是主要代表。50年代初他继《区里的日常生活》(1952) 之后，又发表了《在前沿》(1953) 和《在同一个区里》(1954) 等作品。《在同一个区里》矛头不仅指向农村中的官僚主义，而且指向他们的后台——更高级、有资历、与莫斯科的最高官员有联系的人。奥维奇金的作品在某种程度上起到了拓荒作用。

勃列日涅夫时期，在文艺政策上提出“既反对抹黑，也反对粉饰”的口号，要求文艺适应苏联的远景发展规划，适应发达的科学技术。这个时期的文坛趋于平稳，总的倾向是：强调写“正面人物”，写“时代真实”，写“生活的美”，大力提倡“社会主义人道主义”；对社会主义现实主义的理解，则是一种“真实地描写生活的历史的开放的体系”。在战争题材方面，20世纪60年代初期开始把描写“战壕真实”与“司令部真实”结合起来，既写前沿阵地血肉搏斗的激烈场面，也写高级指挥人员决胜于千里之外的运筹帷幄，力求反映战争或战役的全貌，对历史事件进行综合概括，表现出当代人对历史事件的认识。这样的作品人物众多，上至大本营的最高统帅，下至战壕里的士兵，情节发生的地点忽而前线，忽而后方，因此多用复式结构，多层次多线索，形成了气势磅礴的历史画面，被称为“全景文学”或“全景小说”，代表作品有西蒙诺夫的军事题材三部曲（《生者与死者》、《军人不是天生的》、《最后一个夏天》，1959—1971）、恰科夫斯基的《围困》等。

西蒙诺夫的军事题材三部曲，从一个侧面比较完整地反映了卫国战争从1941年6月德军突袭苏联、卫国战争爆发到1944年夏天苏军全面反攻德军，并把德军赶出国境的全过程。小说对战争事件作了全景式描写，在卫国战争题材作品中占有重要地位。

恰科夫斯基的《围困》是战争题材小说中规模最大、篇幅最长的一部。全书180万字，分五部，从卫国战争的前一年写到1943年列宁格勒围困被解除整整四年的战争过程。小说描写了列宁格勒被围困期间的日日夜夜，真实地表现了卫国战争中的重大战役——列宁格勒保卫战的真实情况。《围困》像一部编年史，以列宁格勒保卫战为主线，把前线战争与外交斗争以及苏联国内的生活紧密结合起来，塑造了斯大林、莫洛托夫、伏罗希洛夫、希特勒、戈林、希姆莱、戈培尔等形象。

除了这些史诗般、全景式的长篇小说外，还有数量可观的其他战争题材小说问世。有代表性的作品如邦达列夫的《热的雪》（1969）、斯塔德纽克（1920—1994）的《战争》（1970—1980）、贝科夫的《活到黎明》（1973）和《方尖碑》（1973）、瓦西里耶夫（1924—2013）的《这里的黎明静悄悄》（1969）等。

这十多年来，苏联文坛涌现出大量道德题材的小说，这些作品以其数量多、内容涉及面广而引人注目。1970年艾特玛托夫（1928—2008）的《白轮船》发表，开始了道德探索题材的文学走向。《白轮船》用童话形式写现代人的生活。小说通过一个男孩和他外祖父的悲惨遭遇，表现了“善”与“恶”的斗争，探讨了人和自然界的关系。

除艾特玛托夫的《白轮船》外，影响较大的道德题材作品还有特里丰诺夫（1925—1981）的《滨河街公寓》（1976）、利帕托夫（1927—1979）的《伊戈尔·萨沃维奇》（1977）、柯切托夫的《你到底要什么?》（1969）、田德里亚科夫的《毕业典礼后的夜晚》（1974）、邦达列夫的《岸》（1975）和《选择》（1980）等。

《滨河街公寓》写格列勃夫这个精于权术、阴险狡诈、见利忘义的野心家踩着别人向上爬的发迹史。作者用阴沉、激愤的笔调，批判了苏联社会上层的某些权贵人物，勾画出双重的生活图像：一个是人们所拥有的住宅、衣服、地位所造成的幻影，另一个是由人们的思想道德风貌所代表的真相。作者在这里提出了净化当代人心灵生活的重要问题。

拉斯普京（1937—2015）的中篇小说《活着，可要记住》（1974）是另一类的道德题材作品，它属于道德反思、心理探索、良心谴责类型，提出了“人活着是为什么”的问题。阿斯塔菲耶夫（1924—2001）表现破坏大自然、践踏人类道德的《鱼王》（1975）和特罗耶波利斯基的《白比姆黑耳朵》（1971）等也属于道德探索题材的优秀之作。

20世纪80年代以来，由于当局推行“公开性”和“民主化”等“新思维”政策，且1991年苏联解体，致使苏联社会风气大变，舆论空前活跃，文坛纷争迭起，派别林立，对历史问题和社会问题的评价也众说纷纭。文学创作在总体倾向上一反过去苏联文学以正面描写、歌颂和肯定为主的写法，变成以暴露阴暗面和描写消极现象、揭露和讽刺社会弊病为主的写法，文坛上暴露文学盛行。著名的作家艾特玛托夫、邦达列夫、拉斯普京都卷入了这股浪潮。艾特玛托夫的小说《断头台》（1986）第一次暴露苏联社会有吸毒、贩毒和黑帮团伙等现象，邦达列夫的《人生舞台》（1985）、拉斯普京的《火灾》（1985）和阿斯塔菲耶夫的《令人悲哀的侦探故事》（1986）等作品，也都深刻揭露社会阴暗面并促人思考。20世纪80年代后期，社会动荡剧烈，不少作家们无心笔耕，新作出现较少，倒是在发掘以往遭贬的作品并予以重新评价方面，渐次形成热潮并显现出新的特点：首先是大量受过政治迫害、受到错误批判的作家恢复了名誉，左琴科、阿赫玛托娃、布尔加科夫等作家的作品得到出版，揭露社会生活中的矛盾和问题的作品纷纷出现，苏联文坛形成了一股“回归文学”热。另有一种倾向是过去因遭到行政干预被查禁的作品纷纷开禁，“历史上”得不到出版和发表的暴露、针砭时弊之作，得到了出版与发表，如普拉东诺夫的《地槽》、布尔加科夫的《狗心》、雷巴科夫的《阿尔巴特街的儿女们》等，文坛出现所谓的“挖掘热”，凡被“尘封”过的稿子都受欢迎。暴露文学作家受到读者欢迎，作品印数激增，有的作品达到了一书难求的程度。接着，又扩大到把流亡国外的苏联作家的作品拿到国内重新出版，形成了“侨民文学回归”热，流亡的“持不同政见者”的作品备受青睐。另外，在大量“发掘”、“回归”过去的非主潮文学作品的同时，也有人对一些曾经定位于社会主义现实主义文学的作品进行“重新评价”，其结果导致了对旧有文学史观念的否定，提出了“重写文学史”的口号和命题。

总之，20世纪80年代以来苏联文学创作的情况具有丰富、多样、复杂的特点，艺术表现手法也十分丰富，出现了“一个不同寻常的继往开来的”阶段。

1991年，苏联解体，苏联文学的历史进程随之终止，苏联文学也就成为一个属于历史范畴的概念了。

第二节 高尔基及其《母亲》

一、生平与创作

高尔基（1868—1936）是苏联社会主义现实主义文学的主要创始人，列宁称他为无产阶级艺术的最杰出的代表。鲁迅说他是新时代的文学的导师，认为高尔基的名字代表着世界文学史上的新时期。高尔基在世界文学史上占有非常重要的地位。

高尔基原名阿列克赛·马克西莫维奇·彼什科夫，高尔基（意思是“辛酸的”）是他的笔名。他于1868年出生在俄国伏尔加河畔的诺夫哥罗德城。父亲是个细木匠，在他四岁时病逝。高尔基只读过两年书，童年是在外祖父家度过的。高尔基刚满十岁就进入社会独立谋生，先后当过面包师和绘图师的学徒、轮船长厨师的助手、搬运工，还在剧院跑过龙套，经受过种种磨难，深知俄国专制制度的黑暗和劳动人民变革社会的要求。他还两次步行漫游俄罗斯，了解各地人民的生活状况。在俄国革命民主主义和马克思主义著作的指引下，他很早便投身革命，广泛进行革命宣传，曾多次被沙皇当局逮捕。1892年，在一位流放归来的革命者的鼓舞下，他开始从事文学创作，成为专职文学家和革命家。

高尔基像

高尔基的文学创作，基本表现了俄国无产阶级革命的酝酿、发生和发展过程。

1905年前，他主要写革命的浪漫主义短篇小说和现实主义短篇小说，在《伊则吉尔老婆子》（1895）中，他塑造了为集体献身的理想英雄丹柯的光辉形象。在《鹰之歌》（1895）中，他把象征先进革命战士的鹰的形象，拿来跟象征胆怯、自私的小市民的蛇的形象进行浪漫主义的鲜明对比。在《切尔卡什》（1895）中，他又把爱好自由的流浪汉切尔卡什，拿来跟贪财自私的农民加夫里拉进行现实主义的鲜明对比。

1905—1917年间，高尔基虽在哲学上迷恋过“造神论”，但在列宁的帮助下，很快便清醒过来，参加了布尔什维克党，创作了一系列具社会主义现实主义的内涵的诗歌、小说、戏剧、传记和论文。著名诗歌《海燕》（1901）用象征手法概括了俄国第一次无产阶级大革命前社会各阶层对革命的态度，呼唤革命的“暴风雨来得更猛烈”。剧本《小市民》（1902）和《在底层》（1902），塑造志气如虹的工人尼尔和身在底层却向往光明的流浪汉形象。在去美国募集革命经费时创作的长篇小说《母亲》，更直接描写了革命工人在党和马列主义教育指导下和革命斗争中的成长。此外，文艺论著《俄国文学史》（1909），自传体三部曲《童年》（1913）、《在人间》（1914）、《我的大学》（1922），小说《夏天》（1909）等，在宣传革命和培养年轻作家上，都起了巨大作用。

十月革命后，高尔基对十月革命的伟大意义尽管一度认识不清，但在列宁的严厉批评下，他很快又回到革命队伍中来，积极参加和领导社会主义的文化建设工作，并创作了反映俄国资本主义兴衰史的长篇小说《阿尔达莫诺夫家的事业》（1925）、反映俄国十月革命前几十年俄国社会思想斗争的长篇巨著《克里姆·萨姆金的一生》（1925—1936）、成功刻画列宁形象的回忆录《列宁》（1924—1930）以及反映苏联人民忘我劳动和幸福生活的长篇三部曲《新俄罗斯》[只完成前两部《苏维埃漫游记》（1929—1930）和《英雄的故事》（1930—1931）]。

总之，高尔基的文学活动始终和俄国无产阶级革命联系在一起，他的作品是世界无产阶级和劳动人民的宝贵财富。

二、《母亲》

长篇小说《母亲》（1906）是高尔基的主要代表作品。小说反映的是20世纪初俄国无产阶级的革命运动。在教育和鼓舞人民群众革命斗争方面，《母亲》起了巨大的积极作用。列宁誉其为一部非常及时的书。书中的主要人物巴威尔是俄国早期工人革命家的典型形象，也是世界文学史上第一个完美丰满的无产阶级英雄形象。《母亲》一书是世界无产阶级文学成熟的标志。高尔基之所以能完成这样的作品，从客观上说，是由于俄国进行了无产阶级革命的伟大实践，而主观原因则是他积极参加了无产阶级的革命运动，接受了马克思列宁主义，正确地理解了马克思主义的革命真理和无产阶级革命运动之间的内在联系。

《母亲》封面

《母亲》一书取材于真人真事。高尔基以此为基础，广泛地概括了20世纪初俄国无产阶级斗争的经验，塑造了无产阶级英雄形象，深刻地反映了俄国的现实生活。小说首先透过主要人物巴威尔的父亲、老一代工人米哈伊尔·符拉索夫悲惨的一生展示了十月革命前俄国无产阶级被压迫和被剥削的苦难生活。符拉索夫不知道自己为什么受苦。他把自己的苦闷和痛苦都发泄在酗酒和打骂老婆孩子上。在这个基础上，作家真实地描述了在布尔什维克党的领导下，革命知识分子把马克思列宁主义传播到工人群众中，使马克思列宁主义和无产阶级革命运动相结合的伟大历程。书中对于马克思主义的传播、工人小组的活动、革命工人群众的游行示威等都有极为真实的描述。

《母亲》的主要人物是儿子巴威尔和母亲尼洛夫娜。

巴威尔是工人革命家的典型形象，集中体现了20世纪初俄国觉醒的无产者的优秀品质，如为本阶级的解放献身的精神、对于无产阶级解放道路的理解、紧密联系广大群众、坚强的组织纪律性等。

小说的第一部主要写巴威尔思想性格的形成，这事实上是描绘了马克思主义的革命理论和无产阶级革命运动相结合的过程。

第一，写他的阶级基础。巴威尔是工人的儿子，在受压迫受剥削的境况下长大成人。他不满社会和反抗社会的思想性格也正是在这样的社会环境中形成的。

第二，写他思想性格形成的社会历史条件。他不同于他的父辈，他处在人民革命运动风起云涌的年代，有布尔什维克党的教导和指引，有马克思列宁主义理论的武装。

第三，通过他和尼洛夫娜、安德烈、维索夫奇科夫等的对比及衬托来表现巴威尔的形象。

第四，通过火热的革命斗争场面来描写巴威尔的成长。

在“沼地戈比”事件中，经过初步理论武装的巴威尔，虽然有斗争的勇气，但是缺少斗争的经验，也还没有得到群众的认可，因而斗争以失败告终。巴威尔在监狱里总结了这次斗争失败的经验，提高了政治认识，增强了斗争的勇气和信心，为新的斗争做了准备。

“五一游行”是小说第一部的高潮。这时的巴威尔已经成长为群众斗争的核心，他不仅勇于斗争，而且善于斗争。他高举红旗，走在游行队伍的前面，成了一个成熟的革命者、群众革命斗争的带头人。

小说的第二部，主要写巴威尔在理论上的进步和成熟以及人民群众在革命运动中所显示的巨大威力。

“法庭斗争”是全书的高潮。经历了“沼地戈比”事件和“五一游行”斗争考验和锻炼的巴威尔，经过理论学习，对党的理论、纲领、路线和奋斗目标，有了更深刻的认识，并逐步成长为一个能率领群众为摧毁旧世界、建立新世界而斗争的工人革命家。巴威尔在法庭上的演说，充分展示了他对无产阶级历史使命的深刻理解和对未来必胜的信心。

如果说巴威尔的成长体现的是俄国先进工人接受马克思列宁主义真理的过程，那么尼洛夫娜和革命农民雷宾的形象则反映了广大普通劳动群众的觉醒。

尼洛夫娜出场时是一个精神已经窒息的劳动妇女。贫穷、无权、宗教麻痹、苦闷的丈夫对她的折磨，使她一度活在恐惧中，往日学过的一点儿文化都忘记了，连爱不爱她唯一的儿子都不知道了。她是在革命风潮中，在儿子的启发下开始觉醒的。当她知道儿子读的是反对沙皇的禁书，一旦被发现就要坐牢的时候，她害怕极了。可是当儿子让她想一想她一生中有过什么快乐的时候，她想不出自己过去有什么值得留恋的东西。于是她开始理解儿子的事业。她看到前来她家搜查的警察时，恍然大悟，意识到儿子反对的就是这些她早就憎恨的家伙。这时的她，自然而然地站到了儿子一边。此后，她在党的领导下，在儿子和儿子的战友们的影响下，积极自觉地参加了对敌斗争，并疏远了宗教。后来她是在面对危险的敌人、勇敢地当众散发革命传单的时候被捕的。

尼洛夫娜的觉醒体现了俄国广大劳动妇女的觉醒，表明了革命理论已经深入人心，作品的主题思想从这个独特的角度得到展示。

雷宾是革命农民的典型形象。他在接受无产阶级领导之前，就已经开始和沙皇反动统治制度作斗争。但他却是在接受了无产阶级政党的领导之后，才找到了正确的革命道路。雷宾的故事体现的是工农联盟的思想。而工农联盟对于无产阶级革命的胜利和胜利成果的巩固，有着重大的意义。

革命知识分子的形象在《母亲》中也占有重要的地位。他们多数来自剥削阶级，是在人民革命的大潮中离开剥削阶级，走上了历史必由之路。他们经受了斗争烈火的考验，和工农劳苦大众结合在一起，在宣扬革命理论，使革命的理论和无产阶级革命运动相结合的过程中，发挥了不可或缺的作用。

《母亲》第一次体现了社会主义现实主义创作方法的原则，“从现实的革命发展中真实地、历史具体地”描写了20世纪初俄国无产阶级革命运动的真实，并把这种描写“与用社会主义精神从思想上改造和教育劳动人民的任务结合起来”。

用多种艺术手法、从多个侧面来刻画人物形象是本书的另一显著特点。除前面讲到的，从阶级的、时代的角度描写巴威尔的形象之外，小说还把他放在激烈的阶级斗争中展示他的成长，在和其他革命者的对比中突出他的性格特点。此外，书中描写了巴威尔语言的变化，并透过母亲的眼睛和内心活动来表现他思想的进步和性格的变化。

高尔基是从刻画人物的需要来选择表现方法的。如写尼洛夫娜的觉醒和成长主要从巴威尔和他的战友们对她的影响、她在斗争中如何经受锻炼和对她内心活动的描写等角度进行；写雷宾的形象则侧重肖像描写和语言描写。

《母亲》教育了俄国和俄国以外许多国家的革命者，同样也教育了中国人民。现在，《母亲》依然是一部非常重要的文学巨著。

第三节
肖洛霍夫及其《静静的顿河》

一、生平与创作

米哈伊尔·亚历山大罗维奇·肖洛霍夫（1905—1984）是苏联著名作家。他出身于顿河流域一个哥萨克职员家庭，早年投身革命，1922年来到莫斯科，1924年加入“拉普”成为职业作家。1926年出版的小说集《顿河故事》和《浅蓝色的原野》，以苏维埃政权的建立过程为素材，揭示了国内战争时期哥萨克内部阶级冲突的尖锐性和悲剧性。1926年开始创作长篇小说《静静的顿河》，1940年全书四部八卷发表，翌年3月即获政府刚刚设置的斯大林文学奖一等奖。1932年开始创作长篇小说《被开垦的处女地》，表现苏联农业集体化中农民痛苦的转变过程，此书于1960年获列宁文学奖。1934年，他被选为苏联作家协会理事。卫国战争期间，肖洛霍夫作为军事记者亲临前线，写了许多随笔、短篇小说和大量政论文章。1957年，力图表现遇上了“空前强烈的战争风暴”的整整一代苏联人命运的《一个人的遭遇》发表，为卫国战争题材文学引进了新主题，开拓了新的表现领域。

《一个人的遭遇》以一位汽车司机自述的形式，描写了小说主人公索科洛夫的家庭悲剧。索科洛夫生于1900年，战前一家五口过着幸福生活。德寇入侵之后，他参加了红军，战斗中负伤被俘，在集中营中历经磨难。他多次逃跑，均告失败，最后俘获一名德国军官，并驾车穿过火线，把他押解回自己人一边，交给苏军指挥官。他回家探亲时，发现妻子和女儿已死于德军轰炸，儿子上了前线。不久获悉，儿子战死柏林城下。战后他重操旧业，并从垃圾堆中收养了一个孤儿，两个举目无亲的人从此相依为命。

索科洛夫不是一个理想化的英雄，他没有惊人战绩，没有豪言壮语，只是一个多难的普通人。然而在他身上却不乏英雄品质。对敌人，他既有忍辱负重的坚毅，也有视死如归的傲岸；而对祖国、亲人和蒙受战争灾难的儿童，他又有着深厚的温情。战争使他饱尝痛苦，却不能剥夺他美好的人性。小说控诉了法西斯的侵略罪行，歌颂了苏联人民的高度爱国主义精神和坚强意志，但也怀着“沉重的忧郁”，从人道主义角度表现了战争给人民带来的无法弥补的深重灾难。

《一个人的遭遇》篇幅虽短，却是作者十年酝酿而成。发表后立即产生巨大反响，苏联战争文学发展中的第二个浪潮由此形成。

1965年，肖洛霍夫获诺贝尔文学奖。

1984年2月21日，肖洛霍夫逝世。

二、《静静的顿河》

《静静的顿河》（1928—1940）是肖洛霍夫的代表作，是一部由主人公葛利高里·麦列霍夫的悲剧命运同重大历史事件交织而成的顿河史诗。

小说描写了1912年到1922年间两次革命（二月革命、十月革命）和两次战争（第一次世界大战、国内战争）中哥萨克艰难曲折的生活历程。小说以葛利高里生气勃勃的出场开始，以他痛苦、孤寂的结局结束，一切社会内容和历史内容都通过他坎坷的经历而连成有机的整体。

葛利高里出场时才19岁，是一个充满哥萨克野性美的英俊青年。他身材高瘦，“生着下垂的鹰鼻子，稍稍有点斜的眼眶里，嵌着一双略微有些发蓝的扁桃形的眼睛，高高的颧骨上紧紧地绷着一层棕色的皮肤”。小说开卷第一章和第二章清晰地勾勒出了葛利高里作为一个劳动能手、一个勇敢的骑士和哥萨克妇女崇拜的偶像的各种特征。随着故事情节的逐步发展，作者越来越深入地揭示出他淳朴善良、热情勇敢、坦率真诚等一系列动人的性格特点。葛利高里是哥萨克劳动者中才干出众的一员，即使身陷反革命泥潭，他也没有丧失劳动人民所固有的品质。

接着，作者又用层层深入的手法剖析了葛利高里作为哥萨克私有者的全部弱点和动摇性，塑造了一个“摇摆不定的人物”。第一次世界大战爆发时，葛利高里像千万哥萨克青年一样应征入伍，因为作战英勇升任沙皇军队的少尉排长并获十字勋章。十月革命中葛利高里受共产党人影响参加了红军，率领一连战士奋不顾身地同白匪作战，但又同多数哥萨克一样自认为高人一等，后因红军指挥员对被俘哥萨克军官的无情镇压产生反感而脱离红军。随后在顿河叛军中他又充分发挥军事才能，先后担任团长、师长。但他越是战功卓著越是感到痛苦，终于在叛军崩溃时再度投奔红军。然而在红军骑兵团他不仅得不到信任，反而被监督审查，于是他又复员回乡。在家乡他因为拒绝向苏维埃政权自首服罪，被迫投身匪帮而成为身处绝境的散兵游勇，最后终于把武器扔进顿河，回到了家破人亡的故居。

葛利高里一生都处在痛苦的动摇之中。他所走过的道路有其主观的和客观的必然性，体现了他所隶属的中农阶级和他所生活的哥萨克群体的社会特性。作为桀骜不驯、鲁莽无知的个人，他认不清道路，碰得头破血流；作为大草原上的自由人，他不可能在短时间内放弃几百年的传统习惯而自觉、稳定地接受革命道路；他那既是劳动者又是私有者的特定身份，更使他在紧要关口注定要左右动摇；他那粗犷豪放却又愚昧偏激的哥萨克性格，还使他容易轻率行事和上当受骗。总之，葛利高里的悲剧具有深刻而广泛的典型意义，它表现了哥萨克群众在历史大转折时期的普遍心理和情绪。

被称做“自由、勇敢的人”的哥萨克，是一个带有传奇色彩的特殊群体。他们粗犷豪放，骁勇善战，但也保留着许多中世纪的习惯和偏见。《静静的顿河》在对哥萨克社会进行深入刻画的同时，也以极其沉重的笔触描写了革命队伍的过火行为和“左”倾错误所造成的严重后果。

《静静的顿河》卷帙浩繁，结构庞杂，但繁而不赘，杂而不乱。小说的第一条线索是介绍葛利高里的家史以及哥萨克的爱情、劳动和家庭生活。第二条线索是描写在第一次世界大战和十月社会主义革命背景下顿河地区社会各阶级的政治斗争。随着这两条线索的交织发展，小说涉及的人物越来越多，地域范围越来越广，故事本身也从普通的三角恋爱和家庭生活，发展而为纵横城市、乡村，具有深远历史意义的广阔的生活图景，形成了肖洛霍夫作品独有的“悲剧史诗”风格。

《静静的顿河》的语言也是极有特色的。肖洛霍夫从孩提时代就熟谙哥萨克语言。丰富的联想，充满生活气息的贴切的比喻，豪放幽默而活灵活现的村话，小说用起来都得心应手。大量的民歌民谣更使作品充溢着强烈的顿河气息和浓郁的哥萨克风情。作为公认的风景描写大师，肖洛霍夫在小说中用很大的篇幅描绘了顿河草原不断变幻的大自然风光。他对人物肖像和心理状态的描写之所以绘声绘色，也得益于用大自然中的现象、动物、植物、草原来作比喻。就是写到人们的死亡，也仿佛不是生命的结束，而是投入了大自然的怀抱。作家对顿河的深挚感情，使得他作品中的主人公像是大草原上一棵草，虽然渺小，但却永恒。

《静静的顿河》自 1928 年陆续发表以来，受到了世界上许多著名文学艺术家的赞赏，先后被译成世界上许多种文字，是当代世界文学中流传最广、读者最多的名著之一。

第四节
索尔仁尼琴及其《古拉格群岛》

一、生平与创作

索尔仁尼琴（1918—2008）被誉为继托尔斯泰、陀思妥耶夫斯基之后最伟大的俄罗斯作家。

亚历山大·伊萨耶维奇·索尔仁尼琴 1918 年 12 月出生于北高加索地区，父亲死于第一次世界大战，他由寡居的母亲拉扯长大，少年时生活极其艰苦。大学时所学专业为数理，但其酷爱文学，在学习数学的同时参加了文学专业的函授学习。

卫国战争期间，索尔仁尼琴于 1941 年应征入伍，担任下级炮兵军官，随同部队一直打到德国境内，始终战斗在反法西斯的第一线，由于战功卓著，他曾两度获得勋章。第二次世界大战结束前夕，他因在私人信件中批评斯大林，被朋友出卖遭到逮捕，被关入劳改营服了八年苦役。服刑期满，他被流放到哈萨克斯坦当中学教员。服刑和流放期间，索尔仁尼琴曾罹患癌症，两度与死神擦肩而过。苏共第“二十大”之后，他的冤狱得以平反。出于记录劳改营和流放地的亲身感受与所见所闻，为自己和其他有共同遭遇的人留下历史见证的动机，他开始进行文学创作，写出了开创集中营文学先河的中篇小说《伊凡·杰尼索维奇的一天》。当时解冻思潮涌动，社会转型期的人们开始反思历史、干预生活。《伊凡·杰尼索维奇的一天》经当时的苏共中央最高领导人亲自批示于 1962 年公开发表。小说引起强烈震撼，索尔仁尼琴一举成为新闻人物，随着该作品外文译本的传布，索尔仁尼琴在国外也产生了很大的影响。小说通过对劳改营日常生活细节的描写，突出了那里非人的生活条件和恶劣的劳动条件，谴责了劳改营管理人员的凶狠残暴；与此同时，它又通过对劳改犯的经历和被判刑原因的叙述，展示人们的人身自由和生活权利毫无保障。这部小说具有极其明显的反对个人崇拜的思想倾向，并以强烈的艺术感染力拨动了时人的心弦，有的评论文章甚至认为这部作品堪与陀思妥耶夫斯基的《死屋手记》相提并论。有人还推荐《伊凡·杰尼索维奇的一天》为1965年列宁文学奖的参赛作品，但由于他写了表现囚犯生还无望的绝望心理的诗剧《胜利者的飨宴》而被淘汰。

索尔仁尼琴像

索尔仁尼琴是多次从死亡线上活过来的幸运者，他的创作源泉是其本人那坎坷曲折、饱经磨难的人生经历。据此，他又连续创作了探讨生活意义、揭示"个人崇拜"恶果的小说《癌症楼》和《第一圈》，并在国外出版和风行，致被苏联作家协会于1969年开除会籍。

1970年瑞典皇家科学院决定将该年度的诺贝尔文学奖授予索尔仁尼琴，以表彰他"继承了俄罗斯文学传统中不可缺少的道德力量"。迫于压力，索尔仁尼琴没有出国领奖。

1971年，他发表了《1914年8月》。

1973年8月克格勃查获了索尔仁尼琴《古拉格群岛》的打字稿，同年12月该书的俄文版在苏黎世出版。苏联国内对此反应强烈，报刊猛烈抨击，当局于1974年以叛国罪逮捕索尔仁尼琴，剥夺其公民权，将其全家驱逐出境。他先后旅居联邦德国和瑞士，1976年迁往美国，流亡期间相继发表了《列宁在苏黎世》（1975）、《牛犊顶橡树》（1975）、《红轮》（1983）等作品。在文学自传《牛犊顶橡树》中，索尔仁尼琴说："我一生中苦于不能高声讲出真话。我的一生都在冲破阻拦而能够向公众公开讲出真话。"

苏联开始进行"改革"后，索尔仁尼琴在大洋彼岸注视着祖国的发展，于1990年抛出了《我们如何安排好俄罗斯》一文，对如何进行"改革"提出了他"力所能及的设想"。1993年他曾到西欧访问，在发表谈话时除了继续否定革命外，也对苏联解体后新的现实进行了揭露和批判。

1990年苏联解体前夕，索尔仁尼琴在政治上获得平反，恢复了国籍，其作品也陆续"回归"，莫斯科出版了索尔仁尼琴作品集十卷，1991年被称作"索尔仁尼琴年"。索尔仁尼琴于1994年返回俄罗斯，恢复俄罗斯公民身份，定居在莫斯科，其代表作《古拉格群岛》得以公开出版。回国后，他没有参加政治派别，没有担任公职，但积极从事各种社会活动。1998年，索尔仁尼琴出版了《崩溃中的俄罗斯》一书，批评俄罗斯当时政权草率推行的改革有悖道德准则，造成了巨大的社会伤害。

索尔仁尼琴1997年当选为俄罗斯科学院院士，并于2006年被授予俄罗斯国家奖。在获得诺贝尔文学奖37年之后，索尔仁尼琴终于在自己的祖国获得了肯定性的评价。

2008年8月3日晚，索尔仁尼琴在莫斯科去世，享年90岁。

二、《古拉格群岛》

《古拉格群岛》(1973）全书 140 万字，是一部描写苏联劳改营情况的著作，内容涉及 1917 年十月革命后约 40 年间在劳改营里犯人所过的非人生活以及他们徒劳的挣扎、反抗和逃亡。“古拉格”一词为“劳动改造营总管理局”俄文缩写的译音。作者把苏联劳改营比作由散布各地的大大小小的岛屿组成的“群岛”，因此他把这部写劳改营的作品命名为《古拉格群岛》。

《古拉格群岛》共分三册。上册由两部组成。第一部名叫“监狱工业”，分 12 章描写犯人从被捕到进入劳改营之间各阶段的过程。第 1 章“逮捕”交代了逮捕人犯的各种方式，作家本人 1945 年 2 月被捕时的一段经历也在这里做了介绍。第 2 章“我国下水管道的历史”，讲的是几十年来的逮捕浪潮和大逮捕所依据的法律条文。第 3 章“侦查”谈各种各样的侦讯手段；第 4 章“蓝滚边”讲的是镶蓝色滚边制服的国家安全机构人员拥有的各种特权；第 5 章“最初的监室——最初的爱”叙述的是被监禁者在牢房里的感受；第 6 章“那个春天”主要讲在战争中曾经被俘的人和流亡者这两种人的命运遭遇；第 7 章“在机器间”介绍不同时期存在的各种惩治犯人的国家审判机构；第 8 章、9 章、10 章分别以“襁褓中的法律”、“法律在壮大”、“法律成熟了”为名，用历史上确切发生的若干起重大案例如“沙赫特案件”、“‘工业党’案件”、对布哈林的审讯、对社会革命党的审讯等评述了十月革命之后苏维埃法律的形成过程，指出司法的制造者同时又是执法工具这一点是法律被践踏的根源；第 11 章“极刑”谈苏联的死刑问题及死刑犯的遭遇；第 12 章“监禁”说到了劳改营制度的发展演变以及对付犯人绝食的措施。上册第二部“永恒的运动”分为四章，分别是“群岛之舟”、“群岛之港”、“囚徒运输队”和“从岛屿到岛屿”。内容主要是犯人的灾难性运送过程与残酷的押解方式。

《古拉格群岛》封面

《古拉格群岛》的中册中的第三部，名为“劳动消灭营”，分 22 章，主要揭示劳改营中囚犯的被迫害死亡。第 1 章“阿芙乐尔的手指”对苏维埃国家设立集中营的历史进行了论证，指出其诞生在阿芙乐尔巡洋舰的炮火声中。第 2 章“群岛露出海面”通过索洛维茨群岛上劳改营的变迁介绍了苏联将修道院改建为国家监狱的过程，这座集中营里滥杀无辜、苛待犯人的“经验”竟被总结为“索洛维茨精神”向全国推广，得以恶性扩散。第 3 章“群岛病灶的扩散”谈到索洛维茨模式在全国各地的复制，众多劳改营、劳改点、劳改地段不断衍生，遍布各地，白海波罗的海运河、伏尔加莫斯科运河工地上都有成千上万的苦役犯死去。接下来的“群岛的硬化”、“群岛的根基”两章，分别谈的是如何通过强化措施加强监狱系统和战争期间对政治犯采取的严厉措施。行文以较长篇幅把农奴和犯人、农奴制和“群岛”做了比较，认为两者存在的基本相同的含义，都是以强迫和无情的方式利用成百万人的无偿劳动的社会组织形式，犯人与农奴地位相当，不同处仅在于入狱前有过自由之身。以下“运来法西斯分子啦!”、“土著的生活”、“劳改营里的妇女”、“杂役”、“政治犯的替身”、“思想纯正分子”各章，从细部以“分镜头”的形式分别谈了各种人犯在劳改营中的悲惨遭遇。第 14 章“改变命运!”专门谈劳改营中的犯人逃跑、被告密、不经审讯再判刑。第 15 章“惩隔室、强管棚、强管区”列示了劳改营内部轻重不同的惩罚办。第 16 章“社会亲近分子”写劳改营里的盗窃犯。第 17 章“少年犯”披露儿童教养院和混合劳动点这两种关押少年犯的形式，指出这样的地方只能培养和发展少年犯凶狠的兽性。第 18 章“古拉格的缪斯”专门介绍劳改营附设的文化教育机构，其功能是对犯人进行再教育。第 19 章“犯人民族”是一篇论证群岛的犯人群体已经构成社会阶级的学术论文。第 20 章对管理劳改营的“营吏”、“狱吏”进行考察。第 21 章“营房世界”扼要分析劳改营附近地区的居民构成状况。最后的第 22 章“我们的建设”，是篇综述性文字，对劳改营的政治和社会价值、经济价值、能否做到自负盈亏三个问题做出了概括性的解答。中册第四部题名是“灵魂与铁丝网”，共分“向上”、“还是败坏?”、“带‘笼口’的自由”、“几个人的命运”四章，其中“几个人的命运”完全是对真人真事的记录。

《古拉格群岛》的下册包括“苦役刑”、“流放”、“斯大林死后”三部。第五部以 12 章文字详细地记叙了政治苦役犯的悲惨遭际；第六部“流放”的“自由初期的流放”、“农瘟”、“流放地日趋繁密”、“放逐民族人民”、“刑满之后”、“流刑犯的幸福生活”、“出狱后的囚犯”七章内容，首先介绍流放制度的历史沿革，接着梳理流放对象社会政治地位、阶级成分、民族成分的变迁，继之分析流放犯刑满后的现实生活状况。为全书收尾的第七部“斯大林死后”，分为“事到如今，左右为难”、“统治者易人，群岛依然在”和“今天的法律”三章。这部分有着强烈论辩性的文字，是索尔仁尼琴针对《伊凡·杰尼索维奇的一天》出版后出现的否定性意见而进行的辩驳。在最后一章“今天的法律”里作者专门记叙了 1962 年镇压新切尔卡斯克工人游行的事件，用来说明“统治者易人，群岛依然在”，“古拉格群岛”仍在继续发挥着作用。

索尔仁尼琴写一部全面描述劳改营的作品的设想产生于 20 世纪 50 年代，但因材料准备不足而未能付诸实施。《伊凡·杰尼索维奇的一天》发表后，劳改营幸存者的大批信件寄送给作者，他还同其中的数百人有过见面交谈。其后，他在查阅占有大量历史资料的基础上写出了该书。按照作者在《古拉格群岛》后记中标明的日期，这部 140 余万字的作品写于 1958 年 4 月 27 日至 1967 年 2 月 23 日，是索尔仁尼琴在地下活动的状态下秘密写成的，时间上的间隔断续致使作品在体例结构上有前后不一致的地方。小说记述的内容时间跨度长达 40 年之久，描写了数百人的命运，概括了苏联各地劳改营、监狱监禁人犯和利用犯人开发边远地区的情况。在引用文件、法律条文、他人的叙述性资料中间，作品插入了索尔仁尼琴的个人评断。作者调动各种文学手段表达了自己的观点和感情。作者在卷首题词中写道：“献给没有活到今天的诸君，要叙述这些事情他们已无能为力，但愿他们原谅我没有看到一切，没有想起一切，没有猜到一切。”

作者是在严守秘密的条件下独自撰写这部作品的，为防不测，写完部分文稿，便将完成部分分散存放，自始至终都没有摆脱这种状况。

书稿完成后，索尔仁尼琴将其复制若干份，有的秘密送往国外，有的留在国内收存。1973 年，曾为索尔仁尼琴打印《古拉格群岛》书稿的沃罗尼扬斯卡娅女士遭到逮捕，在她家中搜出了这部书的文稿，面对这种情况，索尔仁尼琴通过在国外的委托人出版了该书。当年 9 月，《古拉格群岛》在巴黎公之于世，随后，其他语种的外文译本也相继出版。

《古拉格群岛》的出版引发了严重的政治事件。在巴黎出版的《古拉格群岛》第 1 卷赢得了西方舆论的一片喝彩，被称为“我们这个时代最沉重与最残忍的书”；苏联国内的舆论却对索尔仁尼琴口诛笔伐，展开了非常严厉的批判；劳改营幸存者则为《古拉格群岛》昭示出劳改营的黑暗内幕而拍手称快；苏联当局对此事极为愤怒，小说出版成了索尔仁尼琴被取消国籍、遭到逮捕、驱逐出境的直接动因。出国后，索尔仁尼琴以发表《给苏联领袖们的一封信》的形式陈述了自己的不同政见。

《古拉格群岛》内容十分庞杂，除了包括作者在劳改营的亲身感受和见闻外，另汇集了227个在劳改营服过刑的人的口述、回忆和书信等材料。作者给此书加了一个副标题，叫做“艺术性研究尝试”，根据作者自述，他本想用科学研究的方法写一部劳改营历史，但由于档案材料和当事人“都被消灭了”，“没有任何文献资料和当事人的证明可以利用”，只好采取所谓“艺术研究”的方法。书中利用的某些过去被关押过的人的口述和回忆及其他同类材料，真实反映了苏联实行的惩罚制度和劳改营生活，说明在不同时期法制确曾遭到严重的破坏。

《古拉格群岛》的文体集作者叙述、报告文学、回忆录、书信、历史考证以及官方文件为一体，内中包括作者本人的亲身经历并引用了227份个人材料，正如索尔仁尼琴自述的那样是一部“文艺性调查探索”，很难用某种既定的文学体裁加以概括。

总之，《古拉格群岛》是一部形式多样、内容庞杂的纪实性作品，索尔仁尼琴继承19世纪俄罗斯社会政治小说的优良传统，通过这部作品把劳改营的悲惨生活呈现在世人面前，极大地拓宽了苏联文学观照和反映现实生活的视野。

思考题

1. 试述苏联文学的发展概况。

2. 试述高尔基在苏联文学中的地位。

3. 为什么说高尔基的《母亲》是社会主义现实主义的代表作？

4. 试述《静静的顿河》中葛利高里的性格特点及其形成原因。

5. 有鉴于苏联文学兴衰的历史，你认为我们应该如何坚持我国文学为人民服务、为社会主义服务的方向？

6. 何谓“解冻文学”？

7. 如何看待和评价索尔仁尼琴的文学成就与历史作用？

第六编

亚非文学

亚非是世界文明的发源地之一，其文学具有历史的悠久性、内容的多源性和表现手法的多样性等特点。古代和中古亚非文学的辉煌成就，使其不但长期雄踞世界文学发展的领先地位，且在相当程度上影响了世界文学的发展。在世界文学的总体框架内，虽然近现代亚非文学在发展与成就方面均落后于同期的欧美俄苏文学，但近现代亚非文学所反映出的强烈的反殖、反帝、反封建精神，也极大地丰富了世界文学的宝库。

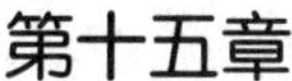

第十五章

古代亚非文学

小引

古代亚非文学指亚非地区主要国家从氏族社会末期到奴隶制社会时期的文学，在世界文学的版图上占有特别重要的地位，具有深远的影响。

本章重点讲述古代亚非文学的历史轨迹、发展概况、主要特征和显著成就，并重点评析代表性文学现象。

与同时期的西方文学相比，古代亚非文学最显著的特点是其形成与现实存在具有多源性，与人民口头创作和宗教观念存在着密切联系。

古代亚非文学取得了辉煌的成就。在西亚的美索不达米亚和巴勒斯坦、北非的埃及、南亚的印度、东亚的中国等古老的文明发祥地，产生了人类最重要的宗教信仰，出现了大量口传的神话、史诗、歌谣和故事。其中，希伯来文学和印度文学成就显著、影响深远，极大地丰富了世界古代文学的宝库。希伯来《圣经》最初只是犹太教经典，后来成为基督教信仰的重要成分，对人类精神文化的发展演化产生了不可替代的影响。古代印度的《吠陀》诗歌、两大史诗、戏剧和民间故事，直到今天仍然影响着南亚次大陆人的精神生活。

学习本章内容，应以比较文学的视野同古希腊、罗马文学加以比较分析，同时需要思考和把握古代亚非文学对后续文学发展的影响。

第一节 概 述

亚洲和非洲地区是人类文明的发源地。亚非地区各民族人民很早就创造了灿烂的古代文明，并且在相当长的时间里居于人类文化的领先地位。亚洲和非洲的一些大河流域是世界上率先突破蒙昧状态的文明地区，也是世界文学最早的发祥地。孕育、产生在这些大河流域的埃及、巴比伦、希伯来、印度和中国的古代文学，代表着当时世界文学的最高成就。

与古代欧洲文学相比，古代亚非文学有如下特征。

第一，亚非文学历史悠久。从文化起源上看，世界文明古国多在亚非地区。早在距今五六千年之前，亚非地区便出现了苏美尔—阿卡德文学和古埃及文学；在公元前 2000 年左右又出现了古代印度文学和中国文学。随后出现的希伯来文学与古希腊文学产生的时间大体相当，即公元前 12 世纪左右。

第二，古代亚非文学的形成和发展呈多源状态。与欧洲文学主要起源于古希腊、罗马而后一脉传承发展至今不同，亚非文学是在若干大的文化区域内独自孕化衍生的，各个大河流域的文学都有相对独立的发展线索，交互影响则是相对晚些的事情。

第三，古代亚非文学是在古代人民口头创作的基础上发展起来的。其早期作品如神话、传说、歌谣、史诗、寓言故事等，本身就是口头创作的产物，即使部分作品由文人创作，也往往是以人民口头创作为基础或是深受口头创作影响的。所以，人民口头创作不但是古代亚非文学的源头，而且是它进一步发展的前提。

第四，古代亚非文学受宗教意识形态影响很大，许多作品都带有浓厚的宗教色彩。几种影响广泛的世界性宗教（如犹太教、婆罗门教、佛教、耆那教）都产生在亚非地区，这些宗教的教义教理必然会影响到当时的文学创作。事实上，有些文学作品本身就是宗教典籍，如《吠陀》、《阿维斯塔》、《旧约》等。

古代埃及文学和巴比伦文学作为世界文学史上的第一批硕果，具有重要的开创性意义。

一、埃及文学

距今 5 000 年以前，埃及产生了早期的书面文学作品。古埃及文学的最早形式是神话，内容主要涉及开天辟地、人类灭绝和自然之神奥西里斯的传说等。

诗歌也是古埃及产生较早的文学体裁，主要包括世俗歌谣、宗教赞美诗和哲理诗等形式，传世之作有《打谷人的歌谣》、《阿通太阳颂》、《尼罗河颂》以及庞大的宗教性诗集《亡灵书》等。

《亡灵书》是古埃及人放在棺柩中或刻在墓壁上供死者阅读的书，书中汇编了大量颂神诗、祈祷诗、歌谣和咒语，图文并茂，内容丰富。这些诗歌大多反映古代埃及人的宗教信仰、风俗习惯和冥世观念，其中一些诗作表现了初民对死亡的顽强反抗以及征服自然的思想。《亡灵书》反映了古埃及人的生活、思想、伦理道德、阶级关系等许多方面的情况，具有重要的历史价值，在艺术上也有不少可供借鉴的地方。

古埃及散文产生稍晚，主要是训谕作品和故事，如《普塔霍蒂普箴言》、《厄运被注定的王子》、《两兄弟的故事》等。

古埃及文学存在的时间达三四千年之久，到了公元前1世纪，埃及被罗马帝国征服，埃及人渐次同化于阿拉伯民族和伊斯兰教文化，埃及文学开始成为阿拉伯文学的一个组成部分。

二、巴比伦文学

产生在美索不达米亚（即底格里斯河与幼发拉底河两河流域）的古代巴比伦文学，其源头可以追溯到距今6 000年前。古巴比伦文学的主要体裁有神话、传说、史诗、歌谣、寓言、符咒、祷文和箴言等，其中神话、传说和史诗的成就最为突出。流传至今的重要作品有创世神话《埃努玛·埃立什》、自然神话《伊什塔尔下降冥府》、箴言诗《关于受难的虔诚人的诗篇》等。

古巴比伦文学最具代表性的作品是迄今所知世界上最为古老的英雄史诗《吉尔伽美什》。

三、希伯来文学

古代希伯来文学与古代中国文学、印度文学、希腊文学并称世界古代四大文学。流传至今的希伯来文学作品荟萃于希伯来《圣经》[即基督教《圣经》（《新旧约全书》）中的《旧约》部分]、《次经》、《伪经》和20世纪中叶发现的《死海古卷》之中。其中的《圣经》体现了希伯来文学的主要成就，它不仅是犹太教的正典经书，而且是希伯来民族的文学总集，被编入基督教《圣经》之后，更对欧洲以至全世界大多数地区和国家的历史文化、社会生活以及文学艺术产生了不可估量的影响。

四、印度文学

古代印度是人类文明的重要发源地之一。公元前3000年左右，在印度河、恒河流域开始出现奴隶制社会形态。其后三千余年间，印度的奴隶制国家经历了形成、统一、繁荣、衰败及瓦解的漫长历史过程。

古代印度社会先后产生过许多影响广泛的宗教，如婆罗门教、佛教、耆那教等。婆罗门教是雅利安人移居印度后，为了凝聚民族意识而创立的一种宗教。为了维护神权统治和奴隶主阶级的利益，婆罗门教提出并确立了种姓制度，把世人按照社会角色分为婆罗门（祭司）、刹帝利（王族）、吠舍（自由民）、首陀罗（奴隶）四个社会阶层。公元前6世纪，刹帝利种姓出身的宗教改革家乔达摩·悉达多（即释迦牟尼）创立佛教。由于佛教提倡众生平等，反对婆罗门教的身份等级制度和祭司特权，很快赢得了众多追随者，逐步取代了婆罗门教的精神统治地位，乔达摩本人也被信徒们尊奉为佛（或曰佛陀）。婆罗门教的信仰和佛教的教义教理对当时的文学发展都有很大影响，种姓制度下的社会现实亦为文学创作提供了主题来源和素材基础。印度的文学和该国的建筑、雕刻以及其他艺术形式一样，同宗教密不可分。

古代印度文学用梵语（意为典雅规范的语言）作为记录手段，故通称梵语文学。梵语文学的发展大体可以分为吠陀时期和史诗时期两个阶段，历史跨度达 1 500 多年，主要文学体裁有诗歌、史诗、寓言、故事和戏剧。

吠陀时期（约从公元前 15 世纪到公元前 5 世纪）以产生了大型宗教性诗歌总集《吠陀》而得名。《吠陀》是婆罗门教基本经典的一部分，又是印度最为古老的历史文献和文学遗产。

“吠陀”一词的本义是“知”（即知识或者学问）。《吠陀》全书包括四部“本集”：《梨俱吠陀》、《娑摩吠陀》、《夜柔吠陀》和《阿闼婆吠陀》，总称为“四吠陀”。它们由婆罗门教祭司或巫师编订整理成书，初步成型于公元前 1000 年左右。

《梨俱吠陀》是最古老的吠陀诗卷，也是其他“本集”作品来源的基础。全书共收入诗歌 1 028 首，约 40 000 诗行。诗的内容反映了从氏族制向奴隶制过渡时期的社会世相和生活形态，表现了当时人们的思想观念和精神寄托。《梨俱吠陀》主要供祭祀时颂神念诵使用，所以其中数量较多的是颂神和歌咏自然的诗篇，讴歌的对象往往是天神、火神、酒神以及太阳神、雨神、黎明女神等。此外，《梨俱吠陀》中还有一些劳动、生活、爱情歌谣以及反映民俗风情和战争场面的诗作。

《娑摩吠陀》是配曲演唱的祭祀歌曲，《夜柔吠陀》则是对这些歌曲如何应用所作的说明。

《阿闼婆吠陀》（“阿闼婆”意为“禳灾”）的编订时间稍晚，共收入诗歌 700 余首，主要是用于驱邪的咒语，这些诗篇形象地反映了印度初民趋吉避凶及战胜灾害的企盼。

史诗时期（约从公元前 5 世纪到公元 4 世纪）的主要文学成就是以民间口头形式长期流传的两大史诗《摩诃婆罗多》和《罗摩衍那》。

另外，古代印度还出现了多种其他类型的宗教文献，如《梵书》、《森林书》、《奥义书》和佛教、耆那教著作，这些作品也有很高的文学价值。

属于佛教系统的《本生经》、《百喻经》等也是古代印度文学的重要组成部分，其中的寓言、故事和神话都对后世产生了广泛、深远的影响。

《本生经》（或称《佛本生故事》）是佛教故事中最有代表性的作品，全书收入寓言故事数百个，每则故事的主要角色均是成佛之前的乔达摩·悉达多在不同时期的转生形象。《本生经》中的故事短者不足千字，长者 10 万余言，虽长短不一却有固定模式，一般由今生故事、前生故事、偈颂诗、注释、点题五个部分构成。其中，《九色鹿本生》、《鱼本生》等故事非常著名。

佛教故事中，还有《百喻经》一类用譬喻的形式解说佛教道理的通俗寓言。这类故事生动风趣，诙谐幽默，虽篇幅短小却寄寓着深刻的生活哲理，读后令人回味无穷，《三重楼喻》、《比种田喻》是其中的精品。

第二节
希伯来《圣经》

希伯来《圣经》产生于古代巴勒斯坦。

希伯来人（即古代以色列人或犹太人）最初生活在阿拉伯半岛北部地区。公元前3000年左右，他们经由美索不达米亚草原向西游牧，进入巴勒斯坦地区。经过与原住民族长期的战争，他们于公元前11世纪建立了独立的民族国家，后分裂为以色列国和犹太国两部分。以色列国先为亚述所灭，公元前586年，新巴比伦军队摧毁耶路撒冷，灭犹太国并将数万人掳走，是为著名的"巴比伦之囚"事件。公元前64年，罗马军队东征，巴勒斯坦地区沦为其属国。公元1世纪中后叶，犹太人被遣散到罗马帝国的各个行省，古希伯来民族的历史至此终结。

"巴比伦之囚"事件之后的五六百年，是希伯来人呻吟于大国铁蹄之下的悲惨年代，也是他们创造出光辉文化的重要时期。他们最终建立了独尊耶和华的犹太民族宗教，并逐渐将自古流传下来的各种神话、传说、故事、诗歌及历史文献、宗教典籍等整理编纂成册，形成了犹太教的经卷，同时也是文学总集的《圣经》。

《圣经》用希伯来文写成，部分章节有亚兰语。全书39卷，分为律法书、历史书、先知书和诗文集等部分，各部分书卷的成书年代差异较大，最早被确定为《圣经》内容的"摩西五经"（指《圣经》的开头五卷——《创世记》、《出埃及记》、《利未记》、《民数记》和《申命记》）在公元前6世纪至公元前5世纪即已成书，而诗文集中的作品和启示类文学则于公元1世纪才被编入《圣经》。

《圣经》文学体裁丰富，包括神话传说、历史故事、人物传记、宗教律法、哲理训诫、诗文汇集和先知预言等形式，其中成就比较突出的是神话传说、历史故事、诗歌作品和先知预言。神话是希伯来人最早的精神产品，主要有保存在《创世记》中的创世造人神话、伊甸乐园神话、洪水灭世和方舟救渡神话等。

《创世记》神话讲的是：起初，上帝耶和华创造万物之前，世界一片空虚混沌，为黑暗所笼罩。上帝用六天时间依次创造了光，将昼夜分开；创造了空气，将水与天分开，将陆地与海洋分开；创造了日月星辰、游鱼飞鸟、野兽昆虫以及地上、空中和水里的各种生物；最后，上帝按照自己的形象创造了人类的始祖，并让其代为管理世间的一切。

伊甸园神话讲的是：上帝用泥土造出一个人，将生命气息注入他的身体，给他起名叫亚当。上帝在天国的东方开设了伊甸乐园，让亚当住在里面。上帝将他创造的各种动物逐一带到亚当面前，让亚当分别给它们命名。又在亚当沉睡之时，从他身上取下一根肋骨造出一个名叫夏娃的女子，作为亚当的配偶。后来，亚当和夏娃在蛇的引诱之下，违背上帝的旨意偷食了智慧树上能使人分辨善恶的果子，从而心明眼亮，有了智慧，懂得了羞耻。上帝知道他们偷食禁果后十分气愤，分别对蛇、夏娃和亚当发出诅咒。上帝怕人类再去摘食生命之树的果实而获得永生，就把他们从伊甸园中放逐出去，并派天使把守通向伊甸园的道路。从此，人类失掉了永生的希望。

上述两则神话生动地反映了希伯来初民对天地万物与人类起源的朴素想象，在一定程度上表现出古代人类追求知识和智慧、探索生命奥秘的精神。伊甸园神话对整个世界文化的影响是巨大而深远的。犹太教和基督教关于人类始祖犯罪堕落因而殃及人类后世的“原罪”观念就是以这个神话为基础的。

另一组著名神话是洪水灭世与方舟救渡：上帝不满意人类的罪恶，决定发大洪水毁灭人类。他唯独爱怜义人挪亚，教其建造方舟，带领家人以及其他成双成对的动物躲入方舟避祸。洪水降临后，方舟在水上漂泊达 200 多天，躲过了灾难，以此使人类和其他各种生物得以繁衍生息。这则神话可以视作远古时期大洪水灾难在人类心灵史上留下的永久回声，它既表现了希伯来初民对洪水的畏惧，也反映了他们与自然暴力拼搏斗争并战胜它的愿望。神话中出现的“方舟”、“鸽子”、“橄榄枝”等意象已经作为世界性的典故被广泛应用，成为具有永恒意义的普遍象征。

《圣经》中还记载了许多英雄人物的故事。这些故事多与真实的历史事件相联系，又被赋予浓烈的传奇色彩，艺术感染力很强。参孙力大无穷，是民族危难时刻出现的英雄。他能在手无寸铁的情况下“将狮子撕裂”，用“一块驴腮骨”杀死上千敌人。敌人收买了他的情人，设计将其俘获，他最后与敌人同归于尽，表现了视死如归的反抗精神。大卫还是个放羊娃时，就曾用拳头打死过狮子和熊。在战场上，他以弱胜强，机智地杀死敌军统帅歌利亚，被族人拥戴为王，后又率军征服四周强邻，建立了强大的民族国家。此外，关于希伯来民族早期首领亚伯拉罕、雅各和以色列—犹太联合王国君主所罗门的传说也都相当精彩。

《圣经》作为希伯来民族的文学总集，里面还有大量的诗歌作品。约占全书总篇幅1/4的《圣经》诗歌，是世界诗歌史上宝贵的遗产。

《诗篇》是《圣经》中最大的一部诗集。它收录了 150 多首歌颂上帝耶和华的抒情短诗。这些作品表现了希伯来人宗教生活的各个方面，其中既有教民对上帝的顶礼膜拜和祈求赞美，也有教民对自身罪过的反省忏悔。另有部分诗作反映了当时的历史生活，流露出忧国忧民的情绪，例如，产生于“巴比伦之囚”时期的诗章便力透出对故国的深切怀念以及对民族敌人的切齿仇恨。

《雅歌》又被称做《歌中之歌》，是希伯来古典诗歌中写得最美、艺术性最高的抒情诗集。

诗中讲述了所罗门王同一位书拉密族的牧羊女之间的爱情，生动细腻地反映出希伯来人欢乐、健康的爱情生活以及对甜美婚姻的执着追求。《雅歌》以优美的词句、丰富的想象和巧妙的譬喻，将初恋求爱、定情结合、离情别绪、思念回忆、重逢欢聚等不同情景下的男女欢爱，以男女对吟的方式编在一起，匠心独运地歌颂了男女之间的世俗爱情。尤其可贵的是，《雅歌》中还一再强调爱情具有至高无上的价值：

因为爱情如死之坚强，
嫉恨如阴间之残忍；
所发的电光，是火焰的电光，
是耶和华的烈焰。
爱情，众水不能熄灭，
大水也不能淹没；

若有人拿家中所有的财宝要换爱情，
就全被藐视。

对爱情推崇到这般程度，在古代实属罕见。

《哀歌》是抒发希伯来人亡国之痛的诗章，计由五章构成。相传在“巴比伦之囚”事件发生后由先知耶利米所作，故又称《耶利米哀歌》。诗中描写了耶路撒冷被巴比伦军队攻陷后，犹太人国破家亡、沦为俘囚的悲惨境遇，渗透着强烈的亡国之恨和忧患之情。《哀歌》将悲悼故园的感情同复兴国家的祈愿熔为一炉，撼人心魄，感人肺腑，被誉为希伯来民族的千古绝唱。

哲理性叙事长诗《约伯记》是一部结构形式颇为奇特的作品。全诗以叙述者讲故事的方式展开，有着清晰的故事线索：好人约伯品德高尚，信仰虔诚，因之家中人丁兴旺，牛羊成群。上帝通过撒旦用灾难和病患对约伯进行考验，约伯最终经受住了考验。这部诗作以新颖独创的形式论证了信仰问题，提出了“罪与罚”的关系这样一个形而上的哲学命题。在探讨好人何以会受苦的同时，不仅宣扬了上帝全知全能、威力无比的观念，也表现了希伯来人为坚持真理不惜牺牲一切的精神品质，同时寄寓了他们对光明前途和美好未来的坚定信念。

《箴言》和《传道书》是《圣经》中两卷哲理诗集。《箴言》收入了大量格言和警句，从诸多方面显示出希伯来人历经沧桑后精神世界的成熟及其对历史经验的深刻反思。《传道书》则充满了对人生意义、生命价值、宇宙本质等问题的深层次思考。

《圣经》中还辑入了一些能够充分体现希伯来人讲故事传统的小说类作品，其中以提倡民族融合的《路得记》和表达爱国激情、弘扬民族意识的《以斯帖记》较有代表性。《路得记》以现实生活为题材，在田园诗般的抒情氛围中，用纪实手法描写了摩押女子路得的贤惠忠贞，表现了异族家庭中的婆媳感情，反映了当时存在的寡妇再嫁现象和异族间通婚的风俗。《以斯帖记》描写了犹太女子以斯帖在波斯王宫中为本民族斗争而取胜的故事，这篇作于公元前2世纪的作品，没有宣传宗教，而是借古喻今，鼓励当时在安条克暴君统治下的希伯来人团结起来为本民族作英勇机智的斗争，富于浓郁的爱国、爱民族的感情。

综上可以看出，《圣经》文学具有以下特点：

第一，民族性。它真实生动地反映了希伯来民族盛衰沉浮的全部历史，为后人提供了认识古代希伯来人社会生活和思想性格的宝贵资料，昭显了希伯来人在旷日持久的战乱劫难中所表现出来的爱国精神和民族感情，歌颂了他们在民族危亡时刻同仇敌忾的战斗激情和坚韧不拔的顽强意志。

第二，宗教性。希伯来民族十分重视信仰的力量，宗教在他们的历史生活中始终发挥着重要作用。《圣经》是希伯来文学总集，同时又是犹太教（以及后来的基督教）的基本经典，具有浓烈的宗教色彩。

第三，民间性。《圣经》中的多数作品是由人民口头创作或在口头创作的基础上加工整理而成的，有着清新质朴、积极健康的风格。

第四，抒情性。《圣经》文学富有激情，忧患意识强烈，基调悲哀。从创作方法上审视，它常将幻想、传说与现实描写融为一体，实现了现实性和浪漫色彩的有机结合。

《圣经》文学在产生过程中曾吸收了巴比伦、迦南等异质文化的营养，形成之后又对西方乃至全世界的文化生活产生了无可比拟的影响。后世许多作家都曾从《圣经》中汲取素材，《圣经》中的人物、情节、典故也每每成为人们的日常用语，极大地丰富了后世的社会文化生活。

第三节
印度两大史诗

史诗《摩诃婆罗多》和《罗摩衍那》是印度古代文学最重要的成果，这两部作品的出现是古代印度人民对世界文化史作出的巨大贡献。

一、《摩诃婆罗多》

《摩诃婆罗多》封面

《摩诃婆罗多》的书名意为“伟大的婆罗多族”。全书分为 18 篇，长约 10 万颂（“颂”即诗节，每颂两行），是世界上已知史诗中卷帙最为浩繁的。印度的传统说法认为这部史诗的作者是毗耶娑（广博仙人）。但是，他仅是一个出现在史诗中的角色，而非真正的历史人物；而且，这样一部鸿篇巨制显然不可能是一人一时一地之作，所以它只可能是由历代诗人、歌手在漫长的口耳相传过程中不断积累加工而成的，其原始形式在约 3 000 年前即有流传，成书年代大约在印度社会从奴隶社会向封建社会过渡的历史阶段。

《摩诃婆罗多》的内容围绕印度古代婆罗多后裔中的两大王族支派众兄弟之间争夺王位的故事展开：婆罗多王族的奇武王有二子，长子持国自幼失明，次子般度主持政事。持国有 100 个儿子，称为俱卢族，般度则生有五子，称为般度族。般度去修行，由持国继掌王权。般度五子长大后提出父位子承，收回王权，而持国的儿子不肯答应。于是，双方围绕王位继承问题不断发生冲突，终于诉诸战争。许多邻国也分别参加了双方的战事。决战进行了 18 天，最后般度族取胜。

史诗通过两大王族的权势斗争，反映了古代印度统治阶级内部的政治和军事纷争，再现了国家由分裂走向统一的历史过程，并以鲜明的态度批判了恃强凌弱的不义战争，表达了古代印度人民反对卑劣占有、追求家族和睦、提倡亲情友爱、争取安定幸福的美好生活、渴求国家和平统一和希望当权者施行仁政的理想。

史诗在铺排两族大战及其前因后果和叙述人物活动的过程中，还加进了许多关于神学和哲学的片段，其中最著名的是一篇以大神黑天训谕英雄阿周那形式写成的诗体哲学著作《薄伽梵歌》。该作品历来被印度的某些宗教派别奉为彰显其宗教哲学观念的圣典。

《摩诃婆罗多》的艺术特色如下：

第一，用奇特幻想和真实描绘相结合的表现手法塑造半人半神的英雄形象。

第二，大量使用形象生动的比喻和发人深省的谚语，收到了良好的艺术效果。

第三，运用大故事套小故事的结构方式，在故事框架中置入大量独立的神话传说和游离于主干情节之外的长短插话，极大地丰富了作品的内容。例如，《那罗传》和《莎维德丽传》这两则优美的爱情故事，既是作品中的插话，又可以独自成篇。

《罗摩衍那》封面

二、《罗摩衍那》

《罗摩衍那》书名意为“罗摩传”，被称为“最初的诗”。全书共分为七篇，约两万颂。相传作者是跋弥（蚁垤仙人），不过它显然也是在长期民间传唱的基础上逐步加工完成的，一般认为其最早部分完成于公元前4世纪到公元前3世纪，最后成书于公元1世纪。

《罗摩衍那》的主要内容是关于王子罗摩被陷害、流放和复位以及同妻子悉多悲欢离合的故事：即将继承王位的罗摩受害于宫廷阴谋，被迫偕妻子流放森林14年。在林中，悉多被十首魔王罗波那劫走。罗摩在猴王协助下，历尽千难万险，终于战胜并杀死恶魔，夺回了悉多。尔后，因为罗摩一再怀疑妻子的贞节，痛不欲生的悉多投身于大地母亲的怀抱。

史诗的主人公罗摩是古代印度人民理想的君王形象，通过歌颂他身上勇武和德行两方面的优良素质，表达了古印度人民提倡自我牺牲、追求政权安定、讴歌斗争精神、赞美友谊和爱情的主题思想。罗摩的品质反映了下层人民的道德判断和理想要求：反对统治集团内部争权夺势的斗争，期盼国家团结统一，反对侵略掠夺和不义战争。

史诗中的罗摩是一个带有双重性的人物形象。他身上一方面集中着理想君主和古代英雄的诸般美德，如不争权势、顾全大局、关心人民、英勇善战等；另一方面又在一定程度上反映了专制政体的残暴、冷酷和男权主义背信、虚伪的劣根性。

《罗摩衍那》显示出民间口头创作的鲜明特征，具有很高的艺术价值。作品对政治斗争、爱情生活、战争场面、自然风景的描绘都达到了较高水平，是之后印度长篇叙事诗创作的摹本和基石。在人物塑造方面，作品善于在尖锐复杂的矛盾冲突中刻画各种形象，并且取得了极大成功，史诗中的罗摩、悉多、神猴哈奴曼等，早已深深地植根于历代印度人民的心中。史诗情节曲折，描写生动，开创了古代印度文学叙事的一代风气，是印度古代文学的典范之作。

第四节 《吉尔伽美什》

古代巴比伦的《吉尔伽美什》是迄今为止所发现的世界文学史上最早的一部史诗。史诗又

《吉尔伽美什》封面

称英雄史诗，系指长篇的古代诗体叙事作品，一般产生于古代社会从野蛮蒙昧趋于文明的发展阶段，以歌颂先祖创业、表现部族迁徙和族际征伐等具有重大历史意义的事件和传说为内容，由长期口传的神话性故事为底本，后经文人整理加工而定型。《吉尔伽美什》全诗共有 3 000 多行，用楔形文字记述在 12 块泥板上，大约在公元前 3000 年即已具备了雏形，是在苏美尔—阿卡德时期即已存在的有关“吉尔伽美什”的故事的基础上，经过巴比伦人整合加工形成的一部英雄史诗。在后来美索不达米亚地区历史性的沧桑变迁中，记载着这部史诗的泥板沉埋地下数千年，直到 19 世纪 70 年代，英国考古学家乔治·史密斯发现了从巴比伦尼亚古城尼尼微出土的《吉尔伽美什》史诗并解译了第 11 块泥板上的“大洪水”传说，此次考古研究把史诗出现于文学史的上限向前推移了 1 000 多年。《吉尔伽美什》自从被发现以来引起许多研究者的注意，学者们逐渐破解了每块泥板的内容，诠释和掌握了史诗的全貌。这部在公元前 3000 年已具雏形的作品以其 3 000 行的篇幅融会了古代两河流域神话传说的精华，反映了巴比伦人对自然法则、生死奥秘的探索和敢于同神权神意对抗的斗争精神。

史诗的情节围绕着英雄主人公吉尔伽美什展开，大致可以分为以下四个基本单元：(1) 国王吉尔伽美什的残暴统治导致乌鲁克城民怨沸腾，天神接受民众的祈求造出了半人半兽的恩奇都与吉尔伽美什拼杀抗衡；两人经过打斗终结交为挚友，决心为民造福。(2) 吉尔伽美什与恩奇都共同征讨守护杉树林的巨妖芬巴巴，两人在太阳神舍马什的帮助下合力杀死芬巴巴，解救了被芬巴巴囚禁的女神伊什妲尔。(3) 吉尔伽美什的英姿使女神萌生了爱意，但女神的求爱遭到了拒绝；伊什妲尔图谋报复，天神造出天牛降灾于乌鲁克城，两英雄杀死天牛，为民除害但却触忤了神意，天神发出死亡诅咒，恩奇都患病身死。(4) 吉尔伽美什面对好友之死十分悲伤，他预感到自己也会有同样的命运，遂远走他乡探求永生的奥秘；历尽艰险终于找到人类的先祖乌特那庇什提牟，先祖讲述天神发洪水灭世，自己受神示造大船救渡，借此升入神界获得永生之事，并告诉吉尔伽美什潜入水下可以获取长生仙草；吉尔伽美什取到仙草，却在回城途中被蛇叼走；生命之草得而复失，吉尔伽美什只能怏怏叹息着失望而归。

以上是第 1 至 11 块泥板记述的内容，第 12 块泥板叙述吉尔伽美什与故友恩奇都的灵魂相见，双方进行了一场围绕着寻找“普库”（鼓）和“密库”（鼓槌）的对话。这一部分与全诗在情节上相互脱节，似无必然联系，有可能是刻制泥板时的附会添加。

史诗《吉尔伽美什》中出现的主要人物形象有两位，即吉尔伽美什与恩奇都。作为远古时期的城邦统治者和半人半神的英雄，他们身上既有某些共同的特性，又有独自的个性特征，二者彼此依托，相辅相成，交织互动着推动故事情节演变发展。

史诗的主人公吉尔伽美什是实际存在的历史人物。在《苏美尔王表》中，他是乌鲁克第一王朝第五代的“恩西”（即“执政者”或“王”）。在史诗中，他一出场就被描绘为一个具有非凡的体魄和智慧的英雄：

自从吉尔伽美什被创造出来（?）
大力神［塑成了］他的形态，
天神舍马什授予他［俊美的面庞］，
阿达特赐给他堂堂丰采，

诸大神使吉尔伽美什姿容［秀逸］，

…………

他三分之二是神，［三分之一是人］，

…………

他手执武器的气概无人可比，

他的（鼓），能使伙伴奋臂而起。

但是，身为乌鲁克的城主，吉尔伽美什凭借权势，“像野牛一样统治人民”，“残暴从不敛息”。他役使人民，强迫城中居民为他构筑城垣，修建神庙，“不给父亲们保留儿子”，他还强占妇女，“不给母亲们保留闺女”。这般暴行闹得民不聊生，城邦人民怨声鼎沸，贵族们也忍无可忍，愤而祷告天神惩治吉尔伽美什，拯救城邦脱离苦难。天神安努接受了民众的祈求，命大神阿鲁鲁造出半人半兽的勇士恩奇都对抗吉尔伽美什，“让他们去争斗，使乌鲁克安定，不受骚扰”。恩奇都浑身是毛，与野兽为伍，吉尔伽美什派神妓吸引他，使其萌生人性，脱离了动物性状。恩奇都来到乌鲁克城邦，听人诉说吉尔伽美什强迫男人“背负泥筐”，从女人那里“征缴口粮”，人们要为他“撩开新床的帷幕”，“连那些已婚的妇女，他也要染指，他是第一个，丈夫却居其次”。恩奇都义愤填膺，与吉尔伽美什“狠命地扭住厮打”。两人经过激烈搏斗没有分出胜负，结果是两位勇士苦打成交，反倒英雄相惜结为好友。两人结交之后，吉尔伽美什的性格发生了突变，他不再是残暴的君王，而是约同恩奇都一起出走为民众除害造福，先后战胜沙漠中的巨狮、诛杀杉树林中的怪物芬巴巴、杀死残害乌鲁克城居民的天牛，成了为城邦社会造福的伟大英雄。

前述情节中，两位英雄的人格和修为均发生了大相径庭的变化，其本质是古代美索不达米亚地区两种生存方式在冲突中融合的表现。吉尔伽美什在作品中被称为“拥有广场的乌鲁克王”，这显然是城邦文明的标识。与其相反，“不认人，没有家”，“跟羚羊一同吃草”，“和牲畜共处”，“和野兽挨肩擦背”，“回窝也和野兽结伴同道”并且“为饲羊人夜里能够安睡，他曾捉了狼，还把狮子猎取”的恩奇都当被视为处在蒙昧未开化状态的狩猎与游牧部落的代表。城邦英雄与牧野英雄之间从决斗到和解的过程恰可作为古代两河流域城市文化同游牧文化之间在冲突中相互融合的缩影。历史上时常发生这种现象，欠发达民族以武力征服了发达民族，但最终为被征服者的发达文化所同化。吉尔伽美什与恩奇都从敌对到交好正喻示着两种异质文明在古代美索不达米亚地区发生的冲突、互渗与交汇融合。

《吉尔伽美什》文本叙事的突出特点是象征对应。客观的自然过程和社会现象在两河流域先民的原始心理中被加以对象化处理，表现在文学中便是自然现象与人事生活的混同契合。例如，围绕着吉尔伽美什存在和发生的一系列矛盾纠葛之中，与芬巴巴肆虐、舍马什相助、伊什妲尔发怒、天神降罚七年歉收、天牛为祸、乌特那庇什提牟洪水救渡等自然秩序及其破坏性威力情节元素相对应的，是吉尔伽美什强制徭役并行使初夜权、乌鲁克民众的怨愤、与恩奇都的打斗与交友、恩奇都之死、吉尔伽美什寻求永生探觅生命奥秘等城邦统治矛盾、部族间文明冲突和个体生命节律等不同层面的人世生活内容。

从原型批评的视角看《吉尔伽美什》的文本结构，可以把它视为农业文化的“英雄与太阳”同位关系的原型模式在史诗中的投射，但在这部作品的表层叙述意义之外，还能探析出潜存于深层的象征性蕴涵。作品的表层叙述具有以下情节单元：英雄的诞生，化敌为友的传奇经历，战胜杉妖和天牛的经过，朋友逝去和探求永生的失败。从总体上看，史诗的主人公吉尔伽美什与巴比伦人崇奉的太阳神舍马什存在着特殊的对应性关联。史诗中说“舍马什给予吉尔伽美什厚爱”，而吉尔伽美什则每当征战或者遇到危难便向舍马什祈祷献祭求取帮助和庇护。战胜杉妖芬巴巴时借助的是舍马什的神力，杀死天牛后众神商议降罚又是太阳神为二位英雄进行辩护。英雄与太阳的特殊对应关系在史诗文本中或明或隐地存在着相互交织的线索：主人公的经历对应着太阳的运行轨迹。主人公从出场到诛杉妖这一段生涯一直以征服者和胜利者的面貌出现，即使遭到全民的反对和天神造出的巨人威胁，他都能化险为夷，化敌为友，即使面临无法征服的杉妖，也能借助于太阳神的威力而获胜。从第1块泥板到第6块泥板结束，他始终处于前进和上升状态，如日中天。但从第7块泥板开始，主人公的好运道便戏剧性地消失了——首先是好友之死引发他的悲痛与忧惧，为了免遭同样的命运而踏上觅求永生的旅程。然而，正像过午的太阳必然要走下坡路一样，英雄命道不再幸运，行动再也无法取得往昔那样的成功。如同西下的夕阳终将沉入黑暗的漫漫长夜，等待着吉尔伽美什的命运归宿是无以逆转的失败，到了史诗的结尾处，英雄的全部注意力转向了阴森凄凉的阴间冥界。史诗表层叙述有深沉的寄托：日落之后会有新的日出，主人公紧随太阳运行之路或有超越死亡的可能。太阳的运行呈现出每天东升西降和次日照样升起的周期性轨迹。与之相对应，史诗的表层叙述结构呈现出的由喜转悲、由赞美生到恐惧死的过程，对应着太阳东升西降的运行轨迹；而第12块泥板有关寻找生命繁殖象征物“普库”、“密库”的记述则对应着旭日常新的深层意蕴。

首先，在艺术表现上，《吉尔伽美什》赋人以神的特征，给神以人的感情，有着人神相混、人与神同形同性的特点。“三分之二是神，三分之一是人”的城邦领袖吉尔伽美什有着太阳神的血统，半人半兽的林莽英雄恩奇都出自天神的创造，两个人均既具神性又有神力；而作为超人力量化身的众神则无不具有人的性格特征，除了太阳神舍马什代表全然正面的人格力量之外，其余诸神均有欠缺：大神恩里尔暴躁易怒，女神伊什妲尔既多情善感又狭隘嫉妒，智慧之神埃阿沉稳冷静而又不乏偏爱，最高神安努竟然为了纵容女儿而是非不分地制造人世灾难。人类的优长与短处、美德和败行无不鲜明形象地体现在诸神的身上。

其次，史诗的情节和结构具有现实描绘与艺术想象相结合的特征。作品叙写的内容既有世间人际的争斗，也有天上神界的矛盾，同时也描绘人与神祇的冲突，甚至还昭显活人同死灵的对话，想象生动离奇，情节自由舒展，叙事浪漫夸张，具有极强的艺术感染力。在史诗的主干故事中，吉尔伽美什同乌鲁克城邦贵族、武士和民众的矛盾当是对现实社会生活的真实写照；恩奇都与吉尔伽美什苦打成交当是对不同文明方式冲突融合的奇特想象；诛灭芬巴巴和杀死天牛当是对人类与自然暴力矛盾斗争的神话性幻想；恩奇都之死和吉尔伽美什寻找不死草的过程则可视为巴比伦先民理解人类生死宿命之解释性想象。

《吉尔伽美什》是一部内涵丰富、文化容量巨大的作品，史诗问世后被翻译、改编成各种不同文字的版本在西亚地区广为流传、辗转影响，希腊神话、荷马史诗、希伯来《圣经》以及印度古代艺术无不直接或者间接地从《吉尔伽美什》中汲取了营养、借鉴了原型。例如，希伯来《圣经》中的洪水故事便是从《吉尔伽美什》中移植的。可以说，《吉尔伽美什》不但代表着古代巴比伦文学的高度成就，也对后世许多民族的文学发展具有重要的启发和奠基作用。

思考题

1. 古代亚非文学的主要特征是什么？
2. 希伯来《圣经》中的主要神话有哪些？

3.《圣经》文学有哪些主要特点?
4.《摩诃婆罗多》的基本内容是什么?
5.《罗摩衍那》的艺术特色是什么?
6. 简析罗摩形象。
7. 怎样评价吉尔伽美什与命运的抗争?

第十六章

中古亚非文学

小引

中古亚非文学指亚非地区封建社会时期的文学。这一时期的亚非文学与欧洲文学相比，无论成就还是影响均具有毋庸置疑的优势。

本章重点讲述中古亚非文学的历史形态、发展轨迹、显著特征和重要成就，并重点评析代表作家及其代表性作品。

中古亚非文学具有如下文学特征：多民族文学共同兴旺；各民族文学相互交流；内容复杂，形式多样；民间文学蓬勃发展；宗教对文学有着深刻影响。

中古时期，亚非地区相继形成了中国、印度、阿拉伯—伊斯兰教文化体系，中古亚非文学的发生、发展便是以这三大文化圈为中心和文化依托的。中古日本文学高度繁荣，女作家紫式部所著《源氏物语》是世界文学史上最早出现的长篇写实小说，代表着日本物语文学的最高成就；笔记、俳句、戏剧等方面也取得了显著成就。受中国文化影响，朝鲜和越南分别出现了《春香传》、《金云翘传》这样的优秀作品。在印度，长篇叙事诗创作呈现繁荣状态，代表作家为格比尔达斯和杜勒西达斯。诗歌是中古西亚地区文学的主要体裁，波斯文学和阿拉伯文学地位重要，中古波斯文学史上的四大诗人分别是菲尔多西、内扎米、萨迪和哈菲兹。《古兰经》、《一千零一夜》以及《卡里来和笛木乃》标志着中古阿拉伯民族的文学创作才能，成为中东人民乃至世界人民的宝贵文学遗产。

本章分别介绍中古印度、日本、波斯、阿拉伯文学的发展概况，重点介绍迦梨陀娑的《沙恭达罗》、紫式部的《源氏物语》、萨迪的《蔷薇园》和民间故事集《一千零一夜》。

学习本章节内容，应开阔视野，将其同欧洲中世纪文学联系起来加以比较分析。同时需要思考和把握中古亚非文学的承前启后作用及对后续文学发展的影响。

第一节 概述

中古亚非文学是指亚非地区封建制度兴起、繁荣和衰落时期的文学。

中古时期，亚非地区渐次形成了三大相对独立的文化体系：中国、印度、阿拉伯—伊斯兰教文化体系。换言之，当时亚非存在着三个历史文化圈，即以华夏文化为中心的东亚文化圈，以印度文化为中心的南亚次大陆、东南亚文化圈，以阿拉伯—伊斯兰文化为中心的西亚、北非文化圈。在这样的文化背景下，不同国家、地区之间的文学交流大大加强，众多民族的文化互相影响、共同繁荣。中古的初期和中期，亚非地区的一些先进国家和地区的民族文学，取得了远远超出同时代欧洲文学的成就，在当时的世界上处于领先地位。然而，亚非地区早于欧洲产生封建制度，由于政治经济发展缓慢，资本主义因素出现得较晚，直到19世纪中叶多数国家沦为西方列强的殖民地、半殖民地时，封建制度方告终结。这样，在中古后期，亚非地区多数国家政局不稳、战乱频仍，民族文学或因社会动乱的严重摧残而步履维艰，或受制于封建专制势力的精神桎梏而裹足不前。

在上述背景下发展起来的中古亚非文学，呈现出以下特点：

第一，众多的民族文学形成共同繁荣的局面。这一时期，除印度文学在古代梵语文学的基础上继续向前发展外，日本、波斯、阿拉伯、乌兹别克斯坦、亚美尼亚和土耳其等一系列新兴国家或民族也产生了许多水平较高的文学作品，为世界文库增添了大量瑰宝。

第二，不同国家、民族间的文学交流日益加强。亚非地区在中古时期逐渐形成了以中国、印度和阿拉伯为中心的三大文化区域。一方面，各中心国家的文学影响着周边国家文学的发展（如汉诗文哺育了日本、朝鲜、越南文学的成长，印度史诗则成为泰国、缅甸、印度尼西亚文学的素材来源）；另一方面，在彼此之间相互影响（如佛教文化从印度传到中国）的同时，对欧洲文学亦产生了较为显著的影响（如阿拉伯的《一千零一夜》传入欧洲）。

第三，文学作品题材广泛，内容庞杂，从多方面反映了亚非地区的生活面貌和世态人情。许多作品程度不同地表达了普通民众的社会理想和生活愿望，歌颂了他们的美好品质和斗争精神，揭露了统治者的罪恶，昭示出尖锐激烈的阶级矛盾；不过也有不少作品为统治阶级歌功颂德，或者宣扬宗教迷信思想。

第四，文学作品种类繁多，体裁丰富，小说、诗歌、日记、随笔、游记、民间故事、市井小戏，应有尽有。在各种文学体裁中，诗歌类作品居于首要地位，民族史诗、长篇叙事诗、抒情诗、讽刺诗、赞美诗、爱情诗、民歌谣曲等，都取得了可观的成就。

第五，民间文学蓬勃发展，成为中古亚非文学的重要组成部分。中古亚非文学由文人文学（包括宫廷文学）、民间文学和早期市民文学三部分构成，其中民间口传作品数量繁多，内容丰富，题材广泛，形式多样，生动地反映了人民大众的生活和理想，给中古文坛带来了无限生机。

第六，宗教对中古亚非文学产生了深刻影响。由于佛教、伊斯兰教和印度教在许多地区广泛传布，亚非各国的文学作品往往带有一定的宗教性，表现出神秘主义和宿命论色彩。

中古早期和中期，亚非文学无论在思想上还是在艺术方面的成就都明显超过当时的欧洲文学；中古后期，亚非文学逐渐衰落，但仍出现了一批卓有成就的作家。

一、日本文学

日本从 8 世纪初“大化革新”开始进入封建社会，到 19 世纪中叶“明治维新”之后封建社会崩溃，其间经历了 1 000 余年的历史赓衍过程。这一时期的日本文学可以分为四个阶段。

奈良时期（710—794）是日本书面文学的初创时期。这一时期主要的叙事作品有《古事记》（712）和《日本书记》（720）。《古事记》（太安万侣著）是日本最古老的历史和文学著作，其内容的一部分记载历代天皇的概况，另一部分则是神话传说和历史故事的汇编。

8 世纪中叶先后编成的汉诗集《怀风藻》（751）与和歌集《万叶集》（约 760）是这一时期最重要的诗集。《万叶集》共收录了从 4 世纪到 8 世纪之间的各体和歌约 4 500 首，其内容从崇神尊君、礼赞山河到反映民间疾苦、歌咏美好爱情，均有所涉猎，覆盖面极为宽泛，反映了深广的社会生活，具有清新自然、纯真质朴的抒情风格，一向被视为日本抒情文学的奠基之作。

平安时期（794—1192），日本朝野掀起学习中国文化的热潮，汉诗汉文创作盛极一时。在日本民族诗歌创作方面，纪贯之（约 868—945）编撰的《古今和歌集》（905）吟咏自然和爱情，纤细、优雅，是这一时期的代表性作品。

平安时期的文学成就主要在散文方面，物语、日记、随笔等文学形式发展很快，而且创作这些作品的多系女性。平安时期出现的女性创作高潮，是日本文坛上的一大奇观，在世界文学史上也属罕见。这一时期出现的优秀作品有《蜻蛉日记》（约 974）、《枕草子》（约 996）、《源氏物语》（约 1001—1008）、《和泉式部日记》（约 1008）、《紫式部日记》（1008—1010）、《更级日记》（1060）等，作者全是女性。

平安时期的随笔文学以清少纳言（约 966—1025）的《枕草子》最著名。作者以敏锐的观察力和流畅的文笔，描摹自然美景，记叙宫廷见闻，观察敏锐，记叙细致，情景交融，为日本散文的发展奠定了基础。

这一时期出现的新的文学形式——“物语”，一般指虚构性的“传奇物语”和写实性的“和歌物语”。约 10 世纪出现的《竹取物语》是传奇物语的代表作品，《伊势物语》（9 世纪末—10 世纪中期）是和歌物语的代表作。后来，这两种物语逐步融合，形成了类似长篇小说的物语作品。“物语”文学的形成，在日本小说史上具有里程碑意义。紫式部的《源氏物语》是平安时代物语文学的典范之作。

镰仓、室町时期（1192—1573），贵族文化开始向武士文化和市民文化过渡，当时盛行反映武士生活的“军记物语”，其代表作为《平家物语》（1220）。城市戏剧的出现是这个时期文学发展的新因素，产生了“能”和“狂言”两种戏剧形式。“能”是以舞蹈为中心的假面剧，一般取材于古典文学作品，文体华丽，注重技巧。“狂言”是小型讽刺喜剧，以反映现实社会生活为主，滑稽幽默，内容上常常讽刺上层人物。

江户时期（1603—1867），城市经济迅速发展，市民文化渐次取代了武士文化。占据诗坛中心地位的是俳句。松尾芭蕉（1644—1694）在继承前人传统的基础上创造了幽雅、奇妙、清闲的俳句风格——“蕉风”。其后，有名的诗人是与谢芜村（1716—1783）和小林一茶（1763—1827），前者的俳句富有浪漫情调和唯美色彩，后者的俳句则以自由使用俗语和生活气息浓厚为特色。

近松门左卫门（1653—1724）的作品标志着当时戏剧创作的最高水平。他写过100多部净琉璃（由说唱艺术发展而来的木偶戏）和歌舞伎（由舞蹈演变而来的歌舞剧）剧本。他的《曾根崎情死》（1703）、《国姓爷会战》（1715）、《天网岛情死》（1720）等剧目，有的反映社会底层人物的生活，有的描绘青年男子至死不渝的爱情，有的揭露统治者的不义，有的则借助异国题材表现武士道德和尚武精神。

这一时期，小说方面出现了井原西鹤（1642—1693）和式亭三马（1776—1822）等著名作家。前者创造了一种反映市民生活情趣的通俗小说“浮世草子”，如《好色一代男》（1682）、《处事费心机》（1688）等，这些作品反对封建礼法，表现市民生活，具有世俗性和幽默性的特点；后者著有多种反映小市民生活的滑稽小说，其代表作是《浮世澡堂》（约1810）。

二、朝鲜文学

中古朝鲜文学的发展以1444年朝鲜文字的创制完成为界分为前后两期。前期作品大都借助汉字写成，主要体裁是汉文诗和民间歌谣。后期出现了朝鲜国语诗歌“时调”和“歌辞”，如朴仁老（1561—1642）的《太平辞》（1598）、《船中叹》（1605）。小说创作也渐趋繁荣，如朴趾源（1737—1805）的《两班传》（1900）、《虎叱》（1900）和无名氏的《春香传》（18世纪整理成书）等。

中篇小说《春香传》是中古朝鲜文学的代表性作品。它通过描写春香和李梦龙之间坎坷曲折的恋爱经历，颂扬了青年男女的纯真爱情和大胆反抗封建压迫的斗争精神，并深刻暴露了贵族官僚骄奢淫逸、平民百姓怨声载道的社会现实。

三、越南文学

中古越南文学与中国文学密切相关。10世纪之前，越南藩属于中国，无本民族文学可言。后以汉字为基础创制了国音文字，才陆续出现民族文学作品。阮攸（1765—1820）的长诗《金云翘传》（1820）根据中国清代同名小说改写，描写名门闺秀翠翘两入青楼、一生含垢的苦难生涯，形象反映出当时妇女的悲惨命运。这部长诗体现了越南古典文学的最高水平。

四、印度文学

中古印度文学是在古代印度文学基础上的继续发展。这一时期发生了民间口传文学与文人创作文学的分野，文学也从宗教性的信仰文化中分离出来，成为独立的艺术门类，文体主要有民间文学、诗歌、梵剧以及古典小说等形式，反映城市生活和市民理想是文人创作的主要内容。

中古印度文学的代表性作品主要有：

《往世书》是古代历史传说、神话故事的汇编，还包括诗律和修辞学等方面的知识，采用诗文相间形式以对话体写成，被奉为宗教圣典。《往世书》现存 18 部，其中最重要的有《毗湿奴往世书》、《湿婆往世书》、《薄伽梵往世书》等。

《五卷书》（公元前 1 世纪）是并不凭借宗教传播而得以流行的民间寓言故事作品。书中描写婆罗门知识分子编写了一部教谕性的寓言作品教化弱智的王子们，使王子们通晓了修身处世、治国安邦的学问。该书由于分为五卷，故取名为《五卷书》。《五卷书》故事以动物反衬人际关系，强调待人处事要谨慎小心，认为团结对敌才能以弱胜强，赞美英勇，蔑视懦弱，把智慧和世故奉为美德。在形式上，《五卷书》运用散韵文体和大故事套小故事的结构方式，环环相套，镶嵌穿插，浑然一体。这种布局模式极大地影响了其他地区和民族的民间故事，后世模仿承袭者也屡见不鲜。

中古印度的诗歌可以分为叙事诗和抒情诗两大类。叙事诗一般取材于两大史诗、古代神话与历史传说，典范之作是迦梨陀娑的《罗怙世系》、《鸠摩罗出世》以及马鸣的叙事长诗《佛所行赞》和《美难陀传》；抒情诗起源于吠陀诗歌和大史诗中的抒情诗，在内容上以艳情诗为多，伐致呵利的《三百咏》、阿摩卢的《百咏》等影响较大。中古印度最伟大的诗人是迦梨陀娑。

古典梵剧历史悠久，早在公元前后就产生了比较成熟的古典剧本和戏剧理论著作。创作于公元 2 世纪至 3 世纪的“跋娑十三剧”标志着梵剧的成熟。在梵剧中，有一种市井民众剧，其代表作是相传为首陀逻迦所作的《小泥车》（约 2 世纪—3 世纪）。该剧从城市平民的角度表现市井生活，正面描写和赞美了“犯上作乱”的人民起义，揭露了封建王权的昏庸腐败和王亲国戚的凶狠贪婪，对出身低贱的妓女和贫穷商人则当作正面主人公加以塑造，表现了爱憎分明的政治倾向。迦梨陀娑的一系列优秀剧作把古典梵剧的发展推到最高潮。

古典小说是公元六七世纪以后产生并发展起来的，属于城市市民文化的产物。7 世纪时檀丁的长篇小说《十王子传》以主人公的游历见闻为故事线索，描写十位王族青年各自的流浪奇遇，被认为是印度的市井生活大观。

公元 11 世纪以后，各种方言文学勃然兴起，其中成就突出的有印地语文学、乌尔都语文学和孟加拉语文学。这一时期较为引人注目的作品是格比尔达斯（约 1398—1494）的格言诗和杜勒西达斯（1532—1623）的长篇叙事诗《罗摩功行录》。

五、波斯文学

中古波斯文学指产生于 5 世纪到 18 世纪的波斯文学，其中以 10 世纪至 15 世纪成就最高。波斯素以“诗国”著称，诗歌是中古波斯文学的主要形式。

中古波斯诗坛上曾涌现出灿若群星的诗人群，如鲁达基（850—941）、菲尔多西、欧玛尔·海亚姆（1048—1122）、内扎米、莫拉维（1207—1273）、萨迪、哈菲兹等，其中菲尔多西、内扎米、萨迪和哈菲兹在波斯文学史上地位甚为重要。

菲尔多西（940—1020）的最大功绩是创作了波斯文学史上的划时代巨著《列王纪》

(975—1015)。《列王纪》长达10万联（每联两行），从远古神话传说开始，一直写到萨珊王朝（224—651）的末代国王4 000多年间的故事，其中有大量神话和民间传说。诗中最动人的故事是铁匠卡维率众揭竿而起、推翻异族暴君统治的故事和勇士鲁斯塔姆英雄的一生。

内扎米（1141—1209）的主要作品《五卷诗》（1173—1200）由《秘密宝库》、《霍斯陆与西琳》、《蕾丽与马季农》、《七美人》和《亚历山大故事》几部分组成。他将诗笔转向现实，重在描绘人间的悲欢离合，揭示封建制度下青年男女的不幸命运。

中古波斯另一位享有世界声誉的大诗人是哈菲兹（1320—1389）。歌德曾把他比作一艘巨船，把自己比作一叶小舟。哈菲兹的抒情诗作品大多收在他的《歌曲集》中，这部诗集在1791年第一次出版。他的诗歌大多与饮酒和爱情有关，往往表现出对伪善、腐败的批判和对光明、自由的追求。

在波斯诗坛上，萨迪及其道德训诫作品《蔷薇园》占有突出的重要地位。

六、阿拉伯文学

中古阿拉伯文学指产生于公元5世纪末至7世纪初的阿拉伯半岛人民的文学和7世纪至13世纪中叶的阿拉伯帝国的文学。

阿拉伯早期诗歌的形式主要是“悬诗”。前伊斯兰教时期，阿拉伯各地的诗人每年要到麦加附近举行一次赛诗会，优胜之作用金水描在细麻布上，悬挂在“克尔白”天房的帷幕上，故名“悬诗”。“悬诗”的主题多是颂扬部族和部落的英雄人物，赞美游牧民族的善良和生活风尚。

随着阿拉伯帝国的形成，阿拉伯文学迅速发展。诗歌领域产生了具有强烈时代特色的“征伐诗”，讽刺诗和爱情诗的数量也非常多。在散文方面，则出现了伊斯兰教经典《古兰经》。

《古兰经》是伊斯兰教的圣典，也是阿拉伯文学史上的散文巨著。“古兰”系阿拉伯语“诵读”的音译。《古兰经》是穆罕默德在传教过程中托名“安拉的启示”陆续颁布的经文，由其门徒整理编订成册。它在阐说教义教理时插入了各种传说、故事、寓言、谚语、见闻等。《古兰经》成功地运用了“天启式”的文学体裁，全书具有严谨宏伟的风格。

阿拔斯时期（750—1258），阿拉伯民族文化和外来文化融合渗透，阿拉伯文学发展迅速，散文故事的成就最为显著，产生了伊本·穆格发的寓言故事集《卡里来和笛木乃》、阿慕尔·贾西兹（775—868）的寓言故事《动物书》、驰名世界的大型民间故事集《一千零一夜》等一系列文学名著。诗歌方面，则出现了努瓦斯（762—813）、穆太奈比（915—965）等较重要的诗人。

伊本·穆格发（724—759）的《卡里来和笛木乃》（750）包括50多个寓言故事，其基本内容是反对欺凌和暴虐，赞颂人民群众团结抗暴的斗争精神。《卡里来和笛木乃》的原本即印度的寓言故事集《五卷书》，穆格发于8世纪中叶将其译成阿拉伯文。尔后，它又被转译为世界上多种语言，甚至连印度现行的《五卷书》都是从它转译回去的。

努瓦斯是阿拉伯文学史上著名的“酒诗魁首”。他的诗作大多调侃权贵，嘲弄群小，赞美青春、美酒和爱情。

另一位诗人穆太奈比写了大量颂诗、挽诗、讽刺诗、爱情诗和哲理诗。他上承古典传统，下启后人创作，是阿拉伯诗坛上继往开来的人物。

第二节
迦梨陀娑及其《沙恭达罗》

一、生平与创作

迦梨陀娑是印度古代最著名的诗人和剧作家。1956 年，他被联合国推荐为世界文化名人。关于迦梨陀娑的生平事迹，历史上未留下任何确切资料。根据一些传说及其作品中所反映的情况，一般认为他出生在喜马拉雅山南麓优禅尼城的一个贫寒家庭，生活于 350 年至 472 年之间，接近并同情下层人民，曾在印度周游，熟悉许多地区的风土人情，精通哲学、历史和文学，具有超人的才华。后应召入宫，成为宫廷诗人。

相传迦梨陀娑一生作品很多，但是真伪杂陈。一般公认确为他所创作的作品有七部或者五部。传世之作主要是叙事诗《罗怙世系》、《鸠摩罗出世》两部，抒情长诗《云使》，抒情小诗集《时令之环》和三个剧本《沙恭达罗》、《优哩婆湿》、《摩罗维迦与火友王》。其中《云使》和《沙恭达罗》最能代表他的创作成就。

《云使》是印度最优美的古典抒情诗。全诗共 125 节，每节 4 行，分为《前云》和《后云》两部分。诗中通过一个被贬谪离乡的小神仙药叉拜托天上的行云为爱妻传递口信的故事，以饱含感情的优美诗句，描绘出千姿百态的自然景象，将药叉和妻子之间的爱情抒写得缠绵悱恻，细腻动人，具有经久不衰的艺术魅力。

二、《沙恭达罗》

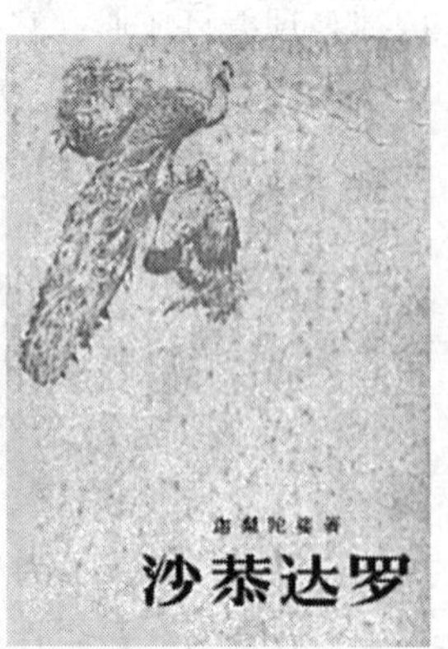

《沙恭达罗》封面

《沙恭达罗》的基本情节来自大史诗《摩诃婆罗多》及后来的《莲花往世书》。迦梨陀娑借用传统的故事轮廓，依据当世的现实增写若干人物和细节，使剧作融进了时代的思想观念和生活情趣。

《沙恭达罗》全剧七幕，故事梗概如下：国王豆扇陀外出打猎，和净修女沙恭达罗一见倾心，两人遂以干闼婆的方式（即不经父母之命、媒妁之言的自主婚姻）私自成婚。国王离开时送给沙恭达罗一枚戒指作为信物。分别后，沙恭达罗思夫情切，无意中怠慢了一位仙人。仙人大怒，诅咒国王丧失记忆，直到见到信物时才能与沙恭达罗相认。日后，已有身孕的沙恭达罗进城寻夫，信物在途中不慎失落，而国王果然拒认。她呼天抢地，求告无门，被身为天女的母亲救走。后来，一渔夫从捕获的鱼腹中发现戒指，送交国王。国王恢复记忆后，深为自己的拒妻行为懊丧痛悔。这时，天帝因陀罗请豆扇陀出战征服恶魔阿修罗。得胜后，豆扇陀飞往仙境，在那里和妻儿合家团圆。

《沙恭达罗》描绘了一个发生在半人半仙、亦人亦仙的世界中的爱情故事。沙恭达罗是人间净修者与天女的女儿；豆扇陀虽然是人，却具有往来天上人间、平妖镇魔的非凡本领。但是，两位主人公的恋爱婚姻却完全是人世爱情的写照，诗人在他们身上寄托了普通人的感情，通过他们表达了普通民众渴望爱情纯洁坚贞、天长日久的美好愿望，并把他们的感情镂刻得深沉热烈、细腻入微，从而使剧本在不同时代人民的心中产生强烈共鸣。

德国大诗人席勒曾说："在古代希腊，竟没有一部书能够在美妙的女性温柔方面，或者在美妙的爱情方面与《沙恭达罗》相比于万一。"① 这一评价指明了《沙恭达罗》的巨大成就，也精辟地概括了剧本内容的主要特点。

剧作的基本主题除赞美忠贞不渝的爱情外，还表达了对社会恶势力的批判。剧本的社会批判意义主要通过"仙人诅咒应验"这个具有象征意义的重要细节表现出来。仙人达罗婆娑象征性地体现了社会上阻挠和破坏美满爱情的邪恶势力，他对主人公诅咒的应验是造成戏剧冲突的主要原因。此外，作家还通过豆扇陀的形象间接地抨击了现实生活中贵族统治者的恶德败行。

沙恭达罗是温柔、善良且柔中有刚的印度古代妇女的理想的艺术形象。

沙恭达罗最突出的特征是美丽、纯真和质朴，她是一位天真未凿、水晶般纯净的"大自然之子"。她犹如野林中的花朵，处处显示出一种自然美：她天生丽质，穿的不是绫罗绸缎而是树皮衣，戴的不是金银饰品而是荷花须镯子。她生活在美丽和谐的净修林中，环境的美更显其秀丽天成。她的社会关系十分单纯，只有养父养母和两个女友。她和女友间关系平等，友情真挚，互相信赖，即使像爱慕豆扇陀这样最隐秘的心事，也能开诚布公地直言相告。她对大自然充满深厚的感情，和花木禽兽都有着动人的友谊。辞别净修林时，她激动哀伤，依依难舍，凸显出纯洁美好的心灵。更重要的是，她在爱情方面也表现得单纯、热烈而忠贞。她的爱情是发自内心的纯真感情，在和豆扇陀相遇前，青春的体验已在她心中萌动；和豆扇陀相识后，她一心追求自己向往的爱情，曾写下极为诚挚热烈的诗句："你的心我猜不透，但是狠心的人呀！日里夜里爱情在剧烈地燃烧着我的四肢，我心里只有你。"全剧末尾，当获悉豆扇陀对她的遗弃只是由于仙人诅咒而并非出于本意时，她便既往不咎，恩爱如故，表现出宽厚待人的品质和建立美好生活的真诚愿望。

沙恭达罗的性格以温柔和顺为主，但亦不乏刚强的一面。作为一个森林道院的苦行者，她明知净修林中的清规戒律不允许自己和外界男子谈情说爱，但爱情一经萌发，她便冲破种种束缚，以干闼婆方式和豆扇陀结了婚。当遭到遗弃时，她怒不可遏，当面对豆扇陀时进行了严厉斥责，表现出了印度古代妇女的反抗精神。

沙恭达罗形象具有重要的社会意义和美学意义。通过沙恭达罗坎坷波折的恋爱经历，诗人赞美了建立在自由恋爱基础上的婚姻方式，赞扬了对爱情坚贞不渝的理想妇女，歌颂了纯真、热烈、深挚的美妙爱情。同时，诗人还曲折地表达了对社会恶势力的憎恨和对被侮辱与被损害的弱女子的深切同情。这些观点和态度寄托了当时普通印度人的爱情理想和生活愿望，对后人认识古代印度的历史生活和迦梨陀娑的思想特征具有重要价值。沙恭达罗的形象是在人物美与

① 《中国大百科全书·外国文学》，Ⅱ，482页，北京，中国大百科全书出版社，1982。

环境美、外表美与心灵美、人物性格的温柔和顺与柔中有刚的和谐统一中塑造而成的，它不仅为后世理想女性的刻画提供了可资借鉴的美学范例，而且至今仍给人以美的享受。

豆扇陀形象则具有明显的两重性。

一方面，豆扇陀是性情男子、开明国王和无敌英雄的代表。他“关心臣民像关心儿女一样”，“百姓欢迎国王的诏令像欢迎甘露一样”；他又是亦人亦神的勇士，能应因陀罗之约，驾驶天车征服天神无法战胜的百头百臂恶魔阿修罗。剧本尤其描写了他的恋爱生活，反复抒写他对沙恭达罗的爱的深沉热烈、始终如一：在净修林中意外见到沙恭达罗后，就被她的美貌和丰姿吸引；当得知女方对他也有好感，更是“魂魄离身”，“身体走了，那颗心却跑回来”；初恋中，他因思念沙恭达罗而夜不能寐，日渐消瘦，“内心的灼热使我的金镯子褪了颜色，头枕在腕上，夜夜眼角里流出的泪把它染坏，它不再紧紧地套在给弓弦磨出来的茧子上，而是从腕上频频下落，我还要把它拉回来”。后来，剧情突起波澜。由于仙人诅咒，他丧失记忆，拒认妻子。在这段剧情里，豆扇陀的表现很是得体：恢复记忆前，他虽为沙恭达罗的美貌所倾倒，但举止庄重，认为既然不是自己的妻子，就不能收留她，以免因“抚摩别人的妻子而陷于不义”。恢复记忆后，他痛悔自己的过失，“痛哭流涕”，犹如“毒箭穿心”。剧中，他曾面对沙恭达罗的画像独白：“以前她亲自来，我同她决断。现在却向她的画像礼拜赞叹。正如走过了一泓解渴的河水，却向沙漠的蜃楼中寻求清泉。”真切地表达出对爱妻的怀念。

另一方面，豆扇陀对沙恭达罗的感情与后者的纯真爱情相比又有明显区别。剧中丑角摩陀弊耶发现了豆扇陀对沙恭达罗的恋情后曾尖锐地暗示出，国王追逐林间少女，不过是喜新厌旧、抛开家花采野花罢了。在第一幕中，豆扇陀曾面对美似天仙的沙恭达罗慨叹，“野林中的花朵以其天生的丽质超过了花园里的花朵”；随后又说，沙恭达罗“是一朵没有被嗅过的鲜花，是个没被指甲掐过的嫩芽，是一颗没有戴过的宝石，是没有被尝过香味的鲜蜜……不知道什么样的人才能有享受她的运气”。可见，他对沙恭达罗的感情中混杂着一定的占有欲和享乐欲。

总的来看，作家对豆扇陀的赞美是主要的，在豆扇陀这一形象上，作家寄寓了自己的进步理想；同时，作家又通过戏剧冲突，曲折地批判了在恋爱婚姻方面男性对女性的不公正压迫。

《沙恭达罗》的艺术成就引人注目。

在充满诗情画意的艺术氛围中精致细腻地刻画主人公形象，是剧本最突出的特点。迦梨陀娑的剧本都用诗体写作，《沙恭达罗》中不仅举目可见优美的诗歌片段，而且字里行间充满了醇厚郁烈的诗情。如在沙恭达罗别离净修林的场面中，春藤牵衣，小鹿顿足，亲友伙伴们含泪送行，难舍难分，极为感人地映衬出女主人公的美丽心灵。

《沙恭达罗》体现了现实主义手法与浪漫主义技巧的完美统一，既寄寓了人民群众对美满爱情的热烈追求，又反映出一定的社会问题。迦梨陀娑以《摩诃婆罗多》、《莲花往世书》中的古老爱情故事为题材，将神奇的古代传说同严峻的现实生活和崇高的审美理想水乳交融地结合起来，一方面不拘囿于人物的社会地位和阶级属性，赋予男女主人公（特别是女主人公）以高尚美好的情操，充分表达了人们的理想；另一方面又真实揭示出当时某些社会矛盾，对邪恶势力和腐朽观念进行了抨击。

诗剧《沙恭达罗》用古典梵文写成，风格淳朴、雍容、典雅。人物语言充分个性化，富于戏剧性，饱含哲理意味。不仅不同人物的语言风格各有不同，随着环境的改变，同一人物的语言也发生着变化。如沙恭达罗的语言真挚、热情、质朴，但斥责豆扇陀时却变得柔韧有力。与之相比，豆扇陀的语言则典雅、矫饰。剧中丑角不时以辛辣的讽刺插科打诨，别有一番情趣。

早在800年前，《沙恭达罗》的故事即已传入中国，20世纪中国曾出现过几种译本，其中卢冀野将其改为南曲，名为《孔雀女金环重圆记》，并将其搬上舞台，受到我国读者和观众的热烈欢迎。

第三节
紫式部及其《源氏物语》

一、生平与创作

紫式部是日本平安时代著名的女作家，原姓藤原，名字不详，因其长兄任式部丞，又因其代表作《源氏物语》的女主人公紫上为世人传颂，后人便称她为紫式部。她的生卒年月几不可考，一般认为她生于978年，去世于1015年。

紫式部像

紫式部生于中等贵族家庭，父兄辈多是著名歌人，父亲擅长汉诗与和歌。她自幼学习汉诗文，通晓汉籍文献和作品，对白居易诗歌尤有造诣。此外，她还笃信佛教，熟悉佛教经典。22岁时嫁给年近半百的地方官员为后妻，两年后丈夫去世，她从此便寡居，研习佛教义理。后应召入宫做皇后一条彰子的侍从女官，为彰子讲解《日本书纪》和白居易诗作，深受皇后的赏识。紫式部于寡居时期开始写作《源氏物语》，入宫后渐次完成。《源氏物语》描绘的宫廷内幕，对贵族妇女不幸命运倾注的深切同情以及不时流露出的佛教宿命观念和“往生净土”思想，都和紫式部的亲身经历密切相关。

除《源氏物语》外，紫式部的传世之作还有《紫式部日记》和《紫式部集》（约1010）。《紫式部日记》写于作者供职宫廷期间，比较详尽地记录了当时的宫廷生活，文笔优美，描写生动，是研究当时历史、文化、风俗及紫式部生活经历、思想性格的重要资料。《紫式部集》是作者的和歌集，共收入传世诗歌百余首。

二、《源氏物语》

《源氏物语》封面

《源氏物语》是中古日本文学最有代表性的作品，日本物语文学的典范。这部长篇物语不仅代表着紫式部创作的最高成就，而且被认为是世界上最早出现的长篇纪实性小说。

《源氏物语》大约成书于 11 世纪初，全书共分三部 54 卷（帖），约合中文 80 余万字，卷帙浩繁，场面复杂，时间跨度长达 70 年，登场人物有名有姓者达 400 余人。贯穿全书的主要人物是源氏和他的儿子薰君。作品前两部主要写主人公源氏的情场际遇和宦海沉浮；第三部写源氏死后其子薰君的放荡生活及其造成的悲剧性事件。小说通过宫廷贵族源氏一家三代人的爱情纠葛和政治命运，全面反映了平安时代贵族社会的风尚习俗、皇室内部的权势斗争、贵族阶级的式微和封建桎梏下妇女的悲惨命运。

古时某朝代，桐壶天皇独宠一个身世卑微的更衣（妃子）。更衣因不堪忍受皇后的歧视与凌辱，生下一子不久就忧郁而死。桐壶帝十分喜爱这个王子，为使他日后不受皇族内部的倾轧排斥，把他降为臣籍，赐姓源氏。

源氏 12 岁时娶左大臣的女儿葵上为妻，但他却滥爱空蝉、六条御息所、夕颜等贵族妇女，并与酷似自己生母的天皇继室也发生了乱伦关系，致使继母藤壶生下后来的冷泉帝。在此前后，源氏还爱上一个贵族幼女紫上，亲自把她教育成人后纳为正妻。

起初源氏在宦途上一帆风顺。但在政敌弘徽殿之子朱雀帝继位后，他的处境急转直下。因与弘徽殿的妹妹之间的暧昧关系败露，他被迫隐居在须磨、明石等地。在明石，没落贵族明石入道又送其女儿明石上做他的妻室。

两年后源氏被赦免回京。不久冷泉帝即位，源氏做了准太上天皇，从此源氏一族威震朝野。他修筑了豪华的六条院，将过去结识的 20 多个妇女都收养在里面。在飞黄腾达的同时，源氏精神上产生了严重的危机。已退位的朱雀帝出于权势考虑将小女儿三公主嫁给源氏，三公主却与葵上的侄儿柏木私通，并生下一子，即后十卷的主人公薰君。源氏对此十分苦恼，认为这是自己早年与继母乱伦的报应。不久，藤壶、紫上相继抑郁而死，三公主遁入空门。

源氏晚年屡遭不幸，终日忧伤哀愁，心灰意冷，于 50 多岁时出家修行，并留诗辞世。

小说第三部的场景由京都转向宇治。这时源氏的后代薰君（实为三公主与柏木的私生子）已长大成人，他地位优越，精神却甚为颓唐。他的爱情追求，要么因缺乏热情而告失败，要么给对方造成悲剧性伤害而铸成大错；在政治和社会活动方面，他则没有任何实际能力。

小说的主人公源氏是平安时期贵族阶级的典型人物。他既是当时社会的宠儿，又是当时社会悲剧的体现者。这一形象是作为紫式部理想的寄寓者和化身出现在作品中的。在紫式部笔下，源氏出身皇室，血统高贵，容光照人，才华出众。他不仅聪明绝世，精神世界丰富并很有教养，而且“秉性仁慈，德泽普及万民，扶穷救弱，拯灾济危，善举不可胜数”，具有济世兴邦、辅佐朝政的才能。他年轻时虽受政敌欺压，但毕竟受桐壶天皇庇护，又有一派权势集团支持，地位相当巩固；尤其在冷泉帝继位后，又升迁至太政大臣和准太上天皇，可谓炙手可热，权倾当朝。在感情方面，他又是一个多愁善感的“情种”，对待其曾经结识的妇女们有始有终，不忘旧情。从以上若干方面，均可看出作者对源氏的肯定和赞美态度。但是，纵观源氏一生，其政治生涯和婚姻家庭生活都不如意，平安王朝的身份等级制度、贵族集团之间的权势派别斗争以及当时流行的政略婚姻，造成源氏的出身、爱情、政治活动和最终结局都具有悲剧色彩，他的一生也因此而充满苦恼和哀愁。源氏的性格带有明显的两重性：在政治上，他出生在宫廷之中，不重权势却又卷入争权夺势的旋涡无法自拔；作为把持朝纲的高官显宦，他本应施行德政、造福百姓，但却毫无建树，空有才能却无所作为；在爱情方面，表面上他对妇女们温文尔雅，善始善终，实际上始终都把她们作为渔色对象。除了从偷香猎艳中获得某种畸形快乐外，他从未体验过纯真爱情的幸福，三公主与柏木私通事件更使他陷于难以解脱的苦恼。到了晚年，他在极度苦闷中落发出家，从悲观厌世走向精神崩溃，在孤寂中悄然辞世。

源氏形象具有深刻的社会意义和认识价值，他的悲剧是平安王朝贵族阶级的社会悲剧。源氏从一个单纯可爱的少年蜕变成沉溺女色的花花公子和腐败的官僚政客，这完全是宫廷贵族的生活环境所决定的。他不可能识别和抵制淫靡的社会风气，相反，只能在颓败世风和宫廷阴谋中愈陷愈深，最终成为时代的牺牲品。这一形象深刻揭示了平安时代贵族社会的矛盾危机和历史命运。

在《源氏物语》中，作家还通过描写源氏同周围女性交往恋爱过程，塑造了许多贵族妇女形象，如藤壶、空蝉、紫上、六条妃子、夕颜、轩端荻、末摘花、源典侍、明石上、三公主、浮舟等。她们大多才貌双全，性格温柔，但都成为贵族男子放纵情欲的对象或门阀政略婚姻的牺牲品。她们的遭遇深刻反映了平安王朝贵族妇女的悲惨命运。

小说中的主要人物大都具有鲜明的性格特征。众多贵族妇女，虽然命运大致相仿，但经历和性格各有千秋。如空蝉聪敏，葵上偏执，紫上贤淑，末摘花古板，明石上稳重，这些特点都与她们各自的身世、处境相吻合。即使对那些在某些方面颇为相似的人，作者也能写出她们各自的特点，而不给人以雷同之感。

运用细致的心理描写，尤其通过描绘隐秘的爱欲心理揭示人物的内心世界，是作品的又一突出特点。比如在描写源氏将夕颜带往一所废邸幽欢的文字中，源氏一方面陶醉于眼前的情爱，一方面又想到父亲找不到他时的焦急情景，同时又想起另一个情人六条妃子若得知自己与夕颜此时的情景将会怎样妒火中烧，把人物精微纤细的心理活动刻画得惟妙惟肖。

作品还常常利用环境描写来渲染情节所需要的特定气氛，塑造借景抒情、情景交融的艺术境界。就全书而言，凄清怅婉、哀愁忧伤的格调贯穿始终，和作品的基本主题相一致。

另外，《源氏物语》创造了一种可称为“连绵体”的诗文相间的文学形式，形成了委婉含蓄、缠绵典雅的文章风格，对后世的日本文学产生了深刻的影响。

第四节
萨迪及其《蔷薇园》

一、生平与创作

萨迪像

萨迪（约1213—1292）是波斯13世纪杰出的诗人。他一生著述20余种，多已失传。他的代表作是《果园》（1257）和《蔷薇园》，其中《蔷薇园》最为著名。

萨迪出生于波斯南部城市设拉子一个下级教士家庭，14岁时父亲亡故，童年生活十分凄苦。但他勤奋好学，求知欲很强，青少年时期就爱好文学并开始写作诗歌。20岁左右进入当时的最高学府尼扎米亚神学院攻读经学、哲学和文学，受到阿拉伯和波斯文化的熏陶。他生活在战乱年代，外族的入侵迫使他背井离乡，在各地颠沛游历，曾14次到麦加朝圣，还先后到过埃及、埃塞俄比亚、叙利亚、土耳其、印度和我国新疆，足迹遍及亚非广大地区。浪迹途中，他广泛接触社会，深入了解民生疾苦，这些见闻为其文学活动奠定了坚实的基础。1257年，他结束长达30年的漂泊生活回到故乡，用两年时间创作出《果园》和《蔷薇园》两部作品，并按照时尚奉献给国王，获得了“诗圣”称号。萨迪晚年潜心著书立说，直至逝世。

二、《蔷薇园》

《蔷薇园》（1258）曾被译成几十种文字，以其进步的思想内容和独特的艺术风格，受到世界人民广泛的赞誉和欢迎，对世界文学发展产生了深远的影响。

《蔷薇园》是一部训喻性作品，用散文和韵文相间的文体写成。全书包括近200则故事和100多条格言，分为8篇227节，由写作缘由、正文和跋构成。正文各章的论题分别是：记帝王言行、记僧侣言行、论知足常乐、论寡言、论青春与爱情、论老年昏愚、论教育的功效、论交往之道。这部作品是萨迪一生思想和文学探索的结晶，具有鲜明的政治倾向。

《蔷薇园》反映了13世纪波斯及其他伊斯兰国家错综复杂的社会生活，多方面记述了人民群众对劳动的热爱和对真理的追求，教给人们许多生活哲理和处世经验，对下层人民的疾苦表示了深切的同情，同时揭露了封建统治的黑暗。

这部作品的思想内容有以下主要特点。

第一，热爱人民，歌颂劳动，同情人民疾苦。《蔷薇园》的基调是热爱人民，全书充满深厚的人道主义精神。萨迪在第1章第10节中写道："亚当子孙皆兄弟，兄弟犹如手足亲，造物之初本一体，一肢罹病传全身。为人不恤他人苦，不配世上妄称人。"其中"亚当子孙皆兄弟"的名句已被联合国采录为阐述其宗旨的箴言。在《蔷薇园》中，赞美劳动、歌颂劳动者高尚品质的诗文占有很大比重，如第1章第36节的两兄弟故事。这个故事讲的是，哥哥给官府当差，弟弟靠劳动谋生，哥哥劝弟弟也去伺候苏丹以摆脱艰苦的劳动，弟弟却说："你若摆脱你这伺候人的可耻地位，岂不更好？圣人说，'与其腰束金带，服侍别人，不如坐在地上，自食其力。'与其抱手而立伺候权贵，不如动手操劳搅拌泥灰。"此外，不少故事热情讴歌劳动人民的聪明智慧以及"豪迈而崇高的品质"。这些内容构成了作品的思想亮色，体现出诗人进步的人生观。

《蔷薇园》封面

第二，揭露封建统治的黑暗和剥削阶级的罪恶。《蔷薇园》中的许多故事都把批判锋芒直指封建暴君，指出"暴君决不可以为王，豺狼决不可以牧羊"。《记帝王言行》章中的一则故事淋漓尽致地揭露了专制制度下统治者和人民水火不容的关系，鞭挞了封建暴君的罪行：国王得了绝症，要用一个农家孩子的胆汁下药治病，孩子的父母被收买，法官也参与了谋杀，临刑前孩子仰天苦笑着说："父母是爱护儿女的，法官是为民申冤的，国王是主持正义的。如今父母为了一点小惠把我断送，法官判我死刑，王上也只顾自己死里逃生。除了真主而外，谁还能庇护我呢？"一番血泪控诉，将人吃人的社会罪恶尽行道出。另一个故事在揭露法官贪赃枉法时说："你把五条胡瓜送给法官，他会判给你十分瓜田。"另外，《蔷薇园》还描绘了假圣徒、奸商、恶霸们的丑恶嘴脸，对他们的恶德败行给予了无情揭露和辛辣讽刺。

第三，反映社会生活广泛，描绘人物形象众多，具有重要的认识意义和史料价值。《蔷薇园》的内容社会覆盖面极宽，为人们勾勒了一幅幅异常生动的生活画卷。作品描绘的生活场景上有宫廷，下有茅舍、寺院、集市、大海、沙漠，无所不至，出现的人物从国王、权贵、官吏、商贾、学者、教士到农民、工匠、奴隶甚至强盗、恶霸，无所不包。尤其值得注意的是，不少故事反映了市民阶层的兴起，表达了他们的愿望和要求。例如，《论知足常乐》章第28则故事认为，最宜出外旅行的五种人是商人、有学问的人、美貌的人、歌者和手艺人，就社会地位讲，其中四种属于新兴市民阶层，且商人位居其首。

另外，《蔷薇园》还总结了大量生活哲理和处世经验，提出了比较进步的治国之道。

应该指出的是，作为生活于中世纪的伊斯兰教的行脚僧，萨迪在《蔷薇园》中表达了相当程度的宗教感情和宿命论思想。

《蔷薇园》在艺术上也具有鲜明的特点：

首先是诗文相间、散韵结合的文体。散文部分质朴无华，言之有物；诗歌部分对仗严整，造句自然。这种文体样式是萨迪对中古波斯诗歌的独特贡献。

其次，《蔷薇园》语言凝练流畅，文辞通俗优美。故事中常用短小精悍的警句格言表达深刻的思想，表现出驾驭语言的精湛功力。

第五节
《一千零一夜》

《一千零一夜》（约8—16世纪，又名《天方夜谭》）是一部规模宏大、引人入胜的阿拉伯民间故事集，高尔基将其称为世界民间文学史上“最壮丽的一座纪念碑”。

关于《一千零一夜》的产生，该书的“引子”写道：相传古代印度和中国之间有个叫萨桑的海岛国家，国王山鲁亚尔凶暴残忍，因痛恨王后行为失端而将其杀死，并决心以所有的妇女作为报复对象。于是，他每天娶一女子过夜，翌晨即行杀害，致使国中妇女纷纷逃亡，城内十室九空。宰相的女儿山鲁佐德为拯救无辜，自愿嫁给国王，借讲故事对他进行劝诫。她每次总在天亮时讲到最动人处，国王为继续满足好奇心便免其不死。就这样，她连续讲了一千零一个夜晚，终于感化了暴君，使他不再杀人，并与之白头偕老。

当然，这段故事只不过在全书众多故事中起到一个穿针引线的作用。对作品的记述形式及故事内容所反映的政治经济状况、民族文化特征和宗教信仰现象进行综合考察可以发现，《一千零一夜》中的故事约在八九世纪开始流传，后经800余年的传播增衍，到16世纪才趋于定型。很显然，它是中东地区无数市井艺人和文人学者长期收集整理、提炼加工的结果，是这一地区各民族人民聪明智慧的结晶。

《一千零一夜》的故事来源主要有三：波斯的《一千个故事》、伊拉克以巴格达为活动中心的故事和埃及故事。其他尚有从希腊、印度、希伯来等民族流传过去的故事。至于书中所讲的中国故事，则并非真的出自我国。

《一千零一夜》以山鲁佐德讲故事为线索，将247个互不相关的历史故事、爱情故事、冒险故事和生活故事串联起来，其中又有格言、谚语、寓言、童话、神话传说、精怪故事等多种体裁类型；题材包括宫廷趣闻、名人逸事、婚丧嫁娶、经商航海等众多方面；涉及的人物有帝王将相、庶民百姓、神仙精灵、富商巨贾，三教九流，应有尽有。

全书以离奇多变的题材、洒脱浪漫的手法和神秘的东方色彩，生动地描绘了一幅中古阿拉伯社会生活的巨幅画卷，从各个视角反映了当时的社会矛盾和阶级冲突，表现了人们的思想感情、宗教信仰、世态习俗和风土人情，为研究阿拉伯地区及周边社会的政治、经济、文化、民俗、历史、宗教提供了宝贵资料，被誉为中古阿拉伯社会的百科全书。

《一千零一夜》的主要思想倾向表现在以下几个方面。

第一，它反映了当时尖锐的社会矛盾和阶级冲突，揭露了封建统治者的罪恶。国王山鲁亚尔残暴荒淫，嗜杀成性。因为发现王后同宫女、奴仆一起嬉戏歌舞，就将她们处死，并把全体妇女作为报复对象，每天占有并虐杀一个女子。这种丧失人性的残暴行径竟持续了三

《一千零一夜》封面

年之久，“当时的妇女，不是死于国王刀下，便是逃之夭夭”。山鲁佐德与国王展开的长达一千零一夜的艰苦较量，正是正义与邪恶的殊死斗争。这个“引子”具有十分强烈的揭露性和批判性。《死神的故事》通过死神之口指斥了统治者“骄横自满”、“横征暴敛”、“刮削民脂民膏”的罪行，诅咒他们早日断气，“归宿到地狱里去”，表现了人民群众反抗强权的思想愿望。在《辛伯达航海旅行的故事》中，穷脚夫辛伯达以搬运重物糊口谋生，境况窘困，生活十分贫苦。面对富人的豪华奢侈，他愤懑地说：“人世间有多少可怜人，没有立足的地方，疲于奔命，终日出卖劳力，生活越来越贫穷，压在肩上的重担，总是有增无减。”对社会的不公道进行了强烈控诉。《渔翁的故事》中的渔翁，终日辛劳，饱尝辛酸，却落得两手空空，他怀着一腔义愤发出了这样的不平之鸣：“呸！你这个世道，如果长此下去，让我们老在灾难中叫苦、呻吟，这就该受到诅咒。”此外，还有些故事描写了乞丐、流浪汉和奴隶们的深重灾难与不幸遭遇，以辛辣的笔触揭示了现实生活的腐朽黑暗。

第二，《一千零一夜》歌颂了人民群众的勇敢、智慧和斗争精神。《渔翁的故事》即是典型一例。渔翁打开瓶子放出魔鬼，魔鬼却恩将仇报，反要杀死渔翁。在此危急关头，渔翁一面据理力争，一面私下想道：“他是个魔鬼，而我是堂堂的人类，安拉既然赋予我完备的理智，我就非用计谋对付他不可。我的计谋和理智，必然会压倒他的诡计和妖气。”果然，他机智地将魔鬼再次装入瓶子，用智慧战胜了恶魔。《阿里巴巴和四十大盗》的故事突出刻画了女仆马尔基娜聪明、机智、勇敢的性格。她面对江洋大盗毫无惧色，沉着冷静地迷惑敌人，烧死群盗，手刃匪首，显示了惊人的勇气与超凡的智慧。《白侯图的故事》写奴隶白侯图利用诺言巧妙地戏弄富商主人，颂扬了奴隶的聪明才智，肯定了被压迫者的强大精神力量和反抗精神。这些故事从不同侧面赞美正义和光明，抨击邪恶和黑暗，劝人向善，给人以有益的启发。

第三，表现阿拉伯人民美好的生活理想，反映他们对美满爱情婚姻的追求。在中世纪的阿拉伯社会，由于封建教理教规的禁锢，男女之间的结合是很难以爱情为基础的。《一千零一夜》中出现大量讴歌纯真爱情的故事，对男尊女卑、歧视妇女的社会现实进行了猛烈抨击。《巴索拉银匠哈桑的故事》描写银匠哈桑同神女买娜伦·瑟诺玉之间曲折多难的恋爱经历，爱憎分明地歌颂了纯洁专一的美好爱情，批判了社会上的邪恶势力。《乌木马的故事》中的一对恋人为谋求爱情幸福历经千辛万苦而终于结为良缘，情节十分动人。《努伦丁·阿里和艾尼西·张丽丝的故事》描述了女奴和宰相儿子之间的爱情，他们饱受磨难，经过艰苦抗争，赢得了自己的幸福。这种不同阶级的青年男女彼此忠贞相爱的故事，表现出强烈的反对封建礼教、反抗宗教教规的进步倾向。

第四，反映新兴商人航海经商、追求财富的冒险奇遇。这类故事的出现与当时阿拉伯地区经济贸易的发展有着密切的关系。阿拉伯帝国时期，商业发达，贸易繁荣，许多商人跻身其间以求发财致富。《一千零一夜》的航海冒险故事以《辛伯达航海旅行的故事》最为出色。主人公辛伯达是个富商，他曾先后七次航海冒险，在惊涛骇浪、艰难险阻之中增长了见识，积累了财富，获得了优裕的生活条件和显赫的社会地位。辛伯达是一个具有顽强毅力和超人胆识的人物形象，在航海旅行中，无论遇到什么样的危难，他总能通过艰苦努力，凭借勇敢和机智化险为夷。尤为值得注意的是，他每次脱险归来后，都不因历险磨难而气馁却步，而是继续准备新的探险。他说：“安安逸逸地过了一晌之后，我又不安于现状，一心向往异地风光，憧憬着航海旅行、海外经商、参观各地风土人情的乐趣。……和商人们在一起，感到无限的快慰。”辛伯达积极乐观，勇于进取，充满自信，是艰苦创业的新兴商人的典型，代表了当时社会上的一种进步力量；同时，他身上又存在着自私贪婪、唯利是图、损人利己的剥削阶级劣根性，反映了商人性格的另外一面。这类以商人生活为题材的故事还有《商人阿里·密斯里的故事》、《陔麦伦·宰曼的故事》等，它们从不同角度展示了中古时期阿拉伯商业贸易的隆盛情况。

《一千零一夜》在长期流传过程中，由于历代统治者和宗教卫道士的篡改加工，增加了许多剥削阶级意识和宗教思想，如宣扬宗教偏见和宿命论观点，为哈里发歌功颂德，鼓吹剥削致富之道，鄙视妇女，丑化奴隶，等等。对这些思想成分，是应当认真分析甄别的。

《一千零一夜》充分体现了阿拉伯人民的文学创作才能，表现出以下显著的艺术特点：

第一，想象丰富奇特，充满浓郁的浪漫主义色彩。《一千零一夜》中的许多作品具有幻化离奇的神话特质，灵活自如地运用了近乎荒诞的夸张手法，具有很强的感染力。这些作品描写了来去自如的飞毯、飞床、乌木马以及隐身的头巾和驱魔的手杖，口念咒语便使石门洞开，宫殿须臾之间拔地而起等神奇现象。这些神妙的想象生动地表现出认识自然、征服自然、战胜邪恶势力的强烈愿望。

第二，结构精妙奇巧，情节曲折离奇。《一千零一夜》采用故事套故事的“框形结构”方式，以山鲁佐德讲故事为线索，环环相扣地把数百个大小不同的故事镶嵌在一个庞大的故事体系之中。这种巧妙的结构形式对后世文学影响颇大。《一千零一夜》的情节发展一般不受时间、空间条件的限制，或天上，或地下，或在三教之外，或在五行之中，自由灵活，变化莫测，悬念丛生，险象迭起。许多故事将幻想、巧合与现实描写紧密联系，虽光怪陆离却又不违反生活逻辑，使读者在引人入胜的情节发展中加深对社会生活的认识。

第三，人物鲜明生动，语言丰富优美。《一千零一夜》常用对比、夸张等艺术手段展示人物性格，在善与恶、美与丑的强烈反差中体现人民的爱憎感情和期望。在《渔翁的故事》中，渔翁与魔鬼的形象就是运用这种对比塑造而成的。许多故事在描写人物时，常常夸张其性格特征，从而给读者留下鲜明深刻的印象，如白侯图的机智、辛伯达的胆识、山鲁亚尔的残暴等。《一千零一夜》具有人民口头语言的显著特点：通俗流畅、生动活泼、丰富优美，并时常运用讽刺幽默、象征比喻等表现手段。在故事的散文叙述中还不时插入一些押韵的诗歌、谚语、寓言和警句，使作品形式更趋活泼，故事内容益加充实。当然，《一千零一夜》在艺术上也存在一些不足，如有的故事结构松散、情节雷同，故事之间的过渡过于机械呆板等。

《一千零一夜》是中古中东地区各族人民集体智慧的结晶，它以丰富的社会内容和精湛的艺术成就成为中东人民乃至世界人民的宝贵文学遗产，它约于12世纪传入欧洲，对欧洲的文学艺术产生了广泛而深刻的影响。

思考题

1. 中古亚非文学有哪些主要特征？
2. 中古日本文学怎样分期？重要作品有哪些？
3. 中古波斯诗坛上出现了哪些著名诗人？
4. 中古阿拉伯文学取得了怎样的成就？
5. 何谓“悬诗”？
6. 试分析沙恭达罗形象。
7. 试分析《源氏物语》中的源氏形象。

8.《源氏物语》取得了怎样的艺术成就？

9. 试述《蔷薇园》的主要思想倾向。

10.《一千零一夜》的基本内容是什么？

11.《一千零一夜》的主要艺术特色是什么？

第十七章

近代亚非文学

小引

近代亚非文学主要是指亚非地区半封建、半殖民地和殖民地社会时期的文学。在世界文学的总体版式框架内，近代亚非文学的发展与成就均落后于同时期的西方文学。本章重点讲述古典主义文学的特征、成就和发展概况，并重点评析代表作家及其代表性作品。

近代亚非文学产生比西方晚，发展不如西方充分，受到西方传统文学以及近代文学思潮的深刻影响，在思想倾向上具有反帝反封建性质，并出现了无产阶级文学和民族解放文学，一些国家获得独立后的新面貌、新生活得到了及时反映。

近代印度的许多作家都以地域性的民族语言进行创作，其中孟加拉语、印地语和乌尔都语文学成就较高。代表性的作家有萨拉特·查特吉、泰戈尔、普列姆昌德，代表性作品有泰戈尔的《吉檀迦利》、《戈拉》。

本章分别介绍了近代日本文学、印度文学、朝鲜文学、东南亚文学、西亚文学、非洲文学的发展概况，重点介绍了夏目漱石的《我是猫》、泰戈尔的《戈拉》、纪伯伦的《先知》。

学习本章内容，应同欧美近代文学的各种思潮流派、代表性作家作品联系起来加以比较分析。同时需要思考和把握造成近代亚非文学发展滞后的历史与文化原因。

第一节　概　述

近代亚非文学主要是指20世纪初期亚洲和非洲地区各国、各民族的文学，也包括19世纪后期具有启蒙性质的文学。

19世纪以后，多数亚非国家的社会性质发生了根本变化：西方列强的入侵使许多国家丧失了独立地位和民族自决权，造成了历史的灾难；同时，这种入侵又在一定程度上动摇和冲破了亚非民族长期的封建禁锢，使不少国家从封建社会演化为半封建社会，促进了社会的发展和进步。

亚非地区的近代历史非常复杂，主要特点是：农村自然经济占据主导地位的社会结构致使亚非封建社会解体较晚，亚非各国的近代史不仅开始得晚，而且时间较短；多数亚非国家逐渐沦为西方列强的殖民地和半殖民地，只有日本走上了资本主义道路；亚非国家资本主义势力较薄弱，往往无法与强大的封建传统相抗衡，资产阶级领导的革命运动多带有改良色彩；殖民主义同各民族的矛盾、人民大众同封建势力的矛盾构成了各亚非国家的基本社会矛盾，反帝反殖反封建的民族民主斗争是近代亚非历史的主流。

近代亚非文学就是在上述社会历史条件下，以承继各自民族文学传统、接受欧美文学影响为基础产生和发展起来的。从这个意义上审视，近代亚非文学又可视为亚非地区一系列殖民地和半殖民地、半封建社会的文学。

与同时期西方文学相比，近代亚非文学产生较晚，历史较短，发展得不够充分，创作也不够繁荣，在世界文学的总体框架内，近代亚非文学在发展与成就方面均落后于西方文学。同时，西方各种文艺思潮和文学流派在短时期内被基本同步地介绍到东方地区，促使亚非文学呈现出多种流派共生并存的复杂局面。较之传统文学，近代亚非文学无论在内容还是形式上均发生了巨大变化。

内容上，大量作品立足现实，不同程度地再现了各国人民反帝反殖反封建的民族民主斗争，表现出强烈的爱国主义精神；个别发达国家的文学揭露资本主义社会的黑暗与罪恶，表达了追求民主、向往自由的精神诉求，具有积极的社会意义；俄国十月革命爆发之后，一些亚非国家无产阶级革命运动高涨，无产阶级文学相继崛起，以其鲜明的政治倾向和强烈的战斗性在各自国家的文坛上占有突出地位。艺术上，近代亚非文学接受西方文学影响，各种体裁相继出现，表现形式不断更新。西方的多卷本长篇小说、话剧、自由诗等文体相继得到了推介移植，促进了亚非各国文学的全新发展，更新了亚洲各国传统的文学面貌，有的国家逐渐与欧美文学的发展潮流相接轨，甚至开始实现与欧美文学同步发展。可以说，近代阶段的文学为亚非文学向现代化转型奠定了坚实的基础，开拓了前进的道路。泰戈尔、夏目漱石、纪伯伦、贾玛尔扎德、塔哈·侯赛因等人便是亚非近代文学史上涌现出来的一批著名作家。

近代亚非文学在短短几十年间走过了欧洲文学数百年所走过的道路，许多地区的文学创作均得到了一定的发展，不少国家都涌现出大批有成就的著名作家。但总的来看，近代亚非文学的发展不够平衡，其中日本文学和印度文学的成就较为显著，地位也较为突出。

一、日本文学

日本近代文学是指明治维新至20世纪20年代之间的文学。

日本于1868年进行了自上而下的资产阶级民主革命——明治维新，使日本成为当时唯一走上资本主义道路的东方国家。近代日本文学是作为资本主义社会的伴生物应运而生的。从1868年起，日本文学在短短几十年时间里走过了欧洲近代文学几百年的发展过程，社会的迅速变革和各种西方文艺思潮的影响使近现代日本文学呈现出以下特点：一是文学流派纷繁驳杂，此伏彼起，令人目不暇接；二是沿着“尊重个性”、“自我解放”的方向发展；三是文体形式上具有“和洋结合”、“和汉结合”、“古今结合”的倾向。

日本近代文学大致经历以下发展过程。

明治维新后，随着西方文明的传入，日本文坛上出现一批具有资产阶级启蒙性质的译作和倡导自由民权、宣传爱国思想的政治小说。1885年，文学评论家坪内逍遥（1859—1935）发表理论著作《小说神髓》，宣告了近现代文学的真正开端。此后，各种新的文学运动、文学社团和文学作品相继出现。

近代日本文学中第一部现实主义杰作是二叶亭四迷（1864—1909）的《浮云》（1887）。这部运用“言文一致”语体创作的长篇小说描写青年知识分子内海文三的不幸遭遇，批判了明治社会的官场黑暗和世态炎凉。森鸥外（1862—1922）的短篇小说《舞姬》（1890）表现了日本社会对青年自我意识的压制，小说感情色彩热烈，充满异国情调，是日本浪漫主义文学的开拓性作品。同时，正冈子规（1867—1902）发起俳句、和歌改革运动，标志着日本的诗歌创作进入近现代阶段，日本文坛初现繁荣。

19世纪末20世纪初，天皇集权日益强化，社会现实沉闷，浪漫主义文学衰落。许多作家主张破除理性，大胆暴露丑恶，表现人的生物本能，掀起了独具特色的日本自然主义文学运动。影响较大的自然主义作家有岛崎藤村（1872—1943）、田山花袋（1872—1930）等。

岛崎藤村的长篇小说《破戒》（1906）通过描写明治维新后日本社会继续歧视部落民的事实，揭露身份差别制的不公正，剖示了当时社会的腐败黑暗。这部作品以强烈的批判性、深刻的揭露性引起社会巨大反响。田山花袋的《棉被》（1907）是直接表现人性本能的中篇小说，作品通过一个已婚文学家对其女弟子的强烈爱欲，展示了主人公复杂的心理活动，反映了封建道德禁锢、压抑人们思想意识的客观现实。这个中篇不仅为日本自然主义文学的发展提供了范本，也开辟了日本“私小说”的先河。

正当自然主义文学极盛之时，夏目漱石独树一帜，提出了反自然主义的“余裕派”主张，开拓了日本文学的现实主义方向。

自然主义文学渐趋衰落，代之而起的是白桦派、新思潮派和唯美派三个文学派别。

白桦派得名于同名刊物《白桦》，代表作家有武者小路实笃（1885—1976）、志贺直哉（1883—1971）、有岛武郎（1878—1923）等。该派反对自然主义所倡导的“纯客观”的文学主张，提倡以自我为中心，追求个性解放。他们的创作被称为“人道主义文学”。志贺直哉是白桦派的代表人物之一，他一生作品众多，《到网走去》（1910）描写日本下层妇女的不幸命运，表达作者对此真诚的同情，天然无饰，朴实醇美。武者小路实笃的著名中篇小说《友情》（1919）是“白桦派”理想主义恋爱和友情的代表作品。

新思潮派因菊池宽（1888—1948）、芥川龙之介（1892—1927）等创办的《新思潮》杂志而得名，他们的创作主要反映了小资产阶级上层对现实的不满情绪。芥川龙之介是日本短篇小说巨匠，他的代表作《罗生门》（1915）构思精巧，布局缜密，描写人在不得温饱的社会里，为了生存下去不得不行恶的悲惨命运。

唯美派是另外一些不满自然主义文学的作家组成的文学流派。他们标举艺术至上和唯美主义，代表作家是谷崎润一郎（1886—1965）和永井荷风（1879—1959）。谷崎润一郎的成名作是短篇小说《文身》（1910）和《麒麟》（1910），中篇小说《春琴抄》（1933）也具有很高的知名度。

这一时期，日本文坛上的现代主义文学也很活跃，其标志是新感觉派文学的兴盛。新感觉派是日本最早出现的现代主义文学派别。这个派别认为艺术家的任务是描写人的内心世界，主张追求新鲜的感觉和新奇的感受方法，强调主观和直感的作用。新感觉派的代表作家是横光利一（1898—1947）和川端康成（1899—1972）。

20 世纪 20 年代中后期，日本社会经历了空前复杂的对抗、动荡、分化与重构。国内的社会政治形势急剧向右摆动，军国主义势力抬头，开始建立法西斯专制，无产阶级政党和民主主义思潮受到遏制打击。在这一历史逆转过程中出现的各种社会问题，都在这一时期的文学中留下了印迹。

近代时期的日本文学具有以下特点：从“自由民权”运动的文化启蒙中起步；受到西方文学及文化思潮的明显影响；多种流派并立，作家作品繁杂；无产阶级文学和民主主义文学运动势头强劲；纯文学和大众文学同步发展、分野清晰。

二、印度文学

近代印度文学系指从 19 世纪下半叶到 20 世纪 20 年代的印度文学。

近代印度文学是在反殖民主义和反封建斗争中起步的。在亚非国家中，印度是最早遭受帝国主义侵略的，从 16 世纪起它就遭到西方列强的先后入侵，到 19 世纪中叶彻底沦为英国的殖民地。殖民当局实行残酷的政治压迫和经济掠夺，激起印度人民连续不断的反抗斗争。在斗争中，民族资产阶级和下层劳动人民逐渐发展壮大。20 世纪以后，印度相继出现几次民族解放运动的高潮，有力地促进了民族意识的觉醒，沉重打击了殖民统治。正是这种民族矛盾、阶级冲突相互交织的复杂历史条件，构成了印度近代文学的社会基础。

印度近代文学萌芽于 17 世纪，真正成型则是在 19 世纪后半期。印度近代文学各类作品的思想内容大多具有鲜明的反殖民反封建倾向，文学体裁除诗歌外，还有小说、散文和戏剧等。这一时期，许多作家都以地域性民族语言进行创作，其中孟加拉语、印地语和乌尔都语文学的成就较高。孟加拉语文学在诗歌、小说、散文、戏剧等方面都居于领先地位，其创始人之一是般吉姆·钱德拉·查特吉（1838—1894），他的重要作品有反映社会及家庭生活问题的长篇小说《毒树》（1872）以及表达爱国思想、激励人们起来反抗殖民统治的历史小说《阿难陀寺院》

(1882)。印度近代文学的光辉代表泰戈尔也用孟加拉语写作，他以多种文学体裁的丰富创作为印度文学赢得了世界性的声誉。从19世纪后期到20世纪前期，除了泰戈尔以外，重要的孟加拉语作家还有小说家萨拉特·查特吉（1876—1938）。

萨拉特·查特吉是孟加拉语文学中第一位专业作家。他出生于西孟加拉一个贫穷的婆罗门家庭，青年时期曾四处流浪，在缅甸当小职员时开始创作活动。他一生写作了30多部长、中篇小说和大批短篇小说，代表作有《斯里甘特》（1917—1933）、《道德败坏的人》（1917）等。他的作品多以反封建作为主题，揭露地主、婆罗门等封建势力的罪恶，反映孟加拉农民的苦难，尤其注重表现妇女的悲惨命运，政治倾向性十分鲜明。

到了19世纪中叶，印地语文学的发展也进入新的阶段，许多作家将自己的文学活动与民族解放运动紧密联系，反映人民迫切关心的社会问题，取得了相当的文学成就，如戏剧家帕勒登杜（1850—1885）、诗人古伯德（1886—1964）以及印度现代小说奠基人普列姆昌德等人的创作。

普列姆昌德（1880—1936）是使用印地语、乌尔都语进行双语创作的小说家，被誉为“小说之王”。他创作的重要长篇有：成名作《服务院》（1916）、反映农村生活的《仁爱道院》（1921）、反映妇女问题的《妮摩拉》（1923）、揭露资本主义罪恶的《舞台》（1928）、反映不合作运动的《圣洁的土地》（1932）和描绘印度农民极端贫困生活及其悲惨命运的代表作《戈丹》。

从1903年开始写作到1936年去世，他共创作长、中篇小说15部（其中两部未完稿），短篇小说300余篇以及大量文学论著。在创作中，他始终关心国家和民族的前途，维护人民的利益，以严格的现实主义态度把自己对社会问题的观察、理解、思考、探索诉诸笔端。他的作品从不同视角展示了印度20世纪上半叶的社会生活，具有多重主题指向：或礼赞民族解放运动，反对殖民统治；或同情人民疾苦，反对封建压迫；或表达社会理想，鞭挞黑暗现实；或关注妇女命运，批判封建礼教和种姓制度，等等。他是千百万劳动者，尤其是印度农民的代言人。他的优秀作品多以农村生活为背景，以挣扎在最底层的贫苦农民和其他受压迫者为主角，反映他们的生活，抒发他们的感情，关心他们的命运，同情他们的疾苦，表现了强烈的民主主义精神。

此外，乌尔都语文学也颇具影响，重要作家首推伊克巴尔（1877—1938）。在诗集《驼队的铃声》等作品中，他关注社会现实和未来的命运，号召印度的穆斯林坚定信仰，为实现人类的自由和平等而斗争。

总体上看，近代印度文学具有以下特点：多民族性和统一性相结合，古老传统同外来文化影响相结合，反殖民主义和反封建主义相结合。

三、朝鲜文学

地处东北亚的朝鲜半岛上，基督教的传入和19世纪中后期相继发生的法国军舰占领江华岛、美国军舰进攻平壤等一系列事件粉碎了李朝政权实行的闭关锁国政策，朝鲜在西学东渐的影响下进入了近代历史时期。“甲午更张”之后宣传新文化的报纸杂志相继刊行，朝鲜继而发生了以汉谚混用、言文统一为标志的近代国文文学运动。

新的文学运动是从摄取外国文化起步的，从中国传入的各种西方译著和见诸报章的介绍新思想、新文化的大量译文起到了推波助澜的作用。采用新文体写作的第一部作品是从美国留学归国的俞吉浚刊行的《西游见闻》，金秉铉的《贺腐儒就新》一文和西方传教士哈尔伯特所撰《士民必知》力推全面了解外国，汲取西方文化，以及丢弃汉文、使用国文的主张。在这样的历史和文化背景之下，伴随着传统汉文文学的衰落，朝鲜掀起了新小说运动。使得朝鲜小说叙事摆脱传统评话模式、确立新兴小说样式的作品首推李仁稙的《鬼之声》。同时，李海潮的《鬓上雪》、崔瓒植的《秋月色》以及朴永镇的《万花筒》等也都是新小说运动的重要成果。另外，在朝鲜诗歌界还出现了摆脱传统“辞说”、“时调”樊篱，摆脱固定诗型向自由诗体发展，完全用散文方式创作的新诗运动。

四、东南亚文学

东南亚地区在历史进入近代时期以后的文学版图系由湄公河流域文学和东南诸岛文学两大单元组成，相近的特点表现为地理板块相对统一而国别民族多元复杂。湄公河流域有泰国、缅甸、越南、老挝和柬埔寨等国家，东南诸岛则包括马来西亚、印度尼西亚、菲律宾等一系列国家。湄公河流域国家的本土文化与中国、印度文化融合，逐渐形成了以小乘佛教为主的杂糅型地域文化。东南诸岛国除新加坡外则大多在文化上程度不同地实现了伊斯兰化。

越南以拉丁化拼音的越南文逐渐替代了汉字和喃字，成为近代以后文学创作的主要质介。在法国文学和中国文学的影响下，开始了适应越南人民生活精神需要的新的文学形式，内容以翻译、介绍为主；形式上则有报告文学、政论、短篇小说、戏剧、新诗等。影响较大的有武廷龙的戏剧《一杯毒药》(1927) 等。

19 世纪中期以后，泰国在王室推动下发生了“自上而下的启蒙运动”，期刊出版，文学团体成立，泰国文坛上出现了与传统游记诗、说唱叙事诗判然有别的长篇历史小说、书信体短篇故事、政论散文、通俗科学小品等新型文学体裁。泰国近代启蒙作家大多出自王室，国王拉玛五世（1853—1910）通过书简体的《远离家乡》一书阐述了自己的欧游印象；拉玛六世(1880—1925) 曾在欧洲生活多年并就读于牛津大学，由他倡导成立的文学团体相继把莎士比亚、伏尔泰、大仲马、莫里哀的作品译成泰文，他本人则在翻译介绍莎士比亚戏剧之外还亲自创作剧本，被推为泰国近代戏剧的奠基人。

缅甸近代时期文学创作成果丰硕。作品以不同体裁，展现了缅甸独有的民族特性，反映出社会真实和时代精神，歌颂了殖民统治下缅甸人的世俗生活以及其反殖民统治、争取独立自由的民族斗争。德钦哥都迈（1878—1964）是民族独立运动中出现的杰出作家，其主要作品有《洋大人注》(1914) 与《孔雀注》(1919)。他的创作多以宣扬缅甸的历史文化、激励民族自尊、谴责殖民统治、歌颂民族独立斗争作为主题。

老挝和柬埔寨的近代文学也与周边国家一样表现出民族意识的觉醒、展示出本国人民争取民族独立的强烈意识。

历史上对东南亚海岛地区影响较大的是伊斯兰文化，其次是中国文化和欧美殖民文化。在近代时期西学东渐国际环境影响之下，东南诸岛国的民族文学也得到了迅速发展，分别出现了一些颇有影响的作家，写出了许多暴露社会黑暗、谴责殖民统治、宣扬本民族历史文化、同情社会底层民生疾苦的作品。

20 世纪之前的马来文学基本上是传统文学的延续。20 年代后在西方与中东思想的影响下，出现了反映马来社会经济、思想观念、民族意识以及爱国主义的现实主义作品。如赛伊德·谢赫·阿勒哈迪的小说《法丽达·哈努姆的故事》(1925)、《她是沙尔玛》(1928)。

印度尼西亚文学进入近代阶段以后得到了健康发展，主要内容表现为民族主义和爱国主义。马斯·马尔戈（1878—1930）是印尼近代民族文学的旗手，他的代表作《自由的激情》（1924）在印度尼西亚文学史上占有突出地位。阿卜杜尔·慕伊斯（1886—1959）的《错误的教育》（1928）被认为是近代印尼文学史上最优秀的小说。在诗歌方面以穆罕默德·耶明（1903—1962）的《印度尼西亚呵，我的祖国》（1928）和萨努西·巴奈（1905—1968）的作品较为著名。

菲律宾书面文学历史不长。其文学的发展与美国的殖民统治相联系。近代之后出现了小说、诗歌、戏剧、散文等各种文学体裁，虽然在内容和形式上均受美国文学影响，但其所表达的内容与情感却都是菲律宾本土的。代表性作品有佐伊罗·M·加兰的《忧伤之子》（1921）等。

五、西亚文学

地处西亚的波斯和阿拉伯地区的近代文学也取得了显著成就。

波斯文学承续其2 500多年的民族文化传统，在近代阶段取得了较大进展。

19世纪下半叶，随着西方列强的殖民主义侵略，波斯国家逐渐沦为半殖民地，社会危机四伏，人民苦不堪言，反抗斗争不断爆发，到20世纪初发生了具有资产阶级启蒙性质的“立宪运动”。

启蒙活动催生了文学观念的变革，波斯近代文学在内容上超出宫廷生活的局限，走上与人民大众结合、为社会运动呐喊的道路，真实表现民生疾苦，尖锐揭露本国统治者的腐朽残暴，猛烈鞭挞外国侵略者的恶德败行；形式上表现为在旧诗体之外创造了自由的新诗体裁，以适应表现新内容的需要；改变了文体上以诗歌为主的传统格局，利于叙事、说理、论证的散文体得到普及；创作中广泛吸收日常用语，文学语言贴近民众生活。

立宪运动时期最活跃的诗人首推巴哈尔（1886—1951）。他出身于诗歌世家，七岁开始作诗，曾获“诗王”荣誉称号。1905年，他参加了立宪运动，主持编辑地下刊物《霍拉桑》；1909年，负责主办伊朗民主党机关刊物《新春》；立宪运动失败后遭到迫害被捕入狱。1925年，他退出政治运动专心从事创作。巴哈尔一生写诗30 000余行，他的诗作在反映现实和反帝反封建方面达到了前所未有的广度和深度。除了巴哈尔，立宪运动时期的著名诗人还有阿什拉芙尔丁（1871—1934)、德胡达（1879—1956)、阿里夫（1882—1934）和拉胡蒂（1887—1957）等。

20世纪20年代以后，波斯进步文学更加贴近现实生活，反映人民大众的贫困境遇和表现妇女的悲惨命运成为作品的基本主题。文学体裁上除了诗歌创作继续繁荣外，以小说为主体的散文叙事也得到了长足的进步。

在小说领域，20世纪初叶波斯开始出现取材于历史事件的作品，紧接着便有反映现实生活的社会小说面世。贾玛尔扎德（1895—?）1921年出版的《故事集》是伊朗第一部短篇小说集。他在该书初版“前言”中表明要以人民大众的口头语言描写真实的社会生活。小说集出版后受到广泛关注。收入该作品集的《政治人物》、《熊姨的友谊》等六篇作品使用明白流畅的日常话语写就，有的描写伊朗的社会现实生活，有的谴责宗教人士的虚伪卑劣，有的揭露政客们的卑鄙勾当，有的鞭挞沙俄侵略者的贪婪残暴，反映了波斯人民任人宰割的悲惨命运。贾玛尔扎德的小说叙事风格幽默，意义积极。姆沙法格·卡泽米（1902—?）的《恐怖的德黑兰》（1922—1928）是波斯近代第一部长篇小说。这部作品以男主人公法拉赫先与其表妹玛辛，后与妓女埃法特的曲折恋爱故事为内容，揭示了社会的黑暗、官场的腐败和妇女命运的不幸。以上《故事集》和《恐怖的德黑兰》两部作品在波斯近代小说史上具有开创意义，为后续的小说发展开拓了道路。在贾玛尔扎德和姆沙法格·卡泽米之后登上文坛的穆罕默德·赫加泽依、萨迪克·赫达雅特、伯佐尔格·阿拉维等小说作家，分别以各具特色的创作丰富了波斯近代小说的表现内容，进一步推动了波斯近代小说的发展与进步。

最能代表西亚阿拉伯民族近代文学创作实绩的是叙利亚和黎巴嫩作家组成的文学派别——“叙美派”的创作。“叙美派”（又称“旅美派”）是阿拉伯地区第一个具有近代意义的文学流派，因其成员大多留学美国而得名。该流派的领袖是黎巴嫩作家纪伯伦（1883—1931），他的重要作品有《折断的翅膀》（1911）和诗集《先知》（1923）、《沙与沫》（1926）等，中篇小说《折断的翅膀》被认为是用阿拉伯语创作的第一部从近代现实生活取材的浪漫主义中篇小说。同为黎巴嫩作家的乔治·宰丹（1861—1914）先后创作了22部历史小说，他的作品从伊斯兰教的历史人物中撷取创作素材，在历史性叙述中穿插爱情故事，借助于历史题材抒发爱国主义与民族主义情绪，取得了显著的文学成就。

19世纪末至20世纪初，在以色列出现了近代希伯来文学，诗歌、小说创作都渐趋繁荣，涌现了一批有才华的作家。其中，重要的诗人有哈依姆·那合曼·比亚雷克（1873—1934）和撒乌尔·车尔尼霍夫斯基（1875—1943）；小说创作方面则以阿格农（1888—1970）成就最高。

六、非洲文学

非洲近代文学按照地域划分系由两种异质文化背景的文学组成，一是以埃及为中心的北非阿拉伯文学，一是撒哈拉沙漠以南广大地区的文学。

由于非洲国家大多有沦为欧洲列强殖民地的悲惨历史，上述地区的民族文学或因殖民统治的禁锢，或因封建专制的桎梏而一片死寂。许多国家的近代文学都起步于翻译介绍和从习模仿西方文学。

以埃及为中心的阿拉伯地区的近代文学随着民族意识的觉醒而兴起，在反殖民斗争的深入发展中趋向于繁荣。

近代以前的阿拉伯社会处在土耳其人建立的奥斯曼帝国统治之下，阿拉伯语受到压抑，处于边缘化地位，日渐式微。作家们以争取结束异族奴役、反对封建势力为己任，或借助历史题材、或立足现实生活进行创作，目的在于唤起民众，启迪蒙昧，以推动结束黑暗统治和根除社会弊端的政治斗争。在这种背景之下，以埃及诗人巴鲁迪（1838—1904）、艾哈迈德·绍基（1868—1932）、哈菲兹·易卜拉欣（1871—1932）等人为首的一批阿拉伯诗人发起了复兴派诗歌运动，力图通过恢复古代诗歌的辉煌传统促使民族振兴。复兴派诗作在创作题材和表现手法上刻意遵循古典诗歌的传统，但他们通过自己的诗文抨击土耳其人的专制统治，反对西方列强的侵略和本国封建势力的压迫，主张借鉴西方先进文化进行社会改革。例如，巴鲁迪的《巴鲁迪鼓动革命》、《起义的原因》等爱国诗篇大声呼唤人们鼓起勇气同殖民入侵者和本国变节者进行坚决的斗争；绍基则通过《尼罗河谷大事记》、《狮身人面像》等一系列长篇叙事诗以及诗剧的形式歌赞本国光辉的历史文化，一起唤起阿拉伯人的民族自豪感。该派诗人的创作在阿拉伯诗歌发展史上发挥了继往开来的重要作用。在复兴派之后，20 世纪初期的阿拉伯诗坛上又出现了被称为“创新派”的浪漫主义诗潮。

在小说叙事方面，从 19 世纪后期开始，大量欧洲文学作品，如雨果、狄更斯、托尔斯泰、司各特、大仲马的经典名著，以及数量更多、质量驳杂的言情、幻想、探案类小说在埃及风行一时，西方文学的清新气息使得阿拉伯语译者和读者争相追捧，一些作家开始对翻译过来的西方作品进行移植性改编（诸如更换人名、地名、故事场景，使之“埃及化”或“阿拉伯化”），这些“化”用的作品起到了促使西风东渐、改变文坛风气的启迪开蒙作用。

在阿拉伯近代小说的形成时期，较早出现的是模仿西方小说模式创作出来的叙事性作品。第一部具备近代小说雏形的作品是埃及作家穆罕默德·穆韦利希（1858—1930）所写的《伊萨·本·希沙姆叙事录》，这是一部接受西方小说影响，以传统的马卡梅叙事模式编织的故事。

按照内容分类，出现在近代埃及文坛的早期作品可以次第分为消遣性小说、历史小说和艺术小说。这些作品大多具有浪漫风格，手法上往往借古讽今，内容上则倾向于表现反帝、反殖、反封建主题，亦有的作品通过爱情题材针对禁锢人们思想行为、束缚戕害妇女的传统习俗和旧有礼教发出了抨击与批判。出版于 1914 年的《宰娜布》是埃及文学史上第一部具有近代意义的长篇小说。

20 世纪初叶，以埃及为中心的北部非洲国家的阿拉伯语作家们以反对殖民统治和封建势力为己任，他们或借助历史题材，或立足于现实生活进行创作，目的在于唤起民众，启迪蒙昧，以推动结束黑暗统治和根除社会弊端的政治斗争。

在撒哈拉沙漠以南的非洲地区，20 世纪之前仅有在民间口耳相传的土著传说，由作家进行书面创作是发生在 20 世纪 20 至 30 年代以后的事情。这一地区各个国家的文学往往借殖民宗主国的语言作为创作载体，其中英语文学和法语文学起步较早，发展得也相对成熟。这一地区各国的文学发展存在着既有复杂性（覆盖地域宽广，创作语言复杂，艺术水准不平衡）又有一致性（内容上主张民族独立，呼唤民族觉醒，歌颂爱国精神）的特点。

第二节
夏目漱石及其《我是猫》

一、生平与创作

夏目漱石是日本近现代文学的杰出代表。他于自然主义文学风行之际提出现实主义的文学主张并诉诸创作实践，开拓了现实主义文学的道路，为日本近现代文学的发展做出了重大贡献。

夏目漱石像

夏目漱石（1867—1916）原名夏目金之助，别号漱石。明治维新前一年出生于一个小官吏家庭。他自幼深受汉学熏陶，有志于“以文立身”。大学毕业后曾参加正冈子规倡导的俳句革新运动。1900年，作为日本首批官费留学生赴英国深造，攻读英国文学，进行文学理论方面的研究。1905年发表处女作《我是猫》，轰动日本文坛。首作的成功极大地激发了夏目漱石的创作热情，紧接着他又连续发表《哥儿》、《旅宿》等作品，显示出多方面的艺术才能，走上了专业作家的道路。

夏目漱石的一生只度过了49个春秋，创作活动也仅持续了12个年头，但成就却很卓著。他先后写出15部长、中篇小说，七篇短篇小说，两部文学理论著作以及大量诗歌、评论、随笔等。他的文学活动大致经历了三个阶段。

初期（1904—1907），夏目漱石作为业余作家进行创作。此时的重要作品除《我是猫》外，还有中篇小说《哥儿》（1906）、《旅宿》（1906），短篇小说集《漾虚集》（1906）等。这一时期是夏目漱石思想、艺术的探索阶段，创作的基本倾向是正视现实，批判社会的黑暗现象。

中期（1907—1910），是夏目漱石成为专业作家之后的创作时期。此时的重要作品有表达作者道德理想的《虞美人草》（1907），描写知识分子爱情生活、提出知识分子出路问题的前三部曲《三四郎》（1908）、《从此以后》（1909）、《门》（1910）。这些作品的基本倾向从反映社会现实转向表现家庭生活，剖析人物内心世界，展示性要求与世俗伦理的矛盾冲突。

后期（1910—1916），是夏目漱石思想发生重要转折以后的创作时期。此时的重要作品有被称为后三部曲的长篇小说《过了春分时节》（1912）、《行人》（1912—1913）、《心》（1914）以及自传体长篇小说《道草》（1915）等。这一时期，因主客观方面的多重因素，夏目漱石的思想发生明显变化，创作倾向转向批判利己主义，揭示人们内心世界的黑暗与罪恶。

夏目漱石在明治文坛上独树一帜。他的创作主导一直是现实主义的。作为日本近代社会培养出来的第一批高级知识分子，他能在资本主义制度刚刚确立就对其持强烈的批判态度，是极为可贵的。他的创作，描绘了日本明治维新后动荡不安的社会生活，展现了一代知识分子的精神世界，为日本现实主义文学奠定了坚实的基础。

二、《我是猫》

幽默讽刺作品《我是猫》是夏目漱石的第一部长篇小说，也是他的代表作之一。1904年底，夏目漱石在教课之余写了一个短篇，题目为其首句“我是猫”。小说发表后反应热烈，于是他就续写下来，从1905年1月起在杂志上连载，后来汇集出版。

《我是猫》发表时，日本已经确立了以天皇为中心的地主资产阶级联合政体。当时，明治政权对内残酷剥削压迫人民，强化专制统治，对外侵略扩张，搜刮掠夺别国财富，社会贫富分化加剧，阶级矛盾日益激化。作为一个具有民主思想的知识分子，夏目漱石清醒地认识到了这些弊端。他在小说中借一只猫之口，嬉笑怒骂，抨击时弊，揭露黑暗，批判资本家和金钱势力的罪恶，并艺术地再现了当时小资产阶级知识分子的生活状况和精神面貌。

《我是猫》封面

小说以“我”——一只猫从生到死两年间的见闻和感受为线索，围绕着主人公苦沙弥同资本家邻居金田夫妇的一段矛盾纠葛，讲述了一个简单的故事：金田的妻子为了选择女婿，向苦沙弥了解理学士寒月的情况，苦沙弥不理睬她，于是招来金田夫妇的阴谋迫害，苦沙弥进行了反击。后来风波渐趋平息，苦沙弥的生活依旧平庸，猫也感到无聊，后因偷喝啤酒，掉进水缸淹死。

小说表现了明治时期知识分子的日常生活和精神情趣，塑造了有一定正义感而又空虚软弱的小资产阶级知识分子的群像。猫的主人苦沙弥是个中学英语教师，他正直善良，鄙视世俗，安于清贫，不求荣达，憎恨权势阶级和趋炎附势之徒，不屑与败坏的社会时尚同流合污，对资本家的厌恶达到“顽固不化”的程度。他怠慢金田夫人，大骂金田老爷“算什么东西”，把走狗铃木的名片扔进厕所，“在那个臭地方判处了无期徒刑”。他不怕给自己招灾惹祸，与社会黑暗势力进行抗争，但这种抗争却是软弱无力、缺乏行动的。例如，金田收买帮闲起哄闹事，还唆使小学生到他院里捣乱，一次苦沙弥因遭到谩骂而勃然大怒，抓起手杖猛冲出去，结果却只是对着空无一人的大街，撑着毫无用处的手杖发呆生气。这种既找不到对手又无用武之地的所谓斗争，只能使自己徒增烦恼。仅仅一个金田施展诡计就搞得他束手无策，又哪里谈得上与更大的恶势力对抗？苦沙弥就是这样一个对黑暗现实不满、蔑视权贵、敢于抗争，但又缺乏明确的生活目标、软弱无能的人物。

在苦沙弥周围，美学家迷亭性格开朗，机智敏感，爱开玩笑和恶作剧，吹牛撒谎，故弄玄虚，对人生采取玩世不恭的态度。他一有机会就嘲笑讽刺金田和小资本家铃木之流，但也只是冷嘲热讽而无具体行动，空有才华却找不出解决问题的实际办法。理学士寒月拒绝做金田的女婿，不肯与资本家为伍，是个有骨气的青年，可是他的生活也十分无聊，竟研究什么荒诞无稽的“吊颈力学”。诗人东风、哲学家独仙也都无所事事，灵魂空虚。

小说再现了这群既对统治阶级不满，又游离于人民大众之外的知识分子的生活，生动形象地展示了明治时期一代知识分子的共同命运。这些形象丰富了日本文学的人物画廊，在他们的身上寄寓了作者对腐败现实的强烈批判。

《我是猫》还从多个侧面揭露、抨击、嘲讽了明治资本主义社会的种种弊端，探讨了日本知识分子的精神出路。

第一，小说揭露了资产阶级和金钱势力的罪恶。这方面的主题主要体现在对资本家金田的描写上。身兼三家公司董事的大资本家金田唯财是命，“只要能赚钱，什么事也干得来”，他赚钱的诀窍“就是要缺义理、缺人性、缺廉耻”。他倚仗拥有大笔财产欺压良善，为非作歹。苦沙弥与他素不相识，仅仅因为怠慢了他的老婆，他便几次三番施展阴谋，迫害打击，使苦沙弥苦不堪言。作者对这种为富不仁、凶狠可憎的人物深恶痛绝，他用漫画式的笔触丑化其面貌，巧妙地勾勒出他的卑劣嘴脸，又借迷亭之口骂他：“凭着驴打滚的高利贷起家，又贪又狠，穷凶极恶，千刀万剐，他也不肯咽气哩。”除金田外，小资本家铃木也是个典型的拜金主义者。他一心想爬上大资本家的位置，为此竟出卖学友充当帮凶。作品还通过猫之口揭示了资本主义社会金钱万能的丑恶现实："使得世间一切事物运动的，确确实实是金钱。"

第二，小说还抨击了资产阶级的统治机器——官僚集团和警察制度。作者将明治社会比作毫无真理可言的疯子社会，"大疯子滥用金钱和权力，迫使许多小疯子为非作歹，还被人推崇做什么伟人"，批判锋芒直指最高统治者；并认为特务、警察都是统治者的鹰犬，"侦探是和小偷、强盗一个类族的东西，奇臭无比"。

第三，小说对当时社会虚伪的人际关系、腐朽的文化教育、堕落的道德伦理观念等痛加鞭挞和嘲讽，流露出作者对现实与未来的焦虑、悲观情绪。

《我是猫》在艺术技巧方面也有许多特色。

首先是幽默风趣、冷嘲热讽的风格。小说中几位主要人物的名字皆以谐音暗指他义（如"苦沙弥"与"嚏"音同，"东风"与"豆腐"音近），给人以幽默滑稽之感；对金田夫妇丑陋外形的漫画式描绘（金田老爷面庞极度扁平，金田太太鼻子硕大无朋），更收到了强烈的讽刺效果。

《我是猫》的独特艺术形式还表现为以下两点：一是借用一只猫的眼睛来展示生活，观人所不能观，言人所不能言。小说第一句话就是"我是猫，名字还没有"，点出作品奇特的叙事角度。作者赋予猫以人的意识与感情，将它作为一个独立的艺术形象进行刻画。可以说，在一定程度上，猫是作者的代言人。另一个特点是，《我是猫》缺少一般小说那种贯穿全书的情节线索，"既无情节也无结构，像海参一样无头无尾"。这一特点大概同作品是连载之作，无暇进行结构策划有关，这也使它成为作品的独异特征。

《我是猫》突破了当时流行的言情小说的陈套，拓宽了视野，直面人生，深刻地剖析社会、挞伐时弊，成为开一代文风的创新之作。

第三节 泰戈尔及其《戈拉》

一、生平与创作

罗宾德拉纳特·泰戈尔（1861—1941）是印度著名的诗人、小说家和剧作家，印度近代文学的光辉代表。在长达60多年的文学生涯中，他写了50多部诗集，30多种散文著作，12部长、中篇小说，近百篇短篇小说和20多个剧本。他以精湛的艺术技巧为各国作家继承发扬本民族的文学传统并积极借鉴外来经验做出了榜样。

泰戈尔出生在加尔各答一个知识分子家庭。在家庭环境熏陶下，泰戈尔自幼爱好文艺并关心社会问题。他8岁习诗，14岁发表爱国诗篇《献给印度教庙会》（1875），15岁发表短篇小说《女乞丐》（1876）和长诗《野花》（1876）。1878 年到英国学习法律，却陶醉于英国文学和西洋音乐。1880 年回到印度，献身文学事业。

泰戈尔的创作活动经历了三个阶段。

（一）1901 年以前

泰戈尔像

这是其早期创作阶段，这一时期主要成就是叙事诗和短篇小说。

1882 年，泰戈尔出版了诗集《暮歌》，受到文学界的瞩目。从 1890 年到 1901 年，泰戈尔广泛接触乡村社会，搜集民歌民谣，对人民的口头创作产生了浓厚兴趣。这一时期，他创作了一批叙事诗。它们大多取材于古老的宗教传说、民间故事和历史故事，以反对外族侵略和批判封建陋习为主题，例如《更多的给予》（1900）、《被俘的英雄》（1900）、《丈夫的重获》（1900）等。其中最著名的是揭露封建主罪行，同情农民不幸遭遇的《两亩地》（1894）。

泰戈尔早期的短篇小说大多以农村生活为题材，批判封建陋习，表现下层人民的苦难遭遇，对妇女的悲惨命运寄予了深切的同情，具有强烈的反封建精神。其中，揭露鞭挞封建婚姻制度和种姓制度的篇章尤其引人注目，《河边的台阶》（1884）、《摩诃摩耶》（1892）、《弃绝》（1893）、《素芭》（1893）都是这方面的佳作。泰戈尔还写有一批反映民族觉醒、歌颂反对殖民主义斗争、赞美普通人的善良品质的作品，如《喀布尔人》（1892）、《太阳和乌云》（1894）、《加冕》（1898）、《泡影》（1898）等。

这一时期，泰戈尔还先后出版了《金帆船》（1894）、《缤纷集》（1896）、《梦幻集》（1899）等著名抒情诗集，写了若干部戏剧作品和长篇小说。

（二）1901—1919 年

这是他的中期创作阶段，也是其创作的丰收期。

20 世纪头十年，泰戈尔投身于民族解放运动，主张通过改革宗教和教育、消灭愚昧与贫困的途径改造印度社会。他这一时期创作的主要收获是长中篇小说和散文哲理诗，反映了许多重大社会问题，体现了印度近代现实主义文学的高度成就；诗歌和戏剧则侧重于宣扬爱的理想和人性的完美。

这一时期，他相继发表优秀长篇小说《小砂子》（1903）、《沉船》（1906）、《戈拉》、《家庭与世界》（1916）和中篇杰作《四个人》（1916）；出版了散文哲理诗集《吉檀迦利》（1910）、《新月集》（1913）、《园丁集》（1913）、《飞鸟集》（1916）等；还创作了重要剧本《顽固堡垒》（1911）和《邮局》（1911）。泰戈尔此期的散文诗在艺术上高度成熟，凭借英译诗集《吉檀迦利》于 1913 年获诺贝尔文学奖。

《吉檀迦利》向来被推为泰戈尔思想艺术成就的巅峰。这部以孟加拉语译音作为题名，取意为“对神奉献”的诗集，是由作者本人从孟加拉语文本中精选出来并译成英语的 103 首散文诗组成的，荟萃了泰戈尔对理想真谛的执着求索以及对人生信仰的理性沉思。《吉檀迦利》所颂之神，表象极多，变化万千。这位神明存在于时空之中却又超越时空之外，是宇宙万物的主宰，宇宙万物是其分身。很显然，这位神灵既不是主宰世界的上帝，又不是某一具体的偶像，而是一位独有特色的“泛神”。泛神论思想是泰戈尔世界观的重要组成部分。泛神论认为，世界的本质或实体是一个无形无影又无所不在的神，即所谓“梵”。“梵”是宇宙万物的统一体，人和自然都囊括其中；只有在“梵我合一”、人神交流的境界中，人们才能得到至高的快乐和幸福。一般来说，《吉檀迦利》形象而充分地表现出了这种哲学思想，表达出诗人对神我合一理想的探索和追求过程。透过扑朔迷离的神秘气氛进一步分析，则可感受到诗人进步的人生和社会理想及其在复杂现实中苦于出路难寻的迷惘和矛盾心理。诗集写景清晰如画，抒情充满渺茫、朦胧的神秘色彩，哲理教诲耐人寻味。

在泰戈尔笔下，除了寄寓宗教感情、精神信仰之作，还有着大量贴近现实生活、憧憬幸福人生、歌颂美好爱情的诗篇。这些作品基调欢快、意境明朗，与《吉檀迦利》风格殊异。礼赞人生和爱情的《园丁集》、讴歌儿童的《新月集》、精辟总结生活哲理的《飞鸟集》等便是这类抒情诗作的代表。

泰戈尔的长篇小说更多地表现了印度近代资产阶级知识分子的生活愿望和社会理想。在这类取材于现实生活的作品中，《沉船》和《戈拉》占有突出的地位。

《沉船》描写的是青年知识分子罗梅西帮助因航船失事而与丈夫失散的少妇卡玛娜寻找家人，并最终使之与丈夫团圆的故事，从伦理道德角度和家庭生活方面阐发了泰戈尔的人道主义理想。小说构思精巧，情节曲折，富于传奇色彩，心理描写细腻，读来引人入胜，感人至深。

（三）1919—1941 年

这是他的后期创作阶段。20 世纪 20 年代以后，泰戈尔的思想和世界观在国内外政治形势影响下有了很大的发展变化，诗歌风格也随之发生了变化。在一些政治抒情诗（如《问》，1932）中，诗人清算了自己的泛神、泛爱思想，号召人们奋起战斗，“反对那披着人皮的野兽”。同时诗人还密切关注世界各国人民的反帝斗争，愤怒谴责帝国主义对弱小民族的侵略掠夺，如《礼敬佛陀的人们》（1937）辛辣地讽刺了日本侵略军在佛寺祈祷侵华战争胜利的卑劣行为。

这一时期，泰戈尔创作的诗歌表现出强烈的政治倾向，具有强烈的反法西斯、反殖民主义精神。

二、《戈拉》

泰戈尔的长篇小说代表作《戈拉》（1910）是一部着重从社会政治角度表达作家的爱国主义思想的杰作。该作品于 1907 年开始创作，1909 年完成，先在杂志上连载，后正式出版。

《戈拉》以 19 世纪后期的印度社会生活为背景，描写了教派之间的矛盾，表现了印度人民渴望民族独立、自由的愿望。作品对民族解放道路进行了严肃的探索，艺术地再现了先进知识分子反对殖民统治和反封建斗争的艰苦历程。

《戈拉》封面

19世纪后期，印度民族资产阶级迅速成长壮大，广大工农群众对社会现实日益不满，开展民族解放运动的条件和时机渐趋成熟。但是，当时的印度民族知识分子却分裂为两大思想阵营。梵社一派主张学习西方先进文化，铲除国内的种种封建陋习，也有人鼓吹全盘欧化，对本民族的东西大加贬损；新印度教一派强调维护传统文化，坚决反对崇洋媚外，其中一些持极端立场的人主张恪守一切民族传统，甚至美化野蛮的种姓制度。两派之间长期论战，在许多重大的政治问题上各执己见，水火不容。这场旷日持久的论战直到20世纪初叶仍未结束。泰戈尔写作《戈拉》，似在昭示自己对论战双方的态度。在小说中，泰戈尔站在民主主义和爱国主义的立场上，肯定、赞扬了以戈拉为代表的资产阶级民族主义者的爱国热忱和战斗精神，但也对他身上存在的教派偏见和复古主义思想给予了严厉批判，同时号召印度人民弃绝前嫌，团结一致，为实现民族独立、国家富强而共同奋斗。

《戈拉》成功地塑造了印度教青年戈拉、宾诺耶，梵社姑娘苏查丽达、洛丽塔，爱国老人安南达摩依、帕勒席，以及丧失民族立场的洋奴哈伦等艺术形象，其中戈拉是全书着力刻画的中心人物。

戈拉是19世纪后半叶印度青年爱国知识分子和资产阶级民族主义者的艺术典型。他本是留居印度的爱尔兰人的后代，因父母双亡，从小被一个印度中产阶级家庭收养。在这个家庭中长大的戈拉对印度无比热爱，对印度教极其信仰。小说着重讲述了他探索民族解放道路、克服宗教偏见的过程。

大学毕业后刚刚走上社会时，戈拉的爱国思想同他的宗教狂热存在着尖锐矛盾。他是印度爱国者协会主席、印度教青年教徒们的领袖。他“爱印度胜过自己的生命”，对印度的自由解放满怀胜利信心。他曾说：“我的祖国不管受到什么创伤，不论伤得多厉害，都有治疗的办法——而且治疗的办法就操在我自己手里。”为了印度的解放，他随时准备献出自己“一切的一切”。但他却将宗教偏见和爱国热情混为一谈，处处恪守印度教教规，悉心维护婆罗门种姓的纯洁，行触脚礼，不吃喝异教徒的东西，甚至反对与异教姑娘恋爱结婚。他本想以此团结民众，推动实现民族复兴的斗争，但却事与愿违，到处碰壁，以致陷入深深的精神痛苦之中。

来自社会现实的教育使他开始纠正自己的偏颇。在下乡旅行途中，他接触了许多下层农民，亲眼目睹宗教纷争和种姓制度造成的严重恶果，认识到宗教“只是将人分为种种等级，又将各个等级互相分开”；同时也看到劳动群众破除教派争端、一致反帝的现实，这使他感到，再也不能“用自己脑子所虚构的那种迷妄之见来欺哄自己了”。

最后，养父病危时说出他原是爱尔兰人后代的秘密，震惊之余，他完全摆脱了印度教和种姓制度的精神束缚，彻底抛弃了以往的偏见，决心为印度的全体民众服务。

戈拉的形象是当时印度进步资产阶级知识分子的艺术概括，也是泰戈尔社会政治理想的重要体现。通过戈拉对祖国的忠诚、对人民的热爱、对自由平等的向往、对殖民主义的仇恨及其对理想世界的不倦追求，作家生动地描述了19世纪后半叶印度先进知识分子强烈的民族自尊心、深厚的爱国主义精神和艰难坎坷的成长经历。同时，这一形象不仅表现出泰戈尔进步的社会政治观和他对民族解放道路的积极探索，也在一定程度上反映出他当时的思想局限。

《戈拉》在艺术上有着十分鲜明的特点：

第一，论争的哲理性和雄辩的语言力量。小说的中心内容是探讨一系列重大社会问题，在书中，有关民族、政治、宗教、种姓、文化、妇女、爱情等问题辩论的篇幅竟占一半以上。论争不仅发生在不同教派、不同思想的人物之间，还发生在父女、母子、姐妹、情人和朋友之间。辩论的方式也多种多样：有的唇枪舌剑，如戈拉和哈伦之间；有的各抒己见，如戈拉和朋友们之间；有的循循善诱，如安南达摩依和帕勒席对青年们的谈话。这些具有雄辩力量的对话是作家刻画人物性格、表达主题思想的重要手段。

第二，运用对比手法塑造人物，使各自的性格在相互对照中更趋鲜明。不仅正反面人物形成强烈对比（如戈拉和洋奴哈伦），就是正面人物之间也交相辉映（如温柔沉静的苏查丽达与果断刚强的洛丽塔）。在多重对比中，中心人物戈拉的性格得以充分体现。

第三，具有浓郁的抒情色彩和优美的格调。小说的主体虽是讲述故事，但其中带有很大的抒情成分，作家将叙事、议论和抒情水乳交融地结合起来，使作品具有激动人心的艺术感染力。

第四节 纪伯伦及其《先知》

一、生平与创作

纪·哈·纪伯伦（1883—1931）是黎巴嫩著名诗人和小说家，阿拉伯近现代文学的重要奠基者。

纪伯伦1883年出生于黎巴嫩贝什里的一个信仰基督教的家庭，童年时期家境贫寒，父亲嗜酒贪杯，母亲笃诚善良。1895年，12岁的纪伯伦随同母亲离开故乡移民美国。居留波士顿期间，全家人终日辛劳，供纪伯伦上学读书并练习绘画。

纪伯伦像

带着了解祖国、学好祖国语言的渴望，纪伯伦于1898年返回黎巴嫩，在贝鲁特的阿拉伯语学校学习本民族的语言文化并开始练笔习作。从贝鲁特学校毕业后，纪伯伦重返美国。1908年，得到女友玛丽·哈斯凯勒的资助前往法国巴黎艺术学院学习绘画，师从艺术大师欧埃斯特·罗丹并结识英国诗人威廉·布莱克。留学期间，纪伯伦参观名胜、游览古迹，开阔文化视野，积累艺术素材，为日后的创作活动奠定了坚实的基础。三年之后，纪伯伦由法国返回波士顿后搬迁到纽约居住。在纽约这个美国思想和文学艺术的中心、阿拉伯侨民文学艺术家的聚集地，纪伯伦的思想更加活跃，活动更加频繁，创作也进入了最旺盛的时期。在思想方面，他这时深受尼采学说尤其是尼采所著《查拉图斯特拉如是说》的影响。

1920 年，纪伯伦与米哈依尔·努埃曼等人一起创建阿拉伯侨居作家的文学组织“笔会”，被推选担任会长。“笔会”的宗旨是团结阿拉伯侨民作家，革新阿拉伯文学，发挥文学创作在阿拉伯民族解放和社会进步事业中的作用。纪伯伦为该会拟定宗旨、创办刊物并设立创作基金。由于“笔会”成员大多来自叙利亚、黎巴嫩地区，文学界就把这一流派称为“旅美派文学”。

1931 年，纪伯伦因病辞世。按照其生前所愿，遗体被运回祖国黎巴嫩，安葬在他的故乡。纪伯伦英年早逝，是阿拉伯近现代文学的重大损失。

纪伯伦的文学创作活动大致以 1911 年定居纽约为界分为前后期：前期创作以小说为主，作品基本用阿拉伯语写成；后期创作以散文和散文诗为主，兼用阿拉伯语和英语两种语言写成。

纪伯伦前期创作的小说主要有短篇小说集《草原新娘》(1906)、《叛逆的灵魂》(1908) 和中篇小说《折断的翅膀》(1911)。《折断的翅膀》是纪伯伦在小说创作方面的代表作，这部作品以内容深刻、形式新颖、笔触细腻且旋律优美见长，一出版便受到读者的普遍欢迎，被公认为阿拉伯近现代文学史上最出色的中篇小说杰作。

纪伯伦后期创作的文体多为散文与散文诗。纪伯伦具有浪漫的激情和哲人的气质，更适合做一个诗人。在《折断的翅膀》出版以后，纪伯伦便中断了小说创作，把创作的关注点转向了散文和散文诗。他的这类作品汇集在一系列诗文集里，其中用阿拉伯语写作的有《泪与笑》(1913)、《行列》(1918)、《暴风雨》(1920) 和《珍趣篇》(1923)，用英语写作的有《疯人》(1918)、《先驱者》(1920)、《先知》、《沙与沫》(1926)、《人子耶稣》(1928)、《流浪者》(1932) 和《先知园》(1933)。

在阿拉伯文学中，散文和散文诗是一种全新的文学样式，是纪伯伦率先把这个新的文学品种引进了阿拉伯文坛，使其生根，开花，结出了丰硕的果实。综观纪伯伦的各种文体的创作，散文与散文诗创作成就最为显著，他的此类作品将阿拉伯现代散文诗体的创作提高到了堪与世界文学同步发展的水平。

纪伯伦既是诗人，又是画家。他的创作过程可以概括为“诗画人生”，画展诗意、诗显画魂，诗的主题通过画作得到表现。一些绘画被用为诗作的插图。

纪伯伦身为黎巴嫩人，一贯重视阿拉伯文化，同时他又长期生活在欧美地区，深受西方文化的熏陶。他站立在东西方文化交汇点上，集阿拉伯文化和欧美文化于一身，将两种异质文化有机融合，创造出了既有民族性又有世界性的作品。他的《先知》被誉为“东方赠送给西方的最好礼物”，在近现代世界文学史上具有很高的知名度，受到东西方诗歌爱好者的广泛欢迎，产生了恒久的影响。

二、《先知》

《先知》(1923) 是纪伯伦倾尽心力之作，一向被推为纪伯伦散文诗创作的巅峰。该诗集的初稿草拟于诗人的读书时代，后经反复锤炼，数易其稿，直到作者 40 岁之时才得以出版面世。

《先知》通过一位来自东方的智者亚墨斯达法同各种不同身份的人之间进行的对话，以“讲说真理”的方式述说了诸如爱、婚姻、孩子、施与、饮食、工作、欢乐与悲哀、居室、衣服、买卖、罪与罚、法律、自由、理性与热情、苦痛、自知、教授、友谊、谈话、时光、善恶、祈祷、逸乐、美、宗教、死亡等26个方面的问题。上述话题关涉人世物质和精神生活中的一些最基本的方面，是从古到今的哲理思考所反复探索论证的内容。纪伯伦在《先知》中对这些问题进行了自己独到、深刻的思索与探寻。作品用诗的语言讲述哲学和真理，把哲学变成了诗，把晦涩的教谕变成了美妙的乐音。纪伯伦在创作中大量运用诗歌所特有的比喻、象征、寓意、双关、对偶和语言的模糊性、暗示性等手法，赋予抽象枯燥的哲理说教以诗化的智慧与诗意的美感，使整个作品闪烁着独特的迷人魅力。正基于此，《先知》达到了堪称世界散文诗经典名著的水平。

《先知》封面

《先知》写道：智者亚墨斯达法在阿法利斯城中等候载他回归故乡岛屿的渡船到来，共等了12年时间。当船终于在烟雾中驶来时，预言者爱尔美差以及当地民众一齐走来为他送行，同时求他讲说真理，表示要把这真理绵绵不绝地传给后世的孩子。于是，智者回答了他们提出的“关于生和死中间的一切”问题。解答完毕，天已黄昏，智者走上船头向众人致词告别。然后，渡船起锚向东行驶而去。船行渐远，众人散去，只有爱尔美差仍然独自站在海岸上忆念着智者的话。

《先知》设计出一个饱经沧桑的老人给年轻人讲述处世为人的哲理，在平静的叙述中却饱含着深刻的智性。作品所谈的很多是平凡之事，用的是诗一般的美妙词句，讲出了处世做人的道理，其中确有不少闪光的思想和独到的见解，境界高超，眼光远大，读者可以从中获得非同寻常的教益。

关于男女婚姻和夫妇关系方面的问题，智者亚墨斯达法的意见是新颖而独特的。首先，他指出夫妇要永远合一——“你们一块儿出世，也要永远合一。/在死的白翼隔绝你们的岁月的时候，你们也要合一。/噫，连在静默地忆想上帝之时，你们也要合一。”其次，他又指出在夫妇合一之中要有间隙：“彼此相爱，但不要做成爱的系链：/只让它在你们灵魂的沙岸中间，做一个流动的海。/彼此斟满了杯，却不要在同一杯中啜饮。/彼此递赠着面包，却不要在同一块上取食。/快乐地在一处舞唱，却仍让彼此静独，/连琴上的那些弦子也是单独的，/虽然他们在同一的音调中颤动。”这些话乍看起来似乎有些奇怪，其实包含着深刻的道理。因为只有留下间隙，才能更好地合一；只有保持彼此静独，才能更快乐地在一处舞唱；只有保持平等独立，才能更进一步地互相爱慕。由是可知，智者所提倡的不是女方依附男方的旧式婚姻和夫妇关系，而是人格各自独立的新型婚姻和夫妇关系。这个说法，在旧式婚姻和夫妇关系仍很普遍的当时，当然是很有新意的；即使是在新式婚姻和夫妇关系已经普遍建立的今天，对于如何正确处理夫妇关系也不无启迪意义。例如，它告诉我们，夫妇双方要互相包容，互相体谅，不要总是自以为是，更不要企图压倒对方。

对于父母应当如何看待孩子和教育孩子的问题，通过智者亚墨斯达法之口，纪伯伦表达了这样的看法：一般父母都以为孩子属于自己，而本质上孩子并不属于父母而是属于“生命”。亚墨斯达法说：“你们的孩子，都不是你们的孩子。/乃是‘生命’为自己所渴望的儿女。/他们是凭借你们而来，却不是从你们而来。/他们虽和你们同在，却不属于你们。”一般父母都以为孩子应当听自己的话，像自己那样去生活，所以极力按照自己的模式去教育孩子。对此，亚墨斯达法却不以为然，他针锋相对地提出自己的主张，明确指出父母可以为孩子做什么，不可以为孩子做什么：“你们可以给他们以爱，却不可给他们以思想。/因为他们有自己的思想。/你们可以荫庇他们的身体，却不能荫庇他们的灵魂。/因为他们的灵魂，是住在明日的宅中，那是你们在梦中也不能想见的。/你们可以努力去模仿他们，却不能使他们来像你们。/因为生命是不倒行的，也不与昨日一同停留。”这些话语初听起来仿佛不合情理，细想起来却可以发现其中含有许多合理因素，符合事物发展的客观规律。它表明纪伯伦是在用不断发展、不断进步的眼光观察人类和生活的，认为人类和生活永远不会停止前进，更不会向后倒退。

谈到教育问题时，纪伯伦认为教师的任务“不是在传授他的智慧，而是在传授他的忠信与仁慈”，他“不命令你进入他的智慧之堂，却要引导你到你自己心灵的门口”，“因为一个人不能把他理想的翅翼借给别人”。这些话是发人深省和富有启示性的。它启示我们，教师的任务不是传授智慧，而是启发学生自己的聪明才智，让学生自己独立地思考问题，引导学生提出自己的独特见解，使学生自己长出“理想的翅翼”。

在艺术表现方面，《先知》具有以下突出特点：

首先，《先知》所采用的结构形式借用自尼采的《查拉图斯特拉如是说》，如果说《查拉图斯特拉如是说》中的查拉图斯特拉是尼采的化身，那么《先知》中的亚墨斯达法就是纪伯伦的化身，阿法利斯城似指作者长期侨居的美国，而故乡之岛寓指的是诗人的祖国黎巴嫩，诗中的预言者爱尔美差则似乎是纪伯伦女友玛丽·哈斯凯勒的化身。

其次，《先知》思想深邃，见解新颖，富于哲理性和启迪性，能够发人深省，读来令人耳目一新。

最后，《先知》比喻恰当，形象生动，读来饶有趣味，并无枯燥乏味之感，充分显示了纪伯伦驾驭语词的不凡功力。

思考题

1. 近现代亚非文学有哪些突出特征？
2. 《我是猫》嘲讽和批判了哪些社会弊病？
3. 泰戈尔诗歌、小说的基本特征是什么？
4. 试分析戈拉形象。
5. 《戈丹》是部什么样的作品？
6. 从纪伯伦的《先知》看东西方异质文化之间的交流。

第十八章

现当代亚非文学

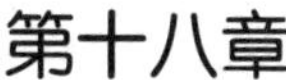

小引

现当代亚非文学主要是指20世纪20年代后亚非地区各国、各民族的文学，大致可以第二次世界大战为界分为现代和当代两部分。

与近代亚非文学相似，现当代亚非文学跟同时期的欧美文学相比，仍然存在发展不够充分、创作不够繁荣的情况。但在激烈的反帝、反殖、反封建斗争和西方文学流派的影响下，这一时期亚非各国也出现了具有独特风格的井上靖、川端康成、大江健三郎、阿格农、马哈福兹、索因卡、戈迪默等著名作家。其中一些国家如日本的文学逐渐与欧美文学实现了同步接轨。

学习本章节内容应注意横向与纵向的分析比较：一方面要与同时期的欧美文学相比，思考这一时期欧美文学对亚非文学的影响；同时也要与古代近代的亚非文学相比，思考两者继承与发展的关系。

第一节 概述

亚非地区许多国家的社会性质和文学形态在20世纪20年代之后发生了巨大变化。第一次世界大战和随后发生的俄国十月革命在人类的历史进程中翻开了崭新的一页，同时也促进了亚非各国人民的觉醒和民族意识的高涨。不少国家的民族资产阶级不断发展壮大，代表民族利益的政党纷纷成立，一些国家的无产阶级作为新兴的政治力量登上历史舞台。20年代末至30年代，资本主义世界严重的经济危机波及了亚非地区，造成了社会灾难，第二次世界大战的战火燃烧到了许多亚非国家，大量国家成为战争的直接受害者。尤其是地处东亚的日本成了法西斯主义的战争策源地，把侵略魔爪伸向中国、东南亚和太平洋地区，将包括其本国在内的许多国家的人民都拖进了战争的深渊。战争结束之后，亚非地区的社会形势和政治格局发生了天翻地覆的变化，国家获得独立、人民争取解放成为席卷亚非地区的潮流，原来的殖民地、半殖民地掀起民族解放运动的高潮，许多国家陆续获得了政治独立。在这样的历史条件下，亚非各国的文学形势也发生了相应的变化，新文学在与旧文学抗衡中得到发展，民族文学在和西方文学融汇中相继崛起，无产阶级文学在与资产阶级文学斗争中壮大，以其鲜明的政治倾向和强烈的战斗性在亚非文坛上占有突出地位。总之，亚非现当代文学接受欧美文学影响，在各自国家、民族近代文学的基础上继续向前发展。

与近代阶段的文学相类似，现当代亚非文学与同时期的西方文学相比仍然存在着发展不够充分、创作不够繁荣的情况。然而，较之近代以前的文学，现当代亚非文学无论在内容还是在形式上均发生了较大变化。内容上，许多作品立足现实，再现各国人民反帝、反殖、反法西斯战争和反封建斗争情形，反映民族解放与人民民主的历史诉求，表现出强烈的爱国主义精神，具有积极的社会意义；在获得民族独立的国家里，文学开始反映新的社会风貌和社会问题，社会主义国家的文学则反映了社会主义革命和建设的历史进程，一些国家的文学还揭露了资本主义社会的黑暗与罪恶。在形式上，现当代阶段的亚非文学表现手法推陈出新，体裁形式多种多样，各种现代主义的流派观念发挥出较大程度的影响，促进了亚非各国现当代文学的发展，一些国家的文学逐渐与欧美文学实现了同步接轨。川端康成、大江健三郎、阿格农、纳吉布·马哈福兹、索因卡、戈迪默等人是这一时期亚非文学史上涌现出的一批著名作家。

一、日本文学

日本现当代文学是指昭和年代之后的文学。

日本是亚非世界唯一一个通过政治革新走上资本主义道路的国家，近代以后的日本文学是作为资本主义社会的伴生物应运而生的。日本文学现当代阶段是与同时期欧洲文学的发展大致同步的。

但是，日本社会经历了空前复杂的对抗、动荡、分化与重构，残酷的法西斯专制、灾难性的侵略战争、战败造成的精神阵痛、战后日本社会的巨大变革以及经济快速增长过程中出现的各种社会问题，西方各种文艺思潮的冲击影响等一系列因素都在这一时期的文学中留下了印迹。

现当代时期的日本文学呈现出以下特点：文学流派纷繁驳杂，此伏彼起，令人目不暇接；沿着“尊重个性”、“自我解放”的方向发展；多种流派并立，作家作品繁杂；纯文学和大众文学同步发展、分野清晰；受到西方现代主义文学的明显影响；民主主义文学运动强劲迅猛；文体形式上具有“古今结合”、“和洋结合”的倾向。

日本现当代文学大致经历了以下发展过程。

侵华战争爆发后，日本无产阶级文学运动遭到反动当局的血腥镇压。1933 年小林多喜二被捕遇害后，不少作家妥协、屈服，甚至背叛革命。日本文坛一片法西斯喧嚣，许多作家扮演了极其卑劣的角色，在侵华日军里甚至存在着由作家、文人组成的“笔部队”。

战后派是由一批战后登上文坛的中青年作家组成的。这派作家反对军国主义，反对战争，主张个性解放，提倡艺术至上和创作自由。他们的作品大量采用西方现代派手法，引起社会的普遍关注。野间宏（1915—1991）是战后派文学的旗手。他的小说《阴暗的图画》(1946)、《真空地带》(1952）等采用象征、烘托手法刻画人物，暴露法西斯统治的黑暗，揭露侵略战争的罪恶。战后派的著名作家还有椎名麟三（1911—1973)、三岛由纪夫（1925—1970）等。

无赖派是人们经历了长期的历史噩梦，生活信念和进取心丧失殆尽后寻找官能刺激的产物。该派作家认为，人的真和美被世俗的灰尘深埋着，现实之中到处充满虚假和丑恶。因此他们热衷于表现放纵享乐、嘲讽世态、游戏人生的生活态度。太宰治（1909—1948）是该派最知名的作家，他的代表作是《斜阳》(1947）和《维荣的妻子》(1947)。

20 世纪 50 年代，日本文学发生了新的转变，较为突出的文学现象是所谓“第三批新人”的崛起和现代主义派别的出现。“第三批新人”是指一批在 20 世纪 50 年代初崭露头角的青年作家，他们传承私小说的传统，侧重描写小人物和日常生活。代表作家安冈章太郎（1920—2013）以《坏伙伴》(1953)、《阴郁的乐趣》(1953）等作品登上文坛，其主题集中在非政治性的日常生活和情感活动上。

以安部公房（1924—1993）为代表的一批作家吸收西方现代派的表现手法，表现资本主义制度下人的异化，曲折地揭示人际关系，反映生活矛盾，形成了日本现代派文学。

这一时期另一位颇有成就的作家是井上靖（1907—1991)，他创作的《楼兰》(1958)、《敦煌》(1959）等“西域作品”和《天平之甍》(1957)、《孔子》(1989）等中国题材历史小说反映的都是中日友好的内容。

谷崎润一郎、川端康成、志贺直哉、石川达三等一大批老作家在这一时期的创作仍在文坛占有重要地位，分别代表着不同的创作倾向。

进入 20 世纪 60 年代以后，日本高度的现代化使社会政治运动对文学的影响相对削弱，个人日常生活的作用不断上升，以娱乐性为主的推理小说的创作进入全盛期。松本清张（1909—1992）开辟了社会派推理小说的道路，他的作品运用推理手法剖析现实、探讨社会问题，具有强烈的现实主义倾向。

20 世纪 70 年代以后，日本文坛较为活跃的是“内向派”和“透明文学”作家。“内向派”注重描写人们的日常生活及心理状态，创作方法深受现代派影响，代表作品是阿部昭（1934—1989）的《司令休假》(1970)、小川国夫（1927—2008）的《一部圣经》(1972）和古井由吉

(1937—　)的《杳子》(1970)。“透明文学”具有虚无色彩和颓废情调，因村上龙（1952—　）发表的小说《近乎无限透明的蓝色》(1979）而得名，该派的作品多表现变态性爱和肉欲心理活动，充满了对性问题的大胆描写。

另外，石川达三（1905—1985）创作的《破碎的山河》(1964)、《金环蚀》(1966）等政治小说揭露政界财界的黑幕，具有一定的社会意义。

20世纪80年代以来，最引人注目的是村上春树（1949—　)、吉本芭娜娜（1964—　）和岛田雅彦（1961—　）等人。他们的作品或表现现代人在繁华都市里的失落感受，如村上春树的《挪威的森林》；或描绘当代青年男女独特的青春生活和情感体验，如吉本芭娜娜的《厨房》(1988)；或以后现代视角和新的语言感受表现时人的生活和心理状态，如岛田雅彦的《彼岸先生》(1999)、田中康夫（1956—　）的《感觉伦理学》(1986）等。

此外，大江健三郎（1935—　）的作品有“怪诞的现实主义”之称，他以《万延元年足球队》(1967）等优秀小说于1994年获得了诺贝尔文学奖。

二、东南亚文学

20世纪20年代之后，东南亚地区各个国家的民族文学发展迅速，出现了许多有影响的作家。他们的作品随着社会的不断发展而推陈出新，或暴露社会黑暗、谴责殖民统治，或宣扬本民族的历史文化，或同情生活在社会底层人物的际遇，较好地体现了东南亚地区当代文化内外在因素的复杂多样，代表着各自民族国家现当代文学的较高成就。

在湄公河流域，越南文坛在第二次世界大战结束前后出现了阮公欢（1903—1984）的小说《女教师阿明》(1936)、吴必素（1894—1954）的历史小说《提探的历史》(1938)、阮遵（1910—1987）的《昔日掠影》(1940）等代表性作品。

泰国在1932年的资产阶级革命后，出现了新文学的奠基人西巫拉帕（1905—1974），他最有名的作品是《生活的战争》(1932)、《一幅画的后面》(1937)，揭示出社会等级、社会变迁中的严肃问题。此外，阿戛·阿庚亲王的《生活的戏剧》(1928)、《黄皮肤或白皮肤》(1941)，从东西方不同的生活方式、信仰入手，反映出东西方文化的矛盾。此外，女作家多迈索（1905—1963）和高·素朗卡娘（1920—1978）的作品也从泰国的风俗习惯、日常生活等不同侧面反映了泰国的社会现实。

在缅甸，出现了一系列文学社团，文学研究和文学评论得到了一定发展。近代阶段即已成名的德钦哥都迈继续保持着旺盛的创作力，推出了《罢课颂》(1927)、《德钦注》(1934）等诗歌作品；八莫丁昂（1920—1978）的《叛逆者》(1952)、《鄂奥》(1961）和吴登佩敏（1914—1978）的《旭日冉冉》(1958）代表了缅甸现当代小说创作的繁荣；貌廷（1909—?）的《什么是重要的?》(1942)、《英雄的母亲》(1943)、《鄂巴》(1946）等作品则是影响较大的缅甸现当代戏剧作品。

这一时期，与其他殖民地国家一样，老挝学者注意搜集和整理民族文化遗产，表现出民族意识的觉醒。1975年建立民主共和国后，老挝的文学创作进入了一个崭新的阶段，作品更为多样，内容更加贴近现实生活，从不同的角度展现了老挝社会的发展与进步。

柬埔寨现当代文学较全面地体现出柬埔寨文学的民族性和进步性。著名作家纽·泰姆致力于柬埔寨民族文学的整理研究，同时进行着小说的创作，其《拜林玫瑰》（1936）歌颂了柬埔寨人民的善良与淳朴，对柬埔寨民族文化的发展起了积极的推动作用。林·金的小说创作体现出柬埔寨文学民族化的风格。此外，还有许多民族解放战争题材的中短篇小说。

东南亚岛国中的马来西亚联邦，独立后分治为马来西亚、新加坡、文莱三个国家。从第二次世界大战结束至今，马来西亚的诗歌一直活跃在社会斗争的前沿，诗人们通过诗作彰显革命激情、把握时代脉搏。乌斯曼·阿旺的诗集表达出对民族文化、人民生活的热爱与关注，抒发了对贫困、不公平及暴虐的愤恨。小说领域里，沙默德·赛义德的《莎丽娜》（1958）具有鲜明的时代感和马来民族的特色。哈伦·阿米努拉西的《吉隆坡的茉莉花》（1930）、伊萨·哈吉·穆罕默德的《大汉山之子》（1937）及阿卜杜勒·拉希姆·卡贾伊的短篇小说也都产生了较大的社会影响。此外，马来西亚的华文文学也取得了较为显著的成就。

新加坡是多民族聚居、多语言并存的国家。独立后的新加坡文学以华语为主，在文学形式、表现手法、文艺思潮乃至创作主体方面，都深受中国新文化运动的影响，同时也显示出新加坡文学的本土化进程。新加坡文学在内容上表现出反封建压迫、反殖民统治、反侵略战争、争取民主自由的倾向。70年代至今，新加坡文学创作繁荣兴盛，不同类别、不同题材的创作层出不穷。文学上出现了多元丰富的局面。

文莱文学与东帝汶文学尚保持着口传声授传统，形式以韵体的诗歌为主。20世纪中期后，新生代的文莱作家将创作目光更多地倾注于现实生活，作品中具有了较为强烈的民族本土意识。

在菲律宾现当代文坛上，从M. 加兰的《娜迪亚》（1929）、马克西莫·M·卡劳的《菲律宾的起义者》（1929）等小说，何塞·加西亚·维拉的《众多的声音》（1939）、《我来，在此》（1942）等诗歌中均可看到菲律宾民族文化意识的提升，标志着该国日益发展的文学趋势。

印度尼西亚的现当代诗歌以穆罕默德·耶明的《印度尼西亚呵，我的祖国》、萨努西·巴奈（1905—1968）的《流浪者之歌》（1931）较为著名。小说则以阿卜杜尔·慕伊斯（1886—1959）《错误的教育》（1928）、普拉姆迪亚·阿南达·杜尔（1925—2006）的《游击队之家》（1950）、《铁锤大叔》（1965）等为代表。今天，印尼文学仍与其他国家的文学一道并行发展，作品更贴近现实、更具有社会意义。印尼的华文文学不同时期也有了不同程度的发展。

三、印度文学

现当代印度文学，指印度20世纪30年代以后的文学。

1948年之前，印度仍是英国的殖民地。20世纪20年代之后，印度数次出现民族解放运动的高潮，有力地促进了民族意识的觉醒。印度终于在1947年赢得了国家的独立。印度现当代文学的作品在思想内容上大多具有鲜明的反对英国殖民统治和反对本国封建势力的倾向，文学体裁除了诗歌外，小说、散文和戏剧也很发达。现当代时期的印度文学仍然延续着以地域性民族语言创作的传统，孟加拉语、印地语和乌尔都语等语种文学成就较高。

现当代印度文学的特点是：多民族性和统一性相结合，对民族传统的承袭与接受同外来文化影响相结合，争取民族独立和反对封建主义相结合。

印度现当代文学的重要作家有普列姆昌德和安纳德、克里山·钱达尔等人。

安纳德（1905—2004）是英语作家，他的创作在印度现代文学史上占有重要地位。其长篇小说《不可接触的人》（1935）通过一个清道夫一天的艰苦劳动和遭受侮辱、被人鄙视的经历，反映了贱民非人的生活，揭示了种姓制度的危害。作品号召人们起来铲除不合理的制度，争取自由平等。

1947 年，印度获得了独立。此后，文坛上呈现出流派纷繁、多语种文学共同发展的局面。20 世纪五六十年代，印度出现了现代主义的“新诗派”、“新小说派”文学。20 世纪 70 年代又有“非诗派”、“非小说派”、“愤怒的诗人”面世。20 世纪 80 年代以后到 20 世纪 90 年代，印度文坛上现实主义文学回归，女性文学也取得了显著成绩。

乌尔都语小说家克里山·钱达尔（1914—1977）的创作以短篇小说见长。他的作品立意新颖，想象丰富，与现实生活联系密切。小说集《我们是野蛮人》（1947）以印巴分治、教派残杀为内容，反映了印度社会现实生活中的矛盾冲突。

另外，乌尔都语小说家拉金德尔·辛赫·贝迪（1915—1984）、泰米尔语小说家阿基兰（1922—1988）、孟加拉语诗人夏格迪·查特吉（1933— ）、印地语诗人阿格叶耶（1911—1987）和印地语小说家莫汉·拉盖什（1925—1972）等均是这一时期出现的重要作家。

四、西亚文学

西亚地区现当代阶段较为突出的文学创作有黎巴嫩作家乔治·汉纳（1891—1969）描写了下层人民的贫困和苦难生活的小说《教堂的祭司》（1952），伊朗作家萨迪克·赫达亚特（1903—1951）获得世界声誉的两部中篇著作《盲枭》（1936）、《哈吉老爷》（1945），以色列作家阿格农（1888—1970）获得 1966 年度诺贝尔文学奖的《夜间来客》（1938）、《前天》（1945）等作品。

五、非洲文学

现当代阶段北非阿拉伯文学成就的主要代表是塔哈·侯赛因（1889—1973）、迈哈默德·台木尔（1894—1973）和纳吉布·马哈福兹。塔哈·侯赛因的代表作《日子》（1929—1962）是一部自传体长篇小说，广泛反映了埃及社会生活，描写了新与旧、先进与落后的矛盾，塑造了不畏艰辛勇于攀登的学者阿里的形象，具有抒情散文的风格。迈哈默德·台木尔是现代阿拉伯短篇小说的先驱之一。他的创作反映的现实生活比较广阔，表现出较强的人道主义倾向。另外，他还是重要的剧作家，创作了许多反映社会现实的优秀剧作，其代表作是《第十三号防空洞》（1943）。埃及剧坛上另一位优秀剧作家是陶菲格·哈基姆，他潜心研究各种欧洲戏剧思潮，在长达数十年的创作生涯中，共写出 60 来部剧作，其中既有取材于现实生活的社会问题剧，也有取材于古代传说的历史剧。他的寓意剧《洞穴里的人们》（1933）和荒诞派剧作《食者有其粮》（1963）产生了世界性的影响。1988 年度诺贝尔文学奖获得者纳吉布·马哈福兹的创作道路，体现了现当代北非阿拉伯小说的最高成就，他的作品大量借鉴西方现代派的表现技巧，表达了对人的存在、理想与现实的思考。

撒哈拉以南非洲地区的现当代文学在第二次世界大战以后发展迅速，主要文学形式是诗歌、戏剧和小说。著名的诗人有桑戈尔、大卫·狄奥普（1927—1960）等。塞内加尔诗人桑戈尔（1906—2001）的诗继承非洲古老的文化传统，富有哲理性，表现了对祖国的热爱和对殖民主义制度的批判。他著有诗集《阴影之歌》（1945）、《黑色的祭品》（1948）、《埃塞俄比亚诗集》（1956）等。撒哈拉以南非洲小说的出现虽晚于诗歌，但随着民族解放斗争的发展，影响却越来越大，奥约诺、乌斯曼、阿契贝等即为著名的当代小说家。费丁南·奥约诺（1929— ）是喀麦隆法语作家，著有三部反对殖民主义和种族歧视的作品，即《家僮的一生》（1956）、《老黑人和奖章》（1956）和《欧洲的道路》（1960），其中《老黑人和奖章》是其代表作品。小说描写一个黑人的遭遇和觉醒。他的儿子被殖民当局征调入伍，死于战争；土地又被天主教会骗去。他虽然得到一枚奖章，却仍难免遭受凌辱和鞭打。最后，他终于认清殖民主义者伪善而暴虐的真实面目。小说揭示了非洲被压迫人民与殖民主义者之间不可调和的矛盾，寓意深刻，描写生动，具有强烈的讽刺批判精神。这部小说是非洲现实主义小说的名著，被译成多种文字。乌斯曼（1923—2007）是塞内加尔著名作家，他用法语创作的作品有《黑人码头工》（1956）、《祖国，我可爱的人民》（1957）和《神的女儿》（1960）等。《祖国，我可爱的人民》通过描写一个觉悟了的黑人青年与殖民当局进行斗争而惨遭杀害的故事，反映了非洲人民的痛苦生活，展示了黑人群众的觉醒，预示着撒哈拉以南非洲反对殖民主义斗争高潮的到来。南非共和国文学较发达，其中的进步文学多以反对殖民统治和种族歧视为主题。彼得·阿伯拉罕姆斯（1919—?）的代表作《怒吼》（原名《一路雷电》，1948）反映南非黑人和有色人种的苦难和仇恨。他的小说文字浅近而简洁，用平铺直叙的方法传达主人公的思想感情。1991 年度诺贝尔文学奖得主戈迪默（1923—2014）是著名的南非女作家。代表作《七月的人民》预言在南非全面爆发战争的情况下，白人只有依靠黑人才能生存。尼日利亚剧作家索因卡把西方戏剧艺术与非洲传统文化相结合，以其用英语创作的现代剧作于 1986 年获得诺贝尔文学奖，成为获得这项荣誉的第一位非洲作家。

第二节 川端康成及其《雪国》

1968 年，川端康成以《雪国》、《千鹤》和《古都》三部作品荣获当年的诺贝尔文学奖，成为亚洲地区第二位当选者。他的创作跨越日本文学现代和当代两个发展阶段，体现了现当代日本文学所取得的高度成就。

一、生平与创作

川端康成（1899—1972），父母早亡，童年生活非常不幸。上中学时他热衷文学，立志以文学为终身职业。根据 1919 年在伊豆旅行的经历，他写出成名作《伊豆的舞女》(1926)。1920 年川端康成考入东京大学，积极参加文学活动，编辑《新思潮》杂志，还发表了一些短篇小说，其中《招魂节一景》(1921) 受到好评。大学毕业后成为专业作家，与横光利一等创办《文艺时代》杂志，成为日本第一个现代主义流派——新感觉派的发起人之一，并出版了微型小说集《感情装饰》(1926)。第二次世界大战期间，他大多在半隐居生活中埋头写作，所写内容几乎都与战争无关。战后，他的创作不断取得新成就，获得多种盛誉。因其卓越的文学建树，1968 年他被授予诺贝尔文学奖，表彰他“以敏锐的感受，高超的叙事技巧，表现了日本人的精神实质”。在授奖仪式上，他发表了题为《日本的美与我》的著名讲演。

川端康成像

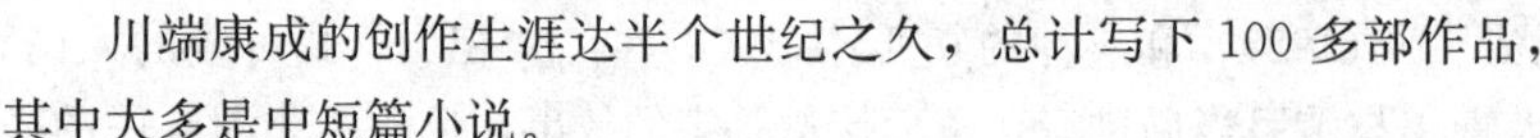

川端康成的创作生涯达半个世纪之久，总计写下 100 多部作品，其中大多是中短篇小说。

川端康成的创作可以第二次世界大战为界分为两个阶段。

第一个阶段是战前和战争期间。这时的创作一部分为描写他本人的孤儿生涯和失恋过程，抒发孤独、惆怅和痛苦感情的作品，如《精通葬礼的人》(1923)、《十六岁日记》(1925)、《致父母的信》(1932) 等。这类接近传统“私小说”的作品描写了作家本人的生活经历和感情体验，真挚细腻，哀怨低沉。另一部分作品则描写下层社会普通人的生活，尤其是下层妇女的悲惨境遇和不幸命运，描绘了他们的日常心理与爱情追求，著名的有《招魂节一景》、《伊豆的舞女》、《温泉旅馆》(1930)、《花的圆舞曲》(1936) 和《雪国》等。这些作品在深入观察世态人情的基础上，较真实地再现了被侮辱与被损害的舞女、艺妓、女艺人、女侍者等的痛苦生活，表达了作者对她们深深的怜悯与同情。《伊豆的舞女》对青春觉醒期的少男少女的情态描绘得缠绵悱恻，哀婉动人。以东京浅草生活为背景的《浅草红团》(1929)、《浅草的姐妹》(1932)、《浅草祭》(1934) 等“浅草物语”轰动一时，引发了一场浅草热。此外，川端康成还发表了《水晶幻想》(1931)、《禽兽》(1933) 等作品。1935 年至 1947 年间完成的《雪国》，是他创作顶峰的标志。

第二个阶段是战后时期。川端康成此间的创作有两种倾向：一是沿着《伊豆的舞女》和《雪国》的轨迹，继续表现人们的日常生活与感情，揭示某些社会问题，如《舞姬》(1950)、《名人》(1954)、《古都》(1961) 等；二是写了一批以表现官能刺激、变态性爱和色情享乐为内容的作品，著名的有《千鹤》(1951)、《山之音》(1954)、《睡美人》(1960)、《一只胳膊》(1963) 等。

川端康成在艺术上另辟蹊径，长期探索着将日本古典文学传统同西方现代派的技巧手法结合起来的道路，他毕生为之努力，取得了巨大成功。在创作中，川端康成强调新的感觉，通过人物的直觉感受和内心活动反映现实；擅长捕捉外界事物所造成的瞬间意象或感受，将极细微的感触生发为一个有声有色的艺术世界；注重表现由感觉引起的自由联想，具有很大的跳跃性；作品中的某些意象往往带有隐喻、象征和寓意性质。“标举新感觉，写出传统美”是对川端康成创作艺术的绝好概括。

川端康成荣获诺贝尔文学奖的《雪国》、《千鹤》和《古都》以高超的艺术水准和独特的美学价值产生了世界影响。《雪国》被公认为川端康成的代表作。《千鹤》叙述了青年菊治与亡父的情人及其女儿之间的恋爱故事。《古都》描绘了一对孪生姐妹悲欢离合的生活际遇，作品格调清新明朗，少女形象纯洁可爱，对时代风貌也有一定展现。

二、《雪国》

中篇小说《雪国》从1935年到1947年陆续发表于《文艺春秋》等刊物，实际上是若干相对独立又互相关联的短篇小说的连缀。从1934年开始创作到1948年最后汇集定稿，作品前后赓续十数年，几经修删，反复推敲，是川端康成倾注心力最多的一部作品。小说一经发表便见重于文坛，被赞赏者推崇为“日本文学中不可多得的神品”，获奖后，更被抬高到日本“近代文学史上抒情文学的顶峰”。但也有人对它持否定态度。

《雪国》封面

《雪国》写东京舞蹈研究者岛村三次到北海道的雪国与艺妓驹子周旋，同时对另一位姑娘叶子也流露出倾慕之情的故事。小说没有曲折的情节和重大主题，它以虚无为基调，以情爱为核心，用所谓“新感觉派”的笔法写就，迷离扑朔，极具美感。

驹子是小说中着墨最多的人物。她出生于多雪的北方农村，因家境贫寒而被卖到东京去当陪酒侍女。后来被一男人赎身成家，不久男人死去，她只好寄住到一位三弦琴师家里学艺。最终为生活所迫，沦落风尘当了艺妓。

小说主要从驹子对待爱情的态度和日常生活中的表现两方面塑造驹子形象。

在爱情方面，小说写了驹子与三赴雪国的岛村的交往，其中最关键的是第一次。当时的驹子虽也在宴会上陪酒，但还不是正式艺妓，见到岛村后她一下子就爱上了他，并主动委身。在接触中，驹子觉得岛村有良心、有感情，和其他游客不一样，尤其初次见面时，他并未把她作为艺妓看待，而是想以平等身份和她清清白白地交朋友，这给她留下了很好的印象。岛村对于歌舞所阐发的议论，正好迎合了驹子强烈的求知欲。岛村在驹子结交的男人中无疑是十分难得的出类拔萃之辈。长期的精神空虚，无法排遣的哀愁，都使驹子渴望觅到知己，获得两心相契的爱情。在这种情况下，驹子倾慕岛村的教养，有感于他的真诚，情真意切地爱上岛村，希冀从他身上得到感情的寄托。对驹子来说，岛村的爱，哪怕只有一点点或只能维持很短时间，都是非常宝贵的。因此，她倾注了热烈的爱情而不求报偿。特殊的际遇使她无法拥有正常女性的感情要求，也不可能以正当的方式表达爱情。因此，驹子对岛村的爱情是纯真的，又是病态的，她的爱情同生活一样是可怜的。

在日常生活方面，小说着重描写了驹子坚持记日记、喜欢读小说和刻苦练三弦琴等细节。她从15岁起一直坚持写日记，尽管内容不过是日常生活的记录和感想，但写作态度是非常认真的。她喜欢看小说，每读一本都要做笔记，这或可视为一颗孤寂心灵的自我倾诉。由此人们不难看到她的求知欲望、顽强毅力和对正常人生的渴望与追求。驹子刻苦自勉，经过长年累月的努力，练就一手比一般艺妓高出一筹的好琴艺，尽管这是职业的需要，但对驹子来说，又“是她顽强求生的象征”。可见，即使作为一个沦落风尘的艺妓，驹子的人生态度仍然是认真的，她有自己的生活信念与追求，并未随波逐流。在悲惨的卖笑生涯中，她始终渴求着生活的权利，努力寻找着“生存的价值之所在”。这些显然是应该予以肯定的。她是一个不甘沉沦、具有进取心的下层妇女，也是一个命运可悲、令人同情的人物。

小说的男主人公岛村生长于东京商业区，是个坐吃祖产的有闲子弟，平时写些关于西洋舞蹈的文章，捞一文人的虚名。他因不满现实而游戏人生，因感到生活空虚而玩世不恭。他认为一切都是“徒劳”，在人生观念和思想感情上充满了虚无色彩和感伤情调。他有同情心，有教养，能尊重驹子的人格，思想行为高于一般游客。他对驹子，恋情和官能刺激的追求兼而有之。在小说中，他彷徨于驹子的肉感美与叶子的精神美之间，而终以“徒劳”作结。岛村是日本20世纪30年代持消极遁世人生态度的资产阶级知识分子的典型，是川端康成虚无主义人生观的形象体现。

《雪国》以同情的笔调表现了生活在社会最底层的艺妓驹子的悲惨命运，描写了她在生活上的进取精神和爱情上的追求，艺术地再现了下层妇女为改变命运而作的努力，具有一定的积极意义。

《雪国》在表现手法上具有这样一些主要特点：通过捕捉刹那间的精神感受和意识流动，将现实因素与非现实因素互相交织，调动象征、比喻等艺术手段来表现“新的感觉”。例如，驹子映现在雪镜中的姿影、叶子与雪中暮景重合叠印在火车玻璃窗上的映像，都是岛村主观感觉的瞬间印象在他意识上的反射。小说中以驹子为代表的官能美与叶子所象征的精神美，正是以岛村为感觉主体而交织在一起的现实与非现实两种因素。又如，在《雪国》开头处，借助于车窗上的幻象所引起的岛村朦朦胧胧的意识活动，联想出他初赴雪国结识驹子的经过，将现实与过去交汇，使小说内容呈一定的跳跃状态，显示了川端康成对意识流手法的巧妙运用。同时，在总体上作者并未打乱时空顺序，仅是根据情节的需要在一定限度内有分寸地运用意识流手法，使作品显得活而不乱。另外，川端康成还用一些有象征意义的意象巧设比喻，也收到了良好的艺术效果。《雪国》结构较为松散，情节也不曲折，但由于作者以人物的主观感觉与意识流动展开故事、描写人物和抒发感情，使作品充溢着浓郁的诗情画意。它清新自然，靠抒情的力量取胜，于平淡中显示出了超凡的魅力。

第三节 井上靖及其《孔子》

一、生平与创作

井上靖（1907—1991）是日本现代著名作家，1907年5月6日出生于北海道的军医家庭。因其出生时早产，父母遂以靖国神社的“靖”字为其取名以求安康。由于父母随军队驻防无力照顾子女，他在少年时代主要由祖母抚养，自幼养成了孤独性格。

1927年，他在读大学预科时对诗歌产生兴趣，相继发表了一系列诗作。1930年考入九州大

井上靖像

学英文系，除继续发表诗歌外，还参加杂志征文写过侦探小说。1932 年，他转学进入京都大学哲学系美学专业。在此期间，他对大学课程没有兴趣，在继续写诗的同时也尝试写作小说和剧本。

1936 年大学毕业，因当年创作的长篇小说《流转》获奖而得以免试进入每日新闻社工作。从此，开始了新闻工作和文学生涯。1937 年 7 月，日本当局发动侵略战争，井上靖被征入伍，四个月后因患脚气病解除兵役。退伍后，他回到新闻社继续工作直到战争结束。长期的报社生活为他以后的文学创作打下了良好的基础。

井上靖的战后创作从诗歌起步，1946 年至 1948 年间，他在继续写作诗歌的同时动笔写起了小说。他的首部小说题为《斗牛》(1947)，该作品在 1949 年 12 月号的《文学界》杂志上开始连载，翌年 2 月获得第 22 届芥川文学奖。其后，中篇小说《猎枪》又于 1948 年脱稿。这些早期作品的成功为他奠定了步入文坛、成为专业作家的基础。1951 年 5 月，井上靖正式从报社退职专事文学写作直到辞世，数十年间发表了近百部小说类作品，大致可以分为报纸小说、随笔小说、历史小说三类。

报纸小说是指在报纸上连载发表的小说。井上靖进入专业创作领域之时正逢日本战后出现报纸小说热潮。时风之下，他相继写了一系列报纸小说，获得了读者的欢迎。他的报纸小说有的描写男女爱情，有的表现人的生存，亦有的反映社会问题，主要作品有《明天来的人》(1954)、《涨潮》(1956)、《冰壁》(1957)、《化石》(1966)、《夜声》(1968)、《桦树》(1970) 等。

随笔小说是以作者自己亲身经历和体验为基础写成的小说，这类作品多为短篇，属于这个系列的重要作品有《孤猿》(1956)、《幼年时代》(1973)、《我的母亲》(1974)、《桃李记》(1974) 等。

历史小说由日本国内题材和国外题材两类作品构成。日本国内题材作品主要有《淀殿日记》(1961)、《后白河院》(1965)、《额田女王》(1969) 等；国外题材的重要作品多为中国题材，如《天平之甍》(1957)、《楼兰》(1958)、《敦煌》(1959)、《苍狼》(1959)、《杨贵妃传》(1965) 和封笔之作《孔子》。

井上靖因其创作成就在日本文坛获得了巨大影响，长期担任日本作家组织的重要职务。同时，他又是日本文学界乃至社会知名人士中对中国最为友好的人物，曾经参与发起日中文化交流协会并长期担任会长，是中日友好 21 世纪委员会的日方委员。1986 年，井上靖被北京大学授予名誉博士称号；1991 年辞世后中国人民对外友好协会追授其为“人民友好使者”。

在长达半个世纪的文学生涯中，他 27 次造访中国，写作了大量以中国的历史文化作为背景和题材来源的小说，长篇小说《孔子》便是其集数十年创作之大成的一部力作。

二、《孔子》

长篇历史小说《孔子》是井上靖的小说封笔作品，它从 1987 年 6 月至 1989 年 5 月在《新潮》杂志上连载，1989 年出版发行。小说一经面世便见重于文坛，出版后立即风行畅销，并在欧美国家和东亚地区译介出版。

井上靖在耄耋之年选择“孔子”题材为自己的文学创作收山，除孔子思想在日本长期传

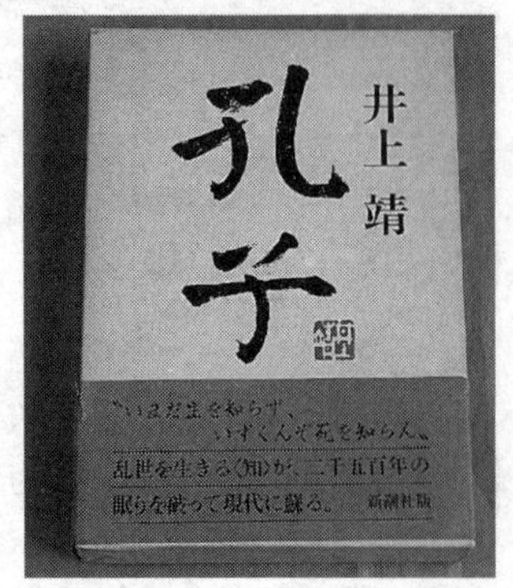

《孔子》封面

播、影响的客观因素外，作者自幼从习汉学，接受儒家文化“熏陶”，晚年为《论语》思想所折服则是主观动因。构思并创作《孔子》的思想基础乃在于“孔子的思想至今没有过时”。

《孔子》以虚构的孔门弟子蔫姜讲述故事，以其追忆先师孔子晚年经历的形式展开情节，再现孔子生前游历讲学、授业传道、推布政治主张的过程，描写孔子与门下弟子的情感关联，探示《论语》的编撰及孔子思想的形成与发展过程。

《孔子》全书分为五章，“把舞台置于春秋乱世这个大时代背景，再让孔子一行登台表演”。第 1 章由叙事主人公蔫姜以蔡国遗民身份出场追忆自己跟随孔子 14 年间的所闻所见与身体力行，表达自己对师尊孔子的敬仰之情；第 2 章写蔫姜与“鲁都孔子研究会”成员探讨论证孔子“天命”思想的内涵；第 3 章通过蔫姜的叙述证实孔子与子路、颜回、子贡等弟子之间的情感；第 4 章以孔子自身的言行印证孔子言论中“仁”与“知”的关系；第 5 章描写蔫姜在孔子故去数十年后重访负函，通过所见所思领悟印证孔子思想的精髓。

《孔子》以解读《论语》思想作为出发点，全方位、多层次地塑造了孔子形象。小说行文以淡然的笔触勾勒出孔子的品格与学说、泰然的心境与凝重的感叹、明慧的达观与温和的嘲讽，还有对弟子深切的情感。孔子认为自己生活的春秋时代礼崩乐坏、天下无道，历史陷入了“臣弑其君者有之，子弑其父者有之”的灾难的深渊。而孔子向往的则是尧舜理想化的、有道的黄金时代，他的理想是使现实政治回到“礼乐征伐自天子出”的轨道上去。“周监于二代，郁郁乎文哉，吾从周”，以至为“久矣，吾不复梦见周公”而感伤不已。为此，他以“知其不可而为之”的行动“放逐”自我，14 年漂泊周游，虽彷徨于卫、绝粮陈蔡，依然坚定执着，其道不改。“知其不可”是孔子对现实的明察、对人生的彻悟；“为之”则是孔子对现实负责、对人生热诚。孔子相信治理乱世是上天赋予的使命，所以尽管随时都有艰难险阻，但也不能因之而懈怠退缩。虽然一切努力都没有效果，但他从不气馁，明知不可能成功，却仍然坚持不懈。

对“天命”观念的探讨，是小说的重要主题。孔子决意穷尽毕生尊奉天命所赋使命，步步踏实地前行，却数度遭遇舛运因而无奈地发出“命也”的慨叹。滞留卫国时曾想前往北方的强晋，率弟子徒众将渡黄河却闻晋国政情有变，仰天叹道，“美哉水，洋洋乎！丘之不济此，命也夫”；千里奔赴楚地负函，目的在于谒见昭王，迎来的竟是昭王猝薨，只能失意慨叹“归与，归与”。14 年的列国周游就此作结，遂返归鲁国重操传道施教旧业。

井上靖把《论语》中的“五十而知天命”别解为“我于五十岁时，自觉到自己所从事的事业是上天所赋予的崇高使命”，应为这种使命不懈地努力，无论成功与否都符合天意。目的在于说明孔子推销政治主张的列国周游是其努力实现“天命”的过程，“五十而知天命”当可视为孔子对其自身使命和行为方式的反思与归纳，而返回鲁国后面对爱子、爱徒相继离世而发出“天丧予！天丧予！”则是面对着难酬壮志之终极宿命发出的怨愤悲叹。小说中还对“朝闻道，夕死可矣”作“要是早晨听说已经出现一个以道德治理国家的理想社会，让我当晚死去也心甘情愿”的诠释，这种颇具现代性的解析把“道”的观念上升为“以道德治理国家的理想社会”，表现了作者面对社会现实所进行的理性思辨。

写作《孔子》时，罹患重症的井上靖不断用《论语》中的思想观念作为抗争病魔的精神支撑，认为孔子发出“逝者如斯夫，不舍昼夜”的感慨，正是基于对人生的积极认识，即坚信美好的世界必将到来。《孔子》出版之前，井上靖曾以“逝者如斯夫”为题旨写过随笔。小说出版后，井上靖在回答中国记者提问时曾经这样说：“虽然时隔两千五百多年，孔子的许多话好像就是对当代人说的。以孔子儒家学说为核心的中国传统文化是宝贵的文化遗产，也是全世界的宝贵精神财富。”通过《孔子》，井上靖明确表达出寄希望于未来的乐观态度，由此衍生的是积极能动的人生思考。

小说在探讨孔子命运的同时，也对视点人物蔫姜的自身命道加以勾描。蔫姜跟从孔子调整转变人生方向，正是作者抗争病患时的内心写照；孔子身处乱世“走自己所信奉的道路，成败与否，任由天意”的观念，亦不啻为井上靖本人的现实生存意志。

投入创作后，井上靖立志“在有限的生命”里写出自己所理解的孔子。小说的写作过程中，井上靖一直在与命定的死亡抗争。对井上靖而言，《孔子》是其作家生涯的顶峰之作，也是其在意识到自己生命尽头来临之际，将自己的生命融入笔端，书写出的超越生死的无悔之作。从这个意义上说，绝笔之作《孔子》可以看做是井上靖小说形式的自撰遗书。

《孔子》在结构布局上虚实交织，严谨周密。小说把孔子一行周游列国的真实行迹与视点人物蔫姜的虚拟生活有机拼接，纵横交错地借虚构情节还原真实的历史事件，并用第一人称对话体式拉近与读者接受的距离，形成了一个既错综复杂又密切有序的艺术整体。

小说在艺术表现上的另一个特点是文献与实证相辅相成。选定创作方向后，作者便广泛查证文献和史料，除《史记》“孔子世家”和“仲尼弟子列传”外，还从《汉书》、《左传》、《谷梁传》、《吕氏春秋》等史籍以及顾颉刚、郭沫若等当代学者的著述中汲取参考。写作过程中，井上靖又多次亲临事件发生和人物活动地域实地考察历史文化背景，反复印证题材、素材来源以确保真实可靠。为了形象复现孔子当年的漂泊轨迹，从 1981 年到 1988 年，井上靖前后六次赶赴作为孔子政治与学术活动重要舞台的河南、山东等地，进行实证考察。

第四节
索因卡及其《路》

一、生平与创作

渥里·索因卡（1934—　）是当代尼日利亚最负盛名的剧作家、诗人和小说家。1986 年，他因使用英语创作的一系列戏剧杰作获得诺贝尔文学奖，从而成为非洲大陆上被授予此项殊荣的第一位作家，为尼日利亚的民族戏剧赢得了世界性的声誉。

索因卡出生在一个笃信基督教的知识分子家庭里，其父母都是土著部族约鲁巴人。他的故乡阿贝奥库塔素以盛行由祭祀仪式演化而来的民间歌舞著称，正是这样一种良好的传统熏陶，使得索因卡从小就对戏剧产生了浓厚兴趣。索因卡的文学生涯始于大学时期的诗歌写作。1954 年他到英国留学，攻读英国文学，这段经历对他献身戏剧的选择具有决定性影响。1956 年他的处女作《新发明》在英国上演，后来上演的剧本还有《沼泽地居民》（1958）和《雄狮与宝石》（1959）。在这一时期的三部剧作中，诗体悲剧《沼泽地居民》写了尼日利亚独立前沿海一带沼泽地区的农村生活，以抒情的笔触描述了农民的苦难。《新发明》和《雄狮与宝石》是两出风趣轻松的喜剧，充分体现了索因卡早期剧作幽默、讽刺的特点。上述剧目在伦敦上演后，得到了观众的首肯和推崇。

索因卡像

1960 年，尼日利亚独立，索因卡回到了祖国。归国后，他深入采风，从事文艺研究工作，致力于将西方戏剧观念和技法同西非民间传统仪典舞乐结合起来，以开创一种既立足于现代生活、具有 20 世纪的时代意识而又不失尼日利亚乡土气息与民族性格的新型戏剧。1960 年，他组织创办了尼日利亚第一个戏剧社团，并推出了归国后的第一个剧目《森林之舞》，该剧在尼日利亚国家独立庆典中上演，获得了广泛好评。此后，索因卡的创作更趋成熟，不仅戏剧，小说、诗歌以及文学评论方面也佳作迭出。此间他推出的剧作有《裘罗教士的考验》（1960）、《强种》（1963）、《孔其的收获》（1965）、《路》（1965）和《疯子和科学家》（1965—1970）等。

20 世纪 60 年代后期尼日利亚爆发内战，索因卡痛感战争造成的生灵涂炭，置个人安危于不顾，奔走于交战的敌对营垒之间，吁请休战停火，结果反被军事独裁政府关押达两年之久。监禁期间，他写了著名的《狱中诗抄》（1968，后易名为《地穴之梭》结集出版）。1969 年获释后，他又在邻国加纳和欧洲度过了六个春秋的流亡生活。他担任着非洲作家协会的秘书长职务，1985 年，又被任命为联合国教科文组织所属的戏剧学院院长。1986 年，索因卡成为诺贝尔文学奖的第一位非洲得主。

索因卡成就最突出的是戏剧创作。他的剧作具有调侃揶揄、讥讽嘲弄的特征。其早期剧目风趣明快，虽以讽刺幽默的笔触描写现代非洲社会与生活，却不失轻松欢快的抒情气氛；后期剧目渐趋凝重复杂，多以隐晦的手法和怪诞的画面表现人类进步的障碍，格调则显得凄苦悲凉。另外，尽管他始终以英语进行创作，但其思想却植根于非洲文化的沃土，非洲大陆上传统习俗与现代意识所构成的新与旧的矛盾，土著文化与西方文化两种异质文明的撞击，以及社会进步与黑暗专制势力的斗争共同构成了索因卡剧作的基本主题。索因卡认为，记述本人亲置其间的社会发展过程及其价值观念，进而申述自己对时代的认识与理解，是艺术家的良知与职责。

在索因卡剧作的字里行间，无论是情节的嬗进赓延，抑或是人物的对话独白，都力透着对现实的认识与评判，尤其在涉及重大社会问题之时，更是分析重于揭示，对生活内容实质的把握多于关注，而对国家前途和民族命运则是焦虑甚于希望。总之，他对非洲社会的态度可归结为哀其不幸，怨其不争。他的多数剧作都明确传递着这样的信息——当今非洲社会不仅危机四伏，而且无可救治，已经是濒临死亡的了。索因卡以如是的悲观之说一再向世人发出警喻。

二、《路》

创作于1965年的话剧《路》是索因卡荣获诺贝尔文学奖的主要作品，被认为是剧作家的代表作。

剧本篇幅不长，情节亦不复杂：某日，晨曦初现，寄住在路边一爿“车祸商店”中的各色人等相继醒来，其中有司机、售票员、仆人和无业游民。该商店老板是个被人称做“教授”的神秘老头，据说他当过教堂执事，可现在却专门经营肇事车辆的配件，私下里还伪造驾驶执照牟利，晚上他装神弄鬼，通过画符念咒赚钱。教授的仆人穆拉诺每天外出采割棕榈酒，小店也以此招揽过往的客人。穆拉诺虽然肢体伤残，但在“教授”眼里却是个通灵的圣徒和帮助自己发掘《圣经》真谛的中介。司机科托奴因父亲、好友均死于车祸并且其本人也刚从肇事现场幸免于难，决心不再操持驾驶旧业，警察查找车祸罹难者的活动让他胆战心惊。后来，在小店里举行了一场假面舞会，“教授”在对众人进行说教时与流氓头子“东京油子”发生了争执。扭打之中，“东京油子”用匕首刺中了“教授”，一个头戴奥贡神面具的神秘人物又将“东京油子”摔倒在地。剧作以“教授”在挽歌中死去作结。

在寓意剧《路》的创作中，索因卡将西方现代戏剧的艺术技巧同西非约鲁巴部族的文化传统有机融合，在两种异质文化的二重组合中实现了双向超越，其独具特色的戏剧风格得到了世界范围的认同。

《路》不似一般剧作那样具有密契整一、通贯始终的情节线索，亦缺少丰满鲜明的常规人物，它以历史思辨为内涵，用现代手法写就，扑朔、迷离、朦胧，给人荒诞不经的感受。然而，索因卡将自己对历史和现实的认识、对国家和民族命运的思考投放与凝铸其中，使剧作具有丰厚的社会内涵和强烈的时代穿透力。

《路》剧上演之时，尼日利亚国家已经独立五年之久。其时的索因卡已从独立之初期盼改革图新的狂热中清醒和冷静了下来，他看到新建立的民族国家并没有走上健康繁荣的发展道路，反而暴露了深刻的社会危机：当政者营私舞弊、恣意妄为；政党和部落之间纷争不已、冲突不断；老百姓生活贫困、民怨鼎沸；国家面临着分崩离析的危险，到处都散发着污浊的腐败恶臭。这时，索因卡笔端展示的再也不是象征民族独立庆典的森林居民聚会歌舞了，代之的是破烂卡车和崎岖之路等客观意象以及从这些意象中抽象出来的绝望。

《路》剧开篇处，即让一辆“车身歪斜，轮子短缺”，“车身后部朝向观众的四轮卡车”出现在人们的视线中。以后，卡车这一象征性意象又在剧中反复出现：有的部件残缺，车身破损；有的零件不配套，勉强拼凑在一起；有的看似新车，实则为旧车涂上了一层油漆。正是这些行将散架、行驶起来嘎嘎作响的老爷车被用来“运穷光蛋”、“运麻风病人”和运送木材。这些行驶在坑坑洼洼、沟壑林立的道路上，“散发着腐烂食品和各种垃圾的臭味”，随时都可能颠覆出事的破烂卡车，恰如当时的尼日利亚社会。剧中最主要的象征意象是“路”，此路崎岖险恶，坑洼不平，并有人掏挖洞穴，横置障碍，路上的桥梁早已糟朽，无法承载负荷，车祸随时都可能发生。可是在路上驾驶卡车的司机们虽在生死关头却仍然漫不经心。他们不是无法胜任工作，就是贪杯醉酒。登场的司机中有没执照的，有失业的，还有刚刚撞人肇事而惊魂未定的，更有的干脆结成流氓团伙，充当政客的保镖打手。在路上，还寄生着吃白食的流浪汉，贩毒品的白面儿客和捞油水的巡警宪兵。怪老头“教授”似乎是路的主宰，他白天在店堂里为司机们伪造行车执照，黑夜里踯躅在教堂墓地里与鬼魂为伍，哪里发生了车祸，他便急忙赶去勘察，欲从血肉模糊的尸体和支离破碎的残车上寻找人生真谛的“启示”。有的时候，他还故意挪移路标，人为地制造车祸以探求死亡的奥秘。概言之，路上的各色人等，无不挣扎在一种绝望的困境之中。而路本身，则如同一条继往开来的中介纽带，其一端维系着过往的传统，另一端连接着无可占卜的将来。路还兼备连接生死两界、人神两性的职能。获得“安全准点行驶”奖励的司机科托奴，出于偶然在一座朽桥前躲过一场惨祸，但亲眼目睹了别的司机车毁人亡。科托奴的父亲多年前死于路上的一场车祸，“一辆卡车朝他背后开来，他的脊梁骨撞在一车臭鱼干上”。对父亲的追忆以及自己死里逃生的惊恐使之决心离开公路，从这个意义上说，“路”的确与死亡毗连，是死亡的赓续。然而，正是在这条路上，科托奴的父亲同许多女人做爱，从而使科托奴获得了生命，所以，“路”又是生命的延伸。在剧中，约鲁巴信仰中的奥贡神还不时出现在路上，司机为了保全自身，驱车行驶时往往追轧路上的狗，将其血肉之躯敬献给神灵，使他们不致戕害司机们的性命（在约鲁巴神话中，奥贡神的祭物一般为狗，亦有以人为祭的）。在这里，铁神与战神奥贡被赋予了路之主宰的位格，他手执利斧，开辟了连接神界与人世的通道。这条通道既通向毁灭和死亡，也连接着创造与新生。虽然索因卡创作《路》的直接动因是有感于尼日利亚国家公路上频频发生的交通事故，但剧作的末尾还是借助“教授”之口，生动地把路描述为生死之循环的象征性：“但愿能像路一样，碰上倒霉的日子，也能混上一碗饱饭，不让肚子空着，把生死命运掌握在自己手里……像路一样呼吸吧，变成路吧。”

索因卡以意象象征手法，对尼日利亚当代社会现实进行了所谓“哈哈镜”式的折映，用犀利的笔触显示了他对国家命运所作的理性沉思：路通向无路可走的未知境界，车也随时可能翻下深沟，前途是绝望的，人们只能去寻觅某种虚无的圣灵启示——剧中充溢着的《圣经》这一意象符号以及“教授”对《圣经》意义的探讨。

在戏剧时空关系的处理上，索因卡摆脱传统观念的束缚，将记录人物内在意识流程的心理时间同标示外在事件进展的物理时间相互融合，将无变易的客观时空同感觉世界中可以随意伸缩的主观时空交合表现，实现了戏剧时空的高度凝缩。

《路》的剧情发生在不到一个上午的短暂时间内，主要事件从开始到终结从未超出一间名为“车祸商店”的小小棚屋。然而，在如此有限的时空条件下，剧作却包容着对一系列戏剧角色漫长生活历程的多方位追忆，观照与凸显了一幅纷繁冗杂的现实人生画卷。凡此种种，无不得力于剧作家对主客观两种时空关系的组构合成。在剧中，“教授”、“东京油子”、沙姆逊、科托奴、穆拉诺，甚至早已作古的缅甸中士，都以各自所凝聚的事件构成了相对独立的情节单元，在分别属于他们自己的一个个微小的时空区段里，或者填充对过往经历的追忆，或者充斥着对人生真谛的知性求索，又或者以其自身的言语行为、生命轨迹隐喻性地揭示具体的社会现实内容。剧作以人物对话、内心独白和闪回追忆等方式突破了戏剧时空的封闭性，实现了人物意念流程的延伸。在上述几种表现手法中，闪回追忆运用得最为成功。剧作第二场有一段“教授”、沙姆逊和科托奴三人对话，在对话尚在进行之时，剧作家将情节突然置换为司机节那天沙姆逊和科托奴两人在假面舞会人群中藏匿车祸受伤者并掩饰真相的一系列活动，随即剧情又回到了初始阶段的对话现场，由警察“爱找茬儿的乔”出面缉查肇事司机并寻觅失踪伤者。就这样，在连续的历时性情节中切入彼一时刻发生的事件与人物言行，收到了良好的艺术效果。另外，剧作中人物称谓的设计也极大地拓宽了主观意念时空范围，例如“东京油子”、“缅甸中士”等绰号便引领着人们的文学视野向遥远的东方世界延伸。

像索因卡的多数剧作一样，《路》具有一些可领契作品的统一主旨，以及与作家人生经验或与非洲社会文化习俗密切关联的诸如图腾、舞蹈等延续性意象。在剧作的结构方面还具有将现实内容与历史内容交叉叠合的立体式布局，打破了写实戏剧依现在进行时态，严格按因果序列铺排情节的套式，体现了现代戏剧哲理化与艺术化高度统一、文化精神与戏剧精神完美融合的总体特征。

第五节 马哈福兹及其《宫间街》

一、生平与创作

马哈福兹像

纳吉布·马哈福兹（1911—2006）是埃及著名小说家。他的创作把阿拉伯语的小说艺术提高到了世界水平，被誉为“阿拉伯小说之父”。1988年，马哈福兹荣膺诺贝尔文学奖，成为阿拉伯国家获得该项殊荣的第一位作家。

马哈福兹生于开罗一个中产阶级家庭。大学毕业后供职于埃及的宗教和文化艺术机关。20世纪20年代，马哈福兹一度从事哲学研究，30年代中期改为文学创作，于1938年出版了其处女作短篇小说集《疯狂的低语》。他的早期创作以表现爱国主义题材的历史小说为主，重要作品有《命运的嘲弄》（1939）、《拉杜比斯》（1943）、《塔伊拜战争》（1944）等，这些作品取材于埃及古老的历史传说，曲折地反映了埃及人民驱逐英国侵略者的愿望。此后，他逐渐转向现实题材的写作，发表于1945年的《新开罗》是其第一部现实主义作品。该小说深刻揭露了当时统治埃及的法鲁克王朝的腐败本质。这一时期，他还创作了《哈利利市场》（1946）、《梅达格胡同》（1947）、《始末记》（1949）等一系列以开罗都市生活为中心，以抨击社会时弊为内容的作品，充满了正义和道德的力量。

20世纪50年代以后，面对埃及独立后急剧变化的现实，马哈福兹在创作上开始了新的追求与尝试。他大胆借鉴西方现代派的表现技巧，表达自己对社会与人生、理想与现实的深刻思考。20世纪五六十年代，他以著名的长篇小说三部曲《两宫之间》（包括《宫间街》、《思宫街》、《甘露街》，1956—1963）闻名遐迩。这三部小说以开罗商人艾哈迈德一家三代人的不同命运再现了埃及20世纪上半叶风云变幻的社会现实，展示了一幅埃及从1919年革命到推翻法鲁克王朝之间的历史画卷。同期，他还创作了《我们街区的孩子们》（1959）、《小偷与狗》

(1961)、《道路》(1964)、《乞丐》(1965)、《名声不好的家庭》(1965)、《尼罗河上的絮语》(1966) 和《米拉玛尔公寓》(1967) 等重要作品。20 世纪 70 年代以后，马哈福兹在担任《金字塔》报编辑工作的同时，又相继推出《雨中情》(1971)、《平民史诗》(1977)、《爱的时代》(1979)、《千夜之夜》(1982) 等一大批具有鲜明民族特色的杰作，艺术地再现了人类为实现美好理想所进行的探索和斗争，其创作又步入一个新的高峰。

马哈福兹的作品想象丰富，笔触细腻，情节完整且富有传奇色彩，在结构上往往以中心人物贯穿始终，单线推进故事发展，包容了较多的阿拉伯传统故事的文学因素。另外，其作品人物活动的舞台几乎都在开罗，故而他又享有“开罗作家”之称。

二、《宫间街》

《宫间街》(1956) 是马哈福兹长篇小说三部曲《两宫之间》的第一部，被视为他的代表作。作品按照时间顺序，通过开罗商人艾哈迈德一家三代人命运的发展和变迁，描写了老一代的衰落和新一代的成长与探索，颇似一幅编年体的埃及现代风俗画卷。

《宫间街》封面

艾哈迈德·阿卜杜·贾瓦德是宫间街上的一个商人。白天，他在店铺中照料生意，晚间在风月场中寻欢作乐。妻子和五个子女都唯他的意志是从，几十年来从没人敢有半点违拗。一天，从来不敢迈出家门半步的妻子艾米娜在孩子们的怂恿下去了趟清真寺，艾哈迈德知道后竟将其逐出了家门。对于孩子们的生活，艾哈迈德一再横加干涉，他先后拆散了次子法赫米和幼女阿漪莎的恋爱，又一手包办了长子亚辛的婚事，制造了一幕又一幕悲剧。后来，他们一家卷入了反抗殖民统治的爱国运动中。法赫米在游行中惨遭杀害，全家人都陷入沉痛的哀伤之中，连艾哈迈德也收敛了自己的荒唐行径。至于还有什么样的灾难将会降临，则是谁也无法预料的事情。

《宫间街》的情节主要围绕着反帝反封建两条线索展开，其背景是 20 世纪初叶埃及人民饱受英国殖民统治压迫奴役的黑暗时代。面对复杂的社会形势，不同的人持有不同的立场和态度，马哈福兹以凝练的笔触将社会世相浓缩到一个小小的七口之家，以小见大地再现了时代风貌。

身为封建家长的艾哈迈德尽管专制蛮横、腐化堕落，但在涉及祖国前途、民族命运的问题上他也同众多埃及民众一样有着爱国之心。然而，“他的爱国主义，仅仅是感情上的参与”和“需要捐款时，决不吝惜”。虽然他“将爱国主义也算在他内心深处暗暗以为自豪的优点之一”，但他依旧流连沉溺在风月场中。

就在艾哈迈德们依旧寻欢作乐之际，以法赫米为代表的热血青年们则早已投身于革命洪流之中。他们散发传单，组织游行，甚至在夜里挖掘、破坏道路，阻止英军卡车的通行。而父辈们却有人在欢娱过后、夜半而归之际被殖民者抓去填充青年们挖的那些深坑。这个细节描写形成了十分强烈的反差效果。

民族解放运动犹如大浪淘沙，荡涤着人们的心灵，使每个人甚至包括艾米娜这样不问政事的妇女也受到了灵魂的撞击。小说结尾处法赫米的献身无疑在每个人心中投下一枚巨石。

小说的另一方面内容围绕着揭露封建宗法制度的罪恶展开。在封建的法鲁克王朝统治者过着纸醉金迷的腐化生活的同时，埃及民众却饱受失业与饥饿之苦。这种强烈的阶级对立以及宗法制度对人性的束缚造成了一系列的社会问题。

小说的男主人公艾哈迈德正是这样一个病态社会里的畸形儿。在他看来，暴虐与独断是男子应有的准则，而一切温情、宽容的东西都理当为男人所不齿。无论对妻子还是对儿女，他都态度专横，拥有绝对的夫权和父权。他不允许妻子外出，把儿子的终身大事作为巩固和抬高自己身份的交易，因而子女不过是供他随意摆弄的“五粒棋子”。他以“命令式的口吻”说：“我决定让你结婚。”短短一句话就使儿子老老实实地娶了一个从未见过面的女子。然而，就是这位“祈祷时表情庄重”，“在任何情况下都是虔敬的人”，却放纵自己与几十个女人胡来，后来甚至与长子亚辛争夺情人。

一方面是家人面前的“暴君”，另一方面又是风月场中的“高手”，双重的生活表现在这个矛盾的人物身上。对于这样一个有着多种生活、复杂心理和矛盾性格的人物，作者没有简单地加以否定，而是按照阿拉伯的美学原则进行塑造。在家中，在他的商铺里，艾哈迈德像“部落酋长一样”，庄重、严肃、律己、专制，具有父亲、丈夫和老板所具有的全部威严和能力。而在酒色场上他却判若两人，放荡不羁，纵情声色，长年沉湎于花天酒地的“夜生活”。但艾哈迈德并不因为自己的纵情声色而感到良心的谴责。有时良心上实在过意不去，便忏悔一番，心理也就恢复了平衡。艾哈迈德是现实生活中一类人物的典型，也是阿拉伯美学原则的集中体现。这种美学原则认为人就是人，既不是动物，也不是神。

与艾哈迈德等男权代表人物形成鲜明对比的是地位卑微和境遇悲惨的妇女。作家以冷静的描述和客观的态度揭示了当时社会中饱受封建宗法制残害的妇女们的生活。她们忍受着肉体与精神的双重折磨，没有行动自由，唯一的职责是做驯服温顺、任人宰割的羔羊。

书中描绘了众多的女性。她们虽然处在不同的环境，但是命运却带有共同的悲剧色彩。艾哈迈德的妻子艾米娜正是被奴役、被压迫的女性的代表。她 14 岁便嫁给了艾哈迈德，刚结婚时对于丈夫的夜生活深为不满，也曾试图反抗，结果却是被丈夫揪住耳朵，厉声训斥了一番。经过这次以及后来的多次教训，艾米娜终于成为一个在任何情况下都驯服的妻子，甚至“变得将丈夫的所作所为引以为荣”了。在漫长的 25 年间，她每天深夜都要戴上面罩，站在牢笼般的阳台上，等候、服侍夜半归来的丈夫。就是这样一个温柔的女人，仅仅因为一次私自外出，就被丈夫逐出了家门。而她反而悲哀地认为这是咎由自取。不但自己不觉悟，还要劝儿媳泽娜白容忍和接受现实，精神麻木到了这种地步，真让人哀其不幸，怒其不争。至于那些靠出卖色相为生的歌妓们处境就更加凄惨了。年轻貌美时成为男人们猎艳的对象，年老色衰时则孤苦无依，被人遗弃。

马哈福兹曾经说，他在作品中表达了自由，他的主人公都以自己的行动和立场争取自由。从表达自由这一角度来看，《宫间街》又可视作一部表现埃及人从不自由走向自由的探索和斗争的史诗。“不自由”首先是艾哈迈德一家家庭成员在封建家长专制下的精神不自由，其次是整个埃及在殖民统治下的政治不自由。老一辈人艾哈迈德和艾米娜认为家庭的专制是天经地义、应该施行和接受的。而年轻一代经过在不自由中的不断探索、失败和迷惘，最终在追求自由和个性解放的道路上明确了目标，坚定了步伐。

《宫间街》在艺术表现上也颇具特色。

第一，现实主义手法的运用。在阿拉伯文学中，现实主义的传统是微弱的。古代的诗歌、故事、说唱等文学形式，要么是僵硬的程式，要么是浪漫的想象和奇特的夸张。直到马哈福兹笔下，才真正实现了现实主义创作方法并使之在长篇小说中臻于成熟。真实性是作家追求的重要目标，《宫间街》中的人物，绝大多数都有其生活原型，有的取自作家的邻里和亲戚，有的就是从马哈福兹的家人身上临摹而成。

第二，具有强烈的历史感。《宫间街》的描写偏离传统的阿拉伯时空观念，以严整的编年体时间顺序写老一代的衰落和新一代的成长，将小说的空间视野集中在一个家庭和几个街区这样的特定地点与区域，刻意把社会历史事件同人物的生活经历、个人命运紧密联系，从而通过个人的遭遇和家族兴衰反映出历史脉搏的律动。作品中时空关系的有序集中构成了《宫间街》严谨的逻辑性，强烈的历史感则赋予了小说史诗的性质。

第三，擅长通过细致的艺术描写反映现实生活。如小说开卷伊始，便以妻子深夜恭候丈夫归来的一幕，将夫妇之间不平等的家庭地位和主从关系介绍得极其清楚。

总之，《宫间街》以强烈的现实主义批判精神和巨大的艺术感染力，描绘出了 20 世纪上半叶埃及社会广阔的历史画卷，标志着埃及长篇小说创作的一个新高度。

第六节 村上春树及其《挪威的森林》

一、生平和创作

村上春树（1949— ），日本当代文坛的旗手，生于战后京都一个普通的教师家庭。正如所有生于战后而成长于日本经济高速发展时期的青少年一样，村上的幼年、少年、青年时期都是一帆风顺、平静安宁的。从上小学起，在父亲的熏陶和支持下，村上开始热衷读书，中学时代更是把读书的触角扎到了外国文学、英文书籍和历史领域。1968 年他进入早稻田大学第一文学部戏剧专业学习，1978 年《且听风吟》问世，次年出版即获第 22 届“群像新人奖”，跃上日本当代文坛。

村上春树像

继《且听风吟》后，村上春树又写出了《一九七三年的弹子球》（1980 ）和《寻羊冒险记》（1982）。这三部作品被合称为“青春三部曲”，奠定了村上春树在当代日本文坛上的重要地位。此后的十多年，他又发表了若干作品，影响较大的主要有《世界尽头与冷酷仙境》（1985）、《挪威的森林》、《舞！舞！舞！》（1988）、《国境以南，太阳以西》（1992）等。

二、《挪威的森林》

《挪威的森林》（1987）是村上春树最引人关注、在外国读者群中产生影响最大的一部长篇小说，也是表现他特立独行特质的一部作品。小说于1987年由讲谈社出版单行本，至1996年，其销售量高达700万册，到2000年在日本发行的总量已超过1 500万册，产生了极大的轰动效应，打破了当时日本文坛的沉寂状态，出现了所谓“村上春树现象”和“挪威的森林现象”。作品被翻译成多国文字，在世界广为流传，反响甚为强烈，使读者对日本当代小说有了崭新的认识。

《挪威的森林》封面

小说的名字——《挪威的森林》(*Norwegian Wood*) 取自20世纪60年代红及全球的“甲壳虫”乐队（The Beatles）的一支乐曲，“静谧、忧伤而又令人莫名地沉醉”。作品开场即以该曲作为切入点，故事发展过程中也多次提到这首曲子，女主角之一的直子生前最爱听这首歌：“一听这曲子，我就时常悲哀得不行。……觉得似乎自己在茂密的森林中迷了路。一个人孤单单的，又冷，里面又黑，又没有一个人出来救我。”最后，她选择了“在如同她内心世界一般昏黑的森林深处勒紧了自己的脖子”。直子死后，她的丧礼也是以该曲终结。借这首曲子村上春树不仅寄托了对60年代的怀旧情丝，也赋予了作品某些象征意味——一片幽深的森林恰如发达的现代社会，而一棵棵孤立的树正是现代社会芸芸众生的生存状态——孤独与失落。

小说以平平的情节、缓缓的语调、淡淡的语气，娓娓道出一个有关青春的故事。小说共11章，开篇即写37岁的渡边在飞往汉堡的波音747客机上听到播放昔日恋人直子最喜欢的《挪威的森林》时，闻音生情，陷入对18年前往事的回忆中，作品以第一人称“我”倒叙自己20岁时不堪回首的爱情纠葛：“我”的第一个恋人直子原是高中好友木月的女友。木月自杀后，“我”同直子不期而遇并开始交往。直子20岁生日的晚上与“我”发生了性关系，第二天就不知所踪了，几个月后才来信告知她在深山中的一座精神疗养院“阿美寮”休养。这期间“我”结识了同一所大学的小林绿子，并为她的独立活泼、敢爱敢恨的性格所吸引而与她交往。“我”也曾两度到“阿美寮”探望直子，打算在直子出院后共同开始新生活。岂料直子病情加重，最终在森林里自缢而亡。“我”难抑悲伤之情，在外飘荡许久后重回都市，在街头打电话给绿子，绿子问“我”在哪里时，“我”“全然摸不着头脑”，不知自己身处何方，只是“在哪里也不是的处所连连呼唤绿子”。小说至此戛然而止，给读者留下一连串未知而又无限的想象空间。

小说表层的主题，通常被认定为恋爱小说，村上春树也在小说封面上直截了当地写它是百分百恋爱小说。小说的故事情节虽是围绕着爱情展开的，但它又不同于普通的爱情小说，他宣扬的是一种性爱分离的爱情。高度发达的社会不仅为人们提供了异彩纷呈、光怪陆离的都市生活享受，也催生了人们对爱情的多重、变化体验的需求。村上春树在小说中有意淡化爱情凸显性爱。直子爱木月，但是二人之间存在着不能克服的生理和心理的障碍，难以发生性关系。虽然二人青梅竹马，相爱至真至纯，但因缺少了性爱，木月在小说开篇不久便自杀了。直子不爱渡边，却对渡边有性的渴望，做到了和木月在一起做不到的事。村上春树的小说能在灿若星辰的爱情故事中脱颖而出，深入人心，就在于他认识到现代社会中婚姻、爱情和性爱之间的分裂已是大势所趋，不可逆转。人们可以在生活中获得各种性爱的满足和短暂的爱情，但不可能得到所谓永恒的完全和谐的爱情。他深切触摸到了现代人类爱情的难题所在，道出了世人的所思、所想、所求。

《挪威的森林》之所以流传甚广，更大的魅力还来自它深层的主题，在一个个普通而又真实的都市生活场景的串联中，对日本经济高速发展背景之下20世纪60年代青年的生存状态作了准确描摹，并对其未来前途命运进行了思索。随着战后经济高速增长，日本从产业社会向消费社会过渡，消费文化的兴起导致了传统价值观念的变化——摈弃精神、排斥思想、崇尚物质。社会的通病表现为：无理想、无追求、空虚感、孤独感。小说中的主人公们全都虚无荒谬地生活在冷漠的都市中，渐渐迷失了自我以及存在的意义。小说那个戛然而止的结尾——当绿子问渡边在哪里，渡边自我审问："我现在在哪里？我不知道这里是哪里，全然摸不着头脑。"这正是主人公对时代、对社会已然绝望，产生失重感、幻灭感，以及无可奈何的孤寂与悲痛的表现。

艺术方面，《挪威的森林》也尽显了村上春树的独特风格。

结构上，采用了村上最擅长的双线平行结构，以分写合。渡边与他所倾心的两个女性（直子和绿子）的交往构成了《挪威的森林》的两条平行线索——直子这条线索因直子死亡而告终，绿子这条线索因绿子生命力旺盛而延伸，渡边则在死亡与生存、虚幻与现实的交汇中，"全然摸不着头脑"地活着。

人物刻画上，采用虚实相间的手法，让主人公渡边在虚与实之间铸成矛盾性格。渡边的第一恋人直子本跟木月情深义重，木月死后她便陷入沉默、封闭和走向死亡的境地中，渡边跟她交往实际引领着自己远离现实世界，构筑虚无缥缈的幻境。渡边的第二恋人绿子敢爱敢恨、生气勃勃，渡边跟她接触实际又引领着自己从幻境中走出来，补偿了生理功能，获得了生存下去的意义。因此，渡边在直子和绿子间挣扎，终形成既迷茫、空虚，又洒脱、面世，既没理想、没目标，对"什么都无所谓"，又执着于情感生活的矛盾性格。

此外，象征手法的大量运用也是小说的一大特点，村上春树正是凭借具有象征色彩的场景、人物来营造小说的非现实性。在人物设置上，绿子和直子一阳一阴对应出现，绿子是"阳"的代表，喻示着生命活力。因此她出场时，与她相配的都是书店、电影院、咖啡馆、关西菜这些热闹的、充满人间烟火气的元素。而直子是"阴"的代表，象征着死亡，因此小说中一切与直子相关的场景基本都被赋予了超现实的色彩，是"阴阳交界的地方"。例如阿美寮疗养院、森林里的黑井、窗口的灯光等。随着现代都市生活节奏的加快，人们的生存空间越来越逼仄，人与人心的距离也在疏远，为了批判、拯救这个多病的社会，村上春树在小说中设置了一个远离都市、处于荒野之上的"阿美寮"，让生活在这里的人们互助互爱、自给自足、怡然自得，与都市生活形成了鲜明的对照。"阿美寮"的出现反衬了外面的世界远不如这里"正常"，也包含了作者对未来生存之路的努力寻觅与设想。不过，小说并未把它写成都市人逃避现实的世外桃源，它虽然刺穿了现实的虚妄，但也斩断了人与现实世界的联系，生活在这里的人没有盎然的生命力和健全的生命感觉。另外，小说开始和中间部分反复回荡的歌曲《挪威的森林》，不仅因为它与女主人公之一的直子有密切关系，同时，也因为歌曲沉静忧郁的风格暗示了这个爱情故事最终会是一个伤感的结局，恰切地表现出人生的悲哀和迷惘，浓重地渲染出小说的象征色彩。

村上简洁明快的叙述语言、风趣幽默不失寓意的人物对话、新颖别致又恰如其分的比喻等等，都为小说增添了无限个性魅力。

正是因为拥有独特的叙事、含蓄的象征、细腻的心理描写、个性的语言，以及对年轻一代的生存状态、命运的关注与思考，所以《挪威的森林》成为村上春树小说中最引人注目的篇章。

思考题

1. 现当代亚非文学取得了哪些显著成就？
2. 《雪国》的主要艺术特色是什么？
3. 井上靖的《孔子》是一部什么样的作品？
4. 川端康成是如何将日本传统美学观同西方现代派手法有机结合并取得成功的？
5. 寓意剧《路》的寓意是什么？
6. 试分析《宫间街》中的艾哈迈德形象。
7. 试分析《挪威的森林》的思想、艺术特色。

第 七 编

大洋洲文学

在世界文学版图中，大洋洲文学是最为年轻的一个区域性文学。从该洲澳大利亚和新西兰最早的文学发端算起，迄今也不过200年左右，有些岛国的文学甚至仅有几十年的历史，与欧亚不可同日而语，和美洲似乎也不能相提并论。但作为世界七大洲之一的大洋洲，它的文学应该受到一定的重视。而且，大洋洲文学真实地反映了本地区的社会、文化、历史以及民族精神，也是殖民主义与本土文化冲突的一面镜子。

大洋洲位于太平洋西南部和南部的赤道南北广大海域中，介于亚洲和南极洲之间，西邻印度洋，东临太平洋，并与南北美洲遥遥相对。大洋洲有16个独立国家，其余十几个地区尚在美、英、法等国的管辖之下，在地理上划分为澳大利亚、新西兰、新几内亚、美拉尼西亚群岛、密克罗尼西亚群岛和波利尼西亚群岛六区。它是除南极洲外世界上人口最少的一个洲。绝大部分居民通用英语，太平洋三大岛群上的土著居民分别用美拉尼西亚语、密克罗尼西亚语和波利尼西亚语。

大洋洲文学主要是澳大利亚和新西兰文学，其次还有巴布亚新几内亚、萨摩亚、斐济等南太平洋岛国的英语文学。它的发展历程虽然不长，但在短短的历史时期内却取得了杰出的成就，涌现出一批具有国际影响力的优秀作家和诗人，如澳大利亚的亨利·劳森、凯瑟琳·普里查德、马丁·博伊德、弗兰克·哈代、克里斯蒂娜·斯特德、A.D.霍普、帕特里克·怀特、托马斯·基尼利、弗兰克·萨吉森、珍妮特·弗雷姆等，其中帕特里克·怀特还曾问鼎1973年诺贝尔文学奖。澳大利亚当代“新派小说”家彼特·凯里、迈克尔·怀尔丁等人则更是汇入了西方现代派文学潮流。新西兰也拥有凯瑟琳·曼斯菲尔德、弗兰肯斯·萨吉森、查尔斯·布拉什、珍妮特·弗雷姆、弗勒·阿德柯克等著名作家，小说家凯瑟琳·曼斯菲尔德还被誉为“英语世界的契诃夫”，具有世界性影响；毛利族作家帕特里夏·格雷斯等也引人注目。

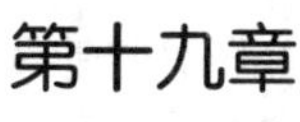

第十九章

澳大利亚文学

小引

澳大利亚文学是大洋洲文学的主体部分，本章讲述它发展的四个阶段，并重点介绍每一个阶段的主要作家、作品。本章还专门评析了澳大利亚当代著名的小说家帕特里克·怀特的代表作《风暴眼》和考琳·麦卡洛的代表作《荆棘鸟》。

澳大利亚文学发展大体分为四个时期：第一个时期为殖民主义时期（1788—1888），也就是文学的殖民主义阶段；第二个时期为民族主义运动时期（1889—1913），即民族主义高涨时期的文学；第三个时期为两次世界大战时期（1914—1945），这是民族主义文学进一步深化成熟的时期；第四个时期是当代文学时期（1946—　），即澳大利亚文学的国际化时期。这四个时期，澳大利亚文学完成了由殖民主义文学到本土文学再到国际性文学的艺术转变。

学习本章，应了解澳大利亚历史的发展轨迹和近 200 年来英国文学对澳大利亚文学的影响。

地处大洋洲，位置相对孤立的澳大利亚，是一块崭新的大陆，200 多年前沦为英国殖民地，建立联邦还不足百年历史。然而这又是一片富饶而古老的土地，约在 3 万年前，澳大利亚土著的祖先就从东南亚来此定居了。17 世纪初，荷兰探险家来过这里，他们是最早到达澳大利亚的欧洲人。1788 年 1 月，澳大利亚首任总督菲利普率领 200 多名海军官兵，押送 700 多名男女流放犯，在澳大利亚新南威尔士登陆，长达 100 多年的澳大利亚殖民主义历史就此开始了。

殖民主义前，澳大利亚只有土著反映神灵、自然和民族生活的口头文学和岩画。殖民主义初期的澳大利亚文学，主要是英国文学的移植。到 19 世纪 80 年代，当澳大利亚由移民社会向民族社会过渡，且产生声势浩大的民族主义运动时，才产生了真正的民族文学。20 世纪 50 年代后，当怀特荣获 1973 年诺贝尔文学奖时，澳大利亚文学已从民族化走向了国际化。

澳大利亚文学的发展，大致可分为以下四个时期。

一、殖民主义时期（1788—1888）

这一时期的文学属于移民文学，是由移民（包括流放犯及自由移民）创作、反映他们早期在澳大利亚的生活的文学。殖民主义时期的前 50 年里，只有为数不多的几部小说问世。亨利·萨弗里（1794—1842）创作的《昆塔斯·赛文顿》（1830—1831）是澳大利亚第一部小说。这部小说具有自传色彩，主要讲述了作者充当流放犯的经历，表达了痛改前非的愿望。小说的主人公被理想化了，并有圆满的结局，被人称为“散文体小说”。查尔斯·罗克罗夫特（1798—1856）的小说《殖民地的故事》（1843），描写了一位早期定居者在澳大利亚的冒险经历和发家的实绩。亚历山大·哈里斯（1805—1874）的《定居者和流放犯》（1874）的题材与《殖民地的故事》颇为相似，但作者的态度比较客观，并没有对在殖民地发财的前景做过多宣传。总体来看，这些小说无非是介绍异域风光，传播殖民地趣闻，满足远隔重洋的英国读者的好奇心，因此艺术上比较幼稚，内容接近游记和日记。

殖民主义时期的后 50 年，生产力的发展给文学艺术带来了极大的变化。这时期，人们已经不再为生计而奔波了，农牧业的发展和金矿的采掘，吸引了大批移民，刺激了经济的初步繁荣，从而为文学奠定了物质基础。这一时期出现了多位颇有影响的小说家和诗人，其中小说家亨利·金斯利（1830—1876）、马库斯·克拉克（1846—1881）和罗尔夫·博尔特沃德（1826—1915）最为著名，他们分别创作了《杰弗利·哈姆林的回忆》（1859）、《无期徒刑》（1874）和《武装行动》（1888）。其中，《无期徒刑》是佼佼者，它是一个悲剧式故事，叙述的是一位无辜青年“罪犯”鲁弗斯·道斯被流放澳大利亚，服刑期间，他不堪忍受非人的待遇而浮水逃走的故事。在一个荒滩上，他遇到被暴动的犯人遗弃该处的维克斯太太及其女儿西尔维亚和上尉弗里尔。鲁弗斯设法将他们救出，岂料弗里尔恩将仇报，反诬鲁弗斯企图逃脱，并骗取了西尔维亚的爱情。鲁弗斯再度服刑，并再度越狱。他登上西尔维亚待发的帆船，后来，船在飓风中倾覆。小说的结尾令人震惊：沉船过后，在发现尸体时，鲁弗斯和西尔维亚紧紧地拥抱在一起。这一时期的诗人主要有查尔斯·哈珀（1813—1868）、亨利·肯德尔（1839—1882）和林赛·戈登（1833—1870）。他们的诗歌各有特色，哈珀的诗深受英国诗人弥尔顿、雪莱，尤其是华兹华斯哲学自然观的影响，表达了怀乡之情和渴望自由平等的乌托邦思想；肯德尔的诗抒情性强，表达了哀伤和自怜；戈登的诗则回荡着拜伦式的忧郁。他们的诗都不同程度地受到英国浪漫主义诗歌的影响，试图以英国传统诗的形式来反映澳大利亚大陆的新的生活经验。

二、民族主义运动时期（1889—1913）

此即民族主义高涨时期的文学。19世纪末和20世纪初的20多年，澳大利亚正处于民族主义运动高涨的时代，在这一浪潮中，澳大利亚文学开始不同于以模仿为主、缺乏活力的移民文学，而变成有鲜明的澳大利亚特色和生命力强大的新文学。19世纪90年代独立、民主、平等的民族主义政治要求，在文学上得到了呼应，人们希望摆脱英国传统的束缚，抛弃刻板的模仿，创立反映本土特色、具有本民族个性的文学。左右当时文坛的《公报》杂志，是这一文学运动的阵地。杂志的主持人阿奇博尔德和斯蒂芬斯旗帜鲜明地提出：简练、活泼和澳大利亚化是杂志的宗旨，而且宣称“……悉尼会招致人们对现实的反抗，而《公报》正是表达这种反抗的喉舌”，大胆宣扬了激进的反抗精神。《公报》还郑重提出“澳大利亚属于澳大利亚人”的口号，同时鼓励每一个公民为创立真正的澳大利亚文学而努力。这家杂志拥有了众多读者并产生了巨大影响。

民族主义文学主要表现在民谣体诗歌的兴起和小说创作的繁荣。民谣体诗歌的形式最早是在殖民主义时代从爱尔兰带来的，但后来随着移民们对澳大利亚陌生的自然环境和丛林生活的适应，这些歌谣被改编成反映澳大利亚的丛林生活和丛林人的情感的诗篇，并且开始在丛林地区流行起来。当时《公报》杂志大力扶植这类民谣体诗歌，于是这种把粗犷的丛林生活浪漫化的、具有澳大利亚地域特色的民谣体诗歌，逐渐代替了传统的英国诗，占领了澳大利亚诗坛。民谣体诗歌的代表人物是安德鲁·巴顿·佩特森（1864—1941）和亨利·劳森（1867—1922）。佩特森享有“牧场歌手”的美誉，他笔下的丛林是一种色彩明丽、充满活力的生活画面，《雪川来客》是他最具代表性的诗集。

这一时期的小说主要反映丛林生活，也有少数描绘早期城市生活。其中丛林小说的代表人物有亨利·劳森、弗菲、弗兰克林（1879—1954）和拉德（1869—1935），城市小说的作家则以斯通（1871—1935）为代表。劳森被誉为“民族主义文学的主要奠基人”，也被誉为“短篇小说的巨匠”，一生创作了《赶羊人的妻子》等300多篇短篇小说。这些小说题材广泛，内容多样，一扫殖民主义小说一味模仿英国作家的流弊，以一种幽默的笔调、随意而自然的叙述语气以及内在的强烈情感吸引着当时的普通读者。他的作品散发着浓郁的乡土气息，再现了丛林人的形象，有着鲜明的地方特色和时代风貌。在澳大利亚文学史上，劳森起着承先启后的作用，自他开始，澳大利亚文学完全跳出了英国文学的藩篱，有了自己的民族特色。

三、两次世界大战时期（1914—1945）

这是民族主义文学进一步深化成熟的时期。两次世界大战对欧美文学产生了重要影响，尤其是美国文学普遍反映了那一段时期人们的失望心理，出现了一种摈弃传统、蔑视权威的反叛文学潮流。但澳大利亚由于年轻，而且地理位置相对闭塞，因此没有受到欧美文学的影响，仍然沿着民族主义道路前进。这一时期，澳大利亚文学的中心人物依然是那些在民族主义运动时期诗人和作家们所倾心的丛林人，但它们反映的生活内容已经发生了变化，原来关于丛林人谋生的艰辛已经不是主题，作家们倾力描写的是由于资本主义生产方式的介入，自由自在、乐观豁达的丛林人如何失去人的独立地位，以及他们不倦的抗争。具有代表性的小说主要有凯瑟琳·普里查德（1883—1969）的《黑蛋白石》（1921）、万斯·帕尔默（1885—1959）的《富矿》（1948）和伦纳德·曼的《山中公寓》（1939）等。这一时期活跃着四位著名的诗人，他们是A.D.霍普、罗伯特·菲茨杰拉德（1902—1987）、肯尼斯·斯莱赛（1901—1971）和道格拉斯·斯图尔特（1913—1985）等，他们几乎都是学者和评论家，几乎都用不同的诗体写诗。而更为突出的是，与以撰写抒情诗为主的上个时期的诗人不同，他们的诗基本上属于沉思型的，而且四位诗人的风格截然不同。斯莱赛是一位现代主义诗人，菲茨杰拉德属于浪漫主义，霍普崇尚古典主义，而兼有诗人、戏剧家、小说家和评论家身份的斯图尔特则最擅长用抒情诗描绘自然。

四、当代文学时期（1946— ）

此即澳大利亚文学国际化时期。第二次世界大战后至今，澳大利亚工业化步伐加快，文化、教育和科技事业也有较大发展。由于战后世界局势的变化，澳大利亚的对外政策也有了变化。于是，澳大利亚文学步入了一个欣欣向荣的新阶段，现实主义文学一统天下的局面被打破了，取而代之的是形形色色的文学流派。这一时期，向来只有英国文学而忽视国内文学的学者也开始重视本土文学，20世纪60年代悉尼大学首次开设了澳大利亚文学教授席位，各大学纷纷开设澳大利亚文学课程，于是，澳大利亚文学真正走向了世界。1973年，作家帕特里克·怀特获得了诺贝尔文学奖，从此外国文学评论家对澳大利亚文学刮目相看，英国学者认为这标志着当代英语文学发展进入新时期，美国学者认为澳大利亚拥有20世纪六七十年代使用英语进行创作的最卓越的小说家和诗人。

这一时期澳大利亚文学以小说为最盛，当代澳大利亚小说出现了三个主要流派：现实主义派、怀特派和新派小说。现实主义小说仍然以刻画人物性格为主，强调细节的真实，通过连贯的情节来塑造人物形象，反映作家对人生和社会的看法。其主要代表人物有马丁·博伊德、艾伦·马歇尔（1902—1984）、朱达·沃顿（1911—1985）、戴尔·斯蒂芬斯（1911—?）、弗兰克·哈代（1917—1994）和约翰·莫里森（1904—1998）等。怀特派讥讽传统的现实主义小说为“沉闷乏味的新闻体现实主义的产物”，认为它过于追求形似，拘泥于表面真实，缺乏深度和渗透力，不足以反映现实世界的复杂性。为此，该派强调把笔触伸向人的内心，探索人的精神空间，通过刻画现代人的内心生活来反映纷繁复杂的客观世界。怀特派小说的代表人物有帕特里克·怀特（1912—1990）、伦道夫·斯托（1935— ）、托马斯·基尼利（1935— ）、哈尔·波特（1911—1984）、克里斯托弗·科契（1932— ）、伊丽莎白·哈罗尔（1928— ）和考琳·麦卡洛（1937— ）等人。怀特是一位才华横溢的多产作家，他一生创作了多部长篇小说、短篇小说、剧本，以及诗集、电影剧本和随笔，他的作品多以澳大利亚为背景，反映澳大利亚人的生活与心声，但又不为地域所局限。《风暴眼》（1973）是怀特最有影响的代表作。小说通过女主人公亨特太太对往事的回忆和其儿女为遗产进行的明争暗斗，鲜明展示了现代社会中人们的贪婪、自私和冷漠，并以此获得了1973年的诺贝尔文学奖。女作家麦卡洛也具有多方面的创作成就，著有十余部长篇小说和多种传记、散文和音乐剧。其代表作长篇小说《荆棘鸟》(1977) 以女主人公梅吉和神父拉尔夫的爱情纠葛为主线，引发出一系列权力与爱情、神性与人性的激烈斗争，被誉为澳大利亚之《飘》。新派小说主张无论内容还是形式都不受任何传统束缚，突破以往文学的禁区，大胆表现吸毒和性，反映在新道德潮流下的城市生活，尤其是知识分子的生活。伦道夫·斯托的《归宿》(1958) 和《圆木林》(1963) 这两部小说都采用了现代派技巧来探索人物内心的孤独和澳大利亚的自然主义。斯托 1965 年发表的《旋转木马》是新派小说的一部重要作品，它是一部关于童年的小说，以一个宿命论的形象描绘了一个家庭的结构，其中内含的旋转则象征着一种周而复始的良性循环。在表现形式上，新派小说摈弃了刻画人物和编造情节的旧传统，而着眼于创造情景，刻意追求小说的叙述方式、叙述角度和语气的新颖。其代表人物有迈克尔·怀尔丁 (1942—　)、弗兰克·穆尔豪斯 (1938—　)、默里·贝尔 (1941—　)、彼得·凯里 (1943—　) 和莫里斯·卢里 (1938—　) 等。除以上三个流派的作家外，当代澳大利亚有影响的作家还有兼取现实主义和现代主义之长的彼得·科恩(1914—?) 和以写讽刺小说见长的戴维·艾尔兰(1927—　)等。

随着澳大利亚文明进程的进步、土著人受教育程度的普遍提高及土著人民族意识的增强，澳大利亚土著居民中出现了一批进行英语文学创作的诗人和作家。诗人凯斯·沃克 (1920—1993) 就值得一提，她出生在昆士兰沿海一个小岛的土著部落里。她的处女诗集《我们要走了》(1964) 是澳大利亚土著文学的第一部诗集，正如她在诗集的后记里所说："土著人第一次有了自己的声音，书面的声音。"她的第二部诗集《黎明即将到来》出版于 1966 年，这部诗集与第一部一脉相承，喊出了土著民族在白人到来之后所遭受的不公平，哀悼往日土著传统不再，公开申明土著人的种族要求，语气时而激愤，时而哀婉。沃克的诗歌非常畅销，几乎比澳大利亚当代其他诗人的诗集都受欢迎。柯林·约翰逊的长篇小说《野猫坠落》(1965) 的出版是土著英语文学创作史上的又一个里程碑，作家诉诸笔端的也是土著民族在白人统治下的生活现状，表现的是土著人在夹缝中生存的身份危机与身份认同。

需要说明的是，2006 年对于澳大利亚文学是不平凡的一年，2003 年获得诺贝尔文学奖的南非裔作家 J. M. 库切加入了澳大利亚国籍，增强了澳大利亚文学的世界影响力，也给澳大利亚文学带来了新的希望。

总之，在 200 多年的发展进程中，澳大利亚文学逐渐摆脱了英国传统，走上了自主独立的道路，同时也走向了世界，有了一定的国际影响力。而且随着时间的推移，澳大利亚文学也由单一化走上了流派众多、互争高下的现代形态。

思考题

1. 澳大利亚文学经历了哪几个发展阶段？
2. 澳大利亚文学各个发展阶段的特点是什么？

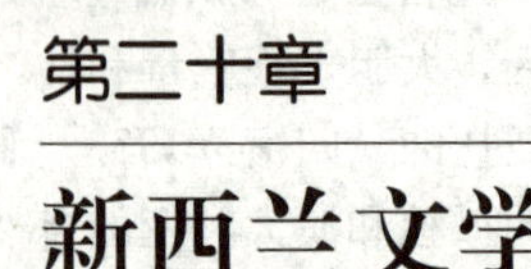

第二十章

新西兰文学

小引

新西兰是大洋洲的重要国家，新西兰文学与澳大利亚文学的发展轨迹具有相似性。新西兰和澳大利亚都经历了殖民主义时期，然后才走上了独立之路，所以它们的文学都经历了由殖民地文学到民族主义文学，再到国际化的追求之路。

新西兰英语文学开始于19世纪。随着白人移民的到来，新西兰英语文学开始随着社会的变革而不断发展壮大，并逐渐呈现出本土特色，在世界文学丛林中享有一定的声誉。新西兰英语文学的发展大致可以分为三个阶段：殖民地时期（1840—1906），开拓、发展与丰收时期（1907—1945），当代时期（1946— ）。代表性作家有短篇小说家凯瑟琳·曼斯菲尔德、弗兰肯斯·萨吉森，诗人查尔斯·布拉什等。

学习本章，应把它与澳大利亚文学联系起来，而且还要了解英国文学与新西兰本土的毛利人口头文学等内容。

新西兰位于太平洋南部，1840 年沦为英国殖民地，1907 年变成英国的一个自治领地，1947 年成为一个独立国家。从 1642 年亚伯·塔斯曼发现新西兰至今，只有 300 多年的历史，它是世界上一个非常年轻的国家。要了解新西兰文学，需要追溯到新西兰的毛利人文学那里。在荷、英探险家先后到达新西兰之前，以及在欧洲人开始移民新西兰的一百多年间，也就是在 1642 年到 1777 年之间，毛利人一直是新西兰的主人。他们本是生活在中太平洋群岛的波利尼西亚人的一支，约公元 950 年漂流到新西兰，约 1350 年波利尼西亚人中的毛利人迁移到新西兰的北岛和南岛定居。当时，他们还处在原始部落时期，使用的工具是石器和骨器，从事着农牧业、狩猎、采集活动，并兼有雕刻、编织手工业。

毛利人没有文字，他们的文学是口头文学，因此在传播与发展中有自身的局限。毛利人的口头文学主要包括神话、传奇、民间故事和民谣。从其内容来看，主要涉及宗教信仰、历史传说、语言文化及他们对自然现象的解读。毛利神话中的"创世记"的故事就映射出世界各民族神话中的同质性：主神伊奥是创造天地之神，她的儿女又创造了世间万物，大地母亲对子女的宽容体现了毛利人女性崇拜的遗风，而死后回到大地又获得新生是毛利人对生命轮回的解读。《英雄玛乌伊的故事》也是一篇底蕴深厚的神话故事，玛乌伊出生后被误投大海，在海中他重获生命和力量，暗合了"水是生命之源"的人类意识。玛乌伊征服太阳的故事与中国神话"后羿射日"颇为相似，他为人类盗来火种又使人联想到希腊神话中的普罗米修斯。因为毛利人本来也是移民，心中沉淀着对故土文化的印记，所以毛利人的传奇故事的主题多是对故乡和部落的追忆，但岁月侵蚀，冲刷了故乡的具象，留下的是灵魂回归的理想乐土，因此毛利人口头文学中的传奇，是理想化了的毛利人历史的写照。毛利人的民间故事与世界上其他民族的民间故事一样，也主要涉及生存问题与道德标准，其中常有贪婪的女巫、巨蜥或怪鸟，这映射出早期毛利人为生存所付出的巨大代价和艰辛。毛利人民谣常在重要节日和庆典上吟唱，主题包括爱情、聚会、战争、采集、婚姻等。许多民谣由于曲调简明、声情并茂、朗朗上口而代代相传，保留了较多的毛利人的历史文化和民族特征。

跟澳大利亚文学近似，1840 年殖民时期前，新西兰只有上述毛利人的口头文学，殖民时期后出现的英语文学也多是英国文学的模仿。到 1907 年摆脱英国殖民主义桎梏后，才出现独立繁荣的民族文学，并逐渐融入国际文学行列。

据此，新西兰英国文学的发展大致可分为以下三个阶段。

一、殖民地时期（1840—1906）

殖民主义初期的新西兰英语文学，由于人口少，几乎没有读者市场，因此当时的作家争相描绘的也只是这片"新土地"、"上帝的故事"里的"野蛮人"的生活、风土人情、鲁滨逊似的奇异故事等，用以满足欧洲读者强烈的猎奇欲望。这类文学图书往往荒诞不经，危言耸听，观点也比较偏颇，文学价值不高。梅杰·斯托尼（1816—1861）的《塔拉纳基——战争的传说》是新西兰的第一部英语小说，就是这类作品的典型，它把毛利人描写成容貌丑陋、四肢发达、头脑简单、嗜血成性的食人生蕃。这个时期比较有代表性的作品，还有艾尔默夫人的《远方的家》（1862），描写的是早期英国移民的艰难生活、曲折经历和远离大陆世界的思乡情绪；本杰明·法杰恩的《雪中行》（1865），以南岛黄金潮为背景，描写了淘金者的美好梦幻和悲惨结局；巴克夫人的《新西兰的牧场生活》（1870），描写早期移民的生活艰辛与种种遭遇。反映毛利人生活状况的小说，有艾米莉·马里亚特的《毛利人中间》（1874）和 R.P. 惠特沃思的《毛利侦察兵》（1887）等，它们比较真实地描绘了早期移民生活和毛利人的风俗习惯，对今人研究新西兰民族文化和历史无疑是有价值的。诗歌方面，C.J. 马丁（1839—1906）的《马丁乡土诗集》较好地反映了移民心态，表达了开拓者理想主义的情怀。

在殖民主义后期，由于南岛金矿的发现，殖民拓居的相对稳定，畜牧业和小手工业的迅速发展，大大刺激了经济的繁荣，许多作家表现了人道主义思想，并提出了描写现实生活的创作原则。他们为小人物的遭遇发出了愤怒的呼喊和抗议，展示了资本主义社会广大劳苦群众同严峻现实的深刻对立与冲突。乔治·夏米尔的《哲学家迪克》（1891），安·威尔逊的《两个夏天》（1900），威廉·鲍克的《白人踩过之后》（1905），威廉·撒切尔的《故人的土地》（1902）和《长生不老丹》（1907）等，就是这方面的作品。尤其值得注意的是，康斯坦斯·克莱德的《异教徒的爱情》（1905）反映了妇女解放问题，哈里·沃格尔的《毛利姑娘》反映了毛利人白人婚后的种种问题。

二、开拓、发展与丰收时期（1907—1945）

1907 年，新西兰摆脱了英国殖民主义的桎梏，成为英国的自治领。民族独立唤醒了民族意识，社会和经济的发展也促进了文化的发展，一大批知识分子从民族利益出发，要求有自己的文学。于是，20 世纪 20 年代以后，新西兰出现了比较成熟的小说和诗歌，逐渐摆脱了英国传统文学的束缚，建立起具有新西兰民族个性与特点的文学。这一时期，一些作家以 1830 年至 1860 年间白人移民和毛利人争夺土地的战争为主题进行创作，一方面谴责白人的惨无人道，另一方面也歌颂毛利人粗犷耿直、善良友好等优秀品质。毛利人远不是旧石器时代混沌未开化的原始人群，也不是无足轻重的蝼蚁之辈，他们是新西兰一个不容忽视的民族，从而出现了人与人之间的同情友爱和互助精神。这也是新西兰在开拓发展时期的时代精神。

由于资本主义的发展，新西兰形成了阶级分化。许多作家在作品中无情地鞭挞现实生活中的丑恶现象，揭露饱食终日的资产阶级的吝啬、贪婪和残酷及其帮闲文人的伪善和浅薄，并对贫民大众给予深切的同情。这些具有现实主义精神的作家主要有威廉·撒切尔（1860—1942）、凯瑟琳·曼斯菲尔德（1888—1923）、琼·德万尼（1894—1962）、约翰·李（1891—1982）、罗德里克·芬利森、约翰·马尔甘（1911—1945）和弗兰肯斯·萨吉森（1903—1982）等，他们的作品反映了时代的脉搏，有一定的生活广度与艺术深度。其中，约翰·马尔甘 1939 年发表的长篇小说《孤独的人》，从一个新的角度解读了新西兰人当时的困境：主人公约翰逊听说新西兰是一个理想的国度，所以战争结束后就从英国来到新西兰，但他发现这里不仅荒凉，而且事业上也一事无成。令他深思的是，当他回到英国后，他也无法找到自己的生存坐标。《孤独的人》是马尔甘一生唯一的作品，是作家生命的绝唱。凯瑟琳·曼斯菲尔德被誉为“新西兰最杰出的作家”和“英语世界的契诃夫”，她 1920 年出版的小说集《幸福》，记录了她不幸的婚变和动荡的生活，倾诉了她反对社会不公、同情弱小的思想。1922 年出版的小说集《花园酒会》，用以小见大、从平凡中挖掘生活本质的手法，通过一系列平凡故事，展示了普通人的生活苦难及其深邃的内心世界。她的小说都是以 19 世纪 90 年代经济萧条为背景，描写从城镇到乡村的满目疮痍，唯有深山里的毛利人，还能在山溪边搭起帐篷，燃起篝火，载歌载舞到天明。罗德里克·芬利森是最早认为毛利人社会比白人社会更为可取的作家，他用抒情的笔调，表现了毛利人的慷慨热情、豁达大度和耿直善良的品性。被誉为“新西兰文学之父”的弗兰肯斯·萨吉森的短篇小说更有深度，更注重人物心理的描写，而且他的创作手法和语言技巧对后来的新西兰作家有着深远影响。他的小说主人公通常孑然一身，在动荡的社会中漂泊，在彷徨痛苦中寻求。作家通过对新西兰人面临的历史、文化、经济多重困境的分析，解读了新西兰人的民族心态，因为每一个新西兰人都面临新旧文化和传统的挤压，要严守过去的套路或重构全新的标准皆不太可行，较明智的做法就是寻求融合产生新枝。这一时期，新西兰也涌现了一批优秀的诗人，如玛丽·贝瑟尔（1874—1945）、艾琳·达根（1894—1972）和查尔斯·布拉什（1909—1973）等。总之，这一时期新西兰文学出现了不少优秀的小说、诗歌和文学评论，在创作技巧上也逐渐成熟，并且也注重把新西兰岛国的文化传统与欧洲的文化传统结合起来。

三、当代时期（1946— ）

第二次世界大战后，国际交往日益频繁，社会经济也日趋稳定，新西兰的文学社团、社会团体和研究机构也大量涌现，于是新西兰的文学创作进入了一个新的时期，与其他社会科学的联系也越来越紧密。特别是1947年新西兰文学基金会的成立和1950年《陆地》杂志的出版，使长篇小说创作有了很大发展。A. P. 盖斯凯尔（1913—?）、珍尼特·弗雷姆（1924— ）、R. H. 莫里森（1922—1972）、莫里斯·达根（1922—1972）、诺埃尔·希利亚德（1929— ）、莫里斯·沙德博尔特（1932— ）和克里·休姆（1949— ）等，是比较优秀的小说家。其中，珍妮特·弗雷姆为新西兰小说赢得了世界声誉，曾多次获得文学奖。她1968年发表的《雷恩伯德一家》（1969年再版时更名为《澳洲居室里的黄花》）极富象征意蕴。主人公雷恩伯德是一个英国移民，遭遇车祸后被误诊已死亡，当他苏醒后发现失去了工作，而且亲友与社会都不再接纳他。这使人联想到美国作家海勒的黑色幽默小说《第二十二条军规》中丹尼医生的命运。作家通过荒诞的情节和痛苦的非理性，向读者提出了存在的定义和存在的价值标准问题，揭示了无法获得身份认同的生存困境。

诗歌创作也取得了丰硕成果，并逐渐形成了本土风格，涌现了弗勒·阿德科克（1934— ）、艾伦·柯诺（1911—?）、C. K. 斯特德（1932— ）、霍尼·图法里（1922— ）等一批优秀的诗人。他们的诗歌清新自然、细腻动人，传达着不同的观念，不但同社会实践紧密结合，而且还同毛利人的文化复苏紧密联系，从而形成了空前的繁荣景象。戏剧作品也出现了不少，艾伦·柯诺的《月亮切面》（1959）和布鲁姆·梅森的《新西兰树》（1960）有一定影响。

当代时期的新西兰文学一个最大的发展和进步，就是对毛利族文化的关注与重视。第二次世界大战后，随着工业的发展、城市的扩张，大批毛利人也离开贫瘠的乡村山地，涌入大都市。于是，雇佣的矛盾、种族矛盾、生活方式的矛盾都反映到了新西兰的文学创作里来，从而出现了诺埃尔·希利亚德的《毛利姑娘》这样肯定毛利人的价值和文化传统的好作品。

20世纪60年代，毛利人作家开始崛起，他们对从前白人作家对毛利人的书写进行了反拨，较全面客观地反映了现代社会中毛利人的生活状况和性格特征。著名毛利人女作家帕特里夏·格雷斯（1939— ）于1979年出版了《月亮睡了》，这篇小说的主人公莉佩克是一位毛利姑娘，她成年后嫁给了一位白人青年，虽然夫妻恩爱，互相尊重，但莉佩克总感觉到他们之间有着巨大的鸿沟。作为毛利人的后裔，莉佩克毕竟保留了毛利民族的种族记忆和文化积淀，文化断裂的问题不是简单的婚姻就可以解决的。另一位毛利族女作家克里·休姆（1947— ）发表的《骨头人》（1984）从多方面反映出文化冲突的后果。小说的男主人公乔是毛利人，女主人公克勒温是白人和毛利人的混血后裔，他们收养了一个白人孤儿西蒙。三个不同种族的人建立的家庭，由于民族认同与文化背景的差异，冲突不断发生，他们的肉体和精神都不堪重负，西蒙住进了医院，克勒温重病在身，乔也进了监狱。小说的喜剧性结尾表明作家期待文化的融合。这一时期，毛利人的诗歌创作也涌现了代表性诗人，霍尼·图华里（1922— ）最为著名，他的作品既吸收了本民族的优秀文化传统，也借鉴了西方文学的长处，有人评价他的英语诗歌“闪烁着毛利人的思维方式和表述特色”。

思考题

1. 毛利人的口头文学包括哪些方面？
2. 新西兰英语文学大致经历了哪几个发展阶段？

参考文献

杨周翰，吴达元，赵萝蕤，主编．欧洲文学史．北京：人民文学出版社，1979.

朱维之，赵澧，黄晋凯，主编．外国文学简编［欧美部分］（第六版）．北京：中国人民大学出版社，2011.

梁立基，何乃英，主编．外国文学简编［亚非部分］（第四版）．北京：中国人民大学出版社，2010.

郑克鲁，主编．外国文学史（上、下）．北京：高等教育出版社，1999.

［英］安德鲁·桑德斯．牛津简明英国文学史．北京：人民文学出版社，2000.

［丹麦］勃兰兑斯．十九世纪文学主流（1～6）．北京：人民文学出版社，1982—1986.

［黎巴嫩］汉纳·法胡里．阿拉伯文学史．北京：人民文学出版社，1990.

徐葆耕．西方文学：心灵的历史．北京：清华大学出版社，1990.

陈洪文，水建馥，选编．古希腊三大悲剧家研究．北京：中国社会科学出版社，1986.

杨周翰，编选．莎士比亚评论汇编（上、下）．北京：中国社会科学出版社，1981.

杨静远，编选．勃朗特姐妹研究．北京：中国社会科学出版社，1983.

朱立元，主编．当代西方文艺理论．上海：华东师范大学出版社，1997.

柳鸣九，主编．法国文学史（上、中、下）．北京：人民文学出版社，1981.

柳鸣九，主编．未来主义超现实主义魔幻现实主义．北京：中国社会科学出版社，1987.

柳鸣九，编选．萨特研究．北京：中国社会科学出版社，1981.

张黎，编选．布莱希特研究．北京：中国社会科学出版社，1984.

孙美玲，编．肖洛霍夫研究．北京：外语教学与研究出版社，1982.

叶廷芳，编．论卡夫卡．北京：中国社会科学出版社，1988.

董衡巽，编选．海明威研究．北京：中国社会科学出版社，1980.

季羡林，主编．简明东方文学史．北京：北京大学出版社，1987.

王向远．东方文学史通论．上海：上海文艺出版社，1994.

金克木．梵语文学史．北京：人民文学出版社，1984.

黄源深，彭青龙．澳大利亚文学简史．上海：上海外语教育出版社，2006.

陈正发，张明，主编．大洋洲文学选读．合肥：安徽大学出版社，2006.

附 件

中外文学对照表

时 间	中 国	外 国
约公元前 30 世纪		苏美尔—巴比伦：洪水纪事。
约公元前 25 世纪	炎黄传说。	
约公元前 22 世纪	尧舜传说。	
约公元前 19 世纪		埃及：神话故事；《亡灵书》。
约公元前 16—15 世纪		巴比伦：《吉尔伽美什》史诗。 印度：神话；《吠陀》文献。
约公元前 13 世纪	商代甲骨文：《盘庚》诗篇。	
约公元前 12 世纪		希腊：神话与英雄传说。 埃及：《尼罗河颂》。
约公元前 10 世纪	女娲补天、后羿射日、夸父逐日、精卫填海、鲧禹治水神话相继产生；文王姬发推演《周易》。	
公元前 8 世纪	编《春秋》。	希腊：荷马史诗（《伊利亚特》、《奥德赛》）。
公元前 7 世纪	《尚书》编终；《诗经》编终，收诗作 305 篇。	亚述巴尼拔建图书馆，藏 2 200 块泥板文献。 希腊：女诗人萨福创“萨福体”抒情诗。
公元前 6—5 世纪	老子著《老子》五千言；孔丘著述《春秋》，删定《诗》、《书》，其言论由门人辑为《论语》；左丘明编撰《左传》。	希腊：《伊索寓言》；埃斯库罗斯、索福克勒斯、欧里庇得斯的悲剧创作；阿里斯托芬的喜剧创作。 希伯来：“摩西五经”。 印度：释迦牟尼创立佛教，其训言由信徒结集奉为经典（《阿含经》）。

续前表

时 间	中 国	外 国
公元前 4—3 世纪	孟轲《孟子》；庄周《庄子》荀况《荀子》；韩非《韩非子》；屈原《离骚》、《天问》；吕不韦门客《吕氏春秋》；宋玉《九辩》、《高唐赋》。	希腊：柏拉图《理想国》、《文艺对话录》；亚里士多德《诗学》、《修辞学》；米南德的喜剧《恨世者》。 希伯来：犹太《圣经》渐成。 印度：大史诗《摩诃婆罗多》、《罗摩衍那》。
公元前 2 世纪	贾谊《过秦论》、《贾谊新书》；晁错《论贵粟疏》；刘安《淮南子》；司马相如《子虚》、《上林》。	
公元前 1 世纪	东方朔《答客难》；司马迁《史记》。	罗马：维吉尔《埃涅阿斯纪》、《农事诗》；贺拉斯《诗艺》；奥维德《爱的艺术》、《变形记》。 印度：《五卷书》。
公元 1 世纪	班固《汉书》、《两都赋》；迦叶摩腾、竺法兰编译《四十二章经》；许慎《说文解字》；汉乐府（《陌上桑》、《十五从军征》）。	希腊：朗基努斯《论崇高》。 罗马：佩特洛尼乌斯《萨蒂利孔》（欧洲文学史上首部流浪汉小说）。
公元 2 世纪	张衡《两京赋》；蔡邕《述行赋》；蔡琰（文姬）《胡笳十八拍》；古诗十九首；牛郎织女传说。	罗马：阿普列尤斯《金驴记》；普卢塔克《希腊罗马名人合传》。 印度：马鸣《佛所行赞》、《美难陀传》。
公元 3 世纪	“建安七子”、“竹林七贤”的诗文创作；曹操《观沧海》、《龟虽寿》；曹植《洛神赋》；曹丕《典论·论文》；诸葛亮《出师表》；乐府诗《孔雀东南飞》。	印度：“跋弥十三剧”；首陀罗迦《小泥车》。
公元 4 世纪	陆机《文赋》；左思《三都赋》；郭璞注《山海经》；干宝《搜神记》；王羲之《兰亭集序》；葛洪《抱朴子》；陈寿《三国志》。	基督教圣经《新旧约全书》成书。
公元 5 世纪	鸠摩罗什翻译佛经；陶渊明《桃花源记》、《归去来兮辞》；刘义庆《世说新语》；范晔《后汉书》。	罗马：奥古斯丁《忏悔录》。 印度：迦梨陀娑《沙恭达罗》、《云使》。
公元 6 世纪	刘勰《文心雕龙》；沈约《晋书》、《宋书》；钟嵘《诗品》；郦道元《水经注》；萧统《文选》；庾信《哀江南赋》；颜之推《颜氏家训》；民歌《敕勒歌》。	阿拉伯：盖斯《悬诗》。 印度：《薄伽梵往世书》。
公元 7 世纪	颜师古撰《随书》；玄奘《大唐西域记》；孔颖达《五经正义》；王勃《滕王阁序》；骆宾王《讨武曌檄》；孟姜女传说定型。	阿拉伯：《古兰经》；祖海尔《长诗集》。 印度：伐致呵利《三百咏》；檀丁《十王子传》。 日本：大伴家持编《万叶集》。

续前表

时　间	中　国	外　国
公元 8 世纪	陈子昂《登幽州台歌》；慧能《六祖坛经》；张若虚《春江花月夜》；孟浩然《春晓》；王之涣《凉州词》、《登鹳雀楼》；李白《蜀道难》、《将进酒》、《梦游天姥吟留别》；杜甫“三吏”、“三别”；张继《枫桥夜泊》；王维《使至塞上》；高适《燕歌行》。	英国：英雄史诗《贝奥武夫》。 德国：英雄史诗《希尔德布兰特之歌》。 阿拉伯：伊本·穆格发《卡里来和笛木乃》。 印度：薄婆菩提《大雄传》。 日本：太安万侣《古事记》；舍人亲王《日本书纪》；大伴家持编《万叶集》；《怀风藻》辑成；山上忆良《贫穷问答歌》。
公元 9 世纪	元稹《元氏长庆集》；白居易《白氏长庆集》；柳宗元《永州八记》；韩愈《师说》；杜牧《阿房宫赋》；刘禹锡《西塞山怀古》；李商隐《锦瑟》；梁祝传说。	阿拉伯：努瓦斯赞颂诗；艾布·泰马姆《坚贞诗集》。
公元 10 世纪	司空图《诗品》；赵崇祚编《花间集》；李煜《李后主词》；李昉等编《太平御览》、《太平广记》。	波斯：鲁达基抒情诗。 阿拉伯：穆太奈比哲理诗。 法国：《罗兰之歌》。 日本：《竹取物语》；纪贯之撰《古今和歌集》；清少纳言《枕草子》。
公元 11 世纪	范仲淹《岳阳楼记》；欧阳修《醉翁亭记》；柳永《雨霖铃》；王安石《答司马谏议书》；苏轼《水调歌头》（明月几时有）、《赤壁赋》；沈括《梦溪笔谈》。	波斯：菲尔多西《列王纪》。 阿拉伯：纳赛尔·霍斯鲁《光明颂》。 日本：紫式部《源氏物语》。
公元 12 世纪	秦观《望海潮》（洛阳怀古）；黄庭坚《山谷集》；岳飞《满江红》；李清照《漱玉词》；张孝祥《于湖集》；董解元《西厢记诸宫调》；范成大《石湖诗集》；朱熹《朱子大全》；白蛇传说定型。	法国：《特里斯坦和绮瑟》。 西班牙：《熙德》。 波斯：欧玛尔·海亚姆“四行诗”。 阿拉伯：哈里里“玛卡梅韵文故事”；内扎米《五卷诗》。 日本：《今昔物语》。
公元 13 世纪	杨万里《诚斋集》；辛弃疾《稼轩长短句》、《稼轩诗文钞存》；姜夔《白石集》；陆游《关山月》、《钗头凤》；元好问《元遗山集》；耶律楚材《湛然居士集》；刘克庄《原村先生全集》；文天祥《正气歌》、《过零丁洋》；尚仲贤《柳毅传书》；纪君祥《赵氏孤儿》；郑光祖《倩女离魂》；王实甫《西厢记》；《京本通俗小说》；《清平山堂话本》；《蒙古秘史》。	德国：《尼伯龙根之歌》。 冰岛：《埃达》。 波斯：萨迪《果园》、《蔷薇园》。 阿拉伯：蒲绥里《斗篷颂》。 阿塞拜疆：尼·甘哲维《五诗集》、《神秘宝藏》。 日本：《保元物语》；《宇治拾遗物语》；《平家物语》。

续前表

时 间	中 国	外 国
公元 14 世纪	白朴《梧桐雨》；关汉卿《窦娥冤》、《拜月亭》；马致远《汉宫秋》；高明《琵琶记》；钟嗣成《录鬼簿》；施耐庵《水浒传》；宋濂《王冕传》；罗贯中《三国演义》。	意大利：但丁《神曲》；马可·波罗《马可·波罗游记》；彼特拉克《歌集》；薄伽丘《十日谈》。 英国：乔叟《坎特伯雷故事集》。 波斯：哈菲兹《歌曲集》。 阿拉伯：伊本·白图泰《伊本·白图泰游记》。 日本：吉田兼好《徒然草》。
公元 15 世纪	解缙等编《永乐大典》；《三国志通俗演义》明刻本刊出；朱有燉“诚斋乐府”；朱权《太和正音谱》；于谦《石灰咏》。	法国：《巴特兰律师笑剧》上演；维永《绞刑犯谣曲》。 阿拉伯：《一千零一夜》最后定型。 印度：格比尔达斯格言诗。 日本：能乐、狂言臻于完成；世阿弥《风姿花传》。 朝鲜：创制“谚文”。
公元 16 世纪	唐寅《六如居士集》；王守仁《传习录》；李梦阳《空同集》；康海《中山狼》，文征明《甫田集》；李开先《宝剑记》；李攀龙《诗文原始》；归有光《项脊轩记》；梁辰鱼《浣纱记》；吴承恩《西游记》；王世贞《艺苑卮言》；徐渭《四声猿》；汤显祖《牡丹亭》。	意大利：阿里奥斯托《疯狂的罗兰》；塔索《被解放的耶路撒冷》。 法国：“七星诗社”；玛格丽特· 德· 纳瓦尔《七日谈》；拉伯雷《巨人传》；龙萨《给爱兰娜的十四行诗》；蒙田《随笔集》。 英国：托马斯·莫尔《乌托邦》；“大学才子派”（托马斯·基德《西班牙悲剧》、马洛《浮士德博士的悲剧》、格林《詹姆斯四世》）；斯宾塞《仙后》。 西班牙：《小赖子》。 朝鲜：朴仁老《太平祠》。
公元 17 世纪	李贽《藏书》、《焚书》；袁宏道《袁中郎集》；兰陵笑笑生《金瓶梅》；汤显祖“临川四梦”；臧懋循编刊《元曲选》；吕天成《曲品》；王骥德《曲律》；冯梦龙编刊“三言”（《喻世明言》、《醒世恒言》、《警世通言》）、编订《平妖传》；凌濛初刊行“两拍”（《初刻拍案惊奇》、《二刻拍案惊奇》）；阮大铖《燕子笺》；侯方域《李姬传》；金圣叹《金圣叹全集》；钱谦益《初学集》；顾炎武刻《日知录》；李玉《清忠谱》；朱素臣《十五贯》；蒲松龄《聊斋志异》；褚人获编定《隋唐演义》；朱彝尊刊《词综》；洪昇《长生殿》；李渔《闲情偶寄》；纳兰性德《饮水词》；黄宗羲《原君》；孔尚任《桃花扇》。	法国：高乃依《熙德》；莫里哀《伪君子》、《悭吝人》；拉辛《安德洛玛克》、《菲德尔》；拉封丹《寓言诗》。 英国：莎士比亚的戏剧创作（《哈姆莱特》、《奥赛罗》、《李尔王》、《麦克白》、《威尼斯商人》、《十四行诗集》）；培根《培根论说文集》；本·琼生《人人高兴》；弥尔顿《失乐园》、《力士参孙》、《复乐园》；班扬《天路历程》。 西班牙：塞万提斯《堂吉诃德》；维迦《羊泉村》；卡尔德隆《人生如梦》。 日本：井原西鹤《好色一代男》、《好色一代女》；松尾芭蕉《芭蕉七部集》。 印度：杜勒西达斯《罗摩功行录》。 朝鲜：朴仁老《太平词》。

续前表

时间	中国	外国
公元18世纪	叶燮《原诗》；尤侗《钧天乐》；朱彝尊《诗综》；王士祯《渔洋诗话》、编《佩文韵府》；方苞《狱中杂记》；吴敬梓《儒林外史》；俞万春《荡寇志》；曹雪芹《石头记》80回；郑燮《郑板桥集》；沈德潜《古诗源》；《四库全书》开馆（纪昀总纂）、刊行《滦阳消夏录》；戴震《东原集》；程伟元、高鹗排印百二十回《红楼梦》；杨观潮《吟风阁杂剧》；袁枚《随园诗话》；李绿园《歧路灯》。	法国：布瓦洛《诗艺》；孟德斯鸠《波斯人信札》；勒萨日《吉尔·布拉斯》；狄德罗《拉摩的侄儿》、主编《百科全书》；博马舍《塞维勒的理发师》、《费加罗的婚礼》；伏尔泰《老实人》、《中国孤儿》；卢梭《忏悔录》、《新爱洛绮丝》。 英国：笛福《鲁滨逊漂流记》；斯威夫特《格列佛游记》；菲尔丁《汤姆·琼斯》；理查生《克拉丽莎》；斯泰恩《感伤的旅行》；斯摩莱特《兰登传》；彭斯《苏格兰方言诗集》。 德国："狂飙突进运动"；克林格尔《狂飙与突进》；赫尔德《关于近代德国文学》；莱辛《汉堡剧评》、《爱米丽雅·迦洛蒂》；席勒《阴谋与爱情》。 俄国：罗蒙诺索夫《伊丽莎白女王登基日》；冯维辛《纨绔少年》。 意大利：哥尔多尼《一仆二主》。 美国：富兰克林《自传》。 日本：近松门左卫门《景清出家》、《曾根崎情死》。 朝鲜：申在孝整理《春香传》。
公元19世纪	章学诚《文史通义》；李调元《两村曲话》；钱大昕《潜研堂文集》；纪昀《阅微草堂笔记》；姚鼐《登泰山记》；段玉裁《说文解字注》；焦循《孟子正义》、《剧说》；沈复《浮生六记》；俞万春《荡寇志》；李汝珍《镜花缘》；西周生《醒世姻缘传》；王念孙《广雅疏证》；《施公案》刊行；龚自珍《定庵诗文集》；林则徐《左云山房诗钞》；魏源《古微堂集》、《海国图志》；曾国藩《曾文正合集》；邱心如《笔生花》；郭嵩焘《养知书屋集》；韩邦庆《海上花列传》；王韬《弢园文录外编》；谭嗣同《狱中题壁》；严复《天演论》；《申报》创刊。	英国：拜伦《唐璜》、《恰尔德·哈洛尔德游记》；雪莱《解放了的普罗米修斯》、《西风颂》；济慈《希腊古瓮》；简·奥斯丁《艾玛》；司各特《艾凡赫》；华兹华斯《抒情歌谣集》（与柯勒律治合作）；柯勒律治《古舟子咏》；萨克雷《名利场》；夏洛蒂·勃朗特《简·爱》；艾米莉·勃朗特《呼啸山庄》；狄更斯《艰难时世》、《双城记》；贝朗瑞《歌曲全集》；布朗宁夫人《葡萄牙十四行诗》；盖斯凯尔夫人《玛丽·巴顿》；琼斯《我们的警告》；乔治·艾略特《弗罗斯河上的磨房》；哈代《德伯家的苔丝》；史蒂文森《化身博士》；伏尼契《牛虻》；尼采《悲剧的诞生》；王尔德《道林·格雷的画像》。 法国：斯塔尔夫人《论文学》；司汤达《红与黑》；雨果《欧那尼》、《悲惨世界》、《巴黎圣母院》；大仲马《三个火枪手》、《基督山伯爵》；小仲马《茶花女》；夏多布里昂《阿达拉》；欧仁·苏《巴黎的秘密》；维尼《命运集》；波德莱尔《恶之花》；梅里美《嘉尔曼》、《高龙巴》；乔治·桑《安吉堡的磨工》；福楼拜《包法利夫人》；莫泊桑《羊脂球》；鲍狄埃《国际歌》；都德《小东西》；左拉《卢贡-马卡尔家族》。 德国：格林兄弟《格林童话》；霍夫曼《谢拉皮翁兄弟》；歌德《少年维特之烦恼》、《浮士德》；海涅《德国，一个冬天的童话》；施托姆《茵梦湖》。 俄国：拉季舍夫《从彼得堡到莫斯科旅行记》；普希金《上尉的女儿》、《叶普盖尼·奥涅金》；莱蒙托夫《当代英雄》；果戈理《钦差大臣》、《死魂灵》；克雷洛夫《克雷洛夫寓言》；别林斯基《别林斯基集》；杜勃罗留波夫《真正的白天何时到来？》；车尔尼雪夫斯基《怎

续前表

时　间	中　　国	外　　国
公元 19 世纪		么办》；陀思妥耶夫斯基《罪与罚》、《卡拉马佐夫兄弟》；赫尔岑《谁之罪》；涅克拉索夫《谁在俄罗斯能过好日子》；列夫·托尔斯泰《安娜·卡列尼娜》、《战争与和平》、《复活》；屠格涅夫《罗亭》、《父与子》；阿·奥斯特洛夫斯基《大雷雨》；谢德林《戈罗夫略夫一家》；冈察洛夫《奥勃洛摩夫》。 意大利：曼佐尼《约婚夫妇》。 丹麦：安徒生《安徒生童话故事集》。 挪威：易卜生《玩偶之家》。 波兰：显克微支《十字军骑士》。 匈牙利：裴多菲《民族之歌》。 美国：爱默生《美国文化独立宣言》；爱伦·坡《莫格街谋杀案》；霍桑《红字》；梭罗《瓦尔登湖》；马克·吐温《汤姆·索亚历险记》、《哈克贝利·费恩历险记》；朗费罗《人生礼赞》；爱默生《波士顿颂》；麦尔维尔《白鲸》；惠特曼《草叶集》；斯托夫人《汤姆叔叔的小屋》。 日本：式亭三马《浮世澡堂》；上田秋成《雨夜物语》；曲亭马琴《南总里见八犬传》；北村透谷《北村透谷集》；樋口一叶《青梅竹马》；福泽渝吉《文明论概略》；坪内逍遥《小说神髓》；二叶亭四迷《浮云》；正冈子规《寒山落木》。 印度：吉姆·查特吉《毒树》。 越南：阮攸《金云翘传》。 菲律宾：黎萨尔《起义者》。
公元 20 世纪	康有为《大同书》、《孔子改制考》；梁启超《新小说》创刊；黄遵宪《人境庐诗草》；《绣像小说》创刊；李伯元《官场现形记》；文廷式《云起轩词》；翁同龢《瓶庐词稿》；陈天华《警世钟》；邹容《革命军》；刘鹗《老残游记》；俞樾《春在堂全书》、改编《七侠五义》；秋瑾《秋瑾集》；吴趼人《二十年目睹之怪现状》；曾朴《孽海花》；丘逢甲《岭云海日楼诗抄》；苏曼殊《断鸿零落记》；徐枕亚《玉梨魂》；章太炎《章太炎文钞》；鲁迅、周作人译《域外小说集》；《新青年》创刊；胡适《文学改良刍议》；陈独秀《文学革命论》；鲁迅《狂人日记》、《阿Q正传》；刘师培《中国文学史》；林纾的“林译小说”（《巴黎茶花女遗事》、《黑奴吁天录》等）；况周颐《蕙风词话》；	英国：曼斯菲尔德《幸福》；劳伦斯《虹》、《查泰莱夫人的情人》；柯南·道尔《福尔摩斯探案全集》；高尔斯华绥《福尔赛世家》；萧伯纳《巴巴拉少校》；毛姆《人性的枷锁》；格雷厄姆·格林《沉默的美国人》；金斯莱·艾米斯《幸运的吉姆》；约翰·福尔斯《法国中尉的女人》；艾略特《荒原》；伍尔芙《到灯塔去》；克里斯蒂《东方快车谋杀案》；罗琳“哈利·波特”系列。 爱尔兰：乔伊斯《尤利西斯》。 法国：儒勒·凡尔纳《八十天环游地球》、《地心游记》；罗曼·罗兰《约翰·克利斯朵夫》；普鲁斯特《追忆似水年华》；法朗士《企鹅岛》；巴比塞《光明》；马丁·杜伽尔《蒂博一家》；莫里亚克《爱的荒漠》；纪德《伪币制造者》；萨特《禁闭》；加缪《局外人》；贝克特《等待戈多》；尤涅斯库《秃头歌女》；热内《女仆》；米兰·昆德拉《生命中不能承受之轻》；高行健《灵山》。 德国：托马斯·曼《布登勃洛克一家》；亨利希·曼《臣仆》；布莱希特《伽利略传》；茨威格《一个女人一生中的二十四小时》；格拉斯《铁皮鼓》；勒·克莱齐奥《诉讼笔录》。

续前表

时间	中国	外国
公元 20世纪	王国维《人间词话》、《观堂集林》；辜鸿铭《读昌文集》；巴金"激流三部曲"（《家》、《春》、《秋》）；刘半农《教我如何不想她》；郭沫若《女神》；徐志摩《再别康桥》；闻一多《红烛》；冰心《繁星》；戴望舒《雨巷》；张爱玲《倾城之恋》；秦瘦鸥《秋海棠》；叶绍钧《倪焕之》；沈从文《边城》；老舍《四世同堂》；林海音《城南旧事》；钱锺书《围城》；曹禺《雷雨》；顾城《远和近》。	奥地利：卡夫卡《变形记》、《城堡》；里尔克《新诗集》。 瑞典：斯特林堡《鬼魂奏鸣曲》。 捷克：恰佩克《万能机器人》；哈谢克《好兵帅克》；哈维尔《狱中书简》。 意大利：乔万尼奥里《斯巴达克》；维尔加《田野生活》；皮兰德娄《六个寻找作者的剧中人》。 西班牙：加西亚·洛尔伽《吉卜赛谣曲集》；塞拉《为亡灵弹奏》。 俄国/苏联：契诃夫《套中人》、《樱桃园》；高尔基《母亲》、《克里姆·萨姆金的一生》；柯罗连科《盲音乐家》；勃洛克《十二个》；叶赛宁《同志》；富尔曼诺夫《恰巴耶夫》；马雅可夫斯基《放开喉咙歌唱》；阿·托尔斯泰《苦难的历程》；爱伦堡《解冻》；阿·奥斯特洛夫斯基《钢铁是怎样炼成的》；法捷耶夫《毁灭》；肖洛霍夫《静静的顿河》；阿赫玛托娃《安魂曲》；帕斯捷尔纳克《日瓦戈医生》；索尔仁尼琴《古拉格群岛》；左琴科《日出之前》；拉斯普京《活着，可要记住》；列昂诺夫《俄罗斯森林》；艾特玛托夫《白轮船》。 丹麦：勃兰兑斯《十九世纪文学主流》。 美国：诺里斯《章鱼》；杰克·伦敦《荒野的呼唤》、《马丁·伊登》；亨利·詹姆斯《鸽翼》；海明威《永别了，武器》；德莱赛《美国的悲剧》；辛克莱《屠场》；刘易斯《巴比特》；斯坦贝克《愤怒的葡萄》；菲茨杰拉尔德《了不起的盖茨比》；辛格《卢布林的魔术师》；索尔·贝娄《赫尔索格》；赛珍珠《大地》；玛格丽特·米切尔《飘》；奥尼尔《毛猿》；福克纳《喧哗与骚动》；海勒《第二十二条军规》；凯鲁亚克《在路上》；金斯堡《嚎叫》；布罗斯基《从彼得堡到斯德哥尔摩》；莫里森《最蓝的眼睛》。 哥伦比亚：马尔克斯《百年孤独》。 墨西哥：帕斯《太阳石》。 智利：聂鲁达《诗歌总集》。 日本：岛崎藤村《破戒》；田山花袋《棉被》；尾崎红叶《金色夜叉》；石川啄木《憧憬》；夏目漱石《我是猫》；森鸥外《舞女》；志贺直哉《到网走去》；芥川龙之介《罗生门》、《竹林中》；谷崎润一郎《文身》、《春琴抄》；小林多喜二《党生活者》；川端康成《伊豆的舞女》、《雪国》；横光利一《日轮》；野间宏《阴暗的图画》；太宰治《斜阳》；安部公房《沙女》；井上靖《孔子》；大江健三郎《万延元年足球队》；村上春树《挪威的森林》。 印度：泰戈尔《吉檀迦利》、《戈拉》；萨拉特《斯里甘特》；普列姆昌德《戈丹》；安纳德《不可接触的人》；克里山·钱达尔《我们是野蛮人》。

续前表

时间	中国	外国
公元 20 世纪		波斯/伊朗：贾玛尔扎德《故事集》；赫达亚特《哈吉老爷》。 以色列：阿格农《夜间来客》。 黎巴嫩：纪伯伦《先知》。 埃及：巴鲁迪《起义的原因》；邵基《克里奥佩特拉之死》；塔哈·侯赛因《日子》；哈基姆《洞穴里的人们》；马哈福兹《宫间街》。 塞内加尔：桑戈尔《黑色的祭品》。 喀麦隆：奥约诺《老黑人和奖章》。 尼日利亚：索因卡《路》；阿契贝《瓦解》。 南非：阿伯拉罕姆斯《怒吼》；戈迪默《七月的人民》。
公元 21 世纪	莫言《生死疲劳》；阎连科《日光流年》；刘震云《一地鸡毛》；苏童《妻妾成群》；残雪《突围表演》。	英国：奈保尔《大河湾》；品特《生日晚会》；多丽丝·莱辛《金色笔记》。 法国：勒·克莱齐奥《战争》；帕特里克·莫迪亚诺《地平线》。 德国：耶利内克《钢琴教师》。 罗马尼亚：赫塔·米勒《呼吸钟摆》。 加拿大：爱丽丝·门罗《逃离》。 秘鲁：略萨《城市与狗》。 土耳其：帕慕克《我的名字叫红》。 以色列：阿摩司·奥兹《我的米海尔》。 南非：库切《屈辱》。

图书在版编目（CIP）数据

外国文学通用教程/杜宗义主编．—3版．—北京：中国人民大学出版社，2015.9
新编21世纪中国语言文学系列教材
ISBN 978-7-300-21905-9

Ⅰ.①外… Ⅱ.①杜… Ⅲ.①外国文学-文学史-高等学校-教材 Ⅳ.①I109

中国版本图书馆CIP数据核字（2015）第216769号

新编21世纪中国语言文学系列教材
外国文学通用教程（第三版）
主　编　杜宗义
副主编　王　燕　傅地红
Waiguo Wenxue Tongyong Jiaocheng

出版发行	中国人民大学出版社		
社　址	北京中关村大街31号	邮政编码	100080
电　话	010－62511242（总编室）		010－62511770（质管部）
	010－82501766（邮购部）		010－62514148（门市部）
	010－62515195（发行公司）		010－62515275（盗版举报）
网　址	http://www.crup.com.cn		
	http://www.ttrnet.com(人大教研网)		
经　销	新华书店		
印　刷	北京昌联印刷有限公司	版　次	2009年3月第1版
规　格	185 mm×260 mm　16开本		2016年1月第3版
印　张	24.75	印　次	2019年2月第2次印刷
字　数	596 000	定　价	55.00元

版权所有　侵权必究　印装差错　负责调换

关联课程教材推荐

ISBN	书名	作者	单价
978-7-300-18195-0	20世纪外国文学史	曾艳兵	45.00元
978-7-300-25373-2	20世纪外国文学选讲	杜吉刚 周 丹	35.00元
978-7-300-19996-2	比较文学概论（第二版）	曹顺庆	35.00元
978-7-300-15457-2	世界文学名著赏析	钱谷融 刘洪涛	49.00元
978-7-300-20316-4	外国文学简编（欧美部分）（第七版）	朱维之 等	45.00元
978-7-300-19046-4	外国文学简编（亚非部分）（第五版）	梁立基 何乃英	49.00元
978-7-300-18194-3	外国文学简史	黄晋凯 何乃英	58.00元
978-7-300-22242-4	西方文化概论	曹顺庆	35.00元
978-7-300-16758-9	西方文论概览	杨慧林 耿幼壮	39.80元
978-7-300-12114-7	西方文艺理论史精读文献（第三版）	章安祺	48.00元
978-7-300-08230-1	西方语言学名著选读（第三版）	胡明扬	34.00元
978-7-300-20418-5	新编简明东方文学（第二版）	何乃英	29.80元
978-7-300-14071-1	新编西方文论教程	杨守森	45.00元

配套教学资源支持

尊敬的老师：

衷心感谢您选择使用人大版教材，欢迎您随时反馈教材使用过程中的疑问或修订建议！相关的配套教学资源，请到中国人民大学出版社网站（www.crup.com.cn）免费下载，或是直接与我们联系。

样书申请及课件处理，请联系：

龚洪训

电话：010－62515637

电子邮件：6130616@qq.com

选题策划及出版，请联系：

刘　静

电话：010－62513587

电子邮件：12918646@qq.com

地址：北京海淀区中关村大街31号

邮编：100080

欢迎任课老师加入全国世界文学教师群，群号：226136309，或扫码加入：

俯仰天地　心系人文

www.crup.com.cn

中国人民大学出版社网站

欢迎登录浏览，了解图书信息，下载教学资源